AF568005

Zum Buch:

Eine schicksalhafte Explosion hat Giovanna und ihre Zwillingsschwester Antonella schon früh aus ihrem behüteten Familienleben in Rom gerissen und nach München verschlagen, wo sie in Elli und Marie zwei Freundinnen finden, die mit ihnen durch dick und dünn gehen. Nach Jahrzehnten aber steht ihre Beziehung auf der Kippe. Elli setzt ihre Hoffnungen in eine Fahrt nach Italien – wo Marie sich gemeinsam mit anderen Aussteigern eine neue Existenz aufgebaut hat –, um dort zwischen Giovanna und Marie zu retten, was noch zu retten ist. Während Giovanna mit dem Kauf eines Akkordeons ihre verschüttete Verbindung zur Musik wiederfinden will, schleppt Elli ihre eigenen Sorgen mit sich herum. Doch dann passiert eine Katastrophe, die alle anderen Probleme in den Schatten stellt.

Zur Autorin:

Aja Leuthner arbeitet als Redakteurin für die *Süddeutsche Zeitung*. Ihrem Studium der Politikwissenschaft, Soziologie und Italianistik entsprangen die Leidenschaft für politische Diskussionen und die Begeisterung für mediterranes Leben und romanische Kultur. Die Autorin lebt mit ihrer Familie bei München. *Felicità!* ist nach *Via Torino* (2022) der zweite Roman von Aja Leuthner.

Aja Leuthner

Einmal waren wir Freundinnen

ROMAN

HarperCollins

1. Auflage 2024
Ungekürzte Taschenbuchausgabe

Umschlaggestaltung: wilhelm typo grafisch, Zürich
Umschlagabbildung: DrimaFilm / Dragon Images / Jeferstellari /
Kriengsuk Prasroetsung / A.Kolos / Shutterstock
Gesetzt aus der Proforma
von GGP Media GmbH, Pößneck
Druck und Bindung von CPI books GmbH, Leck
Printed in Germany
ISBN 978-3-365-00849-2
www.harpercollins.de

1.

CASTELFIDARDO.

Giovanna

Die Glastür schloss sich sanft hinter ihr. So, als wolle sie dem langen Weg der Entscheidung, der Giovanna hierhergebracht hatte, kein allzu forsches Ende setzen. Giovanna fühlte den ledernen Griff des Instrumentenkoffers warm und konkret auf der Haut ihres Handinneren. Trotz des nicht unerheblichen Gewichts, mit dem das Akkordeon ihren Arm nach unten zog, verspürte sie eine immense Leichtigkeit. Die Schwere von Jahren schien in diesen wenigen Momenten von ihr abgefallen zu sein, in denen sie der Geschäftsführerin zur Kasse gefolgt war, bezahlt und den Koffer mit dem Akkordeon an sich genommen hatte. Endlich. Als hätte allein der Akt der Übergabe, Geld gegen Gewicht, eine Last von ihr genommen. Die ganze lange Fahrt von München nach Castelfidardo, wo das Instrument auf sie gewartet hatte, hatte sie neben ihrer Freundin Elli, die hinter dem Steuer saß, auf dem Beifahrersitz herumgezappelt – hin- und hergerissen zwischen gespannter Erwartung und der bangen Frage, ob sie stark genug sein würde, sich den Geistern ihrer Vergangenheit zu stellen, die sie vermutlich beschwören würde, wenn sie die weißen und schwarzen Tasten unter ihren Fingern berührte. Die E-Mail, in der stand, dass sie das Akkordeon abholen könne, war schon vor einigen Wochen in ihrem Postfach aufgepoppt. Bestellt hatte sie es in einem Augenblick der Zuversicht. Erfüllt von der Hoffnung, damit ein Stückchen jener Vergangenheit zurückgewinnen zu können, die sie mit ihrer Schwester verloren hatte.

Ihr Vater hatte ihr zugeraten, das Akkordeon zu kaufen. Giovanna war dankbar gewesen für die Entscheidungshilfe. Sie hatte damals, vor einigen Monaten, nicht wissen können, dass sich hinter dem Mitgefühl ihres Vaters, seiner Empathie, ein schlechtes Gewissen verbarg.

Als dann die Nachricht von Victoria aus Castelfidardo kam, das Akkordeon sei zur Abholung bereit, hatte Giovanna um Aufschub gebeten. Nicht nur, weil sie gerade nicht aus München wegkonnte – einen Übersetzungsauftrag musste sie zuerst erledigen, der ihr das notwendige Geld, die knapp 3000 Euro für das Instrument, in die Kasse spülen sollte. Giovanna verdiente zwar nicht schlecht mit ihrer Arbeit für deutsch-italienische Firmen, aber der Zusatzauftrag war ihr gerade recht gekommen.

Doch da war noch etwas anderes, das sie daran gehindert hatte, sofort in das idyllische Städtchen an der Riviera del Conero zu fahren, das im Walzerrhythmus zu atmen schien und in dem das Akkordeon sogar als Malerei den Asphalt der Straßen zierte: Es war auch die Wut auf ihren Vater gewesen, die sie zurückgehalten hatte. In der Zwischenzeit hatte sie von seinem Verrat erfahren, der vielleicht gar keiner war; erst durch sein jahrzehntelanges Schweigen war es einer geworden. Warum also sollte sie ihrem Vater jetzt noch vertrauen und seinen Ratschlägen folgen? Sie hatte ihn dorthin gewünscht, wo der Pfeffer wächst, und das bestellte Akkordeon, voller Wut und Enttäuschung, mit ihm, bevor sie erkannte, dass sie damit viel mehr sich selbst schaden würde als ihm.

Also hatte sie ihre Freundin Elli angerufen und sie gebeten, mit ihr zu kommen. Drei Tage, hatte Giovanna gesagt, mehr würden sie nicht brauchen. Dass Elli vorschlug, gleich eine ganze Woche Urlaub damit zu verbinden, hatte sie nicht erwartet. Erst recht nicht, dass Elli auch noch Marie ins Spiel brachte, die Freundin, die Giovanna seit Jahren aus den Augen verloren hatte. Elli hatte sofort den Routenplaner befragt, Giovanna noch an der Strippe.

»Eineinhalb Stunden von Castelfidardo in die Sibillinischen Berge, das wäre zu schaffen. Willst du?« Giovanna sagte »Ja«, ohne sich Zeit zum Nachdenken zu geben. Und das war noch ein Grund mehr, aufgeregt zu sein, auf der Fahrt von München nach Ancona und dann noch die 35 Kilometer weiter nach Castelfidardo.

Als sie nun auf die Straße trat, die Auswahl an wunderschönen Akkordeonmodellen im klimatisierten Ausstellungsraum hinter sich zurückließ, das eine, das jetzt ihres war, in der Hand, war die Augustsonne hinter einem Aufmarsch aufgeplusterter Kumuluswolken verschwunden.

Die Luft war schwer von Feuchtigkeit, fast sofort begann Giovannas Shirt, wie mit Klebstoff bestrichen, an ihrer Haut zu haften. Ein erster Tropfen fiel herab und landete ausgerechnet auf der schwarzen Oberfläche des Instrumentenkoffers. Giovanna hievte ihre Last eilig hoch und beförderte sie über das Kopfsteinpflaster hinunter bis zu dem kleinen Platz, wo Elli mit dem Wagen auf sie wartete. Die Schlepperei war reichlich mühsam. Doch Giovannas einziger Gedanke galt im Augenblick dem Instrument, dessen Klang sie nun mit sich trug. Als würde die Verkäuferin, die es ihr vor kaum zwanzig Minuten präsentiert und probeweise noch einmal darauf gespielt hatte, noch immer ihre geübten Finger über die Tasten gleiten lassen. Die leise gesetzten Akkorde im Bass hatten den Raum nach und nach erfüllt und Giovanna eingewoben in ein

Netz aus Tönen. Es hatte ihr ein Gefühl tiefer, lange entbehrter Befriedigung geschenkt, das sie bereits verloren geglaubt hatte. Dann hatte Giovanna die abgezählten Scheine aus der Tasche genommen, erleichtert, das viele Geld endlich los zu sein, hatte den schwarzen Koffer, in dem das Instrument jetzt lag, hochgehoben, seine erdende Schwere gespürt und ihn hinausgetragen.

Elli stand hinter dem schräg geparkten Wagen, Giovanna sah, dass sie einen Schirm aufgespannt hatte und so wild winkte, dass sie auf der Stelle zu hüpfen schien. Giovanna musste lächeln beim Anblick ihrer Freundin, trotz der Last, die sie trug. Elli war aufgeregter als sie selbst, schien es ihr, so sehr freute sie sich für sie. Bei jedem Hopser wippten ihre blonden korkenzieherähnlichen Löckchen auf die kräftigen Schultern herab und wieder zurück in ihre Ausgangsposition auf die Höhe ihres ausgeprägten Kinns. Die letzten Meter, die Giovanna noch bis zum Auto fehlten, lief Elli ihr mit dem Schirm entgegen. Sie war gut einen Kopf größer als Giovanna und bugsierte sie sicher zum Heck des Wagens, wo sie angestrengt weiterhin den Schirm mit einem Arm in die Luft streckte, während sie sich bückte und mit der anderen Hand eilig den Kofferraum öffnete. Gemeinsam hoben sie das schwere Instrument hinein, dann verschwand es hinter der sich schließenden Klappe. Der Regen war stärker geworden und Giovanna dankbar für den Schirm, unter dem sie mit wenigen Schritten die Beifahrertür erreichte. Sie ließ sich auf den Sitz plumpsen, beobachtete, wie Elli auf die andere Seite des Autos hastete und konnte sich nicht schnell genug hinüberrecken, der Freundin die Türe von innen zu öffnen. Da war Elli schon im Wagen, hatte den Schirm geschlossen und das tropfnasse Ding hinter den Sitzen verstaut. Ganz kurz verspürte Giovanna den Impuls, noch einmal aus dem Auto zu springen und sich mit einem Blick in den Kofferraum zu vergewissern, dass es auch dort lag, das Akkordeon – als könne es plötzlich weg sein, verschwunden, so wie ihre Schwester. Wie zuvor ihre Mutter. Ja, auch wie Marie.

Doch da hatte Elli schon den Motor angelassen und lenkte den Wagen durch das Gewirr der Gassen hinaus zur Via Roma, auf der Suche nach dem richtigen Weg zu ihrer Pension. »Giò«, sagte sie, und wie immer, wenn sie den Namen ihrer Freundin abkürzte, klang es wie das englische »Joe«. Bei Giovannas Mutter hatte es sich vollkommen anders angehört, so als stürzten das »I« und das »O« nach dem stimmhaften »Dsch« gemeinsam einen sehr steilen Abhang hinunter. »Dscho'« hatte es geklungen, das »O« hinten abgerissen im rasanten Fall der Intonation. Ihr Vater dagegen sprach sie selten anders als mit dem Kosenamen an, den er exklusiv für seine ältere Tochter reserviert hatte. »Uccellino«, »kleiner Vogel«, hatte er sie genannt, als sie noch mit ihm geredet hatte. Und bei Antonella war es gewesen, als würde sie den Namen ihrer genau zwanzig Minuten älteren Schwester singen. So wie sie alles, was sie tat, in eine Melodie verwandelte, Moll oder Dur, je nachdem, wie sie sich gerade fühlte. Bis all ihre Melodien verstummt waren.

Elli schaltete in den zweiten Gang; die Straße führte sie außen um das Städtchen herum, die Zweige der üppig wachsenden Kiefern an ihrem Rand gaben immer wieder den weiten Blick ins Tal frei, über das der Regen – der erste seit Wochen, wie die Verkäuferin im Akkordeonladen erzählt hatte – einen zarten Schleier gebreitet hatte. Giovanna erinnerte sich an diese Straße. Es war dieselbe, über die ihr Vater damals den Fiat gesteuert hatte. Tiefblau war der Wagen gewesen, wie der Frühling, der an jenem Tag vor bald 40 Jahren den Himmel hoch und hell über Castelfidardo spannte. »Ein Ort der Musik«, von dem ihre Mutter Allegra nicht aufgehört hatte zu schwärmen, als sie dabei gewesen war, in ihrer römischen Wohnung die Reisetaschen für die beiden Mädchen zu packen.

Damals waren sie mittags angekommen, Giovanna, ihre Eltern und ihre Schwester, nachdem sie einmal den italienischen Stiefel in seiner Breite durchmessen und einen phänomenalen Hagelschauer gleich hinter L'Aquila durchquert hatten. Antonella hatte gesungen – natürlich hatte sie das, sie hatte mit ihrer klaren Stimme den Alt der Mutter ergänzt bei irgendeinem jener Lieder, die Mama ständig vor sich hin summte. Sie schöpfte aus einem bemerkenswerten Fundus traditioneller, klassischer und populärer Musik, die sie unmöglich alle am ehrwürdigen römischen Konservatorium Santa Cecilia gelernt haben konnte. Solche Texte!? Manche dieser Lieder klangen so sehr nach neapolitanischen Hinterhöfen, dass Giovanna immer wieder der Verdacht beschlich, ihre so kultivierte Mutter musste in ihrer Jugend manche ganz und gar unkultivierten Dinge getan haben. Aber das hätte sie ihren Töchtern gegenüber nie zugegeben – und jetzt war es zu spät, sie danach zu fragen.

»Giò?« Elli musste sie zum wiederholten Mal angesprochen haben. Besorgnis, aber auch ein wenig Ungeduld lagen in ihrer Stimme, und Giovanna bemühte sich, in die Gegenwart zurückzukehren.

»Und?«, wollte die Freundin wissen und machte eine Handbewegung in Richtung Kofferraum, »ist es so, wie du es dir vorgestellt hast?«

»Ich, ich glaube schon.« Giovanna strich sich eine feuchte Strähne ihrer dunklen Haare aus dem Gesicht und streckte den leicht verspannten Rücken, der ihr das Schleppen des schweren Akkordeons übel genommen hatte. Mit Mitte vierzig sollte man seinen Bandscheiben besser keine Experimente mehr zumuten. Vielleicht aber war es auch das Grübeln, das ihr Kreuz nicht mochte. Sie nahm Ellis Frage dankbar zum Anlass, ihren trübseligen Gedanken zu entkommen.

»Was heißt, du glaubst schon? Sieht es so aus, wie du es bestellt hast, oder nicht?«

Giovanna verzog das Gesicht zu einem amüsierten Lächeln. Elli war sicher das unmusikalischste Wesen, das weltweit zu finden war. Klar, dass sie nicht nach dem Klang des Akkordeons fragte, sondern nach seiner Optik. »Natürlich sieht es so aus, wie ich es bestellt habe.«

»Ja, aber dann ist doch alles klar, oder nicht?«

»Ich vermute es, ja. Hab's nicht ausprobiert.« Giovanna kannte ihre Freundin gut. Gut genug jedenfalls, um zu wissen, dass Elli spürte, wenn sie an einem entscheidenden Punkt des Gesprächs angekommen waren. Und so war Giovanna auch klar, dass Elli aus Feingefühl nicht weiter fragte und nicht wegen fehlendem Interesse. Irgendwann würde sie Elli vielleicht erklären können, warum sie sich im Laden gescheut hatte, selbst die Gurte des wunderschönen Instruments, dessen silberne Beschläge auf dem schwarzen Korpus glänzten, über die Schultern zu streifen und ihre Finger auf die Tasten und Knöpfe zu legen. Und sicher würde der richtige Augenblick irgendwann da sein, es zu tun.

Immerhin war sie hergekommen, hatte sich entschieden, das Instrument endlich zu holen. Bis zu diesem richtigen Augenblick aber würde sie sich damit begnügen, es bei sich zu wissen. Mit den Fingerspitzen die feinen silbernen Buchstaben nachzufahren, die sie in den Koffer hatte eingravieren lassen.

So fein wie die kunstvollen Beschläge der Konzertinstrumente, die sie schon als achtjähriges Mädchen völlig fasziniert hatten, als sie hinter ihrer Mutter durch die Tür einer jener vielen Akkordeonwerke getreten war, die zum Ort gehörten. Eine Kundin war damals eben dabei gewesen zu spielen, und das Licht hatte sich verfangen in den silbernen

Ornamenten auf dem Gehäuse, hatte sie zum Leuchten gebracht, so wie für Giovanna der Klang zu leuchten schien, der aus den Tiefen des Balgs stieg, sich in den Windungen ihres Gehörs und ihres Herzens verankerte. Damals hatte sie nach Mamas Hand gegriffen und sie festgehalten. Atemlos. Fasziniert. Und erfüllt von dem augenblicklichen Wunsch, einmal selbst so ein Akkordeon zu besitzen.

Was am Preis scheiterte bei jenem, ihrem ersten Besuch in Castelfidardo, an dem ihre Welt noch sauber in ihrem Umlauf unterwegs war. Papà, *ach Papà*, hatte bedauernd den Kopf geschüttelt, als Giovanna ihn bestürmte. »Das ist im Moment nicht drin, Uccellino«, hatte er ihr erklärt und einen Blick mit seiner Frau getauscht, um sicherzugehen, dass sie, die Musikerin, nicht in ihrer eigenen Begeisterung schon eine Zusage gemacht hatte, die er nicht einhalten konnte. Giovanna hatte den Blick aufgefangen und gewusst, dass sie verloren hatte. Nicht mal die vehemente Fürsprache ihrer Schwester hatte etwas genützt. Antonella hatte den Eltern in den Ohren gelegen – die ganze Werkstattführung hindurch, auch noch während die Erwachsenen noch einen Espresso aufs Haus tranken und die Kinder einen Dolce aßen, bis sie den Laden wieder verlassen hatten. Bei Musik war auf ihre Schwester Verlass. Sie verstand, was in Giovanna vorging, und hätte sich ebenso gefühlt wie sie, hätte es sich nicht um ein Akkordeon, sondern ein neues Cello gehandelt, in dessen Klang sie selbst sich verliebt hätte.

Antonella hatte Musik geliebt, mehr noch als Giovanna. Und während ihre Zwillingsschwester schon mit zwei Jahren jede aufgeschnappte Melodie nachgesummt hatte, war Giovanna den wilden Rhythmen erlegen, die sie auf Töpfen, Gläsern und Holzkisten trommelte.

Giovanna liebte Musik, doch Antonella lebte sie. Sie schien selbst zu einem Wesen aus Tönen zu werden, wenn sie den Bogen über die Saiten des Piccolo-Cellos streichen ließ, auf dem sie schon als Vierjährige bestanden hatte. Dann war es, als verschwände das schüchterne Mädchen hinter der Stimme des Instruments, und zurück bliebe nichts als der pure Klang. Doch die Töne, welche das Lied ihrer Schwester gebildet hatten, waren heute verloren, verschüttet unter den häuserschweren Lasten von Giovannas Trauer, der Gesang aus dem Takt geraten unter dem steten Beschuss ihrer Selbstanklage.

Da waren sie schon wieder, diese Erinnerungen. Vielleicht war die Fahrt hierher doch keine so gute Idee gewesen.

Giovanna ließ das Fenster auf ihrer Seite des Wagens herunter und versuchte, den Kopf in den Fahrtwind zu halten. Dass dabei der Regen ihr Gesicht wusch, war ihr nur recht. Diesmal wollte sie Elli nicht sehen lassen, dass sie weinte.

2.

NOTTE.

Elli

Elli konnte nicht schlafen. Sie lauschte hinüber zu ihrer Freundin und war sich nicht ganz sicher, ob Giovannas regelmäßige Atemzüge nicht vorgetäuscht waren. Vielleicht erging es ihr ja nicht anders als ihr selbst – sie hätte keine Lust gehabt, zu reden, todmüde wie sie war. Die lange Fahrt steckte ihr noch in allen Knochen, und der Stress der vergangenen Wochen schien sie stärker erschöpft zu haben, als sie gedacht hatte. Außerdem lagen ihr die Panini con mozzarella schwer im Magen, die sie sich nach ihrem Einchecken in der Pension gekauft und abends auf der Dachterrasse verzehrt hatten. Mangels anderer Gäste hatten sie die Aussicht auf das Tal für sich allein gehabt. Die Panini waren viel zu lecker gewesen, und Elli hatte viel mehr gegessen, als sie eigentlich gewollt hatte. Dazu hatten sich die Freundinnen zwei Flaschen Weißwein gegönnt, einen kräftigen Vigor Passerina, angebaut in den Marken, und auf alte Zeiten angestoßen. Und sie beide waren am Ende ein wenig überrascht gewesen, als nur noch die leeren Flaschen auf dem hohen, weiß getünchten Holztisch standen, und sie einige Mühe gehabt hatten, von den massiven Barhockern wieder herunterzukommen. Auch die grünen Oliven, Tomaten und gesalzenen Kartoffelchips hatten sie bis auf den letzten Bissen verzehrt, während sie den Blick übers Tal schweifen ließen, in dem nach und nach die Lichter weniger wurden, die in den verstreuten Häusern und der einen oder anderen Werkstätte brannten, wo ein Akkordeonbauer bis spät in die Nacht an der Einstellung einer Tastenmechanik arbeitete oder dem Aufwachsen der Stimmplatten.

»Ganz wie damals«, hatte Giovanna geseufzt, Elli zuprostend, »als wir am Strand bei Follonica saßen und es so heiß war, dass wir mitten in der Nacht ins Meer gegangen sind.«

Elli fixierte konzentriert ihr Glas: »Wir hätten ertrinken können, so besoffen wie wir waren«, wandte sie ein, ihre Zunge stolperte über das »O«.

»Der Wein war aber nicht so gut wie heute. Lambrusco, dieses süße Zeug.«

Giovanna schüttelte sich. »Ekelhaft!«

Dann hatten sie weitergetrunken, ständig hatte eine von ihnen gefragt: »Weißt du noch?«

»Damals im Sommerlager?«, hatte die andere sekundiert.

»Als wir die Nacht durchgemacht haben und in dieses Schwimmbad eingestiegen sind? Da waren wir auch besoffen«, hatte Elli kopfschüttelnd gesagt.

Und Giovanna: »Weißt du noch? In Berlin? Als Marie aus dem Fenster geklettert ist und Herrn Hauser eine Rose ins Zimmer geworfen hat?«

Giovanna war noch erstaunlich nüchtern, fand Elli, wahrscheinlich war sie den Alkohol doch mehr gewohnt als sie selbst.

»Dem Englischlehrer? Den sie so angehimmelt hat?« Elli lachte lauter, als sie wollte. Zu dem Zeitpunkt waren sie längst bei der zweiten Flasche angekommen, und Elli fiel schon wieder etwas ein: »Weißt du noch, als Susanne beinahe ins Elefantengehege gestürzt ist, damals am Ende der Vierten?«

Und Giovanna: »Schade, dass sie es nicht getan hat. Da hätte sie wenigstens mal wirklich etwas zu erzählen gehabt.«

Sie hörten erst auf damit, als Elli am Ende der zweiten Flasche gar nicht mehr darüber nachdachte, was sie von sich gab und sagte: »Weißt du noch? Damals in Griechenland?« Und noch im selben Augenblick hatten beide Antonella vor Augen, und Elli hätte sich am liebsten die Zunge abgebissen. Von einem Moment zum anderen war die Stimmung gekippt.

»Nein, nein, alles gut«, hatte Giovanna gesagt, als Elli sie fragte, ob alles in Ordnung sei, sich entschuldigte. Doch das Lachen war verschwunden von der Terrasse, von jetzt auf gleich, und Elli verwünschte sich für ihre Gedankenlosigkeit.

Feingefühl wie ein Metzgerhund. Das Zitat aus einem Pumuckl-Hörspiel ihrer Kindertage kam ihr in den Sinn, während sie wach im Bett lag und sich Vorwürfe machte. Zuerst die Sache mit Marie. Und dann musste sie die Freundin auch noch an Antonella erinnern. Kein Wunder, dass Giovanna völlig unvermittelt ins Bett gegangen war.

Sie hatte sich zwar nichts anmerken lassen, als Elli ihr von Marie erzählt hatte, hatte so getan, als sei die Aussicht, die Freundin wiederzusehen, nur eine große Freude für sie. Doch in ihrem Innern musste es anders aussehen, überlegte Elli. Sie wusste, wie sehr Giovanna Marie vermisste, ihre Zweitschwester, wie sie sie immer genannt hatte, als noch alles zwischen ihnen in Ordnung gewesen war. Doch sie redete nie darüber. Elli konnte nur erahnen, was in Giovanna vorging. Wenn sie miteinander telefonierten und Giò sie fragte, ob sie wieder einmal etwas gehört habe von Marie. Die Sache mit Italien musste sie gekränkt haben. Auch ihr, Elli, hatte Marie es nicht angekündigt, sich aber immerhin auf einmal aus Italien gemeldet. Doch kein Wort zu Giò. Sicher, Elli und Marie kannten sich länger, waren schon im Kindergarten befreundet gewesen. Und doch war vom ersten Tag ihrer Freundschaft an eine besondere Beziehung zwischen Giovanna und Marie entstanden, eine Zuneigung, die sich jedem Erklärungsversuch entzog. Eine Verbundenheit, die vielleicht nicht trotz, sondern gerade wegen ihrer so unterschiedlichen Charaktere über viele Jahre Bestand hatte. Elli, die beide so gut kannte wie sonst wohl niemand, hatte ihre Beziehung nie ganz verstanden.

Marie, die mit ihrem Dickkopf durch jede Wand wollte, die an Gerechtigkeit glaubte und daran, dass diese immer siegen würde. Marie mit ihren Überzeugungen und dem unbedingten Willen, sie auch durchzusetzen; mit ihrer Leidenschaft für Politik und ihrem Bedürfnis, ständig über alles zu diskutieren, Marie mit ihrer Parteiarbeit, ihren Vorstandssitzungen, Grundsatzprogrammen, ihrem SPD-Parteibuch – und ihren grünen Ideen. Marie mit den kurz geschorenen Haaren und den zerrissenen Jeans, die bei ihr nicht aus modischen Gründen Löcher hatten, sondern »weil man nichts wegwirft, bevor es ganz kaputt ist«, das hatte sie immer wieder gepredigt. Und die Freundinnen waren im Chor eingefallen, weil ja klar war, was jetzt kommen würde: »Andere wären froh, wenn sie eine kaputte Jeans hätten.«

Sicher, dieses Outfit war auch ein Zeichen, das Marie setzen wollte. Schließlich gab es ihrer Meinung nach viel wichtigere Dinge als Mode. Die Rettung der Erde war darunter vielleicht noch das Geringste. Und dagegen Giovanna. Elli drehte den Kopf und sah nachdenklich zu ihrer leicht schnarchenden Freundin hinüber. Eine Straßenlaterne draußen hinter den hellen Vorhängen lieferte ausreichend Licht, dass die elegante Form ihrer Hüften unter dem Laken erkennbar war. Giovanna scherte sich nicht um die Welt, also nicht um jene, die jenseits ihres eigenen Universums lag. Zumindest behauptete sie das, aber Elli glaubte, dass das nicht stimmte. Die Welt habe sich schließlich auch noch nie um sie geschert, erklärte Giò, wenn Marie wieder mal eine ihrer Grundsatzdiskussionen vom Zaun brach. Und Elli verteidigte Giovanna im Geiste. Schließlich hatte die gebürtige Römerin erlebt, dass sie noch nicht mal in der Lage war, ihren kleinen Nukleus aus Familie und Heimat zu schützen. Wie hätte sie sich anmaßen können, sich um das große Ganze kümmern zu wollen? War es die Welt überhaupt wert, gerettet zu werden? Das waren die Fragen, die Giovanna sich stellte. Oft genug hatten sie darüber diskutiert.

»Wieso bist du so überzeugt von dem, was du tust, Marie?«, war eine von Giovannas Fragen gewesen, wenn sie zusammensaßen, nachmittags am See oder im Winter in Ellis Zimmer, wo sie die Tür hinter sich schließen konnten und viel mehr Platz hatten als bei Marie zu Hause und sich nicht so beobachtet fühlten wie bei den römischen Zwillingen im Haus ihrer Münchner Großmutter.

Giovanna wollte nichts wissen von Politik. War es nicht die Politik gewesen, die Schuld hatte am Tod ihrer Mutter? Nie hatte ihr Vater darüber sprechen wollen, so viel hatte Elli erfahren, aber nicht, was genau passiert war und warum. Keine der beiden Schwestern hatte je wirklich davon erzählt. Doch Elli hatte gesehen, wie Giovanna dichtmachte und wie Antonella ganz steif wurde, wenn es darum ging, ob die Linken oder die Rechten die Besseren waren. Als es in der Schule einmal um die Siebzigerjahre ging, in Sozialkunde, hatte die Lehrerin das Thema RAF und Rote Brigaden angesprochen. Antonella war aufgestanden und hatte mit den Worten »Kann ich zur Toilette?« einfach den Raum verlassen, ohne auf eine Antwort zu warten. Die Lehrerin hatte Giovanna hinterhergeschickt. An diesem Tag waren beide Mädchen nicht wieder in den Unterricht gekommen.

Nein, sie wolle nichts zu tun haben mit Politik, erklärte Giovanna Marie immer wieder, sie habe keine Lust, sich damit auseinanderzusetzen. Und wenn Marie dann sagte: »Aber vielleicht solltest du, gerade du ...«, dann unterbrach sie Giovanna in einem rüden Ton, den sie sonst nie anschlug. »Du weißt gar nichts, lass mich! Wenn du das tun willst, dann mach es, aber lass mich damit in Ruhe!« Darauf hatten sie sich irgendwann geeinigt. Auch wenn Giovanna in ihrer Radikalität später milder wurde, um Maries willen. Für Marie hätte sie vieles getan, das wusste Elli. Ob Marie das klar war?

Und jetzt würden sie sich wiedersehen. Elli wurde immer nüchterner, je mehr sie über diese Begegnung nachdachte, die sie da initiiert hatte. War es ein Fehler gewesen? Hatte Marie vielleicht nur ihr zuliebe zugestimmt? Sie und Giò hatten sich kaum mehr gesehen in den vergangenen Jahren, schon vor Maries Auswanderung. Wie sehr hatten diese Jahre sie einander entfremdet, hatten sie die Unterschiede verstärkt? Giò, die eigentlich Musikerin werden wollte, war immer emotional, handelte instinktiv, niemals rational, Marie dagegen war sachlich, überlegt, sie wog ab, was sie tat. Normalerweise. Giovannas Argumente waren ein Lächeln, der Aufschlag ihrer graublauen Augen, die flüchtige Geste, mit der sie sich die Haare aus der Stirn strich. All das wirkte bei ihr zufällig, ungeplant, und vielleicht war es das auch, wenn auch böse Zungen behaupteten, dass sie ganz genau wisse, was sie tat.

Manchmal, wenn Elli sich an all die Jahre zurückerinnert hatte, in denen ihre kleine Clique bestand, hatte sie dem Verdacht nachgehangen, dass Marie insgeheim in Giovanna verliebt gewesen sein könnte, dass die Liebe vielleicht das Einzige war, was auch eine so rationale Person wie Marie nicht steuern konnte. Dass sie, die sich mit ihrer hageren Schlaksigkeit, ihrem völligen Fehlen weiblicher Rundungen schon früh abgefunden und ganz offensichtlich ihrer Körperlichkeit keinerlei Macht über ihr Sein und Wünschen eingeräumt hatte, doch von der unwiderstehlichen Sinnlichkeit und dem natürlichen Charisma Giovannas in einer sexuellen Art fasziniert sein könnte. Doch Elli hatte den Gedanken verworfen, spätestens als Marie Marc kennengelernt hatte und eine, wenn auch letztlich unglückliche Beziehung mit ihm eingegangen war. Nein, erotisch war die wechselseitige Anziehungskraft zwischen ihren beiden Freundinnen sicher nicht gewesen. Eher war es eine Art tiefen gegenseitigen Respekts gewesen, eine stille Bewunderung, die beide für das hegten, was ihnen selbst an der anderen fremd war. Vielleicht hatte Marie gerade die unbedarfte Gewissenlosigkeit fasziniert, mit der Giovanna – zumindest als Mädchen und junge Frau – ihre Schönheit einsetzte, vielleicht auch ihre ungefilterte, beinahe verzweifelte Lebendigkeit, weil die ihr selbst völlig fremd war. Eine Verzweiflung, die Giovanna dem Schatten des Todes entgegenzusetzen suchte. Als wäre ihr bei jedem Schritt, bei jedem Atemzug schmerzhaft bewusst, dass es ihr letzter Schritt, ihr letzter Atemzug sein könnte. So sahen Elli und auch Marie mit wachsender Besorgnis zu, wie sie sich in jede neue Liebschaft wie eine Ertrinkende stürzte und auch innerhalb kürzester Zeit wieder daraus floh. Als ertrüge sie keine Grenzen, als nähmen diese ihr den Atem. Irgendwann – Giovanna hätte sicher selbst nicht genau sagen können, wann – wurden ihre Affären zum Selbstzweck. Das war die Zeit, in der Marie und Elli sich kopfschüttelnd ansahen, wenn sie über die Freundin sprachen, und sich einig waren, dass es kein gutes Ende mit ihr nehmen würde. Elli, die jetzt noch mit ihrer Jugendliebe zusammen war, ohne auch nur ein einziges Mal auf Abwege geraten zu sein – *na ja, bis vor Kurzem jedenfalls* – und Marie hatten in jenen Jahren keinerlei Neigung zu wechselnden Beziehungen gehabt. Marie hatte ihre Partnerschaft mit Marc viele Jahre gepflegt, an ihr festgehalten, obwohl sie betrogen und gedemütigt worden war.

Elli bewunderte Marie insgeheim dafür, dass sie es schließlich doch geschafft hatte, sich nicht nur von Marc zu trennen, sondern auch, die gemeinsamen Kinder mitzunehmen und in ein anderes Land zu ziehen.

So, als hätte sie mit der Loslösung von Marc ihren gewohnten inneren Sicherheitsabstand zum Geschehen wieder eingenommen, sich wieder in die Position des Beobachters begeben, in der sie jede Regung filtern, jede Reaktion abwiegen, alles aus einer Art analytischer Distanz betrachten konnte. Bei Marc hatte sie wohl den Fehler gemacht, den Sicherheitsabstand zu missachten. Und es bitter bereut.

Elli war sich nicht sicher, ob Marie sich selbst auch so sah. Und vielleicht war da auch etwas in Marie, das sie gar nicht erkennen konnte? So plötzlich alle Brücken hinter sich abzubrechen, passte eigentlich so gar nicht zu ihr. Oder doch? Sie hatte sich von Elli nicht in die Karten schauen lassen, und ihre gelegentlichen Telefonate gezielt auf Oberflächlichkeiten beschränkt. Elli konnte es nicht verstehen; Marie hatte schon begonnen, sich abzukapseln, bevor die Ehe mit Marc in die Brüche gegangen war, als die kleine Marlene, ihre jüngere Tochter, gerade die Grundschule verlassen hatte. Danach hatte sie sich immer seltener bei Elli gemeldet. Und, wie es so ist, kaum hatten die Jahre mit einem verschlafenen ersten Januar begonnen, waren auch schon wieder die Oster-, die Pfingstferien, der Sommerurlaub vorbei. Vor Weihnachten hatte dann eh niemand mehr Zeit, sich mit alten Freundinnen zu treffen, und schon schickten sie sich zum Jahreswechsel wieder nur eine Nachricht. Die beantwortet wurde oder auch nicht.

Bis dann eines Tages ein Anruf von Marie aus den Marken gekommen war, aus dem Ort Chiesavalle, so klein, dass Elli ihn nicht mal auf der Landkarte finden konnte. Sie habe sich einer Münchner Gruppe von Umweltaktivisten angeschlossen, hatte Marie erzählt, und sich gemeinsam mit ihnen der Kultivierung alter Pflanzensorten in den Bergen südwestlich von Ancona verschrieben. Wer diese Leute seien, hatte Elli wissen wollen, aber keine richtige Antwort bekommen. Was Maries Eltern dazu sagten, hatte sie dann noch gefragt. Christel und Uwe, inzwischen in ihren Sechzigern, hatten mit den »Flausen« ihrer Tochter, wie sie es nannten, immer schon gehadert. Sie waren sicher auch nicht begeistert davon, jetzt bis nach Mittelitalien fahren zu müssen, wenn sie ihre Tochter und ihre Enkelinnen sehen wollten.

»Is' mir wurscht«, kam von Marie.

»Und deine Mädels?«, hatte Elli gefragt. »Was sagen die dazu?«

»Die finden es aufregend.«

»Und wo gehen sie dann zur Schule?«, hatte Elli insistiert.

»Da gibt's ein Gymnasium im nächsten größeren Ort. Und einen Schulbus. Und, stell dir vor, sogar eine Universität ist nicht weit.«

»Und Marc? Was hält er davon, wenn seine Kinder irgendwo in den Bergen bei Wölfen und Bären sitzen?« Schweigen am anderen Ende der Leitung. Marc war nicht gerade Maries Lieblingsthema.

»Und was ist mit uns?« Das war Ellis letzte Frage gewesen.

»Wir können ja telefonieren.« Dann hatte Marie aufgelegt. Seither war es immer Elli gewesen, die angerufen hatte. Und allzu oft hatte sie Marie gar nicht erst an die Strippe bekommen.

Elli drehte sich auf den Rücken, setzte sich auf, schluckte die Bitternis hinunter, die in ihr hochstieg. Sie musste aufhören, sich etwas vorzumachen. Sie war kaum weniger enttäuscht von Maries Verschwinden als Giovanna. Monate hatte es gedauert, bis Marie sich überhaupt gemeldet hatte. Monate, in denen Elli von Maries Mutter, bei der sie schließlich auf der Matte stand, nur ein paar harsche Kommentare geerntet hatte, aber keine Details über Maries Aufenthaltsort.

Elli wälzte sich wieder auf die Seite und angelte nach ihrer Armbanduhr, die sie auf ein Tischchen neben dem Bett gelegt hatte. Viertel nach zwei. Nicht ungewöhnlich, dass sie um diese Uhrzeit wach war. In letzter Zeit passierte es ihr ständig, dass sie nicht einschlafen konnte, selbst wenn sie zu Hause in ihrem eigenen Bett lag. Ihr Bewusstsein hatte sich wohl an die ständige Habachtstellung gewöhnt, die es ihr ermöglichte, ihre beiden Leben miteinander zu vereinbaren. Wenn Toni sich neben ihr langmachte, sich mit einem letzten Kuss auf die Seite drehte und innerhalb weniger Minuten eingeschlafen war, schlug Elli die Decke zurück, suchte ihre Kleider zusammen und schlich auf Zehenspitzen aus dem Zimmer. Sie wusste, dass er sie am nächsten Morgen vermissen würde. Und sie hasste es, die Wärme des Betts zu verlassen, das ihr eine Zuflucht gewährte, die sie gar nicht verdient hatte. Doch gerade deshalb hatte sie von Anfang an auf diesem Deal mit dem Mann bestanden, der urplötzlich in ihr Leben getreten war. Weil sie wusste, das erste gemeinsame Frühstück mit ihm wäre der Beginn einer anderen Art Beziehung. Und dafür war sie nicht bereit, dafür gab es auch keinen Raum in ihrem Leben. Noch nicht, vielleicht.

Elli seufzte. Nur zu gut, dass sie am nächsten Tag nicht allzu lang würden fahren müssen. Sie hatte die Route nach Chiesavalle schon in ihr Navi eingegeben. Sie angelte nach ihrem Smartphone, stand vorsichtig auf und tastete sich an Giovannas Bett vorbei nach draußen. Die hätte jetzt sicher nachgefragt, was los war, wenn sie nicht wirklich schlafen würde. Und vielleicht hätte Elli ihr dann von Toni erzählt. Und von allem anderen. Doch jetzt atmete sie auf, als sie die Zimmertür hinter sich zuziehen konnte. Das mit der Ehrlichkeit konnte warten.

Zum Glück würde sie auch sonst niemandem auf dem Weg zur Terrasse begegnen, weil keine anderen Zimmer der Pension vermietet waren.

Im Speiseraum war schon alles fürs Frühstück hergerichtet, Marmelade und Nutella, in Einzelportionen verpackt, lagen am Buffet bereit. Elli widerstand der Versuchung, im Vorbeigehen eines der Päckchen mitgehen zu lassen. Toni war die einzige Disziplinlosigkeit, die sie sich leistete, und selbst dafür hatte sie ein strenges Regelwerk ersonnen, an das sie sich – und ihn – gekettet hatte. Sollte er jemals auf den Gedanken kommen, sich dagegen zu wehren, so hatte sie sich geschworen, dann müsste sie die Konsequenzen ziehen und die Affäre beenden. Zumindest war das ihr Plan gewesen. Doch jetzt war sie sich da gar nicht mehr so sicher.

Inzwischen war sie auf der Terrasse angelangt. Im Tal waren bis auf ein paar Straßenlaternen alle Lichter verlöscht und in der Ferne des Höhenzugs, der weit im Westen zu erahnen war, versackte der Blick in der tiefen Dunkelheit der Nacht. Der kurze Regenschauer des Nachmittags hatte sich längst verzogen, der Wind war zu einer leichten Nachtbrise abgeflaut. Obwohl die Pension noch im Ortsgebiet lag und eine Straße unten vor dem Haus vorbeiführte, war die Luft anders als zu Hause, mitten in der Großstadt. Lediglich Spurenelemente jener Feuchtigkeit, die der nachmittägliche Regen auf dem Straßenpflaster hinterlassen hatte, waren in einer Melange aus Gerüchen des Südens noch zu spüren. Reife Feigen glaubte Elli herauszuriechen, Pinien, Currykraut vielleicht, warme Erde. Die Luft war dicht und prall und schmackhaft, sie gab Elli das Gefühl, satt zu werden, wenn sie sie nur tief genug in ihre Lungen pumpte. Als könne sie damit einen Hunger stillen, von dem sie gar nicht gewusst hatte, dass sie ihn überhaupt empfand. Doch er war da, und der Duft weckte die Erinnerung an jene uralten Versprechen und Verheißungen, von denen sie als 17-Jährige geglaubt hatte, dass sie sich erfüllen müssten.

Elli setzte sich auf einen der bereits abgetrockneten Terrassenstühle und dachte über dieses Gefühl nach und über jene Erwartungen, die nie Realität geworden waren. Oder etwa doch? Wie konkret konnten ihre Hoffnungen und Träume damals gewesen sein?

Nun, sie hatten sicher nicht von vier Kindern gehandelt, von einer Beziehung, die sich 2016 ins 28. Jahr schleppen würde. Sicher auch nicht von der schrecklichen Veränderung ihres Vaters. Von seiner Vorliebe für Whisky. Und Schnaps. Gin. Cognac. Schließlich war es Wodka, der zu seinem Lieblingsgetränk wurde, weil man ihn in seinem Atem nicht riechen konnte. Aber seine Häme konnte man spüren. Seine Wut, wenn er nach Hause kam. Die Schläge, die er ihrer Mutter verpasste. Elli konnte sie spüren, als wäre es ihre Haut gewesen, die sich mit roten, violetten, blauen Flecken überzog, als wären es ihre eigenen Glieder gewesen, die nach solch einem Abend schmerzten.

Nein, davon hatte sie bestimmt nicht geträumt. Das waren die Albträume, die sie noch jetzt manchmal plagten – jetzt, da es schon lange diesen schlichten Grabstein auf dem Münchner Ostfriedhof gab, auf dem nicht mehr stand als nur »Klaus«. Weil ihre Mutter nicht wollte, dass der Nachname, den sie und ihre Kinder trugen, noch mit dem Mann in Verbindung gebracht würden, den sie einst mehr geliebt hatte als irgendetwas sonst.

Als es noch das Gläschen Whisky war, das Klaus hin und wieder in seinem Arbeitszimmer trank, schien alles in Ordnung, zumindest für Elli, die es nicht besser wusste. Da war er noch der Vater, den sie liebte, dem sie vertraute. Dass er auch damals schon zu viel an seinem Schreibtisch saß, in den Augen ihrer Mutter jedenfalls, konnte sie nicht ahnen. Sie hatte als kleines Mädchen unter diesem Schreibtisch gespielt; er war ein geschützter Raum für sie gewesen, eine Höhle, in der sie die kleinen Plastikpferde aufbauen konnte, die Klaus ihr mitbrachte. Für jeden Fall, den er übernahm, bekam sie ein neues Pferdchen geschenkt. Bis sie schließlich ein ganzes Gestüt beisammenhatte. Und bis die Stallungen, aus Kartonagen gebaut, nicht mehr unter den Schreibtisch passten und sie selbst zu groß dafür wurde. Sie zog um in ihr eigenes Zimmer, baute ihren Stall dort ein bisschen größer. Manchmal kam Marie, um ihr dabei zu helfen, und Klaus trank statt einem Whisky zwei oder drei. Er wurde müde, wenn er mal nichts getrunken hatte, seine Gesichtsfarbe grau.

Elli räumte die Pferde irgendwann in einen grünen Karton mit einem roten Deckel und verfrachtete ihn in einen Schrank, hängte sich Poster von Pierre Cosso und Rob Lowe an ihre Zimmerwand und begann, sich hin und wieder von ihrem Taschengeld die Bravo am Kiosk zu kaufen.

Ihr Vater brachte immer mehr Unterlagen, immer mehr Arbeit mit nach Hause, gab seiner Frau nur noch selten einen Kuss, wenn er aus dem Büro kam. Elli bekam mit, dass er ihrer Mutter auch kaum mehr etwas erzählte, dass sie seine Kollegen fragen musste, wenn sie wissen wollte, warum er an manchen Abenden einfach gar nicht nach Hause kam. Sein großes Ziel war es, Partner zu werden, das wusste sie. Diesem Ziel ordnete er alles unter. Und wenn es alles kostete. Der Alkohol half ihm dabei.

Irgendwann nahm Elli Rob Lowe von der Wand und ersetzte ihn durch Tom Cruise, sie schloss für die Bravo ein Abonnement ab von dem Geld, das sie sich dazuverdiente, indem sie Nachbarn bei der Gartenarbeit half, und lud manchmal einen Jungen aus ihrer Klasse ein, der sogar dann ein bisschen länger bleiben durfte, wenn ihre Mutter abends früh zu Bett ging. Ihr Vater bemerkte den Besuch eh nicht. Er holte sich mittlerweile keine einzelnen Gläser mehr aus der Küche, sondern brachte sich Whiskyflaschen in seiner Arbeitstasche mit nach Hause, die den Weg in den Küchenschrank gar nicht erst fanden. Sie entdeckten die leeren Behältnisse unter seinem Bett, als es zu spät war, in seinen Schränken, versteckt in leeren Aktenordnern. Wenn ihre Mutter Hanni nach ihm schaute, hörte Elli, wie er sie aus dem Zimmer warf.

»Lass mich arbeiten, nie bin ich ungestört. NEIN, ich bin NOCH NICHT fertig«, hörte sie ihn brüllen. Noch später dann – da war es schon Matthias, der Elli regelmäßig besuchte und ihr die Hand hielt, wenn drüben der Lärm anhob – wurde Klaus immer aggressiver: »Geh zum Teufel! Blöde Schlampe!« Dann hörte sie erst seine Tür knallen, dann die schnellen Schritte ihrer Mutter, die die Treppe hinunterfloh. Einmal, als Hanni die Tür nicht rechtzeitig hinter sich zuziehen konnte, zerbarst ein Glas an der Brüstung der Treppe, das er ihr nachgeworfen hatte. Elli stürmte aus ihrem Zimmer, half ihrer Mutter, die Scherben zusammenzusuchen, die sich über das gesamte Treppenhaus und den Gang im Erdgeschoß verteilt hatten. Und sie bemühte sich, nicht zu sehen, dass ihrer Mutter die Tränen übers Gesicht liefen. »Ist alles gut, mein Mädchen, er fängt sich schon wieder«, murmelte sie, als Elli unbeholfen über ihren Arm strich. Hanni tätschelte ihr die Hand, offensichtlich um Gelassenheit bemüht. »Es wird schon wieder.«

Doch es wurde nicht wieder. Klaus fing sich auch nicht. Im Gegenteil. An Ellis 18. Geburtstag betrank er sich so, dass er vor dem Restaurant, in dem sie zu fünft zu Abend gegessen hatten – ihre studierenden Brüder waren extra nach Hause gekommen –, auf die Straße fiel. Der Fahrer eines Mercedes konnte gerade noch bremsen. Als er ausstieg, um Klaus auf die Beine zu helfen, revanchierte sich der mit einem Faustschlag und verbrachte die Nacht in einer Ausnüchterungszelle. Als ihn die Polizei am nächsten Morgen zu Hause ablieferte, nutzte Ellis Mutter die Gelegenheit, ihn ohne Pegel zu erwischen, und versuchte, mit ihm zu reden.

Es war ein Samstag, Elli saß bei offener Tür oben in ihrem Zimmer und lernte. Sie hörte, wie ihr Vater sich entschuldigte, wie er versprach, keinen Tropfen mehr anzurühren, sie hörte auch, wie er schluchzte. Als sie nach draußen schlich, sah sie ihre Eltern sich gegenseitig im Arm halten, und sie schöpfte Hoffnung. Tatsächlich hielt ihr Vater sein Versprechen. Er kam früher nach Hause, ließ die Arbeit im Büro, lud seine Frau zum Essen, seine Tochter ins Kino ein. Kurz nachdem Elli ihre Facharbeit abgegeben hatte, es waren noch ein paar Wochen bis zum Abitur, fand sie den Schlüssel eines Fiat Panda an ihrem Schlüsselhaken. Als sie nach draußen lief, stand Klaus schon vor der Tür und empfing sie mit einem glücklichen Lächeln auf dem gar nicht mehr grauen Gesicht. Er schloss seine Tochter in die Arme und flüsterte ihr ins Ohr: »Ich hab's dir versprochen, mein Mädchen.« Elli setzte sich hinters Steuer ihres ersten eigenen Wagens und fuhr los, um ihre Freundinnen abzuholen. An diesem Morgen kamen sie alle vier zu spät zum Unterricht.

Wenige Wochen später – die Mädchen hatten gerade die schriftlichen Abiturprüfungen hinter sich und feierten gemeinsam mit ein paar Freunden in einer Kneipe – setzte Klaus den neuen Wagen seiner Tochter im Vollsuff gegen einen Baum. Der Luftröhrenschnitt, mit dem ihm die Ärzte im Klinikum Harlaching das Leben retteten, war noch nicht richtig verheilt, da hatte er schon seinen nächsten Vollrausch. Während Elli und ihre Freundinnen sich dem Kolloquium stellen mussten, soff sich ihr Vater durch die Reha. Am Tag nach ihrer letzten Prüfung kam er wieder nach Hause und schwor einmal mehr, mit dem Trinken aufzuhören. Hanni glaubte ihm, weil sie es unbedingt wollte, Elli schon nicht mehr. Sie war drauf und dran, nicht mit zum Zelten zu fahren. Sie wollten das bestandene Abi am Meer feiern, alle vier Freundinnen gemeinsam, nur ein paar Tage, schließlich war Elli schon schwanger, und Marie konnte nicht viel Geld dafür ausgeben. Sie beschwor Elli, trotz ihrer Sorge um ihre Mutter mitzukommen. »Er ist nicht deine Verantwortung«, sagte sie.

»Aber meine Mutter ist meine Verantwortung«, antwortete Elli. Giovanna wog unentschlossen den Kopf.

»Was glaubst du, was passieren könnte?«, wollte sie wissen.

»Das Gleiche wie immer«, sagte Elli. »Er wird saufen, und wenn sie ihm in die Quere kommt, dann schlägt er sie.« Antonella schaute mit erschrockenen Augen von einer zur anderen. Wenn sie etwas hatte sagen wollen, dann blieb es ihr in der Kehle stecken.

Elli fuhr doch mit ans Meer, weil ihre Mutter sie bekniet hatte, es zu tun.

»Elli fahr, das kommt so nie wieder! Du weißt nicht, was aus euch wird. Ich komm schon klar. Denk nicht dauernd an mich!«

Elli blickte über das dunkle Tal und schüttelte den Kopf. Früher hatte sie das nicht gekannt, dass sie ständig die Vergangenheit einholte. Früher hätte sie in der samtigen Finsternis einer italienischen Nacht an die Gegenwart gedacht, an ihre Kinder vielleicht, die geborgen in den Betten des Hotels, vor dem Elli saß, seelenruhig schliefen. Vielleicht hätte sie nach Matthias' Hand gegriffen, der neben ihr gewesen wäre, wie immer gelassen, wie immer zufrieden, wenn sie nur bei ihm war. Und in seiner Zufriedenheit hätte sie sich ausgeruht, hätte es geschafft, die schlimmen Dinge jener Jahre wegzudrängen. Jetzt war das anders geworden. Nicht erst, seit es Toni in ihrem Leben gab. Doch auch er rüttelte an den Grundfesten ihres Daseins.

Elli nahm einen tiefen Atemzug und zog sich die Jacke fester um den Körper; ihr war jetzt doch ein wenig kalt geworden. Wenn sie morgen zeitig aufbrechen wollten, sollte sie versuchen, noch ein bisschen zu schlafen. Bevor sie wieder ins Haus ging, nahm sie ihr Handy zur Hand und überlegte, ob sie eine Nachricht an Toni schicken sollte, ließ es dann aber bleiben. Er sollte sich nur nicht einbilden, dass sie ihn vermisste. Stattdessen suchte sie zwei Fotos heraus, eins vom Sonnenuntergang – sie wusste, dass ihre Kleine, Lilly, es lieben würde – und ein zweites, das sie und Giovanna beim Abendessen auf der Terrasse zeigte, und schickte es mit ein paar Herzen in die Familien-WhatsApp-Gruppe. Matthias und Nick würden es beim hoffentlich gemeinsamen Frühstück lesen. Mitten in den Ferien war Nick mit seinen 16 Jahren meistens abends mit Freunden unterwegs, entsprechend spät kam er morgens aus dem Bett, während Matthias ein Frühaufsteher war. Max, der 18-Jährige, war zu einem Campingurlaub mit seiner ersten Freundin aufgebrochen und Lilly für eine Woche in ein Pfadfinderlager gefahren. Wenn Elli wieder zurückkam, würde auch der Rest der Familie wiedereintreffen, inklusive Lena, ihrer Ältesten, die einen Teil ihrer Semesterferien mit der Familie verbringen wollte. Elli schluckte; ihre Große brauchte das Familien-Nest fast mehr als die anderen.

Konnte sie ihr das wirklich nehmen? Würde sie es sich jemals verzeihen, dafür verantwortlich zu sein, dass ihre Familie zerbrach? Die Wärme ihrer Jacke reichte nicht mehr aus. Fröstelnd schlich Elli zurück durch den Frühstücksraum, die Treppe hinauf und ins Zimmer. Sie konnte Giovannas Gesicht nicht erkennen, aber sie hörte ihr leises Schnarchen und musste trotz der schweren Gedanken, die sie gewälzt hatte, lächeln. Giovanna konnte sich eben noch über die Ungerechtigkeiten ihres Lebens empört haben, darüber, dass jemand sie schief oder – noch schlimmer – gar nicht angeschaut hatte, sie konnte eben ihr Herz verloren oder das eines anderen gebrochen haben, ganz egal: Giovanna konnte immer schlafen. *Unglaublich*, dachte Elli. Sie war sich sicher, dass Giovannas Schlaf nicht ohne Albträume war, und doch stürzte sie sich ohne Zögern hinein. Elli kuschelte sich unter ihr Laken, musste noch einmal aufstehen, weil sie fror, suchte und fand in einem Wandschrank eine Wolldecke und breitete sie über ihr Bett. Dann fand auch sie endlich in den Schlaf.

3.

MATTINA.

Giovanna

Marie, war Giovannas erster Gedanke, als sie die Augen aufschlug. *Mein Akkordeon*, der zweite. Eine Frühaufsteherin war sie noch nie gewesen, aber diesmal hielt sie nichts im Bett, auch, weil von draußen die frühe Morgensonne durch einen Spalt zwischen den flüchtig zugezogenen Vorhängen fiel und ihr Gesicht in Helligkeit tauchte. Sie streifte das Laken von den Beinen und schüttelte lächelnd den Kopf, als sie sah, dass Elli sich unter einer Wolldecke zusammengerollt hatte. Eigentlich hätte doch sie, die sie aus dem Süden stammte, die Kälteempfindliche von ihnen beiden sein müssen, doch es war genau andersherum.

Leise, um die Freundin nicht zu wecken, die nun endlich tief schlief, schlich Giovanna zu dem großen Instrumentenkoffer hinüber und strich liebevoll mit der Hand darüber. Kurz zögerte sie. *Soll ich? Soll ich es mit runternehmen? Soll ich es ausprobieren?* Dann zog sie die Hand wieder zurück. *Es wäre viel zu laut, das Haus schläft ja noch.*

Sie wusste, dass das nur eine Ausrede war. Sie waren allein in der Pension. Und der Hauswirt, ein Künstler, der die zwei Appartements als Zusatzerwerb führte, schlief gegenüber, jenseits des alten Wasserturms in einem der Gebäude, die, eng aneinandergedrängt, den kleinen Platz umstanden. Nein, es war einfach noch zu früh, zu früh für sie. Sie war bereit gewesen, sich auf den Weg zu machen, sie war bereit gewesen, das Instrument zu kaufen und es abzuholen, aber sie war noch nicht bereit, es zu spielen. *Morgen vielleicht. Eins nach dem anderen.*

In ein paar Stunden würde sie Marie wiedersehen, damit musste sie sich zuerst befassen, und es war ihr noch ganz und gar nicht klar, was sie davon halten sollte.

Giovanna ließ das Akkordeon stehen, schlich leise hinüber ins Bad. Sollte Elli ruhig noch ein bisschen schlafen, sie würde es nötig haben. Als ob Giovanna nicht mitbekommen hätte, dass ihre Freundin die halbe Nacht auf den Beinen gewesen war. Irgendetwas beschäftigte Elli, irgendetwas in ihrem Leben war anders als sonst, das war Giovanna klar. Sonst hätte Elli niemals zugestimmt, spontan zu Hause alles stehen und liegen zu lassen und sie nach Italien zu begleiten. Elli hatte keine Sekunde gezögert, als Giovanna ihr ihren Plan eröffnet hatte, nach Castelfidardo zu fahren und das Akkordeon abzuholen. Das ihr zurück zur Musik helfen sollte, nach all den Jahren, in denen sie keinen Finger mehr auf eine Taste gelegt hatte. Den Deckel ihres Klaviers, das im Haus der Münchner Großmutter zurückgeblieben war, hatte sie seit Antonellas Tod nie wieder aufgeklappt.

Als Giovanna ihre Freundin abends angerufen hatte, war Elli sofort aufgesprungen vom Schreibtisch, wo sie noch an der Vorbereitung für die Eröffnung einer Drogeriefiliale saß, Adressen von Caterern heraussuchte, wie sie erzählte. Sie war nach unten gelaufen, das Telefon noch in der Hand, und hatte Matthias geweckt, der auf dem Sofa vor dem Fernseher eingeschlafen war. Giovanna hatte mitgehört, wie Elli ihrem sicher noch leicht benommenen Mann eröffnete, dass er eine Woche allein verbringen müsse, weil sie ihre Freundin begleiten werde. »Sieh's mal so, da hast du endlich mal deine Ruhe«, hatte sie Elli sagen hören. Die Kinder seien just in dieser Woche alle ausgeflogen, erklärte die Freundin ihr später. Giovanna konnte sich gut vorstellen, wie sich Matthias vergeblich mühte, passend auf die unerwartete Situation zu reagieren, wie in seinem großen, flächigen Gesicht unter dem mittlerweile angegrauten Vollbart die Verwirrung zu sehen war. Sie konnte auch Elli vor sich sehen, wie sie eine Hand in die leicht eingeknickte Hüfte stemmte, wie immer, wenn sie ihrem Gegenüber eine Entscheidung, die sie für sich selbst längst getroffen hatte, als nicht diskussionswürdig verkaufen wollte. Was sie vor allem dann tat, wenn sich eine Diskussion geradezu aufdrängte. Giovanna jedenfalls wäre an Matthias' Stelle sicher nicht zu dem »Ja und Amen« bereit gewesen, mit dem er reagierte. Zumindest hätte sie sich ausgebeten, die Angelegenheit im ausgeschlafenen Zustand besprechen zu können – doch schien es ihr, als habe Elli genau das vermeiden und Matthias erst gar keine Zeit zum Nachdenken geben wollen.

Da kann doch irgendwas nicht mit rechten Dingen zugehen, so was hat sie noch nie gemacht, sinnierte Giovanna. Das passte einfach nicht zu ihrer Freundin. Gab es auch für Elli etwas, das sie hinter sich lassen wollte? Worüber nicht mal sie, ihre beste Freundin, informiert war? Vielleicht interpretierte sie zu viel hinein in Ellis rasche Zusage, vielleicht sollte sie nicht von sich selbst ausgehen, die sie die Fahrt auch brauchte, um Abstand zu gewinnen. Abstand von ihrem Vater vor allem, gut siebenhundert Kilometer. Mehr wären besser gewesen. Um eine angemessene Reaktion auf seinen Verrat zu finden und die passende Haltung. Nein, überhaupt eine Haltung. Die war ihr nämlich abhandengekommen, in dem Augenblick, in dem sie davon erfuhr, und das ausgerechnet von Regina und Aldo. Sie hatte nicht gewusst, wie sie mit ihrem neuen

Wissen umgehen sollte. Hatte sie überhaupt das Recht, ihn zu verurteilen?

Ihre Tante und deren Mann hatten sie eines Tages in ein kleines Haidhauser Café gebeten. Die Schwester und der Schwager ihrer Mutter waren ziemlich schnell zur Sache gekommen und hatten nicht lange gebraucht, um das Bild zu zerstören, das sich Giovanna vom Anteil ihres Vaters am Tod ihrer Mutter gemacht hatte. Sie waren gut darin gewesen, die Vorstellung ins Wanken zu bringen, in die Giovanna von klein auf gebettet war, seit jenem schlimmen Tag.

Als die Tür des Cafés hinter ihren römischen Verwandten ins Schloss gefallen war, hatte das Glöckchen darüber leise geklingelt. Giovanna hatte eine ganze Weile ins Leere gestarrt, bevor sie ihr Handy aus der Jackentasche gezogen, ihren Vater angerufen und ihn beschimpft hatte. Ohne den anderen Besuchern des Cafés und deren bestürzten Mienen auch nur die geringste Aufmerksamkeit zu zollen, war sie immer lauter geworden. War noch wütender geworden, weil er ihren Vorwürfen nichts entgegensetzte. Nichts entgegensetzen konnte.

»Du hättest sterben sollen. Nicht sie! Ich hasse dich!« Das waren die letzten Worte gewesen, die sie ins Telefon gebrüllt hatte, bevor sie das Gespräch beendete. In ihrer Wut hatte sie den roten Button nicht gleich gefunden, um aufzulegen, und mit dem Zeigefinger auf dem Smartphone wild herumgedrückt. Eine ganz große Geste wäre ihr lieber gewesen für ihren Zorn, ein altertümlicher Hörer, den sie auf eine ausladende Telefongabel hätte knallen können.

Doch da war nur die lautlose Ödnis, die zurückblieb. Eine weitere Leerstelle in ihrem Herzen.

Auf die römische Verwandtschaft ihrer Mutter konnte sie noch nicht einmal wirklich wütend sein. Sie war ihr nicht wichtig. Was hätte sie von ihnen schon erwarten sollen? Regina, die ältere Schwester ihrer Mutter, und auch Aldo hatten ihren Vater von Anfang an abgelehnt. »Il Tedesco, den Deutschen«, nannten sie ihn in einem Ton der Verachtung, der Giovanna schon als kleines Mädchen erschreckt hatte, wenn sie mit ihrer Schwester im zurechtgestutzten Garten der römischen Großeltern spielte und zufällig den Unterhaltungen der Erwachsenen lauschte. Das Adjektiv »deutsch« hatte für die Mädchen seither immer einen etwas schalen Beigeschmack gehabt. Als ihre Mutter gestorben war und ihr Vater ihnen eröffnete, sie würden nach Deutschland ziehen, hatte sich Antonella in dem Loch in der Wand ihres Zimmers versteckt, von dessen Existenz außer ihr nur Giovanna wusste. Die auf keinen Fall ohne ihre Schwester nach Deutschland wollte und ihren Vater zu dem Versteck führte.

»Traditrice, Verräterin«, hatte Antonella ihrer Schwester ins Gesicht geschrien, mit all dem Stimmvolumen, auf das sie als gute Sängerin zurückgreifen konnte, als ihr Vater sie aus ihrem Loch gezogen hatte. Und es brauchte viel, um Antonella laut werden zu lassen. Also zog die kleine Giovanna den Kopf ein und schlich aus dem Raum, während ihr Vater seine um sich tretende und weinende jüngere Tochter an seine Brust drückte und Antonellas Tränen das schwarze T-Shirt durchnässten, das er an diesem Tag trug. Eines von vielen schwarzen T-Shirts. Seit dem Tod seiner Frau war sein Schrank voll damit, und er brachte jede Woche einen Rucksack davon in die Wäscherei in der Via Luciano Manara. Manchmal nahm er die Mädchen mit und kaufte ihnen ein Eis, ein paar Hausnummern weiter. Während sie mit der Süßigkeit beschäftigt waren, konnten sie sehen, wie er langsam zur Wäscherei zurückging, und sie maßen das drückende Gewicht seiner Schritte an der Enge ihres eigenen Brustkorbs. Meist lehnte er sich dann an ein Auto und wartete. Regungslos, als wäre er in eine sonderbare Trance verfallen, starrte er gegen die mit Parolen beschmierte Hauswand und wartete. Vielleicht auf eine

Morgendämmerung, die nicht kommen wollte. Vielleicht hätte ja das Warten eines Tages ein Ende gehabt. Vielleicht hätte ihr Vater irgendwann aufgehört, Schwarz zu tragen, auch wenn sie in Rom geblieben wären.

Doch Christian Michelis entschied, diesen Moment nicht abzuwarten. Schließlich musste das Leben weitergehen, wenigstens für seine beiden Mädchen. Er verkaufte die Wohnung in Trastevere und kündigte seiner Mutter in München an, dass er mit den Kindern zu ihr ziehen würde. Das elterliche Haus, seit dem Tod seines Vaters zur Hälfte verwaist, war groß genug, um den Sohn und die Enkelinnen aufzunehmen.

Tante Regina war damals Sturm gelaufen gegen die Entscheidung ihres Schwagers, hatte mit allen Mitteln verhindern wollen, dass er ihre Nichten außer Landes brachte. »Wie kannst du das tun?«, hatte sie so laut geschrien, dass sich die Tür der Hausmeisterin im Hintergrund öffnete, die jedes Wort sicherlich brühwarm in der Panetteria, beim Gemüsehändler und beim Friseur ums Eck weitertratschen würde.

»Wie kannst du ihnen die Heimat nehmen? Sie in die Kälte bringen? Weg von ihrem Volk!« Doch sie konnte nichts ausrichten gegen Christians Entscheidung. Er war schließlich der Vater. Das Verhältnis zwischen ihnen war seither von räumlicher und, mehr noch als zuvor, von emotionaler Distanz geprägt. Christian schlug alle Einladungen der Verwandten an die Mädchen aus. Und die Zwillinge verstanden das. Bei aller Sehnsucht nach ihrer Heimat, den Straßen ihrer Kindheit, dem schönen Garten in der großelterlichen Villa in Parioli, erschreckte sie doch die Gefühlskälte, die sie bei Mamas Verwandten empfanden.

Später dann, als sie selbst hätte entscheiden können, nach Rom zu fahren, war Giovannas Angst vor den Erinnerungen viel zu groß geworden, so gern sie auch ihre beiden Schulfreundinnen aus der Grundschulzeit in Trastevere gesehen hätte, mit denen sie Briefkontakt hielt. So gern sie mit ihnen am Tiber entlang gebummelt wäre oder einen Strandtag mit ihnen verbracht hätte, mit einer abendlichen Pizza am Meer vielleicht sogar.

Was Regina und Aldo jetzt, nach Jahrzehnten, getrieben hatte, Giovanna in München aufzusuchen und die Lüge ihres Vaters ihr gegenüber aufzudecken, konnte sie sich nicht wirklich erklären. Ging es Regina wirklich nur darum, dass Giovanna endlich die ganze Wahrheit über den Tod ihrer Mutter erfuhr? Oder wollte sie vielmehr doch ihrem ungeliebten Schwager eins auswischen? Sie musste gewusst haben, was sie damit anrichtete. Es musste ihr, die sie selbst auf die 70 zuging, klar gewesen sein, welchen Keil sie damit zwischen Christian Michelis und seine Tochter treiben würde, jetzt, ein halbes Leben später. Aber falls sie Giovanna damit doch noch auf die italienische Seite der Familie hatte ziehen wollen, weg von ihrem Vater, der in ihren Augen immer nur der hässliche Deutsche gewesen war, auch wenn er einen italienischen Nachnamen trug, dann hatte sie damit das Gegenteil erreicht.

Trotz der Tatsache, dass Giovanna sich immer ein bisschen mehr als Italienerin gefühlt hatte denn als Deutsche. Sie war in Italien Kind gewesen. Und ist es nicht so, dass die Jahre der Kindheit Spuren in uns hinterlassen, die gerade deshalb so unauslöschlich sind, weil wir sie als Erwachsene nicht mehr zu deuten wissen? Oder weil es uns nur selten gelingt, sie bis zu ihrem Ursprung zurückzuverfolgen? Aber sie sind da, selbst, wenn wir gar nichts von ihnen wüssten. Giovanna hatte den Rhythmus der italienischen Sprache ebenso in sich aufgenommen wie jenen des pulsierenden, anarchischen Lebens in den Gassen ihrer Heimat, wie die Hitze im römischen August, die so allumfassend ist, dass sie jeden Gedanken zum Schmelzen bringt, und wie den Geschmack von verbrannter Zweitaktmischung auf der Zunge und das ohrenzerfetzende

Geräusch unzähliger Motorroller, die ihn verursachten. Sie trug das alles in sich. Das Knattern der dreirädrigen Karren, mit denen die Händler in den frühen Morgenstunden unter ihrem Fenster in Trastevere vorbeizuckelten, um frisch geerntete Aprikosen, aromatische Oliven oder dicke Wassermelonen zum Markt zu bringen – all das gehörte zu ihr. Auch die Tiberschleife gehörte zu ihr, genauso das Gefühl der harten Steinstufen unter den Oberschenkeln, die zum Lungotevere hinunterführten, und wie die Kälte durch den dünnen Stoff eines kurzen Kleidchens drang, wenn sie neben Antonella dort saß und ein Schokoladeneis schleckte. Das keuchende Brummen der Autos, die eins an der Stoßstange des anderen über die Ponte Garibaldi tuckerten, war ebenso selbstverständlich ein Element ihres jungen Lebens gewesen, wie es später das Getöse geworden war, das in München die Isar machte, wenn sie über das Wehr unter dem Münchner Flauchersteg fiel, der beißende Geruch nach Mist und Ammoniak, der manchmal vom nahen Tierpark Hellabrunn herüberwehte, oder das Glockengeläut von St. Georg Bogenhausen am frühen Sonntagmorgen. Und ganz ähnlich wie sich die Römer gerne über einen einzelnen vormittäglichen Schauer beschwerten – der in den Wochen der Gluthitze immerhin für etwas Abkühlung in der italienischen Hauptstadt sorgte –, jammerten die Münchner über die Hitze im Sommer, zu viel oder zu wenig Schnee im Winter und den Regen während des übrigen Jahres.

Und Giovanna tat es ihnen allen gleich.

Fast zehn Jahre hatte sie in Rom verbracht, gut dreißig bereits in München, in der Stadt der geordneten Vorgärten und geputzten Hausfassaden, der japanischen Touristen vor dem Glockenspiel am Marienplatz und der dröhnenden Dauerbaustellen, in jener Stadt, die so stolz auf ihre bayerisch freistaatliche Tradition war und so kleinlich in ihrer deutschen

Korrektheit. Und so war sie Römerin geblieben und Münchnerin geworden.

Von beiden Orten und den Ländern, zu denen sie gehörten, trug Giovanna ihren Teil in sich – und fühlte sich von beiden gleichermaßen ausgeschlossen. Vielleicht lag es daran, dass sie an beide Länder auch einen Teil von sich selbst verloren hatte. Es hatte viele Momente in ihrem Leben gegeben, in denen sie sich gewünscht hätte, ganz eindeutig zu einer Seite zu gehören.

Manchmal ging es ihr so, wenn sie Marie beobachtete, wie sie so entschlossen war, so eindeutig, wie sie für ihre Überzeugungen eintrat. Manchmal fragte sich Giovanna, wie es eigentlich um ihre eigenen Überzeugungen stand. Um ihre Ideale. Sie bewunderte Marie unendlich um ihre entschiedene Haltung in jeder Frage, während sie selbst oft zauderte und schwankte, den Weg des geringsten Widerstands ging, um sich auf nichts festlegen zu müssen. Und dann war da noch Elli. Auch sie eine starke Person, die zeitlebens einen klaren Kurs verfolgt hatte, trotz allem, was ihr passiert war, die ein Studium gemeistert und zugleich ein Kleinkind versorgt hatte, die als Eventmanagerin einen abwechslungsreichen und verantwortungsvollen Beruf ergriffen und ihr Leben in geordnete Bahnen gelenkt hatte. Und neben diesen beiden Frauen stand Giovanna. Was hatte sie schon vorzuweisen? Eine Menge gescheiterter Beziehungen, einen Job, den man mit etwas gutem Willen immerhin halbwegs interessant nennen konnte, der sie aber nicht wirklich forderte, eine musikalische Begabung, die sie vergeudet hatte, eine tote Schwester, eine kaputte Familie und herausgerissene Wurzeln, die danach dürsteten, sich endlich wieder irgendwo verankern zu können.

Nachdem sie die Stätte und die Stadt ihrer Kindheit verlassen hatten, war ihre Schwester für Giovanna der Hort ihrer gemeinsamen Erinnerungen gewesen. Solange Antonella an ihrer Seite war, war auch noch ein Rest der Geborgenheit existent, die sie aus ihrer Kindheit in Trastevere kannte. Durch Antonellas Gegenwart hatte sie die Liebe ihrer Mutter um sich gespürt wie eine Schnecke ihr Haus, ihre Gegenwart war der Beweis dafür gewesen, dass es diese Liebe einmal gegeben hatte. Bei all dem Schmerz, den der Tod ihrer Mutter in ihnen beiden auslöste, war es Antonella gewesen, deren verzweifelte Anstrengung sie beide weitertrug und auch Giovanna Kraft gab. Mit aller Macht klammerte Antonella sich an die Erinnerungen, beschwor immer wieder die verschwundenen Jahre, in denen sie eine intakte Familie gewesen waren, und schaffte es so, die Erinnerungen für sie beide lebendig zu halten.

Doch dann hatte sie auch Antonella verloren. Damals hatte sie nicht mehr gewusst, wer sie war, wo sie hingehörte. Sie hatte nicht geahnt, wie sehr ihre Schwester für sie Inbegriff von Heimat gewesen war. Das tatsächliche Zuhause ihrer Kindheit, Rom, hatte Giovanna seither nicht mehr wiedergesehen. Und die Abneigung gegen die römische Tante war nur ein Grund dafür gewesen – wenn auch ein guter.

Ihr Vater hatte den Widerwillen seiner Töchter gegen Regina und Aldo aber auch zeitlebens genährt. Giovannas Aversion gegen Politik im Allgemeinen wurde durch ihren Vater Christian noch verstärkt, der von den Aktivitäten seiner Schwägerin und seines Schwagers mit spürbarem Ekel sprach. Aldo pflegte, wie Christian wusste, immer schon beste Kontakte zum MSI und zu römischen Sympathisanten der Lega Nord. Später waren Regina und Aldo glühende Verehrer Berlusconis und seiner Forza Italia geworden, »und am liebsten hätten sie, dass der Duce wiederaufersteht«, giftete Giovannas Vater gerne, wenn das Gespräch auf die römische Familie kam. »Nur unsere Achse«, bemerkte er sarkastisch in Anspielung auf seine Ehe mit Allegra, »die war ihnen immer ein Dorn im Auge.« Dass Onkel und Tante ihre Nichte in ihrem Sinne beeinflussen wollten, lag auf der Hand – und schreckte Giovanna ab, denn zwischen die komplizierten Fronten zu geraten, war das Letzte, was sie wollte.

Ihr Großvater, Christians Vater, hatte 1939 seiner Heimat Südtirol den Rücken gekehrt und im Deutschen Reich nach der Erfüllung der nationalen Identität gesucht, von der er glaubte, dass sie ihn glücklich machen würde – und nach Ruhe vor den Gängelungen der italienischen Faschisten.

Die Heimat seines Vaters kannte Christian nur aus dessen Erzählungen, und er lehnte es ab, sich das Misstrauen gegen den italienischen Staat vorzustellen, das in den Bergtälern grassierte, die zu diesem Staat gehörten, obwohl sie sich seit jeher eher deutsch als italienisch gefühlt hatten. Christian war mit dem romantischen Italienbild der 50er- und 60er-Jahre aufgewachsen, das von leuchtenden Farben, lachenden Frauen mit schwarzen Augen und dem Versprechen des Dolce Vita lebte. In dieses Bild hatte er sich verliebt. So wollte er das Land sehen, das sein Vater verlassen hatte. Und so schrieb er sich in der Uni für Italienisch ein – was sein Vater schon nicht mehr erlebt hatte. Nicht zufällig heiratete Christian eine Römerin. Allegra hatte er im Rahmen eines Austauschprogramms kennengelernt und war mit ihr in die italienische Hauptstadt gezogen. Erst ihr Tod führte ihn zurück in seine Geburtsstadt München.

Und so fand die Geschichte des kulturellen Zwiespalts, der durch die Familie ging, in Antonella und Giovanna gewissermaßen ihre Fortsetzung. Sie trugen beide Länder in sich, beide Identitäten.

Je mehr Giovanna jetzt über den Besuch ihrer Tante nachdachte, desto bewusster wurde ihr erneut dieser Zwiespalt, den sie in ihren Münchner Jahren weitgehend vergessen hatte. Ihre römischen Verwandten hatten kein gutes Haar an ihrem Vater gelassen – nicht an seiner so lange zurückliegenden Entscheidung für München, nicht an seiner Herkunft, und dann war da noch seine Arbeit als Journalist, die ihnen immer schon ein Dorn im Auge gewesen war.

»Er ist eine Schmeißfliege«, hatte Aldo gehetzt, »das war er immer schon, eine linke Schmeißfliege. Ein Schmierfink, der alles niedermacht, was andere richtig finden.« Und dann hatte er Giovanna alles erzählt. Und die Schuld ihrem Vater gegeben. Ihm und all jenen, die so dachten wie er.

Der Gedanke an ihren Papà ließ Giovanna tief aufseufzen. Warum hatte er ihr nicht selbst die Wahrheit sagen können? Doch bevor die Wut wieder Besitz von ihr ergreifen konnte, drehte sie den Hahn am Waschbecken auf und schaufelte sich kaltes Wasser ins Gesicht. Dann griff sie nach dem Töpfchen mit der Creme, die sie seit Kurzem benutzte. Seit sie festgestellt hatte, dass die beiden Falten, die sich rechts und links ihrer Mundwinkel zeigten, wenn sie lachte, auch noch blieben, wenn das Lachen längst verschwunden war, hatte sie begonnen, ihrer Haut ein wenig mehr Aufmerksamkeit zu schenken. Konnte nicht schaden, immerhin hatte sie in diesem Juni ihren 45. Geburtstag gefeiert. Längst mischte sich das eine oder andere graue Haar in ihre dicken schwarzen Strähnen, und für die Arbeit an ihren Übersetzungen brauchte sie neuerdings eine Brille. Giovanna flocht ihre Haare zu einem lockeren Zopf und warf noch einen prüfenden Blick in den Spiegel, bevor sie das Bad wieder verließ.

Elli war inzwischen aufgewacht. Als Giò das noch immer müde Gesicht der Freundin sah, verwarf sie die Idee, sie sofort zu fragen, was eigentlich mit ihr los war. Sie hatten ja auch genug anderes zu besprechen.

Als sie dann gemeinsam beim Frühstück saßen – Giovanna hatte sich eine der Nutella-Portionen geschnappt, den Inhalt mit einem Messer auf ihren Teller befördert und tauchte jetzt genüsslich ein Croissant in die süße Creme –, rückte sie mit der Frage heraus, die sie beschäftigte: »Du hast also immer gewusst, wo Marie ist? Und mir nichts davon gesagt.« Letzteres war eine Feststellung.

Elli, die sie sehnsüchtig beobachtet hatte, löste ihren Blick vom Nutella und sah Giovanna gerade ins Gesicht. »Ich weiß es schon eine ganze Weile, ja.« Elli hatte noch nie einen Sinn darin gesehen, Dinge zu leugnen, die nicht zu leugnen waren. Und doch hatte sie ausgerechnet ihr Wissen um den Verbleib von Marie vor der Freundin geheim gehalten. Gab es da etwa noch mehr, das Giovanna wissen sollte? Was sollte sie davon halten? Den Rest des Croissants legte sie auf ihrem Teller ab und nahm die große Tasse mit Milchkaffee in die Hand, die sie geordert hatte. Über den Tassenrand hinweg fixierte sie Elli, von der aber keine weiteren Erklärungen zu kommen schienen.

Wäre mir auch unangenehm an ihrer Stelle, dachte Giovanna, wollte aber nicht lockerlassen und fragte: »Und? Warum hast du mir nichts davon gesagt?«

»Marie wollte es nicht. Sie hat mich darum gebeten.«

Giovanna brauchte einen Moment, um sich zu sammeln. Sie verschluckte sich beinahe an ihrem nächsten Satz und konnte sich dabei selbst kaum verstehen.

»Okay.« Pause. »Okay«, wiederholte sie, um Zeit zu gewinnen. »Und warum hat sie das nicht gewollt? Was habe ich ihr denn getan? Ich habe ihr doch nichts getan! Ich versteh das jetzt nicht.« Pause. »Elli?«

Elli war es nun sichtlich ungemütlich geworden. Sie rutschte auf ihrem Stuhl herum, griff ihrerseits nach der Kaffeetasse, offensichtlich auf der Suche nach einer Antwort.

Dann sagte sie: »Giò, ganz ehrlich, ich weiß es nicht. Sie hat nur gesagt, sie will ihre Ruhe haben. Vor allem und allen.«

»Auch vor mir?«

»Vor allem und allen, so hat sie es gesagt.«

Giovanna nahm schweigend den Rest ihres Croissants in die Hand, zog damit eine weitere tiefe Furche durch die braune Schokopaste auf ihrem Teller und biss in das weiche Gebäck, ohne wirklich darauf zu achten, was sie tat. Das letzte Stück rutschte weitgehend unzerkaut durch ihre Kehle und verursachte ihr augenblicklich ein klumpiges Gefühl in der Magengegend. Oder war es gar nicht das Croissant gewesen? Sie lehnte sich zurück, suchte ein wenig Abstand zum Tisch, nicht genug freilich, um auch Abstand zu den Erkenntnissen zu gewinnen, die ihr die letzten Minuten beschert hatten. Elli beobachtete sie mit unsicherer Miene. Giovanna war klar, dass die Freundin bedauerte, was sie ihr hatte sagen müssen. Vielleicht fürchtete sie auch ihren Groll. Sie hätte Elli gerne beruhigt. Doch eine kleine ärgerliche Stimme hielt sie davon ab; ein wenig verraten fühlte sie sich schon.

»Und du meinst, wenn wir jetzt bei ihr auftauchen, dann wird das plötzlich anders sein?«

Elli wiegte den Kopf von einer Schulter zur anderen, Giovanna war nicht ganz klar, ob das ein Ja oder ein Nein sein sollte. Dann erklärte Elli: »Na ja, sie hat uns ja eingeladen.«

»Sie hat uns eingeladen? Aber vorher hast du doch gesagt ...«

»Okay, eigentlich hab ich uns selbst eingeladen. Aber sie hat immerhin nicht Nein gesagt.«

Giovanna lehnte sich noch weiter zurück und konnte sich den spöttischen Ton nicht verkneifen, mit dem sie sagte: »Das ist doch ganz großartig. Vielleicht sollten wir doch lieber ans Meer fahren.«

»Ja, na ja, das können wir ja noch immer, wenn es ... wenn es nicht klappt.«

»Du meinst, wenn wir uns nichts mehr zu sagen haben und dein fein eingefädelter Versöhnungsversuch in die Hosen geht«, stichelte Giovanna. Doch Elli schienen die Zweifel der Freundin nicht aus der Ruhe zu bringen. Sie wischte sich den Mund mit der Stoffserviette ab, die sie umständlicher als nötig aus dem blauen Holzring fummelte, in dem sie steckte, schob dann ihren Stuhl zurück und erklärte im Aufstehen: »Das klappt schon.«

Während sie nach oben gingen, um ihr Gepäck zusammenzusuchen, erfuhr Giovanna, dass Marie wohl von einer Art Kommune erzählt hatte, zumindest ein paar naturbegeisterten Leuten, die es sich zur Aufgabe gemacht hatten, miteinander ökologische Lebensmittel anzubauen, alte Arten zu rekultivieren und sie gemeinsam zu verkaufen. Marie hatte sie noch in München kennengelernt und sich überreden lassen, mitzukommen in das winzige Nest in den Sibillinischen Bergen. Dort gehörten ihnen ein paar Grundstücke im Ort, auf denen ihre Pflanzen wuchsen..

»Und davon leben sie?« Giovanna, die es mit Pflanzen nicht so hatte, es sei denn, sie waren Teil einer Pasta-Sauce, und der alles Schwarze unter den Fingernägeln, auch und vor allem Erde ein Gräuel war, sah Elli skeptisch an.

»Sie hat irgendwas von Gelben Rüben gesagt, von Erbsen und Pastinaken«, erklärte die.

»Klar, irgend so ein Ökokram, das hätte ich mir ja denken können. Erbsen. Vielleicht auch noch Broccoli«, warf Giovanna ein. Sie hasste Broccoli.

»Vielleicht waren es auch Oliven und Tomaten, keine Ahnung, sie hat mir einen langen Vortrag gehalten, aber ich hab mir nicht alles gemerkt, außer dass sie ein Haus hat, dass die Mädels bei ihr sind, und dass sie nicht allein ist.«

»Nicht allein? Aber doch nicht etwa mit Marc?«

Elli, die gerade ihren Koffer geschlossen hatte, streckte sich und warf einen prüfenden Blick zu Giovanna herüber.

»Nein. Ich glaube nicht, dass Marc bei ihr ist.«

Giovanna hatte den Blick bemerkt, überlegte kurz, ob sie ihn kommentieren sollte, entschied sich aber, es sein zu lassen. Was gab es zu Marc schon zu sagen? Er war der Vater von Maries Töchtern. Sie waren schon seit vielen Jahren zusammen gewesen, ein eingeschworenes Team. Dann hatte er plötzlich versucht, sich an Giovanna heranzumachen auf der Hochzeit einer gemeinsamen Freundin aus Schulzeiten. Und das war das letzte Mal gewesen, dass sie Marie – und auch Marc – gesehen hatte. Ob die Geschichte doch etwas mit Maries Abtauchen zu tun hatte? Sie hatte diesen Gedanken nie zulassen wollen, aber vielleicht war es doch der Grund dafür, dass Marie sie nicht sehen wollte. Vorsichtig fragte sie: »Und wieso sollte er nicht dabei sein?«

»Weil sie sich von ihm getrennt hat. Schon eine Weile her. Sie hat ihn rausgeworfen. Kurz nach der Hochzeit von Ines.«

Giovanna schluckte. Die Hochzeit von Ines. Also doch. Sollte sie nachfragen? Wollte sie das denn? Hatte Marie mit Elli über Marcs seltsame Annäherungsversuche geredet?

Hatte Marie die Sache doch in den falschen Hals bekommen? Aber sie hätte es ihr doch gesagt. An den Kopf geknallt hätte Marie ihr ihre Vorwürfe. Alles andere passte nicht zu ihr. Oder doch? So oft schon hatte Giovanna über das seltsame Verschwinden der Freundin nachgesonnen. So oft schon hatte sie sich gefragt, was wohl in ihr vorging, ob sie Marie jemals wirklich gekannt hatte. War ihre Freundschaft wirklich so tief, wie Giovanna glaubte? War sie für Marie jemals so wichtig gewesen, wie es umgekehrt der Fall war? Marie, die Standhafte, die Unbeirrbare, Marie mit der klaren Einstellung zu den Dingen. Was konnte, was musste sie in Giovanna sehen? Sie konnte sich nicht erinnern, jemals von Marie um Rat gefragt worden zu sein. Oder sie von irgendetwas überzeugt zu haben – umgekehrt schon eher. Marie, die Ernsthafte. Eigentlich hatte Giovanna gedacht, ihre wechselnden Beziehungen, ihre sprunghafte Beziehungsführung, ihre Flirtereien würden Marie nicht stören, solange es die Freundschaft zwischen ihnen dreien nicht tangierte. Aber vielleicht spielte es doch eine Rolle für Marie.

Erst recht, als Marc seinen Auftritt in diesem Stück hatte.

4.

AMICIZIA.

Elli

Heiß und schwer vor Feuchtigkeit umfing sie die Luft außerhalb der klimatisierten Räume, als sie aus der Tür traten, um ihre Sachen zum Auto zu bringen. Der Regen des gestrigen Tages hatte die Erde an den Abhängen rund um den kleinen Ort getränkt. Ein paar verwinkelte und im steten Auf und Ab des bergigen Städtchens ineinander verknotete Straßen entfernt schien der Kirchturm von Collegiata di Santo Stefano im Dunst des frühen Vormittags seine Balance zu verlieren und wie der Schlot eines Schiffes zu taumeln. Nicht lange aber, und die Augustsonne würde die letzte Feuchtigkeit getilgt und verbrannt haben. Schon die wenigen Meter zum mächtigen steinernen Wasserturm, neben dem Elli ihr Auto geparkt hatte, ließen ihr Schweißtropfen auf die Stirn treten. Das Erste, was sie tat, als sie sich auf den Fahrersitz geschoben hatte, war, sämtliche Fenster herunterzulassen und das große Dachfenster nach hinten zu schieben. Giovanna sprach kaum ein Wort, während Elli den Weg durch die Gassen suchte. Einzig die Aufschriften auf den Geschäften schienen die Freundin zu interessieren, die Namen der Akkordeonhersteller, die noch hier in der Altstadt ihre Geschäfte führten. Auf das Schaufenster der Manufaktur von Borsini hatten sie von ihrer Terrasse aus schauen können, an Soprani kamen sie vorbei. Giovanna hatte erzählt, dass andere Händler wie Pigini, Guerrini, Scandalli ins Tal gezogen waren, nach Acquaviva oder Cerretano, wo die Straßen jetzt nach ihnen benannt waren.

Vorüber zogen die hingewürfelten Häuser an der Via Dante Alighieri, auf der sie sich schließlich vom Ort entfernten, im Auto nichts als das Geräusch des Fahrtwinds. Giovanna sagte noch immer nichts, und Elli warf ab und zu einen Blick zu ihr hinüber. Elli kannte das von ihrer Freundin. Giovanna konnte so präsent sein, dass es wehtat. Konnte den Raum sprengen mit ihrer puren Anwesenheit und sich im nächsten Augenblick verlieren, wegdriften und als Person unsichtbar werden hinter dem Bild ihrer eigenen Erscheinung.

Früher war die starke, selbstbewusste, die präsente Giovanna die Einzige, die Elli kannte, schroff war sie manchmal, sicher, dann wieder charmant, immer aber vermittelte sie ihrem Gegenüber dieses Gefühl einer Gegenwart, die man nicht ignorieren konnte. Niemand konnte das. Doch in den Jahren seit Antonellas Tod hatte sich Giovanna immer mehr verändert. Natürlich trauerte sie um ihre Schwester, auch nach all den Jahren, und manchmal bemerkte Elli eine gewisse Kraftlosigkeit an ihr. Es war, als hätte Antonella etwas von Giovanna mitgenommen, als wäre ein Teil ihrer Energie und Vitalität verraucht, in ihrem Bemühen, den Verlust der Zwillingsschwester zu verarbeiten. Wie bei einem großartigen Gemälde, dessen frische Farben dort verblassen, wo die Sonne zu sehr darauf brennt, und von dem nach und nach nur noch Pastelltöne übrig bleiben. Wer das ursprüngliche Gemälde nicht kannte, würde sich nicht daran stören, er würde die Schönheit der sanften Farben genießen. Genauso war es bei Giovanna. Auf den ersten Blick war sie noch immer schön, ihre Züge ebenmäßig, von tiefer Farbe ihre Augen.

Doch alles an ihr war ein wenig sanfter geworden, nachgiebiger als früher, vielleicht auch weniger anstrengend.

Doch Elli machte sich so ihre Gedanken darüber. Giovanna, die Unantastbare, die auf jede feste Bindung pfiff, weil sie einfach ging, wenn sie wollte – wie stark, wie unabhängig war sie wirklich? Wie viel Verlassenheit konnte sie ertragen? Auch mit dem seltsamen Abschied oder auch Nicht-Abschied von Marie, die einmal Giovannas beste Freundin gewesen war – da machte Elli sich nichts vor –, tat sich Giovanna schwer. Und jetzt auch noch dieser Streit mit ihrem Vater. Giovanna hatte nicht viel erzählt, nur, dass es mit damals zu tun hatte. Jenem Damals, über das sie noch heute kaum sprechen konnte, weil es ihr immer von Neuem das Herz brach, es zu tun. Meistens reagierte sie barsch, abweisend, wenn sie danach gefragt wurde. So wie an jenem Tag am Ende der vierten Klasse, als Elli und Marie sie kennenlernten, sie und ihre Schwester Antonella.

Es musste in der dritten Stunde gewesen sein, Mathematik. Die Klassenlehrerin hatte eben eine Rechnung mit mehreren Summanden an die Tafel geschrieben, und Elli war im Begriff gewesen, sich zu melden. Wieder einmal hatte sie das Ergebnis vor allen anderen ausgerechnet – Mathe war ihr absolutes Lieblingsfach –, als plötzlich die Türe aufging und die Rektorin zwei kleine Mädchen hereinschob. Sie glichen einander vollkommen, soweit Elli das unter dem fast schwarzen Haar erkennen konnte, das beide Gesichter umhüllte und den Mädchen fast bis auf die Hüften fiel. Elli fasste sich unwillkürlich in die eigenen blonden Löckchen, »Fasern«, wie ihre Mutter – mitunter wenig charmant – zu sagen pflegte. Und sie nahm sich vor, die Italienerinnen unbedingt gleich nach Schulschluss zu fragen, ob sie diesen unglaublichen Kopfschmuck mal anfassen dürfe. Ein Vorhaben, das zunächst scheiterte. Beide Mädchen hielten ihre Lippen an diesem Münchner

Herbstmorgen fest zusammengepresst. Auch die Blicke, die sie unter dichten, dunklen Augenbrauen hervorschossen, waren nicht eben freundlich. Das gefährliche Glitzern darin rührte, wie Elli bald erkennen sollte, vom Kristallschimmer der graublauen Augen her, der in einem aufregenden Kontrast zum honigfarbenen Teint stand. Jetzt noch, im späten Herbst, kündete die Haut der beiden von Sonnenwärme, was sie von all den anderen Kindern in Ellis Klasse unterschied. Doch das Auffälligste an den beiden waren zweifellos die Augen. Untermalt waren sie von dunklen Schatten, was den Mädchen etwas Ruchloses verlieh. Eine Aura, die Elli faszinierte. »Feenaugen«, sollte ein Verehrer viele Jahre später einmal über Giovannas Augen sagen, sie kurz darauf als »Hexenaugen« bezeichnen, als sie ihn abgewiesen hatte und er sie nicht mehr ganz so gut leiden konnte.

Aber das wusste Elli damals noch nicht. Was sie erfuhr, gleich nachdem die Rektorin die Tür hinter sich und den beiden Mädchen geschlossen hatte, war, dass sie aus Italien kamen. Wegen »familiärer Hintergründe« würden sie fortan in München auf die Grundschule gehen. Unter familiären Hintergründen konnte sich Elli damals nicht viel vorstellen.

Als hintergründig bezeichnete ihre Mutter hin und wieder ihre Oma, also die Mutter von Ellis Papa. Ellis Mama konnte ihre Schwiegermutter nicht ausstehen, und manchmal, wenn sie mit einer Nachbarin über den Gartenzaun hinweg ratschte und glaubte, dass Elli sie nicht hören könne, wurde aus »hintergründig« »hinterfotzig«. Ein Wort, das Elli im Duden nachgeschlagen hatte und als Erklärung dafür »hinterlistig« und sogar »heimtückisch« gefunden hatte. Warum ihre Mutter die Oma hinterfotzig fand, verstand Elli damals nicht. Zu ihr war die Großmutter immer sehr nett. Aber sie würde es schon eines Tages herausfinden, hatte Elli sich vorgenommen. Wie sie das anstellen sollte, wusste sie allerdings nicht so genau. Sie vermutete auch, dass ihr Papa vielleicht nicht die richtige Adresse war, um danach zu fragen.

Im Grunde war er für gar nichts die richtige Adresse. Er schien sich für gar nichts mehr zu interessieren außer für seine Arbeit. Und für den Cognac, den er in bauchigen Schwenkern von der Küche in sein Arbeitszimmer transportierte. Vielleicht war es auch Whisky, Elli wusste nur, dass die Flüssigkeit in seinen Gläsern goldbraun schimmerte.

So goldbraun wie die Haut der beiden Italienerinnen, die von der Klassenlehrerin zu zwei Plätzen hinten im Klassenzimmer geleitet wurden. Elli beugte den Kopf zu Marie hinüber, die neben ihr saß: »Was sind denn Hintergründe?«, flüsterte sie, die zwei Neuen nicht aus den Augen lassend. Doch Marie, die damals schon meistens zu allem etwas Schlaues zu sagen hatte, hob diesmal nur die Schultern und starrte ebenfalls die neuen Mädchen an, so wie es die ganze Klasse tat. Da saßen die beiden Italienerinnen nun in einer Bank an der Wandseite des Zimmers, hielten die Blicke stur geradeaus. Dann stieß Marie Elli in die Seite. »Alle glotzen sie an«, flüsterte sie ihr zu. »Ist vielleicht nicht nett, oder?«

»Du glotzt ja auch«, gab Elli zurück und bemühte sich, noch etwas leiser zu flüstern, weil sie bemerkt hatte, dass Frau Taumann, die Klassenlehrerin, bereits mahnend zu ihnen herübersah.

»Vielleicht haben sie irgendwas verbrochen? Oder sie sind davongelaufen?«, mutmaßte Marie. »Vielleicht haben sie ja jemanden umgebracht!« Elli sah sie entsetzt an. Wie kam Marie nur auf solche Gedanken? Aber sie wusste, die Freundin würde nicht lockerlassen, bis sie hinter das Geheimnis gekommen war, das die beiden Mädchen umgab. Sie und Marie waren zusammen eingeschult worden, hatten gemeinsam Lesen und Schreiben gelernt und waren nun auch miteinander in die vierte Klasse gekommen, die letzte vor dem Wechsel ins Gymnasium. Sie kannten sich gut.

Als es zur Pause gegongt hatte, sprang Marie auf und lief zu den beiden Neuen nach hinten. Elli folgte ihr auf dem Fuße, schließlich wollte sie sich keine Einzelheit der Geschichte entgehen lassen, die die beiden vielleicht preisgeben würden. Doch sie wurde enttäuscht, genau wie die anderen Mädchen der Klasse, die sich, ebenfalls von Neugier getrieben, um die beiden Italienerinnen versammelten. Die Mädchen waren hochgefahren, hatten ihre Schultaschen an sich gerissen, pressten sie vor die Brust, als wären sie Schutzschilde gegen eine anstürmende Armee. Ein paar dürre Sätze immerhin kamen von einem der Zwillingsmädchen. Sätze, die wenig erklärten, aber immerhin verdeutlichten, dass sie Deutsch sprachen.

»Ich bin Giovanna, das ist meine Schwester Antonella. Wir wohnen in München. Vorher waren wir in Italien«, erklärte diejenige, die die Wortführerin des Duos zu sein schien. Sie hatte den Rücken gestrafft, als würde sie sich einem Kampf stellen, während ihre Schwester den Kopf gesenkt hielt und verkrampft einen Riemen ihres Ranzens zwischen den Fingern drehte. Als nun die Meute um sie herum begann, sie auszufragen – »Wieso seid ihr jetzt hier? Wo wohnt ihr? Warum seid ihr nicht in Italien geblieben? Gefällt es euch hier besser?« –, machte sich das Mädchen namens Giovanna noch ein bisschen größer, warf den Kopf zurück und erklärte mit all der kindlichen Arroganz, derer sie als knapp Zehnjährige fähig war: »Wir geben keine weiteren Kommentare ab.« Den Satz musste sie irgendwo gelesen haben, dachte Elli. Doch ihr Deutsch war beinahe akzentfrei. Dann warf Giovanna ihre Mähne zurück und packte die Schwester am Arm. Die hatte den Kopf zwischen die Schultern gezogen, sodass vom Gesicht hinter einem dicken dunkelblauen Schal und dem Vorhang der Haare kaum etwas zu erkennen war. Die Wortführerin schob sie um den Tisch herum und zog sie dann mit sich durch die Menge, in Richtung Klassenzimmertür. Elli, Marie und all die anderen sahen ihnen nach, voller Respekt für den resoluten Auftritt Giovannas. Ein bisschen brüskiert die eine oder andere. Und voller Mitgefühl, zumindest was Elli anging, die sehr feine Antennen für das Glück oder Unglück ihrer Mitmenschen hatte. Und es war doch zu offensichtlich, dass es kein glücklicher Umstand gewesen sein konnte, der die italienischen Mädchen zu ihnen geführt hatte. Marie neben ihr machte ein, zwei Schritte in Richtung der Tür, durch die Giovanna und Antonella verschwunden waren, doch Elli hielt sie am Handgelenk fest.

»Marie, nein, lass sie doch«, raunte sie ihr zu. Die Freundin drehte sich ein wenig unwillig zu ihr um, fügte sich dann aber. Ellis Wort hatte Gewicht. Und Elli hatte das deutliche Gefühl, dass die beiden Neuen erst einmal ihre Ruhe bräuchten. Sie konnten sich in den nächsten Tagen immer noch um sie kümmern. O ja, das würden sie tun. Schließlich war sie nicht weniger neugierig als Marie, herauszufinden, was es mit den beiden Schwestern auf sich hatte.

5.

Da Gino.

Giovanna

»Giò? Giò? Giovanna!« Es dauerte eine Weile, bis Ellis Rufe zu ihr durchdrangen; sie war ganz in Gedanken gewesen.

»Geht's dir gut?« Elli machte ein besorgtes Gesicht, als sie jetzt zu ihr herübersah, und Giovanna wusste nicht so recht, was sie ihr sagen sollte.

»Basst scho'«, nuschelte sie dann in schönstem Oberbayerisch und freute sich einmal mehr darüber, dass der Dialekt, mit dem sie groß geworden war, diesen wunderbar uneindeutigen Ausdruck bereithielt, aus dem sich alles und nichts herauslesen ließ.

Elli allerdings gab sich mit der vagen Antwort nicht zufrieden. Sie bohrte nach: »Passt schon – gut? Oder passt schon – eher schlecht?«, wollte sie wissen. Giovanna sah sie an und musste beinahe lächeln. Das hätte sie sich denken können, dass Elli nicht so einfach nachgeben würde. Elli, die Übermutter, Elli, die Seelentrösterin. Die Freundin war neben ihrem anstrengenden Job mit Haut und Haaren Mutter, und wenn sie nicht für ihre Kinder da sein konnte, dann musste eben die Freundin als Ersatz herhalten. Giovanna, die ja selbst keine Kinder und nie auch nur erwogen hatte, welche zu bekommen, hatte oft darüber nachgedacht, wie viele Stunden

Ellis Tag haben musste, dass sie es schaffte, beides so hinzubekommen.

Mehr noch als das Wie faszinierte Giovanna daran das Wieso: Wieso hatte das Drama ihrer eigenen Kindheit den Wunsch, selbst eine Familie zu gründen, in ihr nicht sterben lassen? Nach all dem, was sie hatte erleben müssen ... Wie hatte sie es wagen und dabei sicher sein können, dass es gut werden würde? Wie hatte sie daran glauben können, dass sie selbst es besser machen würde als ihr Vater mit seiner Alkoholsucht, seinem völligen Kontrollverlust, besser als ihre Eltern mit ihren ständigen Streitereien, mit dem Schreien und dem Hass, in dem alles gipfelte und unter dem Elli und ihre Geschwister litten.

Elli war der Gegenentwurf zu ihrem Vater. Nie machte sie den Eindruck, als würde ihr eine Situation, eine Aufgabe, ja gar eins ihrer Kinder entgleiten. *Oder,* fragte sich Giovanna, *würde sie mir das vielleicht gar nicht erzählen*? Sie warf einen Blick auf das Profil der Freundin, die kleinen hellen Locken wirbelten im Fahrtwind, der durch das Dach hereinstrich. Kerzengerade saß sie, eine Hand am Steuer, die andere entspannt auf dem Fensterrand, eine große dunkle Sonnenbrille auf der Nase. Eine Frau, die nichts aus der Ruhe brachte. Oder?

Vielleicht nahm Elli an, sie, Giovanna, würde Sorgen um Kinder oder auch einen Ehemann gar nicht verstehen können, weil sie selbst diese nie erfahren hatte. Selten, dass Elli Interna aus dem Familienleben verriet. »Nick ist ein Chaot, du kannst dir nicht vorstellen, wie sein Zimmer gestern wieder aussah!« oder »Lilly hatte in Mathe eine Fünf, dafür in Musik eine Eins. Vielleicht ist sie ja deine Tochter?« – mehr erzählte Elli kaum von ihrer Familie. Als Lena, ihre Älteste, ausgezogen war, um zum Studieren nach Wien zu gehen, hatte sie kein einziges Mal gejammert. Dabei musste doch einer Mutter das Herz brechen in diesem Augenblick, oder nicht? *Vielleicht hätte ich sie ja fragen müssen?* überlegte Giovanna und zog die Unterlippe zwischen die Zähne, um darauf herumzukauen. Aber vielleicht war das auch ein Thema, das nur Mütter untereinander bereden konnten. Würde Elli solche Dinge mit Marie eher teilen als mit ihr? Giovanna fühlte einen kleinen Stich in ihrem Innern. Da war es wieder, dieses vage Gefühl, ausgeschlossen zu sein, das sie früher bei ihren Freundinnen nicht gekannt hatte. Hatte sie doch etwas falsch gemacht? Wieso zum Teufel hatte Marie den Kontakt zu ihr abgebrochen? Wieso nur zu ihr? Was hatte sie getan, das Elli nicht getan hatte? Ihre Grübeleien drehten sich im Kreis.

Erst Ellis Nachfrage brachte das Gedankenkarussell zum Stehen. Die Freundin machte ihr jetzt mit Nachdruck klar, dass sie auf eine Antwort wartete: »Also, was ist jetzt? Gut oder schlecht?«

Giovanna schüttelte nachdenklich den Kopf, sie wusste überhaupt nicht, was sie sagen sollte.

»Giovanna?« Ellis Ton klang ein bisschen so, als würde sie zum wiederholten Male eines ihrer Kinder ermahnen, und Giovanna fühlte sich auch ganz ähnlich. Sie hatte diesen jugendlichen Reflex zu sagen: *Manchmal bist du echt anstrengend.* Doch sie tat es nicht. Stattdessen versuchte sie erneut ein Lächeln, etwas gequält vermutlich. Ein Lächeln, das Elli nur aus dem Augenwinkel gesehen haben konnte. Sie fragte: »Warum lächelst du so? So – kryptisch?« und machte ein skeptisches Gesicht.

»Weil du so penetrant sein kannst«, sagte Giovanna nun doch, und erschrak über sich selbst. Tatsächlich veränderte sich Ellis Gesichtsausdruck von skeptisch zu bestürzt.

»Na, entschuldige mal«, fuhr sie Giovanna dann an, »ich will wissen, wie es dir geht und du keifst mich an dafür?«

Giovanna hätte die Worte zu gern ungesagt gemacht. Das Letzte, was sie wollte, war, Elli zu verletzen. Doch hin und wieder passierte es ihr einfach, dass sie ihre Zunge nicht zügeln konnte, und jedes Mal tat es ihr hinterher leid. Doch die Überlegungen, die sie eben gewälzt hatte, ließen sich nicht einfach in die passenden Worte fassen, ohne dass sie dabei Gefahr laufen würde, Elli vielleicht noch mehr zu kränken.

»Elli, entschuldige«, versuchte sie es nun vorsichtig, »war nicht so gemeint.« Elli grummelte vor sich hin. Sie war nicht gerne beleidigt, das war Giovanna klar. Aber stehen lassen wollte sie den Vorwurf wohl auch nicht. »Penetrant«, murmelte sie, »wieso bin ich penetrant?«

»Na ja«, Giovanna wand sich vor Unbehagen, »weil du nie aufhörst, nachzufragen.«

»Ich mache mir eben Sorgen. Das ist doch normal, oder nicht?«

War das jetzt ein versteckter Vorwurf? Giovanna, etwas irritiert, zog es vor, darauf sicherheitshalber nicht zu antworten. Elli stieß ein dezentes Schnauben aus und wechselte auf eine andere Fährte.

»Es ist wegen Marie, oder?«

»Ja. Ja. Sicher.« Giovanna war fast erleichtert über diese Wendung, wenn sie auch über Marie genauso wenig reden wollte. Elli gab sich noch immer nicht zufrieden.

»Weil ich wusste, wo sie ist, und du nicht«, schob sie nach.

Messerscharf analysiert. Giovanna war peinlich berührt. Was sollte sie schon sagen? War es kindisch, wie sie sich fühlte? Oder war sie im Recht? Bevor sie sich darüber im Klaren war, konnte sie Elli keine wirkliche Antwort geben. Giò hob die Schultern und hoffte, dass die Freundin es irgendwann aufgeben würde, ohne dass sie deutlicher werden musste. Elli war es, die ihr schließlich selbst den Ausweg eröffnete, indem sie aussprach, was Giovanna dachte.

»Du willst nicht drüber reden.«

Giovanna nickte und hoffte, Elli habe es gesehen. Vor allem, weil sie spürte, dass sich schon wieder Tränen den Weg zu ihren Augen bahnten. Ein weiteres Wort, und sie würde überlaufen. Was war nur in diesen Tagen los mit ihr? Das hatte sie schon lange nicht mehr gehabt, dieses andauernde Bedürfnis zu weinen.

Elli, die Gute, fragte nicht weiter, und Giovanna atmete erleichtert auf. Sie schwor sich, Elli ihrerseits zu fragen, ob bei ihr alles in Ordnung war, sobald sich eine geeignete Gelegenheit dafür ergeben würde. *Das könntest du genauso gut gleich tun*, dachte sie, *du bist ein Feigling, Giovanna!* Dann dachte sie an Marie. Auch dort würden ihr Gespräche bevorstehen ...

Giovanna verkroch sich innerlich im Dunkel einer imaginären Höhle, aus der nicht mal mehr ihre Nasenspitze herausragte. Und hoffte irgendwie, dass sich alles fügen würde, ohne dass sie ihren Unterschlupf jemals wieder verlassen müsste. Sie war noch nie gut darin gewesen, sich Problemen zu stellen. Im Gegensatz zu Elli. Und auch zu Marie. Das hatte sie zumindest gedacht. Marie war eine, die den Stier bei den Hörnern packte, hatte Giovanna immer geglaubt. Aber stimmte das wirklich? Wieso war sie dann einfach davongelaufen und hatte alles, was ihr lieb und teuer war, zurückgelassen? Oder war es anders? Was war Marie überhaupt lieb und teuer? Ihre Freundinnen konnten es ja nicht sein. Giovanna seufzte und steckte eine Hand durch das geöffnete Fenster nach draußen, ließ sie vom warmen Fahrtwind immer wieder nach oben treiben. Die Vormittagssonne stand jetzt hoch am Himmel und übergoss die leicht hügelige Landschaft mit Licht, lange Reihen von Pinien zeichneten fantastische Ornamente auf Bergrücken und riefen Erinnerungen in Giovanna wach. Sie genoss die zunehmende Hitze, und ihre Grübelei über die Freundinnen führte sie zurück zu jenen ersten Tagen und Wochen in der Grundschule, als sie sich kennengelernt hatten.

Das Interesse ihrer Mitschüler an den beiden Neuen hatte sich nicht lange gehalten, nachdem sie ihnen immer wieder zu verstehen gaben, dass sie kein Interesse daran hatten, sich ausfragen zu lassen. Und dabei blieb es dann auch erst mal. Die Klassenkameraden verloren rasch die Lust, sich noch eine und noch eine Abfuhr einzufangen, und zogen es vor, die zwei Italienerinnen zu meiden. Ein, zwei Wochen lang hatten die beiden ihre Ruhe, zogen sich in irgendeinen Winkel zurück, wo sie oft einfach nur miteinander schwiegen, vereint in den Erinnerungen an das Schreckliche, das sie nicht beim Namen zu nennen wagten. Wenn sie sich unterhielten, dann nur über alltägliche Dinge. Ob sie viele Hausaufgaben hätten, und was es wohl zu essen geben würde in ihrem neuen Zuhause, bei der Münchner Oma. Die leckeren Reiberdatschi vielleicht – ein schwer auszusprechendes Wort, das aber beide immer wieder übten, das »R« rollend und das »A« betonend. Sie waren in den wenigen Wochen, die sie jetzt in München waren, ihre Lieblingsspeise geworden. Und die Oma, die sich nach Kräften bemühte, die zwei mutterlosen Kinder zu verwöhnen, das konnten sie erkennen, gab immer wieder nach, wenn sie sie bestürmten, Reiberdatschi zu machen. Immerhin ein wenig Leben, das in die Mädchen zurückkehrte, mochte sie denken.

In der Schule aber hielten sich Giovanna und Antonella bedeckt. Bis sie eines Tages an Susanne gerieten. Susanne, eine Klassenkameradin, die sie meistens nur von hinten gesehen hatten, weil sie vorne in der ersten Reihe saß, war bekannt für ihre Lügengeschichten, so viel hatten sie am Rande schon mitbekommen. Susanne war lang und dünn und hatte phänomenal große Vorderzähne. Und einen großen Mund, der unentwegt Geschichten ausstieß. Wenn man Marie und Elli glauben wollte, jenen beiden Mädchen, die das Sagen zu haben schienen in der Klasse, dann war nichts, aber auch gar nichts Wahres daran. Marie und Elli gehörten zu jener Hälfte der Klasse, die mit Susanne nichts anfangen konnte. Die andere dagegen glaubte ihr jedes Wort und verehrte sie geradezu. Und so kam Susanne etwa in der dritten Woche mit ganz großem Gefolge angerauscht, baute sich vor Giovanna auf und fing an, von ihrem Affen zu erzählen, den ihr Onkel angeblich von einer Afrikareise mitgebracht hatte und den sie jetzt neben einem Pferd als Haustier hielt.

Forse nei tuoi sogni, idiota, dachte Giovanna, *in deinen Träumen vielleicht, dumme Kuh.* Sie und Antonella standen an den Stamm einer dicken Eiche gelehnt, am Rand des Pausenhofs. Giovanna sah Susanne nur an und fand sie aufdringlich. Sie wollte nichts hören von dem Affen, wollte nichts anderes, als allein sein mit ihrer Schwester und wusste, dass sich Antonella noch viel schlimmer fühlte als sie selbst. Auf Antonella lastete nicht nur das Gewicht der Erinnerung an das Geschehen, das ihr bisheriges Leben von einem Tag auf den anderen beendet hatte, sondern auch das der Verantwortung, die sie dafür spürte. Ihrer Heimat beraubt und in ein anderes Land verschlagen, ohne die Freunde ihrer Grundschultage, ohne die Nachbarn, Lehrer, Bekannten ihrer Eltern, die zu ihrem Leben gehört hatten, fühlten sich beide einsam und sahen in einer Beziehung zu den fremden Kindern auch nicht die Chance, daran etwas zu ändern. Sie vermissten den Schulweg, der sie durch die Gerüche und Geräusche Trasteveres führte, vom Mercato di San Cosimato, vorbei an den Pinien, die das Mausoleo di Garibaldi umstanden und ihre bizarren Schatten auf den Asphalt der Straße warfen, bis zum Gianicolo.

Hier dagegen, rund um jenes Münchner Viertel, das ihnen eine neue Heimat werden sollte, waren die Straßen nicht nach Heiligen benannt oder Freiheitskämpfern, sondern nach Bergen oder Alpenseen. Alles klang nach schroffen Gipfeln und kaltem Wasser – ihr Papà hatte sich eigens einen deutschen

Schulatlas besorgt und gemeinsam mit seinen Töchtern nachgeschlagen: Rotwandstraße, Herzogstandstraße, Walchenseeplatz. Der See, nach dem der Platz benannt war, hatte im Sommer nicht mehr als 22 Grad. Im Sommer!

»Da frieren ja sogar die Fische«, war Antonellas knapper Kommentar gewesen, bevor sie sich eine Strickjacke geholt hatte. Überhaupt, diese Kälte! Dieses Wetter! Zu Hause, in Rom, wäre es in diesen Oktobertagen noch geradezu frühlingshaft gewesen, die Sonne hätte selbst in den frühen Morgenstunden genug Kraft gehabt, die dünnen Stoffe zu durchdringen, die man dort trug. Zugegeben, im Winter war es auch in ihrer römischen Wohnung nicht sonderlich angenehm gewesen, drang doch die feuchte Luft durch die schlecht verkleideten Fenster und hing dann wie Nebel in den hohen Räumen. Und nie funktionierte die Heizung so, wie sie sollte. *Aber, bitte, im Winter*, dachte Giovanna. Da durfte das schon mal sein.

Hier dagegen sickerte schon jetzt kühler Morgennebel durch jede sich bietende Öffnung an ihrer neuen Steppjacke. Wie es der Nebel getan hatte, brachte sie auch der harte Ton der Verkäuferin in der Bäckerei zum Frösteln, wenn ihre Großmutter sie in der Früh zum Semmelnholen schickte. Die Frau begrüßte sie mit einem förmlichen »Grüß Gott« statt des saloppen »Ciao, Giovanna, come stai«, das Gino ihr immer zugerufen hatte, hinter dem Tresen stehend, wenn sie ihren Vater auf einen schnellen Grappa für ihn und eine Aranciata für sie in die Bar gegenüber ihrer Wohnung begleitet hatte. Die großen Fenster der Bar hatte man von ihrem geräumigen Esszimmer aus sehen können, auch die goldschimmernden Metallbuchstaben, in denen »Da Gino« über der Tür stand, und den kleinen bronzenen Affen, der in der Schleife unter dem »G« saß.

Genau an diesen Affen musste sie sofort denken, als Susanne zu erzählen anfing. Er war immer dort gewesen, wenn sie aus dem Fenster geschaut hatte. Bis zu jenem furchtbaren Tag. Da war er verschwunden. Das große Loch musste ihn gefressen haben, das die Bombe in die Hauswand gerissen hatte. Giovanna hatte seither immer wieder darüber nachgedacht, wie er jetzt wohl aussehen mochte, der winzige Gibbon aus Bronze mit den langen Armen, und ob überhaupt etwas von ihm übrig geblieben war. Sie hatte Gino noch nach ihm fragen wollen.

Doch Gino war ebenso verschwunden wie der Affe. Und Giovanna hoffte inständig, dass die beiden irgendwo zusammen sein würden, jetzt, nach der Bombe. In ihrer kindlichen Vorstellung gehörten Gino und der Affe zusammen, so wie die alte Signora Bontempi und ihr langbäuchiger Hund Lupo. Sie war jeden Tag mindestens viermal an den Fenstern der Bar vorübergewackelt, mit ihrem gelben Tuch auf dem Kopf und dem Ende der Leine in der Hand, den Hund mit den schwarzen Flecken hinter sich herziehend. Zwei Häuser weiter wohnte der viel zu dicke Signore Pastarelli. Er gehörte ebenfalls zum Ausblick aus ihrem Fenster, zu dem Viertel, in dem Giovanna ihre Kindheit verbracht hatte. Jeden Tag in der Früh verursachte er einen scheppernden Lärm, wenn er seinen mit immer neuen Graffiti beschmierten Rollladen nachdrücklich nach oben wuchtete, um auch ja der gesamten Nachbarschaft mitzuteilen, dass seine Pasticceria nun geöffnet hatte; dass seine Pastetchen, Bomboloni, Sfogliatelle und Canestrini in der glänzend polierten Theke auf Kundschaft warteten.

Die Bombe hatte auch die Scheiben seiner Auslage zerrissen; Scherben und Splitter hatten sich in Zitronencreme und Sahnefüllungen gebohrt, und auch in die Wange des Signore Pastarelli. Die Hand gegen sein blutverschmiertes Gesicht gedrückt, war er der Erste, der an jenem schrecklichen Tag auf die Straße lief und hilflos vor der Hitze der brennenden Autos stehen blieb.

Ob der Affe da noch an Ort und Stelle hing, von der Explosion verschont worden war und vielleicht erst den Flammen zum Opfer fiel, die an der Hauswand emporloderten, danach hatte Giovanna nicht geschaut, als sie zum Fenster gerannt kam. Als sie wieder klar denken konnte, war der Affe jedenfalls weg gewesen.

Und ausgerechnet von einem Affen musste nun Susanne schwadronieren. Als hätte ein böser Geist sie geschickt. Bisher hatte Giovanna es vermeiden können, in dieser Grundschule, in der sie nicht sein wollte, den Mädchen zu nahe zu kommen, die sie nicht kennenlernen wollte. Sie wollte mit ihnen nichts zu tun haben und wusste sich mit ihrem Auftreten Respekt zu verschaffen. Das hatte sie an der Deutschen Schule in Rom gelernt, die sie und Antonella zuvor besucht hatten. Auch dort war es nicht immer leicht für sie gewesen, der Ton manchmal rau, wenn sich die italienischen Kinder mit den deutschen stritten, manchmal diejenigen aus gemischten Familien mit allen anderen, sich manchmal Kinder einfach gegenseitig die Freundschaft aufkündigten oder neue Koalitionen schlossen. Da musste man schon auch mal austeilen können in all dem Durcheinander. Immer aber, so schien es ihr, waren in Rom die Frontlinien variabel geblieben. Vielleicht, weil so viele von ihren Mitschülern aus Familien kamen, zu denen Deutsch- und Italienischsprachige gehörten. Vielleicht auch, weil das bunte Kauderwelsch, das den Schulhof erfüllte, Tedeliano genannt, alle doch irgendwie einte und zu einer Schulfamilie machte.

Dass das in ihrer neuen Schule in München anders sein würde, darüber hatte sie nicht nachgedacht, zum Glück. Sonst wäre der Abschied von Rom noch schwerer gewesen. Aber dass es so war, machte es nur noch schlimmer. Befeuerte nur noch die verzweifelte Hoffnung darauf, dass sie und Antonella eines Tages wieder nach Hause zurückkehren könnten und dass dort alles wie durch ein Wunder wieder sein würde wie früher.

Doch diese Hoffnung erfüllte sich nicht. Dieses Gefühl, den Boden unter den Füßen verloren zu haben, das sie nicht mehr los wurde, seit sie Rom, ihre Wohnung und das Mahnmal ihrer Erinnerung, das Loch in der Hauswand von Da Gino, hinter sich gelassen hatten, jenes Gefühl wurde noch verstärkt durch die Ankunft in der Grundschule.

Dabei war die Klasse nicht einmal unfreundlich gewesen. Neugierig war sie halt, aber das war wohl normal. Aber es war eben nicht ihre Klasse. Hier fehlte nicht nur das vokalreiche Gebrabbel der Italiener, hier fehlte Giovanna vor allem das Gefühl, dazuzugehören. Sie konnte sich nicht wie in Rom eingliedern in das kunterbunte, aber doch ausgewogene Gemisch verschiedener Nationen, die sich bei allen erlernten Gemeinsamkeiten eben doch in manchen Dingen unterschieden – den Frühstücksgewohnheiten etwa: Die Deutschen frühstückten, die Italiener nicht. In München gab es nur eine Mehrheit und eine Minderheit. Es gab die, die hier zu Hause waren. Und dann gab es noch sie und ihre Schwester.

Die paar wenigen Ausländer, die in diesem Stadtteil auf die Grundschule gingen, besuchten ausgerechnet eine der anderen Klassen, aber in der Vierten, in die sie beide geraten waren, waren sie »die Anderen«, waren sie »die Italienerinnen«. Ganz egal, wie gut ihr Deutsch war, mit ihrem Papà geübt, seitdem sie die ersten Laute gebrabbelt hatten, ganz egal auch, dass ihre Münchner Großmutter sie ebenso regelmäßig pünktlich um 19 Uhr zum Abendessen rief, wie es vermutlich in all den anderen Familien auch der Fall war. Sie würden niemals dazugehören, glaubte sie. *Und, nein, merda, will ich auch gar nicht.*

Irgendwie schien es der neunjährigen Giovanna, als mache sie das Attribut »italienisch« nicht nur zu einem exotischen

Tier, das man ungehindert begaffen durfte, sondern auch zu einer Art minderbemitteltem Wesen. Als wären sie nicht nur fremd, sondern auch doof. Oder was sollte das? Einfache Worte, Verben im Infinitiv. Als sei sie ein Kleinkind und schwer von Begriff. »Ich bin doch nicht zwei Jahre alt«, hatte sie nach dem dritten Schultag zu Antonella gesagt, als sie einmal mehr nach dem letzten Gong im Laufschritt das Klassenzimmer verlassen hatten, um möglichst nicht angesprochen zu werden. Um bloß nichts erklären zu müssen. Antonella hatte nur genickt und war weiter schweigend neben ihr her gestiefelt, die Hände in den Jackentaschen versenkt. Sie schwieg jetzt meistens, und Giovanna war dabei, sich daran zu gewöhnen. Immerhin hatte ihre Schwester noch nie viel gesagt, was Giovanna grundsätzlich ganz gelegen kam, die locker »für zwei redete«, wie ihre Münchner Großmutter nicht unfreundlich, aber mit offensichtlichem Erstaunen festgestellt hatte, kaum, dass sie in München aus Papàs Fiat gestiegen waren. Dabei hatte Giovanna nur Antonellas Stille überspielen wollen und ihre eigene Angst vor dem, was nun in ihrem neuen Leben auf sie zukommen würde.

Was Susanne, die nun vor ihr stand, genau erzählt hatte, war nicht bis in Giovannas Bewusstsein gedrungen – überlagert von den Erinnerungen, die sie immer von einem Augenblick auf den anderen überfielen und gegen die sie nichts tun konnte.

Dann aber machte Susanne einen Fehler. Sie trat in einem seltsamen Anfall unangemessener Vertraulichkeit nahe an Giovanna heran und nahm sie am Arm. Eine Berührung, die Giovanna augenblicklich in die Gegenwart holte. Mit einem heftigen Ruck entzog sie sich des Griffs und trat einen Schritt zurück. Vielleicht war Susanne ja nicht eine der Gescheitesten – sogar »wahnsinnig dämlich«, wie Marie später einmal über sie sagen würde. Sie rückte Giovanna nach und setzte die Frage wie ein Banner vor sich hin: »Und was sagst du jetzt?«

Giovanna sah sich Hilfe suchend nach ihrer Schwester um, wobei sie wusste, dass aus dieser Richtung nicht viel Hilfe zu erwarten war, dann musste sie ihren Blick aber wieder auf Susanne richten, die mit dem rechten Zeigefinger vor ihrem Gesicht herumwedelte. »Du nix capito?«, fragte sie dann. Gelächter von ihrer Gefolgschaft.

Giovanna trat einen Schritt zurück. Sie schaffte es, alle Verachtung, derer sie fähig war, in ihre Stimme zu legen, und sagte: »Ich weiß, dass du keinen Affen hast.« Und wieder kam ihr der bronzene Gibbon über der Bar von Gino in den Sinn. Als kleines Mädchen hatte sie gedacht, er würde ihr zuwinken, wenn sie aus dem Fenster im Gästezimmer über die Straße blickte. Sie dachte auch, er würde ihr auf die Schultern springen, wenn sie mit ihrem Vater unter dem Schriftzug am Eingang hindurchging und Papà schon in der Tür sein »Gino, un caffè« hinüber zur Theke rief, damals, als noch alles in Ordnung war. Dann hörte sie wieder in ihrem Innern das Krachen der Bombe, der Affe verschwand in dem schwarzen Loch, und sie fuhr zusammen.

»Aber natürlich, der Affe schläft in meinem Bett«, hörte sie wie durch eine Wattewand hindurch die Stimme Susannes.

Im nächsten Moment brüllte sie dem Mädchen ins Gesicht. »Lass mich mit deinem verdammten Affen in Ruhe!« Und bevor sie noch wusste, was sie tat, und bevor noch Antonella, die neben sie getreten war und ihr durch ihre Anwesenheit schweigend sekundierte, in den Arm fallen konnte, holte Giovanna aus und schlug Susanne mitten ins Gesicht.

Es gab einen schier ungeheuren, klatschenden Knall. Und einen Aufschrei aus den Kehlen von Susannes Jüngerinnen. Und einen zweiten Knall, als Susanne zurückschlug. Giovanna taumelte, fing sich wieder, und die Wut, die sie nicht erst in sich spürte, seit dieses unmögliche Mädchen aufgetaucht war, und die nun befeuert wurde von dem unmittelbaren Schmerz auf ihrer Wange, ließ sie erneut ausholen. Und schon landete ihre Handfläche wieder im Gesicht ihres Gegenübers. Noch mit der einen Hand an der Backe griff Susanne mit der anderen nach Giovanna. Die nahm ein Reißen in ihren Haaren wahr, sah den Boden auf sich zurasen, spürte den harten Asphalt, als sie aufschlug, und ahnte mehr, als dass sie es hörte, Antonellas Schreien. Im nächsten Moment registrierte sie ein Gewicht auf ihrem Bauch. Susanne saß nun rittlings auf ihr und prügelte auf sie ein. Giovanna konnte nur noch die Arme vors Gesicht halten, um sich zu schützen. Dann, ganz plötzlich, hörten die Schläge auf. Mit einem Ruck war das Gesicht verschwunden, jemand musste Susanne weggerissen haben. Hände griffen um Giovannas Schultern und halfen ihr, wieder auf die Beine zu kommen, während sie das Klappern schneller Schritte auf dem Asphalt vernahm, die sich näherten, dazu die für ihren Beruf so praktische, weil alles durchdringende Stimme der Klassenlehrerin.

Giovanna wusste kaum, wie ihr geschah. Was würde die Lehrerin mit ihr anstellen? Schließlich hatte *sie* den ersten Schlag getan. Im gleichen Moment wurde sie nach hinten geschoben; das Mädchen, das sich Marie nannte, stellte sich vor sie und sorgte dafür, dass Giovanna in ihrem Windschatten blieb, indem sie sie am Handgelenk festhielt.

»Was ist hier los?« Frau Taumanns Stimme ließ Giovanna zusammenzucken. Im nächsten Augenblick würde Susanne sie beschuldigen. Sie sah das Mädchen schon den Mund öffnen, ihn dann aber unvermittelt und mit schmerzverzerrtem Ausdruck im Gesicht wieder schließen. Giovanna lugte an Marie vorbei und erkannte, dass Susanne einen Fuß in die Höhe hielt, als wäre sie in einen Hundehaufen gestiegen, während Elli, die neben ihr stand, ein zufriedenes Gesicht aufgesetzt hatte. Susanne sagte noch immer nichts, als Frau Taumann erneut nach dem Anlass des Streits fragte, der hier ganz offensichtlich eben noch getobt hatte. Dabei versuchte die Lehrerin, Giovanna in den Blick zu nehmen, die noch immer hinter Marie stand und eben beschlossen hatte, dort auch zu bleiben. Frau Taumann schaute noch einmal missbilligend in die Runde, dann zuckte sie mit den Schultern: »Wenn keiner hier etwas sagen will, dann war auch nichts«, konstatierte sie und wandte sich zum Gehen, um sich nach zwei Schritten noch einmal umzudrehen und warnend hinzuzufügen: »Beim nächsten Mal, wenn nichts war, gibt es doppelte Hausaufgaben für alle.« Dann wandte sie sich ab und eilte über den Schulhof davon.

Mit einem Raunen löste sich das angespannte Schweigen der Mädchen. Giovanna spürte das Flüstern ihrer Schwester im Ohr: »Geht's dir gut?« Sie nickte, auch wenn sie sich nicht ganz sicher war und ihren Hintern betastete, auf dem sie so unsanft gelandet war. Antonella schickte sich an, ihr ein paar wirre Haare aus dem Gesicht zu streifen, als sich Marie zu ihr umdrehte und sie ansah.

Giovanna blickte in zwei sehr grüne, sehr große und sehr ehrliche Augen, in deren Tiefe die Antwort auf eine ungelöste Frage zu schlummern schien. Marie lächelte und nickte ihr zu. Sonst nichts. Und das war der Moment, in dem die beiden fremden Mädchen einen Pakt miteinander schlossen. Giovanna erwiderte das Nicken, und damit war es erledigt. Die Sache mit Susanne klärte Elli. Außer ihr war nur eines der Mädchen, die Susanne zuvor gefolgt waren, dageblieben und tätschelte der Angeberin jetzt die Wange. Susanne wischte die fremde Hand unwillig zur Seite, während sie unverwandt zu Giovanna hinüberstarrte und den Eindruck eines riesigen Dobermanns machte, der gleich in die zweite Runde des Kampfes einsteigen wollte. Da packte Elli sie am Arm und schob Susanne zu Giovanna und Marie herüber.

Elli, groß, blond, stämmig und schon als Zehnjährige mit spürbarer Autorität ausgestattet, ließ keinen Raum für weitere Streitereien, sondern erklärte ohne Umschweife: »Ihr müsst euch entschuldigen, beide.« Sie sah erst Giovanna an, dann Susanne. »Jetzt gleich«, setzte Elli hinzu. Giovanna konnte Susanne ihren Unwillen kaum verdenken, trotz der Prügel, die sie selbst bezogen hatte. Also biss sie die Zähne zusammen und machte einen Schritt auf ihre Gegnerin zu. »Entschuldigung«, presste sie zwischen fast geschlossenen Lippen heraus, und Susanne neigte gnädig den Kopf. Für den Moment konnte Giovanna nicht mehr erwarten. Später erzählte ihr Elli in blumigen Worten, wie sie Susanne mehrmals auf den Fuß gestiegen war, um sie davon abzuhalten, Giovanna zu verraten. Und so wie ihr Tritt hatte auch Ellis Wort Gewicht, sogar bei denen, die sie nicht mochten. Susanne verzichtete zwar auf eine Entschuldigung, aber auch auf weitere Feindseligkeiten. Sie machte auf den Hacken kehrt und suchte mitsamt ihrer Freundin das Weite.

Elli und Marie aber blieben bei Giovanna und ihrer Schwester stehen. Sie schüttelten sich die Hände und schlossen eine Freundschaft fürs Leben. Gemeinsam liefen sie anschließend über den Hof zurück zur Schule, so wie sie es in all den Jahren danach halten sollten, und Giovanna konnte sich schon nach wenigen Tagen fast gar nicht mehr vorstellen, dass es für sie und Antonella eine Zeit ohne diese neuen Freundinnen gegeben hatte.

Schon eigenartig, dachte sie jetzt, während sie weiter ihre Hand im warmen Fahrtwind schwimmen ließ, schon eigenartig, dass sie einen solch langen Weg miteinander gegangen waren. So viel war passiert, so viel hatten sie miteinander durchgestanden, und jetzt sollte das alles keinen Wert mehr haben? So jedenfalls fühlte es sich an, wenn sie an Maries seltsamen Nichtabschied dachte. Hatte sie es verdient, einfach stehen gelassen zu werden – wie sie es selbst gerne mit abgelegten Liebhabern tat? Vielleicht war das die gerechte Strafe für sie, die so viele Herzen gebrochen hatte auf ihrem Weg, und die Männer meist mit einer Mischung aus Gleichgültigkeit und Ekel abserviert hatte. Bei den meisten war sie einfach gegangen, ein paar wenige gab es, denen sie erklärt hatte, warum sie das tat. Aber ihre Freundschaft mit Elli und Marie, das war doch etwas ganz anderes, oder nicht? Oder hatte sie unbewusst Dinge getan, die Marie gekränkt hatten?

Sie löste ihren Blick von der vorbeigleitenden Landschaft und sah zu Elli hinüber, die höchst konzentriert auf die Straße vor ihnen blickte. Sie näherten sich Porto Recanati, wo sie auf die Adria-Autobahn einbiegen und ein Stückchen Richtung Süden fahren mussten, bevor sie hinter San Benedetto del Tronto die Küstenautobahn in Richtung der Berge wieder verlassen würden. Elli bemerkte, dass Giovanna sie ansah. »Kannst du mal ins Navi schauen, wie lange es noch ist, bis wir auf die Autobahn müssen?«, bat sie, und Giovanna beugte sich vor, um sich die Karte zu vergrößern.

»Ein paar Kilometer sind's schon noch, dann müssen wir rechts ab. Ich sag dir Bescheid«, erklärte sie. Dann sagte sie unvermittelt: »Ich hab gerade an Susanne gedacht.« Elli stieß ein kurzes, trockenes Lachen aus.

»Susanne«, brachte sie dann im Ton größtmöglicher Geringschätzung hervor. »Ob sie noch immer ihre Lügengeschichten erzählt?«

»Na ja, vielleicht ist sie ja doch ein bisschen schlauer geworden«, entgegnete Giovanna. »Hast du eigentlich mit ihr geredet, damals auf der Hochzeit von Ines?«

»Bist du irre? Ich bin der Kuh immer aus dem Weg gegangen, wenn ich nicht gerade eine künftige Freundin aus ihren Klauen retten musste.« Elli schmunzelte, und Giovanna wusste, dass sie ihr die blöde Bemerkung von vorhin verziehen hatte. Das machte ihr genug Mut, den nächsten Schritt zu tun.

»Die Hochzeit damals, diese dumme Geschichte mit Marc ... Meinst du, Marie war deswegen doch viel ärgerlicher, als sie zugegeben hat?«

Elli sah kurz zu ihr hinüber. »Weil seither Funkstille zwischen euch ist?«, fragte sie dann.

»Na ja, Funkstille nicht ganz, nicht genau seit der Hochzeit. Aber ich habe sie tatsächlich seitdem nicht mehr gesehen.«

»So lang schon nicht?« Elli schien ehrlich überrascht. »Aber sie hatte doch eigentlich keinen Grund, auf dich sauer zu sein, oder? Du hast ihn doch nicht ermutigt.«

»Du warst doch dabei!« Giovanna wollte sich schon aufregen – konnte es sein, dass Elli sie tatsächlich verdächtigte? Sie riss sich aber sofort zusammen und sagte: »Natürlich nicht. Also von mir ist da gar nichts ausgegangen. Der Typ war doch völlig betrunken!« *Dieser schreckliche Langweiler*, dachte sie, *der nur über Wahlumfragen und Kandidaturen sprechen konnte. Der sich schon für den nächsten Bundeskanzler hielt und doch nicht mehr war als irgendein Stellvertreter von irgendeinem SPD-Bezirksheini.*

Selbst ohne den Zwischenfall mit Marc war die Hochzeit von Ines schon eine einzige Katastrophe gewesen. Die Gäste waren in bunter Reihe an langen Tischen rund um die Tanzfläche platziert worden. Zwischen Vorspeise, Hauptspeise und Dessert gab es kaum eine Gelegenheit, sich von dem zugewiesenen Platz zu entfernen. Ines, die ehemalige Klassenkameradin der Freundinnen, hatte ihren Steuerberater geheiratet. »Das kann ja was werden«, hatte Marie gescherzt, »wahrscheinlich können sie das Hochzeitsmenu von der Steuer absetzen.« Vergnügungssteuerpflichtig jedenfalls fanden die Freundinnen die Veranstaltung nicht. Elli hatte einen langweiligen Kollegen des Bräutigams als Sitznachbarn zu ihrer Rechten zugewiesen bekommen, einen schwerhörigen

Verwandten der Braut zu ihrer Linken, Marie dagegen war eingepfercht zwischen den zwei Hälften eines schwulen Pärchens, die sich unablässig vor ihrer Nase Liebesbeteuerungen zukommen ließen, während Giovanna ausgerechnet neben Marc saß. Nachdem der in Windeseile Alkohol für drei in sich hineingeschüttet hatte, entwickelte er ein ungewöhnliches Interesse an seiner Tischdame. Giovanna war mit dem hanseatischen Hünen noch nie warm geworden, der trotz seiner damals 40 Jahre die Attitüde eines großen Jungen nicht ablegen wollte. Dass er den ein oder anderen Korn kippen konnte, das wusste sie, aber so besoffen wie an diesem Abend hatte sie ihn noch nie erlebt. Und so erduldete sie, dass aus seiner kumpelhaften Vertraulichkeit eine aufdringliche Übergriffigkeit wurde, der sie sich kaum entziehen konnte, ohne unhöflich zu werden.

»Ich habe nur gesehen, dass er auf dich eingeredet hat«, erklärte Elli, »aber ihr habt euch doch noch nie verstanden.«

»Haben wir auch nicht. Er hat ja vorher immer durch mich hindurchgeschaut. An dem Abend war das plötzlich anders.«

»Du hast einfach umwerfend gut ausgesehen in deinem dunklen Kleid«, warf Elli ein, »viel zu heiß für so ein Nordlicht.«

»Aber Elli, er kannte mich schon eine Ewigkeit. Ich dachte, bei ihm laufe ich unterm Radar. Und dann fängt er an, mich anzutatschen wie irgendein Flittchen.«

»Vielleicht hättest du ihm eine schmieren sollen. So wie damals diesem Widerling auf dem Frühlingsfest, weißt du noch?« Elli grinste bei der Erinnerung. »Das war echt irre!«

»Ja, vor allem, weil seine Freundin mich dann beschimpft hat. Er macht mich an, und ich soll am Ende schuld sein. Aber der hab ich's gegeben. Die legt sich mit keiner Italienerin mehr an.« Jetzt musste auch Giovanna grinsen, wurde dann aber gleich wieder ernst. »Aber bei Marc war das was anderes. Stell dir doch mal vor, ich hätte ihm wirklich eine runtergehauen! Was das für ein Skandal gewesen wäre! Auf dieser Spießerhochzeit! Gott bewahre!«

»Aber vielleicht hättest du dann jetzt weniger Probleme«, sagte Elli. Und Giovanna wurde sofort aufmerksam. »Also glaubst du doch, dass Marie mir das übel genommen hat?«

Elli hob abwehrend eine Hand. »Giò, ich weiß es nicht. Ich weiß es einfach nicht. Aber sie ist verschwunden und hat Marc dagelassen. Begeistert war sie bestimmt nicht.«

Giovanna nickte. Sie war durch den ganzen Gasthof gelaufen, um Marie zu suchen, nachdem die sie auch noch mit Marc draußen im Garten gesehen hatte. Giovanna hatte kaum das Ende der Nachspeise abgewartet, um Marcs Annäherungsversuchen zu entfliehen, sie war aufgesprungen, in den Garten hinausgerannt und hatte sich zwischen sauber gestutzten Thuja-Skulpturen auf eine Bank gesetzt. Doch Marc war ihr schwankend nachgelaufen und ihr um den Hals gefallen, ausgerechnet in dem Augenblick, in dem Marie ebenfalls in den Garten gekommen war. Marc hatte sie nicht bemerkt, war viel zu sehr damit beschäftigt, im Rausch mit seinen großen Händen Giovannas Formen zu erforschen, doch Giovanna, die sich heftig mühte, den schweren Kerl von sich zu schieben, sah sie. Und sie sah auch, wie Marie verschwand.

Bei der Erinnerung daran schlug sie die Hände vors Gesicht. »Was für eine Vollkatastrophe. Ich hätte ihm doch eine wischen sollen. Um von Anfang an alles klarzustellen. Wann hast du dann mit ihr gesprochen, Elli?«

»Am nächsten Tag. Sie hat gesagt, sie hätte plötzlich Kopfschmerzen bekommen.«

»Und dann fährt sie einfach? Ohne Marc? Das stimmt doch nicht.«

»Von Marc hat sie keinen Ton gesagt. Aber du hast doch auch noch mit ihr gesprochen, oder?«

»Ja, hab ich.« Giovanna nickte. »Ich hab sie auch gleich am nächsten Tag angerufen. Sie hat behauptet, alles sei in Ordnung.«

Elli wog nachdenklich den Kopf. »Vielleicht war der Abend für sie nur die Bestätigung, dass Marc ein Riesenwiderling ist, ich schätze, sie war vor allem auf ihn sauer. Und du warst in diesem Gesamtpaket irgendwie mit drin. Aber du kennst sie doch, wenn sie dir die Schuld gegeben hätte, dann hättest du was zu hören bekommen.«

»Ich weiß nicht. Ich weiß es einfach nicht. Ich hab das Gefühl ...«, Giovanna zögerte, »ich kenne sie gar nicht mehr.«

Elli neigte nachdenklich den Kopf, sagte aber nichts.

»Ich meine, sie hat mir nicht mal was von ihrer Trennung erzählt. Ist doch schon komisch, oder nicht?«

»Vielleicht hättest du bei eurem Telefonat von dir aus das mit Marc ansprechen sollen«, warf Elli ein.

»Ja, vielleicht, aber wie denn? Tut mir leid, aber dein Mann hat mich angemacht? Ernsthaft? Dann hätte sie entweder gedacht, dass ich wirklich etwas zu verbergen hätte, oder aber sie hätte mir übel genommen, dass ich ihn angeschwärzt habe.«

»Ich weiß nicht, ich meine, sie hat ja auch Augen im Kopf und konnte ihn beobachten, so wie ich auch«, stellte Elli fest.

»Ja, aber sie musste das Geschehen doch aus anderen Augen sehen. Ich meine, wie objektiv kannst du sein, wenn dein eigener Partner dabei ist, eine andere anzugeigen? Ich hatte einfach Angst, dass sie sein blödes Getue nicht von mir hätte trennen können und mich nie getraut, sie direkt darauf anzusprechen. Ich bin nicht du.« Elli hätte niemals gezögert, die Sache mit Marie sofort zu klären, das war Giovanna klar. Ehrlich, nüchtern und geradeheraus. So hätte sie es auch machen sollen, aber dazu war sie viel zu feige gewesen, so etwas konnte sie einfach nicht. Vielleicht lag darin das Problem.

6.

UN BACIO.

Elli

Elli hatte ihre eigene Theorie über Marie und Giovanna und den Hochzeitsabend. Sie selbst hatte Giovanna und Marc ja genau im Blickfeld und viel Zeit gehabt, ihnen zuzuschauen. Zunächst war sie irritiert gewesen über die scheinbar lebhafte Unterhaltung der beiden. Marc hatte Giovanna immer als oberflächlich bezeichnet, als Selbstdarstellerin. Er hatte schon über ihr mangelndes Interesse für Politik gelästert, da waren er und Marie noch nicht einmal richtig zusammen gewesen. Und jetzt machte er sie an? Klar, Giovanna war in der Lage, mit einem zufälligen Augenaufschlag auch die gröbsten Holzköpfe zu fällen. *Unwiderstehlich, wie sie das macht,* dachte Elli oft, *wäre ich ein Mann, sie würde mich auch um den Finger wickeln.* Es war nicht nur Giovannas Aussehen, die klaren Wangenknochen, ihre stahlgrauen Augen, die in so eigenartigem Kontrast zu den dunklen Haaren standen. Nein, es war eine bestimmte unreflektierte Körperlichkeit, die so verführerisch war, und die Nonchalance, mit der sie ihren Charme einsetzte. Elli konnte noch nicht einmal sicher sagen, ob Giovanna sich all ihrer Reize bewusst war. Oder ob sie sich darüber klar war, wie sehr sie damit nerven konnte. Es gab genug Frauen in ihrem Bekanntenkreis, die eifersüchtig auf sie waren, ohne dass sie es zugegeben hätten.

Elli war komplett anders. Sie hatte nie Interesse an flüchtigen Flirts oder kurzzeitigen Liebschaften gehabt, sie hatte sich für Matthias entschieden – warum also sollte sie sich nach anderen umschauen? Da hatte es nichts gegeben in all den Jahren, seit sie mit ihm zusammen war. Giovanna dagegen sammelte Verehrer wie andere Kochrezepte. Verbuchte die Huldigungen ihrer zahllosen Bewunderer mit fragloser Selbstverständlichkeit.

Doch bei diesem schicksalshaften Hochzeitsmahl hatte sie sich wirklich nichts zuschulden kommen lassen, außer, dass sie eben war, wie sie war. Und natürlich hatte Elli das Marie damals erklärt, am Tag nach der Party. Doch die hatte verärgert abgewinkt. »Jaja, das glaub ich schon. Ist ja jetzt auch egal.«

Elli war irritiert gewesen, aber überzeugt davon, dass Marie nicht ernsthaft an irgendeine Art von Affäre zwischen Marc und Giovanna geglaubt hatte. Und doch, Marie war auch nur eine Frau, und Giò konnte einen schon provozieren mit ihrer Art. Und wenn Marie auf ihren Lebenspartner eh schon sauer war, dann war Giò ganz einfach zur falschen Zeit am falschen Ort gewesen. Aber das war doch kein Grund, gleich die ganze Freundschaft infrage zu stellen. *Es sei denn, Giò regt sie grundsätzlich auf,* überlegte Elli. *Konkret kann sie ihr jedenfalls nichts vorwerfen. Giò hat sie nicht betrogen.* Elli biss sich auf die Lippen. Betrug. War es das nicht, was sie gerade beging? An Matthias? *Matthias hätte jeden Grund, auf mich sauer zu sein.*

Sie musste laut gedacht haben, weil Giovanna, die seit ein paar Minuten nichts gesagt hatte, sie plötzlich ansprach. »Was hast du gesagt? Was ist mit Matthias?«

In diesem Moment klingelte Ellis Telefon. Bevor sie noch reagieren konnte, angelte Giovanna das Gerät aus der Ablage zwischen den Vordersitzen heraus und hielt es Elli hin, nicht ohne einen neugierigen Blick auf das Display geworfen zu haben. Natürlich, ausgerechnet jetzt musste er anrufen. Elli brauchte gar nicht erst auf die Anzeige zu schauen, um zu wissen, wer am anderen Ende war. Normalerweise war sie am Vormittag allein, die Kinder sowieso in der Schule, Matthias im Büro, und sie selbst meistens unterwegs bei einem Außentermin. Toni wusste, dass sie dann ungestört telefonieren konnten. Normalerweise. Elli verfluchte sich dafür, ihm nicht noch rechtzeitig vor der Abfahrt von ihrem Spontan-Trip nach Mittelitalien erzählt zu haben. Warum sie es vergessen hatte, wusste sie selbst nicht so genau.

Das Telefon klingelte derweil weiter, doch Elli rührte sich nicht. Sie war sich sicher, dass Giovanna die Hitze spüren musste, die in ihr hochgestiegen war. Die Hand mit dem Telefon und dem aufleuchtenden Display konnte Elli im Augenwinkel sehen, während sie stur geradeaus und über das Lenkrad hinweg auf die Straße starrte. Sie hörte die Stimme Giovannas drängender werden. »Elli, willst du nicht endlich rangehen?«

Elli wollte nicht. Dann hörte das Klingeln auf, und sie wischte sich mit dem Ärmel ihrer leichten Jacke verstohlen die Schweißtropfen von der Stirn, die sich dort gesammelt hatten.

»Elli?« Giovannas Stimme kam fragend von der Seite. »Elli? Warum bist du nicht drangegangen?« Pure Neugierde in der Stimme der Freundin. Kein Argwohn. Da klingelte es erneut. Elli nahm wahr, wie Giovanna das Telefon wieder in die Hand nahm und den angezeigten Namen eingehend studierte. Toni wollte offenbar noch nicht aufgeben.

»Gib es mir, Giò, bitte«, presste Elli zwischen zusammengebissenen Zähnen hervor. Warum gab sie es ihr denn nicht? »Nun gib schon her!«

Endlich war das Gerät in ihrer Hand. Sie drückte den Anruf weg, holte tief Luft. Kurz erwog sie, das Ding aus dem Fenster zu werfen, oder, na ja, es einfach ganz auszuschalten, doch das konnte sie nicht tun. Weniger wegen Toni, sondern wegen ihrer Familie. Es konnte immer etwas los sein mit den Kindern, auch wenn sie sie für diese Woche gut untergebracht wusste. Offline gehen kam für sie dennoch nicht infrage. Erst wenn die ganze Familie bei ihr zu Hause war – was immer seltener vorkam, seit Lena ausgezogen war und Max eine Freundin hatte –, wagte sie es, ihr Telefon auszustellen. Und das auch nur an Feiertagen. Konnte ja auch sein, dass ein Auftraggeber anrief und sie sich ganz schnell um etwas kümmern musste. Es war schon schwer genug für sie – und ausschließlich ihrem derzeitigen Seelenzustand zu verdanken –, sich spontan von zu Hause loszureißen. Aber Giovanna und Marie waren gute Argumente gewesen. Wenn es irgendjemanden gab, mit dem sie ihr Dilemma besprechen konnte, dann waren es diese beiden. Auch wenn sie es bisher nicht getan hatte.

Die Panik, in die sie Tonis Anruf soeben gestürzt hatte, ließ sie daran zweifeln, ob sie es schaffen würde, die beiden Freundinnen einzuweihen. War ihr Betrug nicht viel zu groß? Konnte sie ihnen die Geschichte erzählen und zugeben, dass sie, Elli, ausgerechnet sie, die Verlässliche, die Ehrliche, die Giovanna ein ums andere Mal Vorhaltungen gemacht hatte, wenn die wieder mal eine Beziehung nachlässig oder vorsätzlich in den Sand gesetzt hatte, dass sie ihre eigenen Grundsätze über den Haufen geworfen hatte? Sollte sie wirklich zugeben, dass sie sich heimlich mit einem anderen traf? Dass sie sich sogar gemeinsam ein Hotelzimmer genommen hatten, mehrmals sogar? In Berlin hatten sie sich getroffen, in Köln, und in Hamburg hatten sie sogar ein ganzes Wochenende miteinander verbracht. Damals hatte Toni seinen Sohn bei Ellis Familie geparkt, weil er ihn nicht allein lassen wollte. Elli schüttelte sich in Erinnerung an diese Unverfrorenheit.

Wie hatte das mit Toni eigentlich passieren können? Ihre

Gedanken drifteten ab, ebenso wie das Auto, das ihr unversehens so nahe an den Straßenrand geriet, dass der Kies dort aufstaubte. Erschrocken riss Elli am Steuer und lenkte den Wagen wieder in die Straßenmitte.

»Elli? Alles in Ordnung?« Die Hand Giovannas legte sich besorgt und schwer auf ihren rechten Oberschenkel.

Oh Gott, Giò, jetzt würde sie Fragen stellen. Das war klar. Dabei hatte Elli doch selbst noch keine Antworten. *Das gab's noch nie*, schalt sie sich innerlich. Nicht so, so konnte sie nicht darüber reden, einfach so, auf der Straße. Insgeheim war ihr ein gemeinsames Lagerfeuer vorgeschwebt, eine Menge Nastro Azzurro oder ein paar Flaschen Rotwein vielleicht, um die richtige Grundlage für ihr Geständnis zu haben. Gestern Abend wäre sie schon fast so weit gewesen. Aber jetzt? Hier? Völlig nüchtern am Steuer? Unmöglich. Zu ungeheuerlich schien ihr in diesen Minuten das Geheimnis, das sie mit sich herumschleppte. Vielleicht konnte sie einfach so tun, als ob nichts gewesen sei? *Vielleicht könnte ich einfach aus dem Auto springen!* Einen Augenblick gab sie sich, um darüber nachzusinnen, ob Totschweigen eine realistische Option war. Oder Verschwinden. Da klingelte es schon wieder. Und Giovanna sah zu ihr herüber. Elli wurde hektisch.

Noch mal wegdrücken? Was würde Toni von ihr denken? Unmöglich! Elli stieß einen winzigen Seufzer aus und nahm das Gespräch an.

»Toni?«, fragte sie in den Hörer – als wüsste sie nicht genau, wer am anderen Ende der Leitung war. »Was gibt's?«

Was sollte es schon geben? Was sollte er schon wollen? Nichts als die Bestätigung, dass sie existierte. Dass sie für ihn existierte, dass er sich ihrer sicher sein konnte. Was sonst sollte ein verliebter Mann schon wollen? Ihr sagen, dass er an sie dachte, und sich vergewissern, dass das umgekehrt auch der Fall war. Und dass sich daran nichts geändert hatte seit ihrem letzten Telefonat. Doch was zur Hölle sollte sie ihm sagen? Wie konnte sie ihm all das so verklausuliert versichern, dass Giovanna nicht alles durchschaute? Wieso, *verdammt*, hatte sie die Freundin nicht schon längst eingeweiht in ihr Geheimnis? Elli schämte sich. Sie schämte sich vom Scheitel bis in die Zehenspitzen. Und jetzt saß sie in der Patsche, und ein mitgehörtes Telefonat war definitiv nicht der richtige Weg, die Freundin ins Vertrauen zu ziehen. Aber Giovanna hörte jedes Wort, und das ließ Ellis Gedanken entgleisen. Keinen Ton brachte sie heraus.

Dafür aber reagierte ihr Gesprächspartner. Und zwar höchst irritiert.

»Elli, was ist los? Ich bin's doch.«

»Jaja, ich weiß schon. Ich bin nur – nicht da. Verstehst du?«

»Hhm«, kam durch die Leitung, »was heißt, nicht da? Ist Matthias bei dir?«

»Nein.«

»Aha. Aber du bist nicht allein?«

»Nein.«

»Okay. Kannst du mir ein bisschen mehr sagen?«

»Nein.« Wie sollte sie ihm mehr sagen können, wenn sie nicht allein war? Dass Toni begriffsstutzig sein konnte, war ihr neu.

»Toni«, es fiel ihr schwer, in Gegenwart der Beifahrerin auf dem Nebensitz seinen Namen auszusprechen, »ich melde mich wieder bei dir.« Elli wusste selbst, wie gemein das in seinen Ohren klingen musste. Wie eine Ohrfeige. Aber was hätte sie sonst sagen sollen?

»Dann machen wir das so«, hörte sie seine Stimme leise und ein bisschen angefressen am Ohr. Pause. »Ich liebe dich.«

Elli rang mit sich. »Ja. Ja. Ist gut.« Mehr fiel ihr dazu nicht ein. Sie legte auf. Und wusste genau, was jetzt kommen würde. Und es kam.

»Wer ist Toni?« Klar. Giovanna war ja nicht doof.

Die Freundin direkt anzulügen, das brachte Elli nicht übers Herz. Geheimhaltung war eine Sache, eine offensichtliche Lüge eine andere. Sie hatte bei Matthias schon oft genug ausprobieren können, wie sich das anfühlte. Zu lügen. Wie ein Schlag, den sie sich jedes Mal selbst verabreichte im Wissen darum, dass es den ultimativen Knock-out für ihren Partner bedeutet hätte, würde er darum wissen.

Klar, sie hätte Giovanna erzählen können, Toni sei ein unangenehmer Kollege, sie habe gerade keine Lust, mit ihm zu reden. Oder ein Bekannter. Vater eines Schulfreunds oder einer Freundin von Nick oder Lilly – das wäre noch nicht einmal gänzlich unwahr gewesen. Ein Vater, der irgendein schulisches Problem mit ihr besprechen wollte – na ja, das schon eher. Andererseits – über schulische Fragen waren sie und Toni längst hinaus.

»Also, Elli. Was ist los?«

Elli raffte sich auf. »Toni ist ... Also er ist ...« Das war noch schwerer als gedacht.

»Ja? Was ist er?«

Ach, Giovanna, unterbrich mich nicht, sonst schaff ich das nicht. »Er ist der Vater von Moritz.«

»Moritz? Nicks Freund?«

»Genau der.« Vielleicht würde sich Giovanna mit dieser Antwort zufriedengeben. Kurz flackerte Hoffnung in Elli auf. Doch wollte sie das überhaupt? Gerade hatte sie noch beschlossen, reinen Tisch zu machen. Und Giovanna ließ sie eh nicht mehr aus.

»Das ist aber doch nicht alles, oder? Komm schon, Elli, ich kenn dich doch, du hast doch was. Also, was ist mit diesem Toni?«

Elli seufzte tief. Dann erspähte sie eine kleine Ausbuchtung am Straßenrand und steuerte den Wagen mit Schwung hinein. Er kam in einer Staubwolke und mit der Front zwischen den langen Röhren des Schilfs zum Stehen, das hier überall wuchs. Sie schaltete den Motor aus und deutete auf den Fußraum vor dem Beifahrersitz, seufzte tief. »Gib mir doch mal meine Handtasche, bitte!«

Giovanna sah sie fragend an, beugte sich aber nach unten, griff nach der Tasche und reichte sie ihr. Elli musste nicht lang suchen, fand das Buch, das sie gerade las, holte ein Foto zwischen den Seiten hervor und reichte es Giovanna.

»Das ist Toni.«

Giovanna nahm es und studierte es eingehend, bevor sie es zurückgab. »Sieht nett aus. Bisschen nerdig. Und Toni ist – wer?«, wollte sie dann wissen, Ungeduld in der Stimme.

»Meine Affäre.« So. Jetzt war es heraus.

»Deine was!?« Elli blieb selbst die Luft weg, als sie es ausgesprochen hatte, und ihre Hände zitterten, als sie versuchte, das Foto wieder zwischen die Buchseiten zu schieben.

Derweil streckte Giovanna den Arm zu ihr hinüber und machte eine fordernde Bewegung mit den Fingern. »Stopp, nicht wegstecken. Das Foto, Elli, das Foto. Lass mich noch mal sehen!«

Elli reichte es ihr und schwieg. Schwankend zwischen Scham und neugieriger Spannung wartete sie, was als Nächstes käme. Zum zweiten Mal reichte ihr Giovanna das Bild zurück. Diesmal ohne Kommentar, dafür aber mit einem Ausdruck, den Elli nicht recht zu deuten wusste. Sie glaubte, Erstaunen, Entsetzen, ja vielleicht sogar ein bisschen Bewunderung im Blick ihrer Gefährtin erkennen zu können.

»Elli! Das ist jetzt nicht dein Ernst, oder? Du verarschst mich doch?!«

Seh ich so aus? Elli fühlte sich grün im Gesicht. »Nein, tue ich nicht.«

»Das kann doch gar nicht sein«, sagte Giovanna und hörte sich an, als habe sie gerade Helium geschnüffelt, ihre Stimme driftete in eine ungewohnte Höhe ab.

»Jetzt geh, Giò, ist das so unvorstellbar? Ich bin auch noch keine 80. Traust du mir das nicht zu, oder was?« Elli war fast ein bisschen angefressen – und versuchte von dem eigentlichen Skandal abzulenken. Doch Giovanna durchschaute das Manöver.

»Nein, Elli, nicht deshalb. Aber du! Du und Matthias – das ist doch unmöglich. Das glaub ich einfach nicht. Das – kannst du doch nicht machen!«

»Und das musst ausgerechnet du sagen? Missis Spring-ins-Feld, ausgerechnet du?«

»Das ist doch ganz was anderes!«, insistierte Giovanna. »Ich bin Single, ich kann machen, was ich will. Ich betrüge niemanden.«

»Ach ja, gut, dass du mich daran erinnerst!« Empörung stieg in Elli auf. Ihr schlechtes Gewissen war auch so schon heftig genug; ein bisschen mehr Verständnis von ihrer Freundin wäre ihr recht gewesen statt dieser schonungslosen Anklage. »Ich muss also mein Leben lang einem einzigen Mann treu sein, ist es das?«

Giovanna sah sie verwundert an. »Na ja, war das nicht das, was ihr euch versprochen habt? Immerhin seid ihr verheiratet! Und ich weiß das genau, ich bin eure Trauzeugin. Ich habe unterschrieben.«

»Ja, das weiß ich auch«, blökte Elli. »Das weiß ich auch.« Plötzlich schien ihr das Auto viel zu eng, sie riss die Tür auf und hechtete förmlich hinaus. Ein paar Schritte ging sie dann an der Straße entlang; die Parkbucht war nicht allzu groß, und sie hätte sich gewünscht, einfach weitergehen zu können, immer weiter, bis sie sich klar geworden wäre über ihre Gefühle – die der Vergangenheit, die der Gegenwart und vor allem die der Zukunft. Wie würde das alles weitergehen? Sie war in München losgefahren in der Hoffnung, irgendeine Lösung für ihr Dilemma zu finden, irgendeinen Ausweg, der ihr das Gefühl nahm, ein mieses Stück zu sein, eine Frau, die ihrem Mann Hörner aufsetzte, einem Mann, der sicher unter allen Männern der Erste war, der sich selbst kastrieren würde, bevor er sie betrog. Bitter war der Geschmack, den sie auf der Zunge spürte, das gallige Aroma der Lüge. Elli musste stehen bleiben, wollte sie nicht auf die Fahrbahn geraten. Ihr war ein bisschen übel. Sie sah nach oben, als könnte ihr irgendein Engel erscheinen und ihr die Lösung aufzeigen ... Nun, Engel kam keiner, aber die Weite, die sich um sie herum auftat, war so überwältigend, dass ihre Gedanken für ein paar Sekunden abdrifteten.

Der Himmel hatte sich in klares Blau gekleidet, und die Landschaft verlor sich jenseits der Schilfrohre in sanften Hügeln, die sich in alle Himmelsrichtungen ausbreiteten. Es war gerade kein Auto weit und breit zu sehen, die Stille allumfassend. Elli ging zurück zum Wagen, in dem Giovanna sitzen geblieben war, und umrundete das Fahrzeug, um auf die Beifahrerseite zu gelangen, öffnete dort die Tür und reichte ihrer Freundin die Hand: »Komm, Giò. Bitte steig aus, nur für einen Moment, du musst das einfach genießen.«

Giovanna brummte zwar, kletterte aber aus dem Wagen und hielt schnuppernd die Nase in den leichten Wind. Der Duft frisch geschnittenen Grases und ein Hauch von Salz lagen in der Luft – das Meer war ja nicht mehr weit weg. Ein mildes Lächeln des Erkennens huschte über ihre Züge. Dann sah sie Elli an.

»Aber die Erklärung krieg ich trotzdem!«

»Natürlich kriegst du die. Jetzt kann ich ja nicht mehr aus. Außerdem – ich wollte es euch eh erzählen.«

Giovanna nickte. »Dann lass uns jetzt weiterfahren, hm?«

Elli warf noch einen Blick zum Himmel. »Willst du ans Steuer?«, fragte sie.

»Gern«, antwortete Giovanna, nahm den Schlüssel und stieg auf der Fahrerseite ins Auto. Sie brauchte ein paar Momente, bis Sitz und Spiegel zu ihrer Größe passend eingestellt waren. Sie war locker 15 Zentimeter kleiner als Elli – und die ganz froh über die Zeit, die sie gewann, etwas mehr Zeit, um sich die richtigen Worte zurechtzulegen. Erst als Giovanna den Motor gestartet hatte, fing Elli an zu erzählen, und bis sie bei Porto d'Ascoli die Autostrada Adriatica wieder verließen, die sie immer mit Blick aufs Meer zu ihrer Linken nach Süden geführt hatte, wusste Giovanna zumindest schon, wie es war, als Elli und Toni sich kennengelernt hatten.

Schon zuvor, während der ersten Wochen des Schuljahres, hatte Nick, Ellis Zweitjüngster, ihr von dem Neuen in der Klasse erzählt. Der mit seinem alleinerziehenden Vater erst vor Kurzem hergezogen war. Elli hatte von ihrem Sohn erfahren, dass der Neue Moritz hieß und eine jüngere Schwester im Alter seiner eigenen Schwester Lilly hatte. Moritz' Schwester wohnte nach der eben durchgestandenen Trennung der Eltern weiter bei ihrer Mutter.

»Eine seltsame Lösung«, hatte Elli kommentiert, als die Kinder und sie bei einem gemeinsamen Mittagessen saßen. Lilly, zwölfjährig und ihr Nesthäkchen, hatte große Augen gemacht. Elli wusste, wie wichtig die beiden Brüder für sie waren, wie sehr sie ihre Familie in dem Alter noch brauchte. Wie es ihr wehtat, dass ihre große Schwester schon ausgezogen war, um in Wien zu studieren. Als Lena das Auto für ihren Umzug beladen hatte, war Lilly nicht aus ihrem Zimmer gekommen, um sie zu verabschieden. Tagelang hatte sie mit verheulten Augen am Tisch gesessen. Sich auch noch von ihren Brüdern trennen zu müssen, wäre für sie sicher ein Albtraum gewesen.

Lilly war es auch, die Elli am meisten zu schaffen machte, wenn sie begann, ernsthaft über Toni nachzudenken. Und ja, manchmal tat sie das. In letzter Zeit immer häufiger. Lilly würde es nicht verkraften, wenn sie die Familie auseinanderriss, das wusste sie. Den Älteren könnte sie es erklären, vielleicht würden sie eine Weile nicht mehr mit ihr reden, aber am Ende würden sie es irgendwie verstehen. Ganz sicher. Aber Lilly? Niemals.

Bis zu Tonis Erscheinen in ihrem Leben hatte es auch nicht so ausgesehen, als würde sie jemals über so etwas nachdenken müssen. Ihre Familie war ihr heilig – sowieso. Doch dann kam Moritz, Tonis Sohn, zum ersten Mal zu ihnen nach Hause. Wie die Vorhut des Eroberers, der alles ins Wanken bringen würde. Nur ahnte niemand etwas davon. Alle mochten Moritz sofort, vor allem Lilly liebte ihn. *Wenn sie wüsste.* Lilly wich kaum von seiner Seite, wenn Nick ihn mitbrachte. Ihr Bruder musste sie regelmäßig aus dem Zimmer werfen, um sich mit seinem neuen Freund mittels jenes geheimnisvollen Codes, den nur 15-Jährige benutzen, in eine Welt begeben zu können, die ganz exklusiv 15-Jährigen vorbehalten ist. Zu Lillys Glück und Nicks Verdruss genoss Moritz ihre unschuldigen Avancen, weil er seine eigene kleine Schwester vermisste, die er seit der Trennung seiner Eltern nur noch an den Wochenenden sah.

Dass Moritz' Vater auf Elli eine ähnlich magnetische Wirkung ausüben würde wie sein Sohn auf ihre Tochter, konnte keiner ahnen. Und dann kam der Tag jenes Elternabends, bei dem sich die Eltern auf den Sitzplatz ihres Kindes im Klassenzimmer setzen sollten. Neben Nick saß vormittags Moritz. Und neben Elli an diesem Abend Toni.

Mit einer angedeuteten Verbeugung stellte er sich vor, als er auf sie zusteuerte. In Anzug und Hemd, weil er direkt von einem Meeting kam, eine Weste unter dem Jackett, die ihn zusammen mit der Verbeugung beinahe ein bisschen altmodisch wirken ließ. Als er sich vorstellte, konnte Elli seinen Sohn in ihm sehen, und das gefiel ihr. So wie der Vater. Auf Anhieb. Was sie maßlos verwirrte.

Inzwischen waren Elli und Giovanna an der Ausfahrt angekommen. Jetzt würden sie sich von der Küste entfernen und auf die Berge zusteuern. Giovanna hatte konzentriert zugehört, ohne Elli in ihrer Erzählung zu unterbrechen, während sie den Wagen in Richtung Süden gelenkt hatte.

»Du wirst das nicht verstehen können, Giò. Für mich ist das so etwas Besonderes. Ich hab gar nicht mehr gewusst, wie es sich anfühlt – dieses Prickeln.«

Giovanna sah sie einen Moment lang aufmerksam an, nickte leicht, sagte aber nichts.

»Dass da einfach sofort was da ist. So ein Blick, eine Verbindung mit dem ersten Händedruck. Verstehst du das?«

Ein leichtes Lächeln umspielte Giovannas Lippen, als sie erneut nickte. »Natürlich. Das verstehe ich schon. Aber ...«

Elli ließ sie nicht ausreden: »Aber, dass ich es zugelassen habe, das verstehst du nicht.«

Ihre Begleiterin hob die Schultern. »Ich dachte immer, du und Matthias, das ist so ein Traumpaarding. Und, Elli, er würde alles für dich tun«, wandte Giovanna ein. »Nein, ganz versteh ich es nicht.«

»Tja, Traumpaar. Giò. Das sind wir nicht.«

Elli fiel es schwer, weiter über die Sache zu reden. Wie sollte sie ausgerechnet Giovanna klarmachen, was es bedeutete, den einen Mann zu lieben, wirklich zu lieben, und den anderen irgendwie auch. Giovanna war, solange sie sich erinnern konnte, noch nie so richtig verliebt gewesen, zumindest hatte es nie den Anschein gehabt. Noch nie hatte Giovanna sichtlich gelitten, wenn eine ihrer Beziehungen zu Ende gegangen war. Warum das so war, konnte Elli nur erahnen. Keine von

Giovannas Liebschaften hatte länger als ein paar Monate gehalten, und dann war es immer sie gewesen, die einen Grund gefunden hatte, Schluss zu machen. Kopfschüttelnd bestaunt von ihren Freundinnen, die ihr einerseits einen echten Partner wünschten, andererseits Mitleid mit dem einen oder anderen von Giovannas Verflossenen hatten. Giovanna sprach nicht darüber. Es gab so vieles, über das sie nicht sprach. Doch dass sie im Grunde ihres Herzens Elli um ihre Ehe mit Matthias beneidete, wusste Elli.

»Wie macht ihr das nur?«, hatte Giovanna einmal seufzend gefragt, als sie an einem Samstagabend zum Essen bei Elli war. Einem von vielen. Giovanna ging bei Elli und Matthias ein und aus, als wäre sie ein Familienmitglied. Die Freundinnen saßen noch am Tisch, Ellis Mutter war schon ins Bett gegangen, hatte Lilly, damals vielleicht drei oder vier Jahre alt, und die drei Größeren mit nach oben genommen. Matthias werkelte derweil in der Küche, räumte das Geschirr in die Maschine. Die Teller waren kaum leer gegessen, da war er schon aufgestanden und hatte angefangen abzuräumen. Als Elli ihm helfen wollte, hatte er den Kopf geschüttelt: »Nein, nein, ich mach das. Ihr habt doch immer so viel zu quatschen.« Elli konnte sich noch gut daran erinnern, dass sie Matthias dankbar war für den geschenkten Moment mit ihrer Freundin. Wie so oft hatte sie eine furchtbar anstrengende Arbeitswoche hinter sich, in der sie keinen Abend vor halb neun Uhr heimgekommen war. Matthias mit seinem Job in der städtischen Naturschutzbehörde war in aller Regel frühzeitig zu Hause, hatte regelmäßig Urlaub, arbeitete nicht an Feiertagen und nicht an Wochenenden, was bei Elli oft genug vorkam. So hatte sie ihm zugelächelt, sein Angebot aber doch mit einer gewissen Selbstverständlichkeit angenommen. Und Giovanna hatte dagesessen, kopfschüttelnd, und gesagt: »Wieso läuft das bei euch so? Matthias macht immer das Richtige im richtigen Moment. Ihr zofft euch nie, ihr nervt euch nie, ihr diskutiert noch nicht einmal. Oder streitet ihr nur, wenn keiner dabei ist?«

Elli hatte gelacht. »Nö, eigentlich nicht. Irgendwie ist das so. Wir funktionieren einfach.« Und nicht weiter darüber nachgedacht. Damals waren sie und Matthias schon beinahe 20 Jahre zusammen gewesen. Aber sie hatte damals auch noch nicht gezweifelt, die Harmonie nicht infrage gestellt. Auch wenn natürlich zu jenem Zeitpunkt das Prickeln schon längst verschwunden war, das sie jetzt bei Toni spürte. Und vielleicht – sie war sich nach der langen Zeit gar nicht mehr sicher – hatte es ein solches Prickeln bei Matthias überhaupt nie gegeben. Nach zwei Jahrzehnten konnte sie sich an ihre Anfangszeit kaum noch erinnern. Auf jeden Fall waren es in jenen Wochen, in denen sie ein Paar wurden, nicht die Schmetterlinge im Bauch gewesen, die ihr Sein bestimmt hatten.

Das war jetzt bei Toni ganz anders.

Nach jenem Elternabend in der Schule war sie nach Hause gefahren und hatte sich selbst dabei ertappt, Matthias nichts von Moritz' Vater zu erzählen, sondern sich auf die Neuigkeiten aus der Schule zu konzentrieren. Matthias hörte schweigend zu, ohne ihre Ausführungen zu kommentieren.

So war es immer. Er nahm alles auf, merkte sich alles, aber er hatte keine Meinung dazu. Wenn sie ihm eröffnet hätte, dass die Schule ein Strafverfahren angestrengt hätte, weil eine Gruppe wütender Eltern am Tag zuvor den Pausenkiosk gestürmt und den Verkäufer verprügelt hätte, hätte er auch nicht emotionaler reagiert als auf die Ankündigung, dass für notwendige Papierkopien künftig 25 statt 20 Euro eingesammelt werden würden. So war Matthias. Er war gelassen, immer. Er war keiner, der Theater machte. Deshalb hatte sie ihm vertraut, seit sie ihm mit 16 auf dem Schulhof zum ersten Mal begegnet war. Er war der Gegenpol zu dem Wahnsinn gewesen, mit dem sie zu Hause zu kämpfen hatte: zu den Streitereien zwischen ihren Eltern und der tobenden Wut, in die ihr Vater verfiel, wenn er zu viel Arbeit hatte oder zu wenig, wenn er zu viel getrunken hatte oder das Falsche. Matthias war Ellis Ausgleich zum Leid ihrer Mutter, das sie kaum ertragen konnte. Es fiel ihr schwer, zuzusehen, wie ihre Mutter sich kleinmachte, wie sie ihren Mann weiterhin liebte, ihm verzieh, dass er sie schlug.

Von Matthias hatte Elli nie ein einziges lautes Wort gehört. Schon als Zwölftklässler konnte sie sich an ihn anlehnen, an ihn, der immer ein Taschentuch parat hatte, wenn ihr vom Heulen die Nase lief, der einfach an ihrem Vater vorbei ins Haus ging, das Telefon nahm und einen Krankenwagen rief, nachdem er sie mit einem gebrochenen Arm unter ihrem Fenster gefunden hatte. Sie war über das Dach geklettert, um zu ihm zu laufen, als sie es wieder einmal nicht mehr zu Hause ausgehalten hatte. Matthias geriet niemals aus der Fassung. Über nichts.

Nicht darüber, dass Elli ihm einen Tag vor seiner letzten Abiturprüfung eröffnete, von ihm schwanger zu sein. Auch nicht darüber, dass sie das Kind bei der Geburt verlor. Er war einfach da und hielt ihre Hand. Die ganze Zeit über. Von der ersten Wehe bis zur letzten. Bis der Schmerz abebbte, aber kein Laut kam von dem winzigen Wesen, das Elli fast neun Monate lang mit sich getragen, das sie von ganzem Herzen geliebt hatte, ohne zu wissen, ob sie schon bereit dafür war. Dann war es vorbei. Einfach so.

Und Matthias, der eben noch werdender Vater gewesen war und jetzt, einen Monat vor seinem 20. Geburtstag, einen Sohn verloren hatte, hielt ihre Hand. Er war neben ihr, als die Geburtsschwester Elli das winzige Bündel in die Arme legte, damit sie sich von ihm verabschieden konnte. Blau war das kleine Gesicht, als sie es ansah, sie spürte die Knöchelchen durch das Laken an ihrem Arm, leicht wie eine Feder, und versuchte zu begreifen, dass das ihr Kind hätte sein können. Matthias hielt sie auch noch fest, als ihre Arme schon nichts mehr hielten, als die Schwester ihren Sohn mitgenommen hatte, um ihn für die Bestattung vorzubereiten.

Sie liebte Matthias dafür, dass er nichts nahm, sie hätte ihm nichts geben können in diesem Moment. Dafür, dass er bei ihr war, ohne viele Worte zu machen. Er war einfach da.

Sie blieb bei ihm, auch ohne das Kind, dem sie eine Mutter hatte sein wollen, ohne selbst zu wissen, was das eigentlich war. Von dem sie gehofft hatte, dass es ein Ausweg sein könnte aus dem Horror, zu dem ihr Elternhaus geworden war. Das Kind war ein Versprechen gewesen, das nicht eingelöst wurde.

Elli und Matthias zogen trotzdem in die Wohnung, die sie gefunden hatten, als sie noch glaubten, sie würden sie zu dritt bewohnen – das unerfüllte Versprechen als unsichtbares Umzugsgut mit ihnen. Es schien in jeder Kiste zu sitzen und hatte seinen Anteil daran, dass es nur wenige Jahre dauern sollte, bis Elli wieder schwanger wurde.

Doch bis dahin war es vor allem die selbstverständliche Normalität, die Elli im Zusammensein mit Matthias genoss. Die Gelassenheit, die er ausstrahlte. Doch nicht nur das. Elli liebte Matthias' Selbstironie, dass er über Kleinigkeiten lachen konnte, die anderen gar nicht auffielen, dass er sich niemals wichtig nahm. Nie hätte er seine Ambitionen in den Vordergrund gestellt. Der Unterschied zwischen Matthias und ihrem Vater und der Kontrast zwischen ihrer Beziehung mit ihm und dem Chaos bei ihren Eltern hätten kaum größer sein können, das Chaos, das ihr Vater angerichtet hatte, und das von Tag zu Tag unerträglicher wurde.

Wann genau es anfing, dass Elli Matthias' Gelassenheit

nicht mehr ausreichte, um ihre Beziehung zu nähren, wann sie anfing, sich von ihm mehr zu wünschen als »Ja und Amen«, konnte sie selbst nicht mehr genau sagen. Es kam ansatzlos und ohne einen bestimmten Auslöser. Und es hatte begonnen, lange bevor sie Toni begegnete. Lilly war schon eine Weile auf der Welt und hatte die Familie in Ellis Augen perfekt gemacht, mit ihrer Ausgeglichenheit der Geschlechter und der geraden Zahl der Kinder – Elli liebte gerade Zahlen.

Doch dann hatte sich diese Lücke in ihrem Gefühlsleben aufgetan, die sie zunächst gar nicht klar benennen konnte. Wie aus dem Nichts war sie gekommen, hatte sich geöffnet und ließ sich nicht wieder schließen, sosehr Elli es auch versuchte. Und ignorieren ließ sie sich genauso wenig. Und in diese Lücke war Toni zielgenau hineingestoßen.

Er war so völlig anders als Matthias. Schon der erste Abend, an dem sie ihn erlebte, hatte sie neugierig gemacht. Wie er aufbegehrte gegen die Ausführungen der Klassenlehrerin zu irgendwelchen neuartigen Vorgaben aus dem Kultusministerium – Elli hatte längst vergessen, worum es ging. Wie er schmunzelnd Beifall klatschte, als die Lehrerin sich selbst über allzu strenge Regelungen lustig machte. Seine Lebendigkeit hatte ihr gefallen, die Bereitschaft, seine Haltung kundzutun.

Nach dem offiziellen Teil der Veranstaltung hatten sie sich noch eine Weile unterhalten, draußen vor dem Haupteingang der Schule. Sie hatte ihm gesagt, wie sehr sie sich freute, wenn sein Sohn zu Besuch kam, er hatte von seiner kleinen Tochter erzählt, wie sehr er sie vermisse. »Sie wissen ja vermutlich von unserer Situation.«

»Ja, natürlich weiß ich das.« Er hielt nicht hinter dem Berg, druckste nicht herum, keiner, der sich schämte, wenn mal nicht alles perfekt lief, keiner, bei dem alle Kanten geschliffen, alle Oberflächen golden sein mussten.

Gut, das konnte sie Matthias auch nicht vorwerfen, auch ihm war es recht egal, was andere von ihm dachten. Er legte keinen Wert darauf, seiner Umwelt eine perfekte Hülle zu präsentieren. Er kratzte aber auch die ihre nicht an. Vielleicht war es das, was sie manchmal einsam machte.

Ein paar Wochen nach dem Elternabend traf sie Toni wieder, zufällig, als sie mit Lilly in der Innenstadt unterwegs war. Sie hatten gerade den Zero-Laden in der Kaufingerstraße verlassen und standen nun draußen vor dem Eingang, als Lilly auf der anderen Seite der Fußgängerzone Moritz erspähte, just in einem Moment, in dem der unentwegte Strom aus Bummelnden, eiligen Geschäftsleuten auf dem Weg zu irgendeinem wichtigen Termin und Touristen aus aller Herren Länder für die Länge eines Wimpernschlags abriss. Sein Vater neben ihm bemerkte Mutter und Tochter in derselben Sekunde, und noch vor seinem Sohn setzte er sich in ihre Richtung in Bewegung.

»Elli, hallo! Wie schön, dich zu sehen.« Sie waren schon am Ende ihrer ersten Begegnung zum »du« übergegangen. Als er vor ihr stand, legte er seine Hand auf ihren Arm, so als wären sie beste Freunde. Es störte sie nicht. Berührte sie aber seltsam. Elli spürte die Wärme seiner Hand noch, als sie sich längst wieder verabschiedet hatten, ihr Heimweg führte sie in unterschiedliche Richtungen. Sie drehte sich nach einigen Metern um, wie zufällig, ihr Blick traf den seinen.

An diesem Abend zog Elli sich früh ins Bett zurück, mit einem Buch als Ausrede. Von dem sie keine zweieinhalb Seiten las, weil ihr ein Name im Kopf herumgeisterte. Und eine Berührung. Nach einer halben Stunde, in der sie vergeblich versucht hatte, sich auf die Zeilen vor sich zu konzentrieren, stand sie wieder auf, ging ins Badezimmer und verschloss die Tür hinter sich. Sie streifte sich das T-Shirt, das sie trug, über den Kopf und betrachtete ihren entblößten Körper im

Spiegel. Besah sich ihre Nacktheit. Die ihr plötzlich als etwas Ungeheuerliches erschien, fast war sie ihr peinlich. Sie sah ihren Körper mit einem Mal so ganz anders als jenen, den sie im geschäftsmäßigen Ablauf der Tage und Jahre an- und auszuziehen gewohnt war. Der erst sichtbar wurde, wenn sie ihn in ein Kostüm, ein Kleid oder einen Pulli gesteckt hatte.

Jetzt aber sah sie ihre Nacktheit mit den Augen eines Fremden. Der nicht vertraut war mit der Verletzlichkeit ihrer Schlüsselbeine, den kleinen blauen Adern, die darüberliefen, der Weichheit ihrer Haut, wo sie die Oberarme umfing, der Schwere ihrer Brüste, die nach vier Geburten, vier gestillten Kindern nicht mehr allzu viel mit dem hochstehenden kleinen Jungmädchenbusen zu tun hatten, den sie mit in ihre Beziehung zu Matthias gebracht hatte. Nun, ein gut sitzender BH sorgte in ihrem Alltag dafür, dass der Tribut, den die Zeit von ihr forderte, nicht allzu offensichtlich wurde. Sie besah sich die Wölbung ihres Bauchs, mit der sie zwar nie ganz zufrieden gewesen war, mit der sie aber doch hatte leben können. Jetzt war sie sich dessen plötzlich nicht mehr sicher.

Jetzt musste alles vor dem neuen Blick bestehen, den sie aus diesem Tag mitgebracht hatte. *Elli, was soll das, zieh dich an und bilde dir keine Schwachheiten ein*, das war es, was ihre Mutter zu ihr gesagt hätte. Hanni, die das Martyrium ihrer Ehe einen resignierten Realismus gelehrt hatte, welcher sich in manchmal verletzender Härte ihren Mitmenschen gegenüber Bahn brach. Und doch war es nun das, was Elli dachte, obwohl sie mit Blick auf ihre Eltern jedweder Romantik schon früh abgeschworen hatte. In einem Anflug von Panik machte sie einen Schritt zur Badezimmertür, überprüfte, ob sie wirklich abgeschlossen war – es konnte immer sein, dass eines ihrer Kinder noch mal schnell ins Bad musste, wenn sie auch alle schon eine Weile im Bett waren. Dann zog sie ihr

Shirt wieder über den Kopf, entriegelte die Tür und schlich zurück zu ihrem Buch.

Bis zur Weihnachtsfeier in der Schule hatte sie sich wieder im Griff. Ein, zwei Wochen lang kam ihr Toni immer wieder mal in den Sinn. Die Erinnerung an seine schlichte, wahrscheinlich völlig unbedachte Berührung verblasste aber nach und nach, das Herzklopfen, das sie im Augenblick des Geschehens empfunden hatte, erschien ihr im Rückblick völlig übertrieben, fast fand sie sich selbst ein bisschen lächerlich, wenn sie daran dachte, *peinlich, Elli, peinlich.*

Sie funktionierte weiter in ihrem gewohnten Rhythmus aus Haushalt, Kindern und Job. Vielleicht arbeitete sie noch ein bisschen mehr, vielleicht suchte sie unbewusst nach Gründen, ihre Termine etwas auszudehnen, vielleicht noch ein Gläschen mit einem Event-Kunden zu trinken, etwas zu erledigen, das ihre Mitarbeiter übersehen hatten, vielleicht einen Aufsteller in die Firma zu fahren, der vergessen worden war, oder einen Lautsprecher zurückzubringen, den sie ausgeliehen hatte. Dinge, die sie zu anderen Zeiten delegiert hätte.

Sie tat alles, um Matthias nicht zu oft in die Augen sehen zu müssen. Wenn sie sich am frühen Morgen in der Küche einfand, um gemeinsam mit ihm das Frühstück für die Kinder herzurichten, ertappte sie sich manchmal dabei, dass sie allzu viel Zärtlichkeit vermied, dass sie mancher Berührung aus dem Weg ging, die früher selbstverständlich gewesen war. Dabei schüttelte sie insgeheim den Kopf über sich selbst, verspottete sich dafür, dass ihr inneres Gleichgewicht durch die Begegnung mit Toni so ins Wanken geraten konnte, und beobachtete zugleich beunruhigt, dass es sich nicht ändern ließ. Nach und nach verging jedoch das besondere Gefühl, das sie so unvermittelt überfallen hatte, bis sie schließlich glaubte, es vergessen zu haben.

Sie verabschiedete die Kinder in die Schule und Matthias

ins Büro, duschte sich, griff sich eine der vielen Blusen aus dem Schrank, die alle denselben langen, leicht taillierten Schnitt hatten und ausschließlich für die Arbeit reserviert waren – sie variierten nur in der Farbe, und Elli entschied immer erst, welche sie anzog, wenn sie einen Blick zum Himmel geworfen hatte. Für Elli, die Planerin, war das schon eine ganze Menge Spontaneität. Dann verließ sie das Haus, um in die Agentur zu fahren, für die sie arbeitete, um mit Kunden oder Caterern oder Werbepartnern oder Serviceleuten oder Beleuchtern oder mit irgendjemand aus dem großen Kreis derer zu telefonieren, die in irgendeiner Weise mit ihrem Job zu tun hatten. Manchmal sprach sie auch mit allen gleichzeitig. Giovanna, die sie gelegentlich zum Mittagessen abholte, verglich sie gerne mit einem Jongleur. Sie konnte sich nicht genug darüber wundern, wie Elli es schaffte, alle Bälle gleichzeitig in der Luft zu halten. Es war auch schon vorgekommen, dass Giovanna unverrichteter Dinge wieder gehen musste, weil sie der eine Ball war, der Ellis kunstvolle Jonglage aus dem Gleichgewicht gebracht hätte, und Elli sie mit einer Entschuldigung und einem Versprechen fürs nächste Mal wieder weggeschickt hatte. Doch sie hatte sich noch nie darüber beschwert. Elli schätzte die Langmut ihrer Freundin, die sich nicht beklagte, sondern immer so tat, als könne ihr gar nichts Besseres passieren, als unverhofft doch das Mittagessen allein zu verbringen. Elli wusste natürlich genau, dass Giovanna ihr nur weiteren Stress ersparen wollte.

Aber dafür waren Freundinnen ja da – um im richtigen Augenblick da zu sein und im richtigen zu gehen. Und um in die großen Geheimnisse eingeweiht zu sein, oder nicht?

Elli hatte ein schlechtes Gewissen, mindestens so groß wie die Sibillinischen Berge, auf die sie zusteuerten und die in der Ferne zu sehen waren, die Flanken bräunlich und hoch aufragend. Rechts und links von ihnen veränderten sich auch die sanften Hügel, die Steigungen wurden schroffer, das satte Grün von Eichen mischte sich mit dem dunkleren vereinzelter Zypressen, es roch nach gemähtem Gras. So wie die Berge rückte auch Chiesavalle näher, wo sie Marie treffen würden. *Was sich vor allem für Giò komisch anfühlen wird,* dachte Elli. *Ich sollte wenigstens versuchen, vorher die Dinge zwischen uns wieder geradezurücken.*

Vorsichtig griff Elli über die Mittelkonsole hinüber und legte Giovanna eine Hand auf den Arm am Steuer. Zunächst, ohne etwas zu sagen.

»Giò, bist du sauer?«, fragte sie dann.

Ein unwilliges Brummen kam von der Seite. Elli versuchte es noch einmal. »Weil ich es dir nicht früher erzählt habe, stimmt's?«

Giovanna brummelte erneut. »Du bist ja nicht verpflichtet, mir irgendetwas zu erzählen«, sagte sie dann, es klang aber nicht wirklich entspannt. »Bitte. Du bist ja nicht mit MIR verheiratet.«

»Oh, hoppala.« Elli war ein bisschen überrascht. »Bist du jetzt sauer, weil du nichts davon wusstest, oder weil ich Matthias untreu bin?«

Giovanna zögerte. »Ach, Elli, ja, irgendwie beides.«

»Ich wusste gar nicht, dass du plötzlich zur Verfechterin ehelicher Treue geworden bist. Ich erinnere mich da an eine Geschichte mit einem gewissen Albert ...«

Giovanna winkte ab. »Ja, ja, ich weiß schon, was du sagen willst. Nenn mich inkonsequent, aber – bei dir, da ist das doch irgendwie was anderes.«

»Du meinst, andere dürfen untreu sein, die Männer vor allem, die was mit dir haben – aber ich nicht?«

Giovanna holte tief Luft und stieß sie dann wieder aus. »Ja, nein, ich sag ja, ich bin da nicht ganz so – so eindeutig.«

»Aber mir wirfst du es jedenfalls vor«, stellte Elli fest.

Giovanna sah kurz zu ihr herüber. »Nein, Elli. Ich glaube, ich kann dir nichts vorwerfen, aber ich kann's auch nicht wirklich verstehen. Zwischen dich und Matthias, dachte ich, da passt kein Blatt dazwischen. Also, ein bisschen irritiert darf ich da schon sein, oder nicht?«

Elli nickte. Natürlich konnte sie das verstehen.

»Und das geht jetzt seit – wann? Seit Weihnachten schon?«

Elli rechnete kurz, von Weihnachten bis jetzt, das waren fast acht Monate. So lange hatte sie die Freundin nicht eingeweiht. Sie kam sich wie eine Betrügerin vor – die sie ja auch war. Doch jetzt war nicht die Zeit für weitere Ausflüchte; sie beschloss, die ganze Wahrheit zu sagen.

Es lag nicht genug Schnee, um Schneebälle zu formen. Elli war das egal, sie konnte auf Schnee im Winter gut und gerne verzichten, aber Nick und Lilly versuchten bei jedem Auto, an dem sie vorbeikamen, die dünne weiße Schicht zusammenzuschieben, die sich nach Einbruch der Dämmerung dort gebildet hatte. Elli fror, ihre Füße waren kalt, und ihre Handschuhe hatte sie Nick überlassen, dessen Paar zu Hause liegen geblieben war. So wollte sie den Weg bis zur Schule möglichst schnell hinter sich bringen. Matthias war daheimgeblieben, er war heftig erkältet, konnte diesmal nicht mit zum Weihnachtsfest. Max war schon vorausgeeilt. Seit er eine Freundin hatte, hielt ihn nichts mehr daheim – es sei denn, er konnte gemeinsam mit ihr auf dem Bett in seinem Zimmer sitzen und Händchen halten.

»Das machen sie ganz bestimmt nicht«, hatte Nick mit wissender Miene kommentiert, als Elli bei einem Abendessen, zu dem Max nicht erschienen war, Vermutungen über die gemeinsamen Beschäftigungen ihres Ältesten und seiner Liebsten angestellt hatte. Lilly hatte so getan, als wisse sie ganz genau, wovon geredet wurde, doch Elli war sich sicher, dass ihre Kleine mit ihren zwölf Jahren nur eine vage Ahnung von diesen Dingen haben konnte, kindlich, wie sie noch war. Aber vielleicht täuschte sie sich, vielleicht hielt sie sich auch nur an dem Gedanken fest, dass wenigstens ihr jüngstes Kind noch eine Weile Kind bleiben würde. Jetzt, als Elli mit ihr und Nick durch die vorweihnachtliche Dunkelheit wanderte und die Hände tief in den Taschen ihrer Daunenjacke vergrub, dachte sie über Max nach. Im kommenden Jahr würde er Abitur machen. Und dann wäre ihr zweites Kind so weit, das Nest zu verlassen.

Was für ein seltsames Gefühl! Vielleicht nicht mehr ganz so schneidend schmerzhaft wie damals bei Lena, die jetzt schon zwei Jahre lang in Wien war. Lena, dieses ersehnte Kind, das sie in den ersten Monaten ihres Lebens kaum eine Sekunde aus den Augen lassen wollte, so groß war ihre Angst, sie genauso zu verlieren wie das kleine Wesen, das sie namenlos begraben hatten. Um Lena hatte sie sich immer die meisten Gedanken gemacht. Als Max auf die Welt gekommen war, war sie sich schon etwas sicherer gewesen, ihn am Morgen lebend wiederzusehen, wenn sie ihn am Abend in seine Wiege gelegt hatte. Vielleicht weil man sich mit jedem weiteren Kind noch ein bisschen mehr an das Ausmaß der Liebe und der Angst gewöhnte, von deren Dimension man sich keine Vorstellung machen konnte, bevor es da war.

Aber dass Max jetzt schon kurz vor dem Abi stand, mit dem Gedanken war sie noch nicht recht vertraut. Und jetzt hatte er dieses Mädchen, Rebecca. Seit er mit ihr zusammen war, legte ihr etwas unsteter Sohn erstmals so etwas wie Zielstrebigkeit an den Tag. Er hatte sich sogar für einen Zusatzkurs in Mathematik eingeschrieben, der bei der Abiturvorbereitung half – klar, Rebecca saß im selben Kurs. Elli musste lächeln, als sie an den verträumten Ausdruck auf dem Gesicht ihres ältesten Sohns zurückdachte, mit dem er ihr und Matthias von seiner neuen Freundin erzählt hatte. Natürlich hatte sie sich für ihn gefreut. Aber da war noch etwas anderes gewesen. Ein kleines bisschen Eifersucht. Nicht auf Rebecca. Sie würde nie der Typ Schwiegermutter werden, der seiner Schwiegertochter das Leben schwer machte. Hoffte sie wenigstens. Nein, eifersüchtig war sie höchstens auf das Gefühl, das sie an ihm wahrnahm, diese brennende Lebendigkeit, die Max so offensichtlich nach außen trug, dass sogar sein Haarschopf bis in jede Spitze elektrisiert zu sein schien.

Während sie darüber sinnierte, tauchte ohne Vorwarnung das Bild von Toni vor ihrem inneren Auge auf. Sie blieb unvermittelt stehen, überrascht von der Unberechenbarkeit ihrer eigenen Gefühle. Ein paar Wochen schon hatte sie nicht mehr an ihn gedacht und jenes Aufeinandertreffen, das sie so durcheinandergebracht hatte. Ein paar Hundert Meter weiter die Straße hinunter konnte sie schon die Lichter der Schule sehen, und die Erinnerung überfiel sie mit ungeahnter Heftigkeit. Würde er an diesem Abend auch da sein? Sie sah sich nach ihren beiden Kindern um, die schon ein gutes Stück voraus waren – hatte sie so gebummelt? Vor lauter Träumerei war sie sich der beißenden Kälte gar nicht mehr bewusst gewesen. Elli beeilte sich, ihre Schritte zu beschleunigen. »Nick«, rief sie dann, als sie die beiden fast eingeholt hatte, »wollte Moritz heute auch kommen?« Wie dumm von ihr, warum sollte sie das interessieren?

Prompt kam die Rückfrage: »Klar, wieso?« Nick und Lilly waren stehen geblieben, um auf ihre etwas außer Atem gekommene Mutter zu warten.

»Ach, nur interessehalber«, wiegelte Elli ab. »Er war ja schon länger nicht mehr bei uns.«

»Stimmt!«, rief Lilly. »Ich hab ihn schon vermisst.«

»Ach du. Bist ja verliebt in den«, frotzelte Nick seine kleine Schwester, die ihn wütend vors Schienbein trat. Elli unterdrückte den Reflex einzuschreiten – immerhin würde Nick so nicht weiter nachfragen – und atmete auf. Inzwischen hatten sie den Hof des Gymnasiums erreicht und durchschritten. Sie straffte sich, widerstand der Versuchung, ihr Handy zu zücken und mittels Selfie-Kamera den Sitz ihrer Frisur zu überprüfen. Sie waren ja nicht allein im fröstelnd-kalten Hof, vielmehr strömten jede Menge Gäste heran, steuerten auf den Haupteingang zu.

Etliche von ihnen grüßten sie. Nach mittlerweile zwölf Jahren, in denen sie ununterbrochen Kinder auf der Schule hatte, nach unzähligen Elternabenden, Sommer- und Weihnachtsfesten, ging die Zahl der Mütter und Väter, die sie zumindest vom Sehen her kannte, in die Hunderte. Lilly und Nick waren schon durch die Tür geschlüpft und in der Menge verschwunden, die sich, wie Elli sehen konnte, drinnen um Stehtische drängte. In die Aula geräumt, waren die Tischchen mit flackernden LED-Teelichtern und Tannenzweigen geschmückt worden. Dort drinnen würde es heiß sein, erkannte sie, heiß und eng – besser, sie entledigte sich ihrer Jacke schon vor der Tür. Elli zog ihren Reißverschluss herunter, schauderte, als die kalte Luft durch ihren Pulli drang, und klemmte ihre Handtasche zwischen die Knie, um die Jacke von den Schultern streifen zu können. Da hörte sie eine Stimme direkt hinter sich: »Kann ich helfen?« Sie erkannte Toni sofort, auch nach den Wochen, in denen sie sich nicht gesehen hatten. Dann spürte sie auch schon seine Hände, die ihr die Jacke von der Schulter nahmen. Und sie fühlte sich wie ein Teenager, als sie sich umdrehte und nach Tonis Gesicht spähte.

»Danke schön.« Mehr brachte sie nicht heraus.

»Bitte schön«, erwiderte er, seine Stimme hatte einen Unterton, der mehr als »bitte schön« beinhaltete, nur was, konnte sie im Moment nicht entschlüsseln. Dann wies er auf die Eingangstür. »Wir sollten schnell hineingehen. Ohne

Jacke ist's vielleicht ein bisschen kalt hier.« Und er schob sie mit der einen Hand dezent in Richtung Eingang, zog mit der anderen die Tür zu sich her und ließ Elli vor sich durchgehen.

In der hell beleuchteten Eingangshalle empfing sie die erwartete Hitze. Elli versuchte, über die Köpfe der vielen Menschen hinwegzuspähen. Vor den Tischen mit weihnachtlichen Naschereien standen sie geballt, etwas weniger drängten sich vor jenen mit kunstvoll gedrehten Wachskerzen und von Schülern gestalteten Postkarten, die zugunsten einer Partnerschule im südlichen Afrika verkauft wurden. Dafür hatten sich mehrere lange Schlangen vor einem Tresen gebildet, auf dem verlockend aussehende Brötchen präsentiert wurden und an dessen Ende mehrere große Töpfe mit Glühwein und Kinderpunsch platziert waren.

Doch Elli hielt erst einmal nach ihrem Nachwuchs Ausschau. Weil sie nicht genau wusste, was sie sonst tun sollte. Toni blieb hinter ihr, während sie sich durch die Menge schob, um eine Stelle zu suchen, an der es nicht gar so eng war. Sollte sie sich nun nach ihm umdrehen und ihn auffordern, sie zu begleiten? War es unhöflich, es nicht zu tun? Es als selbstverständlich hinnehmen, dass er ihr auf den Fersen blieb? Hoffen, dass er es tat? Ganz sicher würde er ohnehin gleich nach seinem Sohn suchen, der ja auch irgendwo hier sein musste.

Was ist nur los mit mir? Hitze in ihrem Kopf. Nach der Kälte draußen glühten jetzt ihre Wangen, unter ihrem Pulli schwitzte sie, sehnte sich danach, ihn ebenfalls auszuziehen. Endlich, nach einer gefühlten Ewigkeit, während der sie sich durch schwatzende Grüppchen hindurchgeschlängelt hatte, tat sich eine Lücke auf. Elli erspähte einen noch unbesetzten Stehtisch und steuerte darauf zu. Um sich eine Basis zu schaffen. Um sich zu sammeln. Den Rücken frei zu haben. War Toni noch immer hinter ihr? Sie sprintete beinahe um den Tisch herum, in dem Versuch, den Gegner von vorne annehmen zu können. Sie sah ihn herankommen; er hatte sein Handy gezückt. Ellis Zwischensprint und die Menschen, die ihm in den Weg gelaufen waren, hatten ihn ein wenig zurückfallen lassen, doch er ließ sich nicht abhalten, folgte ihr ganz selbstverständlich bis zum Tisch, als wären sie alte Freunde, als hätten sie sich hier verabredet, als wäre es gar keine Frage, dass er mit ihr und sie mit ihm hier sein würde. Wie konnte er nur? Irgendetwas war daran falsch. Elli war falsch an dieser Stelle. Oder Toni. Es hätte Matthias sein müssen, der jetzt an ihrem Tisch stand. Zu vertraut und zugleich erregend war das Gefühl, das sie an Tonis Seite durchströmte. Das durfte sie nicht zulassen. Sie legte ihre Handtasche auf dem Tisch ab – zu nahe am Rand, sie bekam Übergewicht, klatschte auf den Boden. Elli verfluchte sich, musste sich bücken, um sie aufzuheben, genierte sich wegen ihrer Ungeschicklichkeit. Sie, die Souveräne, die Macherin, Elli, die sich so lässig in jeder Gesellschaft zu bewegen verstand, die in ihrem Job jeden Tag mit allen möglichen Menschen verkehren musste, die Jongleurin. Jetzt ließ sie alle Bälle gleichzeitig fallen und fühlte sich wie ein Teenager. *Bitte, bitte, lass es ihn nicht merken! Das ist so lächerlich. Du bist so lächerlich.*

»Ganz schön heiß hier.« Toni war an den Tisch getreten, schälte sich jetzt erst aus seinem Mantel, schenkte ihr ein kurzes Lächeln. *Zu kurz,* dachte sie, dann: *Kann er nicht gleich wieder gehen?* Sie beobachtete ihn, als er sich suchend umsah und jemandem zuwinkte, den er zu kennen schien, ein paar Worte wechselte mit einer Frau am Nebentisch.

Nein, nein, geh nicht, bitte, dachte sie. »Ach, da ist ja Moritz«, rief er dann aus, »entschuldigst du mich einen Moment?« Elli nickte. Atmete durch, als er sich von ihrem Tisch entfernte, griff nach ihrem Handy, klickte nun doch auf die Frontkamera und warf einen raschen Blick auf ihr Bild: wirr die Locken, verwirrt ihr Gesichtsausdruck. Da, eine Bewegung an ihrer Seite. Nick und Lilly tauchten wieder auf; Moritz war dabei, klar, dass Lilly sich die Gelegenheit nicht entgehen ließ, sich an seinen Rockzipfel zu hängen. *Ihre Freundinnen sind doch sicher auch hier,* mutmaßte Elli, *sind die plötzlich vergessen?* Sie sagte aber nichts.

»Hallo Elli, wo ist mein Papa?«, fragte Moritz. *Ah, jetzt bin ich schon zuständig für ihn,* dachte Elli, eigenartig berührt, und hoffte, dass nur sie selbst die in ihr aufsteigende Hitze wahrnahm und dass sie nicht auf ihrem Gesicht zu erkennen war.

»Er hat dich vorhin gesehen und wollte zu dir«, sagte sie lässig und dachte: *Wo ist er denn hin, wenn er nicht zu Moritz wollte? Wollte er nicht bei mir stehen bleiben?*

In dem Augenblick wurde das Licht in der Halle gedimmt. Jugendliche Musiker hatten die Bühne geentert, der Schulleiter sprach ein paar begrüßende Worte, wünschte allen das Übliche und überließ dann der Band die Szenerie, während Elli sich alles andere als das Übliche und schon gar nicht das Angemessene wünschte. Erst recht nicht, als Toni endlich wieder an ihrer Seite stand. Die Schüler spielten eine gute halbe Stunde, dann übernahm eine Lehrerband, die mit Abba einstieg. Was Nick, der gerade neben seiner Mutter stand und ihr Gesicht sah, veranlasste, sich zu Toni hinüberzubeugen und zu erklären: »Sie hasst Abba.« Der lachte und nickte Elli zu. »Ich auch«, formten seine Lippen. Ach, diese Lippen. Sie bemühte sich, schnell wieder woanders hinzusehen. Was war nur mit ihr los? Die Lehrerband spielte jetzt ein Achtzigerjahre-Set, The Clash, Bon Jovi und Wham!, was bei einigen der anwesenden Eltern mitten im Winter Frühlingsgefühle zu wecken schien. Der ausgeschenkte Glühwein tat sein Übriges – als wäre es in der Halle nicht schon heiß genug –, um die Stimmung anzuheizen. Und so fand sich Elli bald unversehens auf der Tanzfläche vor der Bühne wieder, wo sie inmitten einer lustigen Menge von Erwachsenen und einigen der älteren Schüler zu den Tönen wippte. Nick und Moritz sah sie am Rande stehen. Sie waren alt genug, sich über die Eltern zu amüsieren, Lilly dagegen war verschwunden. Sicher war es ihr unendlich peinlich, ihrer Mutter beim Herumhoppeln zuzusehen.

An irgendeinem Punkt des Abends erreichte Elli den Zustand, dass ihr gar nichts mehr peinlich war. Sie hatte ein Bier vom Fass und zwei Gläser Weihnachtspunsch getrunken, um die Befangenheit hinunterzuspülen, die sie in Tonis Gegenwart partout nicht verlassen wollte. Und jetzt war ihr alles egal – fast alles. Nur noch eins war ihr wichtig: dass der Mann, der an ihrer Seite tanzte, an ihrer Seite tanzte. Und dass er damit nicht aufhörte. Und dass sich dabei immer wieder ihre Blicke kreuzten. Hin und wieder verschwendete sie einen Gedanken daran, ob wohl jemand merken würde, was zwischen ihnen vorging. Und ein einziges Mal dachte sie auch an Matthias und wie es ihm wohl gehen würde, ob er sich schon ins Bett gelegt hatte, um seine Erkältung wegzuschlafen. Das war kurz bevor die Musik wechselte und die Band ein paar Songs aus den frühen Zweitausendern spielte, mit denen sie nichts anfangen konnte. Elli verließ die Tanzfläche, um in den ebenfalls weihnachtlich geschmückten Innenhof hinauszugehen und sich ein wenig abzukühlen. In der vagen Hoffnung – einer Hoffnung, die sie vor sich selbst nicht zugeben wollte –, dass sie dort nicht allein bleiben würde, dass Toni ihr folgen würde.

Hier war es still, im Gegensatz zu dem Lärm, der im Innern des Schulgebäudes noch immer herrschte, obwohl sich die Aula inzwischen schon zu einem guten Drittel geleert hatte. Vor allem Familien mit jüngeren Kindern waren nach Hause gegangen.

Auch hier draußen waren Tische aufgestellt, auf denen die Hitze von Teelichtern im Glas kleine dunkle Kreise ins

Schneeweiß gefräst hatte. Seit sie angekommen waren, hatte es weiter geschneit, und auch, wenn Elli nicht viel von Schnee hielt, konnte sie doch nicht anders, als die stille Schönheit des winterlichen Augenblicks zu genießen. Lilly wird Augen machen, dachte sie. Wo war sie überhaupt? Sie hatte die Kleine schon eine Weile nicht mehr gesehen. *Wo steckt sie nur?*

Einen Moment lang war Elli wieder zurück in der Haut der alten Elli, der Mama-Elli, der Vor-Toni-Elli. Bis er wieder den Weg in ihre Gedanken fand. Und das ging schnell, denn durch die Scheiben zur Aula konnte sie ihn sehen, konnte erkennen, dass er sich suchend umblickte. Woher sie wusste, dass sie es war, die er suchte, hätte sie nicht sagen können. Und doch fiel es ihr schwer, es zu glauben. War es nicht die Hoffnung, die sie täuschte? Jene Hoffnung, die sie gar nicht haben durfte? Nein, sicher war es nur Zufall, dass er ausgerechnet hinter dieser Glastür auftauchte. Es konnte, nein, es durfte nicht anders sein. Sicher suchte er nach seinem Sohn, nicht nach ihr. Elli versuchte angestrengt, durch den fallenden Schnee einen klareren Blick auf den Mann zu bekommen, dessen Statur mit den kräftigen Schultern sie aus der Entfernung mehr erahnen als sehen konnte. Doch die Ahnung allein genügte schon, ihren Körper in angespannte Erwartung zu versetzen. *Starr nicht so! Dumme Kuh! Du darfst nicht!* Sollte sie sich dennoch bemerkbar machen? Oder gar nichts tun? Im dunklen Hausschatten stehen bleiben, der von der ans Haupthaus angeschlossenen Turnhalle über den halben Innenhof fiel? In dem sie nicht zu sehen war? Was würde passieren, wenn er sie dort entdecken und nach draußen kommen würde? Einen Moment lang wünschte sich Elli, noch mal 16 Jahre alt zu sein, völlig unbedarft, ungebunden, in sich nichts als die Neugier auf das Leben, auf die Liebe, auf die Welt und die Versprechen, die in all diesem Unbekannten lagen. Und im nächsten Moment war ihr klar, dass sie diese Unbedarftheit nie gespürt hatte, weil sie schon damals zu viel gewusst und gesehen hatte im Haus ihrer Eltern. Und in diesem Moment trat sie heraus aus dem Schatten. Alles Zögern war vergessen. Und wenngleich es ein Mysterium ist, wie es immer wieder funktionieren kann, dass zwei sich treffen, die genau das Gleiche wollen, ohne, dass sie darüber reden müssen – und vielleicht würde es auch nie funktionieren, wenn es dieses Mysterium nicht gäbe –, wandte Toni drinnen den Kopf und sah in ihre Richtung. Elli konnte sein Lächeln spüren, sehen konnte sie es nicht, bevor er die Glastür aufdrückte und auf sie zusteuerte. Für ein paar Sekunden erreichten die Geräusche aus dem Inneren der Aula ihr Ohr, dann fiel die Tür wieder ins Schloss, und das Einzige, was sie hörte, waren die Schritte Tonis, die den weichen Schnee unter seinen Sohlen ein wenig knarzen ließen, dann seine Stimme, die sie fragte, ob ihr nicht kalt sei. *Wie könnte es das.* Und wenn es 15 Grad unter null gehabt hätte statt einem halben, hätte sie nicht gefroren. Oder aber die Kälte wäre einfach vergangen in der Hitze, die sie durchflutete. So wie die Schneeflocken, die im Lichtschein aus der Aula auf Tonis schwer ins Grau changierendem Haarschopf landeten und im nächsten Augenblick schmolzen. Toni war vorausschauender gewesen als sie selbst und hatte seinen Mantel angezogen, bevor er sich auf den Weg gemacht hatte, sie zu suchen.

»Hatte schon befürchtet, du wärst schon heimgegangen«, sagte er. Vielleicht hatte er den Mantel aber auch nur angezogen, um ihn jetzt wieder ausziehen und behutsam um Ellis Schultern legen zu können.

»Du bist ja ganz durchgefroren«, murmelte er, und, als könnte es gar nicht anders sein, ließ er seine Hände wie zufällig, aber doch erkennbar absichtlich über ihre Schultern gleiten, bevor er sie wieder wegnahm. Es war wirklich sehr wenig Elli von Elli übrig geblieben an diesem Abend, sonst hätte sie niemals zugelassen, dass jemand die unsichtbaren Grenzen einriss, von denen sie gedacht hatte, sie würden sie ihr Leben lang vor Verlockungen dieser Art bewahren. Von denen sie dachte, sie habe sie für alle Ewigkeiten um Matthias und sich selbst herumgezogen. »Bis dass der Tod euch scheidet.« Hatte der Pfarrer das überhaupt gesagt? Sie hätte ihre Hand nicht dafür ins Feuer legen mögen. Jetzt lagen ihre Hände plötzlich zwischen denen von Toni, der sie heftig rieb, um sie wieder auf Temperatur zu bringen.

»Wieso stehst du denn so lang hier draußen?«

Und wieso fror sie nicht? Ihr war doch sonst auch immer kalt. »Wir sollten wohl langsam gehen, meinst du nicht?«

Tonis Stimme klang so nah, so vertraut an ihrem Ohr, als wäre sie schon immer da gewesen, und sie musste sich zusammennehmen, sich nicht an ihn zu lehnen, wie sie es bei Matthias immer tat, eine jener vielen eingespielten Gewohnheiten, wie sie Paare im Laufe ihres Lebens entwickeln.

»Ja, lass uns die Kinder suchen«, sagte sie stattdessen.

»Nick und Moritz sind schon weg, ich glaube, sie sind mit ein paar Freunden abgezogen«, antwortete er. »War doch okay, oder?«

Elli nickte. »Ja, sicher. Sind ja keine Kinder mehr. Aber Lilly muss noch hier sein, sie weiß, dass sie nicht allein durch die Dunkelheit laufen soll, wenn es nicht sein muss.«

»Also dann«, flüsterte Toni und war wieder ganz nah an ihrem Ohr, »gehen wir sie suchen.«

»Und?«, fragte Giovanna, »wie ging's dann weiter?« Sie hatte Ellis Erzählung gespannt gelauscht, während sie das Auto immer weiter in Richtung Berge gesteuert hatte, ohne sie ein einziges Mal zu unterbrechen.

»An diesem Abend ist nichts mehr passiert«, erzählte Elli, »wir haben Lilly zusammen mit ein paar Freundinnen aufgegabelt, und Toni hat uns noch ein Stückchen begleitet.« Sie machte eine kurze Pause in ihrer Erzählung, hatte das Gefühl, Kraft schöpfen zu müssen für die ganz große Offenbarung. »Ein paar Tage später hat er mich angerufen. Ich war gerade bei einem Kunden. Er hat mich gefragt, ob ich Zeit hätte, mit ihm abendessen zu gehen.«

»Wie stellst du dir das vor?«, hatte Elli gefragt, »ich glaub nicht, dass Matthias so begeistert wäre, wenn ich hoppladihopp mit einem Mann essen gehe, den er nicht mehr als ein-, zweimal gesehen hat, wenn er zum Abholen seines Sohnes gekommen ist.« *Und hätte er genauer hingeschaut, wäre Matthias bestimmt noch viel weniger begeistert.* Das hatte Elli aber nicht laut gesagt.

»Ich hatte den Eindruck, er ist recht entspannt«, hatte Toni erwidert.

»Ja, das ist er schon.« *Aber er würde bestimmt spüren, wenn ein Mann mehr für mich sein will als ein bloßer Freund.* Auch das hatte Elli nur gedacht und nicht ausgesprochen. Stattdessen überrumpelte sie sich selbst und schlug vor: »Mittagessen ginge schon eher.«

»Ja dann. Gleich? Heute?«

Gleich. Heute. Ja. Ja. Ich will ja auch. »Aber ich bin gerade noch am Ammersee. Es dauert, bis ich zurück in München bin.« Sie wusste, dass er in der Innenstadt irgendwo arbeitete.

»Das macht nichts. Ich komm da hin«, antwortete er schneller, als sie sich irgendeine Ausrede einfallen lassen konnte.

Sie trafen sich im Seehaus in Stegen am Ammersee. Als Elli auf die Eingangstür zusteuerte, wartete er schon auf sie. Ihr Termin mit dem Geschäftsführer eines Autohauses, für den sie eine Firmenfeier organisierte, hatte sie noch eine ganze Weile beansprucht. Und Toni war offenbar sofort nach ihrem Telefonat von München aus losgefahren.

Nur wenige Gäste hatten sich an diesem Wochentag kurz vor Weihnachten in das Ausflugslokal verirrt. Draußen vor den Panoramafenstern ging Schneeregen nieder und versteckte den See hinter einem Schleier aus Weiß und Nass. Kein Wetter, das zum Spazierengehen einlud. Sie fanden einen Platz im Salettl, setzten sich einander gegenüber, und dann schwiegen sie. Bis eine Kellnerin an ihren Tisch kam und die Speisekarte brachte. »Wissen Sie schon, was Sie trinken wollen?«

Elli, erleichtert über den Ausweg aus der Verlegenheit, die sich ihrer beider bemächtigt hatte, sah Toni an und krächzte ein bisschen, als sie im gleichen Atemzug wie er sagte: »Weißt du schon?« Beide lachten. Und dann fiel es ihnen unerwartet leicht, sich auf einen Weißwein zu einigen. Die Bedienung lächelte, als sie sich umwandte, und Elli war sich ganz sicher, dass sie ganz genau wusste, warum sie sich hier verabredet hatten.

Nur sie selbst wusste es nicht so genau. Was in aller Welt tat sie hier? *Du hast ein Date, Elli. Du. Hast. Ein. Date. Und was willst du jetzt tun? Wo soll das enden? Wo soll das hinführen? Weißt du, was du da tust?*

Bis die Kellnerin mit dem Wein und einer Flasche Wasser zurückkam, Gläser auf den Tisch stellte und die Getränke einschenkte, hatte sie noch Zeit nachzudenken. Weil auch Toni weiterhin schwieg. Dann hob er sein Glas.

»Auf dich, Elli.«

Elli musste wider Willen lächeln. »Nein. Auf uns!«, erwiderte sie dann, und dieses kleine Aufscheinen ihrer Souveränität, dieser winzige Augenblick, in dem sie das Gefühl hatte, die Zügel des durchgehenden Gespanns, dem sie seit dem Telefonat mit Toni nur hilf- und tatenlos zugesehen hatte, wieder in die Hand zu bekommen, war es, der ihr ihre Sicherheit zurückgab.

»Auf uns«, antwortete Toni und versenkte seinen Blick in ihren.

»Ich ... Elli, ich weiß, dass du verheiratet bist. Natürlich weiß ich das, aber«, begann er zu erklären, und Elli fiel ihm ins Wort: »Bei Sätzen, die mit ›aber‹ weitergehen, sagt meine Mutter immer, kannst du die vordere Hälfte des Satzes gleich vergessen.«

Toni sah sie überrascht an und musste lachen. »Du hast recht. Ich kann auch gleich sagen, wie es ist: Ich mag dich, Elli. Ich mag dich viel mehr, als ich sollte. Wobei«, er lachte wieder, »das ›Sollte‹ die Hälfte des Satzes vor dem ›Aber‹ impliziert.«

Jetzt lächelte Elli. Und überlegte, was sie sagen sollte. Sollte sie den Teil vor dem »Aber« noch einmal sinngemäß wiederholen? Oder es einfach bleiben lassen. Die Konditionen waren klar. Sie kannten sie beide. Und doch waren sie hier. Und doch hatte sie sich auf diese Verabredung eingelassen. Sie nahm einen tiefen Schluck aus dem Glas. Und dann gleich noch einen. Und erklärte dann rundheraus: »Ich mag dich auch.«

Als die Kellnerin zurückkam, um ihre Bestellung aufzunehmen, hatten sie noch keinen Blick in die Karte geworfen, weil sie viel zu sehr damit beschäftigt waren, sich anzusehen. Und Elli fragte sich die ganze Zeit über, ob es wohl anders wäre, wenn sie beide 25 Jahre jünger, wenn sie zwei Menschen wären, die mit großen Erwartungen und noch größerer Naivität in so ein Date gehen würden, das alles und nichts bringen konnte, bei dem das aber relativ egal wäre. Man konnte ja einfach wieder auseinandergehen, gleich oder ein paar Tage oder Wochen später, und außer einer mehr oder weniger großen Enttäuschung, ein paar liegen gebliebener Socken oder einer geschenkten Kaffeetasse würde nichts zurückbleiben. Oder man würde feststellen, dass nicht nur die Nächte, sondern auch die Gespräche etwas Besonderes waren, dass es ebenso erfüllend ist, gemeinsame Urlaubsziele herauszusuchen, wie es sein kann, miteinander die Spülmaschine einzuräumen. Und könnte darauf aufbauen. Weitermachen. Leben planen. So aber waren sie eine Mutter und ein Vater, die sich schon mindestens ein Mal für ein Leben entschieden hatten, das kein gemeinsames war, und die jetzt das Risiko eingingen, diese einmal getroffene Entscheidung infrage zu stellen.

»Wir sollten erst einmal bestellen.« Es war mühsam, sich die Worte abzuringen, und doch gewann sie damit Zeit, also zog Elli die Karte zu sich heran und versuchte, sich auf die Speisen zu konzentrieren. Eigentlich erschien es ihr unmöglich, hier, jetzt, in Gegenwart dieses Mannes ein Mahl zu verzehren, als wäre es das Selbstverständlichste der Welt. Abgesehen davon, dass sie ständig darüber nachdenken würde, wie sie beim Essen aussah, ob er sie beobachten würde – so wie sie ihn. »Ich hab eigentlich gar keinen großen Hunger.« Das kam von ihm – »vielleicht teilen wir uns einen Vorspeisenteller?« Genau. Teilen ist gut, dachte Elli.

Und es war gut. Sie ließen den Teller genau zwischen sich stehen, und bis sie die Hälfte des Specks, der Gurken und des getoasteten Brots gegessen hatten, hatten sich ihre Hände mindestens ein halbes Dutzend Mal berührt. Als die Bedienung den leer gegessenen Teller schließlich abräumte, verschränkten sie sie auf der Tischplatte ineinander und lösten sie auch nicht, als die Kellnerin den Rest des Weins in ihre Gläser schenkte.

Als sie vor die Tür traten, hatte die frühe Dezemberdämmerung das Zepter übernommen und eine Glocke aus diesigem Halbdunkel über den See gestülpt. Der Schneeregen hatte aufgehört, und sie wanderten in wortloser Einigkeit in Richtung Seeufer, wo sie einen Steg fanden, auf den sie hinausgingen. Das Holz machte kleine, polternde Geräusche unter ihren Schritten, sonst war kaum etwas zu hören. Die Straße war weit genug entfernt, als dass Autogeräusche zu vernehmen gewesen wären, profaner Alltagslärm, der in Ellis Bewusstsein hätte dringen, sie in ihre Realität als verheiratete Frau und Mutter zurückholen können. Toni hatte geschafft, was kein Mann bisher bei ihr geschafft hatte: Elli war bereit, für das Zusammensein mit ihm all ihre Beziehungsgrundsätze über den Haufen zu werfen. Sie hatte sich ausgemalt, wie es wohl sein würde, wenn er sie in seine Arme ziehen würde, bestimmt und ohne Umschweife, vielleicht sogar, ohne auf ihre Erlaubnis zu warten – was Matthias fast immer tat. Toni war nicht wie Matthias. Er sagte, was er wollte, und er nahm sich, was er wollte. Und jetzt wollte er sie. Ellis Knie wurden bei jedem Schritt weicher. Oft genug hatte sie in den vergangenen Wochen von diesem Augenblick geträumt, sich dafür getadelt und es doch getan. Sie hatte sich gefragt, was sie fühlen würde. Und war sich sicher: Sie würde sich auflösen, verschwinden im Nichts, zerfließen. Und nichts anderes wünschte sie sich, sich aufzulösen in seinem so anderen, so aufregenden Duft, zu zerfließen unter der Macht seiner Küsse – sich selbst zu spüren, wie sie sich noch nie gespürt hatte. Kein Mensch war bei dem nasskalten Wetter hier draußen. Also konnte sie auch niemand dabei beobachten, wie sie sich küssten. Und noch konnte Elli sich einreden, wenn ihr niemand zuschauen konnte, dann wäre es vielleicht auch gar nicht passiert.

7.

La fine del mondo.

Giovanna

Die Landschaft veränderte sich zusehends. Die Anhöhen wurden steiler, die Schatten hinter den Bergkämmen tiefer, und auch Giovannas Gefühlswelt ging auf Berg- und Talfahrt. Elli, ihre Elli, hatte sich auf eine Affäre eingelassen. Sie konnte es nicht glauben. Immer wieder sah sie verstohlen hinüber zu ihrer Freundin, die jetzt eine Pause in ihrer Erzählung gemacht hatte. Wahrscheinlich verlor sie sich gedanklich in Details, über die sie nicht sprechen wollte. Giovanna konnte sich auch so vorstellen, was passiert war, als Elli und Toni sich beim nächsten Mal getroffen hatten. Nach dem Date am See hatten sie sich ein paar Wochen lang nicht gesehen, hatte Elli ihr noch verraten. Es kam Weihnachten, es kam das neue Jahr, und es hatte sich keine Gelegenheit dazu ergeben. Ellis Kinder hatten Ferien und waren zu Hause, inklusive Lena, die aus ihrer Studentenbude in Wien wegen des Weihnachtsbratens und der selbst gebackenen Stollen ihrer Oma nach Hause gekommen war. Giovanna selbst hatte damals einige Tage bei Elli verbracht – und konnte kaum fassen, dass die damals schon ein Geheimnis mit sich herumgeschleppt hatte, das Toni hieß, sie aber auch nicht ein einziges Wort darüber hatte verlauten lassen, nicht mal zu ihrer besten Freundin.

Dann, nach den Ferien – Matthias war an seinen Arbeitsplatz zurückgekehrt, die Kinder in der Schule –, hatte Elli Toni angerufen und sich mit ihm verabredet.

Giovanna fiel es schwer, sich auf das Fahren zu konzentrieren, sie nutzte jede Gelegenheit, einen Blick auf ihre Freundin zu werfen, noch immer ungläubig. Ein wenig konsterniert. Ein bisschen bewundernd.

Kaum zu fassen, dass sie aussah wie immer. Man hätte es ihr ansehen müssen, dachte Giovanna, ihr Lächeln hätte sie doch verraten müssen, ein besonderes Leuchten in ihren himmelblauen Augen.

Doch Giovanna sah nichts, was sie nicht schon seit Jahrzehnten gesehen hätte. Ellis blonde Löckchen, die auf Höhe ihres Kinns wippten, filigran, wie gezeichnet, die wie immer in erstaunlichem Kontrast standen zu Ellis markantem Profil mit dem kräftigen Kinn und der kleinen Falte der Entschlossenheit, eingefräst in die Haut neben ihrem Mundwinkel. Eine Entschlossenheit, die für Elli so typisch war, die sich jedoch so überhaupt nicht mit jener Zerrissenheit vertrug, die Giovanna jetzt bei der Erzählung der Freundin gespürt hatte. Elli war immer die Zielstrebigste von ihnen allen gewesen, hatte nie einen Zweifel daran gelassen, dass sie wusste, in welche Richtung sie zu gehen, welche Entscheidungen sie zu treffen hatte.

Sie hatte weinend ihren Vater beerdigt und voller Schmerz ihr erstes Kind betrauert. Doch dann war sie aufgestanden, hatte das Kinn nach vorne gereckt und war weitergegangen. Erst recht. Und immer geradeaus. Niemals hatte Elli den Anschein erweckt, dass sie ins Straucheln geraten könnte, trotz aller Steine, die ihr in den Weg gelegt worden waren. Und Matthias, der treue Matthias, war immer an ihrer Seite gewesen, wie eine Figur in ihrem Spiel. Keine, die einer Partie eine Wendung geben konnte, aber doch eine, die unverzichtbar war. Er war wie einer jener Bauern in den Schachpartien, die seine große Leidenschaft waren. Seine einzige, abgesehen von seiner Frau, wenn man so wollte. Manchmal spielte Giovanna mit ihm, wenn sie zu Besuch war.

Giovannas Vater Christian hatte seinen beiden Töchtern das Schachspielen beigebracht, kurz nachdem sie in München angekommen waren. Es mussten so viele Abende herumgebracht werden, an denen er sie davon ablenken wollte, dass ihre Mutter fehlte. Und obwohl Antonella und Giovanna seine Absicht durchschauten, ließen sie sich gerne darauf ein, und es dauerte nicht lange, da hatte Antonella ihrem Vater ein erstes Schachmatt abgerungen – wenn auch Giovanna davon überzeugt war, dass er ihre Schwester hatte gewinnen lassen.

Für Giovanna war das Schachspiel die einzige Ebene, auf der sie sich wirklich mit Matthias verstand, auf der ihr unterschiedliches Verständnis von Humor keine Rolle spielte. Giovanna mochte Matthias, sie schätzte ihn sehr für seine Treue zu ihrer Freundin, für die Stabilität, die er Elli und ihren Kindern gab. Niemals, da war sie sich sicher, niemals hätte er eine andere auch nur angesehen. Nicht einmal sie – und es kam wahrlich nicht oft vor, dass ein Mann nicht wenigstens einen zweiten Blick riskierte.

Doch Giovanna hatte nie so recht einschätzen können, was Matthias eigentlich von ihr hielt. Ihre ganz spezielle Art, mit Männern umzugehen, funktionierte bei Matthias nicht. Er war nicht empfänglich für ihren Charme, und sie legte es auch nicht darauf an. Vielmehr hütete sie sich, auch nur ansatzweise mit ihm zu flirten. Und Matthias forderte es nicht heraus. Doch so fehlte ihr die sichere Basis im Umgang mit ihm. Sie wusste nicht so recht, wie sie ihn nehmen sollte. Obwohl sie ihn mochte, vermied sie es, sich mit ihm allein zu unterhalten. Sie hatten sich einfach nichts zu sagen. Nur wenn ein Schachbrett zwischen ihnen lag, funktionierten sie miteinander, und Giovanna war froh darüber, dass sie das irgendwann herausgefunden hatten.

Giovanna war Ellis Trauzeugin gewesen, Elli hatte sie zur Patin ihrer jüngsten Tochter gemacht, all ihre Kinder nannten sie »Tante Giò«, und abgesehen davon, dass Elli ihre beste Freundin war, war diese Familie trotz des nicht ganz einfachen Verhältnisses zu Matthias Giovannas Hafen. Die Tür stand ihr jederzeit offen, das signalisierte ihr auch Matthias. Ob er in diesem Punkt seiner Frau und den Verpflichtungen ihrer Freundschaft zu Giovanna oder seinem eigenen Antrieb folgte, wollte sie gar nicht hinterfragen. Sie war froh, dass es so war, und schätzte die Sicherheit dieses Familienanschlusses.

Dass durch Ellis Fremdgehen all das in Gefahr geraten könnte, stürzte Giovanna in einen Strudel aus unterschiedlichsten Gefühlen.

Elli hat eine Affäre. Giovanna schmeckte dem Satz nach, der sich wie ein Perpetuum mobile in ihrem Gehirn immer und immer wieder erneuerte. Sie konnte es nicht fassen. Andere hatten so etwas, ja. Sie selbst hatte Affären, nicht zu wenige. Aber sie hatte auch keinen Matthias und keine Kinder. Sie lebte noch nicht einmal in einer Beziehung, geschweige denn in einer Familie, *Gott bewahre!*

Von einem objektiven Standpunkt aus aber erschien ihr ein Familienleben als der Idealzustand. Zumindest wenn man ihn so gestalten konnte, wie Elli und Matthias das – von außen betrachtet – taten. Ein Zustand allerdings, den sie für sich selbst nie anzustreben gewagt hatte.

Aber war es so? War Ellis Ehe tatsächlich ideal? Entsprach die Wirklichkeit denn dem Bild, das sich Giovanna davon gemacht hatte? Oder hatte es bereits vor Toni Anzeichen für einen Riss gegeben, die sie übersehen hatte? Vielleicht war ihre Freundin Elli viel weniger glücklich, als sie gedacht hatte. Oder ging es um etwas anderes? Irgendetwas musste ihr fehlen in ihrer Beziehung. Sonst tat man so etwas nicht. Glaubte sie zumindest. Aber was war es? Hatte Elli Signale ausgesandt, die Giovanna nicht bemerkt hatte? Die sie nicht hatte bemerken wollen? Weil sie gefürchtet hatte, jene Konstante in ihrem Leben zu verlieren, die Elli und ihre Familie für sie gewesen waren? Hätte sie als beste Freundin erkennen müssen, dass es anders war?

Elli war für Giovanna schon immer der beständige Fels in der Brandung gewesen, mehr als Marie, die sich ihr immer wieder entzogen hatte, nicht erst jetzt, als sie wortlos nach Italien abgewandert war. Ganz anders auch als Antonella, die sich als Kind eher an Giovanna angelehnt hatte als andersherum, und aus dem Strudel der Selbstzerstörung, der sie immer wieder erfasste, nur herausfand, wenn sie sich an ihre Schwester klammern konnte. Anders auch als ihr Vater, der auch mit seinen eigenen Abgründen und, abgesehen davon, im Geiste fast immer mit seiner Arbeit beschäftigt war. Viel mehr als »okay« und »ach ja«, war dann nicht von ihm zu hören, dann wirkte er abwesend, völlig in Gedanken, ging manchmal schon bei der geringsten Kleinigkeit in die Luft. Antonella verließ in solchen Momenten den Raum, selbst wenn sie gerade miteinander am Esstisch saßen. Giovanna verfiel in eisiges Schweigen, das sie selten lange durchhielt – dafür liebte sie ihren Vater viel zu sehr. In seinen guten Momenten war er für sie der beste Vater der Welt, konnte seine Mädchen um den Finger wickeln, war er bei ihnen und fing sie auf, ganz egal, was sie gerade belastete. Dann fand er die richtigen Worte für alles.

Doch das war jetzt vorbei. Giovanna konnte sich nicht vorstellen, wie sie ihm jemals verzeihen sollte. Nicht diesen Verrat. Aber darüber wollte sie im Augenblick nicht nachdenken.

Jetzt hatte sie erst einmal damit zu tun, sich im Hinblick auf diese ganz neue Elli klar zu werden, eine Haltung zu der

Tatsache zu gewinnen, dass Ellis Fremdgehen auch ihr eigenes Leben tangieren konnte. Elli hatte nichts dazu gesagt, was sie nun vorhatte. Wie viel Toni ihr bedeutete. Genug, um Matthias zu verlassen? Genug, um ihre Familie zu sprengen? Giovanna bekam eine Gänsehaut, wenn sie sich das vorstellte. Nicht nur um Lilly, Nick und Max willen, natürlich auch wegen Matthias, nein, auch um ihrer selbst willen. Giovanna lebte seit Antonellas Tod halt- und ziellos, nur im Augenblick, ihr Liebesleben bestand daraus, in Beziehungen hineinzuschlittern und wieder herauszupurzeln. Ellis sauber geordnete Existenz war für sie eine Konstante gewesen – mehr noch, ein essenzieller Teil von Giovannas Betriebssystem, erprobt, schnörkellos, aber absolut zuverlässig. Keiner, der ein Update nötig hätte. Sie hasste Updates. Dabei war noch nie etwas Besseres herausgekommen. Never change a running system. Wollte Elli ihre Familie, ihre funktionierende Ehe ernsthaft aufs Spiel setzen? Wie hatte es dazu kommen können? *Und wieso habe ich nichts davon bemerkt?* Giovannas Gedanken drehten sich im Kreis, und sie wurde immer unruhiger, je mehr sie darüber nachdachte.

Mit jedem Kilometer, der unter ihnen dahinglitt, der sie weiter hinauf in Richtung Berge brachte, näher zu Marie und näher zur Konfrontation mit noch mehr offenen Fragen, schwand Giovannas ohnehin höchst fragile Gelassenheit immer mehr dahin. Der Optimismus, den sie gespürt hatte, als ihre Entscheidung für das Akkordeon endlich getroffen war, zerbröselte gerade zu Staub und wurde gemeinsam mit dem Abrieb der Reifen zu Schmutz auf dem heißen Asphalt der Straße.

So war die Stimmung nicht gerade überschwänglich im Auto, als sie schließlich die Strada Statale 4 verließen und in eine kleinere Straße einbogen. Chiesavalle lag, wie Marie es Elli beschrieben hatte, im Einschnitt eines tiefen Tals zwischen zwei Bergen. In engen Windungen zog sich der Weg dahin durch Wälder aus Eichen, Akazien und Kastanien hindurch. Ab und an zeugten einzelne Häuser von menschlicher Anwesenheit in dieser etwas unwirtlichen Gegend. Giovanna fühlte sich nicht recht wohl zwischen den dicht bewachsenen Abhängen, die an vielen Stellen bis direkt an die Straße heranrückten, und hoffte, dass es in Maries Tal ein wenig weitläufiger sein würde.

Gelegentlich lichteten sich die dicken Stämme, und Giovanna musste blinzeln, um ihre Augen nach dem dichten Schatten zwischen den Bäumen wieder an die Sonne zu gewöhnen. Dann, schließlich, machte die Straße eine weitere scharfe Kurve – und unvermittelt tauchte ein Ortsschild auf, halb versteckt im Gestrüpp, das offenbar schon lange nicht mehr ausgeschnitten worden war. Chiesavalle. Giovannas Herz machte einen kleinen Stolperer. Ockerfarbene und gelblich getünchte Häuser krallten sich rechts und links in den Berg. Nach einer weiteren Kurve durfte der Blick endlich schweifen. Sie bogen in eine wunderschöne schattige Pappelallee ein, die offenbar auf den Ortskern zuführte und an deren linker Seite ein kleiner Park lag. Unter einer mächtigen Linde, die einen schirmförmigen Schatten auf den augustbraunen Rasen warf, saßen ein paar alte Männer auf einer Bank und warteten dort auf das Vergehen der Zeit. Die Allee gabelte sich an ihrem Ende. Wo die Bäume aufhörten, verlief sie links herum offenbar außen am Ort vorbei. Der rechte Weg schien nach Chiesavalle hinein zu führen. Sie folgten dem Sträßchen ein Stück weit, geschlossene Läden kündeten von der Mittagsruhe, Macelleria, Panificio, Alimentari, alles, was das Geschäftsleben im Ort ausmachte, reihte sich hier aneinander. Häuser, deren Substanz der Staub von Jahrhunderten sein musste, standen hier Mauer an Mauer, direkt vor ihnen ragten sie zwei- oder dreistöckig in die Höhe, nicht hoch genug, um die steilen Anstiege im Hintergrund zu verdecken, das Städtchen nicht groß genug, um an den Hängen so weit hochgewachsen zu sein, dass es überhaupt Städtchen genannt werden konnte.

Trotz der Dachterrassen und einladenden Balkone mit ihren filigranen Geländern hatte die Kulisse für Giovanna nichts Liebliches. Der Taleinschnitt, in dem das Dorf lag, beengte sie auf Anhieb. Unwillkürlich drängte sich ihr die Vorstellung auf, wie es hier im Winter sein musste – hier, wo überall Verkehrsschilder an den Straßenrändern standen, auf denen das Symbol für Schnee prangte, gleich unter jenen, die vor plötzlichen Unwettern warnten. Giovanna mochte weder Schnee noch Berge und war froh, dass jetzt, mitten im August, zumindest mit Ersterem nicht zu rechnen war.

Im Vorbeirollen an Chiesavalles Hausfronten konnten sie das eine oder andere Loch im Mauerwerk erkennen. Elli, die sich vorgebeugt hatte, um besser sehen zu können, deutete auf eine Stelle, an der ein mindestens eineinhalb Quadratmeter großes Stück Putz herausgebrochen war und die Ziegelschicht offenbarte, die darunter lag.

»Erdbeben?«, fragte Elli. »L'Aquila – ist das nicht in der Nähe?«, fügte sie hinzu. »So lang ist das doch noch nicht her, oder?«

Giovanna war sich nicht sicher. »Ein paar Jahre vielleicht«, überlegte sie, da hatte es in der Provinzhauptstadt der Abruzzen ein schweres Beben gegeben, das die Stadt weitgehend vernichtet hatte. »Doch, da hast du recht.« Mit ihren Eltern war sie als Kind einmal in L'Aquila gewesen, aber daran konnte sie sich kaum mehr erinnern.

Das mulmige Gefühl in ihrem Bauch aber wurde stärker. Die Straße wurde schon so eng, dass Giovanna bezweifelte, mit dem Wagen noch weiterfahren zu können, da öffnete sie sich hinter einem steinernen Torbogen auf einen größeren

Platz, der zugleich das Zentrum des Orts zu markieren schien. Vor und rechts von ihnen schien die Häuserfront geschlossen und rahmte den schönen Platz in einem Halbkreis ein, nach links öffneten sich zwei Gassen, wovon die eine an der hohen Mauer der Kirche entlangführte, die dem Ort wohl ihren Namen gegeben hatte.

»Hier gibt es kaum Parkplätze«, sagte Giovanna. »Vielleicht fahren wir zurück zur Gabelung, oder weißt du, wie es weitergeht?«

Elli schüttelte den Kopf und sah sich ein wenig unschlüssig um. »Nee, auch nicht genau.«

»Hast du keine Adresse?«

»Sie hat gesagt, wir müssen durchs Dorf durch, sie wohnt am anderen Ende«, erklärte Elli.

»Ein bisschen vage. Hier geht's jedenfalls nicht weiter. Vielleicht sollten wir jemanden fragen, was meinst du?« Elli nickte. Giovanna wendete und fuhr den Wagen durch den Bogen zurück und die Hauptstraße entlang bis zu der Stelle, an der sie von der Allee in den Ort abgebogen waren. Dort hielt sie an und deutete auf eine Bar zu ihrer Linken.

»Schau mal, da ist jemand, vielleicht kannst du ihn fragen«, schlug Elli vor. »Und frag nach der Gruppo di Monaco, die kennt hier in dem Kaff wahrscheinlich jeder.«

»Ernsthaft? Gruppo di Monaco?« Giovanna konnte sich ein Grinsen nicht verkneifen. »Ein bisschen mehr Fantasie hätte ich Marie schon zugetraut.«

»Ist ja nicht von ihr, der Name«, antwortete Elli.

»Okay, ich geh schnell«, rief Giovanna schon im Aussteigen und überquerte die Straße. Vor dem Café saß Zeitung lesend ein älterer Mann an einem Tisch mit Blumenmustertischdecke und mit einem viel zu großen Metallgestell als Brille auf der Nase, deren oberer Rand mit dem Pelz kollidierte, der seine Augenbrauen bildete. Er sah auf, als Giovanna näher kam, und ließ die rosafarbenen Seiten der Gazzetta sinken. Natürlich kenne er die Gruppo di Monaco, antwortete er etwas krächzend. »La Signora Marie? Ssssì, la conosco. Può trovarla nell'ultima casa del villaggio.«

»Im letzten Haus des Dorfs«, wiederholte Giovanna. So hatte Marie es auch Elli beschrieben. Aber wo genau sollte das sein? Fragend hob sie die Augenbrauen. »Ma dove si trova?«

»Ihr seid nicht von hier, oder?«, fragte der Mann auf Italienisch. Er lachte sie an und offenbarte dabei eine gewaltige Zahnlücke zwischen ein paar Schneidezähnen, die auch schon bessere Zeiten gesehen hatten. Dann stand er auf, faltete seine Zeitung zusammen und schob sie unter seine Kaffeetasse, damit sie im leichten Wind nicht davonfliegen konnte. Man sah ihm an, dass er Schmerzen hatte, als er sich jetzt mit beiden Händen auf die Tischplatte stützte und hochdrückte. Die Hüften, vermutete Giovanna. Ihr Vater stellte sich mittlerweile ähnlich an, wenn er länger gesessen hatte. *Ach Papà …*

»Allora, Signora.« Der alte Mann hatte sein Gleichgewicht gefunden und kam jetzt auf sehr kurzen Beinen um den Tisch herum. Aufrecht war er kaum größer als im Sitzen, bemerkte Giovanna amüsiert. Es kam nicht oft vor, dass sie jemanden traf, der kleiner war als sie. Der Alte reckte sich, als er bei ihr anlangte, berührte sie am Arm und bedeutete ihr, ihm auf die Kreuzung hinaus zu folgen. Mit der Hand zeichnete er den weiteren Verlauf der Straße nach, die hinter dem letzten Baum der Allee eine Linkskurve machte, dann nach rechts schwenkte, an den äußersten Mauern des kleinen Städtchens vorbeilief und sich in einer Rechtskurve hinter einem Haus verlor, das so windschief an der Böschung hing, als hätte ein Kind es aus Holzklötzen gebaut und beim Aufräumen mit der Hand einmal darübergewischt, es dann aber einfach stehen gelassen. Hier sollten sie weiterfahren, machte er ihr klar. Die Zahnlücke war wohl verantwortlich für das Lispeln, mit dem er sagte: »Dovete andare sssempre dritto fino al ponte.« Immer geradeaus, sollte das wohl heißen, bis sie an eine Brücke kommen würden. Dort rechts über einen Bach und dann weiter bis zum Ende des Ortes. »Fine del mondo«, hatte er allerdings gesagt, Ende der Welt, und Giovanna sah ihn zweifelnd an. »La fine del mondo?«

»Sssì, sssì.« Der Alte ließ ein scheppemdes Lachen hören, bei dem er nicht nur seine Zahnlücke entblößte, sondern den Blick beinahe bis hinunter zu seinen Mandeln freigab.

»È la fine del mondo lì.« Er lachte wieder, dann stieß er Giovanna vertraulich in die Seite. »Sssto scherzando, bellissima SSSignora. Sssembra proprio cosssì.« Giovanna war sich nicht ganz sicher, ob er wirklich nur gescherzt hatte, der alte Mann, wie er gesagt hatte. Das mit dem Ende der Welt schien sich zu verdichten. Dann wandte der Alte sich wieder um, deutete auf ihr Kennzeichen – »Monaco, sssì?« – und verfiel wieder in sein seltsames Lachen, das diesmal in ein atemloses Husten mündete, aus dem er nicht mehr so leicht herauszukommen schien.

»Tutto a posto?«, fragte Giovanna besorgt, machte einen Schritt auf den kleinen Mann zu, der mitten auf der Straße stand und sich vor Husten schüttelte, und wiederholte noch einmal: »Alles in Ordnung?« Zum Glück kam hier wohl nur selten ein Auto vorbei, sodass er seine Hustenattacke ohne weitere Gefahr für Leib und Leben zu Ende bringen konnte.

»Sssì, sssì, sssempre dritto«, keuchte er, noch einmal mit scheinbar letzter Kraft die Straße hinauf winkend, als wolle er ein Insekt vertreiben, dann schleppte er sich zurück zu seiner Zeitung, während Giovanna ihm nachblickte, bevor sie wieder zu Elli ging und ins Auto stieg.

Sie sah gerade noch, wie die Freundin ihr Handy wegsteckte. Vermutlich hatte sie gerade diesem Toni eine Nachricht geschickt. Giovanna verkniff sich eine Bemerkung und wiederholte für Elli die knappe Streckenbeschreibung, die sie bekommen hatte.

»Na, dann wollen wir mal ans Ende der Welt fahren«, rief Elli betont locker, und Giovanna ließ den Motor an.

Außerhalb des Zentrums, das sie sicher in den nächsten Tagen anschauen können würden, hatte das Örtchen nicht viel zu bieten. Wenige Häuser duckten sich rechterhand ins Gesträuch. Ein Stück hinter der Kurve erreichten sie die beschriebene Brücke, sie zweigte nach rechts von der Straße ab. Ein Bauwerk aus steinernen Quadern, das aussah, als habe es schon den alten Römern zur Überquerung des Wasserlaufs gedient, der sich hier seinen Weg durch die Wildnis bahnte. Giovanna sah ein wenig zweifelnd zu Elli hinüber. »Kann er die gemeint haben? Die ist uralt, sieht aus, als ob sie jeden Augenblick zusammenbricht.«

»Na ja, allzu viele Brücken dürfte es hier nicht geben. Die wird schon halten. Und sonst kommen wir ja nicht über den Fluss.« Elli war pragmatisch wie immer.

»Du wirst schon recht haben«, sagte Giovanna und steuerte den Wagen vorsichtig über die schmale Fahrbahn auf die andere Seite des Flussbetts hinüber, das links und rechts dicht mit hohem, gelblich-braunem Gras bestanden war. Es war nicht mehr als ein Rinnsal, das die Brücke überspannte. Die Hitze, die seit Wochen über dem Land lag, war wie eine Brutglocke, und der Regenschauer vom Tag zuvor kaum mehr als der sprichwörtliche Tropfen auf dem heißen Stein gewesen.

»Hat er gesagt, wie weit wir der Straße folgen sollen?«, wollte Elli wissen. »Hoffentlich sind wir bald da!« Sie wischte sich ein paar Mal mit dem Jackenärmel über die Stirn. »Ich zerfließe bald.«

»Bis zum Ende sollen wir fahren«, antwortete Giovanna, »bis zum Ende, hat er gesagt.« Und sie spürte, wie sich ein paar Härchen auf ihren Armen aufrichteten.

Das mulmige Gefühl wollte gar nicht mehr vergehen und hatte sich in ihrer Bauchgegend festgesetzt. Sie hatte doch nichts Falsches gegessen?

Sie konnten kaum schneller als 25 km/h über das unebene Pflaster der schmalen Straße fahren, die sie ein Stück am Bachlauf entlangführte. Er schien aus einem Einschnitt zwischen zwei Berghängen zu kommen. Auch hier standen vereinzelt Häuschen, die etwas mehr Platz um sich herum hatten als unten im Dorf; manche waren von kleinen Gärten umgeben oder hinter Mauern verborgen. Dann verließ die Straße den Bachlauf, drehte nach rechts, ein, zwei Grundstücke kamen noch, ein kleiner Anstieg, links von ihnen ein Weinberg, rechts erstreckte sich ein kleiner Olivenhain, dann war die Straße zu Ende.

Zwei windschiefe Pfosten rechts und links der Fahrbahn, an deren einem ein ebenso schiefes Gatter hing, rahmten sie ein und markierten den Zugang zu einem recht großzügigen Platz, teilweise mit trockenem Gras bestanden, teilweise mit Kies bestreut, der von einem alten Schuppen und einem Hühnerstall begrenzt und von üppig wucherndem Buschwerk umgeben war. Das zugehörige Haus lag links von ihnen, Türen und Fenster waren geschlossen, wahrscheinlich, um die Mittagshitze fernzuhalten. Giovanna fuhr den Wagen ein Stückchen in den Hof hinein und schaltete den Motor aus.

»Scheint niemand da zu sein«, sagte Elli, die schon nach ihrer Handtasche auf dem Rücksitz angelte.

»Hhm«, machte Giovanna. Sie war so nervös, dass sie fürchtete, einen Hickser in der Stimme zu bekommen, wenn sie mehr sagen würde. Um das Haus besser sehen zu können, lehnte sie sich nach vorne. Im Erdgeschoß war eine neue Haustür aus hellem Holz eingebaut. An der Seite führte außen eine Steintreppe mit einem schmiedeeisernen Geländer zum ersten Stock hinauf. »Sieht aus, als gehörte der erste

Stock gar nicht richtig dazu«, erklärte Elli. Giovanna machte wieder »Hhm«.

Sie merkte, dass ihre Hände leicht zitterten, als sie im Handschuhfach nach ihrem Handy wühlte und versuchte, den Moment noch ein bisschen hinauszuzögern, in dem sie die Türe öffnen und hinaussteigen würde. Eigentlich wäre sie jetzt am liebsten auf der Stelle wieder gefahren, ohne Marie gesehen zu haben. Sie kam sich so wenig willkommen vor wie überhaupt noch nie. War es richtig gewesen, hierherzukommen?

»Also, was ist jetzt? Schauen wir, ob sie da ist?« Elli wirkte, als würden sie mal eben einen Nachbarschaftsbesuch machen. *Sie hat leicht reden; ich bin hier die Persona non grata.*

»Und jetzt sag nicht wieder ›hhm‹!« Elli hatte schon den Griff der Autotür in der Hand, als direkt neben Giovanna das Gesicht eines weißgescheckten Hundes auftauchte, der seine riesigen Pfoten auf den Fensterrand gelegt hatte und nun durch das geöffnete Seitenfenster hereinhechelte. Sie zuckte zusammen und versuchte, so viel Abstand wie möglich zum Fenster zu bekommen, auch wenn das Tier keine unfreundlichen Absichten zu hegen schien. Es versuchte jetzt, mit der Zunge ihr Gesicht abzulecken, was Giovanna noch weniger schätzte.

»Bei aller Freundschaft«, sie hob abwehrend die Hände und erwog, den großen Kopf von sich fortzuschieben, der seine Liebesbezeugungen jetzt auf ihre Unterarme ausdehnen wollte. Aber vielleicht war es auch nur seine Absicht, sie ordentlich einzuspeicheln, um sie anschließend umso besser beißen zu können. Giovanna hatte es nicht so mit Hunden. Dann ertönte von draußen ein scharfer kurzer Befehl, und wie der Blitz war der Hund von der Tür verschwunden. Und ein anderes Gesicht tauchte in der Fensteröffnung auf.

Giovanna, die sich gerade die Hände an ihren Hosenbeinen abputzte und abgelenkt war, sah sie nicht gleich. Und dann brauchte sie einen Augenblick, um sie zu erkennen. Die Sonne stand genau hinter ihrem Kopf – und es war zu lange her, dass sie sich gesehen hatten. Marie.

»Na, wen haben wir denn da?« Maries Stimme. Aber hatte sie immer schon so dunkel geklungen? Giovanna wusste nicht, was sie fühlen, noch weniger, was sie sagen sollte. Zum Glück verschwand Maries Kopf in diesem Moment wieder aus dem Fensterrahmen, weil Elli drüben ausgestiegen und ums Auto herumgekommen war. Während Giovanna die Tür öffnete und sich hinter dem Lenkrad hervorquälte, beobachtete sie, wie die beiden Freundinnen sich umarmten – so, als hätten sie sich gestern zum letzten Mal gesehen. Und dann wandte sich Marie zu ihr. Sie stand ihr gegenüber, und Giovanna fühlte sich seltsam befangen. Marie sah sie an. Noch immer im Gegenlicht. Giovanna war sich nicht sicher, ob sie lächelte. Ob sie der Freundin um den Hals fallen oder ihr lieber die Hand reichen sollte. Fühlte sich Marie genauso? Hatte sie die gleichen Gedanken? Die Zeit schien festgetackert in diesem Augenblick. Auf diesem Stückchen Land am Ende der Welt. Zwischen diesen beiden Frauen.

»Also, irgendwas müsst ihr jetzt tun.«

Das war Ellis Stimme, die da plötzlich an ihr Ohr drang. Elli. Zum Glück. Sie löste die Erstarrung. Im selben Augenblick traten beide einen Schritt vor, aufeinander zu. Und umarmten sich. Vorsichtig. Ein bisschen steif. Nicht wie ein Paar, das sich zum ersten Mal in die Arme fällt und es kaum mehr erwarten kann. Eher wie zwei Verwandte, die es tun, weil man es eben so tut. Und doch fühlte es sich gut an für Giovanna. Es tat gut, den knochigen Körper der Freundin zu spüren. Erst in diesem Moment wurde ihr klar, wie sehr sie sie vermisst hatte. Und wie sehr das Gefühl des Vermissens ihr ganzes Leben prägte. Es fiel ihr nicht leicht, die Tränen zurückzuhalten, die in ihr hochstiegen, aber bei aller Distanz kannte sie Marie doch noch gut genug, um zu wissen, dass sie das wohl nicht goutieren würde. Und noch weniger würde sie selbst zeigen, dass ihr das Wiedersehen naheging. Wenn es ihr denn naheging. Doch davon war Giovanna ganz und gar nicht überzeugt.

Der Moment währte nur kurz, dann trat Marie zurück und rief ihren Hund zu sich, der sich auf ihren Befehl hin brav in den Schatten eines staubigen Ginsters gelegt und dort gewartet hatte. »Jimmy, komm her.« Das riesige Tier folgte sofort und sprang mit solcher Geschwindigkeit auf die drei zu, dass Giovanna erschrocken einen Schritt zurückwich. Quittiert von einem unwilligen Kopfschütteln Maries, bei dem sich ein paar graue Strähnen aus dem Tuch lösten, das sie sich um den Kopf gebunden hatte. »Du musst stehen bleiben, sonst meint er, er kann dir Angst einjagen«, erklärte Marie, »das ist ein starker Rüde, der merkt sofort, wenn er der Mächtigere ist. Du hast immer noch Angst vor Hunden, oder?«

Giovanna hob die Schultern, nicht ohne Jimmy auch nur eine Sekunde aus den Augen zu lassen. Marie nahm sie am Arm und zog sie zurück auf die Stelle, an der sie zuvor gestanden hatte. »So, jetzt bleibst du genau hier stehen. Ich lass ihn jetzt da hinten Platz machen, und dann rufst du ihn. Und wenn er kommt – bleib auf jeden Fall stehen! Er wird dir nichts tun, aber sollte er hochspringen, hebst du die Hand und sagst ganz fest: Runter, Jimmy.« Marie fragte gar nicht erst nach, ob Giovanna einverstanden war mit ihrer kleinen Einführung in die Hundedressur. Sie ließ sie stehen, packte Jimmy am Halsband und führte ihn zurück zu der Stelle, an der er vorher gelegen hatte. Dort befahl sie ihm, sich wieder hinzulegen, sah zu Giovanna herüber und nickte ihr zu. »Jetzt kannst du.«

Kann ich oder muss ich? dachte Giovanna, wollte aber nicht riskieren, dass Marie vom ersten Augenblick an sauer auf sie wäre. Elli, die bisher nur danebengestanden und zugesehen hatte – sie liebte Hunde von klein auf und hatte noch nie Angst vor ihnen gehabt –, rückte etwas näher zu ihr hin. Giovanna registrierte dankbar, wie sie sich jetzt halb hinter sie stellte und »Ich bin da« flüsterte. Dann rief sie – mit einer Stimme, auf die sie selbst nicht gehört hätte – »Komm!«. Jimmy rührte sich nicht von der Stelle, ja, er zuckte noch nicht mal mit einem seiner halb herunterhängenden Ohren, so schien es Giovanna.

»Giò, mit dem Tonfall jagst du noch nicht mal einer Maus Respekt ein«, rief Marie herüber. »Jetzt stell dir doch einfach mal vor, du wärst der Chef!«

Chef, Chef, dachte Giovanna, *was heißt Chef.* Sie kam sich vor wie ein Depp, als sie jetzt erneut nach dem Hund rief. Diesmal hob er zumindest den Kopf und sah zu ihr herüber, dann blickte er auf sein Frauchen, und Giovanna meinte zu sehen, dass Marie ihm mit einer Handbewegung bedeutete, weiter liegen zu bleiben. Das konnte aber auch täuschen.

»Noch mal«, rief Marie jetzt, »das gibt's doch gar nicht. Wenn du hierbleiben willst, musst du mit ihm klarkommen, sonst kann ich dich hier nie allein lassen.«

Soso, war das jetzt die Ausladung? Oder meinte Marie es einfach nur gut? Giovanna fühlte leichten Ärger in sich aufsteigen, und der fand seinen Weg in ihre Intonation, als sie noch einmal rief. »Jimmy, komm hierher!« Und, oh Wunder, es funktionierte. Nicht, dass Jimmy nicht noch einmal zu Marie geschaut hätte, bevor er losspurtete, aber er kam, rannte auf Giovanna zu, Beine, Ohren und die zotteligen Haare seines Fells flatterten, wehten und ruderten in alle Richtungen, und als Giovanna eben schon wieder nach hinten weichen wollte, spürte sie Ellis Hand in ihrem Rücken. Sie biss die Zähne zusammen, als Jimmy bei ihr anlangte und es einen Moment lang so aussah, als wolle er tatsächlich an ihr hochspringen. »Nein«, zischte sie ihm entgegen, »unten bleiben«. Und Jimmy blieb unten, wuselte aber aufgeregt um ihre Beine herum, schnüffelte an ihren Füßen und Händen.

»Das machst du gut«, brüllte Marie über den Platz. »Und jetzt soll er sich hinlegen.«

»Wie?«, rief Giovanna zurück.

»Indem du ›Platz‹ sagst«, raunte Elli ihr ins Ohr.

»Ernsthaft? Das heißt wirklich so?« Giovanna war ihr Leben lang allen Hunden aus dem Weg gegangen, wenn es ihr möglich war. Hatte nie den Drang verspürt, sich mit einem solchen gefährlichen Wolfsverwandten zu umgeben, und diese furchtbar deutsch klingenden Befehle kannte sie nur vom Hörensagen.

»Also, mach jetzt!« Das war wieder Elli. »Sonst gibt sie keine Ruhe.« Damit meinte sie Marie.

»Also gut.« Giovanna richtete ihren Blick auf den Hund, der gerade angefangen hatte, ihr Knie abzulecken. »Jimmy? Jimmy! Mach Platz jetzt.« Und als er nicht gleich von ihrem Knie abließ, brüllte sie ihn an: »Platz! Jetzt!« Ein Wunder geschah. Der Hund fiel gleichsam in sich zusammen und sank zu Giovannas Füßen auf den staubig trockenen Boden nieder. Er winselte ein bisschen.

»Na siehste. Genauso muss man es machen.« Marie kam mit einem frohlockenden Grinsen wieder zu ihnen herüber. »Ich wusste, du schaffst das!«

»Aber er winselt. Ist das normal?«

Marie musste lachen. »Klar. Er mag genauso wenig, dass ihm jemand sagt, was er zu tun hat, wie ich.«

Giovanna schenkte ihr ein süßliches Lächeln. *Ich mag das auch nicht*, dachte sie, sagte aber nichts. Dafür schaltete sich Elli jetzt wieder ein.

»Jimmy?«, fragte sie, an Marie gewandt, »ernsthaft?« Dass Marie schon als Elfjährige eine Vorliebe für James Dean gehegt hatte, wusste jeder. Aber dass sie ihren Hund nach ihrem Idol benennen würde ...

Marie nickte. Die Ironie in Ellis Frage ignorierte sie. Zumindest tat sie so, als würde sie sie nicht bemerken. »Jimmy der Zweite, um genau zu sein. Sein Vorgänger ist vor eineinhalb Jahren unter die Räder gekommen«, erklärte sie ohne eine sichtbare Regung. »Wir mussten schnell einen Neuen anschaffen, sonst wäre Nicoletta durchgedreht.«

»Und wer ist Nicoletta?«, schaltete sich nun Giovanna ein, noch immer mit einem halben Auge nach Jimmy schielend, der erstaunlicherweise jetzt den Kopf zwischen die Pfoten gelegt hatte und sich völlig harmlos gab.

Marie sah sie an, und Giovanna konnte ihren Blick beim besten Willen nicht deuten. »Nicoletta ist meine Tochter.«

Elli riss es, das konnte sie spüren, genauso wie sie selbst. Es war, als hätte sich die Konsistenz der Luft um sie herum verändert. Giovanna hörte, wie Ellis Stimme vor Überraschung dünn geworden war, als sie fragte: »Deine Tochter? Also, wie? Ich dachte ...«

»Ja, meine Tochter. Ich habe noch ein Kind gekriegt. Sie ist hier geboren«, fiel Marie ein, »ich ziehe sie allein groß, Larry hilft mir.«

»Aha.« Giovanna fiel nichts Besseres ein, was sie sagen konnte. Ohnehin fiel ihr langsam gar nichts mehr ein. Sie staunte nur noch. Zuerst Elli mit ihrem Toni – eine Enthüllung, die sie längst noch nicht verdaut hatte. Und jetzt das.

Marie war mit zwei Töchtern hierhergekommen, das wusste sie. Ohne deren Vater. Das wusste sie auch. Aber dass sie noch einmal ein Kind bekommen würde. Ausgerechnet sie. Schon die ersten beiden Kinder hatten Giovanna überrascht, hatte sie Marie doch nie als Mutter gesehen. Und jetzt noch eine Tochter. Marie war 45, genau wie sie alle.

»Nicoletta.« Giovanna ließ sich den Namen auf der Zunge

zergehen. Und gleich noch mal. »Nicoletta. Ein schöner Name! Wirklich! So ... so ... italienisch!«

Zum ersten Mal seit ihrer Ankunft konnte Giovanna ein wirkliches, ehrliches Lächeln auf dem Gesicht ihrer alten Freundin erkennen.

»Ja, nicht?«, sagte Marie. »Ich wusste, dass er dir gefallen würde!«

Als hättest du ihn für mich ausgesucht, dachte Giovanna und konnte das leise, innerliche Grollen, das sie spürte, vor sich selbst kaum verhehlen. Laut sagte sie: »Und wie alt ist Nicoletta?«

»Sie ist gerade drei geworden«, antwortete Marie. »Aber ihr werdet sie ja bald kennenlernen.« Das war's dann wohl fürs Erste, was sie über ihre Tochter sagen wollte.

»Jetzt müssen wir euch erst mal irgendwo unterbringen.« Sie warf einen Blick auf den Wagen und wandte sich dann an Elli: »Zum Campen werdet ihr ja nichts dabeihaben, oder? Sonst könntet ihr hinten im Garten zelten.« Giovanna war heilfroh, kein Zelt im Kofferraum zu wissen, sondern nur die Koffer und ihr Akkordeon. Campingurlaub gehörte gar nicht zu ihren Lieblingsvorstellungen.

»Oder aber«, setzte Marie wieder an, »ihr schlaft im Zimmer von den Mädels, solange die nicht da sind.« Sie dachte kurz nach, dann nickte sie. »Ja, das müsste gehen. Sie kommen erst in ein paar Tagen aus München zurück, das Zimmer ist frei.« *Aha, sie sind also bei Marc.* Giovanna hatte ein paar unschöne Gedanken, hütete sich aber, sie auszusprechen. Marie hatte derweil ein paar Hühner hinter ein improvisiertes Holztor zurückgescheucht, die im Begriff waren, aus ihrem Gehege auszureißen. Sie trieb sie in einen von Maschendraht begrenzten Verschlag vor dem Hühnerstall und schloss auch hier das Tor. Dann kam sie wieder zu Giovanna und Elli herüber, hatte jetzt allerdings ihr Mobiltelefon in der Hand und erklärte ihnen: »Ich muss schnell Tobias anrufen, er muss noch was für mich erledigen.«

»Tobias? Dein Bruder?«

»Er ist auch hier«, sagte Marie knapp.

»Tobias ist auch hier?« Es war wieder Elli, die fragte. Und Giovanna registrierte mit einer gewissen Genugtuung, dass auch Elli nicht über alles informiert war, was sich bei Marie so tat. Die ihr Telefon jetzt doch wieder in die Tasche ihrer Jogginghose steckte.

»Besetzt«, sagte sie erklärend und beantwortete dann erst Ellis Frage. »Seit fast zwei Jahren. Er hat mich vorher schon ein paarmal hier besucht und es hat ihm so gut gefallen, dass er mir gefolgt ist. Er wohnt aber in Ascoli. Er hat mir hier geholfen beim Umbau und Herrichten des Hauses. Und dann ist er geblieben.« Maries Blick schweifte ohne ein bestimmtes Ziel in die Ferne. »Ist schön hier.«

Giovanna folgte ihrem Blick, sah ein dichtes, dunkelgrünes Waldstück, das an den Flanken einer Bergwand emporkletterte und nach oben hin immer lichter wurde, sodass man graubraunes Gestein darunter sehen konnte. Dieser Ort, der so völlig isoliert mitten in der Wildnis lag, musste ihr erst einmal beweisen, dass er lebenswert war. Konnte man sich hier wohlfühlen? In dieser Abgeschiedenheit? Von der aus man ewig fahren musste, um irgendwo richtig unter Leute zu kommen oder um auch nur ordentlich einkaufen zu können. Ja, wenn der Ort wenigstens am Meer gelegen hätte, dann ... Aber hier, mitten in den Bergen. Wahrscheinlich würde man Bären und Wölfen begegnen, wenn man sich nachts aus dem Dorfgebiet herausbewegte, oder riesenhaften Hunden wie Jimmy. Und die Kinder? Hatten die hier eine Schule?

Als hätte Marie ihre Gedanken erraten, sagte sie: »Die Mädels fahren in der Früh mit Larry zum Liceo in Ascoli, oder mit mir. Mittags holt Tobias sie dort ab. Er ist super zuverlässig.«

Elli schüttelte ungläubig den Kopf. »DER Tobias? Dein Bruder? Der, den wir kennen? Der war doch noch nie zuverlässig.«

Giovanna verkniff sich ein Grinsen; manchmal liebte sie Elli für die Unverfrorenheit, mit der sie Dinge ansprach. Gedacht hatte sie dasselbe. Doch Marie schüttelte die Bemerkung ab, wie Jimmy, der offenbar ein unmerkliches Signal zum Aufstehen von ihr erhalten hatte, den Staub.

»Du wärst überrascht. Er hat sich geändert. Ich sag ihm kurz Bescheid. Dann zeige ich euch das Haus.«

Während Marie noch einmal das Handy in die Hand nahm und jemanden an die Strippe zu bekommen schien, sprang Jimmy um sie herum, und Giovanna fragte sich unwillkürlich, wie die alte Freundin dabei die Nerven behalten konnte. Das Telefonat, das sie mithören konnten, war kurz, und der herrische Ton, den Marie dem Hund gegenüber angeschlagen hatte, war dabei höchstens um homöopathische Nuancen abgeschwächt. Scheinbar brauchte der zuverlässige Tobias eine starke Hand. »Dann ist alles klar«, hörte Giovanna Marie zum Schluss in ihr Handy sagen – und es klang nicht wie eine Frage.

Jimmy sprang vor den drei Frauen her zur Treppe, über die sie in den ersten Stock hinaufstiegen. Die obere Etage war von innen deutlich größer, als es von außen wirkte. Drei Schlafzimmer und ein Bad mit Dusche waren hier untergebracht, eines diente Marie – und vielleicht auch diesem ominösen Larry – als Schlafzimmer. Marie hatte allerdings »mein« Schlafzimmer gesagt. Jetzt deutete sie zu einer Tür, die ein Stück links von ihnen in den Boden eingelassen war. »Wenn ihr runter wollt in die Küche, könnt ihr außen langgehen oder dort hinten über die Wendeltreppe.«

Im kleinsten Zimmer schlief Nicoletta, in einem weiteren Raum auf dieser Etage die beiden größeren Mädchen. Den zeigte ihnen Marie. Poster schmückten die Wände, Kleider lagen mehr schlecht als recht zusammengelegt auf den Betten. Giovanna fühlte sich wie ein Eindringling. Sollten sie die Einladung wirklich annehmen? War es nicht vielleicht doch besser, sich ein Zimmer in einer Pension zu suchen für die Tage, die sie hierbleiben würden? Das Gefühl, von Maries Gastfreundschaft abhängig zu sein, behagte ihr gar nicht. Ob es Elli ebenso ging, konnte sie nicht abschätzen. Marie ließ aber keine Einwände zu, sie hatte schon wieder ihr Telefon gezückt und offenbar bereits eine ihrer Töchter an der Strippe, während sie die herumliegenden Klamotten mit der freien Hand zusammenschaufelte und Elli bedeutete, ihr einen leeren Wäschekorb hinüberzuschieben, der offenbar vergessen im Zimmer herumstand.

»Marlene, hör mir zu. Wann kommt ihr denn heim? Bleibt es bei Freitag? Elli und Giò sind zu Besuch, ich würde sie gern in euer Zimmer einquartieren.« Was am anderen Ende der Leitung gesprochen wurde, konnte Giovanna nicht hören, aber die Begeisterung hielt sich wohl in Grenzen, weil Marie jetzt beschwichtigend und entschieden zugleich sagte: »Ist ja nicht für lange. Bis ihr kommt, finden wir was anderes für die zwei.« Dann legte sie auf, und Giovanna fühlte sich noch viel mehr wie ein Eindringling. Als sie erklären wollte, doch lieber ins Dorf zu wollen, schnitt Marie ihr rigoros das Wort ab. »Gar keine Frage. Ihr bleibt hier.« So, als müsse sie sich selbst davon überzeugen, dass jede andere Möglichkeit ausgeschlossen sei.

8.

Casa Marie.

Elli

Elli hatte sich leichter getan mit dem Wiedersehen. Nicht nur wegen der Sache mit dem Hund. Es war unschwer zu erkennen gewesen, wie Giovanna sich fühlte. Hatte Marie sie vorführen wollen? Oder war ihr die Demütigung gar nicht bewusst gewesen, die sie Giovanna zufügte? War es tatsächlich eine Inszenierung ohne Hintergedanken gewesen? Elli nahm sich vor, mit Marie darüber zu reden, wenn sie zu zweit wären. Was war es nur, das zwischen ihr und Giovanna stand? Was war passiert in den vergangenen Jahren, dass aus Freundschaft Distanz geworden war? Oder war es sogar mehr als Distanz?

Elli konnte nicht aufhören, darüber nachzugrübeln, während sie ihr Gepäck ins Zimmer von Josefine und Marlene schleppte. Ein Jugendzimmer, in dem es noch Stofftiere gab, die auf Regalen über den Betten ihr Dasein fristeten, aber auch Plakate mit irgendwelchen Popsternchen, welche die Wände zierten.

Fast wie bei uns früher, dachte Elli, nur dass die Porträtierten keine Föhnwellen mehr trugen und sie die Gesichter auf den Bildern nicht mehr kannte. Ihre beiden Söhne hatten keinerlei Starkult betrieben, bei Lena war die Teenie-Zeit schon zu lange her, und Lilly tapezierte ihre Wände bisher noch mit Pferdepostern und Waldlichtungen. Einen Augenblick lang blieb Elli stehen, studierte die Aufschrift auf einer der Darstellungen und starrte dann auf das sorgsam angemalte Konterfei einer Influencerin, die so aussah, als ob sie in einer Kosmetikabteilung wohnte, aber nicht so, als ob sie in ihrem Leben schon mal ein Buch gelesen hätte. Sie war sich sicher, dass Marie jedes Mal genervt versuchte, daran vorbeizusehen, wenn sie ins Zimmer ihrer Töchter kam.

Marie selbst hatte, wie Elli sich nur zu gut erinnerte, natürlich Che Guevara über ihrem Bett hängen gehabt. Irgendwann hatte sie das Bild der revolutionären Kultfigur der 70er- und 80er-Jahre gegen ein Plakat getauscht, das die aufgerollte Sardinendose von Klaus Staeck zeigte, »Die Gedanken sind frei«. Elli musste schmunzeln, als ihr in den Sinn kam, wie Antonella sich die Nase zugehalten hatte, als sie in Maries Zimmer die Karikatur zum ersten Mal erblickte.

»Wie kannst du so was nur aufhängen?«, hatte sie kopfschüttelnd gefragt, und Maries Hinweis auf die politische Botschaft des Plakats konnte sie nicht mit dem Anblick versöhnen. Erst recht nicht. Sie setzte sich so hin, dass sie es nicht sehen musste. Giovanna hatte sich davorgestellt, die Aufschrift gelesen und es eine Weile nachdenklich betrachtet.

»Und?«, hatte Marie gefragt, während sie einen Fuß auf ihre Bettkante gestellt und ihre Doc Martens zugeschnürt hatte.

»Ich versteh's nicht«, hatte Giovanna geantwortet und auf die offene Sardinenbüchse gedeutet, die statt eines Kopfs auf dem Hals eines Anzugträgers saß.

»Heißt das jetzt, dass seine Gedanken Sardinen sind? Dass es ihnen zu eng war und sie abgehauen sind? Dass sein Kopf leer ist? Oder dass er Hunger auf Fisch hat?«

Marie hatte gelacht. »Vielleicht ein bisschen von allem. Ich denke jedes Mal darüber nach, wenn ich mich ins Bett lege.«

»Oh Gott, da könnte ich ja nicht mehr schlafen, wenn ich vorher immer erst über ausgebüxte Gedanken nachdenken müsste. Und über Fische. Dabei würde ich eher wieder wach werden.«

»Tja.« Marie war, einen der schweren Schuhe noch in der Hand, neben Giovanna getreten und hatte ihr den freien Arm um die Schultern gelegt. »Das ist vielleicht der Unterschied zwischen uns beiden. Ich brauche so kompliziertes Zeug zum Einschlafen, du zum Aufwachen.« Giovanna hatte den Satz in all seiner Ambivalenz weggelächelt, Marie einen Kuss auf die Wange gegeben, dann waren sie aufgebrochen zu irgendeiner Party, oder einfach nur, um zusammen in einen Biergarten zu gehen.

Damals war noch alles gut gewesen. Damals hatte noch keine die andere infrage gestellt. *Irgendwie muss ich die beiden wieder zusammenbringen,* dachte Elli und kramte abwesend in der Reisetasche nach ihrem Waschbeutel.

Natürlich hatte sich auch zwischen ihr und Marie viel verändert.

Immerhin hatte die alte Freundin es geschafft, auch sie zu überraschen. *Präsentiert uns in einem Nebensatz ihre Tochter. Das kann doch nicht wahr sein! Warum hat sie mir das nicht erzählt?* Es hatte einmal eine Zeit gegeben, in der sie alles miteinander geteilt hatten. Jeden Schmerz, jede Freude, jeden Ärger, jede Hoffnung und jede Enttäuschung. Jedes einzelne Verliebtsein und jeden noch so großen Liebeskummer, und ja, auch die Beschwernisse jeder Schwangerschaft – soweit die sich teilen ließen. Doch wie lange lag das eigentlich schon zurück? An welcher Stelle ihres Lebenswegs war aus der selbstverständlichen Gemeinsamkeit diese argwöhnische Distanz geworden, die sie jetzt erlebten? Wo war ihnen das Vertrauen verloren gegangen? War das überhaupt noch Freundschaft? War es nicht gerade das Teilen der Erfahrungen, das Freundschaft ausmachte? Das gemeinsame Durch-die-Zeit-Gehen? Wenn man alles voneinander wusste, weil man es miteinander erlebte? Und wenn dem so war – was waren sie dann jetzt füreinander? Waren sie noch Freundinnen? Oder nur noch Darstellerinnen eines Films, an dessen Inhalt sich keine mehr erinnerte? Protagonistinnen ohne Drehbuch?

Vielleicht lebten sie nur noch die Erinnerung an ihre Freundschaft. Und vielleicht hatte Marie das längst erkannt, und nur Elli und wahrscheinlich auch Giovanna waren so sentimental, einem Zustand zu huldigen, den es nicht mehr gab, einer Gegenwart, die lange schon Vergangenheit war, einer Idee, die sich selbst überholt hatte. Nun, die nächsten Tage würden vielleicht die eine oder andere Antwort auf diese Fragen bringen.

Elli sah auf, als Giovanna hereinkam und ihre Reisetasche neben dem zweiten Bett abstellte. Ob sie dieselben Überlegungen wälzte? Nach Maries eigenartigem Empfang musste sie sich noch mehr als zuvor fragen, ob ihre Entscheidung herzukommen richtig gewesen war.

Elli hatte sich eigentlich unendlich gefreut, Marie wiederzusehen, die auf den ersten Blick so unverändert schien. Ein bisschen dünner vielleicht noch als früher. Ein bisschen schmaler im Gesicht, das so braun gebrannt war, dass die wenigen hellen Strähnen, die sich unter ihrem um den Kopf gewickelten Tuch hervorstahlen, fast weiß wirkten. Vielleicht waren sie es auch. Es hätte nicht zu Marie gepasst, sich die Haare zu färben, die immer dunkelblond gewesen waren. So wie sie sich auch nie geschminkt hatte – abgesehen von den schwarzen Augenringen ihrer Wave-Phase. Vorhin hatte sie in einer weiten Jogginghose gesteckt, die um ihre schmalen Hüften waberte. Und in einem weißen T-Shirt – auch das viel zu weit und schlampig in den Hosenbund gewurschtelt. Maries Shirt sah außerdem aus, als hätte es dringend eine Wäsche nötig, bemerkte Elli, als Marie jetzt ins Zimmer hereinblickte, und sie selbst, als hätte sie seit Tagen nichts mehr zu essen bekommen.

»Alles in Ordnung bei euch?«, fragte Marie, »unten im Kühlschrank ist etwas Kaltes zum Trinken. Ich mach mir gleich einen Kaffee. Wenn ihr mittrinken wollt ...« Sie beendete den Satz nicht, verschwand wieder aus der Tür, und Elli sah fragend zu Giovanna hinüber, die am Auspacken war. War das jetzt eine Einladung gewesen oder nur Höflichkeit?

Andererseits, Höflichkeit war nicht unbedingt Maries hervorstechendstes Merkmal.

»Kaffee könnt ich schon vertragen«, brummte Giovanna und zog ein frisches Oberteil aus ihrem Koffer, das sie sich überstreifte, nachdem sie das getragene neben dem Bett auf den Boden fallen gelassen hatte. Elli warf einen scheelen Blick darauf und schluckte den Rüffel hinunter, den ihre Kinder in diesem Moment zu hören bekommen hätten.

»Dann lass uns runtergehen«, sagte sie stattdessen und marschierte entschlossen voraus. Wie sie es immer getan hatte.

Sie hatten die Koffer über die Außentreppe nach oben getragen. Im Innern des Hauses war wohl früher der erste Stock das einzige Wohngeschoß gewesen, darunter nur der Stall. So wie es in vielen alten Bauernhäusern gehandhabt worden war, um die Abwärme des Viehs, die von unten kam, zu nutzen. Auch in Italien konnten die Winter kalt werden, und hier in den Tälern des Zentralapennin erst recht. Einen direkten Zugang vom Obergeschoß in den Stall aber hatte es meist nicht gegeben.

Hier aber war der Holzboden, der früher die Decke über dem Stall gebildet haben musste, mit Beton verstärkt, ein Loch herausgeschnitten und wiederum mit einem Holzrahmen versehen worden, von dem eine enge Wendeltreppe hinunterführte, mitten hinein in eine große, aber sparsam möblierte Wohnküche. Der Küchenzeile sah man an, dass sie zwar recht neu, aber nicht besonders teuer war. Der Boden war mit offenbar gebrauchten und unregelmäßig gebrochenen rötlichen Steinfliesen belegt, die Wände großzügig weiß getüncht. Eine Ecke nahm ein grob strukturierter Holztisch ein, den Elli, als sie ihn näher betrachten konnte, als ehemalige Tür identifizierte, die jemand glatt geschliffen hatte, um dann Beine aus dem Sortiment eines schwedischen Möbelhändlers dranzuschrauben. Zusammen mit den alten Fliesen und dem von Westen hereinscheinenden Sonnenlicht verlieh der Tisch mit seiner lebendigen Maserung dem Raum eine heimelige Atmosphäre, in der Elli sich sofort wohlfühlte. Eine Atmosphäre, die auf den ersten Blick so gar nicht zu der umtriebigen, nervösen und immer unzufriedenen Marie von früher zu passen schien. Aber gab es diese Marie überhaupt noch?

Elli sah sie am Herd stehen, als sie gemeinsam mit Giovanna die letzten Stufen der Wendeltreppe herunterstieg. Marie war tatsächlich noch dünner geworden, als Elli sie in Erinnerung hatte. *Drei Kinder und kein Gramm Speck auf den Hüften – die Welt ist ungerecht*, dachte sie. Marie hätte in jedem Abendkleid eine tolle Figur gemacht, doch Elli war sich ziemlich sicher, sie noch nie in einem solchen gesehen zu haben – was auch in Zukunft nicht passieren würde. Angesichts der Jogginghose, die Marie gerade trug, war das auch eine absurde Vorstellung. Wie immer schien es ihr egal zu sein, wie sie aussah und wie sie wirkte.

Doch Elli kannte sie besser. Sie war sich sicher, dass Maries Garderobe auch jetzt noch viel mehr war als nur der Versuch, sich möglichst unkompliziert zu kleiden. Nein. Es war ein Statement, auch heute noch – es war ihre Ansage an die Welt, mit der sie ausdrücken wollte: »Sieh her, mir ist alles egal, ich mache mein Ding.« So hatte sie es immer gehalten, in ihren gemeinsamen Jugendjahren und auch als sie bereits das Geld besessen hatte, über ihren Kleiderschrank selbst zu entscheiden. Ihr Verzicht auf Mode war demonstrativer Natur gewesen, darin ihr Versuch erkennbar, sich zu widersetzen – der Erwartung ihrer Eltern ebenso wie der Mehrheitsmeinung ihrer Klassenkameradinnen und deren unterschiedsloser Verehrung von grellen Schulterpolsterblusen, asymmetrisch geschnittenen Frisuren und rosafarbenem Lipgloss. In jenen Jahren waren Statement und Selbstverständnis Maries nicht dasselbe gewesen. Doch im Gegensatz zu damals schien beides jetzt kongruent.

Schon der eine Moment, in dem Marie den Hund von Giovannas Autofenster weggezogen hatte, zurückgetreten war und dem Tier mit unerschütterlicher Autorität befohlen hatte, sich neben sie zu setzen, hatte Elli genügt, um das zu erkennen.

Und als sie sie jetzt am Herd hantieren sah, mit den zielsicheren Handgriffen eines Menschen, der ebendiese in immer gleicher Routine, immer gleichem Rhythmus ausführt, fühlte sie sich in ihrer Wahrnehmung bestätigt. Marie tat genau das, was sie tun wollte. Wo sie es tun wollte. Sie war angekommen bei sich selbst. Mochte auch das Haus alt sein, der Hof mit Sicherheit keine großen Gewinne abwerfen, mochten ihre Töchter von diesem vergessenen Winkel der Welt aus eine halbe Tagesreise brauchen, um in die Schule zu kommen und wieder zurück, mochte es auch vielleicht schwer sein für Marie, ohne ihre Familie und ohne ihren früheren Ehemann ihr Auskommen zu bestreiten und ihr Mädelhaus zusammenzuhalten – sie schien Elli so zufrieden, wie sie sie noch nie erlebt hatte. Und so schön, wie sie sie noch nie gesehen hatte. Trotz der Jogginghose, der Flecken auf dem Shirt, der ganz sicher ungewaschenen Haare unter dem Tuch. Nicht schön per se, nicht in einem klassischen Sinn wie Giovanna, sondern als die, die sie war. Als unfraglicher Bestandteil ihrer Umgebung, unverzichtbares Element dieser alten, neu getünchten Mauern mit ihrer kunterbunt zusammengewürfelten Einrichtung, Teil dieses Gehöfts mit seinem wilden Buschwerk draußen vor der Tür und dem Gegacker der Hühner, das durch ein offenes Fenster zu hören war. Marie gehörte dazu. Als hätte dieser Ort auf sie gewartet, und als sei sie ein Teil seiner Geschichte. Als wäre sie dafür geboren, diese Geschichte weiterzuerzählen.

Als Marie, die Hand auf den Kopf des Hundes gelegt, darauf gewartet hatte, dass sie beide aus dem Wagen stiegen, war sie ganz bei sich selbst gewesen. Obwohl doch auch Marie, da war sich Elli sehr sicher, dem Wiedersehen mit den alten Freundinnen nicht ganz unbewegt entgegengesehen hatte. Aber auf eine andere Weise als Elli das tat. Und noch mehr unterschied sich ihre Erwartung vermutlich von der Giovannas.

Elli hatte eine Welle von Mitleid durchflutet, als sie Giovannas Furcht vor dem Hund bemerkt hatte und ihre anschließende Umarmung mit Marie beobachtet. Genau hätte Elli nicht erklären können, warum sie so empfand, aber auf Giovanna musste die neue Stärke Maries einschüchternd gewirkt haben, ähnlich wie auf sie selbst, nur viel heftiger. Was nicht nur Giovannas augenblicklichem Zustand völliger Ziellosigkeit geschuldet war, sondern auch ihrer Unsicherheit, die sie im Hinblick auf Maries Einstellung ihr gegenüber empfinden musste. Umso schwächer musste sie sich fühlen, umso verletzlicher.

Während Marie so sturmsicher verankert schien, hier in ihrem neuen Leben, dessen Fundamente sie ohne die Hilfe ihrer Freundinnen errichtet hatte, trieb Giovanna steuerlos mitten im Meer ihrer Bedrängnisse, bedroht vom Ertrinken in den Strudeln ihrer Albträume und auf der Suche nach einem Kompass, der sie endlich in einen sicheren Hafen führte. Vielleicht auch nach einem Lotsen. Ob sie den in Marie finden würde? Elli wusste, wie oft Giovanna von Maries Entschiedenheit profitiert hatte, von ihrer intelligenten und schonungslosen Analyse der Dinge, die, aus einer Position der unbedingten Zuneigung getroffen, Giovanna so manches Mal aus einem Dilemma geholfen hatte. Doch Elli war skeptisch, ob es zwischen den beiden noch eine Basis gab, die tragfähig genug war, um den jetzt eher als ungleiche Kontrahentinnen auftretenden Frauen als Bühne zu dienen. Kontrahentinnen, ja, Freundinnen sah sie im Moment keine, wenn sie die beiden miteinander beobachtete. Elli hatte förmlich die Luft angehalten, als sie sich umarmt hatten. Verkrampft und gezwungen. Und an der Art, wie Giovanna sich anschließend schnell zur Seite gedreht hatte, hatte Elli erkannt, dass sie weinte und das vor Marie zu verbergen suchte. Vor Elli hätte sie sich ihrer Tränen nie geschämt, bei Marie aber war das anders.

Giovanna war jetzt neben Marie an den Herd getreten und hatte gefragt, ob sie etwas helfen könne, und Marie hatte nur gebrummt. »Na, das schaff ich schon allein mit dem Kaffee. Da drüben, setzt euch doch.« Sie hatte mit der Hand in Richtung Tisch gewedelt und Elli mit einer Kopfbewegung in ihre Aufforderung einbezogen. Und wieder war da diese selbstverständliche Entschiedenheit, die Elli schon zuvor wahrgenommen hatte, eine beneidenswerte Entschiedenheit, von der sie selbst in ihrer augenblicklichen Situation nur träumen konnte. Auch sie stand in diesen Tagen und Wochen ein bisschen hilflos in der Gegend herum, fast genauso orientierungslos wie Giovanna. Mit dem Unterschied, dass es für sie eigentlich nur zwei Wahlmöglichkeiten gab. Matthias oder Toni.

Entschied sie sich für Matthias, würde die Familie sie auffangen, und sie würde mit Matthias in ihrem bisherigen Arrangement weiterleben. Es gab Schlimmeres! Matthias mit seiner unverbrüchlichen Treue würde immer für sie da sein. Würde sie immer machen lassen, was sie wollte, ohne Fragen zu stellen. Elli stieß einen tiefen Seufzer aus; das war es ja gerade, was sie von ihm weggetrieben hatte. Das, was sie bei Toni suchte. Toni mit seiner Aufmerksamkeit, seiner Entschlossenheit, seinem Widerspruchsgeist. Kein Thema, zu dem er keine Meinung hatte. Manchmal, wenn sie sich getroffen hatten, nur zu einem gemeinsamen Mittagessen, manchmal auch bei ihm – wenn sein Sohn bei seiner Mutter war oder bei einem Freund –, hatten sie sich geliebt und dann diskutiert. Toni konnte stundenlang um ein Thema kreisen, es immer wieder neu beleuchten, in der Hinsicht hatte er Ähnlichkeit mit Marie. Er war immer voll bei der Sache. Kein Abnicken, kein kritikloses »Jaja« in vorauseilendem Gehorsam wie bei Matthias. Das war es, was Elli an ihm gefiel. Na ja, seine Berührungen natürlich auch. Sein Begehren, sein Fordern, die Art, wie er durch ihre Kleidung zu blicken und darunter einen Körper zu sehen schien, der ihr selbst neu war. Die Art, wie er eine Schönheit an ihr wahrnahm, die Elli noch nie an sich bemerkt hatte, wie er ihre Hüften, ihre Brüste, ihr Gesicht, ihren ganzen Körper zu etwas Besonderem machte, allein dadurch, dass er sie anfasste. Wenn sie mit Matthias und den Kindern unterwegs war, erwartete sie schon lange nicht mehr, als Frau gesehen zu werden. Da war sie nichts anderes als eine Mutter, die im besten Fall dafür taugte, ihren Nachwuchs in Schach zu halten. Bei einem Urlaub in Kroatien vor zwei oder drei Jahren war der Wirt eines Grillrestaurants so weit gegangen, sie als »Mama« anzusprechen. Höflich, aber ohne irgendeine Art von Neugier hatte er ihr einen Stuhl herangezogen, so als wäre sie eine alte Frau, der man auf ihren Platz helfen musste. Sie hätte genauso gut durchsichtig sein können. Elli hatte nie sehr viel Wert auf männliche Anerkennung gelegt – wozu auch, sie hatte ja Matthias. Doch dann war Toni aufgetaucht und hatte etwas in ihr erkannt, das sie selbst vergessen hatte: dass sie eine Frau war.

Wenn auch eine mit einer gehörigen Midlife-Crisis, spottete Elli über sich selbst. Immer wieder hatte sie darüber nachgedacht, wie es weitergehen sollte, wie lang es dauern würde, bis auch aus ihrer stürmischen Affäre eine abgeklärte Beziehung werden würde. Bei aller wiedergefundenen Jugendlichkeit – sie wurde nicht jünger. Sie musste der unerschütterlichen Tatsache ins Auge sehen, in wenigen Jahren ihren 50. Geburtstag zu feiern. Wie lang würde Tonis verliebte Aufmerksamkeit anhalten? Und würde sie sich danach an seiner Seite besser fühlen als an der von Matthias? Konnte das mit Toni überhaupt halten? Bei Matthias war sie sich sicher. Er würde an ihrer Seite bleiben, auch wenn die Kinder aus dem Haus sein würden. Nichts würde sich ändern. Er würde so weitermachen wie bisher. Darauf warten, dass sie ihm sagte, wo es langging. Gerne dabei auf dem Sofa sitzen. Elli stellte sich in solchen Momenten das etwas rundlich gewordene Gesicht ihres Mannes vor, wie die Polstergarnitur nachgab unter seinem Gewicht, ohne Zweifel, ein paar Pfunde zu viel. Nun, sie wollte nicht ungerecht sein, ein bisschen Sport in den letzten Jahren hätte ihnen beiden nicht geschadet, könnte man immer noch anfangen ... Aber dazu würde sie ihren Matthias mit Sicherheit nicht bewegen können. Toni ging joggen und zweimal die Woche zum Schwimmen. Die Konsequenzen konnte sie bewundern, wenn sie mit ihm im Bett lag.

Kurz, Toni tat, Matthias wartete darauf, dass sich was tat. Matthias hätte ihr niemals einen Wunsch abgeschlagen, aber sie musste ihn erst äußern. Es kam nicht vor, dass er die Initiative ergriff, heute nicht mehr. Nach den vielen gemeinsamen Jahren, in denen Matthias ihre Stärke erlebt hatte, hatte Elli das uneingeschränkte Sagen in ihrer Beziehung, auch in der Familie – und sie genoss es so sehr, wenn sie bei Toni war, einfach mal die Verantwortung abgeben, ihm die Führung überlassen zu können. Er schlug vor, in welches Restaurant sie gehen sollten, er organisierte die Karten fürs Kino, er hatte immer eine Idee für einen Ausflug, der sich zwischen zwei Terminen unterbringen ließ.

Doch konnte all das genug sein, um ihr bisheriges Leben infrage zu stellen? Die Entscheidung für Toni wäre auch eine Entscheidung gegen ihre Familie. Eine Vorstellung, die sie bisher kaum zugelassen hatte und die ihr den Boden unter den Füßen wegzog. Konnte ein Leben mit Toni so viel besser sein, dass sie ihre Familie für ihn opfern würde? Stellte sich die Frage überhaupt? *Nein*, dachte Elli, *nein, gar nicht weiter drüber nachdenken. Vielleicht kann ich einfach alles so lassen, wie es ist …*

»Marie, wie geht's deinen Mädels?«, fragte Elli, als sie sich neben Giovanna am Tisch niederließ. Sie hatte das Gefühl, die Unterhaltung in Gang bringen zu müssen. »Gut geht's ihnen«, rief Marie vom Herd herüber. Sie war mit den Tassen beschäftigt. »Sie sind riesig geworden. Ihr würdet sie nicht wiedererkennen.« *Da hast du vermutlich recht, warum wohl?* dachte Elli, warf einen unauffälligen Blick zu Giovanna hinüber und vermutete, dass sie Ähnliches gedacht hatte.

Marie hatte die Tassen jetzt auf ein Tablett gestellt und balancierte sie herüber zu ihnen an den Tisch. »Sie kommen ja am Samstag zurück, waren die letzten zwei Wochen bei Marc.«

»Ah, das funktioniert mit Marc? Wie viel Kontakt habt ihr?«, wollte Elli wissen.

Marie schien einen Augenblick zu zögern, bevor sie antwortete. »So viel wir müssen.« Die Antwort kam knapp. Unfreundlich. Und verschaffte Elli und Giovanna einen guten Eindruck der Atmosphäre, die bei Maries Treffen mit ihrem

Ex herrschen dürfte. Elli fröstelte es fast ein wenig. Es streifte sie eine Ahnung davon, dass es besser war, Maries Freundin zu sein als ihre Feindin. Marie hatte ihnen die Kaffeetassen hingeschoben, ihre eigene aber schon im Stehen ausgetrunken.

»Ich hab jetzt gerade gar nicht viel Zeit, ich habe noch eine Ladung frühe Trauben im Hänger liegen, der steht draußen. Der muss heute noch rüber in die Presse. Ihr kommt zurecht?«

»Ja. Sicher.« Elli nickte ein bisschen überrascht, hörte, wie Giovanna sich beeilte zu sagen: »Klar doch, wir wollen dir ja nicht im Weg sein«, und war sich nicht ganz sicher, ob sie nicht ein ganz klein wenig Ironie in Giovannas Stimme hörte. Sie hätte es begrüßt, wenn es so gewesen wäre. Unterwürfige Höflichkeit passte gar nicht zu ihrer stolzen Freundin. Doch wenn Giovannas Bemerkung ironisch gemeint war, schien Marie es nicht registriert zu haben, die schon auf dem Weg nach draußen war. Die Klinke in der Hand, wandte sie sich in der offenen Tür noch einmal um und rief: »Sorry Mädels, aber wir treffen uns heute Abend, und dann quatschen wir, ja?« Dann war sie verschwunden. Elli atmete so hörbar auf, dass Giovanna sie ansah.

»Bist du so froh, dass sie draußen ist?«, wollte sie wissen.

»Nein, das nicht. Also nicht so direkt.«

»Nein, nicht so direkt«, wiederholte Giovanna im gleichen Tonfall. »Aber mir geht's ganz ähnlich. Sie ist so ... so unnahbar. Ich hab wirklich das Gefühl, mich entschuldigen zu müssen, dass wir hier sind.«

Elli nickte. »Das habe ich bemerkt.«

Giovanna sah sie ratlos an. »Ich bin mal gespannt, wie das weitergeht. Ich seh uns schon morgen wieder heimfahren.«

»Nein«, entgegnete Elli entschieden, »nein. Sicher nicht. Jetzt lass uns doch mal heute Abend abwarten. Da haben wir wohl mal Gelegenheit, mit ihr zu reden.« Sie trank den letzten Schluck Kaffee. »Inzwischen könnten wir uns ja mal in der Gegend umsehen.«

Giovanna nickte zustimmend und stand auf. »Treffen wir uns im Zimmer. Ich hol noch schnell das Akkordeon aus dem Auto.« Giovanna verließ die Küche nach draußen, während Elli die Kaffeetassen in die Spüle räumte und über die Wendeltreppe nach oben stieg, dabei die schöne Holzarbeit bewunderte. Im Gegensatz zur Küchenzeile wirkte die Treppe recht teuer, und sie wunderte sich ein wenig, wieso Marie für so etwas so viel Geld ausgab. Eine schlichte Holzleiter wäre eher ihr Stil gewesen. Vielleicht hatte Tobias sie gemacht, war er nicht Schreiner geworden? Im Zimmer kamen sie fast gleichzeitig an, Giovanna hatte den Weg über die Außentreppe genommen und platzierte ihr neues Instrument schwer atmend in einer Ecke. Elli schmunzelte, während sie ihr zusah. Obwohl es nur ein kleines Akkordeon war, eins mit 72 Bässen, wie Giovanna ihr erklärt hatte, wirkte der Koffer doch viel zu mächtig für die zarte Gestalt ihrer Freundin.

»Vielleicht hättest du dir doch ein etwas leichteres Instrument aussuchen sollen«, scherzte sie, »Mundharmonika statt Ziehharmonika. Mir tut der Rücken schon beim Zuschauen weh.« Giovanna richtete sich auf. Ein Lächeln strich flüchtig über ihr Gesicht, dann war es wieder verschwunden. Sie setzte sich auf den Stuhl, neben dem das Akkordeon stand, und legte eine Hand leicht auf den mächtigen schwarzen Koffer. Sie sah Elli nicht an, ihr Blick verlor sich in einer immateriellen Ferne.

»Wann wirst du es spielen?«, fragte Elli. »Du hast es noch nicht aufgemacht, seit du es aus dem Laden gebracht hast.«

»Ich weiß es nicht.« Giovanna schien sich konzentrieren zu müssen, um die Antwort zu finden. »Wenn der richtige Zeitpunkt gekommen ist.«

»Und wann ist der?«

Jetzt sah Giovanna Elli an. »Das merke ich dann, wenn es so weit ist. So wie ich gemerkt habe, dass es Zeit ist, es zu holen.«

Elli hätte noch mehr sagen können. Giovanna hatte Angst, das war unübersehbar. Angst vor den Erinnerungen, die in ihr hochkommen würden, wenn sie die Hand auf die Tasten legte, Erinnerungen, die möglicherweise in den Tönen schlummerten. Natürlich wusste Elli um die Geschichte, die Antonella und Giovanna erlebt hatten, bevor sie nach München gekommen waren, um jene Geschichte, die nach ihrer Mutter auch Antonella das Leben gekostet hatte. Aber sie kannte keine Einzelheiten. Giovanna hatte es nie geschafft, darüber zu sprechen. Nach Antonellas Tod erst recht nicht.

Irgendwann wirst du dich stellen müssen, dachte Elli, *irgendwann wirst du stehen bleiben müssen und dich umdrehen. Dann wird es besser.*

Nun, vielleicht würde es dann besser werden. Auf sie selbst traf das zu. Sie hatte immer die Kraft gehabt, zurückzublicken, und das hatte geholfen. Aber sie war nicht Giovanna, und gewiss konnte man ihre Geschichten auch nicht vergleichen. Elli hatte sich entscheiden können, ihrem Vater an einem Punkt ihrer Geschichte tatsächlich »Lebewohl« zu sagen, was ihr geholfen hatte, über ihre schwierige familiäre Vergangenheit leichter hinwegzukommen. Giovanna hatte diese Wahl nicht gehabt.

Giovanna saß noch immer neben ihrem Akkordeon und machte keine Anstalten, sich für einen Spaziergang fertig zu machen.

»Alles okay mit dir? Ich würde schon mal rausgehen, telefonieren. Ja?«, fragte Elli. Die Freundin gab ihr mit einem Nicken zu verstehen, dass sie nicht auf sie warten sollte. Offenbar brauchte sie noch einen Moment für sich. Elli verließ das Zimmer.

Gleich daneben führte eine Tür zur Außentreppe, deren Treppenabsatz wie ein winziger Balkon an der Mauer des Gebäudes hing. Hier oben blieb Elli stehen, erschnupperte den milden Duft von sonnenwarmem Gras und klebrig-süßen reifen Feigen. Sie ließ den Blick über die kaum zu bändigende Natur schweifen, die Maries Hof von allen Seiten einzunehmen trachtete. Dort, wo Marie dem Drängen Gegenwehr geleistet hatte, schlängelten sich in regelmäßiger Reihe gepflanzte Tomatensträucher an Rankhilfen empor, erstreckten sich Beete mit verschiedenen Gemüse- und Salatgewächsen. Elli konnte nicht alles sehen, was wohl zu Maries Reich gehörte, und selbst wenn, hätte sie nicht jedes Kraut, das aus der Erde ragte, richtig benennen können. Sie würde Marie danach fragen, und sie freute sich darauf. Hinter den Tomatenreben stieg das Gelände leicht an bis zu einer Art Plateau offenbar, das bis zur Flanke des nächsten Berges reichen mochte, die sich, bedeckt von dichtem Wald, dem Himmel entgegenreckte. Auf dem Hang wuchsen Olivenbäume, einige von ihnen alt und knorrig. Sie kündeten von den Generationen, die vor Marie und ihrer Familie hier dem Boden seine Früchte abgetrotzt, gelebt hatten und gestorben waren. Einige Bäume dagegen waren noch sehr jung und sicher von Marie selbst angepflanzt worden. Elli genoss den vorabendlichen Windhauch, der sich hier oben im Geländer der Treppe verfing. Die Gewalt der südlichen Sonne und die Hitze tagsüber, in der sie angekommen waren, hatte sie gut genug in Erinnerung, um ermessen zu können, welche Kraft diese jungen Pflanzen aufbringen mussten, um sich dagegen zu behaupten. Bestimmt mussten die kleinen Bäume in diesen Wochen jeden Tag gegossen werden. Was für eine Arbeit! Die beiden Töchter konnten Marie keine große Hilfe sein, schließlich besuchten sie die meiste Zeit des Jahres über die Schule, was sie für mehr als den halben Tag aus Chiesavalle wegführte. Vielleicht aber, hoffte Elli, waren die anderen Mitglieder des Farmerzusammenschlusses, der Gruppo di Monaco, zur Stelle, wenn es auf Maries Hof ans Ernten und Verarbeiten ging. Und dann gab es ja auch noch diesen Larry. Elli war gespannt darauf, den neuen Mann an Maries Seite kennenzulernen.

Durch die offene Tür hinter sich hörte Elli die Zimmertür, sah Giovanna den Weg ins Bad suchen. Da fiel ihr ein, dass sie doch eigentlich hatte telefonieren wollen. Matthias würde sicher schon daheim sein und wäre erleichtert zu hören, dass sie wohlbehalten in Chiesavalle war. Toni würde es nicht anders gehen. Sie nahm ihr Handy. Steckte es wieder weg. Wollte sie überhaupt telefonieren? Wollte sie mit einem der beiden Männer sprechen? Dann holte sie das Telefon doch wieder heraus und tippte eine Nachricht. »Wir sind jetzt bei Marie. Melde mich. Küsse.« Die schickte sie an Matthias und kopierte sie, um sie auch an Toni zu schicken. Sie hatte schon den Finger auf »senden«, kam dann aber ins Grübeln. So abgebrüht konnte sie doch nicht sein, oder? Dieselbe Nachricht für beide Männer, als wäre es das Normalste der Welt? Sie löschte die Nachricht im Chat mit Toni und tippte neu: »Wir sind gut angekommen. Du fehlst mir! Ich melde mich.«

9.

GRUPPO DI MONACO.

Giovanna

Larry kam mit dem Auto. Giovanna hörte das Knirschen der Reifen auf dem Kies aus der Küche, wo sie am Tisch saß, die Hände voller Fett, ein scharfes Messer in der Hand, mit dem sie den Speck zerlegte, den sie gleich anbraten würde. Bevor sie noch aufstehen und nachsehen konnte, wer da angekommen war, wurde auch schon die Tür nach draußen aufgerissen.

Giovanna verliebte sich sofort. Nicht in Larry, der überhaupt nicht ihr Fall war mit seinen wasserblauen Augen, dem angegrauten Zopf eines übrig gebliebenen Achtundsechzigers und der Attitüde eines alt gewordenen 16-Jährigen. Sondern in Nicoletta. Das Kind war eins zu eins Marie in jungen Jahren. Schlaksig, mit wirrem Haar und Augen, die ihrem Gegenüber auf den Grund der Seele zu schauen schienen. Nur, dass diese Augen dunkelblau waren, nicht grün wie die von Marie. Giovanna verglich sie unwillkürlich mit dem Mann, der vor ihr stand und ganz offenbar nicht wusste, was er mit der fremden Frau anfangen sollte, die da in der Küche seiner Freundin werkelte. Und sie stellte auf der Stelle fest: *Überhaupt keine Ähnlichkeit.* Sie konnte unmöglich seine Tochter sein, das war klar. Zumal Giovanna das Kind auf Anhieb mochte, im Gegensatz zu Larry. Wenn sie dem Namen in ihrem Innern nachhorchte, zerlief sein Klang, ganz ähnlich wie das Fett aus dem Speck, den sie gerade schnitt, in der Pfanne zerlaufen würde. Er verlor seine Konsistenz und es wurde Läääääärie daraus. In ihren Ohren klang er alles andere als attraktiv. *Läärie. Wie hat der arme Mann nur so einen Namen verdient?* dachte sie. Jedenfalls beruhten sowohl ihre Zuneigung zu Nicoletta als auch die Abneigung gegen Larry wohl auf spontaner Gegenseitigkeit. Er verließ die Küche so schnell er konnte, nachdem Giovanna sich vorgestellt und ihm erklärt hatte, wo er Marie finden würde. Giovanna musste fast lachen, als sie ihm nachsah. Sie kannte diese Sorte Männer, die vor ihr Reißaus nahm. Manchmal waren sie ihr lieber als jene anderen, die von ihrer Erscheinung erschüttert waren und nicht mehr wegsehen konnten. Und, ja, inzwischen mischten sich nach und nach auch Angehörige einer weiteren Gruppe unter ihre männlichen Bekannten: die Neutralen, wie sie sie bei sich nannte, solche, die »Grüß Gott« und »Auf Wiedersehen« sagten und sonst nichts, keine Reaktion auf ihre Person, ihre Gestalt zeigten. Giovanna war sich noch nicht sicher, was sie davon halten sollte. Sie würde das weiter beobachten. In Larrys Fall begrüßte sie es ausdrücklich – eingedenk ihrer letzten Erfahrungen mit Maries Marc –, dass er offenbar in die erste Kategorie einzusortieren war. Und während er noch das Weite suchte, saß die selbstbewusste Nicoletta schon bei Giovanna am Tisch und sah ihr bei den Vorbereitungen für die Pasta zu.

Giovanna hatte es genossen, für den Moment die Küche für sich allein zu haben, und sie genoss es noch mehr, in dem Kind einen Menschen zu finden, der sie hier ganz offenbar ohne jegliche Vorbehalte willkommen hieß. Mit mehr Akribie als nötig widmete sie sich dem Schneiden des Specks und der Tomaten, die Elli ihr vom Feld vorbeigebracht hatte, und die, sonnengetränkt und von perfekter Reife, ihr Aroma beim Zerteilen entfalteten.

Natürlich wusste Giovanna genau, dass Elli sie durchschaute, sie und ihr Angebot, sich um das Abendessen zu kümmern, während Elli sich von Marie die Felder zeigen ließ. Sie wollte bei Marie gutes Wetter machen. Giovanna riss sich nicht eben um Tätigkeiten in der Küche. Und doch hatte ihre ganz spezielle »Römische Pasta« einen solchen Kultstatus bei den Freundinnen erreicht, dass sich selbst Marie ein Grinsen nicht verkneifen konnte, als Giovanna vorschlug, sie für ihr gemeinsames Abendessen zuzubereiten.

»Du wirst wohl keine Guanciale im Haus haben, oder?«, hatte sie Marie listig gefragt, als die aus dem Dorf zurückgekommen war. Marie war sofort klar, dass es um die Römische Pasta ging; manche Dinge vergisst man einfach nicht.

»Nein, aber wenn es ein bisschen Speck auch tut – den hätte ich. Pecorino und Pasta sowieso. Und frische Tomaten aus meinem Garten kannst du haben, so viele du willst.«

»Na dann.« Giovanna rieb sich die Hände und ließ sich von Marie zeigen, wo sie was in der Küche fand, bevor Elli und Marie sich in die Felder davonmachten. Sie war eben dabei, die Teller draußen auf dem Tisch vor dem Haus zu verteilen – der Abend war von einer sanften Milde und Giovanna wollte auf gar keinen Fall zulassen, dass sie ihn im Haus versäumten –, als die beiden Frauen mit dem Riesenhund von ihrem Spaziergang zurückkamen. Giovanna hörte sie aus der Ferne lachen – und sie konnte nicht verhindern, dass Eifersucht in ihr hochstieg. Hinter ihrem Brustbein wummerte das unangenehme Gefühl wie eine Basslinie, die ein paar Stufen zu hoch daherkam, doch sie beschloss, die falschen Töne zu ignorieren. Fürs Erste.

Dann waren sie da, Elli half ihr mit dem Tisch, Marie holte eine Flasche Wein aus dem Haus, und das Gefühl verflog. Es fühlte sich gut an, wieder zu dritt zu sein. Selbst als Marie mit Nicoletta noch vor dem Essen ins Bad abzog und Giovanna einen, wie ihr schien, leicht tadelnden Blick zuwarf, weil sie feststellen musste, dass ihre Tochter das Fett des Specks nicht nur an den Händen und Ellbogen, sondern auch in den Haaren kleben hatte. Giovanna schenkte Marie ein entschuldigendes Lächeln, auf das Marie mit einem angedeuteten Kopfschütteln reagierte. Vielleicht hatte sie sagen wollen: »Jetzt ist es auch schon zu spät«, vielleicht aber auch »Ist ja egal«. Sie schwieg aber, verschwand und kam mit einer munter palavernden Tochter zurück, die gerade in für eine Dreijährige erstaunlich korrekten Sätzen von ihrer neuen Freundin Giovanna erzählte.

»Na dann«, sagte Marie, als sie den Tisch erreichten, und schob Nicoletta in ihre Richtung, »du hast einen neuen Fan.« Giovanna, die gerade am Tisch stand und dabei war, die heiße Pasta auf den Tellern zu verteilen, dachte noch darüber nach, wie sie den Ton Maries einordnen sollte, als die Kleine schon auf die Bank kletterte und »Scho, Scho, sitz hier!« zu ihr hinüberrief. Eine Aufforderung, der sie liebend gern folgte.

Bald waren die Teller leer gegessen, die zweite Flasche geköpft und außer dem gelegentlichen Gackern eines der Hühner, die Marie über die Nacht in den Stall gesperrt hatte, war es still um sie herum. Jimmy hatte sich zu Maries Füßen langgemacht und Marie erzählte ein wenig von ihrer Arbeit, von Pflanz- und Erntezeiten, von dem Boden, der von Unkraut bedeckt gewesen war, als sie das Haus übernommen hatte, und von ihrer Freude, als sie das alte Gemäuer gefunden und begonnen hatte, es zu renovieren. Roberto, ein Mann hier aus dem Dorf, hatte ihr den Kontakt zu den Vorbesitzern verschafft und dann auch beim Renovieren geholfen.

Irgendetwas an dem Ton, mit dem Marie von diesem Roberto sprach, ließ Giovanna aufhorchen, die doch immer ein halbes Ohr für Nicoletta hatte, die neben ihr saß und mit dicken Fäusten grobe bunte Striche auf ein Blatt Papier presste. Ab und an brauchte sie eine neue Farbe, und Giovanna musste ihr einen anderen Stift reichen.

Offenbar hatte Elli den Unterton auch vernommen, denn sie fragte: »Und wie hast du diesen Roberto kennengelernt?«

»Ach, er ist ein guter Freund von Markus, einer aus unserer Farmergruppe«, erklärte Marie. »Markus ist auch aus München, wohnt aber schon seit vielen Jahren mit seiner Freundin hier.« Sie hielt inne, weil sie an der Zigarette ziehen musste, die sie sich eben angezündet hatte. »Es war totaler Zufall, dass ich ihn kennengelernt habe. Bei einem Seminar.«

»Ein Seminar?«, fragte Giovanna.

»Eher ein Coaching«, antwortete Marie. »In meiner Nach-Marc-Phase«, fügte sie hinzu, als würde das alles erklären. Giovanna hätte gern noch mehr erfahren über das Seminar, die Nach-Marc-Phase und diesen geheimnisvollen Roberto, als just in diesem Moment aus der Dunkelheit des Augustabends Larry und eine Gruppe von Leuten auftauchte, die Marie mit großer Vertrautheit begrüßten, Giovanna und Elli aber kaum mehr als ein Kopfnicken oder ein kaum verständliches Murmeln ihres Namens zukommen ließen. Ein paar von ihnen verteilten sich um den Tisch herum, andere im Hof, wo sie sich einfach, dort, wo sie gerade standen, auf den Boden setzten, sich Liegestühle holten, die Marie hinten ans Haus gelehnt hatte, oder auf den Treppenstufen Platz nahmen. Hatte Marie gewusst, dass sie kommen würden? Giovanna nahm an, dass es sich bei den Leuten um die anderen Mitglieder der Gruppo di Monaco handelte. Dass sie miteinander arbeiteten und ein gemeinsames Projekt stemmten, war ihr klar, aber war es hier auch üblich, einfach so ohne jede Anmeldung aufzutauchen, sich herzusetzen und völlig willkürlich Gespräche zwischen alten Freundinnen zu sprengen? So jedenfalls empfand es Giovanna. Sie sah schweigend zu, wie einige von Maries Freunden Stühle aus der Küche holten, um es sich direkt am Tisch gemütlich zu machen. Einer von ihnen, ein langer Typ mit strähnigen blonden Haaren, schleppte einen Sitzsack herbei, der drüben im Schuppen gelagert war. Pete oder Dieter, so hatte er sich vorgestellt, Giovanna den Namen aber nicht genau verstanden. Er sah aber eher nach Peter aus, sie entschied sich also für Pete. Mit einem Ächzen ließ er sich auf dem Sitzsack nieder. *Schlechte Knie*, mutmaßte Giovanna, *oder Rücken.* Sie hatte jedenfalls ihre Zweifel daran, dass der Kerl aus seiner Entspannungshaltung jemals wieder hochkommen würde. Pete bemerkte, dass sie ihn ansah und hielt zwei Finger zum Victoryzeichen gestreckt nach oben. »Alles cool, hey.« Zu mehr Kommunikation schien er sich nicht aufraffen zu können und wandte seine Aufmerksamkeit stattdessen den Bestandteilen für einen Joint zu, die er jetzt auf dem Rand des Sitzsacks ausbreitete und in ein Paper zu rollen begann. Seine Bewegungen waren so langsam, dass es nicht sein erster an diesem Tag sein konnte.

Larry war auch unter den Neuankömmlingen. Er setzte sich mit größtmöglichem Abstand zu Giovanna ans andere Ende der Bank, während Nicoletta kurz von ihrer Malerei hochblickte und ihm zulächelte, sich dann aber wieder ihren Stiften zuwandte. Zuvor hatte Larry Marie einen Kuss geben wollen, doch sie hatte ihm lediglich die Wange dargeboten. Ein seltsamer Empfang für den Lebenspartner, dachte Giovanna. Sie tauschte mit Elli einen Blick, die fragend die Augenbrauen hochzog. Danach aber war Elli für Giovanna nicht mehr ansprechbar, denn sie geriet in eine lebhafte Unterhaltung mit einer der beiden Frauen, die sich zu ihnen gesetzt hatten – eine Brünette, groß gewachsen, größer noch als Elli. An ihren muskulösen Oberarmen, die dank ärmellosem

Hängekleid gut sichtbar waren, konnte Giovanna erkennen, dass sie entweder viel Sport machte oder aber wohl eine recht begeisterte Gärtnerin war. Sie sprach Deutsch mit Elli, ebenso wie eine hübsche Frau mit einem zum Zopf gebundenen Lockenkopf, die sich mit Marie unterhielt, während die dritte Frau am Tisch Italienerin zu sein schien. Eine italienische Maus, urteilte Giovanna, die dem spitzgesichtigen Wesen freundlich zugenickt hatte, das Marie als Sonia vorgestellt hatte. Sonia hatte allerdings zunächst nur Augen für Petes Joint, während Marie mit der Lockigen und den anderen zwei Männern in ein deutsch-italienisches Gespräch über die verschiedenen Anbaumethoden von Auberginen eingestiegen war, von dem Giovanna, obwohl beider Sprachen mächtig, nur Bahnhof verstand. Immerhin fand sie heraus, dass es sich bei der Lockigen um Luise handelte, die ein bisschen jünger zu sein schien als Giovanna, Elli und Marie, ebenso wie einer der beiden Männer, die bei Marie saßen. Konnte der zweite Mann jener Roberto sein? fragte sich Giovanna, und lauschte dem Gespräch so angestrengt, als gäbe es nichts Aufregenderes für sie als die Aufzucht von Auberginen. So aufmerksam beobachtete sie die Gruppe, dass sie zunächst gar nicht bemerkte, dass Nicoletta, die noch neben ihr gesessen hatte, der Kopf auf die Tischplatte gesunken und sie eingeschlafen war, während der Italiener schließlich irritiert zu ihr hinüberblickte und sie fragend ansah. »Bist du auch Farmerin?«, fragte er auf Italienisch. »Vielleicht hast du ja einen Tipp für meine Auberginen.«

»No, mi dispiace. Non ho idea di melanzane«, erklärte Giovanna einigermaßen verlegen, während sie versuchte, die schlafende Nicoletta auf ihren Schoß umzubetten.

Marie mischte sich ein: »Ottavio, das ist meine alte Freundin Giovanna. Sie hat mit Auberginen nur dann zu tun, wenn sie sie in ihrer Pasta isst.« Giovanna spürte, wie sie rot wurde, und war froh über das schlechte Licht in der Ecke, in der sie saß. Doch Ottavio lachte, ein bisschen rau und ein bisschen laut. Lachte er sie aus?

»Scusa, Giovanna, Marie ist manchmal ein bisschen gemein«, wandte er ein und knuffte Marie in einer sehr vertrauten Geste in die Seite. *Ein großes Wort gelassen ausgesprochen,* dachte Giovanna und schenkte Ottavio ein dankbares Lächeln, während gleichzeitig verschiedene Gedanken begannen, Ringelreihen zu tanzen. Wirklich sehr vertraut war die Berührung zwischen Marie und Ottavio gewesen, ganz gegen Maries sonstige Art, sich eher spröde zu zeigen. Am Ende war dieser Ottavio der Vater von Nicoletta! Oder doch der geheimnisvolle Roberto? Giovanna warf einen Seitenblick auf Larry – *Läääääääri,* dachte sie und sah ihn in sich zusammengesunken am Ende der Bank sitzen, an einem Bier zuzelnd, das er sich aus der Küche geholt hatte, und zu Marie und ihren Gesprächspartnern hinüberschauen. Fast tat er ihr leid. Wie auch immer die beiden zueinander standen, es war klar, dass Marie ihn zappeln ließ und er sie anschmachtete.

Du könntest ja mit mir reden, aber wer nicht will ..., dachte Giovanna. Wobei sie eigentlich auch keine Lust auf Small Talk mit Larry hatte – doch eines interessierte sie dann doch.

»Sag mal, Larry«, rief sie also über das schlafende Mädchen hinweg, »heißt du wirklich so? Bist du Amerikaner oder so?« Larry schien sie erst gar nicht zu hören, und Giovanna dachte schon, sie wäre zu leise gewesen, dann sah er doch zu ihr herüber und sagte: »Ich heiße Lars. Larry für meine Freunde. Lars ist furchtbar.«

Larry ist noch viel furchtbarer. »Ah, verstehe.« Vielleicht doch mal ein Versuch, charmant zu sein. »Dann soll ich also lieber nicht Lars zu dir sagen, oder Larry?«, fragte Giovanna mit ihrem schönsten Lächeln.

»Bitte. Wie du willst«, sagte er, und es klang so, als wäre ihm nichts gleichgültiger. Er erwiderte ihr Lächeln jedenfalls nicht.

Okay. Auf ganzer Linie gescheitert. *Kannst mich auch mal,* dachte Giovanna, und auch ihr Lächeln fror ein. »Schön, dann also Larry.« Wie konnte man nur so auf coolen Macker machen und dabei so steif sein? *Das war's mit uns.*

Giovanna beschloss, zumindest für den Moment keine weitere Mühe auf Larry zu verschwenden und konzentrierte sich wieder auf die Gruppe um Marie. Aus Gesten und Gesprächsfetzen versuchte sie zu schließen, in welcher Relation Maries Freunde zueinander standen. Spitzgesicht hatte sie schon abgehakt, sie schien Single zu sein, ebenso wie Pete, und die Kleine schien überdies sehnsüchtig darauf zu hoffen, dass er nicht nur endlich seinen Joint gerecht mit ihr teilte, sondern sie auch in sexueller Hinsicht erhörte. Giovanna nahm sich vor, nicht nur Larry, sondern auch Pete möglichst nicht zu nahe zu kommen, um nicht zwischen irgendwelche Fronten zu geraten, deren Verlauf sie noch nicht einschätzen konnte.

Elli und ihre Gesprächspartnerin, von der Giovanna später erfahren sollte, dass sie Christine hieß, waren noch immer in ihre Unterhaltung vertieft, wobei Giovanna sich nicht so ganz sicher war, ob Elli nur aus der Not eine Tugend machte oder ob sie Christine wirklich nett fand. Oder wenigstens interessant. Ganz sicher musste doch auch Elli enttäuscht sein über die vertane Gelegenheit, in intimer Dreierrunde mit Marie ein paar Dinge zu klären und stattdessen mit diesen wildfremden Menschen konfrontiert zu werden.

»Markus, du hast doch letzte Woche von einer tollen Baumschule erzählt«, sagte jetzt eben Luise und legte dem neben ihr Sitzenden eine Hand auf den Oberschenkel, »wo war die noch mal?«

Luise und Markus also, der aus dem Nach-Marc-Coaching. Giovanna fiel es wirklich schwer, sich des zunehmenden

Grolls zu erwehren, den sie diesen Leuten gegenüber verspürte, die so selbstverständlich hereingeplatzt waren und sie der wertvollen Zeit beraubten, die sie allein mit ihren alten Freundinnen zu haben geglaubt und auf die sie so große Hoffnungen gesetzt hatte. Was waren das überhaupt für Typen, diese *Möchtegern-Aussteiger?* Giovanna ließ den Blick über die Leute am Tisch und auch die anderen schweifen, die Maries Hof mit einer offenbar alltäglich geübten Selbstverständlichkeit okkupiert hatten, die sie, Giovanna, ausschloss. Die Jahre der örtlichen Trennung hatten sie und Marie einander ohnehin entfremdet, und im Kreis dieser Clique kam sie sich wie eine Ausgestoßene vor. Hier kannten sich offenbar alle gut, schienen so vertraut miteinander, als folgten sie einem unsichtbaren Code, auf den sie sich geeinigt und der sie zu einer geschlossenen Gesellschaft gemacht hatte. Externe unerwünscht. Uncoole auch. Giovanna war sich selten so spießig vorgekommen in ihrer löcherfreien Jeans, ihrem mit Normalwaschmittel gewaschenem T-Shirt, das noch nie eine Kernseife gesehen hatte, und ihren sauberen Turnschuhen.

Aber es war gar nicht so sehr die Kleidung, es waren nicht die Äußerlichkeiten, die sie von Maries Freunden unterschied. Vielmehr schien es ihr die Überzeugung jener Freunde zu sein, eine Haltung zu den Dingen zu haben. Eine ganz spezielle Haltung und eine ganz spezielle Toleranz, die toleranter sein wollte, als sie es letztendlich war, weil sie in ihrem Anspruch auf Exklusivität ausschloss, wer diesen Anspruch nicht teilte. Außerdem nahm Giovanna der Gruppe dieses Alternativding noch nicht einmal ab. Am Ende, mutmaßte sie, würden sie doch wieder zurückflüchten in ihre geordnete Welt, auch wenn sie sich jetzt wahnsinnig cool vorkamen. Vielleicht war sie ungerecht, doch, enttäuscht wie sie war, kam Giovanna nicht gegen das negative Gefühl an, das ihr Maries Freunde verursachten.

Unbeachtet und überflüssig, wie sie sich fühlte, suchte

sie ihr Heil schließlich in ihrer Rolle als Babysitterin für das Kind. Sie schob Nicolettas Kopf vorsichtig zur Seite und rutschte von der Bank herunter, was Maries Aufmerksamkeit erweckte und damit auch die ihrer Gesprächspartner. Zumindest Ottavio wandte sein Gesicht in ihre Richtung und musterte sie, als würde er sie jetzt zum ersten Mal wahrnehmen.

»Ich würde mal das Kind nach oben bringen, wenn es dir recht ist«, sagte Giovanna, als Marie fragend zu ihr herüberblickte. Einen kurzen Augenblick lang hatte sie den Eindruck, Marie könnte ein schlechtes Gewissen haben – der Kleinen gegenüber, weil sie sie gerade völlig vergessen hatte – oder aber Giovanna gegenüber. Vielleicht bildete sie sich das aber auch nur ein.

»Ja, sicher, das wäre gut, danke«, sagte Marie dann in geschäftsmäßigem Ton, und schon war der Augenblick vorbei. »Nicolettas Schlafsachen liegen in ihrem Bett. Wenn du sie wach kriegst, soll sie Zähne putzen, sonst leg sie einfach hin und lass sie weiterschlafen!«

Giovanna nickte, wandte sich dann um, um das Kind aus seiner Schlafposition zu holen. Die Kleine jammerte ein bisschen, als Giovanna sie hochzog, war aber zu müde, die Augen richtig aufzumachen, und hing dann wie ein Sack in Giovannas Armen. Als sie an Marie vorbeiging – zu Giovannas Glück rührte sich der Hund, der auf dem staubigen Boden lag, nicht von der Stelle –, stand die schnell auf, drückte ihrer Tochter einen Kuss auf die Wange und strich ihr übers Haar. Dann setzte sie sich wieder.

»Soll ich dir helfen?«, hörte Giovanna Elli fragen, während sie das schlafende Mädchen zum Haus trug.

»Nein, krieg ich schon hin«, antwortete sie, obwohl sie nicht ganz sicher war, die Dreijährige so locker mal eben die Treppe hinauftragen zu können. Eine Blöße aber wollte sie sich nicht geben, auf gar keinen Fall.

Als sie oben auf dem Treppenabsatz angekommen war und einen Blick nach unten warf, sah sie, dass Marie bereits wieder in ihr Gespräch mit Luise und Markus vertieft war und zwischen gelegentlichem Lachen wild gestikulierend eine offenbar unterhaltsame Geschichte erzählte. Nun, einer aus der Gruppe wenigstens, Ottavio, schien sich dafür zu interessieren, wie sie das Mädchen die Treppen hinaufgeschleppt hatte. Er nickte zu ihr hoch, soweit sie das im Halbdunkeln erkennen konnte. Vielleicht hatte er Sorge, sie könnte mit Nicoletta gemeinsam die Stufen hinunterfallen. *Du hättest mir auch einfach helfen können,* dachte Giovanna verärgert und richtete dann ihre Aufmerksamkeit wieder auf die Last, die sie trug. Nicoletta war schwerer, als sie aussah, und Giovanna hatte Mühe, sie auf dem Treppenabsatz um die Tür herum ins Haus zu bugsieren. Dann zog sie die Tür hinter sich zu. Sie spürte eine Einsamkeit wie selten zuvor.

10.

PALIO.

Elli

Elli fühlte sich alt. Sie waren noch lange draußen gesessen am Abend zuvor, sie hatte zu wenig geschlafen, obwohl es schon nach elf Uhr war, als sie die Augen aufschlug und zum ersten Mal auf ihr Handy sah. Giovannas schlechte Laune machte nichts daran besser. Sie saß mit einem Buch in der Hand im Bett nebenan und hatte offenbar nur darauf gewartet, dass Elli endlich ansprechbar war. Und dann schimpfte sie auch schon los. Über Marie, die kein Wort davon gesagt hatte, dass sie den Abend nicht für sich haben würden, über Larry, den sie ganz schrecklich fand, und über all »diese Leute«, die in ihren Augen entweder versnobt, verschroben oder verkorkst waren. Vielleicht hatte sie auch verkokst gesagt. Elli war noch zu müde, um derartige semantische Unterschiede heraushören zu können, und so brauchte sie auch eine Weile, um ganz vorsichtig einzuwenden, dass die Mitglieder der Gruppo vielleicht ja einfach nur Menschen waren, die sich in die Einöde der Berge zurückgezogen hatten, weil sie mit der Welt da draußen nichts mehr zu tun haben wollten, vielleicht auch, weil sie Berührungsängste hatten.

Daraufhin tickte Giovanna völlig aus. »Von wegen Berührungsängste«, zeterte sie und wurde dabei so laut, dass Elli ihr mit einer Handbewegung bedeutete, sich ein wenig zu mäßigen. Es gab aber niemanden im Haus, der sie hätte hören können. Marie war schon in aller Früh losgezogen, um irgendwelche Besorgungen zu erledigen.

»Das sind keine Berührungsängste«, wiederholte Giovanna, »das ist die pure Hybris! Die wollen uns nicht. Die kommen sich vor, als wären sie etwas Besseres, nur weil sie so total alternativ sind.« Aus Giòs Stimme troff Sarkasmus, und bitterer Groll überzog ihre Miene mit einem dunklen Gewittergrau. Giovanna hatte offenbar recht zügig zu einem Urteil über Maries neue Freunde gefunden, das Elli aber nicht so rasch unterschreiben wollte. Ein bisschen dünnhäutig fand sie ihre Freundin schon.

»Jetzt warte doch erst mal ab«, erwiderte sie, »du hast jetzt auch nicht gerade den Anschein vermittelt, dass du dich über sie freust.«

»Hab ich ja auch nicht«, giftete Giovanna, und Elli konnte es ihr noch nicht mal übel nehmen. Jedenfalls war auch ihr keiner von Maries neuen Freunden so richtig sympathisch gewesen – und von wegen »neue« Freunde. Vielleicht sollte es besser einfach nur »Freunde« heißen: Maries Freunde. Einen Anspruch auf Exklusivität hatten sie und Giovanna, die sogenannten alten Freundinnen, mit Sicherheit schon lange nicht mehr. Zwei unter vielen. Nur weil sie sich schon so lange kannten, begründete das noch lange keine gottgegebene Hierarchie. Oder? Immerhin, das Attribut »alt« konnte ihnen keiner nehmen. Die Frage war nur, was es noch wert war.

Während sie noch vor sich hin gegrübelt hatte, war Giovanna genervt aus dem Bett gesprungen, in Shorts, T-Shirt und Turnschuhe geschlüpft und hatte mit den Worten »Ich brauch frische Luft, ich lauf mal ins Dorf hinüber« das Zimmer verlassen. Ein paar Augenblicke später wurde die Tür wieder geöffnet. Giovannas Gesicht tauchte noch einmal auf.

Mit weitaus freundlicherer Stimme als zuvor sagte sie: »Ich würde im Ort vielleicht irgendwo einen Cappuccino trinken, wenn das für dich in Ordnung ist. Oder soll ich bleiben und wir frühstücken zusammen?« Elli winkte ab. Sie sah ein, dass Giovanna sich abreagieren wollte. Und außerdem stand ihr der Sinn gar nicht nach Gesellschaft.

Als Giovanna weg war, quälte sie sich aus dem Bett und stieg nach unten, wo sie in der Caffettiera auf dem Herd noch einen Rest Espresso fand. Sie sah sich vergeblich nach einer Mikrowelle um, in der sie den Kaffee aufwärmen konnte, suchte sich dann ersatzweise einen Topf, um sich ein wenig Milch auf dem Herd heiß zu machen, die sie mit dem Espresso mischen konnte. Beim Gedanken an kalten Kaffee zog sich ihr der Magen zusammen. Die kurze Zeit, bis die Milch warm geworden war, nutzte sie, um sich rasch in ihrem Zimmer ein Kleid überzuwerfen, und kam gerade rechtzeitig zurück, als es im Topf zu blubbern begann. Natürlich hatte sich die Milch auf dem Boden des Gefäßes angelegt. »Jetzt nicht«, brummte Elli ärgerlich und verfrachtete den Topf mit einem ordentlichen Spritzer Spülmittel und heißem Wasser ins Waschbecken, wo sie ihn zum Einweichen stehen ließ. Marie würde es ihr schon nachsehen, wenn sie die Milchkruste erst später entfernte, hoffte sie. Mit ihrem Getränk in der einen, dem Handy in der anderen Hand zog sie dann nach draußen, holte sich einen der Liegestühle, die an der hinteren Hauswand lehnten, und trug ihn an eine sonnige Stelle zwischen den Gemüsestauden, wo sie sich mit einem erschöpften Seufzer niederließ.

Elli war immer noch bleiern müde. Jede Bewegung war ihr zu viel. Zu Hause ließen ihr die Terminflut und das Adrenalin ihrer prall gefüllten Tage selten Zeit für Erschöpfung. Scheinbar witterte ihr Körper jetzt die Gelegenheit, Ruhe zu bekommen, und wollte nichts anderes, als einmal alle viere von sich zu strecken.

Oder es ist ein Wink mit dem Zaunpfahl? überlegte Elli. *Vielleicht sollte ich mich endlich wieder meinem Alter entsprechend benehmen. Vielleicht sollte ich aufhören, so zu tun, als sei ich ein junges Mädchen. Früher hat uns das alles nichts ausgemacht.* Früher waren sie nächtelang zusammengehockt und hatten gequatscht, sie und die Mädels. Oft war Matthias dabeigesessen, ihre Hand in der seinen, meistens schweigend. Später war dann Marc dazugestoßen, selten schweigend. Da hatte es schon angefangen, weniger Spaß zu machen.

Vor wie vielen Jahrhunderten war das eigentlich gewesen? Elli rieb sich die Stirn. Ein leichter Schmerz hatte sich dort eingenistet, doch sie wollte keine Tablette nehmen, wenn es nicht unbedingt sein musste. Wieso nur hatte sie am Vorabend kein Ende gefunden? So interessant war das Gespräch mit dieser Christine wirklich nicht gewesen – konnte es nicht gewesen sein, denn wenn sie jetzt darüber nachdachte, war sie kaum mehr in der Lage, sich an den Inhalt zu erinnern. Offenbar war es ihr schwergefallen, sich voll auf das Gespräch einzulassen.

Und überhaupt hatte auch sie sich über Marie geärgert, die sie und Giovanna mit keinem Sterbenswörtchen darauf vorbereitet hatte, dass sie den Abend nicht allein verbringen würden. Was sollte das? Marie hatte doch gewusst, dass ihre beiden ältesten Freundinnen kommen würden – und hatte es nicht für nötig gehalten, ihnen ein paar exklusive Stunden zu reservieren. Ellis Kopfschmerzen wurden stärker. Zuerst hatte alles so vielversprechend ausgesehen. Mit Marie durch den großen Garten zu schlendern, war schön gewesen. Es hatte sich vertraut angefühlt. In der erträglicher werdenden Wärme des frühen Abends waren sie bis zu den Olivenbäumen auf dem Hügel gelaufen, der die äußerste Grenze von Maries Grund markierte. Marie hatte ihr das verzweigte Schlauchsystem erklärt, das dazu diente, vor allem die jüngeren Bäume zu tränken, die noch nicht in der Lage waren, ausreichend Feuchtigkeit zu speichern, um über die Hitze des Tages zu kommen.

»Hast du das alles allein geschafft?«, hatte Elli gefragt.

»Nein, zum Glück habe ich hier echt viel Hilfe. Die Gruppo ist immer da, wenn ich was brauche, wir unterstützen uns ja alle gegenseitig. Vor allem Roberto aber hat mir anfangs viel geholfen, er kennt sich gut aus mit Bewässerung und Baumpflanzung.«

Elli hätte gerne noch mehr erfahren über jenen Roberto, aber Marie war losgelaufen, um einen gut versteckten Wasserhahn aufzudrehen. Dann waren sie den Hügel hinaufgeklettert, um das Funktionieren der Wasserverteiler zu überprüfen, und Elli war von der schweißtreibenden Klettertour die Luft ausgegangen. Keine weiteren Fragen möglich.

Zurück beim Haus hatten sie sich gemeinsam auf Giovannas Pasta gestürzt, die schon so oft Anlass geboten hatte, sich miteinander an einen Tisch zu setzen und zu reden. Ein Glas Wein dazu ... Es hätte gut werden können. Und hatte sich auch gut angelassen, auch wenn Giovanna und Marie kaum einen Satz wechselten, der nicht unter Spannung stand. Elli war dennoch zuversichtlich gewesen. Ganz behutsam hatte sie versucht zu moderieren, hatte mal Marie, mal Giovanna ein Stichwort gegeben. Sie wollte beide Frauen dazu bringen, etwas von sich zu erzählen, in der Hoffnung, das Eis zwischen ihnen zu brechen. Dieses dicke Eis, das sich während der letzten Jahre gebildet hatte, wie auf einem See, der einen ganzen Winter lang unter eisigen Temperaturen liegt und dem zugleich die Zuflüsse fehlen, deren Strömung das Zufrieren verhindern könnte.

Vielleicht waren es ja nur diese fehlenden Zuflüsse, also die Abwesenheit von Bewegung in ihrer Freundschaft, die die Beziehung hatte erkalten lassen. Sie musste nur neue Nahrung bekommen in Form von Gesprächen, von Austausch, um wieder lebendig zu werden, hoffte Elli. Es hatte doch einmal eine Zeit gegeben, in der diese Freundschaft funktioniert hatte.

Doch dann, kaum waren die Teller leer gegessen, waren auch schon Maries Freunde aufgetaucht und hatten die zarten Sprösslinge aufkommender Wohlstimmung zwischen den Freundinnen zertreten. Unabsichtlich, ohne zu wissen, was sie taten, wie Elli annahm. Sie hatte Giovanna den stillen Vorwurf angesehen, den sie ebenso gut auf ein Plakat hätte schreiben und vor sich hinstellen können, so glasklar war er von ihrem Gesicht abzulesen. Und die Abneigung, die zwischen Giovanna und Larry herrschte, hätte Elli beinahe greifen können – da war es ihr mit ihrer Gesprächspartnerin besser ergangen. Sie und Christine hatten sich später in der Nacht sogar ausgesprochen freundschaftlich verabschiedet. Ellis Hoffnung, sich durch das Gespräch von ihrem höchsteigenen Dilemma abzulenken, hatte sich zwar nicht ganz erfüllt: Ihre Gedanken waren die ganze Zeit über voll von Toni und Matthias und ihren Kindern gewesen. Immerhin hatte sie aber mitbekommen, dass auch Christine eine Tochter hatte und dass es um deren pubertäre Befindlichkeiten nicht zum Besten stand. Ein guter Ansatzpunkt für eine weitere Begegnung, hatte Elli zufrieden vermerkt.

Dass Giovanna dagegen so gar keinen Weg in die unerwartete Situation gefunden hatte, bedauerte Elli. Sie hatte die Freundin immer wieder aus dem Augenwinkel beobachtet, hatte auch ihre unfruchtbaren Versuche, mit Larry in Kontakt zu treten, wahrgenommen und für sich beschlossen, dass dieser Larry ein rechter Kotzbrocken sein musste, wenn er ihre Freundin so unhöflich abblitzen ließ. Dann war Giovanna frühzeitig mit Nicoletta nach oben gegangen und nicht wieder aufgetaucht. Elli hatte sie später bei der Kleinen im Zimmer gefunden, wo sie auf der Matratze neben Nicoletta eingeschlafen war, hatte sie geweckt und zugesehen, wie Giovanna ganz benommen in ihr eigenes Bett hinübergetorkelt war. Nicht, bevor sie dem Mädchen mit großer Zärtlichkeit über den Kopf gestrichen hatte.

Schon seltsam, dachte Elli jetzt, während sie die letzten Schlucke aus ihrer Tasse schlürfte, wie sehr Giovanna Kinder mochte und wie leicht es ihr fiel, sie für sich zu gewinnen. Doch eigene Kinder waren für sie nie infrage gekommen, und sie wollte auch nicht mit Elli darüber reden. Als hätte sie auch dieses Thema in jenen schwer gesicherten Tresor gepackt, in dem so vieles von ihrer Vergangenheit steckte.

Und dabei war sie, Elli, es gewesen, bei der Giovanna eines Sonntagmorgens vor gut zwanzig Jahren Sturm geläutet hatte, um die Schlaftrunkene mit elektrisierenden Worten in die nebelkalte Realität jenes Novembertags zu holen: »Elli, hilf mir. Ich bin schwanger.« Dann war sie wie der Herbstwind selbst hereingefegt und immer wieder mit den gleichen Worten um Elli in ihrem Frotteeschlafanzug herumgelaufen: »Elli, Elli, das geht nicht. Das kann ich nicht. Das geht nicht, Elli. Das kann ich nicht.« Bis Elli es geschafft hatte, die Freundin am Arm zu packen und in die Küche zu ziehen, war sie selbst wach genug gewesen, um die Tragweite von Giovannas Worten halbwegs zu begreifen.

Sie hatte sie auf einen Stuhl am Esstisch geschoben und die Küchentür geschlossen. Das Drama hatte ja nicht die ganze Familie mitkriegen müssen, die damals erst aus ihr selbst, Matthias, Lena und ihrer Mama bestand. Lena war gerade erst in den Kindergarten gekommen, und Giovanna seit – Elli hatte flugs im Kopf nachgerechnet – vier Monaten Single gewesen. Ein halbes Jahr lang hatte sie es davor mit Armin ausgehalten, einem ehemaligen Klassenkameraden, und ein paar Wochen lang hatte Elli gedacht, Giovanna habe tatsächlich jemanden gefunden, der zu ihr passte und bei dem sie bleiben würde. Doch Anfang Juli in jenem Jahr hatte sie ihm von jetzt auf gleich den Laufpass gegeben.

»Und warum?«, hatte Elli damals gefragt.

»Warum, warum«, hatte Giovanna gesagt und dabei in den Boden hineingestarrt, als stünde dort die Antwort geschrieben, »darum halt. Weil es nicht mehr ging. Er wollte bei mir einziehen.« Giovannas immerwährende Sehnsucht nach Freiheit.

Und jetzt sollte sie plötzlich schwanger sein?

»Von wem denn, Giò, um Himmels willen? Doch wieder Armin?«, hatte Elli wissen wollen.

Die Freundin hatte den Kopf geschüttelt. »Nein, Armin habe ich nicht mehr gesehen seit damals. Nein, es muss nach der Wiesn passiert sein. Du weißt schon, dieser Spanier, den wir kennengelernt haben.«

»Giovanna«, jetzt hatte Elli wie ihre eigene Mutter geklungen, »du hast mir doch geschworen, dass da nichts gewesen ist mit diesem Pablo.«

»Raul«, hatte Giovanna sie trocken verbessert.

»Dann eben Raul. Du spinnst doch! Warum?«

Giovanna hatte sie mit großen Augen angestarrt und ihre Frage völlig ignoriert. »Elli, ich kann es nicht behalten.«

»Natürlich nicht«, hatte Elli spontan geantwortet, dann aber innegehalten und nachgefragt. »Bist du dir sicher? Ich meine, so eine Entscheidung sollte doch gut überlegt sein.« Schon wieder war da dieses Gefühl gewesen, ihre Mutter würde aus ihr sprechen.

»Ist schon überlegt«, hatte Giovanna knapp gesagt, und Elli war klar gewesen, dass sie gar nicht mehr weiter in sie zu dringen brauchte.

Am nächsten Tag hatte sie Giovanna bei ihrer eigenen Frauenärztin angemeldet, von der sie wusste, dass die kein Urteil über sie fällen würde. Doch bevor die Freundin den Termin wahrnehmen konnte, hatte bei Elli das Telefon geklingelt: »Elli, ich hab meine Tage bekommen«, hatte Giovanna überglücklich irgendwo in der Toilette eines jener Haidhauser Cafés in ein Münztelefon gebrüllt, die zu ihrem regelmäßigen Münchner Ausgehrevier gehörten, und damit war die Sache erledigt. Ob tatsächlich in ihr ein Kind am Werden gewesen war, erfuhren sie nicht, und Giovanna wurde nie wieder schwanger.

Elli musste über ihren Grübeleien eingeschlafen sein. Kopfschmerzen waren das Erste, das sie wahrnahm, als sie die Augen wieder aufschlug. Kurz nach zwei war es inzwischen, verriet ein Blick auf ihre Armbanduhr. Ob Giovanna zurück war aus dem Ort? Und Marie? Elli fasste sich an die Stirn und erwog, nun doch eine Ibu zu nehmen. Gegen vier, hatte Marie angekündigt, würden sie aufbrechen in Richtung Meer. Sie wollten ein Volksfest besuchen, das Palio di San Giovanni in Porto Recanati. Dieses Mal wirklich zu dritt, wie Elli hoffte – zumindest hatte sich bisher noch keine zusätzliche Gesellschaft angesagt. Aber das war ja gestern auch nicht anders gewesen. Auf einen weiteren Abend mit halbgarer Konversation hatte sie jedenfalls keine Lust. Schon gar nicht mit diesem Druck im Kopf. Elli raffte sich auf, lauschte noch ein paar Augenblicke auf das sanfte Wispern des Windes in den Blättern der Stauden und ging dann zum Haus zurück, wo sie im Näherkommen die Stimmen von Marie und Giovanna vernahm. Sie traf sie beide in der Küche – der Milchtopf noch in der Spüle, wie Elli ihn zurückgelassen hatte –, und sie unterhielten sich so freundschaftlich, als hätte es nie einen Zwist zwischen ihnen gegeben. Nur jemand, der beide so gut kannte wie Elli, wäre in der Lage gewesen, die Zwischentöne herauszuhören. Elli nutzte die Gunst der Stunde und überließ die beiden Frauen sich selbst, um sich oben eine Tablette zu holen und unter die Dusche zu gehen.

Eineinhalb Stunden später saßen die drei Frauen mit Nicoletta zusammen im Auto auf dem Weg nach Porto Recanati. Elli und Giovanna hatten die Hinweisschilder auf den Ort und das Fest schon auf dem Weg hierher gesehen. Knapp eineinhalb Stunden würde die Fahrt dauern, hatten sie von Marie erfahren. »Wird der Ausflug nicht zu lang für Nicoletta?«, hatte Elli gefragt, als sie zu Maries Auto gegangen waren. »Ach nee, das schafft sie schon. Sie kann jetzt auf der Fahrt schlafen. Und abends hält sie in der Regel gut durch.« Dann hatte Marie mit einer gehörigen Portion Verachtung in der Stimme hinzugefügt: »Es ist ja nicht wie in Deutschland, wo die Kinder um sieben ins Bett müssen.« Dann waren sie in Maries blauen Van gestiegen, Elli vorne bei Marie, Giovanna hinten auf die Rückbank zu Nicoletta. Dem Van fehlte die hinterste Sitzreihe, und überhaupt wirkte der Wagen für vier Personen etwas überdimensioniert. Offenbar hatte Marie das Gefühl, sich dafür entschuldigen zu müssen. »Ich muss mein Obst und Gemüse transportieren, sonst würde ich nicht so ein Riesending fahren«, hatte sie erklärt, während sie Nicoletta in den Wagen gehoben und angeschnallt hatte.

Als ob ich nicht ganz andere Probleme hätte als die Ökobilanz von deinem Auto, hatte Elli gedacht und ein angedeutetes Lächeln von Giovanna eingefangen, das Marie zum Glück nicht bemerkt hatte, das aber sicher Ähnliches bedeutete.

Jetzt lenkte Marie den Wagen in Richtung der steinernen Brücke, am Ort vorbei und durch die Allee in die Richtung, aus der Elli und Giovanna gekommen waren, und begann vom Palio in Porto Recanati zu schwärmen. »Ihr werdet es lieben, das Fest ist wirklich einzigartig. Es geht auf eine alte Tradition zurück, ist aber erst Mitte der 90er wiederbelebt worden. Es ist jetzt das dritte Mal, das ich hinfahre. Im ersten Jahr hat mich Roberto mitgenommen, es ist immer am dritten Samstag im August.«

Von hinten war das Kichern Nicolettas zu hören, die von Giovanna gekitzelt wurde. Marie sah in den Rückspiegel, suchte Giovannas Blick, wie Elli bemerkte. Dann sprach Marie weiter. »Letztes Jahr war Nicoletta ja noch sehr klein, aber sie hat sich total geekelt, weil einer gestolpert ist und die Fische oben rausgeglitscht sind.«

»Ist das wahr? Du hast dich geekelt?«, hörte Elli Giovanna fragen. Sie drehte sich um und sah die Kleine eifrig nicken – auch wenn die bestimmt nicht wusste, wovon überhaupt die Rede war.

»Aber wieso Fische?«, fragte Giovanna dann verwirrt. »Palio – da dachte ich an Pferde.«

Marie lachte. »Enttäuscht? War ich beim ersten Mal auch. Aber in Porto Recanati schleppen Menschen Fische und nicht Pferde Menschen.« Sie machte eine kurze Pause. »Und irgendwie finde ich das auch gerechter.« Klar, das war typisch Marie.

»Hhm«, sagte Giovanna unschlüssig. »Und wie sieht das dann aus?«

»Immer zwei Fischer tragen den frischen Fisch in so einem Riesenkorb – Coffa nennen sie das Ding – an einem Stock zwischen sich und rennen damit durch die Straßen. Nach einer Weile geht der Korb an die nächsten beiden, und so weiter. Es gibt Mannschaften aus den verschiedenen Ortsteilen, das ist wirklich wie beim Palio in Siena. Aber jede Mannschaft hat mehrere Zweierteams.«

»Und was soll das?«, wollte Elli wissen.

»Es waren wohl ursprünglich mal zwei Fischer, jeder von ihnen wollte mit seinem Fang schneller beim Markt sein als der andere, um das bessere Geschäft zu machen. Und dann haben sie eine Tradition daraus gestrickt. Zu Beginn gibt es einen Einmarsch mit alten Kostümen. Ein Riesenspektakel.« Marie geriet richtig ins Schwärmen, und Elli sah amüsiert zu ihr hinüber.

»Puh, ich fürchte, da riecht's dann nicht so gut«, mutmaßte Giovanna wieder an Nicoletta gewandt, »was meinst du?«

»Riecht nich gut«, sekundierte die Kleine und schob ein angeekeltes »Bäh« hinterher.

»Vielleicht hilft ja ein Eis gegen den Geruch, was meinst du? Was ist denn dein Lieblingseis?«

Elli hörte von hinten nur noch ein vergnügtes Glucksen, dann begeistertes Händeklatschen und musste lächeln.

»Ob es wohl weltweit ein Kind gibt, das kein Eis mag?«, sagte sie dann zu Marie.

»Ich glaub nicht«, antwortete die lachend, um dann nach hinten zu rufen: »Schoko und Erdbeere mag sie am liebsten, die Klassiker.«

»Lilly steht total auf Walnuss«, erzählte Elli, »Lena mag Mokka, und die Jungs lieben beide Melone.« Ein wenig Sehnsucht überfiel sie, als sie an ihre Kinder dachte. Wie schön wäre es, wenn sie jetzt dabei sein könnten. Und Matthias. Ellis verwirrtes Gehirn gönnte sich eine kleine Denkpause, suchte nach Orientierung, ihre Fingerspitzen fanden ihre Stirn und den Schmerz dahinter, der immer noch nicht ganz verschwunden war. Sie kniff die Augen zusammen, als könne sie so die Bilder besser sehen, die in ihrem Inneren auftauchten: Die Kinder, wie Orgelpfeifen aufgereiht fürs Familienfoto vor irgendeinem Hafen. Lena und Max, ungeduldig neben ihr auf und ab hüpfend, weil die Warterei vor dem Eisstand kein Ende nehmen wollte, Lilly, noch im Kinderwagen, und Nick, wieder einmal ausgerissen, um auf eine erschreckend hohe Mauer zu klettern – im kroatischen Rovinj musste das gewesen sein. Die Aufgabe, ihn wieder einzufangen, übernahm zuverlässig Matthias. Wie Fotos hatte sie die Szenen vor Augen, Aufnahmen, aus denen alle Störungen beseitigt, in denen alle Farben aufgehübscht, alle Kanten weichgezeichnet waren. Festgehalten nur der perfekte Moment, eingefroren in der

Sicherheit der längst geschehenen Zeit, deren Kümmernisse nicht mehr präsent und schon vergessen waren.

Doch sie würden niemals wiederkehren, diese Momente. Nicht nur, weil jene Phase ihres Lebens lange vorbei, die Kinder unwiderruflich keine Kleinkinder mehr waren, sondern auch, weil es jetzt Fragen gab zwischen ihr und Matthias. Weil es damals keine Fragen gegeben hatte, die sie an ihn gestellt und auf die sie keine Antwort bekommen hätte. Wo waren sie jetzt hergekommen, all diese Zweifel?

Elli bemerkte, dass Marie zu ihr herübersah. Sie sagte jedoch nichts. Von hinten war wieder das gackernde Lachen Nicolettas zu hören. Giovanna schien alles zu geben, um der Kleinen die Fahrt bis zum Meer zu versüßen.

Marie sah in den Rückspiegel, und ein leichtes Lächeln breitete sich auf ihrem Gesicht aus.

»Auf dem Heimweg wird sie eh schlafen, da brauchst du nicht mehr den Babysitter zu spielen.«

Giovanna lachte gutmütig. »Mach ich doch gern, kein Problem.«

Und Elli nutzte die Gelegenheit, ein bisschen Werbung für Giovanna zu machen, konnte ja nicht schaden. »Meine Kinder lieben Giò, weißt du? Ich weiß nicht, wie sie es macht, aber wenn sie sich zwischen mir und ihr entscheiden müssten, dann würde ich wahrscheinlich den Kürzeren ziehen.«

»Du übertreibst gnadenlos«, rief Giovanna von hinten, aber Elli wusste, sie hatte sich über die Bemerkung gefreut, und sie registrierte, dass Marie erneut in den Rückspiegel sah, diesmal mit einem prüfenden Ausdruck im Gesicht. Dann wandte sie sich an Elli.

»Wie geht's denn bei dir daheim?«

Elli zuckte zusammen, fühlte sich ertappt, beruhigte sich aber wieder, als Marie weiterfragte: »Was machen die Kinder?

Nick müsste inzwischen 15 sein, oder? Und Max? Er macht jetzt dann Abi, oder nicht? Oder hat er schon?«

»Nein, im kommenden Schuljahr ist es so weit, 2017. Wenn er nicht vor lauter Flausen im Kopf eine Ehrenrunde dreht«, antwortete Elli.

»Was für Flausen? Mädchen?«

»Er hat eine Freundin seit Kurzem, hängt jede freie Minute mit ihr rum«, erzählte Elli.

»Da spricht die verlassene Mutter – Abnabeln ist angesagt, meine Liebe.«

»Ach, ich habe deine Sticheleien ehrlich vermisst«, platzte es spontan aus Elli heraus. Doch sie sah, wie Marie grinste, und stellte für sich fest, dass es wirklich so war. Mit Marie Zeit zu verbringen, war selten ganz harmonisch gewesen, und niemals langweilig. Und das schien sich nicht geändert zu haben.

Aber Marie hatte ja recht mit ihrer gnadenlosen Prognose.

»Klar ist das nicht leicht. Vor allem, weil mein kleiner Max gar nicht mehr ohne das Mädchen zu kriegen ist. Als wäre er früher nur ein halber Mensch gewesen.«

»Ha, das erinnert mich schwer an eine alte Freundin von mir«, Marie ließ sich Zeit mit ihrem Satz. »Elli hieß sie, glaub ich. Gerade noch da und plötzlich war sie weg, als ein Typ namens Matthias aufgekreuzt ist. Und da war sie noch keine 18.«

»Das war doch was anderes«, widersprach Elli.

»Für mich nicht. Und für Giovanna auch nicht, stimmt's?«, fragte Marie nach hinten. »Wir haben dich verloren an diesen Matthias.«

»Ihr wart aber nicht meine Eltern, das ist doch noch ein bisschen ein Unterschied.«

»Meinst du?«, fragte Marie zweideutig und sah wieder in den Rückspiegel zu Giovanna. »Na ja, vielleicht. Und wie geht's überhaupt Matthias? Hat mich schon gewundert, dass er dich allein hat fahren lassen. Ist wohl nix mehr mit der innigen Liebe, hm?«

Jedes Wort ein Schlag für Elli. Ob Marie etwas ahnte? Aber würde sie dann dermaßen in die Offensive gehen? Nein, so gemein war sie nicht. Ja, sie konnte frotzeln und piesacken, aber wenn etwas ernst war, dann schaltete sie ganz schnell um und wurde eine einfühlsame Zuhörerin, die beste, die Elli kannte.

»Es geht ihm gut. Er war froh, zu Hause bleiben zu können. Er genießt es, wenn er mich und die ganze Bande mal für ein paar Tage los hat, glaube ich«, erklärte Elli und war froh, dass sie Giovanna nicht ansehen musste. Die Blicke, die sich in ihren Nacken bohrten – oh ja, ihre Haut glühte an dieser Stelle –, waren schwer genug auszuhalten. *Aber gelogen habe ich noch nicht*, beruhigte sie sich selbst. Im Geiste erklärte sie das auch Giovanna, aber sie konnte es nicht laut sagen; es war nicht der richtige Augenblick für die ganze Wahrheit. Noch nicht. Noch fehlte ihr es an Vertrauen zu Marie, sie waren sich nicht mehr – oder noch nicht wieder – nahe genug.

Wie Marie angekündigt hatte, war der Ort am Meer voller Menschen. Entlang der Straßen hatten sie sich versammelt und auf den Plätzen, saßen auf Gehsteigen und in den Cafés und Bars, um auf das Spektakel zu warten. Marie fuhr das Auto zu einem Parkplatz in Meeresnähe, wo Elli eine frische Brise wahrnahm, welche die Hitze des späten Nachmittags für einen Moment ein wenig milderte, und führte sie dann in Richtung der zentralen Piazza und des Castello Svevo, auf der Suche nach einer Stelle, von der aus sie eine gute Sicht auf die Sciabegotti haben würden.

»So heißen die Wettkämpfer«, hatte sie ihnen im Auto erklärt. »Da vorne ist eine Lücke«, rief Marie jetzt und eilte mit zügigem Schritt voraus. Sie winkte die Freundinnen zu sich, und kaum hatten sich Elli und Giovanna mit Nicoletta in die dichte Reihe der Menschen gedrängt, brandete Beifall auf. Dann waren die ersten Schläge der Trommler zu hören, die in mittelalterlich anmutenden Spielmannskostümen die Straße vom Castello Svevo herkamen. Für einen Augenblick schien das brodelnde Stimmengewirr, das über dem Zentrum lag, zu erlöschen. Staunend schienen die Wartenden wie auf Befehl alle zugleich den Atem anzuhalten, bis ein kleines Mädchen auf der gegenüberliegenden Straßenseite, vielleicht ein Jahr älter als Nicoletta, begeistert brüllte: »Mama, guarda, paromp-pa-pom-pom, paromp-pa-pom-pom!« Die Umstehenden fingen an zu lachen, und das Reden und Erzählen setzte wieder ein, begleitete die Teilnehmer des Festmarsches in ihren Kutten oder Roben auf ihrem Gang die Straße entlang, während alle aufgeregt dem Wettkampf entgegenfieberten. Das eigentliche Rennen der Sciabegotti fand erst statt, wenn es dunkel geworden war, weil die Fischlein in der Sonne sonst verderben würden, hatte Marie vermutet. 30 Kilogramm Fisch hatte jedes Läuferpaar auf seinen Schultern zu transportieren, und die Wettkämpfer mussten nicht nur möglichst schnell zum Ziel gelangen, sondern auch möglichst viel Fisch mitbringen, und das in gutem Zustand. Eine weitere Reminiszenz an die Tradition, schließlich lebten die Fischer von den Tieren, die sie aus dem Meer zogen.

Der späte August hatte noch einmal alle Kraft in diesen Tag gelegt und zeigte, dass er sich in Sachen Sommerhitze mit dem Vormonat messen konnte. Elli spürte, wie ihr der Schweiß den Rücken und die Beine hinunterlief, sie war froh über das leichte, lange Kleid, für das sie sich entschieden hatte. So würde wenigstens keiner die Nässe an ihren Schenkeln und Waden bemerken. Dennoch versuchte sie immer wieder unauffällig, die Beine mit dem Stoff des Kleides abzutupfen.

»Wie können die es nur in diesen dicken Stoffen aushalten?«, fragte sie Marie und Giovanna, auf eine Dame in einer roten, mittelalterlich aussehenden Festrobe deutend, die eine mächtige Schleppe hinter sich herzog.

»Du gewöhnst dich dran«, antwortete Marie leichthin, Elli beobachtete allerdings, wie sie sich selbst hin und wieder rasch über die Stirn wischte, und konnte sich ein feines Lächeln nicht verkneifen. Giovanna schien sich dagegen richtig wohl in ihrer Haut zu fühlen, ihr Haaransatz zeigte noch nicht einmal eine Spur von Feuchtigkeit, und dabei hatte sie die Kleine huckepack genommen. Ein junger Mann, der selbst mit einem Mädchen an der Hand neben ihr stand, scherzte mit Nicoletta, die von ihrem Thron hoch über Giovannas dichter Haarmähne herunterlachte, und Elli beschlich der Verdacht, dass dem kontaktfreudigen Vater weniger an der Unterhaltung mit dem Kind als vielmehr mit der hübschen Frau darunter gelegen war, die er sicher für die Mutter der Kleinen hielt. Elli schüttelte staunend den Kopf. Wie machte Giovanna das nur? Sie stupste Marie in die Seite und deutete mit dem Kopf in Richtung der Freundin. Marie sah nur kurz hinüber und flüsterte Elli ins Ohr: »Immer noch die Alte, sie hat sich nicht geändert.«

Da bin ich mir nicht so sicher, dachte Elli und erinnerte sich an das Bild ihrer völlig verlorenen Freundin vom Abend zuvor, die so gar keinen Anschluss gefunden hatte. War Marie das denn gar nicht aufgefallen? Sie hörte Giovanna jetzt laut auflachen, während ihr Nebenmann ein befriedigtes Gesicht machte. Elli hätte gern gewusst, was er ihr gesagt hatte, aber was auch immer, sie war froh darüber, Giovanna wieder fröhlich zu erleben. Vor ihnen ging die Sfilata, der Festzug, weiter. Ein schwarzes Pony, das ein Mann hinter sich herzog, brachte Nicoletta zum Jauchzen, eine Musikgruppe mit Akkordeon und einem Tamburin erregte Giovannas Aufmerksamkeit.

Sie fing mit dem Kind auf den Schultern spontan zu wippen an, was bei Elli unwillkürlich Sorge um ihr Gleichgewicht auslöste. Nicoletta war zwar ein zartes Kind, im Vergleich zu Giovanna mit ihrer zierlichen Jungmädchenfigur aber hätte sogar ein Zweijähriger gewichtig gewirkt.

»Ich kann sie gern auch mal nehmen«, rief sie ihr zu und machte entsprechende Gesten, um sich in dem lärmenden Gemisch aus Gesprächsfetzen, Trommelschlägen und dem Geschrei von zwischen den Beinen der Menschen spielenden Kindern verständlich zu machen. Giovanna hob den Daumen, winkte aber ab, Elli konnte die Worte von ihren Lippen ablesen: »Es geht schon.« Offenbar hatte Marie sie auch etwas gefragt, denn Elli sah, dass Marie Giovanna die Hand auf den Arm gelegt hatte. Die schüttelte nur lachend den Kopf und ruckelte das Kind auf den Schultern zurecht. Die Durchsagen, die jetzt per Lautsprecher übertragen wurden, konnte Elli nicht verstehen, und sie beugte sich zu Giovanna hinüber, um sie sich übersetzen zu lassen. Die Erklärung bekam sie aber von Marie – natürlich, nach bald vier Jahren in Italien war es klar, dass auch sie die Sprache verstand. Jede Gruppe einzeln werde nun auf einer Bühne im Castello vorgestellt und mit Glückwünschen versehen, berichtete Marie – »Das kann eine Weile dauern«, fügte sie hinzu. »Wir müssen nicht hier stehen bleiben, aber wenn wir gehen, ist der Platz wahrscheinlich weg.« Elli, die noch immer mit dem Schweiß an ihrem Rücken kämpfte, fragte sich zunehmend gestresst, wie schnell sie zum Meer laufen und sich dort mitsamt ihrer Kleidung ins kühlende Nass stürzen könnte.

»Da kann ich ja gottfroh sein, dass die nicht in der Mittagshitze rennen«, stieß sie energisch und entsprechend laut hervor und erntete einen mitleidigen Blick von Giovanna.

»Sollen wir dir ein Eis holen? Ich glaub, mein Passagier da oben könnte auch eins brauchen«, brüllte sie. Sie wandte sich zu Marie, die gerade ihr Handy checkte. »Marie? Ist das in Ordnung?«

Die nickte, steckte ihr Mobiltelefon in die Tasche ihrer Jeans und begann, in ihrer großen Schultertasche zu wühlen. »Eis« und »zahlen« verstand Elli. Schon hatte Marie ihren Geldbeutel gefunden und zog einen Schein heraus. Doch Giovanna winkte ab und rückte ein Stückchen näher heran, um besser verstanden zu werden.

»Elli, welche Sorte? Marie, du magst ja kein Eis, wie ich dich kenne.«

»Stimmt. Noch immer nicht.« Marie hatte sich nie viel aus süßen Sachen gemacht, »Ich bleibe hier und verteidige unseren Platz. Elli, geh ruhig mit, dann kannst du selbst schauen und aussuchen.« Sie deutete den Corso hinunter. »Geht dort entlang, da kommen einige Eisdielen, die haben die verrücktesten Sorten.« Elli nickte, und sie ließen Marie stehen und bahnten sich mit Mühe einen Weg durch die Wartenden. Die Theke in der Gelateria entschädigte sie reichlich für die Anstrengung. Elli ließ die Auswahl »senza zucchero« mit einem Schulterzucken links liegen – jetzt musste eine ordentliche Portion Süßes her. Dem bunten Angebot an Eissorten »ohne Zucker« gönnte sie also keinen Blick, sich zu ihrer Waffel mit Bacio und Limone aber noch eine Ladung Sahne obendrauf. Giovanna begnügte sich mit einer einzigen Kugel Mokka und überredete Nicoletta dazu, ihrem hellen Kleid zuliebe einen Becher statt einer Waffel zu nehmen. Bis sie wieder zurück bei Marie waren, hatte sich das Kind trotz aller Vorsichtsmaßnahmen einen rötlich-braunen Erdbeerbart zugelegt, und Elli teilte sich ein inzwischen recht unansehnliches Papiertaschentuch mit den anderen beiden, um die Hände halbwegs sauber zu bekommen. Vom Rubbeln hatte es sich bereits in unpraktische Fetzen aufgelöst, die überall haften blieben und die Hände so klebrig ließen wie zuvor. Sie pappten, genauso wie Ellis Kleid an ihrem Rücken, und sie begann sich den Liegestuhl hinter Maries Haus zurückzuwünschen, mit einem großen Wasser und vielleicht einem Glas Wein dazu. Matthias, dachte sie, Matthias würde jetzt eine Wasserflasche aus seinem Tarnfarbenrucksack zaubern. Das schmutziggrüne Utensil schleppte er immer und überall mit sich herum. Hin und wieder hatte Elli versucht, ihm den Rucksack auszureden, der nicht nur aussah, als stamme er aus den 50er-Jahren, sondern das vermutlich auch tat. Ein paarmal hatte sie ihn in einem Kellerschrank verschwinden lassen, hatte Matthias als Ersatz einmal einen wunderbaren Lederrucksack und ein andermal einen gemusterten Eastpack zu Weihnachten geschenkt, mit einer großen Außentasche. Doch Matthias hatte sie alle nach dem ersten Mal Tragen in den Schrank geräumt und das Haus auf den Kopf gestellt auf der Suche nach seinem Armeerucksack, von dem er nicht einmal sagen konnte, wie er in seinen Besitz gelangt war. Bis Elli ihm verriet, wo er ihn finden konnte. Den Lederrucksack hatte sich dann Lena geschnappt, und den Eastpak verwendete Max als Schultasche. Elli hatte versucht, sich nicht über Matthias und sein stures Beharren zu ärgern. Und wenn er dann zum richtigen Zeitpunkt ein Pflaster aus einem der unzähligen Fächer ziehen und auf eine Blase an einer Ferse kleben konnte, wenn er eine seltsamerweise immer volle Packung Taschentücher oder auch einen Flaschenöffner darin fand, wenn er am Rand eines Jugendfußballplatzes im Spätherbst aus einer Thermoskanne heißen Tee in Becher verteilen konnte oder im Wartezimmer eines Kinderarztes mit einem Mau-Mau-Spiel aufwarten, um Zeiten des Leerlaufs und der Ungeduld zu überbrücken, dann war sie ihm jedes Mal unendlich dankbar gewesen. Ob Toni wohl auch so einen Wunderrucksack hatte? Immerhin – auch er war Vater, auch er hatte zwei Kinder ... *Ach, Elli, was soll das? Was willst du denn, einen zweiten Matthias?*

Sie brach die Grübelei an dieser Stelle ab und zwang sich, keine weiteren Vergleiche zwischen ihren beiden Männern anzustellen. Jetzt war nicht die Zeit dazu. Um sie herum waren die Gespräche und Rufe der Zuschauer verstummt, gespannte Erwartung lag in der Luft. Dann hörte Elli vom Castel Svevo her den Ruf des Starters: »Coffe in spalla« – was Marie ihr rasch übersetzte: »Die Coffe auf die Schultern« –, dann ertönte der Startschuss. Das Palio hatte begonnen.

Die ersten beiden Zweierteams rannten schon kurz darauf in einem erstaunlichen Tempo an ihnen vorbei, gemessen an der doppelten Last, die sie mit sich schleppten – jene der beiden jeweils 15 Kilogramm schweren Körbe und die andere der großen Erwartungen, welche die jauchzenden Zuschauer auf sie setzten. Auf ihren Schultern hüpften die dicken Stangen unter dem Gewicht der Körbe, die zwischen den Läufern daran aufgefädelt waren. In den Körben taten die toten Fische dasselbe, so als seien sie noch lebendig. Elli verspürte tiefes Mitleid mit den gebeutelten Kreaturen, die auf solch unwürdige Weise zu ihrer letzten Bestimmung reisten. Und schon kamen die Nächsten angerannt, wieder hüpfende Fische, nachvollziehbar, dass Nicoletta sich davor ekelte. Marie zupfte Elli am Arm, deutete auf eines der Läuferpaare, mit blauen knielangen Hosen und ebenso blauen Shirts dazu.

»Die mag ich am liebsten«, brüllte sie über den Lärm hinweg. Elli nickte, und ihr Blick blieb fasziniert an den Wadenmuskeln der jungen Männer hängen, die unter der Last der Coffe wie gemeißelt hervortraten, und sie antwortete Marie mit spontaner Begeisterung in derselben Lautstärke: »Hoffentlich gewinnen sie!« Die klebrigen Handflächen, die Hitze und ihre Müdigkeit waren plötzlich vergessen, und schon bald hörte sie sich ebenso begeistert schreien und rufen wie Marie und all die Zuschauer um sie herum. Elli war so hingerissen von dem Wettkampf, dessen Zeugin sie wurde, dass sie Maries

Freunde erst bemerkte, als sie ein Klopfen auf ihrer Schulter wahrnahm. Sie erkannte Larry, Christine und Ottavio. Christine war es, die sie berührt hatte, während Ottavio Marie mit einem Küsschen auf die Wange begrüßte. Larry – der laue Larry, wie Giovanna ihn in ihrer morgendlichen Unterhaltung über den Abend zuvor getauft hatte – nahm Marie gar nicht mehr so lau in den Arm und signalisierte zu Ellis Überraschung einen gewissen Besitzanspruch. Elli tauschte einen Blick mit Giovanna, die an Maries anderer Seite stand, und sah die Freundin eine genervte Grimasse ziehen. Elli konnte sich vorstellen, was Giovanna von der ungewollten Gesellschaft hielt. Damit war der Abend zu dritt schon wieder passé. Möglicherweise bezog sich Giovannas Mimik aber auch auf Maries ganz eindeutig ambivalente Reaktion auf Larrys Umarmung. Ihre Körperhaltung – halb hingegeben, halb trotzig abgewandt – war Ausdruck ihres offensichtlichen Versuchs, Unabhängigkeit oder doch zumindest Neutralität zu demonstrieren. Derweil bot Ottavio Elli die Hand zum Gruß, und der kurze Blick, den er ihr schenkte, ließ sie erkennen, dass er umwerfend schöne melancholische Augen hatte. Dann wandte er sich zu Giovanna und Nicoletta. Giovanna hatte die Kleine wieder auf ihre Schultern gehoben, nachdem das Eis verzehrt und die Gefahr von tropfender Erdbeer-Schokoladensauce, die in ihren Haaren hätte landen können, gebannt war. Jetzt hatte das Mädchen Ottavio erblickt und zappelte vor Begeisterung. Nicoletta gab keine Ruhe, bis Giovanna sich nach vorne beugte und er ihr die Kleine von den Schultern nehmen konnte. Elli sah die Freundin von der Last befreit den Rücken strecken und Ottavio sie leicht am Arm berühren. *Ach nee*, was war das jetzt? Elli sah noch einmal genauer hin und erkannte auf Anhieb dieses besondere Leuchten in Giovannas Gesicht, das nur für jene Männer gemacht schien, die sie interessierten. Die Mundwinkel leicht angehoben, was die klaren, in den letzten Jahren ein wenig kantiger gewordenen Züge weicher wirken ließ und ihre herbe Schönheit hervorhob. *Hat sie es doch schon wieder geschafft!* Elli schüttelte den Kopf. Für Giovanna zumindest würde das Auftauchen der drei auch etwas Gutes haben, so viel war sicher. Ottavio schien, obwohl Nicoletta auf seinen Schultern alles tat, um seine Aufmerksamkeit zu bekommen, seine Augen nicht von Giovanna abwenden zu können. Seltsam, dachte Elli, gestern war das noch ganz anders gewesen. Oder habe ich da was verpasst? Nein, entschied sie für sich, gestern hatte Ottavio Giovanna kaum mehr Aufmerksamkeit geschenkt als der laue Larry. Das, was da passierte, musste gerade eben seinen Anfang genommen haben.

Während Elli sich wieder den Wettkämpfern zuwandte, überlegte sie weiter, welch merkwürdige besondere Faszination Giovanna auf Männer ausübte – Ausnahmen wie Larry oder auch Matthias mochten die Regel bestätigen. Was Larry anging, konnte Elli sein Verhalten noch nicht einschätzen. Vielleicht hatte Giovanna auch recht, und die Mitglieder der Gruppo di Monaco kochten einfach gern im eigenen Saft und fanden sich viel zu cool, um sich mit Angehörigen einer weniger außergewöhnlichen Kaste zu beschäftigen. Das könnte eine Erklärung sein für Larrys kühle Distanz zu Giovanna. Und natürlich war selbst eine Schönheit wie sie nicht jedermanns Geschmack. Matthias zum Beispiel schien gegen sie immun zu sein, vielleicht aus einer Art automatischer Selbstkontrolle heraus. Aber vielleicht fehlte zwischen Ellis Mann und ihrer besten Freundin auch wirklich einfach die Chemie. Darauf hätte Elli allerdings nicht wetten mögen. Wäre er nicht ihr Ehemann, sähe das vielleicht ganz anders aus. Einmal hatte sie ihn gefragt, ob er Giovanna eigentlich attraktiv finde, und Matthias hatte nur gebrummt. Natürlich hatte er nichts gesagt – was hatte sie erwartet? Die Erinnerung daran machte sie schon wieder ärgerlich. Konnte er denn nie Stellung beziehen? *Mann, Elli*, dachte sie dann, *wäre es dir lieber, er wäre scharf auf deine beste Freundin? Und würde dir das auch noch unter die Nase reiben?* Wie wohl Toni auf Giovanna reagieren würde? *Er würde sie mögen.* Auf seine ganz eigene Art, sie war sich sicher. Toni hatte diese Leichtigkeit des Denkens, diese unbefangene Art, mit dem Leben umzugehen – er nahm es an wie ein Spiel, mit großer Neugier und ohne allzu viel Rücksicht auf Konventionen. Sonst hätte er sich sicher nicht mit ihr eingelassen. Die Frage war, ob dies für sie ein Modell war, das für eine gemeinsame Zukunft reichte.

11.

DELUSIONI.

Giovanna

Giovanna kam nicht aus dem Bett. Sie hatte Mühe, die Augen zu öffnen, und konnte sich kaum bewegen. Was war denn los mit ihr? Mühsam hob sie einen Arm und tastete nach dem Handy auf dem Nachttisch. Halb elf. Wieso hatte Elli sie so lange schlafen lassen? War nicht gestern Abend von Tomatensträuchern die Rede gewesen, die am Morgen abgeerntet werden sollten? Sie hatte zugesagt zu helfen, aller Abneigung gegen Gartenarbeit zum Trotz. Daran konnte sie sich noch erinnern. Mit Mühe. Doch das musste vor dem Negroni gewesen sein. Vor dem ersten Negroni. Dem, den sie noch an der Straße getrunken hatten. Eine Idee von Bella. Bella?

Giovanna versuchte, Klarheit in ihrem benebelten Gehirn zu schaffen. Wer war noch mal Bella? Und hatte sie wirklich so geheißen? Nach und nach dämmerte es ihr. Da war diese Bar gewesen, ganz in der Nähe jener Stelle, von der aus sie zuvor die Wettkämpfe verfolgt hatten – und den darauffolgenden Streit, weil eine der Mannschaften angeblich nicht regelkonform gekleidet gewesen war. »Sotto il ginocchio, sotto il ginocchio«, die empörten Rufe hallten in ihren Ohren nach. »Unter dem Knie«, so hatte Ottavio ihr erklärt, mussten die Hosen der Wettkämpfer enden, so wollten es die alten Regeln, nicht darüber. Mit kurzen Hosen ließ es sich viel leichter laufen, und das war ein unzulässiger Wettbewerbsvorteil. Eine der Mannschaften, die siegreiche, habe angeblich zu kurze Hosen getragen. Die zweitplatzierte jedenfalls legte Protest ein.

Marie aber hatte das Ende der Debatten nicht abwarten wollen, es war zu Handgreiflichkeiten gekommen zwischen Anhängern der Mannschaften, direkt neben ihnen am Straßenrand. Einer schubste, ein anderer schubste zurück, ein Mann taumelte in ihre Richtung, und irgendjemand schaffte es eben noch, Nicoletta aus der Gefahrenzone zu ziehen. Also verließen sie die Stelle und gingen zu jener Bar, die Bella zufolge den besten Negroni in ganz Porto Recanati mixte. Man konnte ihn an einem der Stehtische draußen vor dem Lokal genießen. Erinnerungsfetzen zusammensetzend, gewann Giovanna nach und nach wieder eine gewisse Übersicht über die Ereignisse des vergangenen Abends. Bella wohnte nur ein paar Straßenblocks entfernt, zusammen mit ihrem Freund Felipe, der auch mit dabei war. Beide waren Freunde der spitzgesichtigen Sonia. Sie hatten sich im Laufe des Wettkampfs zu ihnen gesellt und mit ihrer guten Laune alle mitgerissen.

Giovanna fiel es schwer, eine Verbindung zwischen Bella und Sonia zu sehen. Wie sollte ausgerechnet so ein fröhlicher und kontaktfreudiger Mensch wie Bella mit solch einem misanthropischen Wesen befreundet sein? Im Gegensatz zu Sonia und den Besuchern der Farmergruppe auf Maries Hof hatten sich Bella und Felipe leutselig gegeben, hatten Elli und Giovanna offen und freundschaftlich aufgenommen und die neue Bekanntschaft dann mit jenen Getränken begossen, die Giovanna ihren heutigen Kater beschert hatten.

Sie hatte viel zu wenig gegessen, bevor sie zum Palio gefahren waren, und das hatte sich gerächt. Der Abend hatte eine Eigendynamik bekommen, bei der neben dem Negroni und der allgemein heiteren Stimmung auch Ottavio und seine ernsthafte Aufmerksamkeit eine Rolle gespielt hatten. Larry hatte ihn und Christine im Auto mitgenommen und Giovanna hatte sich über die Maßen gefreut, als Ottavio aufgetaucht war – hoffentlich hatte das keiner mitbekommen. Den Rausch zu unterbrechen, um sich etwas zu essen zu holen, erwog Giovanna gar nicht erst. Zu sehr genoss sie die Hochstimmung, das vertraute Gefühl der Gesellschaft ihrer beiden besten Freundinnen und dazu noch die Gegenwart eines Mannes, der sich, auf den zweiten Blick, so gar nicht in jenes Bild fügen wollte, welches sie am ersten Abend von der Gesellschaft gewonnen hatte, in der Marie jetzt lebte. Ottavio gehörte zwar offensichtlich irgendwie dazu, aber etwas an ihm war anders, das spürte sie. Nun, vielleicht würde sie das ja herausfinden.

Giovanna warf noch einen Blick auf die Uhr und schloss mit einem Seufzer erneut die Augen. Maries sarkastische Reaktion, wenn sie jetzt erst zwischen den sicherlich inzwischen leeren Tomatensträuchern auftauchte, konnte sie sich gut vorstellen. Und was sollte sie schon sagen? Sich entschuldigen für einen Rausch und einen Kater? Nein, das lag ihr nicht. Und Marie, die auch mit 40 Grad Fieber und mitten in der Nacht aufstehen würde, wenn die Pflicht es erforderte, hätte wohl auch nur wenig Verständnis für Giovannas Befindlichkeiten. Zu Recht, dachte sie.

Marie hatte, soweit Giovannas Erinnerung reichte, aber auch kaum einen Tropfen getrunken am Vorabend. Klar, jemand musste ja den Wagen fahren. Was Giovanna in ihrer Weinseligkeit auch gar nicht hinterfragt hatte. Dass Larry schon früher gefahren war und Nicoletta mitgenommen hatte, war ihr in ihrem Dusel ebenfalls komplett entgangen.

Giovanna schlug die Augen wieder auf und biss sich auf die Lippen. Sah sich selbst vor sich, gackernd und kichernd, Arm in Arm mit dieser Bella – ja, jetzt standen die freundlichen Züge der Italienerin, ihr strahlendes Lächeln ganz klar vor ihrem inneren Auge. Sie sah die Hand, die nach dem Kellner winkte. Und spürte den Geschmack des Getränks, das dann so angenehm bitter ihre Kehle hinunterbitzelte und mit seiner süßen Frische die Ödnis vertrieb, die noch am Abend zuvor unüberbrückbar zwischen ihr und dem Rest der Welt gelegen hatte.

Darüber hatte sie die Realität völlig aus den Augen verloren, ihr ungeklärtes Verhältnis zu Marie, auch das Kind, um das sie sich zuvor so freudig gekümmert hatte. *Verdammt, Giovanna, was wärst du für eine Mutter!* Ein bisschen Alkohol, ein bisschen Aufmerksamkeit, und schon vergaß sie sich selbst und alles um sich herum, schon fiel sie völlig aus der Rolle und segelte hilflos wie eine aufgetakelte Nussschale ohne Pinne und Ruder durch die Gegend. Was hatte sie nur alles gesagt? Was hatte sie erzählt? Diese Bella mit dem weichen Gesicht und dieser wundersamen Gabe einer Momo, jedem, dem sie zuhörte, seine Geheimnisse zu entlocken – hatte sie mit ihr über Dinge gesprochen, die besser ungesagt geblieben wären? Vielleicht hatte sie ihr von Antonella erzählt. Oder hatte sie gar über Marie gesprochen? Und wenn, was hatte sie gesagt? Und wie gut war Bellas Draht zu Marie? Würde Marie es erfahren?

Krampfhaft versuchte Giovanna, sich an weitere Einzelheiten zu erinnern, doch es gelang ihr nicht. Schließlich gab sie es auf. Vielleicht, so tröstete sie sich, hatte sie Bella auch keine derart tiefen Einblicke in ihr Seelenleben gewährt, vielleicht hatte ihr Instinkt doch im letzten Moment funktioniert und sie davor geschützt, sich in allzu großer Offenheit eine Blöße zu geben. Die Tatsache aber, dass sie sich anscheinend völlig maßlos betrunken, Nicoletta aus den Augen verloren und sich womöglich danebenbenommen hatte, die konnte sie vor sich selbst nicht verleugnen.

Wie waren sie eigentlich heimgekommen? Mit Maries Auto, ja, sicher. Sie sah es vor sich. Da war die hintere Sitzreihe, Nicolettas Sitz, auf dem jetzt jemand anderes saß, und sie daneben. Sein Geruch war ihr durch den Baumwollstoff in die Nase gestiegen, sie spürte die lebendige Wärme, die Konturen einer Schulter an ihrer Wange. Es war ein Mann gewesen, und er hatte sich gut angefühlt, sicher. Ein erneuter Versuch, Ordnung in Erinnerungen zu bringen. Blieb eigentlich nur Ottavio. Er musste mit Larry gekommen und in Maries Auto mit ihnen wieder heimgefahren sein. Giovanna strich sich über die Stirn. Sie spürte dem Gefühl nach, das sie auf der Heimfahrt gehabt hatte, sein Geruch hatte sich über sie gelegt, angenehm war das gewesen. Ohnehin – Ottavios Präsenz hatte den Abend ungemein bereichert. Sie ertappte sich bei dem Wunsch, dass er ihretwegen geblieben war. Durfte sie das glauben? Für den Moment beschloss sie, den Gedanken nicht zuzulassen. Wo war eigentlich Elli gewesen auf der Heimfahrt? Mit im Auto gesessen? Ja, sicher. Jetzt fiel es ihr wieder ein, Ellis Worte: »Wenn dir schlecht wird, gib Bescheid, anhalten, sofort ...« – Bruchstücke. Ihr wurde nie schlecht, das hätte Elli wissen können, sie war nur so wunderbar beschwipst, alles war auf einmal so leicht gewesen. Doch was musste Marie nur von ihr gedacht haben?

Seufzend schob sie die leichte Decke weg und kletterte aus dem Bett. Sie hatte keine Lust, den anderen zu begegnen. Vor allem Marie wollte sie im Augenblick unter keinerlei Umständen unter die Augen treten. Giovanna öffnete das Fenster, blickte nach draußen. Niemand war zu sehen, von Maries Transporter nur die Spuren im Kies. Die Hühner pickten dazwischen nach Nahrung. Ihr leises Gackern vermischte sich mit den fremdartigen Silben, die der Wind mit Buschwerk und hohem Gras zu geheimnisvollen Botschaften verwebte, kein Straßenlärm, keine Stimmen. Nichts störte die Stille.

Fehlte nur die Musik. Giovanna richtete den Blick wieder ins Innere des Zimmers. Unberührt lag der Akkordeonkoffer am Fußende ihres Bettes. Eine Weile stand sie am Fenster. Kostete die Ruhe aus, den Augenblick der Unentschlossenheit. Die Freiheit der Entscheidung.

Dann war der Moment vorüber. Sie stieß sich vom Fensterrahmen ab, der ohne Sims im groben Putz der Wand saß, lief ins Bad, zog sich aus und stellte sich für ein paar Minuten unter die Dusche. Anschließend kleidete sie sich an und stieg über die Wendeltreppe in die Küche hinab, wo sie Kuchen und Müsli auf dem Tisch unberührt ließ und sich auf einen doppelten Espresso mit viel Zucker beschränkte, den sie in zwei Schlucken in sich hineinschüttete. So rasch sie konnte, kletterte sie wieder nach oben. Wenn sie sich nicht beeilte, konnte ihre Entschlossenheit verpuffen, das spürte sie. Der Moment könnte ihr entgleiten, und auch der plötzliche Mut, sich der Herausforderung zu stellen, welche die kühle Oberfläche der Tasten unter ihren Fingern bedeuteten. Das Entstehen von Tönen. In jedem von ihnen würde ein Fünkchen Antonella stecken, jeder von ihnen würde einen winzigen Teil ihrer Zwillingsschwester in sich tragen. Jede Achtel, jede Sechzehntelnote, ja sogar jede Pause würde davon erzählen, wie es war, als sie noch lebte, als sie noch miteinander musizierten, eine wie die andere in inniger Verbundenheit mit ihrem Instrument. Ihre Musik, ihre Töne, das unmittelbare Produkt der Bewegungen ihrer beider Hände ineinanderfließend und in ihrer Verschiedenheit erst zu einer Harmonie verschmelzend. So wie sie als Schwestern nur existiert hatten, weil es die jeweils andere gab, weil das Ei, in dem sie gemeinsam herangewachsen waren, sonst nicht vollständig gewesen wäre, so war es auch mit der Musik gewesen. So hatte Antonellas Sensibilität Eingang in ihr Spiel gefunden und der Kraft und Energie, die Giovanna auf die Tasten brachte,

Zartheit und Verletzlichkeit hinzugefügt. Gemeinsam hatten sie es geschafft, alle emotionalen Facetten auszuloten und zu interpretieren.

Was würde nun passieren, wenn Giovanna ohne die Schwester spielte?

Sie hatte den Deckel ihres Klaviers zugeklappt am Tag von Antonellas Beerdigung. Seither war er nie mehr angehoben worden – es sei denn, ihre Großmutter oder die Putzfrau, die ihr Vater seit einigen Jahren bezahlte, hätten den Staub von den Tasten gewischt. Manchmal war Giovanna davorgestanden, hatte so wie jetzt auf den richtigen Augenblick gewartet, der nie gekommen war. Stattdessen war ihr der Schweiß ausgebrochen, und sie war aus dem Raum geflohen. Jetzt hatte sie Mühe, das Akkordeon die Außentreppe hinunterzuschleppen. Weit mehr noch als das Gewicht des Instruments, das ihr Mühe bereitete, unter seiner Last aufrecht zu bleiben, machte Giovanna ihr fehlendes inneres Gleichgewicht zu schaffen. Es war die Aussicht auf das einsame Spiel ohne den schwesterlichen Konterpart, ohne die zweite Stimme, ohne die Vollendung in Rhythmus und Harmonie, die Antonella mit ihrem Cello für Giovannas Klavierspiel bedeutet hatte. Antonella fehlte. Immerzu. Und auch ihr Cello würde fehlen. Immer. Ohne, dass Giovanna ein einziges Mal das Akkordeon aufgezogen, ohne dass sie eine einzige Taste berührt hatte, wusste sie, dass es so sein würde. Das Fehlen war gegenwärtig in den Tönen und Melodien, die sie noch gar nicht gespielt hatte. Und dabei war es ja noch nicht einmal das vertraute Instrument, das sie zum Klingen bringen wollte. Aus gutem Grund hatte sie sich für das Akkordeon entschieden, das dem Klavier in seiner Spielweise zwar ähnlich, aber doch ganz anders war, einen völlig anderen Charakter hatte. Es war ein Instrument, das vielleicht nicht mit jedem b oder es oder a die musikalische Antwort des Cellos erfordern würde, die sie selbst ganz tief in ihrem Innern ersehnte. Das vielleicht für sich allein stehen konnte – zumal die Kombination aus Akkordeon und Streichinstrument ohnehin eine seltene war, grandios allerdings, wenn sie gelang. Eine Interpretation von Jacques Offenbachs Barcarole im Zusammenspiel beider Instrumente, die Giovanna vor einigen Jahren gehört hatte, hatte sie zutiefst berührt. Doch daran wollte sie jetzt gar nicht denken. Sie würde ihr Akkordeon umarmen können, das Instrument, von dem sie als Kind schon geträumt hatte, und darüber alles vergessen. So hatte sie sich das vorgestellt. Seinen großartigen Klang festhalten und an sich drücken – so wie sie es nie wieder mit ihrer Schwester tun würde.

Nicht, dass sie und Antonella immer ein Herz und eine Seele gewesen wären.

Den Auftritt beim Sommerfest der Schule – fast 30 Jahre war das jetzt her – hatten sie akribisch vorbereitet, jeden Tag miteinander geübt und weitere Stunden jede für sich allein. Die Hingabe Antonellas an ihr Instrument konnte anstrengend sein, der unerschöpfliche Eifer, mit dem sie an schwierigen Passagen feilte und schliff, ermüdend, ihre Akribie und ihr unbestechliches Ohr manchmal sogar regelrecht nervtötend für Giovanna, die es nicht immer so ganz genau nahm. Doch wenn sie schließlich gemeinsam die Bühne betraten, dann zogen sie ihr Publikum in ihren Bann. Es war nicht nur die Faszination ihres beinahe identischen Äußeren, sondern vor allem Antonellas Spiel, die mühelos wirkende Eleganz ihrer Bogenwechsel, die Brillanz ihrer Läufe, das sirenenhaft wehmütige Vibrato. Antonella war der wahre Star ihrer gemeinsamen Auftritte, das war Giovanna immer bewusst gewesen. Und sie hatte sich dem gefügt, auch wenn sie manchmal innerlich dagegen aufbegehrte, auch wenn sie manchmal ein bisschen eifersüchtig gewesen war auf das perfekte Spiel ihrer Schwester.

Vermutlich hatte Antonella das gespürt. Und vielleicht war auch deshalb ihre Reaktion so heftig gewesen an jenem Tag, als Giovanna das Cello ihrer Schwester zerstört hatte. Zumindest hatte Antonella sich so benommen, als sei es unwiederbringlich verloren, was nicht der Fall war. Im ersten Aufruhr aber, als Antonella ihre Schwester anschrie, zwischen Verzweiflung und Zorn nicht mehr aus noch ein wusste, hatte Giovanna zurückgeschrien. Obwohl sie wusste, dass sie im Unrecht war – denn sie war schuld an dem Schaden an Antonellas Instrument und hätte an der Stelle ihrer Schwester wohl nicht weniger getobt.

An jenem Nachmittag hatte Giovanna versprochen, Antonellas Cello mit in die Schule zu bringen, zum Sommerkonzert, bei dem sie beide gemeinsam auftreten würden, sie selbst wie immer ihre Schwester am Klavier begleitend. »Und sei bloß pünktlich«, waren die Worte Antonellas gewesen, mit denen sie schon am Vormittag das Haus verlassen hatte, um bei den Vorbereitungen für das alljährliche Sommerfest in der Schule zu helfen, das den Rahmen für das Konzert bilden würde. Es war der letzte Auftritt der Schwestern im Gymnasium. Das Abitur hatten sie hinter sich, die Zeugnisverleihung war vorbei, doch Antonella nutzte jede Minute, die sie noch in ihrer Schule verbringen konnte, bevor sie sich endgültig verabschieden würden, um im Herbst an die Uni zu gehen. Giovannas Verhältnis zur Schule war deutlich weniger sentimental, außerdem war sie seit einigen Wochen mit einem Ex-Mitschüler zusammen, der im Jahr zuvor Abitur gemacht hatte, und zog es vor, die Zeit bis zum Auftritt für ein Schäferstündchen am See zu nutzen. Er war nicht ihr erster Freund, aber der erste, bei dem sie länger als eine Woche blieb, und wann immer es ging, traf sie sich mit ihm. Wenn sie heute zurückdachte, konnte sie sich kaum noch an seinen Nachnamen erinnern, doch an jenem heißen Tag im Sommer

1989, vergaß sie alles, wenn er ihr in die Augen schaute. Als sie irgendwann zum ersten Mal auf die Uhr sah, war sie schon eine halbe Stunde zu spät dran und stieß den Jungen voll plötzlicher Panik von sich. Schon im Laufen hatte sie ihr Shirt über den Bikini gezogen und sich vor lauter Hektik beinahe die Finger in der Tür der weißen Ente eingeklemmt, die ihr Vater den Zwillingsschwestern zum 18. Geburtstag geschenkt hatte. Und während sie auf dem Rückweg zum Haus ihrer Großmutter alles aus dem 2 CV herausholte, was seine 27 PS hergaben, hämmerten die Worte ihrer Schwester staccato in ihrem Kopf: »Sei bloß pünktlich! Sei bloß pünktlich!« Als sie das Auto in der Einfahrt geparkt hatte und ins Haus gestürmt war, hatten dunkle Gewitterwolken den Himmel im Westen verdunkelt. Doch das Unwetter, das sich entlud, während Giovanna in Windeseile Duschen, Föhnen und Anziehen hinter sich brachte, in Antonellas Zimmer rannte, das Cello aus seinem Ständer riss und es in all der Hektik gegen eine Ecke von Antonellas massivem Schreibtisch knallte, ihre Schwester verfluchend, die es unerklärlicherweise nicht bereits in der Früh in seinen Kasten gepackt hatte, war nichts gegen jenes Gewitter, das über sie hereinbrechen sollte, als Antonella eine halbe Stunde später das Cello in Empfang nahm und den Bogen probeweise über die Saiten streichen ließ. Das Cello schnarrte. Es klang wie ein Lungenkranker beim Luftholen. Dann sah Antonella den Riss, der sich an der Rückseite des Korpus durch den Lack zog, und wurde erst bleich, dann rot, und dann schrie sie ihre Schwester an, wie sie sie noch nie in ihrem ganzen Leben angeschrien hatte und wie sie es auch nie wieder tun würde.

Ohne Elli wäre der Streit wahrscheinlich komplett eskaliert und auch der Auftritt ins Wasser gefallen. Nur ihr beherztes Eingreifen rettete damals die Situation. Ihr gelang es, auf die Schnelle ein Ersatzinstrument, das Cello einer Musiklehrerin, zu organisieren und Antonella davon zu überzeugen, dass es besser war, darauf zu spielen als gar nicht. Dann traten die Schwestern gemeinsam auf die Bühne, ohne auch nur ein Wort zu wechseln. Giovanna setzte sich an den Flügel. Antonella, die Augen glänzend wie polierter Stahl, reingewaschen durch die Tränen des Zorns und der Verzweiflung, setzte sich hinter dem geliehenen Cello bereit, und Giovanna spürte, als sie zu spielen begann, den Blick ihrer Schwester, der sich an sie geheftet hatte und sie keinen Augenblick freigab, während Antonella auf ihren Einsatz wartete. Spiegelglatt und schwarz lag ein Ozean aus Kälte zwischen ihnen, während die ersten Töne von Saties Gnossienne No 1 aufstiegen. Dann setzte Antonella den Bogen auf die Saiten, nahm die Melodie auf, und als sie sie zurückschickte zu ihrer Schwester, geriet die Oberfläche der stillen See in Bewegung, kräuselte sich gleichermaßen unter den Schwingungen der Cello- und der Klaviersaiten. So, als würde ein zarter Windhauch darüberstreichen und die Spannung auflösen, die mit den beiden Schwestern in die Aula gekommen war, wo Eltern, Schüler und Lehrer gespannt auf den Auftritt des Starduos der Schule gewartet hatten. Als sie den letzten Ton gespielt hatten, der Beifall aufbrandete, stand Giovanna auf und trat neben Antonella. Gemeinsam verbeugten sie sich, doch die zarte Verbindung aus ineinander geflochtenen Sequenzen und Melodiebögen war bereits wieder gerissen. Antonella sagte keinen Ton, sah sie nicht einmal an. Erst hinter der Bühne machte sie den Mund wieder auf, aber nur, um zu flüstern: »Ich hasse dich.«

Giovanna schwieg – was sollte sie auch jetzt noch sagen? Marie und Elli standen daneben und verfolgten betreten die sehr einseitige Auseinandersetzung. Dann begannen sie, auf Antonella einzureden, versuchten, Giovanna in Schutz zu nehmen, doch die winkte ab. Ihre Schwester hatte ja recht.

Sie hatte das Cello ruiniert, sie hatte nicht richtig achtgegeben, sie war wieder einmal zu spät dran gewesen, sie hatte um die Bedeutung des Auftritts für ihre Schwester gewusst und hätte rechtzeitig an Ort und Stelle sein müssen. Und sie hätte alles getan, um die Sache ungeschehen zu machen.

»Mamas Cello«, stieß Antonella schließlich hervor. Was alle im Raum wussten. Und was das Schlimmste war, das sie hätte sagen können. Sie hätte genauso gut einen Prügel nehmen und ihn ihrer Schwester überziehen können.

Giovanna wurde blass. Noch heute, wenn sie sich an jene Episode erinnerte, spürte sie den Schwindel, der in ihr hochgestiegen war und der sie zwang, schnellstmöglich den Raum zu verlassen, um an die frische Luft zu kommen.

Nun, das Cello war nicht kaputt, der Riss konnte repariert werden, was jedoch nicht ganz billig war. Giovanna lehnte das Angebot ihres Vaters ab, die Reparatur zu bezahlen. Sie zog es vor, vorübergehend einen Job im Supermarkt anzunehmen, um selbst dafür aufkommen zu können. Dem Instrument merkte man den Schaden anschließend nicht mehr an. Was auch Antonella einräumte und was sicher auch der Grund dafür war, dass sie ihrer Schwester irgendwann verzieh.

Niemand konnte ahnen, dass ihr Cello wenige Jahre später endgültig verstummen und fortan in einer Nische hinter dem Kleiderschrank ihrer Großmutter vor sich hindämmern würde. Als auch die schließlich starb, fand es Giovannas Vater beim Leerräumen des Schlafzimmers und stellte es ins Wohnzimmer. Dort fand es seinen Platz neben Giovannas Klavier, und gemeinsam verbreiteten die beiden Instrumente fortan eine geräuschvolle Stille, die in Giovannas Ohren dröhnte, wann immer sie ihren Vater besuchte. Wenn sie mit ihm am Esstisch saß, nahm Antonellas Geist auf einem der beiden leeren Stühle zwischen ihnen Platz, gerade so, als hätte ihn jemand eingeladen.

Giovanna schleppte das Akkordeon in den Gemüsegarten. Froh darüber, dass sie noch immer allein war, stellte sie es zu den Tomatenpflanzen. Natürlich waren sie abgeerntet, genau wie erwartet. Nur ein paar wenige grüne Früchte, die noch nicht reif genug waren, hingen zwischen den dichten Zweigen. Ganz leise meldete sich Giovannas Gewissen, ihr schlechtes Gewissen, doch sie wollte ihm im Augenblick nicht nachgeben. Hinter dem Haus standen ein paar Stühle, von denen sie sich einen holte und ins Gras stellte. Sie setzte sich, den Rücken zum Haus gewandt, und vermied jedes weitere Zögern, beugte sich stattdessen sofort hinunter, um den Akkordeonkoffer zu entriegeln. Sie war nervös, wusste, dass jeder Moment, den es zu lange dauerte, ihren Entschluss ins Wanken bringen konnte. Als sie die Klappe hochzog, begrüßte sie ihr neues Instrument mit einem feinen Geruch nach Papier, Holz und Leder. Ein Schimmern lag über den Tasten, silbern glänzte der Markenname über dem Diskant. Auf der anderen Seite die Bassknöpfe, ebenfalls weiß auf dem schwarzen Lack des Instruments. Mit ihnen würde sie sich befassen müssen, hatte sich Giovanna mit ihrer Anordnung bisher doch nur theoretisch auseinandergesetzt. Sie freute sich darauf, etwas Neues zu lernen. Jetzt legte sie eine Hand auf den Balg, spürte darunter die Konturen der Lagen aus Papier und Stoff, eng gefaltet in perfekter Symmetrie, an den Seiten mit metallenen Ecken verstärkt. Sie stellte sich vor, wie er sich unter ihren Händen auseinanderziehen, wie er Luft über die Stimmzungen treiben würde. Stellte sich vor, wie sie die rechte Hand auf die Klavierseite legen, die Fingerspitzen über die schlanken schwarzen, die etwas breiteren weißen Tasten gleiten lassen würde. Vielleicht wären das c und das es der Gnossienne die ersten beiden Noten, sie hörte sie in ihrem Innern, dann das d, aufgelöst das Vorzeichen, das die Tonart vorgab, dann wieder das c und der kurze Vorschlag zum h. Giovanna schloss die Augen, sah das Notenbild perfekt vor sich, stellte sich vor, wie die Melodie sich entwickeln würde, hörte sie im Geiste voraus, Takte, Pausen – bis zu jener Stelle, an der das Cello einsetzen würde. Schon drei Takte vorher hatte Antonella immer ihren Bogen gehoben, hatte sich leicht im Rhythmus gewiegt, die Augen geschlossen, um sich hineinzuhören in ihren Einsatz. Auch das sah Giovanna plötzlich vor sich. Das Gesicht ihrer Zwillingsschwester, hingegeben an die Musik. Leer im Augenblick ihres Todes.

Die Melodie brach ab, die Töne erstickten. Giovanna blieb die Luft weg. Sie sprang auf, riss ihre Hand vom Akkordeon. Der Deckel, den sie mit einer einzigen schnellen Bewegung zuwarf, verursachte einen lauten Knall und verjagte die Gespenster. Doch Giovannas Finger zitterten, als sie versuchte, die Schnallen zu verriegeln. Sie hatte Mühe, wieder Luft zu bekommen, erhob sich ächzend wie eine alte Frau, und das Leder des Griffs war, als sie den Koffer jetzt zum Haus zurückschleppte, kalt und scheußlich in ihrer Hand. Sie hätte heulen mögen, aber sie konnte es nicht. Als sie eben den Fuß auf die Steine der untersten Stufe der Außentreppe gesetzt hatte, bog Maries Wagen um die Ecke und hielt neben ihr an. Durch das offene Fenster sah sie Elli winken – sie strahlte, als sie Giovanna mit dem Akkordeon sah.

»Hast du etwa gespielt?«, rief sie, und Giovanna tat es weh, die freudige Erwartung in der Stimme der Freundin zu hören. Sie musste sie enttäuschen. Derweil sprang Marie aus dem Wagen, auch sie gespannt und voller Neugier. Sicher hatte ihr Elli die ganze Geschichte um das Akkordeon erzählt. Giovanna hatte es nicht geschafft. Hatte sich nicht überwinden können. Ein bitterer Geschmack lag auf ihrer Zunge.

Sie drehte sich weg. Sie konnte ihre Freundinnen jetzt nicht ansehen, konnte nicht darüber sprechen, was gerade passiert war. Alles in ihr war dumpf und dunkel. Damit musste sie erst einmal klarkommen.

»Nein«, sagte sie also auf Ellis Frage. Sonst nichts. Sie schleppte sich und den Koffer die Treppen hinauf und verschwand im Haus. Es war ihr bewusst, dass die anderen beiden ihr nachsahen; sie hätten eine Erklärung verdient. Doch im Moment konnte sie ihnen keine geben.

Bis zum späten Nachmittag vergrub sich Giovanna im Zimmer. Elli sah kurz zu ihr herein, als sie sich etwas zum Umziehen holte. »Willst du drüber reden?«, fragte sie sehr sanft, und Giovanna war ihr dankbar für ihre Sorge. Doch Worte, die sie hätte sagen wollen, fand sie nicht. Sie hatte sich ins Bett gelegt mit dem Rücken zur Tür. Also schüttelte sie bloß den Kopf, hörte, wie Elli sagte: »Später vielleicht, ja?«

Dann fiel die Tür ins Schloss, und Giovanna blieb allein. Es dauerte eine ganze Weile, in der sie einfach nur vor sich hinstarrte, bis sich der Aufruhr in ihrem Kopf ein wenig legte. Bis sie anfangen konnte, die Gefühle zu sortieren, die sie überwältigt hatten. Sie war auch zu dumm gewesen. Sie hätte wissen müssen, dass ausgerechnet dieses Stück für sie zu sehr mit ihrer Schwester verknüpft war. Warum nur war sie nicht disziplinierter gewesen? Jede andere Melodie wäre besser gewesen als ausgerechnet diese. Warum nur hatte sie nicht besser aufgepasst und der Musik, die in ihrem Innern schlummerte, so unbedacht die Türen geöffnet? Beim nächsten Mal musste sie es vorsichtiger angehen, überlegter. Vielleicht konnte sie sich irgendeinen Song heraussuchen, der jünger war. Den es noch nicht gegeben hatte, als Antonella noch bei ihr gewesen war. In dem keine Erinnerungen schlummerten, und keine Gespenster. Ja, das war ein guter Plan, so würde sie es machen, beschloss Giovanna, und war froh, dass sie diese Worte überhaupt denken konnte, dass sie der Musik und dem Akkordeon überhaupt eine Zukunft geben konnte und es nicht unverrichteter Dinge zurücktragen musste nach Castelfidardo. Viel zu lange war da nur die Vergangenheit gewesen, nicht die Zukunft, viel zu lange hatte sie in den vergangenen Jahren Musik immer nur dann genossen, wenn andere sie spielten.

Über ihrer Grübelei döste Giovanna ein, müde genug war sie noch immer nach dem vielen Alkohol vom Abend zuvor. Die anderen ließen sie in Ruhe, und erst eine Hungerattacke zwang Giovanna schließlich, aufzustehen. Immerhin hatte sie nicht mal gefrühstückt. Sie stieg über die Außentreppe hinunter und fand Marie mit Elli und Nicoletta auf der Bank vor dem Küchenfenster. Ein Berg feinmaschiger Obstnetze häufte sich vor ihnen auf dem Tisch. Sie suchten nach Löchern, die sie dann mit einem Faden flickten.

»Da ist sie ja«, rief Marie laut, als sie Giovanna kommen sah, und sie klang, als würde sie sich wirklich freuen. Giovanna konnte nicht die geringste Spur eines Vorwurfs in ihrer Stimme entdecken. »Du kannst gleich einsteigen und mithelfen. Die Olivennetze sollen in Ordnung sein, wenn wir mit der Ernte anfangen, sonst haben wir die doppelte Arbeit mit den Scheißerchen, die uns durch die Löcher schlüpfen.«

Giovanna war froh darüber, dass ihre Hände was zu tun bekamen und ihre Gedanken in eine andere Richtung gelenkt wurden. Dass sie gerne etwas gegessen hätte, erwähnte sie nicht, zwei Stunden hin oder her würde sie verkraften. Marie hatte eine Schüssel mit Amarettini und Nüssen sowie zwei Karaffen mit Wasser und Wein auf den Tisch gestellt. Das würde es fürs Erste tun. Giovanna wehrte sich also nicht, als Elli zwei Gläser zu ihr schob und einschenkte. Was soll's, im Rausch lebt sich's leichter, dachte Giovanna und griff beherzt zu.

Aber nicht nur sie, auch Marie hatte dem Wein bereits zugesprochen. Giovanna sah es an den Flecken auf ihren Wangen und erkannte es an der Schnelligkeit ihrer Worte. Offenbar hatte die alte Freundin sich vorgenommen, den Abend zuvor zu kompensieren, an dem sie sich um des Fahrens willen zurückgehalten hatte. Zwei Stunden lang saßen sie an den Netzen, die kein Ende zu nehmen schienen. Immer wieder fand Marie noch ein und noch ein Loch, das es zu stopfen galt, bis es aus Giovanna, die inzwischen pfundweise Kekse gegen ihren Hunger gefuttert hatte, herausbrach, ob es wohl die Netze der ganzen Ortschaft seien, die sie zu reparieren hätten. Marie hatte gerade eines der Netze zusammengelegt, auf die Seite geräumt und mit spürbarer Erleichterung festgestellt, dass nur noch zwei übrig waren. Sie konnte sich die kleine Spitze in Giovannas Richtung nicht verkneifen: »Die letzten hier sind meine, die vom restlichen Ort haben wir schon geflickt, bevor du dabei warst.« Hoppla. Giovanna war überrascht von dem leidlich aggressiven Unterton – der so spürbar war, dass Elli sich bemüßigt fühlte, vermittelnd einzugreifen.

»Die Netze sind tatsächlich für die ganze Gruppe, das stimmt schon. Dafür aber werden wir heute Abend auch bekocht.«

»Wie – bekocht?«, fragte Giovanna zurück, ohne Marie anzusehen. Die antwortete aber an Ellis Stelle: »Ein paar von den Mädels kommen nachher und bringen Pasta und Kaninchenragout. Die Kaninchen haben Ottavio und Roberto geschossen, die Pasta ist hausgemacht. Das war der Deal, damit ich die Netze übernehme.«

Giovanna machte große Augen. »So läuft das bei euch? Aber die Stopferei hier ist doch mehr Arbeit als das bisschen Kochen, oder nicht?«

»So läuft das.« Marie lächelte vielsagend. »Ohne euch hätte ich die Netze nicht allein übernehmen müssen. Aber ich habe ihnen gesagt, zu dritt schaffen wir das schon.«

»Das hättest du mir sagen sollen«, maulte Giovanna.

»Wieso? Hättest du dir dann was anderes vorgenommen?«

»Nein«, erwiderte Giovanna verärgert über die Stichelei, »dann wäre ich früher zu euch gekommen.«

»Hhm.« Mehr sagte Marie nicht. Und Giovanna zog das nächste Stück Stoff und einen frischen Faden zu sich her, um ihn einzufädeln und eine Lücke zu stopfen, die sich leichter reparieren ließ als die Risse im Band ihrer Freundschaft, das im Lauf der Jahrzehnte doch ganz schön mürbe geworden zu sein schien.

Eine halbe Stunde später waren sie fertig, und Marie räumte das Nähzeug weg, während Elli und Giovanna die Netze in einen der Schuppen brachten, wo sie auf ihren Einsatz warteten.

»Wäre doch eigentlich schön, Anfang November noch mal herzukommen und bei der Olivenernte zu helfen«, bemerkte Elli, als sie den Schuppen hinter ihnen zusperrte. »Ich glaube, mir würde das Spaß machen. Vielleicht ja mit den Kindern.«

Und vielleicht kann ja auch dein Lover mitkommen. Giovanna sprach den gehässigen Gedanken nicht aus, weil sie sich sofort dafür schämte. Stattdessen sagte sie ein bisschen halbherzig: »Na ja, wir können ja mal schauen.«

»Ich weiß schon, Gartenarbeit liegt dir nicht so ...«

»Ja. Eben«, brummte Giovanna und wollte sich auf den Weg nach vorne machen. Doch Elli hielt sie am Arm fest. »Sonst alles in Ordnung mit dir? Wegen heute Mittag ...«

Giovanna blieb stehen und sah sie an. Sie rang mit sich, war sich nicht sicher, ob sie reden wollte oder nicht. Dann entschied sie sich dagegen. Stattdessen spielte sie den Ball zurück: »Und du? Hast du mit Matthias telefoniert? Und mit ...«, sie zögerte, »Toni?«

Elli ließ ihren Arm los und hob die Schultern, Ratlosigkeit im Gesicht. »Ich habe von Matthias eine WhatsApp bekommen. Daheim ist alles in Ordnung.«

»Und, sehnst du dich nach dem anderen?« Den Namen noch mal zu erwähnen, vermied Giovanna in dem Gefühl, dass es Ellis Affäre mehr Selbstverständlichkeit verleihen würde, als sie ihr zubilligen wollte. Elli zögerte, sah, dass drüben beim Haus gerade Christine ums Eck bog, eine Einkaufstasche über der Schulter und einen großen Topf unter dem Arm, und blieb stehen. »Weißt du, ich kann das gar nicht so genau beschreiben, was ich fühle.« Elli zögerte. Sie sah suchend zu den Bergen hinüber, als könne sie dort eine endgültige Antwort auf Giovannas Frage finden. Die folgte ihrem Blick, ließ ihre Augen über die alten, knorrigen und die jungen, zarten Olivenbäume gleiten, die im gegenüberliegenden Abhang wurzelten. Bemüht, Elli nicht zu drängen, wartete sie ihre nächsten Worte ab. »Ja, natürlich vermisse ich ihn«, fuhr Elli dann fort, leise, als wage sie nicht, laut auszusprechen, was sie dachte. »Es ist so, als ob mein Körper ihn braucht. Als ob jede Zelle in mir zu ihm hindrängt. Das ist so verrückt. Ich kenne das gar nicht.« Sie schwieg wieder. »Bei Matthias hab ich so was nie empfunden. Da war immer alles so ... so ruhig. Er hat mir immer gutgetan, auch wenn ich nicht bei ihm war. Ich wusste ja, er war da. Bei Toni ist das ganz anders. Wenn er nicht da ist, ist es schmerzhaft. Aber ich weiß nicht, ob das gut ist. Ob das auf Dauer gut ist.«

Giovanna sah sie prüfend an, hütete sich aber, Ellis Worte zu kommentieren. »Komischerweise«, fuhr die dann fort, »ist mein Kopf bei Matthias. Toni vermisse ich, aber an Matthias muss ich dauernd denken.« Sie wandte sich wieder zu Giovanna. »Langjährige Gewohnheit vielleicht. Und weil er mir immer dann einfällt, wenn ich mich nach den Kindern sehne.«

Giovanna nickte. »Das verstehe ich.« Doch sie war sich gar nicht sicher, ob sie das wirklich tat. Drüben beim Haus waren jetzt weitere Besucher angekommen, Giovanna erkannte

Markus, Luise und Pete. Eben kam auch Larry um die Ecke geschlurft und verschwand in der Küche.

»Da sind sie ja alle wieder«, sagte sie, dieselbe Bagage wie vorgestern, dachte sie. Die Spitzgesichtige fehlte noch. Sonia, verbesserte sie sich. Seit sie deren Freundin Bella kennengelernt hatte, sah sie die graue Maus in einem etwas anderen Licht, zugegeben. Allzu groß war ihre Lust auf die Gesellschaft dennoch nicht, jedenfalls nicht, solange Ottavio nicht dabei war. Seine Gegenwart allerdings würde dem Abend einen gewissen Reiz verleihen, gab sie zu, aber nur vor sich selbst. Dann sah sie ihn. Er kam zu Fuß den Weg vom Dorf herauf, an der Seite einen Mann, den sie noch nicht kannte, und im Schlepptau einen hölzernen Leiterwagen, auf dem ein noch größerer Topf stand, als ihn Christine getragen hatte. Giovanna konnte nicht verhindern, dass ihre Herzfrequenz ein paar Schläge zulegte. War es nur ihre Freude über sein Interesse an ihrer Person? Giovanna schaute zu, wie Ottavio und sein Begleiter vor der Küche gemeinsam den Topf aus dem Leiterwagen hievten und damit im Haus verschwanden. Erst dann merkte sie, dass Elli nunmehr sie beobachtete. Ein leichtes Lächeln umspielte die Lippen der Freundin, doch ihre Stimme klang belegt. »Weißt du, ein bisschen beneide ich dich.«

»Was meinst du?«

Elli nickte in Richtung Haus. »Du kannst dich verlieben, wann immer du willst, kannst gehen und kommen, wie du willst. Du kannst Ja sagen oder Nein, wie es dir passt, ohne dass irgendjemand etwas dagegen haben kann. Du bist ja frei.«

Ertappt. »Was heißt da verliebt? Ich bin nicht verliebt.«

Jetzt musste Elli wirklich lachen. »Drum starrst du auch da rüber, seit Ottavio aufgetaucht ist. Da ist doch etwas zwischen euch, ich bin doch nicht blind.«

Weniger als ich auf alle Fälle, dachte Giovanna, jedenfalls was dich betrifft. »Um mich geht's aber doch gar nicht, sondern darum, was du jetzt machen willst mit deinen zwei Männern.«

»Wer sagt, dass ich überhaupt etwas machen will?«, konterte Elli.

»Dein Gesichtsausdruck. Und mein Gefühl. Da kannst du mir nicht weismachen, dass du das auf Dauer hinkriegst, zweigleisig zu fahren. Dafür bist du viel zu ehrlich.« Giovanna überlegte kurz. »Du könntest es Matthias natürlich erzählen, vielleicht hat er ja Verständnis.«

»Ja, so weit kommt's noch«, rief Elli entsetzt, »niemals. Das würde er nicht überleben.«

Tja, siehste selbst, dachte Giovanna und schwieg. Elli sagte auch nichts weiter, bis sie wieder beim Haus waren, aus dem ihnen lautes Stimmengewirr entgegenschlug. Der Erste, der sie hereinkommen sah, war Larry, der mit Nicoletta am Tisch saß und Parmesan und Tomaten in kleine Stückchen schnitt. Er ließ sich zu einem Nicken herab, wirkte aber nicht eben erfreut über ihr Auftauchen. Ganz anders Christine, die gleich auf Elli zusteuerte und sie nach einem flüchtigen Gruß für Giovanna mit sich zog. Giovanna erwog den sofortigen Rückzug; zu frisch war die Erinnerung an den ersten Abend mit Maries eigentümlichen Freunden, die so gar keinen Hehl daraus machten, dass sie Giovanna nicht als jemanden ansahen, den sie in ihren Kreis aufnehmen könnten.

Und wieder war es Ottavio, der sie umstimmte. Sie sah ihn am Herd stehen, und das Lächeln, das er ihr schenkte. Er deutete auf den Kochtopf, in dem er rührte, und machte ihr mit einer Geste klar, dass er seinen Posten nicht verlassen konnte. Sollte sie hinübergehen oder nicht? Giovanna schwankte noch zwischen den beiden Alternativen, doch gerade da kam Marie ihr mit einem Tablett voller Geschirr und Besteck entgegen, das sie ihr in die Hand drückte.

»Bringst du das schon mal zum Tisch, Giò? Und könntest du dann noch zwei Flaschen Wein aus dem Schuppen holen, bitte? Ich kümmere mich derweil um die Gläser.«

Beim Hinausgehen warf Giovanna noch einen Blick zu Ottavio hinüber, der sich aber wieder abgewandt hatte und sich mit dem Unbekannten unterhielt, in dessen Begleitung er gewesen war. Sie stellte das Tablett auf den Tisch, wo sich Elli und Christine sofort daranmachten, Teller, Gabeln und Servietten zu verteilen, und wandte sich dann Richtung Schuppen. Der unetikettierte Weißwein war, gut versteckt, hinten in einem alten Schrank gelagert, und Giovanna brauchte eine Weile, ihn zu finden. Sicher hatte Marie dafür sorgen wollen, dass ihre jüngste Tochter die Flaschen nicht in die Finger bekam. Und auch sonst keiner, für den diese nicht bestimmt waren. Giovanna konnte der Versuchung nicht widerstehen und schraubte eine der Flaschen auf, um daran zu riechen. Ein intensiver Duft nach Aprikose und Limette stieg ihr in die Nase, und sie nickte anerkennend. Marie wusste zu leben, das stand fest. Giovanna klemmte sich zwei der Flaschen unter den Arm und wollte den Schuppen schon verlassen, als ihr Blick auf eine offene Holzkiste fiel. Sie war in eine Ecke des Raums geschoben worden, mitsamt einer Menge alten Gerümpels wie einem ausrangierten, auf dem Kopf stehenden Lampenschirm, einem Monstrum von Ohrensessel, aus dessen zerschlissenem Polster die Sprungfedern wuchsen, und den Überresten einer Kloschüssel. Der Inhalt der Kiste verschwand beinahe unter der fingerdicken Staubschicht, welche die Jahre hier abgelagert hatten, doch es war noch zu erkennen, dass er aus CDs bestand. Giovanna stellte die Weinflaschen an der Schuppentüre ab, um dann zu der Kiste zurückzukehren. Mindestens 60, 70 Platten mussten darin sein, schätzte sie, und tatsächlich konnte sie sich nicht erinnern, im Haus einen CD-Player oder ein Musikregal gesehen zu haben. Ein vollgepacktes Bücherregal, ja, das stand im hinteren Zimmer, das Marie als Wohnzimmer nutzte, aber kein Plattenschrank. Sie musste die CDs ausgemistet haben. Spotify, vermutete Giovanna – sicher hatte Marie ein Abo und brauchte die CDs nicht mehr. Ganz ohne Musik würde sie bestimmt nicht auskommen, hier in der Pampa. Vorsichtig fasste Giovanna in die Kiste – in dieser Wildnis musste man von Mäusen bis Schlangen mit allem rechnen – und zog mit spitzen Fingern die obersten vier Tonträger heraus. Und da, unter der Staubschicht kamen sie hervor, als sie mit einem Zipfel ihres T-Shirts darüberrieb, die großen Bands der Achtziger, die sie einst gemeinsam gehört hatten: Simple Minds, Level 42, Depeche Mode, The Cure. Queen fand sie, als sie weiterkramte, Talk Talk und – sie schnalzte ein wenig abfällig mit der Zunge – die Pet Shop Boys. »Gejaule«, murmelte sie – eine Vorliebe Maries, die Giovanna nie verstanden hatte. Doch sie war so angefixt von ihrem Fund, dass sie weiterkramte. Ohne weiter groß auf den Dreck zu achten, der zum Teil an ihren Fingern, zum Teil an ihrer Kleidung hängen blieb, wühlte sie sich durch die Musikgeschichte ihrer gemeinsamen Jugend, die hier so schmählich dem Verfall überlassen war, während sie selbst alle CDs aufgehoben und alphabetisch geordnet in einem Regal in ihrem Schlafzimmer untergebracht hatte. Im Schlafzimmer natürlich, weil sie ihre Musik ganz nah bei sich haben wollte, auch wenn sie die eine oder andere Platte seit Jahren nicht gehört und selbst einen Account für einen Streamingdienst hatte. Doch sie hätte es nicht über sich gebracht, sich einfach von den CDs zu trennen. Die bargen zu viele Erinnerungen. Manche schmerzlich, manche unerträglich, aber alle unverzichtbar. Und genauso wie der Augenblick kommen würde, in dem sie selbst wieder Musik machen konnte, würde sie auch manche Lieder aus ihrer gemeinsamen Jugendzeit mit Antonella wieder hören können, die sie jetzt immer noch in Dunkelheit hüllten, wenn sie zufällig irgendwo liefen. Songs von Sinéad O'Connor oder George Michael, den Cranberries oder Roxy Music. Und Nirvana natürlich. Giovanna hoffte es zumindest. Irgendwann würde es ihr guttun, sie zu hören, irgendwann würde sie sie mehr als nur ertragen können.

Für diesen Moment hatte sie ihre alten Platten aufbewahrt – neben vielen anderen, die sie nach wie vor hörte oder neu entdeckt hatte. Und selbst, wenn jener Augenblick nie kommen würde, hätte sie die Alben in Ehren gehalten, zu sehr waren sie nicht nur mit ihrer Schwester, sondern auch mit ihren alten Freundinnen verbunden, den Abenden in irgendwelchen Discos.

Giovanna hatte innegehalten und brauchte eine ganze Weile, bis sie sich klargemacht hatte, dass Marie das offenbar ganz anders sah. »Sentimental war sie noch nie«, murmelte Giovanna. Dieser fehlende Charakterzug ihrer Freundin war ihr noch nie so bewusst geworden wie in diesem Augenblick. Kopfschüttelnd beugte sie sich wieder über die Kiste, holte eine Platte nach der anderen hervor, stöberte weiter und weiter. Immer neue Schätze tauchten auf – und sie konnte es doch nicht glauben, dass sie schließlich fand, was sie gesucht und von dem sie gehofft hatte, dass sie es nicht finden würde. Die letzte Schicht abhebend zog sie sie schließlich hervor: Nirvana. In Utero, das Album, das sie Marie kurz nach dem letzten Konzert der Band in München geschenkt hatte, kurz vor Kurt Cobains Tod. Drei Jahre zuvor waren sie noch im Nachtwerk gewesen, sie beide und Antonella, das Konzert 1994 dann besuchten sie und Marie allein. Antonella hatte Kurt verehrt, und obwohl es ihr schwerfiel, war Giovanna hingegangen, im Gedenken an ihre Schwester. Nicht ahnend, auf welch bittere Weise das Schicksal ihrer Schwester schon kurz nach diesem Auftritt mit dem des Sängers verknüpft sein würde, nicht ahnend, dass es sein letztes Konzert sein und dass er einen Monat später Selbstmord begehen würde. Niemand hatte das ahnen können, auch wenn das Krächzen seiner kranken Stimme schon wehtat beim Zuhören.

Längst hatte sich Giovanna in den Staub vor der Kiste gesetzt. Der Wein, das Essen, die Gäste waren völlig vergessen. Fassungslos starrte sie auf das gelbliche Plattencover, drehte es um, las die Titel auf der Rückseite, ließ sie sich auf der Zunge zergehen. Es war, als hörte sie wieder Kurts Gitarre bei jenem Konzert, spürte schmerzhaft, als käme es aus ihrem eigenen Körper, das Kratzen seines entzündeten Kehlkopfs, als würde eine Bürste über ihre Haut schrubben, sein Unvermögen, das hohe »Hey, wait« bei »Heart-Shaped Box« überhaupt zu erreichen, der Song viel schneller gespielt als auf dem Album, als solle er so schnell wie möglich vorüber sein. Dann gingen aus irgendeinem Grund die Lichter aus im Konzertsaal, so wie sie bald für den Mann auf der Bühne ausgehen würden, seine Arme so dünn, dass es schien, als könne er die Gitarre kaum mehr halten.

Stellvertretend für Antonella wurden sie Zeuge seines Verfalls. Es hätte ihr das Herz gebrochen. Giovanna sah ihre Schwester vor sich und das Poster des Sängers, das Antonella noch als Zwanzigjährige in ihrem Zimmer hängen hatte. Es zeigte ihn mit Gitarre und Zigarette und diesen coolen blonden langen Haaren. Antonella und Kurt, Kurt und Antonella. Er hätte gut zu ihrer schönen Schwester gepasst.

Wie konnte Marie nur diese Platte hier verrotten lassen!? Ausgerechnet. Hand in Hand hatten sie vor der Bühne gestanden, Giovanna und Marie, Marie und Giovanna. Hand in Hand geweint. Hatten sich in den Armen gelegen, draußen vor der ausgemusterten Halle des alten Flughafens München-Riem, die zur Konzert-Location umfunktioniert worden war, geschluchzt und getrauert hatten sie um Antonella und ihre

Verehrung für den Musiker, der ihr schon so bald auf ihrem selbst gewählten Weg folgen sollte. Zwischen Konzertbesuchern, die pöbelten und schimpften, weil die Band nicht jeden ihrer Lieblingssongs gespielt hatte, oder weil sie keine Ahnung hatten von Grunge, und solchen, die betroffen waren vom offensichtlich schlechten Zustand des Sängers, standen sie und hielten sich fest.

Giovanna wusste noch, wie jemand sie angerempelt hatte in stumpfsinnigem Suff. Marie hatte ihn weggeschubst und ihn angebrüllt. »Mach die Fliege, du Arschloch!«, hatte sie geschrien; Giovanna konnte sich noch so genau dran erinnern. Am nächsten Tag war sie in die Stadt gefahren und hatte im World of Music in der Kaufingerstraße die Platte für die Freundin gekauft – die letzte gemeinsame Studio-CD von Nirvana. Und jetzt lag sie hier, ganz unten in einer Kiste aus Staub.

Es waren gemischte Gefühle, mit denen Giovanna sich aufrappelte und die sie mit hinübernahm zum Haus, wo sich inzwischen alle um den Tisch versammelt hatten. Sie stellte die beiden Flaschen zwischen die Teller und suchte nach dem Platz, den sie ihr hoffentlich freigehalten hatten.

Sie fand ihn auf der Bank, wieder neben Nicoletta, die vor Freude in die Hände klatschte, als sie Giovanna kommen sah. »Wo warst du denn bloß so lange?«, fragte Marie, die den Stuhl neben ihr am Tischende hatte.

»Hab nur ein bisschen getrödelt«, antwortete sie und erntete einen fragenden Blick von der alten Freundin. Sie war froh über das Zupfen an ihrem Arm, das sie ablenkte, und mit dem die Kleine ihr klarzumachen versuchte, dass sie ihr unbedingt etwas zeigen müsse. Die CD, die Giovanna hinten in den Bund ihrer abgeschnittenen Jeans geschoben hatte, würde sie den ganzen Abend daran erinnern, dass sie wütend auf Marie war. Kein guter Einstieg in ein geselliges Essen.

Aber es sollte noch schlimmer kommen. Als alle gegessen hatten und die leeren Teller in die Küche trugen und Giovanna mitten in der Küche die CD hinunterrutschte. Marie sah sie, hob sie auf, studierte sie eingehend, als habe sie sie noch nie gesehen.

Doch wenn Giovanna auf irgendein versöhnliches Wort gehofft hatte, dann vergeblich. Stattdessen reichte Marie Giovanna die Platte mit einem Ausdruck der Gleichgültigkeit, der sie hilflos und wütend im Raum zurückließ.

»È successo qualcosa?« Es war Ottavio, der fragte und sie aus dem Tunnel holte, in dem sie kurzzeitig verschwunden war. Giovanna sah ihn verblüfft an. Sie hatte nicht bemerkt, dass er zu ihr getreten war. Jetzt nahm er sie am Arm und wiederholte seine Frage: »Ist etwas passiert? Du siehst aus, als hättest du einen Geist gesehen.« Giovanna bewegte leicht den Kopf, kaum die Andeutung eines Kopfschüttelns. Das war nicht der richtige Ort, um ihm ihr verhaktes Seelenleben zu erklären. Sie wusste ja noch nicht mal, ob er der richtige Gesprächspartner dafür war. Dennoch schenkte sie ihm ein Lächeln – ein ehrlich dankbares Lächeln. »Nein, alles ist gut.«

Doch Ottavio hatte Zweifel, das sah sie ihm an. Und sie standen ihm gut, fand Giovanna, diese Zweifel. Ziemlich gut sogar. Schon am Abend zuvor war ihr aufgefallen, dass er als junger Mann sehr viel weichere Züge gehabt haben musste, in welche die Jahre oder auch ein wenig freundliches Schicksal ihre Spuren gekerbt hatten. Sein Gesicht, das sonst von einem Ausdruck der Härte überzogen war, ließen die Zweifel – vielleicht sogar ein bisschen Sorge – weniger streng erscheinen und die Konturen seiner Jugendjahre erahnen. Giovanna blieb für einen Moment stehen, gab der Versuchung nach, etwas länger in Ottavios tiefbraune Augen zu starren, die ihr – mal ganz abgesehen von seiner freundlichen und schmeichelhaften Zuwendung – ausnehmend gut gefielen. Eigentlich wäre es schön, jetzt einfach mit diesem Mann zu verschwinden, irgendwohin, wo sie allein wären, um die Möglichkeiten auszuloten, die in dieser gegenseitigen Anziehungskraft liegen mochten. Oder auch nicht.

Zumindest gestaltete sich der weitere Abend erst einmal gar nicht so, wie Giovanna sich das im Hinblick auf Ottavio vorstellen hätte können. Nach der Begegnung in der Küche wandte er seine Aufmerksamkeit wieder seinem Begleiter zu, der auch draußen am Tisch den Platz neben ihm innehatte. Es war dieser ominöse Roberto, wie sich beim Essen herausgestellt hatte.

Elli hatte sie angestoßen, als sie sich danach einmal in der Tür begegneten, und hatte mit einem verschwörerischen Kopfnicken auf den Mann verwiesen. Er schien ein paar Jahre jünger zu sein als die Freundinnen.

»Meinst du, er ist es?«, flüsterte Elli ihr ins Ohr. »Roberto?«

»Ja, klar ist das Roberto, er hat sich doch vorgestellt«, wisperte Giovanna zurück. Elli schüttelte den Kopf. »Ich weiß, das meine ich nicht. Ich meine, ob er der Vater von der Kleinen sein könnte.«

»Ach so, ja«, Giovanna machte eine bedeutungsschwangere Pause und sah zu Roberto hinüber, der sich der Espressokanne angenommen hatte, »jedenfalls eher als Läääääarrriiiiiie«. Sie standen genau im Türrahmen und wurden in ihrem Austausch unterbrochen, weil mehrere Menschen aus der Küche nach draußen wollten. Eine große Schale mit Tiramisu wurde jetzt an ihnen vorbeigetragen, und sie schlossen sich den anderen an; den Nachtisch wollten sie sich keinesfalls entgehen lassen. Giovanna hielt noch immer die Nirvana-CD in der Hand und legte sie, wieder auf ihrem Platz bei der wartenden Nicoletta angekommen, neben sich auf den Tisch. Warum sollte sie sich jetzt noch verstecken? Sollte sich Marie ruhig ebenso sehr ärgern, wie sie es getan hatte.

12.

La storia di Marie.

Elli

Elli hatte den Streit nicht kommen sehen. Sie hatte mitbekommen, dass Marie und Giovanna den Tisch verlassen hatten und in Richtung Schuppen gegangen waren, doch erst als die beiden Stimmen am entfernten Rand des Grundstücks immer lauter wurden, war sie aufmerksam geworden und hatte bemerkt, dass etwas nicht in Ordnung war. Ganz und gar nicht in Ordnung. Und die gesamte Gesellschaft hörte es ebenso, was den beiden Streitenden egal zu sein schien. Elli fand es ganz furchtbar. Es ging keinen von ihnen etwas an, was ihre beiden Freundinnen miteinander auszutragen hatten, wie sie abwechselnd aufeinander einredeten und sich zwischendurch anschrien. Zum Glück war ein leichter Wind aufgekommen, der die Silben verwirbelte und so manches böse Wort über das Dach des Schuppens davontrug, vor dessen Tür Giovanna und Marie standen und stritten.

Schon vorhin, noch am Tisch, hatte es einen Moment der Spannung zwischen den beiden gegeben. Elli hatte das deutlich wahrgenommen, als sie sich gerade auf ihren Platz setzen wollte. Sie hatte auch die CD auf dem Tisch liegen sehen, die Giovanna mitgebracht hatte, aber keinen Zusammenhang herstellen können. Darum schien es aber auch gar nicht zu gehen. Vokabeln wie »unfreundlich«, »treulos«, »unempathisch« fanden ihren Weg herüber zum Haus. Jetzt war Giovanna an der Reihe, und Marie schien in der Defensive zu sein. Ach, wäre sie jetzt nur allein am Tisch, wünschte sich Elli, würde sich nur die gesamte Abendgesellschaft einfach in Luft auflösen. Zu gern hätte Elli gehört, was Marie auf Giovannas Tirade erwiderte, in der, wie Elli sich vorstellen konnte, sicher all jene Gefühle gipfelten, die sie seit Jahren mit sich herumtrug und die durch das Aufeinandertreffen mit Marie bestätigt oder sogar noch verstärkt worden waren. Giovanna hatte ihre gesamte Enttäuschung mitgebracht in dieses Tal in den Bergen, in der Hoffnung, Marie würde die Vorwürfe entkräften, die sie ihr insgeheim machte. Bisher jedoch hatten sie sich nicht ausgesprochen, im Gegenteil, seit drei Tagen waren sie umeinander herumgeschlichen. Elli hatte es beobachten können und gespürt, wie beide mehr oder weniger erfolgreich versucht hatten, so zu tun, als habe sich zwischen ihnen nichts geändert, als seien sie immer noch so eng befreundet wie zur Schulzeit, als sie ohne einander nicht konnten. Schon längst aber hatte Marie gezeigt, dass das für sie nicht mehr galt, dass sie ganz gut ohne ihre alten Freundinnen zurechtkam. Es war offensichtlich, dass sie ihr früheres Leben hinter sich gelassen hatte. Elli jedenfalls war es nicht entgangen, Giovanna aber hatte es nicht glauben wollen. Giovanna hatte sich etwas vorgemacht, gefangen in dem Gefühl ihrer eigenen Fehler, vielleicht auch in der Annahme einer Schuld, die sie bei sich selbst suchte, um eine Erklärung für Maries abschiedsloses Verschwinden vor fast vier Jahren zu finden. Vielleicht hatte es zu diesem Streit kommen müssen, vielleicht war er notwendig geworden.

Drüben schrie Giovanna Marie nun ihre ganze Enttäuschung ins Gesicht, und Maries Freunde waren als Publikum dabei.

Elli biss sich auf die Lippen. Sollte sie eingreifen? Sollte sie schlichten, wie sie es so gern getan hätte? Sollte sie die Freundinnen wenigstens an einen anderen Ort lotsen? Oder war es besser, die beiden ihrem Streit zu überlassen? War die Gelegenheit, Tacheles zu reden, jetzt nicht mehr zu verschieben? Vielleicht brauchten sie das als Katalysator, um von einer alten Beziehung in eine irgendwie geartete neue zu gelangen. Drüben wurde es gerade noch lauter. Offenbar hatte nun Marie vom Verteidigungs- in den Angriffsmodus geschaltet. »Du, du, du denkst immer nur an dich!«, hörte Elli klar und deutlich über den Platz schallen. »Was glaubst du eigentlich? Dass sich alles immer nur um dich dreht?« Dann war wieder Giovanna an der Reihe, ihr Alt war leiser, heiserer als der klare, befehlsgewohnte Maries, sodass von ihren Anklagen immer nur einzelne Vokabeln ankamen. »Falsche Verdächtigungen« konnte Elli herausfiltern, und »Marc« – aha, jetzt geht's um die Hochzeit, dachte sie. Dann hörte sie Marie laut auflachen, fast schon hysterisch, »Du spinnst ja, als wenn das irgendwas damit zu tun hätte«.

»Womit denn dann?«, konterte Giovanna vehement und diesmal ebenfalls sehr laut.

»Da haben wir's schon wieder. Es dreht sich alles immer nur um dich.«

Christine, die sich einen Platz neben Elli gesucht hatte, beugte sich jetzt zu ihr herüber und fragte: »Worum geht's denn da?«

Elli zuckte die Schultern. »Ist 'ne längere Geschichte.«

»Klingt aber recht grundlegend. Ich dachte, die beiden sind so gut befreundet.«

»Hat Marie dir das erzählt?« Elli drehte sich überrascht zu Christine um. Die nickte. »Giovanna, das habe ich immer wieder von Marie gehört, war ihr immer ganz, ganz wichtig.«

Das sollte Giò wissen, das muss ich ihr unbedingt erzählen, dachte Elli.

»Das ist sie auch«, erklärte sie. »Immer gewesen.«

»Und was ist jetzt passiert?«, wollte Christine wissen.

»Ein Haufen Missverständnisse, glaube ich.«

Es war dämmrig geworden, und am Tisch entstand Bewegung. Elli bemerkte, dass abgeräumt wurde – die Tiramisu-Schale, die leer gegessenen Schüsselchen und kleinen Löffel, irgendjemand, Pete war es, brachte ein Tablett mit Schnapsgläsern und eine Flasche Grappa aus dem Haus. Es klirrte leise, als er das Tablett auf den Tisch stellte. Larry, Luise und Markus trugen Stühle vom Tisch weg und hin zu einer von Steinen umgebenen Feuerstelle, die ein paar Meter vom Haus entfernt lag. Längst war die Sonne untergegangen und hatte die Hitze des Tages mit sich genommen. Hier in den unteren Bergregionen war es vor allem abends längst nicht so brütend heiß wie unten in der Ebene, die Wärme eines Lagerfeuers würde angenehm sein.

Die beiden Kontrahentinnen drüben beim Schuppen waren inzwischen etwas leiser geworden, Elli konnte in der hereinfallenden Dunkelheit aber noch erkennen, dass von Entspannung keine Rede war. Giovanna hatte sich, die Hände in die Hüften gestemmt, vor der deutlich größeren Marie aufgebaut und schimpfte ganz offensichtlich noch immer auf sie ein. Dann sah Elli, wie Marie sich kopfschüttelnd abwandte und sich ein paar Schritte von der anderen entfernte, nur um gleich darauf zurückzukehren und wieder vor ihr stehen zu bleiben. Jetzt konnte Elli nichts mehr verstehen, zumal um sie herum auch wieder geredet wurde. *Zum Glück*, dachte sie. Doch sie wusste die Körperhaltung der beiden Freundinnen zu deuten. Marie sah auf Giovanna hinunter, schüttelte den Kopf, und sie sagte wohl etwas sehr Gehässiges, denn Giovanna sackte in sich zusammen, die Schultern fielen nach vorne. Dann ließ Marie sie einfach stehen und kam wieder zurück zum Haus. Als wenn nichts gewesen wäre, gesellte sie sich zu den dreien, die mit den Vorbereitungen fürs Lagerfeuer beschäftigt waren, und half ihnen, Holzscheite aufzuschichten. Larry trat zu ihr und sagte etwas in ihr Ohr, legte ihr dabei die Hand auf den Rücken, doch Marie schüttelte erneut den Kopf und ließ sich in ihrer Arbeit nicht unterbrechen. Als Larry sich umdrehte und sich wieder zurückziehen wollte, rief sie ihn zurück, ging ihm einen Schritt entgegen und gab ihm einen Kuss.

Es war das erste Mal, seit Elli und Giovanna angekommen waren, dass Marie öffentlich zeigte, dass Larry mehr für sie war als ein Beliebiger unter den Freunden. Eine Botschaft für Giovanna? Nein, das war nicht ihre Art. Marie hatte für Theater nichts übrig – »Die Welt hat andere Probleme« –, und so war Elli sich sicher, dass die Geste tatsächlich nur Ausdruck von Maries aufgewühlten Gefühlen war. Auch sie hatte ihre schwachen Momente, auch wenn sie es nicht gern zugab. Jemanden an der Seite zu haben, der sie mal in den Arm nahm, wusste wahrscheinlich selbst die starke Marie zu schätzen. Ob das ausgerechnet Lulli-Larry sein musste, bezweifelte Elli allerdings. »Der hat doch keine Eier in der Hose«, hatte Giovanna geurteilt – und Elli ihr nicht widersprochen.

Giovanna stand derweil noch immer an der anderen Seite des Hofs und rührte sich nicht von der Stelle. Von ihrer Gestalt war nicht mehr viel zu erkennen, nur ihr weißes T-Shirt konnte man vom Haus aus noch identifizieren. Die Beine verschwanden im Schatten des Schuppens. Sie sah auch nicht herüber zum Haus, sondern zum Berg, der sich als dunkle Silhouette vor dem Himmel abzeichnete. Das Licht des schwindenden Mondes war nicht mehr als eine Ahnung am Firmament, reichte aber aus, um Olivenbäume, Tomatenpflanzen, Zäune und Gebüsch in düstere Schemen zu verwandeln. Marie war derweil in der Küche verschwunden und Elli schon drauf und dran, zu Giovanna hinüberzugehen, als sie sah, dass die nun doch den Weg zum Haus einschlug. Mit sehr schnellen, kurzen Schritten kam sie herüber, legte Elli im Vorbeigehen für einen flüchtigen, wortlosen Moment die Hand auf die Schulter und lief dann, ohne noch einen Blick für irgendjemanden zu haben, am Haus vorbei, wo sie in die Straße Richtung Ort einbog. Dann war sie hinter Maries Haus verschwunden und Ellis Blick entzogen.

Das Nächste, was Elli wahrnahm, war Ottavio, der aufsprang, ein paar Worte zu Roberto sagte, und dann in dieselbe Richtung eilte. Elli spähte ihm nach, bis auch er hinter der Hausmauer verschwand. Sie stand auf und ging gerade so weit, dass sie in der Ferne erkennen konnte, wie Ottavio Giovanna mit seinen langen Schritten einholte. Elli sah ihre zarte Gestalt stehen bleiben und auf ihn warten. Gemeinsam gingen sie weiter und tauchten in den tiefer werdenden Schatten zwischen den wenigen Häusern ein, welche die Straße säumten. Elli atmete tief aus, merkte erst jetzt, wie angespannt sie gewesen war. Aus ganzem Herzen hoffte sie, dass Ottavio die richtigen Worte finden und Giovanna auffangen würde.

Den ganzen restlichen Abend über vermied Marie, mit Elli allein zu sein, sodass sie keine Gelegenheit bekam, die Freundin nach Grund und Inhalt der Auseinandersetzung zu fragen. Giovanna und Ottavio tauchten nicht wieder auf, bis die Gesellschaft sich verabschiedete und sich alle auf den Heimweg machten. Alle außer Larry, der Marie ins Haus begleitete und Elli mit einem selbstzufriedenen, breiten Lächeln eine gute Nacht wünschte – sie ihn allerdings zum Teufel, weil damit auch die letzte Gelegenheit vorüber war, ungestört mit Marie zu sprechen.

Wahrscheinlich erlaubt sie ihm genau deshalb, zu bleiben, dachte Elli, als sie später die Außentreppe hinaufstieg. Sie hatte noch eine Weile allein an den Überresten des Feuers gesessen und in die verlöschende Glut gestarrt, in der Hoffnung, Giovanna würde wieder auftauchen. Doch das tat sie nicht. Elli kämpfte ihre Sorgen um die Freundin nieder und beruhigte sich selbst mit dem Gedanken an Ottavio, der sicher noch bei ihr war. Wobei – war das wirklich so gut? Sie wusste gar nichts von dem Mann, der irgendwie zur Gruppe gehörte, aber doch wirkte, als komme er aus einer anderen Welt. Marie hatte einmal eine Andeutung zu seiner Vergangenheit gemacht, die ihr nicht eben vertrauenerweckend schien. Andererseits war Giovanna erwachsen und musste wissen, was sie tat. Und vielleicht hatten sich die beiden ja auch nur zum Reden gefunden, vielleicht war er als neutrale Instanz genau der Richtige, mit dem sie über Marie und den Streit sprechen konnte.

Schließlich gab Elli das Warten und Grübeln auf und ihrem Körper nach, der sich nach einem Bett und der Wärme der Wolldecke sehnte, die sie von Marie zusätzlich zu ihrem Laken erbeten hatte, und ging schlafen.

Am nächsten Morgen war Giovanna wieder da. Elli hörte sie leise schnarchen, noch bevor sie die Augen geöffnet hatte. Sie war schon drauf und dran, die Freundin zu wecken, entschied sich aber im letzten Moment dagegen. Sie wusste nicht, wie lang Giò überhaupt schon in ihrem Bett lag. In der Küche, in die sie hinunterstieg, fand sie Marie, tief über einige Papiere gebeugt, die sie auf dem großen Esstisch vor sich ausgebreitet hatte. Zwei leere Kaffeetassen standen auf der Spüle. Aha, schlussfolgerte Elli, Larry war also geblieben und hatte mit Marie gefrühstückt, bevor er verschwunden war.

»Morgen Elli«, rief Marie flüchtig herüber, »gut geschlafen?«

»Leidlich«, antwortete Elli. »Wo ist die Kleine? Noch im Bett?«

»Larry hat sie mitgenommen. Neben ihm wohnt eine Familie mit zwei Mädchen im selben Alter. Da kann sie den ganzen

Tag spielen, und ich kann mich mal in Ruhe meinen Rechnungen widmen.« Kein Wort zu Giovanna und dem Abend zuvor. Also blieb Elli nichts anderes übrig, als die Initiative zu ergreifen. Sie tat es ohne Zögern – wer weiß, wann wieder einer von Maries Freunden auftauchen und die Gelegenheit zerstören würde.

»Was war denn los gestern Abend?«

»Wieso? Was meinst du?«

»Ach komm schon, Marie. Du weißt genau, wovon ich rede. Euren Streit konnte niemand überhören.«

Marie schwieg. Nahm einen Bleistift zur Hand und machte an einigen Stellen Markierungen auf die Blätter, die vor ihr lagen. Wollte sie jetzt ernsthaft so tun, als hätte sie Ellis Frage nicht mitbekommen?

»Marie? Ich höre!«

Marie ließ noch immer keinen Laut vernehmen, sah Elli gar nicht an, doch die wurde zunehmend ungehalten, machte ein paar große Schritte und baute sich vor dem Tisch auf. Keine Reaktion von Marie. In Elli fing es an zu brodeln. Dann wurde ihr die Warterei zu viel. Sie beugte sich über den Tisch, packte die gerade beschrifteten Papiere – und wo eben noch Rechnungen waren, blickte Marie jetzt auf eine blanke braune Tischplatte. Nun blieb ihr nichts anderes übrig, als hochzuschauen. Sie richtete sich auf und lehnte sich zurück. Langsam, sehr langsam, bis ihr Rücken die Wand hinter der Bank berührte, so als wehre sich etwas in ihr gegen das Gespräch, das nicht versprach, angenehm zu werden.

»Also, was willst du wissen?«, fragte sie dann. Leise, sehr leise. Ihre Stimme war verhalten, ganz im Gegensatz zu der Lautstärke, die sie bei ihrem Streit am Vorabend an den Tag gelegt hatte. Abwehrbereitschaft war aus ihrer Körperhaltung zu lesen, Distanz lag auf ihrem Gesicht.

Doch Elli war nicht bereit, sich abwimmeln zu lassen. »Ich will wissen, worüber ihr euch so gezankt habt, dass der ganze Ort zuhören konnte.«

»Na, na, jetzt übertreib mal nicht so. Der ganze Ort …«

Sie lenkt ab, ich bin ja nicht doof, dachte Elli, *jedenfalls nicht so doof, dass ich dein schlechtes Gewissen, dieses richtig schlechte Gewissen, nicht bemerke.*

»Also, was hast du am Ende zu ihr gesagt?«, insistierte sie. »Es muss etwas ganz Gemeines gewesen sein, sonst wäre sie nicht einfach verschwunden.«

»Wieso verschwunden? Ich habe gedacht, sie wäre ins Bett gegangen.«

»Ach, und das war dir völlig wurscht? Wir sitzen unten am Feuer und du lässt sie einfach oben schmoren? Nicht nett, oder? Aber, nein, sie ist nicht ins Bett gegangen. Sie ist in Richtung Dorf davongelaufen.«

Marie zeigte zum ersten Mal so etwas wie eine Regung.

»Völlig allein? In der Dunkelheit? Aber wo wollte sie denn hin?«

»Das weiß ich doch nicht. Sie war nicht aufzuhalten. Aber allein war sie nicht, Ottavio ist ihr nachgelaufen.«

»Ottavio?« Marie schien der Streit doch mehr aus dem Gleichgewicht gebracht zu haben, als sie zugeben wollte, offenbar hatte sie so einiges am Abend zuvor nicht mehr mitbekommen. »Ottavio?«, fragte sie noch mal und stieß den Namen mit dem Ausdruck äußerster Überraschung hervor. Nein, es war mehr als Überraschung. Besorgnis traf es wohl eher, und noch etwas, das Elli nicht recht einschätzen konnte. Sie sah Marie gespannt an.

»Ottavio«, bestätigte sie. »Besser, als wenn sie allein durch die Dunkelheit gelaufen wäre, oder nicht?«

»Weiß ich jetzt nicht«, murmelte Marie nachdenklich, »weiß ich nicht.«

Elli wurde immer neugieriger. »Was weißt du nicht? Passt dir das nicht?«

»Doch, doch. Das ist es nicht«, setzte Marie an, zögerte kurz, dann erklärte sie wie nach einem plötzlichen Entschluss: »Ich habe dir ja schon gesagt, dass Ottavio keinen besonders guten Ruf hat. Er ist Neapolitaner«, fügte sie dann noch hinzu, als würde das alles erklären.

Elli wurde immer verwirrter. »Ja, was für einen Ruf hat er denn? Ist er ein Gauner? Gehört er zur Mafia? Hat er jemanden umgebracht? Nun red schon!«, insistierte sie zunehmend besorgt. Warum nur ließ sich Marie jedes Wort aus der Nase ziehen?

Die schraubte sich jetzt hinter dem Tisch hervor, um zum Kühlschrank zu gehen. »Nein, nein, das heißt, genau weiß ich es nicht. Aber darum geht es nicht.«

»Doch, darum geht es schon. Was weißt du denn nicht genau? Ob er bei der Mafia war? Oder ob er jemanden umgebracht hat?«

»In Neapel heißt die Mafia Camorra«, verbesserte sie Marie nicht ohne Genuss. »Aber nein, er hat bestimmt niemanden umgebracht – jedenfalls, soweit ich weiß. Aber er hat keinen guten Ruf, was Frauen angeht.«

»Und wie meinst du das? Ist er pervers oder so was?«

Marie hob beschwichtigend beide Hände. »Nein, nein, das auch nicht! Das heißt, ich weiß es ja nicht sicher. Aber er ist ein bisschen undurchsichtig. Mit den Frauen nimmt er es nicht zu genau. Also mit der Treue.«

»Ach so«, rief Elli aus, ein wenig beruhigt, »das sollte für unsere Giò doch kein allzu großes Problem sein. Ihre hervorstechendste Eigenschaft ist die Treue schließlich auch nicht. Was Männer angeht jedenfalls. Sonst schon«, setzte sie hinzu.

Marie nickte nachdenklich. »Ja, sonst schon, das weiß ich.«

»Wirklich?« Elli forschte im Grün von Maries Augen nach der Wahrheit, und die erwiderte ihren Blick.

»Genauer, als du glaubst«, sagte sie leise. »Vielleicht habe ich ja einen Fehler gemacht.«

»Du meinst, gestern?«, wollte Elli wissen.

»Na ja, gestern auch. Ich war ungerecht.«

Elli schwieg. Sie kannte ihren Marie-Moment genau, diesen Moment, in dem man die Freundin kommen lassen musste. Und so war es auch.

Marie redete weiter. »Ich hätte sie nicht so anschreien dürfen. Aber sie ist mir so auf die Nerven gegangen! Wie ein lebendiger Vorwurf ist sie hier aufgetaucht, aber anstatt dann was zu sagen, schleicht sie rum und macht sich klein. Verdammt, das ist doch nicht Giovanna! Unsere Diva! Das hat mich so aufgeregt. Da bin ich laut geworden.«

»Aber das ist jetzt nicht alles, oder? So wie ich das sehe, hat sie doch den Streit gestern angefangen. Also hat sie doch den Anfang gemacht, oder nicht? Und jetzt hast du ein tierisch schlechtes Gewissen ihr gegenüber, stimmt's?«, fragte Elli. »Und vermutlich zurecht«, schimpfte sie weiter.

Marie kam mit einer Wasserflasche und zwei Gläsern zurück zum Tisch und reichte der aufgebrachten Elli ein Glas.

»Ich weiß schon, was du meinst. Dass ich einfach nach Italien verschwunden bin. Ich hätte es ihr erklären müssen.«

Und mir auch. Hätte jedenfalls nicht geschadet, dachte Elli. »Ja«, setzte sie nach, »du hättest dich ruhig verabschieden können und nicht einfach mir nichts, dir nichts verschwinden.«

»Also mir nichts, dir nichts – das stimmt jetzt so nicht«, versuchte Marie schwach zu protestieren.

»Wie nennst du das denn? Ich musste deine Mutter anrufen, um deine Adresse zu erfahren. Nach Wochen, in denen du dich nicht gemeldet hast. Und mit Giovanna hast du gar nicht gesprochen, seit du hier bist. Und vorher schon keine

Zeit für sie gehabt, obwohl sie dich immer wieder angerufen hat.«

»Hat sie dir das erzählt?«

»Natürlich hat sie. Wir« – Elli legte eine besondere Betonung auf das Wörtchen ›wir‹ – »reden ja miteinander.«

Marie senkte den Kopf, zog sich mit einer müden Bewegung einen Stuhl heran und setzte sich wieder an den Tisch. »Manchmal zu viel. Aber du hast ja recht.«

»Natürlich habe ich recht«, sagte Elli und überhörte den Einschub.

Marie musste ganz offenbar wider Willen lächeln. »Du hattest immer schon recht. Aber ...« Sie schenkte Elli so schwungvoll Wasser ins Glas, dass es überschwappte und Elli es so weit wie möglich von sich weghielt. »Wie soll ich das erklären?«

»Probier's doch einfach!« Elli stellte das Glas heftig auf den Tisch, weiteres Wasser lief über.

Marie nahm das Glas hoch und wischte den Tisch kurzerhand mit ihrem Ärmel trocken, während sie nach den richtigen Worten suchte. »Ich musste einfach weg, Elli. Ich weiß nicht, ob du das verstehen kannst.« Wieder eine Pause, Elli setzte sich Marie gegenüber an den Tisch und sah sie aufmerksam an, bis Marie fortfuhr.

»Mir hat es so gereicht. Von allem. Dieses ständige Funktionieren, mein Ex, der mir ununterbrochen Vorhaltungen gemacht hat, aber mir dann doch die Kinder, die Schule, den Haushalt überlassen hat. Er hat sich aus allem rausgenommen, und ich musste mich mit diesen furchtbar aufgeregten Müttern rumschlagen und mit ihrem nervtötenden Mütterperfektionismus. Hach, mein Kind ist aber hier das Tollste, und meins da. Aber wehe, wenn das Kindchen mal nicht funktioniert, dann sind immer alle anderen schuld. Die Schule, die Lehrer, der Klassenkamerad, der was Böses gesagt hat, schon piept es wieder im Chat, und alle regen sich auf.« Marie redete sich in Rage, hob die Stimme und spitzte die Lippen: »Hach, habt ihr schon den neuen Schulaufgabenplan gesehen, eine Frechheit ist der, und der letzte Hefteintrag von Herrn xyz, wir hätten den bis morgen lernen sollen. ›Wir‹«, sie sah Elli an, »›wir‹, verstehst du? Als säßen sie selbst in der Schule und nicht ihre Kinder! Und dann wundern sie sich, wenn die lieben Kleinen am Ende der Schule dastehen und nichts auf die Reihe bringen, weil ja ihre Mamis alles für sie gemacht haben.« Sie stieß wütend die Luft aus. »Das ist so dumm! Die sollen die lieben Kleinen doch einfach mal ihre Fehler selbst machen lassen.«

Elli nickte, sie konnte Maries Ärger durchaus nachvollziehen – wenn sie auch andere Schlüsse daraus gezogen hätte. »Aber das war noch nicht alles, oder?«, fragte sie dann.

»Nein. Dazu kamen meine Eltern, die sind mir ständig auf die Nerven gegangen. Dauerkritik. Die Kinder waren ihnen zu unerzogen, die Wohnung zu unaufgeräumt. Nur Marc, der Vorzeigeschwiegersohn – der nicht seinen Job bei der SPD hingeschmissen hat, so wie ich – dass der jetzt der Ex war, das war das Schlimmste für sie. Der liebe Marc hier, der tolle Marc da, meine Mutter vergöttert ihn immer noch. Aber, dass er schuld daran war, dass ich mit der Parteiarbeit aufgehört habe, das wollten sie nie sehen. Wer hat mich denn ausgebootet bei der Wahl zum UB-Vorsitz? Das war doch er! Er hat diesen Thomas unterstützt, ausgerechnet den Deppen. Gegen jeden anderen hätte ich lieber verloren. Das hat Marc genau gewusst. ›Da hättest du dich eben durchsetzen müssen‹, kam es von meinen Eltern. Dass Marc aus reiner Eifersucht die Strippen gezogen hat, weil er mir den Erfolg nicht gegönnt hat, das haben meine Eltern nicht geglaubt. Für sie waren wir das perfekte Paar. ›Unsere Tochter und unser Schwiegersohn. Hand in Hand für ihre Partei.‹« Marie erhob die Stimme.

»Meine Mutter vor allem. Eine Einstellung, als wären wir immer noch auf Arbeit in der Zeche. Sie hätte einfach oben bleiben sollen im Ruhrpott. Apfelkuchen backen zum 1. Mai, Anisbriketts und genug vom Glückauf-Schnaps, das ist für meine Mutter die Welt. Ich hatte das so satt. Und dann bin ich ausgetreten. Stell dir vor! Nach Generationen von Sozialdemokraten. Ein Verrat! Die totale Familienschande!«

»Aber du warst doch selbst so lange überzeugt von deiner politischen Arbeit«, wandte Elli ein.

»Nicht so wie meine Eltern, du weißt, dass ich immer zwiegespalten war. Ob das überhaupt mein Ding ist. Und ob es die richtige Partei ist. Das Soziale, klar, die SPD und ihre Geschichte, das ist schon in Ordnung. Klar rege ich mich auf über soziale Ungerechtigkeit, für die kleinen Leute streiten, das ist schon toll – abgesehen davon, dass ich mich schon lange gefragt habe, ob die SPD das eigentlich noch tut. Hartz IV? Sozial? Die alte SPD hat sich doch längst selbst verraten. Aber mein Thema war ja eigentlich immer ein anderes. Du weißt, wie oft du mich im Wald gesucht hast, als wir noch Kinder waren. Das liegt mir am Herzen: die Natur, die Umwelt. Ich habe viel mehr Angst um die Welt als um die kleinen Leute. Der Müll im Meer interessiert mich viel mehr als der Mindestlohn für Friseurinnen. Die brennenden Wälder am Amazonas, das ist es, worum es geht, Elli, dass Venedig im Meer versinkt, das gilt es zu verhindern, da müssen wir was tun. Also bin ich bei den Grünen eingetreten. Frage nicht, wie meine Eltern reagiert haben!«

»Sie waren begeistert?«

Marie lachte bitter. »Meine Mutter hat fünf Wochen lang kein Wort mehr mit mir gesprochen, mein Vater hat den Verständnisvollen gemimt. Aber letztlich wollte er nur den Familienfrieden retten.«

»Das kann ich mir gut vorstellen. Aber uns hast du auch

davon nichts erzählt. Ganz versteh ich's nicht. Warum eigentlich nicht?«

Marie sah sie kurz an und ging dann zur Tür, um Jimmy hereinzulassen, der sich draußen bemerkbar gemacht hatte. Er explodierte förmlich vor Freude, als er Marie sah und wollte sich auf sie stürzen, doch ein knapper Befehl von ihr genügte, um ihn zu stoppen. Er ließ sich vor ihr auf den Hinterbeinen nieder, bebend vor Begierde, seiner Freude über das Wiedersehen mit allen Körperteilen zugleich Ausdruck verleihen zu dürfen. Marie hatte sich nur allzu gerne ablenken lassen von Ellis Frage, das war klar, doch Elli wurde man nicht so leicht los, wenn sie sich einmal festgehakt hatte.

Marie versuchte dennoch, sich vor einer direkten Antwort zu drücken. »Ach, was soll's. Das mit der Partei hätte euch eh nicht interessiert, oder? Ich wollte meinen Eltern eins reinwürgen und fertig, ich fang jetzt nicht an, bei den Grünen Politik zu machen. Die Welt geht doch auch so vor die Hunde, ob ich mich aufreibe oder nicht.«

»So hast du früher nie geredet«, unterbrach sie Elli.

»Ach früher«, sagte Marie barsch. »Giò hat auch immer von früher gesprochen. Früher war früher, jetzt ist jetzt. Früher war ich jünger, früher waren wir alle jünger. Früher habe ich gedacht, ich könnte was bewegen. Und was habe ich bewegt? Nix! Einfach nur geärgert habe ich mich. Ich habe das Gefühl, das Schlechte in der Welt ist stärker als das Vernünftige. Schau dir doch die Grünen an: Seit 30 Jahren haben sie recht, sie warnen davor, was wir mit der Welt machen, seit es sie gibt. Und was hat sich getan? Im Grunde nichts. Gar nichts. Wir fahren noch immer 250 auf der Autobahn, jeder Idiot fliegt in die Karibik, auf die Seychellen oder nach Südafrika ohne Rücksicht auf Verluste. Ist doch egal, ob wir hinterher daran ersticken, Hauptsache, wir haben es vorher noch schön gehabt. Wir schmeißen Lebensmittel in den Müll, als bekämen wir Prämien dafür, die Bauern halten ihre Tiere wie Sträflinge und spritzen und vernichten jeden natürlichen Flecken Erde. Ganz ehrlich, Elli, eigentlich müssten wir schreiend auf die Straße rennen und alles lahmlegen, aber alle machen weiter und weiter und weiter, sie ändern nichts. Du siehst sie im Supermarkt, wo sie Billigfleisch in ihre Wägen laden, und in der Werbung hörst du diese Tusse mit der aggressiven Stimme Werbung für ›Billig, billig, billig‹ machen und weißt genau, dass für jeden Hühnchenschenkel für 1,20 Euro Tausende Tiere elendiglich dahinvegetieren und kein kleiner Landwirt mehr davon leben kann, was er tut.«

Marie war immer lauter geworden, und Elli wusste, dass es wenig Sinn hatte, sie zu unterbrechen.

Sie begann Marie zu verstehen, teilte grundsätzlich auch die Ansichten ihrer Freundin, das alles aber doch eher theoretisch. Elli war kein politischer Mensch, sie ließ all die Dinge, von denen Marie gesprochen hatte, nicht so nahe an sich heran. Und niemals hätte sie ähnlich radikale Schlüsse für sich gezogen, dafür war sie viel zu pragmatisch, *vielleicht auch ein bisschen bequem*, dachte sie. Ihr Gewissen schalt sie, nicht genauso hellsichtig und bewusst zu sein wie Marie, aber eine naive Hoffnung in ihr sagte, es werde schon alles nicht so schlimm werden.

»Und dann hast du alles hingeschmissen«, sagte sie.

Marie nickte. »Es hat sich so gut angefühlt. Einfach alles stehen und liegen lassen.« Sie war zum Tisch zurückgekehrt und nahm einen Schluck von ihrem Wasser. »Als Marc weg war, ausgezogen, und ich mit den Mädchen allein – das weißt du, du warst ja mal bei uns –, das war der Anfang. Da ging's mir schon viel besser. Es war eine Befreiung. Aber alles andere war noch da. Und dann habe ich dieses Seminar gemacht. In dem es um die inneren Blockaden ging. Ich hatte dir davon erzählt, dass ich das vorhatte.«

Elli nickte. »Ich kann mich erinnern.«

»Das war einfach toll. Und dort habe ich Markus kennengelernt. Er hat mir von dem Projekt hier in Chiesavalle erzählt, und ich wusste es sofort. Dass das genau das ist, was ich brauche. Verstehst du? Hier kann ich wirklich etwas tun. Ich kann wenigstens dieses kleine Stückchen Welt besser machen. Mein Garten, mein Gemüse, meine Oliven, das sind alles gute Dinge. Ich brauche keine Chemie, ich kann sie wachsen sehen, ich kann alles mit meinen eigenen Händen tun. Wir versuchen ja auch, alte widerstandsfähige Sorten zu finden und sie zu rekultivieren. Um ein bisschen was zurückzuholen in die Welt, was gut ist. Das ist es. Das tut mir gut.«

»Also die ganz große Weltrettung hast du aufgegeben«, wandte Elli ein. Es sollte nicht ironisch klingen.

Marie sah Elli nachdenklich an. »Nein«, sagte sie dann, »das ist es nicht. Und vielleicht tue ich das hier auch nicht ewig, vielleicht komme ich doch eines Tages zurück und kandidiere als Bundeskanzlerin.« Ein Lächeln streifte ihr Gesicht. »Aber im Moment ist es das hier, was ich machen will. Etwas Praktisches. Und ich kann gut davon leben. Was will ich mehr?«

Elli sah sie prüfend an. »Ich weiß nicht. Ich kann mir nicht ganz vorstellen, dass dir das auf Dauer reicht. Aber, dass es dir gutgeht, das sehe ich. Überraschend.«

»Wie meinst du das?«

»Na ja, überraschend, weil du dich früher nie begnügt hast. Weil du nie aufgehört hast, mehr zu wollen, mehr zu tun. Aber es scheint dir gut zu bekommen. Vielleicht war es die richtige Entscheidung.«

»Das habt ihr euch gefragt, oder, du und Giovanna? Ob ich mich da in was verrannt habe.«

Elli sah sie an. »Kannst du uns das verdenken? Dass Giò eines Tages nach Italien gehen würde, ja, vielleicht zurück nach Rom, das lag im Bereich des Möglichen. Und liegt es noch immer. Aber du doch nicht! Also haben wir uns natürlich gefragt, was passiert ist. Und ob es nur an deiner Trennung lag. Und Giovanna hat …« Elli zögerte und biss sich auf die Lippen. Sollte sie wirklich sagen, was sie dachte? Aber jetzt waren sie schon mittendrin in ihrer Aufarbeitung, da sollte auch alles raus. »Giovanna hat befürchtet, es wäre irgendwie ihre Schuld.«

»Wie, dass ich nach Italien gegangen bin?«

»Nein«, sagte Elli, »aber die Trennung. Sie hat das alles mit der Hochzeit und Marc …«

»… furchtbar ernst genommen«, unterbrach sie Marie und klang genervt. »Ich weiß. Das hat sie mir gestern gesagt. Aber ganz ehrlich, wegen eines kleinen Flirts hätte ich Marc doch nicht verlassen, der hat sich schon andere Dinger geleistet – aber unmöglich war es von ihm trotzdem, dass er ausgerechnet eine meiner besten Freundinnen angräbt. Dieser Arsch.«

Elli nickte. »Das ist er. Ein Arsch.«

»Das hatte aber nichts mit Giovanna zu tun.«

»Sicher nicht?«

»Sicher nicht! Sauer bin ich auf sie erst jetzt, weil sie sich so wichtig genommen hat.«

»Mei, sie hatte halt ein schlechtes Gewissen. Und schließlich hast du sie plötzlich völlig ignoriert. Da hat sie sich halt eine Erklärung gesucht.«

»Tja.« Marie schwieg einen Moment. »Eigentlich habe ich keine Erklärung. Ich wollte einfach nicht. Nicht reden, nichts erklären. Ich kann es nicht, nicht ihr.«

»Wieso nicht ihr?«

»Vielleicht«, Marie zögerte, »vielleicht, weil sie zum System gehört.«

»Zu welchem System?«

»Zu dem, aus dem ich rauswollte. Sie war immer Teil von allem, ohne irgendetwas infrage zu stellen.«

»Hab ich das denn getan?«

Marie überlegte. »Nee, du auch nicht. Aber du hast dich klar entschieden. Für deinen Job, deine Familie. Du weißt, was du willst.«

Wenn du wüsstest ...

»Aber du hast auch einen Weg eingeschlagen, Giovanna nicht. Sie steht ständig an einer Gabelung und nimmt keinen der beiden Wege, bis einer kommt und ihr sagt, welche Richtung die richtige ist. Sie selbst denkt noch nicht einmal darüber nach. Sie lässt sich treiben, bis es ihr irgendwie nicht mehr passt, und dann läuft sie wieder in eine ganz andere Richtung ...«

»Vielleicht kann sie ja nicht anders«, wandte Elli ein, ein bisschen verärgert über die Kritik an der Freundin. »Du weißt genau, warum sie so ist, was sie alles mit sich herumschleppt.«

»Natürlich weiß ich das«, unterbrach sie Marie, »aber das ist es ja gerade. Warum unternimmt sie nichts? Warum tut sie nichts gegen diese Trauer und nimmt ihr Leben endlich in die Hand? Hallo, in ein paar Jahren sind wir 50, und sie hat ihr Leben damit verbracht, davonzulaufen? Sie hat ihr ganzes musikalisches Talent verschwendet, ihre Schönheit an einen dahergelaufenen Typen nach dem anderen vergeudet.«

»Ach, und da hast du dir gedacht, anstatt meine Freundin zu unterstützen, geh ich einfach und überlasse sie sich selbst.« Elli griff nach ihrem Wasserglas und dachte kurz daran, es Marie ins Gesicht zu schütten, so aufgebracht war sie. Irgendwie hätte sie für die Begründung Eifersucht mehr Verständnis aufgebracht als für die Begründung Gleichgültigkeit.

Marie musste Ellis Verärgerung bemerkt haben, doch sie war keinesfalls bereit, ihre Worte zu relativieren. »Was hätte ich denn tun sollen? Ich bin nicht ihre Mutter!«

Das war ihr herausgerutscht, das konnte Elli erkennen.

Etwas leiser fuhr Marie fort: »Du weißt schon, wie ich das meine. Einerseits hatte ich immer das Gefühl, dass sie zu mir aufschaut, mich irgendwie bewundert. Aber wenn ich wirklich versucht habe, sie von einer ihrer Dummheiten abzuhalten, hat sie nie auf mich gehört, nur um anschließend wieder wie ein Häufchen Elend herumzuhocken. Ganz ehrlich, ich habe das nicht mehr gepackt.« Sie sah Elli lange an, hatte dann wohl doch das Gefühl, dass ihre letzten Sätze ein bisschen harsch waren. »So wie alles andere auch«, fügte sie hinzu.

»Aber jetzt hat sie etwas dagegen getan.«

»Was meinst du damit?«

»Die Sache mit dem Akkordeon. Das ist für Giovanna etwas ganz Großes.«

»Meinst du? So habe ich das noch gar nicht gesehen. Darüber hat sie noch gar nicht gesprochen.«

»Hast du sie denn gefragt?«

»Nein, habe ich nicht, du hast recht.«

»Dann solltest du das vielleicht mal tun.«

»Ja, vielleicht sollte ich das. Für den Fall, dass sie noch mit mir spricht.«

Da musste Elli schmunzeln. »Garantiert tut sie das. Sie hat dich lieb, weißt du? Und sie hat dich unendlich vermisst.«

Marie nickte nachdenklich mit dem Kopf und sagte: »Schon seltsam irgendwie. Ich sie auch. Trotz allem. Obwohl wir überhaupt nicht zusammenpassen.«

»Das tut ihr tatsächlich nicht. Habt ihr eigentlich noch nie.«

Beide schwiegen, hingen ihren Gedanken nach, bis Marie das Wort ergriff und unvermittelt das Thema wechselte. »Und du? Was ist mit dir?«

Elli ging in Habachtstellung. »Was soll mit mir sein?«

»Du hast so abgelenkt, als ich im Auto nach dir und der Familie gefragt habt. Alles in Ordnung bei euch?«

Elli zögerte. Nach einer Aussprache über ihr eigenes Dilemma stand ihr im Moment nicht der Sinn, da kam es ihr gerade recht, dass sie es im Obergeschoß rumpeln hörte. Sie deutete in Richtung Decke. »Ich glaube, sie ist aufgestanden«, sagte sie schnell und war schon auf dem Weg zur Treppe, als sie hinzufügte: »Ich geh mal rauf und schau nach ihr.«

»Meinst du nicht, dass sie den Weg hier runter allein findet?«, fragte Marie trocken.

»Ja, doch. Nein. Aber ich hab oben sowieso was vergessen.«

Spätestens jetzt würde Marie klar geworden sein, dass es etwas gab, das Elli ihr verheimlichte.

Elli fand Giovanna schon im Aufbruch. Die Freundin saß in T-Shirt und langer Hose auf ihrem Bett und war gerade im Begriff, sich die Schnürsenkel ihrer Turnschuhe zuzubinden.

»Ah, Elli, schön, dass du kommst. Ich muss gleich los«, rief sie ihr entgegen.

»Du? So früh schon auf? Wo willst du denn so eilig hin? Und wo warst du überhaupt den ganzen Abend?«

Giovanna stand schnell auf und beugte sich nach vorne über die Schuhe, sodass sie ihre Haare über den Kopf schütteln konnte. Elli versuchte, durch den dichten Vorhang ihres dunklen Schopfs zu spähen. Und kein Zweifel, Giovanna war rot geworden.

»Ich war in einer Bar im Ort«, nuschelte sie, richtete sich wieder auf und fasste die Haare zu einem Pferdeschwanz zusammen. »Du weißt, schon, wir sind bei der Herfahrt daran vorbeigekommen, da wo der alte Mann saß.«

»Und Ottavio? War der auch den ganzen Abend in der Bar?«, wollte Elli wissen. Giovanna sah sie kurz an, bevor sie ihren Rucksack schnappte, der offenbar schon gepackt bereitlag, und sich zur Tür wandte.

»Ja. Der war auch da. Und jetzt treffe ich mich gleich mit ihm, er will mir irgendeine Hochebene in der Nähe zeigen.« Nun, dass Giovanna jemanden kennenlernte und sich auf ihn einließ, war ja nichts Neues für Elli, aber diesmal hatte sie eigentlich gehofft, sie und Marie an einen Tisch bringen und wieder versöhnen zu können. Zum anderen hatte sie Maries Worte über Ottavio noch im Ohr und war sich nicht ganz sicher, ob sie sich nicht um ihre Freundin sorgen musste. Sie erwischte Giovanna gerade noch am Ärmel, bevor sie zur Tür hinaus war, und hielt sie fest. »Giò?«, fragte sie vorsichtig, »weißt du, was du tust?«

Sie erntete einen überraschten Blick. »Elli, mach dir keine Gedanken!« Giovannas Stimme war sehr klar. »Wir haben nur geredet. Ehrlich. Ottavio, er« – sie stockte kurz, bevor sie weiterredete – »er hört mir zu. Wir verstehen uns.«

»Und das ist alles? Komm, erzähl mir nichts!«

»Das ist alles. Er hat nicht mal versucht, mich anzufassen. Ich weiß auch gar nicht, ob er das will.«

Elli hatte sie losgelassen, und Giovanna drehte sich schon zur Tür, da hakte Elli noch mal nach: »Und du? Willst du denn?«

Giovanna stieß ein kurzes und sehr typisches Lachen aus, eines, das alles und nichts heißen konnte und Elli mehr Sorgen bereitete, als hätte sie ihr eine positive Antwort gegeben, dann war sie weg. Durch das Fenster konnte Elli sehen, wie sie den Weg über die Außentreppe nahm, wohl, weil sie Marie nicht begegnen wollte. Dann war sie auch schon hinter dem Haus verschwunden, und Elli blieb ein wenig ratlos mit sich allein.

Sie suchte und fand in ihrer Tasche ihr Handy, das sie an diesem Morgen noch gar nicht in der Hand gehabt hatte. Sie begab sich ebenfalls nach draußen auf den Treppenabsatz, wo, wie sie wusste, das Mobilfunknetz am besten funktionierte.

Ein paar Minuten nahm sie sich, um durchzuatmen, lauschte auf die fernen Geräusche, die aus Chiesavalle herüberdrangen und an den Berghängen hinter Maries Grundstück ihr Echo fanden: ein aufheulender Motor, das Rumpeln der Müllabfuhr. Sie waren aber nicht nah genug, um zu stören. Von links tastete sich gerade die Morgensonne um die Hausecke herum, fand ein paar übrig gebliebene grün-orangene Tomaten in den Sträuchern, die dem Haus am nächsten standen, und brachte sie zum Leuchten. Gleich würden die Strahlen die Hoffläche erreichen, wo Maries Hühner hinter ihrem Maschendraht herumpickten.

Aus dem offenen Küchenfenster schräg unter ihr zog kräftiger Kaffeeduft nach oben und vermischte sich mit den typischen Gerüchen nach Rosmarin und der genügsamen Strohblume, die an den Wegrändern in Maries Garten ihre Wurzeln in den Boden geschlagen hatte und noch feucht von der Nacht in der ersten Sonnenwärme ihren Curryduft entfaltete.

Welch ein Frieden, dachte Elli. *Wenn ich Marie wäre, ich würde hier sicher nie wieder weggehen.* Dann nahm sie ihr Mobiltelefon, entsperrte es, um festzustellen, dass zwei WhatsApps von Toni und eine Nachricht von ihrer Tochter Lena darauf waren. Lena hatte nichts Dringendes mitzuteilen, und Toni schrieb, dass er es kaum erwarten könne, bis sie wieder zurück sei. Elli schloss die Nachricht und öffnete schon das Adressbuch, um die Festnetznummer zu Hause auszuwählen. Alte Gewohnheit. Wenn sie unterwegs war, und das kam immer wieder mal vor, meldete sie sich täglich einmal bei Matthias, mindestens mit einer Nachricht, meistens aber telefonierten sie auch. Eine ungeschriebene Regel zwischen ihnen. Wer nicht zu Hause war, gab dem anderen Bescheid, dass alles in Ordnung war. Nur, dass Matthias nie allein verreiste, also war es immer an ihr, ihn anzurufen.

Elli sah auf die Uhr – Montag kurz vor halb zehn. Matthias

hatte ebenfalls Urlaub und war bestimmt gerade in der Küche, um sich einen Tee zu machen und die Zeitung zu lesen. Es war immer die gleiche Reihenfolge, in der er sich durch die Ressorts arbeitete. Zuerst waren Politik und Wirtschaft und München dran, dann Feuilleton und Bayern und zum Schluss der Lokalteil. Am Wochenende verteilte er das Lesen auf zwei Tage, da war die Zeitung ja auch dicker. Eine Hälfte hob er sich immer für den Sonntag auf, um es sich, an der einen oder anderen Stelle zungenschnalzend oder wahlweise kopfschüttelnd, damit auf dem Wohnzimmersofa gemütlich zu machen und die Stunde nach dem Frühstück ausgeklinkt aus dem Familienleben hinter den großen Seiten zu verbringen. Ein Korsett war es, das er sich damit gab, eines, das er liebte. Aber auch eines, das Elli oft genug aufgebracht hatte, weil sie in dieser Zeit an Matthias' sturem Beharren abprallte – ganz gleich, ob es für sie ein wichtiges Anliegen gab, das sie gerade gern mit ihm besprochen hätte. Sie selbst las die Zeitung, wann sie eben dazu kam, wann Job und Familie ihr Zeit ließen, in beliebiger Reihenfolge und sich von den Überschriften inspirieren lassend, die sie gerade ansprachen, ohne Anspruch auf Vollständigkeit. Und hatte dann im Gegensatz zu ihrem Mann oft das Bedürfnis, über das Gelesene zu reden. Matthias aber las, ließ sacken, trank seinen letzten Schluck Tee, verdaute und hakte ab, ohne dass die Lektüre greifbare Spuren an ihm hinterlassen hätte. Was gab es da schon zu reden? Dinge passierten oder passierten nicht. Sie entzogen sich seinem Einfluss und mussten auch nicht diskutiert werden.

Elli hatte sich schon oft gefragt, wie ihr Mann eigentlich mit seinen Kollegen kommunizierte, ob er anders mit ihnen redete als mit ihr. Anders gesagt: Ob er mit ihnen kommunizierte, also in einen Austausch von Argumenten und Gegenargumenten, Gedanken und Meinungen eintrat. Mit ihr tat er das, genau genommen, nämlich nicht.

Elli blinzelte in die Sonne, die nun auch den Treppenvorsprung erreicht hatte, und genoss die plötzliche Wärme auf ihrer Haut. Nein, kein guter Augenblick für die fernmündliche Rückkehr in die häusliche Routine. Sie nahm den Finger vom Favoritenstern für Daheim. Von den Kindern würde vor Donnerstag ohnehin keines zurück sein, und wenn sie Pech hatte, ging Matthias noch nicht mal ans Telefon, Zeitungszeit!

Elli scrollte durch die letzten Kontakte und fand »Toni« in der Liste. Nach dem zweiten Klingelton hörte sie seine dunkle Stimme »Guten Morgen mein Elschen« schnurren – ein bisschen verschlafen noch, aber voll von jener aufmerksamen Zuwendung, die sie vom ersten Moment an in seiner Gegenwart gespürt hatte. Elli setzte sich mit dem Handy am Ohr auf die oberste Treppenstufe und gab sich der Leichtigkeit des Morgens und der Melodie der Liebkosungen hin, die in Tonis Worten lagen. Bis Jimmy die Treppe heraufgehechelt kam und ihr ohne Vorwarnung über das Gesicht schleckte, um sie darauf aufmerksam zu machen, dass unten am Treppenabsatz Marie auf sie wartete.

13.

PIANO GRANDE.

Giovanna

Ottavio stand ein Stückchen vom Haus entfernt. Sein recht ramponierter Fiat-Kastenwagen mochte einmal weiß gewesen sein, jetzt war er nur noch rostig und sah aus wie eines von jenen Fahrzeugen, die für ihren Besitzer nichts anderes darstellen als einen fahrbaren Untersatz. Was Giovanna ein bisschen verwirrte. Sie hatte nicht den Eindruck, dass es Ottavio völlig egal war, wie er gesehen wurde, er war ganz sicher jemand, der um seine Ausstrahlung wusste. Seine Haare, dick und wellig, trug er halblang und lässig nach hinten gestrichen. Von grauen Strähnen durchzogen bildeten sie einen auffälligen Kontrast zu seinem noch völlig dunklen Bart und den ebenso dunklen Brauen, Wimpern und Augen. Jeans und T-Shirt – etwas anderes hatte sie an ihm noch nicht gesehen – trug er mit anbetungswürdiger Lässigkeit, wie sie fand. Der alte Wagen war also entweder Teil einer bewussten Selbstinszenierung, oder aber er konnte sich schlichtweg keinen anderen leisten. Schwer zu sagen.

Überhaupt konnte sie Ottavio nicht gut einschätzen. Immerhin war er ihr am Abend zuvor nachgegangen, während niemand sonst einen Finger rührte, als sie mutterseelenallein in die Nacht verschwand. Dabei hatte sie nicht gewollt, dass ihr jemand folgte. Nach ihrem Streit mit Marie hatte sie nur noch das Weite suchen und allein sein wollen. Die Vorwürfe ihrer Freundin hatten sie aus der Bahn geworfen, und am liebsten hätte sie sich ans Steuer gesetzt und wäre nach Hause gefahren, nach München, so schnell es ging. Dummerweise war es Ellis Auto, mit dem sie gekommen waren. Wie hatte sie nur darauf hoffen können, zwischen ihr und Marie könne alles so werden wie früher? Wie hatte sie nur annehmen können, sie würden ihre alte Verbundenheit wiederfinden, einander vertrauen, wie sie es als Kinder und junge Frauen getan hatten? Die Nirvana-CD, achtlos von Marie in den Schuppen geworfen, war nicht das Problem, sondern, so schien es ihr, ein Statement. Der ins Auge springende Beweis dafür, dass ihre langjährige Freundschaft für Marie längst nicht mehr den Stellenwert hatte, den Giovanna ihm beimaß. Das hatte Marie ihr gestern unmissverständlich klargemacht. Und vielleicht hatte es diese Bedeutung noch nie gegeben. War es nur die Idee einer Freundschaft gewesen, der Giovanna nachgelaufen war? Hatte sie sich schon immer etwas vorgemacht? Hatte sie nicht genau genug hingehört, war sie einfach über die Indizien hinweggegangen, die das Gegenteil bewiesen, und über die sie längst hätte stolpern müssen?

Und doch waren da diese Abende gewesen, diese unendlichen Nächte mit den nicht enden wollenden Gesprächen. In denen jede von ihnen alles preisgegeben hatte, in denen jede von ihnen die andere bis auf den Grund ihrer Seele hatte blicken lassen. Da war kein Verstellen gewesen, kein Filtern von Informationen aus Gründen, die jede von ihnen in sich selbst gesucht hätte. Da war Elli gewesen, die über ihren Vater geklagt und von den blauen Flecken erzählt hatte, die sie auf dem Körper ihrer Mutter sehen konnte.

Da waren Maries Komplexe, ihre Sorge, irgendjemand außer ihren beiden Freundinnen könnte bemerken, dass ihre

Socken Löcher hatten, weil ihre Mutter jedes verschlissene Paar wieder und wieder flickte, auch wenn Tobias und sie die lieber weggeworfen hätten. Da war auch Maries Scham über die winzige Wohnung, über das Zimmer, das sie sich mit ihrem Bruder teilen musste, während Elli zu Hause eine Eingangshalle mit Freitreppe und einen Kamin hatte. Und dann war da noch Maries Bruder, der mit elf Jahren nichts Besseres zu tun hatte, als im Supermarkt eine Partie Coladosen mitgehen zu lassen und unbezahlt aus dem Geschäft zu tragen. Natürlich wurde er dabei erwischt, und am Nachmittag des Tages stand die Polizei vor der Wohnung von Maries Eltern.

All das kauten sie wieder und wieder miteinander durch, vertrauten sich ihre Ängste an. Nichts war ihnen peinlich voreinander. Es gab kein Misstrauen, keine Sorge, dass eine der Freundinnen taktlos reagieren, oder dass etwas aus ihren Gesprächen nach außen dringen würde, was vertraulich bleiben sollte. So hatte Marie auch kein Geheimnis daraus gemacht, dass eben jener Bruder dann als Vierzehnjähriger mit einer Straßengang umherzog und wegen Drogenbesitzes Sozialstunden ableisten musste. Warum hätte sie das auch für sich behalten sollen? Keine der Freundinnen wäre deshalb auf die Idee gekommen, schlecht von ihr oder von ihrer Familie zu denken.

Als dann Giovanna mit ihren wechselnden Männergeschichten anfing, waren auch sie Gegenstand ihrer nächtlichen Gesprächsrunden. Und selbst wenn Elli und Marie hin und wieder den Kopf schüttelten über Giovannas Eskapaden – natürlich taten sie das, Giovanna wäre überrascht gewesen, hätten sie es nicht getan –, stellten die Freundinnen sie als Person doch niemals infrage. Jede Verabredung wurde diskutiert, jeder potenzielle Kindsvater ausgelotet – zumindest von Elli, die immer darauf gehofft hatte, Giovanna eines Tages glücklich in einer eigenen Familie aufgehoben zu sehen.

Und als die Sache mit Antonella passierte, redeten sie auch darüber, wie es war, dass sie nicht mehr bei ihnen war, und wie sie sich fühlten, als sie sie fanden. Ob sie es hätten verhindern können. Warum es passiert war, warum Antonella das getan hatte – an diesen Spekulationen allerdings beteiligte Giovanna sich nicht. Auch, wenn sie etwas mehr Licht in die Sache hätte bringen können. Sie tat es nicht. Konnte es nicht. Nie. Das war das einzige Thema, zu dem sie nie etwas gesagt hatte. Nie hatte sie es geschafft, zu erzählen, was genau passiert war mit ihrer Mutter und warum ausgerechnet Antonella sich dafür die Schuld gegeben hatte. Jenen Moment hatte Giovanna tief in sich vergraben: Wie sie Antonella da am Fenster stehen sah, die riesige Schultasche, die knochigen Schultern ihrer Schwester, die Last des Ranzens auf ihrem dünnen Rücken. In ihren Albträumen und in ihren schlimmen Momenten holte sie die Erinnerung ein, wie Antonella da stand und nach unten starrte, wie sie zusammenfuhr bei jedem neuen Geräusch, das von der Straße heraufdrang, so wie die Autotür, die aus dem im Feuer geschmolzenen Rahmen aufs Pflaster krachte, weil sie keinen Halt mehr hatte, wie die Schreie der Nachbarn, die zu den brennenden Fahrzeugen liefen. Von all dem sah Giovanna zunächst nichts, sie stand wie gelähmt in der Tür zum Nebenzimmer, fiebernd, frierend, sie sah nur den Rücken ihrer Schwester. Und den Feuerschein von der Straße, der sich in den Scheiben der offen stehenden Fenster spiegelte.

Mit Antonella hatte sie später darüber gesprochen, was passiert war, und ihre Schwester hatte ihr erzählt, was in ihr vorgegangen war, da oben am Fenster – viel später, in München erst. Am Ende jener Nacht waren sie eingeschlafen, Antonellas Kopf und ihre nass geweinten Haare in Giovannas Schoß, sie selbst ohne eine einzige Träne. All die Worte, die Antonella gefunden, mit denen sie das Bild der Flammen und ihrer Schuld gemalt hatte, hatten in Giovanna ihr Echo gefunden wie eine ferne, unschöne Melodie. Doch sie fand keine Sprache dafür, keine Tonart, in die all die Dissonanzen, die schrägen Töne hätten Eingang finden können. Der Tag, die Erinnerung daran, das Fieber, in dem sie selbst glühte, gerannen gemeinsam zu einem schwarzen Loch, das alles einsaugt und in einen Wirbel zieht, was ihm zu nahe kommt, und das keine Konturen in seinem Inneren erkennen lässt.

So hatte Giovanna es auch nie geschafft, mit ihren beiden besten Freundinnen darüber zu reden. Elli und Marie mussten sich mit den kargen Eckdaten begnügen, die Giovanna aus Italien mitgebracht hatte, als sie gemeinsam mit ihrer Schwester im September 79 aus dem Auto ihres Vaters ausgestiegen war: knappe Informationen, verpackt in vereinbarte Worthülsen, x-mal wiederholt und ihres Inhalts entleert.

War es ein Fehler gewesen, mit Elli und Marie niemals darüber zu sprechen? Inzwischen kam es ihr manchmal so vor, als habe sie damit ihre beiden Freundinnen ausgegrenzt, sie ferngehalten von jenem innersten, intimsten Nukleus ihres Seins, als habe sie vorgegeben, jemand anderes zu sein, als sie tatsächlich war seit dem Tag der Explosion. Antonella hatte dieser Tag getötet – nicht in dem Moment, in dem die Bombe hochging, aber Jahre später. Am Grab ihrer Schwester, gefangen in ihrer frisch geschmiedeten Zelle aus kaltem Verlust, hatte Giovanna gedacht, dass die Explosion Antonella ebenso gleich hätte zerreißen können. Mit zunehmendem Abstand aber lernte sie, die Ereignisse anders zu bewerten, die Jahre, die sie noch mit ihrer Schwester verbringen durfte, als unverzichtbaren Teil ihrer eigenen Biografie zu sehen, einen Teil, den sie wie einen Schatz verschlossen hielt im Schrein ihrer Erinnerungen.

Damals waren Elli und Marie schon an ihrer Seite gewesen. Sie hatten ihr wieder herausgeholfen aus dem Korsett aus

Trauer und Entsetzen, indem sie einfach da waren, indem sie ganz praktische Hilfe leisteten. Mal bei der einen, mal bei der anderen hatte Giovanna übernachtet, sie war auch nach dem Aufwachen geblieben, mal nur für eine Nacht, mal für viele. Doch alle Gesprächsangebote hatte sie ausgeschlagen. Hatte sie selbst dazu beigetragen, eine Mauer zwischen ihnen zu schaffen? Hatte sie selbst es zugelassen, dass diese Mauer im Lauf der Jahre immer massiver geworden war? Zumindest zwischen Marie und ihr, die sich immer schon schwerer getan hatte als Elli, empathisch zu sein, sich auf Gefühle einzulassen, auf die anderer ebenso wie auf die eigenen.

Und so gab es heute diese Kühle zwischen ihnen, dieses verstörende gegenseitige Abtasten. War es schon Misstrauen oder doch nur Vorsicht? Giovanna war sich nicht sicher, ob Marie ihr heute noch so eine Sache wie die mit ihrem Bruder Tobias erzählen würde – Tobias war ihr wunder Punkt gewesen, immer schon. Angeblich lebte er ja jetzt auch hier in der Nähe, aber die Freundinnen hatten ihn noch nicht zu Gesicht bekommen; bei den abendlichen Treffen war er jedenfalls nicht gewesen, und über die eine Erwähnung hinaus hatte Marie auch noch kein Wort über ihn verloren.

Vielleicht hatte sie mit Elli über ihren Bruder gesprochen? Ganz sicher. Giovanna konnte sich nicht vorstellen, dass es zwischen Elli und Marie Geheimnisse gab, Unausgesprochenes. Auch jetzt nicht. Sie hatten es geschafft, einander nahe zu bleiben – oder täuschte sie sich auch darin? Lag es nur an ihrer Perspektive?

Giovanna musste an die Geschichte mit Maries Unfall denken. Es war schon eine ganze Weile her, Maries Kinder noch klein gewesen und zwischen ihnen alles in Ordnung. Zumindest hatte Giovanna das gedacht. Bis sie von Elli erfuhr, was sie alles nicht wusste über ihre Freundin Marie. Dass Marie zu Elli gekommen war und sie um Hilfe gebeten hatte, nicht zu Giovanna. Ihr hatte sie noch nicht einmal davon erzählt.

Giovanna hatte sich gestern Abend bei Ottavio darüber beschwert, als sie mit ihm nach ihrem nächtlichen Marsch endlich in der Ortsmitte von Chiesavalle in dieser Bar saß. Die Dankbarkeit für sein Interesse hatte ihr das Herz geöffnet.

»Ihr wart doch einmal beste Freundinnen, oder nicht?«, wollte er wissen.

»Hat sie das erzählt?«, war Giovannas Gegenfrage gewesen. Und dann hatte sie genickt. »Ja, wir waren einmal Freundinnen. Non so cosa siamo oggi.« Nein, sie wusste wirklich nicht, was sie heute waren. Dass Marie damals einen Mann angefahren hatte – acht, neun Jahre war das jetzt her –, davon hatte Giovanna erst Monate später erfahren, als alles schon ausgestanden war. Elli hatte Marie einen Anwalt besorgt, Marie war eine Teilschuld zugesprochen worden, die Haftpflicht war für die Krankenhauskosten des Mannes aufgekommen, der Marie beim Ausparken hinter den Wagen gelaufen war. Sein gebrochenes Bein war geheilt und auch die Gehirnerschütterung hatte keine Folgen. Nur Giovannas Enttäuschung darüber, dass Marie ihr scheinbar weniger vertraute als der Freundin, war geblieben.

Sicher, Elli war die Patentere von ihnen, Elli war eine Löwin, wenn es darum ging, ihren Liebsten zu helfen. Sie war es gewöhnt, Schwierigkeiten bei den Hörnern zu packen. Auch hatte sie sicher die besseren Kontakte, und doch ... Ein kleines, nagendes Gefühl war zurückgeblieben in Giovanna, hatte sich in ihr festgesetzt wie ein Ansatz von Karies, die zur Zersetzung des Zahnes führen kann, wenn sie nicht ausgemerzt wird. Und die Enttäuschung hatte in den vergangenen Jahren immer neue Nahrung gefunden. Der nicht ausgesprochene Vorwurf, den sie ihrer Freundin machte, war größer und zu einem tiefen Groll geworden, von dem sie sich nicht mehr befreien konnte. Bis jetzt nicht. Weil sie keine Gelegenheit mehr bekommen hatte, mit Marie darüber zu sprechen, und weil sie sie auch nicht gesucht hatte.

Bis zum gestrigen Abend. Als sie vor dem Schuppen standen, Giovanna aufgebracht wegen der Sache mit der CD und in dem Gefühl, es sei eh schon alles egal, hatte sie Marie damit konfrontiert. Es war aus ihr herausgebrochen. Sie hatte sie gefragt, warum sie ihr nicht mehr vertraue, warum sie einfach gegangen war, warum sie damals nicht zu ihr gekommen sei, ob sie nicht Freundin genug sei, um helfen zu dürfen, wenn es darauf ankam. Doch von Marie war wieder keine Antwort gekommen außer: »Das musst du selbst wissen. Du hast gerade eben Elli verraten. Du wusstest, dass sie nichts von der Geschichte mit dem Unfall erzählen sollte, und trotzdem tratschst du jetzt weiter. Das mit dem Vertrauen ist also schon eine recht schwierige Sache, findest du nicht?«

Dann war Marie gegangen. Leere in Giovanna, ein Gefühl tiefer Ungerechtigkeit in ihr – schließlich hatte ja auch Elli nicht dichtgehalten. Ebenso groß aber war ihr schlechtes Gewissen. Sie hätte einfach den Mund halten sollen. Das alles erzählte sie Ottavio später in der Bar Da Lucio bei einer Flasche Wein, die er bestellt, und einem doppelten Grappa für sie beide, den sie spendiert hatte.

Ottavio hatte sein Auto am Straßenrand geparkt. Er stand gegen die Fahrertür gelehnt und wartete auf Giovanna. Ein feiner Schauer der Erregung überlief sie, als sie ihn sah, ohne dass sie etwas dagegen tun konnte. Irgendetwas an diesem Mann berührte sie, ob sie es wollte oder nicht. Er empfing sie mit einem Lächeln, das ihre Adern mit Wärme flutete, und stieß sich mit einer eleganten Bewegung vom Auto ab, als sie näher kam. Hatte er vermeiden wollen, vom Haus aus gesehen oder in ein Gespräch verwickelt zu werden, oder warum wartete er so weit weg? Giovanna ignorierte ihre Neugier und verzichtete darauf, ihn danach zu fragen. Sie begrüßten sich wie alte Freunde mit hingehauchten Wangenküssen rechts und links. Doch es fühlte sich für sie anders an als eine freundschaftliche Geste, sie fing die zarte Wärme seines Atems auf und verwahrte das Gefühl in ihrem Innern. Giovanna hatte Elli nicht angelogen, als sie ihr erzählt hatte, sie und Ottavio hätten am Abend zuvor nichts anderes getan als zu reden. Mit dem Reden aber war es für sie genau wie mit dem Küsschen auf die Wange: Es hatte eine Qualität für sie gewonnen, die weit über eine Unterhaltung zwischen zwei Menschen, die sich sympathisch sind, hinausging. Mit jeder gemeinsam verbrachten Minute, jeder Nachfrage, jedem Lächeln, das Ottavio ihr schenkte, schlug er eine breitere Bresche in die hohe Mauer aus Gleichgültigkeit, die Giovanna um sich errichtet hatte, und an der jeder ernsthaft interessierte Mann mit seinen Gefühlen bisher abgeprallt war. Sie hatte es geschafft, ihre Beziehungen auf einer fast völlig körperlichen Ebene zu halten, egal, ob sie eine Nacht oder ein paar Wochen dauerten. Sicherheitshalber.

Wenn sie niemanden liebte, konnte sie ihn auch nicht verlieren. Eine bewusste Entscheidung war das nicht gewesen, sondern der pure Instinkt. Genauso wenig, wie sie entschieden hatte, dass es mit Ottavio anders sein würde. Sie hatte es gar nicht gemerkt, dass sie drauf und dran war, sich zu verlieben. Giovanna wusste gar nicht, wie sich das anfühlte.

Ihre Freundinnen hatten es schon lange aufgegeben, sich an irgendeinen ihrer Kurzzeitpartner gewöhnen zu wollen. »Bringst du deinen temporären Appendix mit?«, pflegte Marie zu fragen, als sie sich noch regelmäßig getroffen hatten. »Ich habe keine Lust, mir ständig neue Namen zu merken«, hatte sie einmal erklärt. Und Giovanna damit spüren lassen, dass sie im Herzen nicht glücklich damit war, wie sie ihr Leben lebte.

»Irgendwann fällst du damit auf die Nase«, hatte Marie sie immer wieder gewarnt. »Irgendwann gerätst du an den Falschen.«

»Oder an den Richtigen, und der will dich dann nicht, weil er denkt, dass du keine Gefühle hast«, hatte Elli ergänzt.

»Ich will aber doch gar niemanden. Ich hab doch euch«, war Giovannas Antwort gewesen. »Mann und Familie – als wenn es sonst keinen Lebensentwurf gäbe. Es gibt doch auch Leute, die als Single glücklich sind.«

»Da hast du recht«, hatte Elli erwidert, »aber du gehörst nicht dazu! Sonst würdest du dich nämlich auf gar nichts und niemanden einlassen. Du hast nur ständig Affären, weil du nämlich doch auf der Suche bist.«

Worauf Giovanna geschwiegen hatte. Hatte Elli recht? Wäre sie glücklicher in einer festen Beziehung? Sie hatte sich ganz gut eingerichtet in ihrem Rhythmus aus Singledasein und vorübergehenden Appendix-Beziehungen – bis jetzt zumindest. In letzter Zeit war ihr durchaus der Gedanke gekommen, dass sie auch nicht jünger wurde, vermutlich auch nicht mehr schöner. Möglicherweise würde sie ja selbst die Lust an der Lust verlieren, auch die Bereitschaft, sich immer wieder auf einen neuen Partner einzustellen. Vielleicht würde ihr Körper sie irgendwann im Stich lassen. Schon möglich, dass sie sich nicht mehr so leicht damit tun würde, immer wieder die Grenzen der Intimität zu überwinden, ihr Bett mit jemandem zu teilen, den sie erst kennenlernen musste. War es schon an der Zeit, sich damit zu befassen? Sollte sie nicht einmal ernsthaft darüber nachdenken, eine richtige Beziehung einzugehen? Was, wenn es dann zu spät wäre? Vielleicht käme ausgerechnet dann keiner mehr, der sie anziehend fand. Oder keiner, der zu ihr passte. Gab es den denn überhaupt? Oder würde sie irgendwann einfach allein bleiben? Keine Nähe, keine Liebe, keine streichelnden Hände mehr, immer allein unter der Bettdecke bis an ihr Lebensende, faltig von oben bis unten und nach alter Frau müffelnd? Giovanna bekam Panikattacken, wenn ihre Grübeleien in diese Richtung drifteten.

Und jetzt, hier, zwischen Himmel und Einöde, traf sie plötzlich auf einen Mann, der sie zwang, Farbe zu bekennen. Doch tat Ottavio das überhaupt? Wenn sie ehrlich zu sich selbst war, hatte er nicht in geringster Weise erkennen lassen, dass er mehr als nur ein freundschaftliches Interesse an ihr haben könnte. Er hatte keinerlei Versuche einer Annäherung unternommen, keine körperlichen jedenfalls. Was Giovanna irritierte. Da sie diesmal so gerne Ja sagen würde, noch bevor er sie fragte.

Ottavio trat zurück, nachdem sie sich begrüßt hatten, und musterte sie anerkennend, dann rief er: »Gut, das mit der Jeans und den Turnschuhen müsste gehen. Dann lass uns fahren!«

Er müsse ihr unbedingt etwas zeigen, hatte er ihr zum Abschied in der Nacht zuvor gesagt, eine besondere Hochebene und noch etwas anderes. Dann hatte er sie gebeten, sich etwas Sportliches anzuziehen. Warum, verriet er nicht, hatte nur gegrinst, als Giovanna neugierig nachfragte.

»Vedrai, vedrai!«, hatte er gesagt. »Du wirst schon sehen.«

Also war ihr nichts anderes übrig geblieben, als sich zu gedulden. Ein Glück, dass sie die lange Jeans überhaupt eingepackt hatte!

»Aber du willst mir noch immer nichts sagen?«, fragte sie Ottavio, während sie auf den Beifahrersitz kletterte, wobei sie Gott für den dicken Stoff der Hose dankte, als sie die Brüche im Bezug des Sitzes wahrnahm. An der nackten Haut eines Oberschenkels wären sie unangenehm gewesen.

»No«, antwortete er knapp, »non ti dico niente. Aber du wirst es mögen, da bin ich ganz sicher«, fügte er hinzu, und Giovanna war es im Grunde vollkommen egal, wo Ottavio mit ihr hinfahren würde. Sie wollte ganz einfach neben ihm sitzen, sonst nichts. Also entspannte sie sich, kurbelte das Fenster herunter und ließ sich den Fahrtwind ins Gesicht wehen. Ihr Blick glitt in immer wieder neue Taleinschnitte hinein, wanderte Bergflanken hinauf, die steiler und höher werdend rechts und links von der Straße aufragten. Ottavio steuerte den Wagen durch wenige winzige Ortschaften, die wirkten wie in brüchigen Stein gefügte Geschichte. Als würden sie sich in ihrer pittoresken Kläglichkeit gegen den Verfall und die Zeit stemmen.

Die Straße wand sich immer weiter hinein in die Berge, sie durchfuhren ein paar lange, in den Felsen gehauene Tunnel, und Giovanna musste unwillkürlich schlucken. Sie sehnte jeweils das Licht am anderen Ende herbei, zählte die Sekunden, die es dauerte, bis sich das winzige Fleckchen Helligkeit in der Ferne zu einer Öffnung weitete, die sie wieder in die Freiheit ausspuckte und ihr Luft zum Atmen ließ. Dabei kamen sie immer höher, sie mussten inzwischen weit über Meereshöhe sein. Ein paar Wolken waren an Berggipfeln hängen geblieben, es war nicht mehr so sonnig wie unten im Tal bei Marie. Eine schmale, aber relativ gerade Straße führte sie in die Region jenseits des Baumbestands hinauf. Längst waren die Eichen und sogar die Fichten am Wegesrand bis auf einzelne Grüppchen verschwunden, hatten Gras und niedrigem Gestrüpp Platz gemacht, das sich im Wind, der hier oben wehte, zu ducken schien. Senkrechte Schneestangen markierten die Straßenränder – Vorsichtsmaßnahmen für Tage mit hohem Schnee, um Autofahrer davor zu schützen, von der Piste abzukommen, und Giovanna gruselte sich bei der Vorstellung, hier im Winter unterwegs zu sein. Schon als Kind hatten ihr die sieben Hügel, auf denen ihre Heimatstadt erbaut war, als Bergerfahrung genügt. Es lief ihr ein Schaudern über den Rücken. Doch als sich hinter einer letzten Kuppe, die von einem einzelnen Strommasten überragt wurde, eine unfassbare Weite vor ihren Augen auftat, vergaß sie ihr Unwohlsein auf der Stelle.

Ottavio steuerte das Auto an den Straßenrand. Ein Weg zweigte von hier ab, der am südlichen Rand der gigantischen Ebene in die Tiefe führte, die sich Hunderte von Metern unter ihnen ausbreitete. An der Kreuzung bot sich viel Platz für die Autos all derer, die dem Zauber der Aussicht verfielen und ebenso wie Giovanna staunend im Anblick der Weite versanken.

Richtung Nordosten erstreckte sich ein flaches Tal von gigantischen Ausmaßen. Die Wolken hatten sich weitgehend verzogen, ein unentschiedenes Licht hing über dem Land. Wenn es denn unterschiedliche Flächen in der Ebene gab – gelblich, grün und braun – verschwammen sie unter der diesigen Sonne ineinander. Der Blick fand kaum einen Ankerpunkt in der Weite, vagabundierte genussvoll in die Ferne.

Ottavio stellte den Motor ab, und Giovanna stieg aus, um an die Absperrung zu treten.

»Das ist das Piano Grande von Castelluccio. Im Mai und im Juni sieht das hier ganz anders aus«, erklärte er, als er sich neben sie gestellt hatte. »Da leuchtet alles blau und rot und violett. Da blühen Millionen von Kornblumen, Mohn, Veilchen und vor allem Linsen. Das Blau ist unvergleichlich. Du musst unbedingt einmal wiederkommen, im Mai, und dir das ansehen.« Er machte eine Bewegung, als wolle er die gesamte Ebene umarmen. »Das kannst du dir nicht vorstellen, wie unglaublich schön das ist!«

Giovanna hatte kurz der Versuchung nachgegeben und sich vorgestellt, wie sie Hand in Hand mit Ottavio durch das blaue Tal streifen würde, ließ den Gedanken aber rasch wieder ziehen und versuchte schnell, ihr Gesicht so zu drehen, dass er die Röte nicht bemerkte, die ihr unter die Haut gekrochen war.

»Ich find's jetzt schon unglaublich, so etwas hätte ich hier nicht vermutet. Was ist dort unten? Wohnt da wer?«, fragte sie, mit dem Kopf nach unten nickend. Ottavio beugte sich zu ihr herüber und deutete auf eine Stelle, die ziemlich genau in der Mitte des Tals lag und aus dieser Entfernung kaum zu erkennen war.

»Pferde wohnen dort. Dort unten ist eine Ranch. Und da fahren wir jetzt hin.« Er lachte, als er das Leuchten auf ihrem Gesicht sah – sie hatte ihm von den vielen Stunden und Tagen erzählt, die sie als junges Mädchen auf einem Reiterhof verbracht hatte. »Und wir holen uns jetzt zwei davon und tun so, als wären wir mitten in den Rocky Mountains. D'accordo?«

»Ist es das, was du mir nicht verraten wolltest?«

Ottavio nickte. »Ich wollte mir die Überraschung aufsparen.«

»Die ist dir gelungen.«

Ein wenig besorgt sah er sie jetzt an. »Aber es ist doch in Ordnung, oder? Du hast ja gesagt, du kannst reiten.«

»Na ja, vor ein paar Jahren konnte ich es noch«, erklärte sie. »Auf geht's, lass es uns einfach probieren!«

Giovanna hatte schon in Rom hin und wieder die Gelegenheit gehabt, auf dem Pony einer Schulfreundin zu reiten, und als sie in München angekommen waren, hatte ihr Vater einen Reitstall gefunden, in dem sie Stunden nehmen durfte. Die einzige Gelegenheit, bei der Antonella sie niemals begleitete. Ihre Schwester hatte riesige Angst vor den großen Tieren gehabt, hätte sich niemals auf eines hinaufgewagt.

Während Ottavio den Wagen in die Ebene hinabsteuerte, erzählte er ihr, dass er das Reiten erst hier gelernt hatte. Als er nach Chiesavalle gekommen war, hatte er eine Weile nach einem Job gesucht und dann erfahren, dass die Besitzerin des Stalls dringend jemanden brauchte, der bei der Pflege der Pferde half, die für geführte Touren an Touristen und Gelegenheitsreiter vermietet wurden. »Ich hatte überhaupt keine Ahnung von Pferden«, erklärte er lächelnd, den Blick konzentriert auf die Straße gerichtet, »aber die Besitzerin konnte meinem Charme wohl nicht widerstehen.«

Giovanna sah ihn prüfend von der Seite an. Wollte er ihr damit elegant mitteilen, dass er nicht mehr zu haben war und mit dieser Frau ein Verhältnis hatte? Ottavio fügte nichts weiter hinzu, und sie hütete sich zu fragen. Bis sie den Hof erreichten, sagte sie nichts mehr.

Ein paar Koppeln, auf denen vereinzelt Pferde standen und den kargen Boden nach vergessenen Stoppeln absuchten, kündigten die Stallungen an, die beiderseits der Straße auftauchten. Ottavio steuerte den Wagen nach rechts. Sie fuhren unter einem Holzschild hindurch, das den Eingang zur »Ranch« markierte, dann parkte er vor den niedrigen Stallgebäuden.

»Ottavio, ciao!« Ein klarer Ausruf erreichte ihre Ohren, kaum, dass sie ausgestiegen waren, und Giovanna sah eine drahtige Brünette in khakifarbener Reithose und einem Hemd in der gleichen Farbe auf ihren Begleiter zulaufen. Mit ihren stoppelkurzen Haaren und der burschikosen Figur ging sie beinahe als junger Mann durch. Giovanna konnte nur zusehen, wie die Frau Ottavio um den Hals fiel, und hatte im selben Augenblick das Bedürfnis, die Umarmung zu verhindern. Doch sie konnte nichts tun, natürlich nicht, und mochte sich kaum eingestehen, wie groß ihre Genugtuung war, als Ottavio die stürmische Begrüßung mit Zurückhaltung erwiderte, sich rasch wieder aus der Umarmung befreite und auf sie deutete. Wenig Begeisterung im Gesicht der anderen, das stand fest. Die Frau nickte ihr flüchtig zu, sie und Ottavio wechselten ein paar Worte, dann wandte sie sich ab und bedeutete ihnen, ihr in den Stall zu folgen. Im Halbdunkel der Boxen standen mehrere Pferde bereit, einige dösten, andere malmten selbstvergessen Heu in sich hinein. Die Frau in Khaki, die sich im

Vorbeigehen als Filomena vorgestellt hatte, zog eine zierliche graue Stute in den Gang und winkte Giovanna herbei. »Si chiama Lizzy«, erklärte sie, dem Pferd den Hals tätschelnd und maß Giovanna mit einem flüchtigen Blick. Dann fügte sie hinzu: »Sie wird zu dir passen.«

Ottavio holte einen unauffälligen Braunen aus einer der anderen Boxen, und nachdem Filomena Sattel und Zaum gebracht hatte, waren die Handgriffe alte Gewohnheit, mit denen Giovanna die Stute fertig machte. Dann kletterte sie hinauf und folgte dem glänzenden Hinterteil von Ottavios Braunem durch ein rückwärtiges Tor aus dem Hof, und eine seltsame Aufregung ergriff Besitz von ihr. Ihr letzter Ausritt lag Jahre zurück, doch das gleichmäßig-wiegende Schwanken der Stute brachte augenblicklich alle negativen Gefühle auf Abstand. 150 Zentimeter vom Erdboden entfernt, vor sich den langen, geschmeidigen Hals der Stute, die Wärme des Tieres unter sich, es war Giovanna, als sei sie in ein anderes Universum geraten, eines, das keine Schwere kannte. Vom ersten Moment an fühlte sie sich mit dem Pferd vertraut, das überraschend sensibel auf Zügel und Schenkel reagierte, und sie klatschte Filomena innerlich Beifall für ihre Entscheidung, ihr diesen Schimmel zu geben. Sie ließ Lizzy leicht antraben, um an Ottavios Seite zu gelangen.

Er schien ihr das Glücksgefühl am Gesicht ablesen zu können, denn er sagte: »Quanto sembri felice!«

Und Giovanna nickte. Ja, sie sah nicht nur glücklich aus, sie war es auch. »Ich hatte ganz vergessen, wie schön es ist, auf einem Pferd zu sitzen.«

Eine Weile ritten sie schweigend nebeneinanderher. Ein von vielen Hufen ausgetretener Weg führte sie durch das trockene Gras, welches das Tal von einem Ende bis zum anderen zu bedecken schien. Wilde Disteln tupften hier und da blaue Flecken in die Fläche. Nachdem sie eine ganze Weile durch die Ebene geritten waren, übernahm Ottavio wieder die Führung und schlug einen großen Bogen in Richtung der Straße, auf der sie hergekommen waren. Sie überquerten das Asphaltband, die Hufe klapperten laut durch die Stille des Tals, und sie fanden auf der anderen Seite einen Wanderweg, dem sie folgten, und der sie rasch hinauf in die Hügel führte. Immer neue, atemberaubende Ausblicke ins Tal hinunter und zu den umliegenden Abhängen eröffneten sich ihnen, während die Pferde langsam, Schritt für Schritt, höher und höher stiegen. Als ihnen eine Gruppe Mountainbiker entgegenkam, überfiel Giovanna kurz die Sorge, die Tiere könnten sich erschrecken, doch sie waren an das Schaben und Rutschen der Räder auf dem Kies gewöhnt und schenkten den Geräuschen weniger Aufmerksamkeit als Giovanna und Ottavio den Fahrern, die sie mit freundlichem »Ciao« grüßten.

Ein paar Hundert Meter noch folgten sie dem Pfad in Richtung einer Bergkuppe und hatten bald das Ende des Wegs erreicht, der sich im Geröll verlor, und hielten die Pferde für einen Moment an. So hoch oben hielt sich kaum mehr Vegetation als millimeterkurzes, hartes Gras, nach dem die Pferde jetzt die Köpfe beugten. Sie ließen sie gewähren und genossen ohne ein Wort die Geräusche und die Weite, die sie umgab. Dann nahm Ottavio die Zügel wieder auf und trieb seinen Wallach noch ein Stückchen höher, den Pfad entlang, bis er ihn erneut anhielt.

Über ihnen war nichts als das Firmament, um sie herum nur das stärker gewordene Sausen des Windes, der aus den dicken weißen Wolken, die sich inzwischen gebildet hatten, barocke Formengebilde schuf, indem er sie immer wieder auseinandertrieb, um sie dann neu zusammenzusetzen. Giovanna lenkte ihre Stute neben Ottavios Pferd. Der Begegnung mit den Radfahrern nachspürend, sagte Giovanna nachdenklich: »Schon seltsam, sobald man irgendwo ist, wo nur wenige

Menschen sind, freuen sich alle, wenn sie andere treffen. Dabei sollte man meinen, sie sind nur deshalb dorthin gefahren, weil sie eben gerade niemanden sehen möchten.«

Ottavio lachte. »Da hast du recht. Der Mensch ist halt doch ein Herdentier, auch wenn er manchmal vor seiner Herde davonläuft.«

Giovanna sah neugierig zu ihm hinüber. »Sprichst du von dir?«, fragte sie dann.

Er zögerte. »Lass uns absteigen und die Pferde ein Stückchen führen, ja?« Er deutete hinauf zu einer Kuppe, die vielleicht noch ein-, zweihundert Meter vor ihnen lag. »Von dort oben haben wir einen herrlichen Ausblick.«

Sie ließen sich aus den Sätteln rutschen und erklommen nebeneinander – die Pferde an den Zügeln hinter sich herführend –, die Strecke auf die Höhe hinauf. Auf der einen Seite konnten sie noch die fernen Ausläufer des Piano Grande erkennen, der Blick in die andere Richtung ließ erahnen, dass sich immer weitere Täler und Ebenen, eingebettet in die bis zu 2500 Meter hoch aufragenden Gipfel der Monti Sibillini, eröffnen würden.

»Gibt's hier noch andere Ebenen, die so groß sind?«, wollte Giovanna wissen.

»Nein, das Piano Grande hat etwa 30 Quadratkilometer und ist die größte, es gibt aber noch das Piano Piccolo und das Piano Perduto, aber die sind nicht ganz so spektakulär. Das Piano Grande war früher ein riesiger See.«

»Wow. Eine tolle Vorstellung. Das muss aber schon lange her sein ...«

»Ist es auch«, erklärte Ottavio. »In irgendeiner Eiszeit war das. Wasser gibt es jetzt nur noch im Frühjahr, einen Graben im Südwesten, den Fosso di Mergari. Er läuft dann mit Schmelzwasser voll, und später bleiben dann noch Tümpel, die herrlich kalt sind. Da kannst du im Mai baden.«

Giovanna schüttelte sich bei der Vorstellung. »Brrr, ich hab's lieber warm, ehrlich gesagt.«

Ottavio grinste. »Ha, diese Römer. Ihr seid schon immer rechte Weicheier gewesen.«

Giovanna runzelte die Stirn. Es war schon eine Weile her, dass sie jemand als Römerin bezeichnet hatte. Die Stätte ihrer Kindheit war schon lange nicht mehr die Stadt, die sie als Heimat empfand. Es war ein leicht befremdliches, wenn auch irgendwie vertrautes Gefühl, das sie bei dem Gedanken überkam. Sie sah Ottavio an, sie kannte ihn kaum und wollte doch so viel von ihm wissen. Wann, wenn nicht jetzt ...?

»Du hast mir meine Frage von vorhin noch nicht beantwortet – Neapolitaner.«

»Nein, habe ich nicht.« Ottavios Gesicht schien ein wenig von seiner Farbe zu verlieren, während Giovanna ihn aufmerksam musterte. Sie konnte nur sein Profil studieren. Er sah sie nicht an, ließ den Blick über das Panorama aus Bergrücken, Gipfeln und steilen Abhängen schweifen, das sich vor ihren Augen ausbreitete.

»Willst du nicht antworten?«

»Ich weiß nicht, ob du die Antwort wirklich hören willst.« Er zögerte. »Vor allem nicht hier oben.«

»Wieso? Was hat das mit hier oben zu tun?«

»Na ja. Vielleicht bin ich nicht der, für den du mich hältst.«

»Wie meinst du das?«

Ottavio schwieg jetzt lange, und sie dachte schon, er würde die Unterhaltung abbrechen und zum Zurückreiten drängen. Doch dann stieß er einen tiefen Seufzer aus. Es lag Herausforderung in seiner Stimme. »Vielleicht kriegst du ja Angst vor mir!«

»Hhm«, machte Giovanna und horchte in sich hinein, doch Angst war es keine, die sie spürte. Hinter der düsteren Fassade, die Ottavio zur Schau trug, spürte sie vor allem Schmerz. Und damit hatte sie genug eigene Erfahrung. Natürlich klangen ihr die mahnenden Worte noch im Ohr, die sie von einer Unterhaltung Maries und Ellis mitbekommen hatte: »Ottavio ist irgendwie anders. Ich würde mich im Zweifelsfall nicht auf ihn verlassen.« Doch sie hatte nicht nachgefragt, natürlich nicht, sie hatte Marie gegenüber nicht durchblicken lassen wollen, wie sehr sie sich für den Mann interessierte. Und überhaupt, sie fand Ottavio viel zu sympathisch, um Schlechtes von ihm zu denken.

»Wir sollten es darauf ankommen lassen«, sagte sie also, »wenn es ganz schlimm ist, schwing ich mich auf Lizzy und galoppiere dir davon!«

Jetzt rang er sich doch ein Lächeln ab, wurde aber schnell wieder ernst und begann zu erzählen.

Von der fensterlosen Erdgeschoßwohnung in Neapel, in der Via Forcella, in der er mit seinen beiden Brüdern und seinen Eltern gelebt hatte. Fenster hatten nur die Wohnungen über ihnen, das Appartement ganz oben sogar eine Dachterrasse. Manchmal war ihm als Kind der junge Mann begegnet, der darin wohnte. Dort oben, so stellte Ottavio sich das vor, würde der Geruch des nahen Meeres nicht von dem des Mülls verschlungen, dort oben würde das Knattern der unzähligen Motorini Neapels vielleicht nicht nachts in seinen Schlaf schneiden, wäre es vielleicht nur noch als leises Rauschen zu hören. Seine Mutter, die immer alles wusste, erzählte ihm, dass der junge Mann Lehrer war. Er war einer, der es geschafft hatte. Sicher hatte er als Kind keine langen Finger gemacht, um mal eine Schokolade in einem Laden oder ein Schweizer Taschenmesser zu klauen, wie es Ottavio einem deutschen Touristen aus der Hosentasche gezogen hatte. »Das war so ein Sport bei uns Kindern. Touristen beklauen. Das war ganz normal damals«, erzählte Ottavio und sah Giovanna einen Augenblick prüfend an, bevor er fortfuhr. Das Messer aber sei etwas ganz Besonderes gewesen, er habe es gehütet wie einen Schatz, und ausgerechnet der junge Lehrer habe ihn eines Tages erwischt, als er damit Zeichen in den hölzernen Handlauf im dunklen Treppenhaus geritzt hatte. Klar, dass der Junge das Messer geklaut haben musste. Doch er verriet ihn nicht, nahm es ihm auch nicht ab, und Ottavios Dankbarkeit und Bewunderung für den Mann waren die Saat für den Traum, den er entwickelte. Er wollte so werden wie er, einer, der er sich leisten konnte, großzügig zu sein, einer, der es geschafft hatte, sich von dem Dreck im Erdgeschoß abzusetzen. Ottavio wollte ein anderes Leben, er wollte Licht, er wollte raus aus den dunklen Zimmern ganz unten. Er musste mit seinem kleinen Bruder schon zum Hafen laufen, wenn sie etwas anderes als die engen Häuserfronten sehen wollten. In ihrer Straße gab es nur Wände und Wäschestücke, die in den Fenstern und über den eisernen Stangen der Balkongeländer hingen und schon beim Trocknen wieder schmutzig wurden, dann das brutale Schwarz der Schmierereien, welche die heruntergelassenen Rollläden von pleitegegangenen Läden genauso überzogen wie die steinernen Brüche in ehemals gelb verputzten Wänden. Und selbst unten am Hafen sahen sie nicht das Meer, sondern Containerplätze und Anlegestellen für die großen Schiffe, die für sie unerreichbar waren. Richtung Süden versperrten Werftanlagen nicht nur den Blick, sondern auch den Weg ans Wasser. Man musste in Richtung Norden fahren, mindestens bis nach Santa Lucia, wenn man sich wenigstens einen Hauch Seewind um die Nase wehen lassen wollte. Ein paarmal hatte Ottavio heimlich das Motorino seines großen Bruders Ciro genommen, um dorthin zu kommen – bis der ihm draufkam und ihn so verprügelte, dass seine Mutter ihn kaum mehr erkannte, als er zu ihr in den winzigen Alimentari kam, und sie ihm hinter ihrer Ladentheke Pflaster ins Gesicht klebte.

Damals war sein Vater schon nicht mehr bei ihnen. Ein paar Querstraßen weiter hatte jemand ein Plakat aufgehängt, das an ihn erinnerte. Vielleicht war es einer der Freunde seines Vaters gewesen oder jemand aus der Nachbarschaft, vielleicht auch sein Bruder Lillo, Ottavios Onkel, der schon einige Jahre zuvor Neapel verlassen hatte und nach L'Aquila gezogen war. Er hatte immer wieder versucht, seinen Bruder und dessen Familie zu sich zu holen, hatte Ottavios Vater bekniet, aus Neapel wegzugehen, so wie er selbst. Mit dicken Kordeln war das Plakat an eine Absperrung gebunden. »Il tuo sorriso sarà sempre con noi«, stand darauf geschrieben, Ottavios Mutter hatte es ihren Söhnen gezeigt, ein paar Wochen nachdem der Leichnam ihres Vaters Gennaro mit dem Kopf voran in den Laden gebracht worden war und man Steigen mit Tomaten, Zucchini und Kartoffeln auf die Seite hatte schieben müssen, um ihn auf den Boden legen zu können.

»Dein Lächeln wird immer bei uns sein.« Und darunter stand: »Gennaro Pasquale, geliebter Ehemann, Vater, Bruder, Freund, ehrlicher Mensch, unschuldiges Opfer der Camorra, ermordet am 13. Mai 1978.«

Ottavio machte eine Pause in seiner Erzählung, und Giovanna hütete sich, auch nur ein Wort zu verlieren. Für solche Momente sind noch keine Worte erfunden worden. Dann sprach er weiter, berichtete von seiner Mutter, die den Lebensmittelladen ohne ihren Mann weiterführte, so gut es eben ging. Die Zeiten waren nicht gut, sie waren noch nie gut gewesen in diesem Viertel Neapels. Ottavios Bruder Ciro, damals schon achtzehn, half im Laden, während Ottavio und der jüngere Bruder Enzo zur Schule gingen. Aber Ciro schwor Rache – der Camorra, dem Elend, der Aussichtslosigkeit. Der Tag, als Ottavio das Motorino seines Bruders sein Eigen nennen konnte, war Ciros Todestag. Sie hatten ihn in einem Graben gefunden. Und wieder wurde ein Mitglied der Familie

Pasquale mit einem Laken bedeckt, und die Nachbarn kamen herbei, um Ottavios Mutter bei der Totenwache beizustehen.

»Das ganze Viertel kam zur Beerdigung«, berichtete Ottavio. »Mein Bruder war 25. Er hatte sich gerade verlobt.«

Er ließ nicht erkennen, wie sehr ihn die Erinnerung bewegte. Er hatte sich zu seinem Pferd gedreht und kraulte den Braunen zwischen den Ohren. Nach einer Weile sprach er weiter. Sein Angebot, die Schule abzubrechen, um die Stelle seines Bruders im Geschäft einzunehmen, schlug ihm seine Mutter mit einer Ohrfeige aus dem Kopf. Auch sein Onkel, der am Tag der Beerdigung aus L'Aquila gekommen war, um nun auch seinen ältesten Neffen zu Grabe zu tragen, redete Ottavio ins Gewissen.

»Du wirst dich hüten, von der Schule zu gehen. Dein Vater würde sich im Grabe umdrehen. Du bist der Schlaueste in der Familie.« Und Ottavio fügte sich.

»Ich war schon froh, dass sie mich nicht aufhören lassen wollten. Ich hatte ja nur helfen wollen«, erzählte er jetzt. »Eigentlich wollte ich ja lernen, ich wollte zur Schule gehen und nicht den ganzen Tag Auberginen, Tomaten oder Gurken in der Hand haben.« Er lachte. »Was für eine Ironie, dass ich genau das heute tue!« Dann berichtete er weiter: Die junge Frau, die beinahe seine Schwägerin geworden war, sprang seiner Mutter zur Seite, kam von da an täglich ins Geschäft und wurde schon bald von allen Kunden als Signorina Pasquale angesprochen, was sich erst änderte, als sie sich erneut verlobte. »Sie gehört zu den Menschen, denen ich viel verdanke. Ohne Lucia hätte meine Mutter den Laden schließen müssen, dann hätte ich die Schule vergessen können und das Studium erst recht. Es war so schon schwierig genug, und ohne Zio Lillo hätte ich es höchstens bis zum Abitur geschafft. Er hat uns von L'Aquila aus immer unterstützt. Ohne ihn wäre ich niemals Lehrer geworden.«

»Du bist Lehrer?«, fragte Giovanna überrascht.

»Ich war Lehrer«, erwiderte Ottavio, »bis vor sieben Jahren.« Er lächelte ein wenig. »Ich wollte immer so werden wie der junge Mann in der Dachgeschoßwohnung. Und natürlich wollte ich auch so eine Wohnung haben.«

»Und? Die Wohnung?«

»Ja, eine Zeit lang hatte ich tatsächlich eine Dachterrasse.« Ottavio holte tief Luft, er schien seine Kraft zusammennehmen zu müssen für den Rest der Erzählung.

»Aber da war noch Enzo, mein kleiner Bruder, er hatte nicht ganz so viel Glück wie ich. Na ja«, er überlegte, »wenn ich ehrlich bin, er war auch nicht wirklich schlau. Hatte immer schon Probleme mit dem Lesen, mit dem Rechnen. Als er noch kleiner war, konnte ich ihm helfen, mein Onkel hat auch ihm zu helfen versucht, seine Schulsachen bezahlt und das alles. Aber er hat schon kaum die *scuola media* geschafft. Trotzdem ist er immer so mitgelaufen, ohne dass sich einer groß um ihn gekümmert hat. Nach Ciros Tod ging es immer nur um mich.« Wieder spürte Giovanna den Schmerz hinter seinen Worten.

»Und dann ist er verschwunden, tagelang. Immer wieder. Wir haben oft gar nicht gemerkt, wann er aus dem Haus gelaufen ist. Doch er hat anscheinend genau gewusst, wo er hingehen musste. Plötzlich kam er mit teuren Jacken an, trug gute Jeans und Turnschuhe – alles Marken, die wir nur von den Leuten kannten, die wir nicht kennen wollten.«

Giovanna sah ihn fragend an.

»Kriminelle, verstehst du? So ein Zeug, das sich die Kids von ihrem Judaslohn gekauft haben. Schmiere stehen für Überfälle und so'n Zeug.« Er schüttelte den Kopf, noch immer fassungslos.

Giovanna war blass geworden. »Und ihr konntet ihn nicht zur Vernunft bringen?«, fragte sie.

»Vielleicht hätten wir das gekonnt. Vielleicht hätte ich es gekonnt. Ich hab ja versucht, mit ihm zu reden. Er solle doch wieder zur Schule gehen, eine Ausbildung machen. Unser Onkel hätte ihn sogar zu sich genommen, er hätte in seiner Autowerkstätte in L'Aquila arbeiten können.« Ottavio strich sich Strähnen der vom zunehmenden Wind zerzausten Haare aus der Stirn und zog das Pferd wieder heran, das sich auf der Suche nach Gras zu weit entfernen wollte. »Da hat er mich ausgelacht. ›Soll ich wieder in Lumpen rumlaufen, den ganzen Tag im Öl und im Dreck wühlen, nur damit der Herr Student sich gut fühlt? Damit er keinen Kriminellen in der Familie hat? Aber mir geht's jetzt endlich gut, ich tu jetzt was, was ich kann. Und dafür brauch ich keine Schule und keinen Onkel. Und dich schon gar nicht.‹«

Nach einer kurzen Pause sprach er weiter. »Ich war der Ältere. Ich hätte ihn aufhalten müssen. Es ist alles meine Schuld.«

Sie hatten Enzo immer seltener gesehen, erst verschwand er für Tage, dann für Wochen. Wo er hinging, verriet er nicht, und seine Kumpels von früher hatte er getauscht gegen Freunde, die keine waren, und die sein Bruder und seine Mutter nicht fragen konnten.

Ottavio aber schloss die Schule ab, bekam einen Studienplatz in Mailand, und als er zurückkehrte, um an einem Lyzeum in Neapel zu unterrichten, hatte seine Mutter schon über zwei Jahre lang nichts mehr von seinem kleinen Bruder gehört. Möglich, dass er sich in irgendeinem Hinterhof den letzten Schuss gesetzt hatte und zu einem der unzähligen namenlosen Toten geworden war, die es jeden Tag gab. Vielleicht war er einer jener Krimineller geworden, die sich nicht nur mit kleinen Diebstählen und Botengängen für die Camorra verdingten, sondern mit Schlimmerem. »Aber das glaube ich nicht. Mein kleiner Bruder war sicher nicht schlau genug. Ich glaube auch nicht, dass er Neapel verlassen hat, um anderswo neu anzufangen – was meine Mutter immer gehofft hat. Jedes Mal, wenn ich in eine meiner Klassen kam und die Teenager vor mir sitzen sah, musste ich an ihn denken, jedes Mal war es wieder da, das schlechte Gewissen. Weil es mir so gut ging. Weil ich es geschafft hatte. Verstehst du das?«

Giovanna nickte.

Und Ottavio erzählte weiter. »Dann hab ich meinen Job geschmissen, bin wochenlang durch Neapel gefahren, überallhin, wo man eigentlich nicht hingeht, wenn man nicht dort herkommt. In Scampia war ich und in Secondigliano, in Forcella, in San Giovanni, Sanità und im Rione Traiano. Überall Augen, die dich beobachten – das ist, als hätten die da lebendige Kameras. Ich war mir ganz sicher, dass die Capos genau wussten, wann ich ihr Viertel betreten habe und wann ich wieder weg war. Ich war mir nie sicher, wieder rauszukommen. Ich wusste nie, ob ich nicht den Falschen frage oder ob sie mich für etwas büßen lassen würden, was mein Bruder getan hatte. Aber niemand konnte mir etwas sagen – oder vielleicht wollte auch einfach keiner. Das war im Frühjahr 2009. Dann hat in L'Aquila die Erde gebebt. Das Haus meines Onkels ist eingestürzt, seine Werkstatt war zum Teil zerstört. Er hat mich gebraucht. Da bin ich weg aus Neapel, um ihm zu helfen.«

»Und du bist nie mehr zurück?«

»Nee, nie mehr. Zwei Jahre lang war ich in L'Aquila. Zio Lillos Werkstatt konnten wir notdürftig reparieren, sein Haus aber steht in der roten Zone. Wir haben in den Notunterkünften gewohnt, die die Regierung für die Erdbebenopfer aufgestellt hat. Es war schrecklich, diese Häuser wie aus Pappmaschee. Letztes Jahr ist bei Zio Lillos Nachbarn eine Haustür rausgebrochen, stell dir das mal vor, einfach so. Und uns hatten sie erzählt, die Behelfsbauten wären sogar erdbebensicher.

Jedenfalls habe ich dann zufällig Roberto kennengelernt, der mir von dem Projekt hier erzählt hat. Seitdem bin ich hier.«

Er machte eine Kopfbewegung in Richtung des Panoramas vor ihnen.

»Und das hier würde ich nie mehr eintauschen.«

»Das heißt, du hast von deinem Bruder nie mehr was gehört?«

»Gar nichts. Wenn er noch lebt, dann nicht mehr für uns. Ich fürchte, er ist tot. Aber meine Mutter will das nicht glauben. Ich hab sie gefragt, ob sie nicht herkommen will, bei mir leben. Aber sie hat sich geweigert. ›Stell dir vor, Enzo kommt nach Hause, und ich bin nicht da‹, hat sie gesagt, ›che madre sarei!‹«

Ottavio schwieg jetzt. Warf einen flackernden Blick in Giovannas Gesicht, dann sah er wieder weg, machte eine Bewegung zu seinem Pferd hin, dann wandte er sich doch wieder zu ihr, suchte ihre Augen.

»Jetzt weißt du, wo ich herkomme. Vielleicht hätte ich dir das alles gar nicht erzählen sollen.«

Giovanna schüttelte den Kopf. »Weil du aus einem Problemviertel kommst? Oder meinst du, ich habe jetzt Angst vor dir, weil du mal ein Taschenmesser geklaut hast?«

»Und wenn es nicht nur das Messer war?«

»Dann war es eben nicht nur das Messer, was soll's. Und ich kann mir nicht vorstellen, dass du jemand damit umgebracht hast«, sagte Giovanna. Und sie merkte erst, als sie es ausgesprochen hatte, dass eine Frage in dem Satz mitschwang.

»Nein, das habe ich nicht.« Er überlegte kurz. »Aber ich hätte es getan. Wenn ich damit einen meiner Brüder gerettet hätte. Oder gerächt.« Das war sein Ernst, da war Giovanna sich sicher. Weil sie genau das Gleiche empfand.

Sie nahm seine Hand und hielt sie fest. Ottavio erwiderte den Druck und nickte, als wären sie sich über irgendetwas einig geworden.

»Ich bin froh, dass du es mir erzählt hast.«

Ottavio nickte wieder. Dann, mit einem Blick auf den Himmel, schlug er vor, heimzureiten. Sie schwangen sich in die Sättel und kehrten auf einem anderen Pfad wieder zurück zum Piano Grande. Am äußersten Rand des Tals hielten sie die Pferde noch einmal an. Von weit her konnten sie das Brummen eines Mähdreschers hören, der seine Spuren durch eines der letzten noch nicht abgeernteten Felder fräste, eine Staubwolke hinter sich herziehend. Als er stehen blieb, vielleicht weil sein Fahrer beschlossen hatte, eine Pause einzulegen, wurde es ganz still in der Weite des Tals. Kein Vogel, keine Grillen waren zu hören. Die Straße zu weit weg von ihnen, als dass deren Geräusche bis hierher hätten dringen können. Ein paar dicke weiße Wolken mühten sich, das Tal zu beschirmen, und zeichneten flüchtige Schatten auf das Tableau der Ebene. Wie auf ein Kommando gaben die beiden Reiter ihren Pferden die Schenkel und machten sich an den Abstieg.

14.

IL CORSO DELLE COSE.

Elli

»Mit wem hast du denn telefoniert?«, fragte Marie, als Elli die Außentreppe heruntergestiegen kam, »du hast so glücklich ausgesehen!« Elli sah sie an. Sollte sie ihr von Toni erzählen? Irgendwann würde sie es tun. Marie hatte ohnehin schon Verdacht geschöpft, zudem verlangte es die Gerechtigkeit – Giovanna wusste schließlich auch davon. Und wenn Elli wollte, dass ihr Dreierbündnis noch einmal zu alter Stärke finden würde, dann mussten die Heimlichkeiten aufhören. Andererseits – sie hatte Tonis Stimme noch im Ohr, seine liebkosenden Worte, süß und zart wie sanfter Frühlingshonig. Nein, diesen kostbaren Moment wollte sie nicht teilen. Das konnte noch warten. Sie winkte also ab und hoffte, Marie würde sich mit einem »Nicht so wichtig« für den Augenblick zufriedengeben.

Tatsächlich hatte sich die Freundin schon wieder ein paar Schritte entfernt, den erwartungsvollen Jimmy an ihrer Seite, und winkte Elli, ihr zu folgen.

»Was willst *du* eigentlich?«, hörte sie Marie zu dem Hund sagen, der immer ein paar Schritte vorauslief, um dann wieder stehen zu bleiben und sein Frauchen zu fixieren. »Nein, mein Lieber, wir gehen jetzt nicht spazieren, ich habe was anderes vor«, Marie tätschelte dem riesenhaften Vierbeiner im Vorübergehen den schwarz-weißen Kopf, schlenderte dann zum Tisch an der Hauswand, über dem sie einen Sonnenschirm aufgespannt hatte, und ließ sich auf der Bank mit dem Rücken zum Haus nieder. Ein großer Schuhkarton thronte in der Mitte des Tischs, der Deckel balancierte auf dem Inhalt, der aus der Kiste herauszuquellen drohte. Fotos, wie Elli im Näherkommen feststellte.

»Schade, dass Giovanna nicht hier ist. Ich hätte die Kiste eigentlich gern mit euch beiden zusammen durchgeschaut. Wo ist sie denn jetzt? Ist sie noch oben?«, fragte Marie.

Elli setzte sich ihr gegenüber und schüttelte den Kopf. »Nein, sie ist schon wieder weg. Mit Ottavio«, fügte sie mit vielsagendem Unterton hinzu. Marie hob eine Augenbraue und angelte wortlos eine Zigarette aus der Packung, die sie sich vom Fensterbrett holte.

Elli sah es mit Überraschung. »Ich dachte, du rauchst nicht mehr. Hast du nicht erzählt, du hättest aufgehört?«

»Eigentlich ja. Nur noch ab und zu.« Marie ließ ein sehr gebraucht aussehendes Zippo-Feuerzeug schnappen und sog die Hitze der Flamme energisch in die Zigarette, sodass deren vorderes Ende laut zischend aufglühte.

»Manchmal brauche ich's noch – aber ich tu's nie drinnen. Larry hat es sich komplett abgewöhnt, seit einem guten Jahr. Er kriegt die Krise, wenn er Rauch im Haus riecht.«

Larry ist also doch wichtig, soso, dachte Elli und nickte. »Und jetzt brauchst du es gerade?« Marie drehte den Glimmstängel so, dass sie ihn von allen Seiten betrachten konnte, als fände sie die Antwort ins Weiß der Papierhülle geschrieben, nahm noch einen Zug und stieß mit einem Fffft die Luft aus, bevor sie mit ein wenig Herausforderung in der Stimme antwortete. »Ja, scheint so, oder?« Dann versetzte sie dem Schachteldeckel mit der freien Hand einen raschen Stoß, sodass er über den Rand des Kartons rutschte und gleich ein paar Bilder mitnahm. »Warum muss sie jetzt mit diesem Ottavio rumziehen? Jetzt habe ich mir extra Zeit genommen, und dann ist sie nicht da«, murrte sie.

Den gleichen Gedanken hatte Elli auch schon gehabt, doch sie wollte Giovanna nicht in den Rücken fallen, also sagte sie: »Das konnte sie ja nicht wissen. Nach eurem Streit gestern hat sie vielleicht den Eindruck, du willst lieber keine Zeit mit ihr verbringen.«

Marie stieß eine kompakte Rauchwolke aus. »Ah, diese Mimose! Sie müsste mich doch besser kennen!«

»Sie kennt dich eben nicht mehr«, stichelte Elli, und Marie streifte sie mit einem Blick, ohne etwas zu erwidern. Stattdessen zog sie die aus der Kiste gefallenen Bilder zu sich her. Ein paar Kinderfotos ihrer Mädchen, die sie Elli hinschob. Dann holte sie die Kiste näher zu ihnen heran, und gleich obenauf erkannte Elli sich selbst. Arm in Arm mit Giovanna und Antonella, alle drei mit einem leuchtend orangefarbenen Cocktail vor sich.

»Erinnerst du dich noch an diese Bar in Heraklion? Der Kellner, der immer wieder vorbeikam und sich nicht entscheiden konnte, ob er lieber Giovanna oder Antonella angraben sollte. Und die beiden haben ständig den Platz getauscht, um ihn durcheinanderzubringen.«

Marie sah auf das Foto und nickte. »Antonella hat so glücklich gewirkt damals. Gar nicht so, als ob ...«, sie brach ab.

»Hätten wir es merken müssen?«, fragte Elli leise. Wie viel Hunderte Male hatten sie sich diese Frage schon gestellt, »hätten wir merken müssen, was mit ihr los war?«

Vier Jahre waren ins Land gegangen, bis sie zu ihrer zweiten Abiturfahrt aufgebrochen waren. Eine richtig große Reise zu viert – davon hatten sie immer geträumt seit ihrem kurzen Zeltausflug nach Italien, bei dem Elli schon schwanger war.

Als sie das Kind vier Monate später verloren hatte, im Herbst des Jahres, hatte lange Zeit keine von ihnen Lust auf eine Reise. Dann, als alle begonnen hatten zu studieren, hatte bei Marie das Geld nicht gereicht oder sie hatte gesagt »Die Partei braucht mich« – was zu einem geflügelten Wort unter den Freundinnen geworden war. Antonella und Giovanna spielten erste kleinere Konzerte im Rahmen ihrer Ausbildung, und Elli plante einige Urlaube mit Matthias allein.

Doch dann war es endlich so weit, alle hatten ein paar Tage Zeit, Elli hatte abgestillt, die kleine Lena bei Matthias und ihrer Mutter gelassen, Heraklion wartete. Als sie voller Vorfreude und auf der vergeblichen Suche nach jenem unwiederbringlichen Gefühl unendlicher Freiheit, das sie noch nach den überstandenen Anstrengungen des Abis empfunden hatten, auf dem Flughafen von Chania aus dem Flieger traten, liefen sie in eine Wand aus Hitze.

An dem Tag, als Giovanna mit Antonellas Sarg wieder abreiste, regnete es.

Niemand hatte ahnen können, dass nur drei von ihnen heimkehren würden, dass Antonella nie mehr zu ihrem Cellobogen greifen, nie mehr mit ihnen feiern würde – was in ihrem Fall bedeutet hatte, mit einem Glas Wein in der Hand nachdenklich am Rand der Gesellschaft zu stehen –, dass sie nie mehr zu viert sein würden.

Sie fanden sie am fünften Morgen. Die Schlaftabletten hatten Zeit genug gehabt zu wirken. Antonella hatte viel getrunken am Abend zuvor, sehr viel für ihre Verhältnisse, nicht nur Wein, und hatte sich dann ins Zimmer zurückgezogen. Ihren Abschiedsbrief entdeckten sie erst, als der griechische Rettungsarzt da gewesen war. Nachdem er mit einem Kopfschütteln sein Stethoskop abgenommen, den Rettungskoffer zusammengepackt und dann das Zimmer verlassen hatte, wobei der schwere silberne Koffer gegen seine Beine schlug.

Als er aufgestanden und zu Giovanna hinübergegangen war, mit dem Formular in der Hand, das unterschrieben werden musste, hatte Elli gesehen, dass er humpelte. Vorher hatte alles schnell gehen müssen, als sie noch ihre Hoffnung auf den Sanitäter gerichtet hatten. Doch jetzt war plötzlich Zeit, Zeit, die Instrumente zusammenzupacken, das Formular auszufüllen und sich dann umzuschauen, wer es unterschreiben würde. Der Arzt hatte Giovanna angesehen und gewusst, dass sie es war. Die Tote auf dem Bett war ihr Ebenbild. Dieselbe zarte Gestalt, dasselbe kleine Gesicht, dieselben unbändigen Haare.

Nur, dass Antonellas Augen geschlossen waren. Nur, dass ihr Herz nicht mehr schlug. Draußen krächzten jagende Möwen über der Hafenbucht von Chania, und das offene Fenster ließ ihre sich ständig wiederholenden Rufe ebenso herein wie den rücksichtslosen Duft von Spiegeleiern und Speck, die in den Hafenrestaurants zum kontinentalen Frühstück serviert wurden.

Doch drinnen hatte das Leben sich festgefahren. Giovanna kauerte auf dem Bett, an der Seite ihrer toten Schwester. Die Hand in ihrem Schoß umklammerte Antonellas Brief, den Marie gerade gefunden und ihr gereicht hatte. Ihre andere Hand hielt Elli, so wie Giovanna die ihre gehalten hatte, vier Jahre zuvor, als Elli, die blutjunge Elli, fassungslos mit ihrem tot geborenen Kind im Krankenhausbett saß, Matthias an der einen, Giovanna an der anderen Seite. Wer hätte schon daran gedacht, dass nach so kurzer Zeit schon wieder eine von ihnen um ihr Fleisch und Blut würde trauern müssen. Dass diese Trauer sie alle angehen würde, wenn auch weder Elli noch Marie sich vorstellen konnten, wie groß Giovannas Leid war, wie es sich anfühlen musste, quasi die zweite Hälfte von sich selbst zu verlieren, die Fortsetzung der eigenen Existenz in einem zweiten Körper, der als Gegenwart schon in der

Wärme des Mutterleibs präsent und dann fast ein Vierteljahrhundert lang an ihrer Seite gewesen war.

Marie musste Ähnliches gedacht haben, als sie das Foto betrachtet hatte, denn sie fragte: »Hat sie dir Antonellas Brief je gezeigt?«

Elli verneinte, auch sie wusste nur wenig über die letzten Worte von Giovannas Schwester, kannte nur die Sätze, die für sie und Marie bestimmt gewesen waren und die Antonella auf ein eigenes Blatt geschrieben hatte. Weißes DIN-A4, ohne Zeilen. Die Sorte Papier, die man normalerweise nicht mit in den Urlaub nimmt. Sie hatten schon so oft darüber gesprochen.

»Ich wünschte, Giovanna hätte uns mehr von damals erzählt«, sagte Marie.

»Von Antonella, meinst du?«

»Nein, von der Bombe in Rom.«

»Ich glaube nicht, dass das etwas geändert hätte«, entgegnete Elli.

»Vielleicht ja doch. Vielleicht hätten wir anders mit Antonella reden können.«

»Vielleicht.« Elli wiegte den Kopf. »Vielleicht aber auch nicht. Ich weiß, dass Giòs Vater ihr vor ein paar Wochen etwas gesagt hat, das sie selbst bisher nicht wusste. Seither spricht sie nicht mehr mit ihm.«

»Oh, da sind wir ja schon zwei, die nicht mehr mit ihren Vätern reden.«

Elli sah sie fragend an. »Du jetzt auch? Ist es so schlimm?«

»Na, an ihm liegt's ja eigentlich gar nicht. Ich glaube, er könnte mich sogar ein bisschen verstehen. Aber solang er meiner Mutter immer nachgibt, hat das irgendwie keinen Sinn. Sie ist so verbohrt. Aber lassen wir das.«

Elli schwieg, sah Marie in die Augen. »Du weißt aber schon, jünger werden deine Eltern auch nicht. Stell dir vor, es passiert was, und du bist so von ihnen weggegangen und hast nicht mehr mit ihnen gesprochen.«

Marie fingerte eine neue Zigarette aus der Packung. Die alte war längst abgeraucht und in einem steinernen Aschenbecher versenkt.

»Jaja, ich weiß schon, ich weiß schon. Du denkst an deinen Vater«, sagte sie kurz angebunden.

Bevor Elli noch etwas erwidern konnte, klingelte Maries Telefon. Sie nahm ab, dann sprang sie auf, machte der Freundin irgendein Zeichen mit der Hand und verschwand im Haus, wo Elli sie geschäftig herumkramen hörte. Es mussten die Küchenschubladen sein, in denen sie wühlte. Dann klimperte ein Schlüsselbund, und Marie kam mit einer Tasche über der Schulter zurück. Sagte irgendwas von falsch geliefertem Saatgut, etwas, das sie gleich klären müsse, und lief mit großen Schritten zum Auto, verfolgt von Jimmy, den sie nach kurzer Diskussion in den großen Kofferraum des Vans springen ließ. Dann war sie auch schon fast vom Hof, rief durchs heruntergelassene Autofenster: »Bin in spätestens einer Stunde zurück, sorry, wir reden später weiter, ja?«, und verschwand in einer Staubwolke.

Elli seufzte tief. Der Anruf war für Marie genau zur richtigen Zeit gekommen. *Als hätte sie ihn bestellt*, dachte sie, *schon klar, dass sie nicht über ihre Eltern reden will.* Sie klaubte die Fotos zusammen, die sie angeschaut hatten, und versuchte, sie wieder in der überquellenden Kiste zu verstauen, als ihr ein anderes Bild in die Hand fiel, nach dem sie sofort greifen musste. Sie selbst, im weißen Hochzeitskleid.

Schon drei Jahre nach dem Abitur hatten sie geheiratet, sie und Matthias, hatten sich kaum Zeit gelassen, nicht mit dem zweiten Kind, nicht mit der Hochzeit. Wie unter einem inneren Zwang hatte Elli alles besser machen wollen als ihre Eltern, hatte alles sofort richtig machen wollen, bevor es irgendwie schiefgehen konnte. Heute war ihr das klar. Sie sah auf das Bild und musste unwillkürlich lächeln. Kein Push-up-BH der Welt hätte ihr einen solchen Reichtum ins Dekolleté zaubern können, wie es die Schwangerschaftshormone und der Neunmonatsbauch unter dem Busen vermochten. Ohne Babybauch hätte sie sich andererseits wohl etwas leichter getan, ein passendes Kleid zu finden. Sie wühlte weiter und fand noch mehr Fotos von ihrer Hochzeit: Marie im kleinen Schwarzen, schulterfrei und ein leuchtend rotes Tuch elegant dazu kombiniert – nur zu Ellis Ehren – auf einem kaum sichtbaren Holzbalken balancierend, von hinten beleuchtet. Wie ein Wesen aus einer anderen Welt sah sie aus. Giovanna und Antonella, die eine in Dunkelblau, die andere in Dunkelgrün, beide zum Anbeten schön. Dann Matthias, strahlend über sein ganzes Jungengesicht, mal mit dem Arm um seine schwangere Braut, dann gemeinsam mit ihr beim Anschneiden der fünfstöckigen Hochzeitstorte, die die Zwillinge organisiert hatten. Elli konnte sich noch genau erinnern, wie sehr sie sich recken musste, um die oberste Schicht zu erreichen, und auch an die feuchte Wärme, die in diesem Augenblick plötzlich an den Innenseiten ihrer Beine hinunterlief. Die Fruchtblase war geplatzt. Eine Woche vor dem Termin. Den Schnitt durch den Kuchen führten sie noch zu Ende, sie und ihr Ehemann, alles andere hätte Unglück bedeutet, dann brachte sie Matthias auf den neuesten Stand der Dinge und überließ ihm die Torte allein. Sie musste gar nicht erst nach ihren Freundinnen rufen, auch wenn das lange Kleid den Schlamassel verdeckte, hatten sie wohl doch in ihrem Gesicht lesen können. Giovanna war schon an ihrer Seite, Marie fischte den Fahrer des Hochzeitsautos, den einzig Nüchternen der Festgesellschaft – abgesehen von der Braut natürlich –, aus der Menge der Zuschauenden. Elli sah noch, wie Antonella ihrem erblassten Bräutigam schließlich das

Messer aus der Hand wand, dieses an seine frischgebackene Schwiegermutter weiterreichte und ihn zum Auto bugsierte, dann bekam sie von ihrer Hochzeitsfeier nichts mehr mit. Die Wehen ließen sich nicht lange Zeit, die erste überrollte sie bereits auf dem Weg aus dem Lokal. Als sie die 30-minütige Autofahrt zur Klinik hinter sich gebracht hatten und Matthias, Giovanna und Marie, die sie von allen Seiten stützten, sie der Geburtsschwester überließen, forderte das Baby schon mit Nachdruck das Öffnen der mütterlichen Pforte. Elli griff nach der nächstbesten Hand, die sich ihr bot, um ihren Schmerz abzuleiten – und wieder war es die von Giovanna. Die erzählte später den Freundinnen, dass sie in diesem Moment erstmals seit Langem ein Dankgebet gen Himmel geschickt hatte, weil nur aufgrund der Tatsache, dass sie wegen ihrer vielleicht doch gottgegebenen musikalischen Begabung seit Jahrzehnten Klavier geübt hatte, die Kraft in ihren Fingern groß genug war, um Ellis Geburtswehen ohne schwere Quetschungen zu überstehen. Elli war es egal, was sie in ihrer Not zu Brei verarbeitete. Dann war es vorbei, die Pein so plötzlich verschwunden, wie sie gekommen war, und Elli konnte sich nicht sattsehen an den blauen Augen ihrer Tochter, und nicht genug bekommen von den Küssen ihres frischgebackenen Ehemanns, im Hochzeitsanzug, aber ohne Krawatte, der vor Freude all die Tränen weinte, die beim Anblick seines toten Erstgeborenen versiegt waren.

Acht Wochen später hatten Matthias und sie die letzten Sachen aus ihrer gemeinsamen Studentenbude geräumt und waren bei Ellis Mutter ins große Haus gezogen.

Elli musste daran denken, wie sie mit der kleinen Lena im Arm in der Tür zum ehemaligen Büro ihres Vaters gestanden hatte. Es sah noch so aus wie ein gutes Dreivierteljahr zuvor, als die Polizei gekommen war und das Kontaktverbot durchgesetzt hatte, mit dem eine einsichtige Richterin jeder weiteren Misshandlung seiner Ehefrau einen Riegel vorgeschoben hatte. Dann war Ellis Vater im hartnäckigen Morgennebel jenes Septembertags verschwunden, einen Koffer hinter sich herziehend, und hatte sich seither nicht mehr blicken lassen. Bekannte wollten ihn gut ein Jahr später gesehen haben, wie er auf einer Parkbank schlief, eine Flasche Wodka als Kopfkissen und ohne zu ahnen, dass seine Tochter ihn inzwischen zum Großvater gemacht hatte.

Elli, mit dem Säugling im Arm, machte genau an dem Tag, als ihre erste Tochter acht Wochen alt wurde, die Bürotür ihres Vaters hinter sich zu, bat ihre Mutter um den Schlüssel und verschloss sie von außen. Dann brachte sie den Schlüssel ihrer Mutter Hanni zurück, die ihn mit einem Nicken des Einverständnisses in einem versteckten Winkel irgendwo im Haus verwahrte. Erst Jahre später, als Lilly als Vierte auf die Welt gekommen war und ein weiteres Kinderzimmer gebraucht wurde, suchte Ellis Mutter den Schlüssel wieder hervor. Sie räumten das alte Büro leer, begannen mit dem Schreibtisch, denn die Aktenschränke waren aus Metall und sollten später zum Wertstoffhof wandern. Unter Anwendung einiger Gewalt zerlegten sie das hässliche massive Holzding, das keiner von ihnen je gemocht hatte, in seine Einzelteile, wuchteten sie die Treppe hinunter und dann in den Garten, wo sie kurz darauf in einem lustigen Feuer aufgingen, das einige Nachbarn und dann auch noch die Feuerwehr auf den Plan rief. Zum Anheizen hatten ihnen die Akten gedient, die Klaus zurückgelassen hatte. Ohne ein Zeichen von Reue lud Ellis Mutter Nachbarn wie Feuerwehrkollegen zum Leichentrunk ein, den sie trotz des Fehlens einer Leiche als solchen titulierte. Mochte sich manch einer ruhig an einer gewissen Pietätlosigkeit stören, die der Sache durchaus nicht abzusprechen war, das war Hanni egal. Wer nicht gleich wieder abzog – es war ein einziges älteres Ehepaar, das sich mit pikiertem

Gesichtsausdruck abwandte –, dem schenkte Hanni noch einen weiteren Schnaps ein. Die Feuerwehr wurde nach eingehender Prüfung der Umstände von ihrem Kommandanten höchstselbst wieder nach Hause geschickt. Er kannte Hanni noch aus ihrer gemeinsamen Schulzeit und wusste ziemlich genau, was sie hatte erdulden müssen, solange Klaus noch im Haus gewesen war: Schließlich hatte er geholfen, Hannis betrunkenen Ehemann aus dem völlig zerstörten Panda der Tochter zu schneiden. Mit einem verbliebenen Kollegen sicherte er jetzt im Garten die Brandstelle ab, bis auch die letzten Glutnester verglommen und die letzten Nachbarn wieder abgezogen waren.

Übrig blieben ein Häufchen Asche und ein paar Quadratmeter verbrannter Rasen. Dann war es vorbei.

Die tatsächliche Beerdigung von Ellis Vater fand einige Wochen später statt, und Elli war die Einzige aus der Familie, die der Urne zur Grabstätte folgte. Sie war auch die Einzige gewesen, die ihn in dem Krankenhausbett gesehen hatte, in dem er nach einem Schlaganfall lag. Ein paar Obdachlosen, die wie er ihr Lager unter der Reichenbachbrücke hatten, war aufgefallen, dass der weinerliche Kollege mit den schlauen Kommentaren und dem schmutzigen Gesetzbuch im Koffer sich eines Morgens nicht mehr bewegte. Einer von ihnen rief den Notarzt, doch der Schlaganfall – oder war es der Alkohol? – hatte schon zu viel von seinem Gehirn zerfressen.

Elli stand, begleitet von Giovanna, vor den jämmerlichen Resten seiner Existenz im Krankenhaus Harlaching. Lange verweilte sie da neben dem Bett und suchte in dem kaum mehr atmenden Häuflein aus spitzen Knochen, dünner Haut und hervortretenden Adern nach ihrem Vater, sah Hilfe suchend zu Giovanna hinüber, die sich im Hintergrund hielt. Doch sie fand ihn nicht. Nichts an diesem Menschen erinnerte sie mehr an den imposanten Mann mit den schönen

Händen, der ihr im Swimmingpool hinter dem Haus liebevoll die Fersen geführt und ihr so gezeigt hatte, welche Bewegungen sie beim Brustschwimmen machen sollte, oder der in der Früh stolz mit seinem Aktenkoffer aus dem Haus gegangen war, um der Welt Gerechtigkeit zu bringen.

Und es war seltsam: Sie wusste, dass diese Erinnerungen einer Zeit lange vor der Phase entstammten, in der ihr Vater angefangen hatte zu trinken. Und doch waren diese Erinnerungen so präsent, dass es wehtat, war es doch genau dieser Vater, den sie noch zu finden gehofft hatte, als sie sich, dem Anruf aus der Klinik folgend, ins Auto gesetzt hatte. Doch er war verschwunden. Klaus Gutmann war schon tot, als er von der Polizei aus dem Haus ihrer Mutter geleitet worden war, und er starb viele Jahre später, eine halbe Stunde nachdem seine Tochter sein Krankenzimmer verlassen hatte. Hanni hatte sein Grab bis zum heutigen Tage nicht besucht.

Ein Motorengeräusch ließ Elli in die Gegenwart zurückkehren. Als sie sich umdrehte, sah sie Giovanna um die Hausecke biegen. Staub auf dem T-Shirt und eingehüllt in eine Duftwolke aus Pferdemist und Leder schlenderte sie zu Elli an den Tisch.

»Elli, was sitzt du denn hier mutterseelenallein und bläst Trübsal? Wo ist denn Marie? Und was machst du da überhaupt?« Etwas provozierend fand Elli die aufgeräumte Laune Giovannas, nicht nur, weil sie selbst gerade erst aus ihren wenig erbaulichen Erinnerungen aufgetaucht war, sondern weil sie die enttäuschten Worte Maries von vorhin noch im Ohr hatte.

»Na, was soll ich schon tun? Ich vertreib mir die Zeit, sitze hier allein rum«, antwortete sie gereizt.

Giovannas Gesicht veränderte sich schlagartig. »Elli, was ist denn los?« Ihre Züge zeigten ehrliche Anteilnahme, als sie sich der Freundin gegenüber rittlings auf einen Stuhl setzte. »Ist was passiert?« Dann warf sie einen Blick auf die Fotokiste, sah das Bild, das Elli noch in der Hand hielt, und schien zu verstehen.

»Oh«, sagte sie nur. »Erinnerungen.« Sie zögerte kurz, Elli konnte sich gut vorstellen, warum, dann fragte sie: »Darf ich mal sehen?«

Elli reichte ihr das Foto vom Tortenanstich und sah, wie Giovanna überraschend schmunzeln musste.

»Mei. Du hast so großartig ausgesehen mit deinem Elitebusen!«

»Ja, aber nicht lang. Zwei Stunden später war ich eine kreischende Hex' mit verschwitzten Haaren, die dir beinahe deine Musikerhand zerdrückt hat.«

»Und wenn schon. Ich war doch so froh, dass ich helfen konnte«, versicherte Giovanna.

Und vermutlich denkst du jetzt, dass du die Hand ohnehin nicht mehr wirklich gebraucht hast, dachte Elli und schickte sich an, die Kiste an sich zu ziehen und zu verschließen. Sie wollte Giovannas Stimmung auf gar keinen Fall mit Gedanken an ihre tote Schwester trüben. Doch Giovanna war schneller, ihre Neugier geweckt. Sie hatte schon einen Packen Fotos herausgenommen und begann sie durchzuschauen.

»War das Maries Idee?«, wollte sie wissen und deutete auf die Kiste, Skepsis in der Stimme. Elli nickte nur, angespannt. Ob die Idee wirklich so gut gewesen war? Bis zum heutigen Morgen hatte Marie ja durchaus nicht den Eindruck gemacht, irgendwelche Sentimentalitäten pflegen zu wollen. Dass sie jetzt die Fotos herausgeholt hatte, sprach eine andere Sprache. Vielleicht hatte sie doch das Bedürfnis verspürt, mit den Freundinnen zusammen einen Weg zurück zu suchen zu dem Zusammengehörigkeitsgefühl von früher, das Giovanna nicht müde wurde zu beschwören. Marie aber schien es vergessen zu haben. Vielleicht war das jetzt ihr Versuch, dem Wust aus Erinnerungen, den sie alle drei mit sich herumschleppten, wieder ein stabiles Gerüst zu geben, Gesichter, Daten. Natürlich musste ihr klar gewesen sein, dass sie dabei um die Tiefpunkte ihrer gemeinsamen Vergangenheit nicht herumkommen würden. Und auch, dass dadurch Wunden aufreißen konnten.

Und schon war es geschehen. Elli sah unwillkürlich nach oben: Hatte sich der Himmel bewölkt, hatte eine Wolke die Sonne verdunkelt? Die Luft war plötzlich grau geworden, lag wie ein schwerer Umhang auf den herabgesackten Schultern Giovannas. *War ja klar*, sie hatte die Aufnahme aus Kreta gefunden. Jetzt starrte sie darauf, ohne einen Laut von sich zu geben.

Auch Elli fehlten die Worte, auch nach zwei Jahrzehnten – nichts konnte das Geschehene noch verändern. *Aber du könntest mir sagen, warum sie es getan hat, das könntest du*, dachte Elli, *vielleicht würde es dir ja sogar helfen*, doch sie sprach es nicht aus. Schließlich regte sich Giovanna doch, richtete sich auf, reckte sich, und Elli sah ihr an, dass sie mit Nachdruck versuchte die dunklen Wolken zu verscheuchen. Dann tat sie das Foto entschlossen zu den anderen, die sie noch in der Hand hielt, und packte alles zusammen zurück in die Kiste. »Ein andermal vielleicht.« Sie stand auf, stellte den Stuhl sehr ordentlich zurück an den Tisch, sagte »ich geh mich mal schnell duschen«, und verschwand über die Außentreppe.

Elli sah ihr nach und schüttelte betrübt den Kopf. Giò würde niemals darüber hinwegkommen, vor allem nicht, wenn sie nicht darüber redete. In diesem Moment hörte Elli wieder einen Motor näher kommen, und dann bog Marie auch schon mit ihrem Wagen um die Hausecke, winkte ihr durchs Autofenster zu. Der Hund saß jetzt auf dem Rücksitz des Vans; offenbar hatte sie irgendetwas in den Kofferraum geladen, sodass er dort keinen Platz mehr fand. Kaum stand der Wagen, als er auch schon durch das offene Fenster sprang und zum Haus gelaufen kam.

»Elli, ciao, da bin ich wieder«, rief Marie, während sie Jimmy etwas langsamer folgte und ihn mit einem scharfen Befehl davon abhielt, vor lauter Wiedersehensfreude an Elli hochzuspringen.

»Entschuldige, ich bin noch bei Larry vorbeigefahren, weil ich Nicoletta gleich abholen wollte. Aber sie war so schön am Spielen ... Er bringt sie später her, damit wir morgen früh loskommen.«

»Morgen früh?« Elli konnte sich nicht erinnern, dass sie irgendetwas vorgehabt hätten.

»Ach ja, ich hoffe, ihr habt Lust – Nicoletta wünscht sich ganz dringend, in den Acquapark von Tortoreto zu fahren. Ich habe es ihr schon seit Längerem versprochen, und jetzt will sie den Ort unbedingt Giovanna zeigen.« Sie ließ sich schwer auf die Bank neben Elli fallen. »Puh, so ein kalter Pool wäre jetzt auch nicht schlecht.« Marie schenkte sich das Glas wieder voll, das sie bei ihrer überstürzten Abreise hatte stehen lassen. »Eigentlich ist es ein Schmarrn, die Kleine darf in die meisten Rutschen noch gar nicht rein, nur ins Kinderbecken, aber sie liebt es trotzdem, schaut den anderen stundenlang zu, wie sie aus den Röhren geschossen kommen. Weißt du was, wir zwei legen uns ins Wellenbad, ich bin eh nicht heiß auf die Rutscherei, und die neue Lieblingstante kann den ganzen Tag den Babysitter spielen.« Sie zwinkerte Elli zu und fragte dann: »Apropos, ist sie wieder da?«

»Sie ist duschen. Sie waren reiten, sie und Ottavio. Zumindest hat sie so gerochen«, berichtete Elli und stellte fest, dass sie gar nicht daran gedacht hatte, Giovanna nach ihrem Ausflug zu fragen.

»Ah, hat er sie mitgenommen in seinen Stall.« Marie zeigte sich latent beeindruckt. »Das macht er immerhin nicht mit jeder. Also, ich geh uns jetzt schnell einen Kaffee kochen, halt sie bloß fest, wenn sie wieder herunterkommt, damit sie nicht wieder davonläuft. Ich will der Schönen mal auf den Zahn fühlen.« Wie sie das so sagte, war Elli sich nicht sicher, wie sie es gemeint hatte. Da war so ein eigenartiger Unterton gewesen.

Doch für den Augenblick war es ihr recht, einfach sitzen bleiben zu können und sich in der Hitze des frühen Nachmittags nicht bewegen zu müssen. Außerdem konnte sie von der Stille, in der Maries Haus wurzelte, gar nicht genug bekommen. Sie hätte diese Momente auch nicht teilen wollen. *Komisch ist das schon*, dachte sie. Weder Matthias noch Toni hätte sie sich zur Seite gewünscht, am ehesten vielleicht ihre Kinder. *Vielleicht sollte ich einfach hierbleiben, allein, und gar nicht mehr heimfahren. Nur ich und die Stille.* Genießerisch schloss sie die Augen.

»Jetzt siehst du schon wieder so glücklich aus. Hast du etwa wieder telefoniert?« Marie stellte ein Tablett mit einer dampfenden Caffettiera und drei Espressotassen neben Elli auf den Tisch und holte sie aus ihrem dösigen Zustand.

Elli lächelte. »Nein, habe ich nicht« – ihr Gewissen war fast rein – »nur geträumt hab ich.«

»Aha, und von wem? Jetzt sag bitte nicht, dass dir der Gedanke an deinen Mann so ein Gesicht beschert, sonst machst du mich echt neidisch.« Sie schenkte Elli eines der Tässchen voll und schob es ihr hinüber.

»Wieso? Wieso solltest du neidisch sein? Du hast doch auch eine neue Liebe.«

Marie wischte die »neue Liebe« wie eine lästige Fliege zur Seite. Das »Auch« interessierte sie viel mehr. »Aha. Da ist also jemand. Ich habe doch recht! Nun komm schon, raus mit der Sprache. Du hast noch nie gut lügen können!«

Elli dachte einen Moment mit Schaudern daran, wie Giovanna reagiert hatte, als sie ihr von Toni erzählte. Aber Marie war nicht Giovanna, sie war weit genug weg von zu Hause, sie hatte genug Abstand, um sich daran zu stören, was Elli außerhalb ihrer Ehe tat. Zudem hatte Marie nie ein besonders gutes Verhältnis zu Matthias gehabt – wer hatte das schon außer ihr selbst? Also wehrte sie sich nicht länger, sondern begann zu erzählen, vom Elternabend, von dieser eigenartigen Faszination, die der Vater von Nicks Schulfreund auf sie ausübte, von der Weihnachtsfeier, und wie es schließlich kam, dass sie sich auf ihn einließ. Nur das »Warum« umschiffte sie. Genauso wie das »Und jetzt?«. Doch natürlich war Marie gnadenlos genug, danach zu fragen.

Elli sah ihre Freundin ratlos an und hob die Schultern.

»Marie, ich weiß es nicht. Ich weiß es wirklich nicht. Die ganze Zeit bin ich am Überlegen, aber ich weiß es nicht.«

»Na ja, überlegen ist vielleicht auch nicht der richtige Weg.«

»Sagst ausgerechnet du ...«

»Natürlich«, bemerkte Marie, »gerade ich. Mich von Marc zu trennen, das habe ich nicht *überlegt.* Das hat mich irgendwann überkommen. Er hat mich angeekelt mit seinem wichtigen Getue.« Pause. »Mit seinem Verrat.« Sie blähte die Nasenflügel, holte tief Luft. »Mit jedem einzelnen Verrat«, unterstrich sie. »Ich habe auch das hier«, sie machte eine Handbewegung, die Haus, Garten, Berge, Himmel, das ganze Land zu umfassen schien, »nicht groß überlegt. Wenn ich es getan hätte, wäre ich bestimmt in München geblieben.«

Elli merkte, dass Marie mit sich rang, ob sie noch mehr sagen sollte, und schwieg. Maries nächste Worte kamen stockend und mühsam, als müsse sie sich zwingen. »Die Mädchen und ihre Großeltern – den Mädchen sind Oma und Opa schon wichtig. Und dann meine Freunde.« Pause. »Ihr.« Marie brach ab, griff nach der Kaffeekanne, schenkte ein.

Dann redete sie weiter. »Aber die Vorstellung von dem allen hier, das war's, das hat mich umgehauen.«

Elli überlegte, was sie jetzt sagen sollte, bei Marie wusste man nie so genau, was das Richtige war. »Jedenfalls habe ich dich noch nie so entspannt erlebt. Irgendwie so aufgeräumt«, erklärte sie dann.

Marie nickte. »Ja, ja. War aber gar nicht so einfach am Anfang. Den ersten Winter mussten wir im Ort bleiben, eine enge Stiege hinauf zu einer winzigen Wohnung, total heruntergekommen, zwei Zimmer, Ölofen in der Küche, wie in so einem alten De-Sica-Film, mit Plastiktischdecke und so. Den Mädels hat es vor der schwarzen Keramikspüle gegraust. Josefine hat rund um die Uhr gemeckert. Und dann war ich auch noch schwanger. Vollkatastrophe.« Marie hörte wieder auf zu sprechen, sann ihren Worten nach und den Erinnerungen, die damit verbunden waren.

Elli hob gerade an, nach jenen Einzelheiten zu fragen, die Marie ihr bisher vorenthalten hatte – den Urheber der Schwangerschaft etwa, da redete die Freundin rasch weiter. »Doch jetzt ist alles gut. Hier sind wir jetzt zu Hause.«

»Und die Mädchen? Sehen sie das auch so? Vermissen sie ihren Vater nicht?« Marie sah Elli an, natürlich musste ihr klar sein, dass Elli auch aus Eigeninteresse fragte, da sie selbst vielleicht eine ähnliche Entscheidung würde treffen müssen.

»Elli, ich will dich nicht anlügen. Natürlich, vor allem Marlene hat gelitten. Sie war noch zu klein, als wir uns getrennt haben, sie hat das alles nicht so verstehen können, warum wir uns gestritten haben und so. Sie fragt manchmal, ob wir nicht wieder zu ihm ziehen können, zu ihrem Vater. Oder eher: Sie hat gefragt.« Marie verbesserte sich mit einem gequälten Lächeln. »Jetzt hat sie neuerdings andere Probleme. Sie hat ihre Tage, die ersten Pickel und fühlt sich rund um die Uhr in der falschen Haut. Es reicht ihr schon, wenn ihre Mutter ihr ständig sagt, sie soll gefälligst ihre Hausaufgaben machen, da braucht sie nicht auch noch einen Vater, der sie nervt.«

»Das kenne ich gut«, erklärte Elli, »ist bei uns ganz ähnlich. Und wie ist es mit Josefine?«

»Bin ich mir noch nicht so ganz sicher. Anfangs war sie auf meiner Seite und Punkt. Jetzt ist sie älter. Ich gehe ihr ziemlich oft auf die Nerven. Und dann das Dorf hier. Ihr ist es hier manchmal zu eng, so ein Vater in der Ferne, der könnte die Rettung sein, meint sie.« Sie schnaubte. »Der Arsch.«

»Seht ihr euch denn noch?«

»Nur, wenn es nicht anders geht. Ich ertrag ihn nicht mehr. Aber er ist halt der Vater. Und Josefine will neuerdings Politikerin werden, also denkt sie, sie ist bei ihm besser aufgehoben, weil ich ja alles hingeschmissen habe und so. Aber sie fragt auch nicht, wie das so für mich war und warum ich aufgehört habe. Ich hätte meine Ideale verraten, sagt sie. Dabei ist es genau andersherum, jetzt bin ich dem Leben viel näher, das ich für ideal halte. Aber das will sie nicht verstehen. Und wenn sie in München bei ihm sind, erzählt mir manchmal Marlene, diskutieren Josefine und Marc den lieben langen Tag über Angela Merkel, Flüchtlinge, die AfD und was weiß ich was. Nur über unseren Planeten, das ist so typisch für Marc, reden sie nicht. Er kapiert einfach nicht, dass das unser allergrößtes Problem ist. Und das ist Josefine genauso wurscht wie ihrem Vater.«

Elli hakte wieder ein. »Macht es dir denn noch was aus, wenn du an ihn denkst?«

Marie zögerte, und Elli war sich nicht sicher, ob sie nur versuchte, gelassen zu scheinen. Jedenfalls kam von Marie keine Antwort, sie zuckte nur leicht mit den Schultern. Elli wartete einfach ab.

Dann hatte Marie den Moment überwunden und erklärte mit veränderter Stimme: »Eins bereue ich wirklich.«

»Und was?«

»Dass ich Marc meine Daunendecken dagelassen habe. Im Winter kann's hier ganz schön frisch werden.«

»Oh, ich weiß genau, wovon du sprichst.« Elli schmunzelte. Wenn jemand wusste, wie es war, nachts zu frieren, dann war sie das. »Hättest du was gesagt! Ich habe in der Wohnzimmercouch noch einige Decken.«

Marie winkte ab. »Ist ja nicht so wichtig.«

»Jedenfalls hast du dich wirklich ganz schön verändert, Marie. Du hättest so etwas früher nicht getan.«

»Was getan?«, fragte Marie und runzelte die Stirn.

»Du hättest nicht einfach alles aufgegeben, du hättest immer weitergekämpft, dich durchgebissen.«

»Und was hatte ich davon? Gar nichts. Schau mich an: graue Haare, die ersten Falten. Ich hätte viel früher gehen sollen.«

Elli nickte nachdenklich. »Das hätte aber auch schiefgehen können. Du hast Glück gehabt.«

»Klar, hätte es, das kann es immer«, wandte Marie ein. »Wenn ich geblieben wäre, hätte alles noch viel schlimmer werden können. Das hier hätte auch schlimm werden können, aber ich habe mir nur das Gute vorgestellt. Letztlich musste ich es einfach ausprobieren.« Sie sah Elli fragend an. »Und du?«

Elli wand sich. »Was, und ich?«

»Du weißt schon.«

»Wegen Toni?« Irgendwas in Elli sperrte sich dagegen, Marie eine ausführliche Antwort zu geben.

Die sagte: »Hast du eigentlich ein Foto?«

»Nur ein unscharfes von der Weihnachtsfeier. Ich kann ihn ja nicht so offen im Handy mit mir herumtragen.« Davor,

Marie die Fotografie in ihrem Buch zu zeigen, scheute sie sich irgendwie. Sie entsperrte ihr Handy, öffnete ihre Bildergalerie, suchte kurz und hielt Marie das Telefon hin. Die nahm es, vergrößerte das Bild, auf dem Toni mit Nick und seinem Sohn zu sehen war, dann nickte sie zustimmend. »Ja, kann dich verstehen.« Sie gab Elli das Gerät zurück.

»Das ist alles?« Elli wusste nicht recht, was sie sich erhofft hatte.

»Na ja, was soll ich schon sagen? Er sieht nett aus.«

»Hm. Du hast Matthias auch nie besonders gemocht.«

Marie widersprach ihr nicht. »Du mochtest auch Marc nicht. Keine von euch.«

»Und wir hatten recht damit.« Das war Elli so rausgerutscht.

Erstaunlicherweise war Marie nicht beleidigt. »Tja, ihr hattet recht, das stimmt wohl.«

»Matthias ist aber nicht Marc«, fuhr Elli fort. »Matthias würde mich nie betrügen, niemals, das weiß ich. Er würde mich auch nie verlassen. Schon allein der Kinder wegen. Aber eben nicht nur. Er ist die treueste Seele der Welt. Und was tue ich?«

»Du gehst fremd«, analysierte Marie trocken.

»Ich gehe fremd.« Elli nickte. »Ich betrüge ihn. Und das, obwohl das Leben mit ihm gar nicht schrecklich ist. Er ist immer für mich da, er drückt sich nie vor irgendwas, er ist der perfekte Ehemann.«

»Nur reden kannst du nicht mit ihm«, warf Marie ein. »Habt ihr wenigstens noch Sex?«

Elli hatte die Frage befürchtet, sie starrte an Marie vorbei. »Ja. Nein. Ach«, murmelte sie dann.

»Also ja oder nein oder ach?«

»Na ja, hin und wieder. So richtig toll ist es nicht mehr«, räumte sie ein. »Aber jetzt erzähl mir bloß nicht, dass Larry im Bett eine Kanone ist!«

Marie machte ein strenges Gesicht. »Das tut jetzt nichts zur Sache, lenk nicht ab! Hier geht es um dich!«

»Aber wenn ich's doch nicht weiß. Wenn's nur der Sex wäre, müsste ich mich natürlich für Toni entscheiden. Zumindest jetzt noch. Es ist alles neu und jedes Mal spannend und mir geht's so gut dabei!« Sie spürte, wie sie ein Lächeln überkam, das sie gar nicht bremsen konnte. »Schon allein, weil er mir das Gefühl gibt, noch mal halb so alt zu sein, wie ich es jetzt bin. Aber was ist denn in einem Jahr? Wer garantiert mir, dass es dann auch noch so ist? Ob es überhaupt noch mit uns geht bis dahin? Wer weiß, ob er mir treu bleibt?«

»Elli, das kannst du doch nie wissen.«

»Doch«, widersprach Elli, »bei Matthias kann ich das wissen. Aufregend wird es vermutlich mit ihm nie mehr, aber er wird mich weder betrügen noch verlassen. Auf die Idee kommt er gar nicht. Aber – er würde ohne mich verkümmern, fürchte ich. Er will niemand anderen als mich.«

Marie warf der Freundin einen langen, prüfenden Blick zu. »Tja, dann bleibt jetzt nur noch die eine Frage: Was willst du?«

»Wenn ich das wüsste, Marie. Am liebsten einfach so weitermachen wie jetzt. Aber das Problem ist – es zerreißt mich. Ich kann nicht mehr schlafen. Ich muss Matthias anlügen, sogar die Kinder. Das ist so unfair. Auch Toni gegenüber ist das nicht fair.«

»Wieso? Er hat doch gewusst, dass er sich auf eine verheiratete Frau einlässt«, wandte Marie in ihrer manchmal brutalen Ehrlichkeit ein. »Also ich finde, da solltest du dir kein schlechtes Gewissen machen.«

»Wenn er aber doch auch nicht gewusst hat, wo die Sache hinführt.«

»Also, so wie du ihn beschreibst, Elli, hat er das ganz genau gewusst. Und er hat es sogar gewollt. Wobei das, was du erzählt hast, nicht so klingt, als sei dieser Toni einer, der sich mal eben so auf Affären einlässt. Ich glaube eher, dass er sich in dich verliebt hat. Und zwar schon, bevor ihr euch am See getroffen habt. Und dann war die Geschichte erst recht leichtsinnig von ihm, weil es ihm gleich klar sein musste, dass es am Ende kompliziert werden kann.«

»Ich weiß ja gar nicht, ob das schon das Ende ist«, sagte Elli leise.

»Nein, so habe ich das auch nicht gemeint. Aber irgendwann kommt das Ende, früher oder später, weil man nicht auf Dauer zweigleisig fahren kann. Nein«, verbesserte sie sich, »weil *du* das nicht kannst. Dafür bist du viel zu ehrlich.«

»Das sieht man jetzt gerade, wie ehrlich ich bin.« Elli trommelte nervös mit den Fingern auf dem Tisch herum. »Das Verrückte ist, dass ich Matthias liebe. Von ganzem Herzen. Mit all seinem Schweigen und seiner Schrulligkeit – und die wird immer schlimmer –, aber ich liebe ihn, einfach so, weil er da ist.«

Marie fand offenbar, dass es wieder einmal an der Zeit war, nach der Zigarettenpackung zu greifen. In aller Ruhe klappte sie den Deckel der Schachtel hoch, zählte die weißen Filterenden mit den Fingerspitzen, schob eine um die andere beiseite, um sich schließlich für eine der Zigaretten zu entscheiden, so als ob nicht eine genau wie die andere wäre, zündete sie an und nahm einen tiefen Zug, bevor sie, eine Rauchwolke ausstoßend, antwortete: »Klingt für mich, als wäre deine Entscheidung schon gefallen. Du kannst diesem Toni genauso gut gleich den Laufpass geben.«

War es das, was Elli hatte hören wollen? Sie versuchte sich die Konsequenzen vorzustellen, die sich ergeben würden, wenn Marie recht hätte. Eine heftige Trauer überfiel sie bei der Vorstellung, Toni anzurufen und ihm zu erklären, dass es vorbei sei. Unwillkürlich fasste sie sich an die Halsseite, die kleine Kuhle hinter dem Ohrläppchen, die Toni so gerne mit den Fingerspitzen berührte, bevor er sie dorthin küsste. Es schien ihr, als sei die Stelle plötzlich kalt geworden. Verwaist. Elli war ganz und gar nicht glücklich.

15.

RICORDI.

Giovanna

Schwer und ein wenig süßlich klebte der Geruch nach Pferd an ihrer Haut und in ihren Haaren, als sie in die Badewanne stieg und den Vorhang hinter sich zuzog. Die Wanne diente zugleich als Dusche. Giovanna genoss die Wärme des Wassers, das über ihren Körper lief. Der lange Ritt hatte ihr die Existenz von Muskeln in ihren Oberschenkeln und ihrem Gesäß in Erinnerung gerufen, die sie längst vergessen hatte. Doch viel mehr als die schmerzenden Muskeln waren es die Bilder des Vormittags, die sie beschäftigten und die sie vor sich sehen konnte, wenn sie die Augen schloss. Die großartige Pracht des Piano Grande, der Himmel, der sich wie die Ewigkeit selbst über das Tal spannte, das große Gefühl von Einsamkeit, das sie umso mehr genoss, da sie diese Einsamkeit mit Ottavio teilte.

Der Gedanke an ihn lenkte ihr Empfinden in eine andere und, wie sie so nackt unter dem Wasserstrahl stand, doch sehr körperliche Richtung. Was wäre, wenn ... Nun, Ottavio hatte auch bei dieser Begegnung nicht erkennen lassen, ob er mehr als freundschaftliche Gefühle für sie hegte. Er hatte noch nicht einmal angeboten, ihr aufs Pferd zu helfen – was sie dankend angenommen hätte. Nach den vielen Jahren, in denen sie in keinem Sattel mehr gesessen hatte, war das Hinaufkommen mühsamer gewesen als in ihrer Erinnerung, und sie hatte sich an ihrem Aussichtspunkt in den Bergen einen Felsen zum Aufsteigen gesucht, von dem aus sie den Steigbügel leichter erreichen konnte. Und wie wunderschön und vertraut war es dann, beim Zurückreiten das Knarzen des Leders zu hören, die Kraft des Tieres unter sich zu spüren, sich in den Rhythmus der Bewegung fallen zu lassen – eine Empfindung, die jener ähnelte, die sie beim Musizieren hatte, wo sie sich völlig verlieren konnte in der mechanischen Selbstverständlichkeit der Fingerbewegungen auf den Tasten. Beim Spielen konnte sie alles vergessen in der Konzentration auf den Augenblick.

Ganz ähnlich wirkte auch der sichere, gleichmäßige Viertakt des Pferdes, den sie in den Gliedern spürte. Er reduzierte allen Schmerz und allen Ärger auf eine bloße Nebensächlichkeit. Giovanna war Ottavio zutiefst dankbar für die unerwartete Erfahrung und fragte sich, ob sie es wohl wagen könne, ihn um einen weiteren Ausritt zu bitten. Oder würde er es als aufdringlich empfinden? Immerhin hatte er ihr bereits einen ganzen Vormittag und eine halbe Nacht geopfert. Was empfand er für sie?

Möglicherweise war es nicht mehr als ein vages Gefühl der Zugehörigkeit, weil sie, die geborene Römerin, und er, der Neapolitaner, unter all diesen Menschen im Gruppo, mit denen Ottavio hier einen Großteil seiner Zeit verbrachte, zumindest eine gefühlte Gemeinsamkeit der Herkunft verband. Wenn man von den 200 Kilometern und den Welten an Selbstverständnis einmal absah, welche die Bewohner Roms und die Neapels voneinander trennten. Abgesehen von Roberto und der mausgesichtigen Sonia, die beide von der italienischen Ostküste stammten, waren Maries Freunde jedenfalls alles Deutsche, da konnte es schon sein, dass Ottavio es genoss, mit jemandem zu reden, der seinen gelegentlich durchscheinenden Dialekt – den er zu verbergen suchte – zumindest annähernd verstand. Oder konnte da doch mehr sein zwischen ihnen? Immerhin hatte er sich nicht gescheut, ihr seine Lebensgeschichte zu erzählen – womit sie wohl mehr über ihn wusste als Marie, vielleicht auch als manch anderer aus der Gruppe. Und doch war da kaum eine Berührung zwischen ihnen gewesen. *Verdammt, Ottavio, was willst du?* Giovanna stellte mit einer ungeduldigen Bewegung das Wasser ab und griff nach einem Handtuch, um sich die langen Haare abzutrocknen. Dabei rubbelte sie weit heftiger über ihren Kopf als notwendig. Hinterher brannte ihre Kopfhaut, und sie schüttelte beim Blick in den Spiegel den Kopf. Es war ja nun nicht so, dass jeder Mann, dem sie begegnete, ihr spontan verfiel – das war eine Mär, die Elli und Marie genährt hatten, seit sie den Kindertagen entwachsen waren. Na ja, es waren schon so einige gewesen, musste sie vor sich selbst einräumen, während sie die Haare über den Kopf schüttelte und ausbürstete.

Aber diesmal war es anders. Ausnahmsweise würde sie sich einmal wirklich wünschen, dass der Mann an ihrer Seite die körperliche Grenze einfach ignorierte, sie in den Arm nahm, nein, sie einfach küsste. Waren ihre Signale nicht eindeutig genug gewesen? Hatte sie, die Meisterin des unverbindlichen Flirts, vergessen, wie es funktionierte? Warum tat Ottavio es nicht einfach? Abgeneigt schien er doch eigentlich nicht zu sein.

Mit einem weiteren ratlosen Blick in den Spiegel beschloss Giovanna, das Nachdenken über die fehlenden oder möglicherweise doch vorhandenen Ambitionen Ottavios auf einen späteren Zeitpunkt zu verschieben. Elli saß schließlich unten, sie sollte sie nicht länger warten lassen.

Überrascht und nicht ganz glücklich sah sie beim Hinuntersteigen, dass Elli nicht länger allein war, sondern inzwischen in der Gesellschaft Maries. Seit ihrem Streit vom Vorabend waren sie sich nicht mehr begegnet, und Giovanna zögerte unwillkürlich. Sie wäre einer erneuten Konfrontation gerne aus dem Weg gegangen, auch wenn es auf Dauer nicht möglich war. Und war eine Begegnung nicht das, was sie wollte? Um die Missverständnisse zwischen ihnen auszuräumen? Ihr Verhältnis zu klären, in die eine oder andere Richtung? Wenn sie das nicht taten, hätten sie und Elli sich die Fahrt hierher sparen können, das war ihr bewusst. Aber es war etwas ganz anderes, darüber nachzudenken, als sich hinzustellen und der Freundin in die Augen zu sehen. Dieser Streit, der am Abend zuvor eher zufällig aus ihrem augenblicklichen Zorn über die in ihrer Bedeutung schmählich ignorierte und aussortierte Nirvana-CD entstanden war und der wenig hilfreich mit ihrer Flucht ins Dorf geendet hatte – würde er hier und jetzt seine Fortsetzung finden?

Jetzt würde sie in einem ganz anderen Gemütszustand auf Marie treffen, nicht gewappnet mit frischer Wut. Während Giovanna all das durch den Kopf schoss, hatten die Freundinnen sie schon bemerkt, es blieb ihr also gar keine Wahl, als die letzten Stufen zu ihnen hinabzusteigen. Und Marie kam jedem Versuch Giovannas zuvor, so zu tun, als ob nichts gewesen wäre.

»Giò, warum bist du einfach weggelaufen gestern Abend?«

Einfach also, aha. Ganz tief in ihrem Innern verkrampfte sich etwas, da schnappte eine Weiche ein und stellte sich fest. Halb besorgt, halb erleichtert stellte Giovanna fest, dass ihr Ärger kaum unter der Oberfläche versteckt war und dort während der vergangenen Stunden weitergeschwelt hatte. Sie würde sich nicht kleinmachen. Die besorgte Hälfte ihrer selbst, die sich fragte, wie viel Konsistenz ihre Freundschaft noch besaß, hörte die andere Hälfte in kühlem Ton sagen: »Ich hatte nicht den Eindruck, als würdest du Wert darauf legen, dass ich hier bin.«

Marie, die eben noch ganz entspannt auf der Bank gesessen hatte, ging in Habachtstellung. *Soll sie ruhig*, dachte die angriffslustige Giovanna. »Es war dir doch egal, dass ich verschwunden bin«, setzte sie nach.

»Ich hab gar nicht gemerkt, dass du gegangen bist«, rechtfertigte sich Marie, noch immer sehr kontrolliert. »Ich dachte, du bist ins Bett.«

Marie musste doch klar sein, wie unglaubwürdig das klang. *Sie wollte mich gar nicht mehr dabeihaben.*

»Erzähl mir doch nichts! Dir war es völlig wurscht.« Die friedfertige Seite von Giovanna erkannte klar, dass die andere dabei war, unwiderruflich Pflöcke einzuschlagen, gewann für einen kurzen Moment die Oberhand und versuchte den Angriff zu bremsen. »Oder nicht?«, schob sie nach.

»Natürlich nicht. Natürlich war mir das nicht egal. Aber du hast mich dermaßen beschimpft«, schoss Marie zurück, sich nun ebenfalls ereifernd, »'tschuldige, dass ich keine Lust hatte, dir nachzulaufen.«

»Na toll. Da haben wir's ja: Es war dir einfach nicht wichtig genug.«

»Boah, du bist wirklich eine richtig dumme Kuh!« Marie sprang jetzt auf von ihrem Platz, wobei sie dem Tisch einen solchen Stoß versetzte, dass aus Ellis Glas das Wasser überschwappte, griff erneut nach der Zigarettenschachtel, versuchte, sie zu öffnen. Doch ihre Finger zitterten, sie warf die Zigaretten auf den Tisch zurück, starrte dann zu Giovanna hinüber.

Giovanna hatte die Augen aufgerissen, hielt sich aber nach außen hin im Zaum. Ihre Handflächen schwitzten, unter dem Brustbein hämmerte ihr Herz. Beleidigungen? Das hatte es noch nie zwischen ihnen gegeben. Was tun? Ein paar Schimpfwörter lagen ihr auf der Zunge, sie testete ihr Gewicht. *Nein. Nein.* Nicht das, nicht auf diesem Niveau. Doch da platzte es auch schon aus ihr heraus. Schrill. Hässlich. »Die dumme Kuh bist du selbst! Ein richtig egoistisches Miststück.« Verdammt, wieso hatte sie das gesagt?

»Ach so?« Maries Stimme kam schneidend. »Wenn das so ist ...«

Elli fiel ihr ins Wort. »Mädels«, polterte sie, »Mädels, jetzt macht mal halblang! Was soll denn das?«

»Na frag doch mal deine Freundin!« Giovanna, noch ganz unter dem Eindruck der eigenen Gemeinheit, die sie so gern ungesagt gemacht hätte, hatte das sichere Gefühl, den Halt zu verlieren.

Und dann setzte Marie nach: »Also jetzt reicht's! Seit ihr hier seid, höre ich von dir nichts als Vorwürfe. Beziehungsweise, ich höre sie nicht. Aber du schleppst sie durch die Gegend, trägst sie vor dir her und versteckst dich dahinter. Also sag's doch einfach endlich. Lass es raus! Los, los, lass es raus. Lass alles raus!« Sie war blass geworden. Selbst unter Maries Sonnenbräune konnte Giovanna das erkennen, und plötzlich schämte sie sich. Die aufgebrachte Giovanna war in sich zusammengefallen, während die maßvolle entsetzt vor dem angerichteten Scherbenhaufen stand und nicht wusste, wie sie ihn wieder beseitigen sollte. Sie stand wie angewurzelt vor dem Tisch und rang mit sich. All das, was in ihr los war, fand keine Worte und keinen Weg nach draußen: die große Wunde, die Maries Weggehen in ihr geschlagen hatte, die Enttäuschung über das offenbar fehlende Vertrauen Maries ihr gegenüber. Nach der langen Zeit, in der sie gehadert und sich geärgert hatte, in der sie nicht wusste, ob sie sich selbst oder besser die Freundin anklagen sollte, stand sie nun hier und fühlte sich nur noch beschämt. Ganz egal, ob sie aussprach, was sie umgetrieben hatte, oder ob sie es nicht tat, sie hatte das Gefühl, sich selbst kleinzumachen. All ihre Empörung, ihr Zorn nahmen sich mit einem Mal so lächerlich aus.

Sie sah Marie vor sich, kleine Volten drehend vor Erregung, erfasste die Szene: Elli auf der Bank vor Maries schönem Haus, dem Haus, das Marie selbst hergerichtet und zu ihrem und ihrer Kinder Heim gemacht hatte. Sie konnte auf einmal erkennen, wie glücklich Marie hier war.

Und plötzlich verstand sie. Plötzlich wurde ihr klar, wie wenig Maries Wegzug mit ihr zu tun hatte, mit ihr, Giovanna. Sie verstand, dass Marie das geschafft hatte, worum sie selbst ihr halbes Leben lang vergeblich rang: Dinge hinter sich zu lassen, die nicht guttaten. Vergangenes dorthin zu packen, wohin es gehörte: in die Vergangenheit. Und ob sie selbst nun dazugehörte, zu dieser Vergangenheit, oder nicht, das schien ihr mit einem Mal nicht mehr wichtig, darauf kam es nicht mehr an.

Ob Marie, die jetzt ihr unstetes Herumlaufen unterbrochen hatte und zu ihr herübersah, begriff, was genau in ihr vorging, konnte sie nicht wissen. Giovanna stand einfach da, jetzt vielleicht fünf Meter von Marie entfernt, und plötzlich, absurderweise, musste sie lächeln. Es war kein freudiges Lächeln, es überkam sie einfach angesichts der Lächerlichkeit ihres Streits. Eigentlich hätte sie weinen wollen, doch das versuchte sie unter allen Umständen zu verhindern.

Auch Maries Haltung hatte sich verändert. Gerade noch war sie voller Spannung, und, ja, greifbarer Empörung gewesen, doch Giovannas Lächeln nahm auch ihr die Angriffslust. Es spiegelte sich auf ihrem Gesicht als Verwirrung und nahm ihren Zügen die Härte, die sie eben noch gezeigt hatten. Jetzt machte sie einen zögernden Schritt auf Giovanna zu, dann noch einen, und schließlich durchmaß sie den restlichen Abstand zwischen ihnen fast laufend. Und bevor Giovanna noch wusste, wie ihr geschah, hatte die Größere die Arme um sie geschlungen. Giovanna erwiderte die Umarmung, und als ihr klar wurde, dass Marie weinte – Marie, die niemals weinte –, da wusste sie, dass sie sich nicht mehr verstellen musste, da ließ auch sie ihren Tränen hemmungslos freien Lauf.

»Giò, es tut mir leid«, hörte sie Marie zwischen zwei Schluchzern flüstern, »bitte entschuldige! Ich war nicht fair zu dir.«

Giovanna schüttelte den Kopf, so gut es in der Enge der Umarmung ging. »Nein, nein, Marie, es ist alles gut. Mir tut es leid.« Ein tiefer Seufzer entrang sich ihrer Brust, während sie mit den Händen immer wieder über Maries Rücken strich, die sie ihrerseits noch immer festhielt, als wolle sie sie nie wieder loslassen. Kurz bevor Giovanna die Luft ausging, nahm sie ein bisschen Abstand vom knochigen Schlüsselbein ihrer Freundin und den schwarzen Spuren, die ihre Wimperntusche auf deren weißem T-Shirt hinterlassen hatte, um ihr in die Augen sehen zu können. »Marie, ich hab alles falsch verstanden.«

Hellgrün wie zwei Mondsteine und von den Tränen blank geputzt schimmerten Maries Augen, und Giovanna las in diesem Moment nichts als aufrichtige Freundschaft in ihnen.

»Nein, Giò, du hast nicht alles falsch verstanden, aber ich habe vieles falsch gemacht.«

Giovanna wollte erneut den Kopf schütteln – in diesem Augenblick wünschte sie sich nichts weniger, als dass Marie noch hadern würde mit dem Geschehenen. Doch Marie hatte ihren Körper losgelassen und dafür ihr Gesicht zwischen beide Hände genommen. Giovanna musste ein bisschen zu ihr hochschauen.

»Nein, Giò, nein, ich will dir das alles irgendwann erklären. Ich hätte das schon längst tun sollen.«

»Es ist gut, Marie.« Giovanna räusperte sich. »Irgendwann tust du das. Ganz bestimmt.« Sie nickte, um zu bestätigen, was sie gesagt hatte.

Mochte auch so manches zwischen ihnen nicht so gelaufen sein, wie sie es sich gewünscht hätte, mochten sie auch völlig verschiedene Wege eingeschlagen haben – und wer weiß, wo die sie noch hinführen würden –, in diesem Augenblick fühlte sie, dass der Ballast auf ihrer Freundschaft kleiner geworden war. Es war Zeit für sie, Maries Beispiel zu folgen: Vergangenes dorthin zu packen, wohin es gehörte, in die Vergangenheit. Das Geschehene loszulassen, das sich nicht mehr ändern ließ, darum ging es. Zwei Zeilen aus einem Songtext ihrer Lieblingsband Muse kamen ihr plötzlich in den Sinn: »*Don't kid yourself, (...), don't embrace the past*«. Genau davon sang Matt Bellamy in *Blackout*, genau das traf auf sie zu: Sie hielt sich selbst zum Narren, verschwendete ihr Leben mit ihrer rückwärtsgewandten Melancholie.

In einem plötzlichen Anfall von Übermut drückte sie Marie einen Kuss auf die Wange und rief zu Elli hinüber: »Elli, ich glaube, jetzt brauchen wir ganz dringend etwas zu trinken!«

Marie, für einen Moment überrascht, gab Giovanna den Kuss zurück, dann legte sie ihr den Arm um die Schultern und zog sie mit sich, zu Elli hinüber, die schon auf dem Weg in Richtung Küche war.

»Und ich weiß genau, was wir trinken«, sagte Marie.

Die Flasche Campari, die sie kurz danach aus einem Regal gezogen hatte, war beinahe leer, als die Nacht sie fand und die letzten Sonnenstrahlen des Tages verblassten. Nach dem ersten Glas hatte Elli nach der Kiste mit den Fotos gefragt, und Marie sie bereitwillig noch einmal hervorgeholt. Im Gefühl der Eintracht mit ihren beiden Freundinnen fiel es Giovanna leichter, auch jene Bilder anzusehen, auf denen ihre Schwester zu sehen war. *Don't embrace the past*, vielleicht konnte sie all das doch hinter sich lassen, vielleicht war es ja möglich. Vielleicht würde es eines Tages nicht mehr wehtun. Da war Antonella in dem gestreiften Pullover, den sie ihr so gern aus dem Schrank geklaut hatte. Wenn Giovanna ihn zurückbekam, war er mit dem blumigen Duft ihrer Schwester getränkt, doch Giovanna kam nie auf den Gedanken, ihn zu waschen. Da war auch jenes Bild mit den Cocktails, das Elli und Marie zusammen angeschaut hatten. Es gehörte zu jenen, die Giovanna recht schnell wieder zurücksteckte in die Kiste. Etwas länger verweilte ihr Blick auf einer Aufnahme, die sie und Antonella bei einem Konzert zeigte, irgendwo in einem Veranstaltungssaal im Süden von München, ein Preisträgerkonzert eines Wettbewerbs. 17 waren sie gewesen. Giovanna konnte sich noch erinnern, dass das Pedal des Flügels immer wieder schaurig geknarzt und ihre Schwester ihr jedes Mal, wenn das Geräusch zu hören war, einen irritierten Blick zugeworfen hatte. Das Publikum hörte es ebenso, und der ein oder andere lachte leise, wenn es wieder so weit war: Knarren, die Cellistin, die befremdet guckte, Schulterzucken der Schwester am Klavier. Irgendwie schafften sie es dennoch, den Auftritt fehlerfrei hinter sich zu bringen, der Applaus war besonders intensiv und brandete ein zweites Mal auf, als Giovanna sich nach ihrer gemeinsamen Verbeugung das Mikrofon griff, das schon für die folgenden Darbietungen vorbereitet war, und sich auch im Namen des Flügels für den Beifall bedankte. Anschließend fuhr ihr Vater die Münchner Oma nach Hause – beide hatten im Publikum gesessen –, und die vier Mädchen machten ein Pub ausfindig, das bis spät abends geöffnet war. Oft hatten sie das noch nicht getan, und Elli, die als Älteste von ihnen schon 18 war, musste für alle bestellen. Als sie endlich oft genug auf den Abend angestoßen hatten, suchten sie in der Stille gartengesäumter Vorstadtstraßen den Weg zur nächsten S-Bahn-Station. Sie nahmen sich an den Händen und besangen lauthals ihre Freundschaft. Jedes Mal, wenn Antonella den knarzenden Flügel mit einem seltsamen, von ihrer Zunge geformten Ton nachmachte, brachen sie in schallendes Gelächter aus, während in den von Straßenlaternen erhellten Gärten januarkahle und von zwei Tage altem Schnee bedeckte Bäume ihrer Freude Spalier standen.

Marie war eben mit einer weiteren Partie Cocktails zurückgekommen und hatte Giovanna ihr Glas hingeschoben, als sie das Bild sah. Jetzt fragte sie: »Was ist eigentlich mit dem Akkordeon, das du dir gekauft hast? Du hast es nach oben geschleppt, aber seither habe ich es noch nicht wieder gesehen. Magst du's nicht endlich mal ausprobieren?«

Giovanna registrierte genau, dass Elli Marie einen Blick zuwarf, der so etwas wie »Dräng sie bloß nicht« bedeuten mochte, und sie war Elli dankbar dafür. Doch im Grunde war sie froh über Maries Frage. Sie hatte ja recht. Wie lang wollte sie noch damit warten? *Don't embrace the past.* Wieder kam ihr die Melodie des Muse-Songs in den Kopf. Er war erst Jahre nach dem Tod ihrer Schwester geschrieben worden, hatte nichts mit Antonella zu tun. Sie könnte versuchen, die Melodie auf dem neuen Instrument zu spielen. Einen Augenblick lang war sie versucht, aufzustehen und das Akkordeon zu holen. Doch dann hob Elli ihr Glas, um einmal mehr mit den Freundinnen anzustoßen, und der Moment war wieder vorbei. Vielleicht hatte Marie Ellis Wink so verstanden, wie er gemeint war, jedenfalls hakte sie nicht nach, sondern entschuldigte sich, um dem Hund die Schüssel zu füllen, der schon seit einer Weile winselnd und schwanzwedelnd um sie herumgestrichen war. Giovanna sah Jimmy noch immer mit Skepsis, hatte sich aber inzwischen so weit an ihn gewöhnt, dass sie nicht mehr sofort fliehen wollte, wenn er in ihrer Nähe war. Sie hatte sich sogar schon einmal dabei ertappt, ihm vorsichtig über den Kopf zu streicheln, als er sich unter dem Tisch neben sie gesetzt und sich an ihre Beine gedrückt hatte. Trotzdem sah sie es nicht ungern, wenn er sich, so wie jetzt, von ihr entfernte.

Elli stieß sie von der Seite an: »Ist doch ein ganz netter Kerl, oder?«

»Wer? Der Hund?« Nach drei Gläsern Campari-Orange stolperten Giovannas Gedanken ein wenig.

»Nee, natürlich nicht der Hund«, antwortete Elli mit einem leichten Glucksen in der Stimme, und Giovanna drehte sich etwas träge zu ihr um.

»Ja, wer denn dann?«, fragte sie. Puuh, Elli musste schon ganz schön einen im Tee haben, dachte sie, als sie ihre übertrieben grinsende Freundin zu fixieren versuchte. »Also?«

Jetzt fing Elli auch noch an zu kichern. »Natürlich der Hund, is' ja sonst keiner da. Ottavio jedenfalls mein ich nicht.«

Giovanna versuchte sich zu konzentrieren. »Was willst du denn jetzt mit Ottavio?«

Da kam Marie wieder an den Tisch zurück, sie hatte die Wasserkaraffe nachgefüllt und eine Tüte Chips unter dem Arm.

»Ahh, jetzt wird es interessant. Was ist mit Ottavio?« Sie plumpste an Giovannas anderer Seite auf die Bank, sodass die sich zwischen den beiden Freundinnen eingeklemmt fand und, weil sie eh nichts anderes tun konnte, wieder nach ihrem Cocktailglas griff.

»Also«, Marie rutschte noch etwas enger an sie heran, »jetzt wollen wir's wissen. Habt ihr schon? Oder habt ihr noch nicht?«

»Was sollen wir haben?« Noch einen Schluck. Giovanna wusste genau, worauf Marie hinauswollte, beschloss aber, sich bitten zu lassen.

»Na, wart ihr im Bett oder nicht?« Das war jetzt Elli von der anderen Seite.

»Nein.«

»Wie, nein?«, fragte Marie mit spürbarer Überraschung in der Stimme.

»Nein«, wiederholte Giovanna, »einfach nein. Waren wir nicht.« Schweigen rechts und links von ihr. *Das hättet ihr nicht erwartet.* Giovanna verkniff sich ein Schmunzeln, der Effekt war großartig. Nur, dass sie ja eigentlich lieber etwas anderes zu berichten gehabt hätte ... oder? Wollte sie das wirklich? Sie versuchte sich aus der Umklammerung ein wenig zu lösen, rutschte auf ihrem Hintern hin und her. Marie und Elli aber rückten keinen Millimeter zur Seite.

»Also, jetzt erzähl mir nichts!«, mahnte Marie. »Ottavio ist nicht der Typ, der sich lange bitten lässt. Und auch nicht der, der lange bittet. Entschuldige, aber das kann ich nicht glauben.«

»Ist aber so«, erwiderte Giovanna fest und versuchte für sich, Maries Worte erst einmal zu verdauen. Sie konnte sich ja selbst nicht genug über Ottavio wundern, der ihr so viel Aufmerksamkeit schenkte, sich dabei aber mit platonischer Freundschaft zufriedenzugeben schien.

Elli schaltete sich mit einer Frage ein, die Giovanna schon auf der Zunge gelegen hatte: »Verheiratet war er nie, oder?«

»Nicht, soviel ich weiß«, erklärte Marie, »man hört nur so manches.«

»Das heißt?«

»Na ja, Gerüchte halt. Angeblich hatte er eine Freundin in Neapel, die er dann aber Knall auf Fall für eine andere verlassen hat. Dann ist er aus Neapel weg und hat auch die Neue sitzen lassen. Ich weiß nicht, wo er zwischendurch war, die einen sagen, er ist vor irgendwelchen Camorra-Geschichten davongelaufen, die anderen erzählen, er war für ein paar Jahre bei Verwandten, um seiner Freundin zu entfliehen. Und als er hier ankam, hat er mit einer Schmuckverkäuferin im Dorf was angefangen, die verheiratet war. Als ihr Mann davon erfahren hat, gab es eine Riesenprügelei vor der Pizzeria am Marktplatz. Ha, ich weiß noch, irgendjemand hat sogar die Carabinieri geholt! Sie haben beide eine Nacht lang eingesperrt.«

Marie nahm ihr Glas, und Giovanna war klar, dass sie die Spannung künstlich erhöhen wollte. Sie hatte mit offenem Mund gelauscht und den Vorsatz fahren lassen, die Unbeteiligte zu spielen. Es war dann allerdings Elli, die zu ihrer Erleichterung nachfragte, wie es weiterging.

Marie griff nach der Zigarettenschachtel, die nicht mehr allzu voll sein konnte, und schüttelte sie prüfend, legte sie dann aber wieder zur Seite. »Die Affäre mit der Schmuckverkäuferin war dann natürlich vorbei, sie ist bei ihrem Mann geblieben.« Marie warf einen bedeutungsschwangeren Blick zu Elli hinüber, die so tat, als habe sie es nicht bemerkt. »Angeblich hatte er danach noch was mit einer Reitlehrerin und einer Lehrerin aus der Grundschule. Ha«, sie lachte wieder auf, »als Nächstes dann vielleicht eine Gymnasiallehrerin von der Schule meiner Mädchen?«

»Na ja, warum nicht?«, warf Giovanna ein. »Schließlich war er selbst Lehrer.«

»Was du nicht sagst«, Marie sah sie neugierig an. »Da weißt du mehr als wir alle hier. Hat er dir das erzählt?«

Giovanna nickte. »Und noch vieles mehr.«

»Was denn? Erzähl doch!«, drängte sie Elli, doch Giovanna schüttelte den Kopf.

»Wenn er das nicht selbst tut, denke ich, sollte ich es auch nicht.«

»Na ja, er wird schon seine Gründe haben, über seine Vergangenheit zu schweigen«, sagte Marie. »Aber das macht ihn halt ein bisschen undurchsichtig. Wir wissen alle nicht so recht, was wir von ihm halten sollen. Darum gibt es auch so viele Gerüchte um ihn.« Sie wandte sich an Giovanna: »Hat er dir von seinen Frauengeschichten auch erzählt?«

»Nein, hat er nicht. Vielleicht hält er es nicht für wichtig.« Marie wog nachdenklich den Kopf.

»Oder er denkt, dass du dich nicht auf ihn einlässt, wenn er dir reinen Wein einschenkt.«

»Aber ich sag doch, ich weiß gar nicht, ob er was von mir will!«, rief Giovanna heftiger, als sie eigentlich wollte.

»Aber du willst.« Die trockene und vergleichsweise nüchterne Feststellung kam von Elli, und bevor Giovanna noch protestieren konnte, fügte sie hinzu: »Das sieht doch ein Blinder.«

Von Marie hörte sie ein kaum unterdrücktes Kichern, das ganz hinten in der Kehle der Freundin entsprang, während Giovanna Hilfe suchend nach ihrem Glas griff und den letzten Rest Campari-Orange in einem Zug leerte. Sollte sie leugnen? Wollte sie leugnen? Sie war sich doch gar nicht so richtig sicher, hatte die Angelegenheit für sich selbst noch nicht auf den Punkt gebracht. Jetzt aber nickte sie nachdenklich, musste sie doch wieder an den Ausritt vom Vormittag denken, an Ottavios Erzählung. Es zeugte wohl von Vertrauen, wenn er ihr mehr von sich verriet als seinen Leuten, die er doch schon viel länger kannte. Nun gut, vielleicht war ausgerechnet Marie nicht seine engste Vertraute, aber, was einmal in der Welt war, sprach sich normalerweise irgendwann einmal herum. Ganz abgesehen davon hatte Giovanna ständig sein Gesicht vor Augen seit dem vergangenen Abend, und, wenn sie ehrlich war, eigentlich schon seit dem ersten Mal, an dem sie ihn gesehen hatte, spätestens aber seit dem Abend in Porto Recanati.

Elli nahm ihr Nicken als Zustimmung und rief triumphierend: »Siehst du, wusste ich's doch! Hab ich's mir doch gleich gedacht!«

»Da hast du ja dann gleich mehr gewusst als ich«, kommentierte Giovanna trocken.

»Aber jetzt weißt du's«, fiel Marie ein. »Also sei vorsichtig! Bitte!« Sie machte eine vielsagende Pause, dann fragte sie: »Seht ihr euch denn heute noch?«

»Nein«, antwortete Giovanna knapp. Sie hatten nichts ausgemacht, als Ottavio sie nach dem Ausritt wieder an Maries Haus abgesetzt hatte. Er hatte nicht gefragt, und sie hatte es auch nicht getan. Giovanna sah zum Himmel hoch, der längst schwarz geworden war und sich mit Sternen überzogen hatte. »Jetzt wär's ja auch zu spät, oder nicht?«

»Kommt drauf an, wofür, oder?«, stichelte Marie, und sah dann auf ihre Armbanduhr. »Apropos, wo bleibt eigentlich Larry mit meiner Tochter? Wenn wir morgen früh zum Bad fahren wollen, sollte sie nicht allzu spät ins Bett gehen.«

»Bad? Was für ein Bad?«

»Ach, 'tschuldige, hatte ich vergessen«, sagte Marie und klärte Giovanna über die Pläne für den nächsten Tag auf. »Wäre schön, wenn du mitkämst, Nicoletta wäre bestimmt begeistert.«

»Natürlich bin ich dabei. Elli doch auch, oder?« Giovanna sah fragend zu Elli hinüber, die nickte und ein unglaublich zufriedenes Gesicht machte – das sich mit Sicherheit nicht auf das Bad bezog. Elli hasste diese Art von Freizeitparks. Deshalb war Giovanna sich auch sehr sicher, dass Ellis Lächeln aus demselben Gefühl heraus entstanden war, das auch sie selbst erfüllte: Die Gewissheit, dass sie alle drei auf dem Weg waren, zu ihrer Freundschaft zurückzufinden, und das Glück, das sie dabei empfanden.

16.

ACQUAPARK.

Elli

Ellis Handywecker war auf acht Uhr gestellt. Um Viertel nach sieben aber klopfte es schon an die Zimmertür. Maries Stimme holte sie aus einem verworrenen Traum, in dem sie mit Toni und Matthias gemeinsam beim Kaffeetrinken auf einer Terrasse am See saß. Jeder von ihnen hielt eine ihrer Hände, bevor beide Gesichter sich auflösten und zu Marie wurden. Elli hatte Mühe, in die Realität zu finden, zumal es am Abend zuvor spät gewesen war und sie in diesen Tagen ohnehin eine andauernde Müdigkeit plagte.

Nachdem Larry mit Nicoletta angekommen war, hatte Giovanna das vom Spielen erschöpfte Mädchen rasch ins Bett gebracht und ihrem Drängen nachgegeben, ihr ein Schlaflied zu singen. Und dann noch eins, und noch eins. Beim dritten war Nicoletta eingeschlafen und sie selbst wieder nüchtern gewesen, wie Giovanna Elli lachend erzählte, als sie wieder bei ihnen saß. Während Marie irgendetwas im Haus zu schaffen hatte, führte Elli eine reichlich verkrampfte Unterhaltung mit Maries Lebenspartner – und versuchte vergeblich, ihn unauffällig auszuhorchen. Wer zum Teufel war Nicolettas Vater? Und warum machte Marie so ein Geheimnis daraus?

Dann war Marie mit einem Berg Weißbrot, Parmesan, Salami und Tomaten aus der Küche gekommen, und die Freundinnen waren dankbar darüber hergefallen. Über ihrem Streit, den Erinnerungen und dem Campari hatten sie völlig vergessen, etwas Handfestes zu sich zu nehmen. Espresso und Rotwein brachten die einigermaßen erschöpften Frauen schnell wieder auf Touren, und Larry tat Elli beinahe leid, wie er so dasaß und den restlichen Abend Erzählungen, Erinnerungen und Frotzeleien lauschen musste, die ihn ausschlossen – unabsichtlich zwar, aber vielleicht doch nicht ganz ungewollt ... Schließlich begaben sich Marie, Giovanna und sie selbst mit großer Lust hinein in das Gebäude ihrer gemeinsamen Nostalgie, zu dem Fremde keinen Zugang hatten und den sie nie bekommen würden. Das galt auch – und was Elli und Giovanna anging in erster Linie – für Larry. Sie genossen diese Stunden. Und doch blieb Elli wachsam, hörte genau hin auf der Suche nach Zwischentönen, Störgeräuschen, welche die wiedergefundene Harmonie trüben könnten.

Über Ottavio sprachen sie vor Larry nicht mehr, höchstens in Andeutungen, die er, wie sie glaubten, nicht verstehen konnte. Elli beobachtete mit Freude, wie entspannt Giovanna auf einmal wirkte. Wie weggeblasen schien die Niedergeschlagenheit der vergangenen Tage. Hoffentlich würde das auch so bleiben, hoffentlich würde Marie nicht mit einer unbedachten Äußerung das zarte Pflänzchen wiedergewonnener Sicherheit zwischen ihnen schwächen.

Doch der Abend war jenseits aller Missstimmung verflogen, und so hatten sie kaum bemerkt, wie schnell er vergangen war. Larry hatte sie gegen halb eins ihrem alkoholgetriebenen Kreisen um sich selbst und der Zerfaserung der Zeit überlassen und war heimgefahren. Kurz darauf waren sie ebenfalls müde in ihre Zimmer gewankt, nicht ohne sich beim Abschied schwungvoll gegenseitig ihrer Zuneigung zu versichern. Elli hatte kaum ihr Kissen berührt, als sie auch schon eingeschlafen war.

Und nun stand Marie vor ihrem Bett, und ihr kam es vor, als sei sie eben erst unter ihre zwei Decken gekrochen. »Was ist denn los? Ist doch noch gar nicht acht!«, raunzte sie ein wenig beleidigt.

»Planänderung, Elli, tut mir leid. Ihr müsst umziehen. Marlene hat angerufen. Die Mädels kommen schon früher, morgen in aller Früh wollen sie hier sein. Das ist jetzt etwas umständlich, weil wir heute Abend bestimmt erst spät zurück sind. Also, ich habe drüben im Dorf angerufen. Da ist ein nettes kleines Albergo, und die hätten ein Zimmer für euch frei. Wir könnten euer Zeug gleich auf dem Weg ins Schwimmbad hinüberschaffen, und ihr könnt dort auf jeden Fall bis zum Wochenende bleiben, wenn das für euch okay ist. Sorry, dass das jetzt sein muss. Keine Ahnung, warum die Mädchen jetzt unbedingt ...«, sie stieß einen derben Fluch gegen ihren Ex-Mann aus, den Elli gar nicht erst verstehen wollte. »Ja, jedenfalls nützt es jetzt nichts. Giovanna schläft noch?«, fragte sie dann. »Giò, Giò«, rief sie, »Elli, kannst du sie wecken, bitte? Ich muss noch ein paar Dinge vorbereiten, bevor wir fahren, und es ist doch ziemlich weit bis nach Tortoreto. Machst du das, ja?«

Marie war von einer unfassbar überwältigenden Energie in dieser frühen Stunde. Und Elli, die sich, weit weg vom häuslichen Hamsterrad, in den vergangenen Tagen in einer Art inneren Langsamkeit eingerichtet hatte, fühlte sich vollkommen überrannt. Sie setzte sich auf, hob abwehrend beide Hände, bevor sie sich mit ihnen den Schlaf aus den Augen rieb, murmelte »Ja, ja, ist schon gut, ich steh schon auf« und bewegte mühsam die Beine aus dem Bett. Derweil war Marie schon im Zimmer unterwegs, ließ die Haken der Fensterläden nach oben schnalzen und drückte mit Nachdruck die Läden nach außen, sodass sie scheppernd gegen die Hauswand knallten. Damit erreichte sie, was sie gewollt hatte: auch Giovanna aus dem Tiefschlaf zu holen. Nach einem flüchtigen »Guten Morgen« überließ sie die Freundinnen mit dem Hinweis auf fertigen Kaffee in der Küche ihrem Schicksal und Elli die Aufgabe, Giovanna über die neuesten Entwicklungen in Kenntnis zu setzen.

Eine Stunde später hatten sie eine Kleinigkeit gefrühstückt, Badesachen, Koffer, das Akkordeon und schließlich Nicoletta in Maries Van gepackt und waren unterwegs zu der kleinen Pension in der Ortsmitte, wo Marie für sie reserviert hatte.

»Ich kenne die Besitzer gut«, erklärte sie ihnen. »Sehr nette Leute.« Elli, die vorne saß, war noch immer müde und hatte ebenso wenig Lust auf Konversation wie auf den Tag in einem vermutlich überlaufenen Erlebnisbad. Sie hatte auch mit ihren eigenen Kindern solche Bäder besuchen müssen, und nie verstanden, was andere daran fanden. Was hätte sie für einen Ausflug an irgendeine ruhige Badebucht gegeben ... Aber Marie mit ihrer Tochter und Giovanna allein fahren zu lassen, kam gar nicht infrage.

»Also ist es in Ordnung, dass ihr ins Hotel zieht?«, fragte Marie jetzt zum dritten Mal, die Absolution von ihren Freundinnen schien ihr wichtig zu sein. »Nicht, dass ihr denkt, ich wollte euch loswerden.« Marie spähte in den Rückspiegel, wohl um Giovannas Blick aufzufangen.

»Alles gut, Marie, alles gut«, murmelte Elli und gähnte.

Da sagte Giovanna, die mit Nicoletta auf der Rückbank saß, überraschend bestimmt: »Marie, wir denken gar nichts, wir werden dich auch so noch genug belagern!«

Elli warf ihr, in der Hoffnung, dass das Thema damit ein für alle Mal vom Tisch war, einen dankbaren Blick zu, den Giovanna schulterzuckend erwiderte. »Was soll's?«, schien sie sagen zu wollen. Dann erreichten sie auch schon die Pension, erledigten die Formalitäten und brachten ihr Gepäck in ein Zimmer im ersten Stock, an dem das Schönste die Aussicht auf die pittoresken Steine der haushohen Kirchenmauer gegenüber war. Für die vier Nächte bis zum Wochenende würde es ihnen genügen. Das einzige Bett im Raum sah allerdings aus, als habe es schon Generationen vor ihnen als Ruhestatt gedient. Es knarzte wie eine alte Diele, als Elli sich an der Fensterseite darauf niederließ, um die Matratze zu testen.

»Wehe du schnarchst«, rief sie zu Giovanna hinüber. »Und bring bloß keinen Besuch mit, sonst weiß das ganze Haus Bescheid, was hier los ist, so wie das quietscht!«

Giovanna, die schon mit der ungeduldig drängelnden Nicoletta an ihrer Seite und einer Badetasche unter dem Arm in der Tür stand, schüttelte den Kopf und bemühte sich so angestrengt um den Ausdruck gekränkter Unschuld, dass Elli trotz ihrer schlechten Laune lachen musste. Dann griff sie sich ebenfalls ihre Tasche, und sie stiegen die Treppe wieder hinunter.

Marie hatte das Auto an der Kirchenmauer geparkt, und just in diesen Minuten hatte die Morgensonne eine Lücke zwischen den eng stehenden Häuserzeilen gefunden und tauchte die Stelle in strahlendes Licht. Marie lehnte in der offenen Tür und hatte gerade das Telefon am Ohr, als sie aus dem Haus traten. Dabei machte sie ihnen undefinierbare Zeichen und warf Giovanna seltsame Blicke zu. Warum, das sollten sie gleich erfahren, als Marie das Telefon vom Ohr genommen und auf die Schnelle in die hintere Hosentasche gesteckt hatte. *Nicht draufsetzen*, dachte Elli noch, da war Marie schon hinters Steuer geglitten, und mit einem gezischten »Verdammt« fingerte sie das Handy wieder aus der engen Jeans, um es in der Mittelkonsole zu deponieren, bevor sie sagte: »Das war Larry, er begleitet uns.«

Elli wollte sich schon ärgern – zu gerne hätte sie beide Freundinnen noch einen Tag lang für sich allein gehabt –, als Marie die weit interessantere Nachricht nachschob: »Ach ja, und er bringt Ottavio mit.«

Schneller Blick zu Giovanna, die eben das Mädchen im Kindersitz hinter Marie verstaut und festgegurtet hatte. Nun blieb sie auf dem Weg zur anderen Seite des Autos wie angewurzelt stehen. Elli starrte sie neugierig an, auch Marie beugte sich zum Fenster, um Giovannas Gesicht sehen zu können. Die versuchte sehr bemüht, gar kein Gesicht zu machen.

Elli wandte sich rasch wieder ab und krabbelte auf den Beifahrersitz, um ihr amüsiertes Lächeln vor Giovanna zu verbergen. »Wo treffen wir die beiden denn?«, fragte sie dann harmlos.

»Auf dem Parkplatz vor dem Schwimmbad, sie fahren mit Ottavios Auto. Larry hasst es, selbst zu fahren, er hat sicher alle abtelefoniert, bis er einen Dummen gefunden hat«, fügte Marie hinzu. *Wahrscheinlich hat er Ottavio nicht lange überreden müssen*, überlegte Elli und sagte laut: »Du meinst, Ottavio wäre nicht seine erste Wahl gewesen?«

»Eher nicht«, antwortete Marie. »Enge Freunde sind die beiden nicht gerade. Aber sie kommen miteinander aus.«

Elli vernahm einen Zwischenton, den sie nicht zu deuten vermochte, und spähte zu Marie hinüber. Von Giovanna kam kein Kommentar, aber Elli war sich sicher, dass sie jedes Wort mitbekommen hatte. Als nun Marie den Wagen startete und ihn von der Kirchenmauer weglenkte, hörte Elli, wie Giovanna der Kleinen vorschlug, »Ich sehe was, was du nicht siehst« zu spielen, und nachdem sie eine Weile zugehört hatte, überließ sie sich wieder ihrer Müdigkeit. Marie war schon immer eine gute Fahrerin gewesen. Eine Hand am Steuer, die andere aus dem offenen Fenster hängen lassend, steuerte sie den Wagen so selbstverständlich, als wäre sie damit verwachsen, und so schlief Elli im Gefühl größtmöglicher Geborgenheit ein. Sie erwachte erst wieder vom aufgeregten Geschnatter Nicolettas, als sie in den Parkplatz des Schwimmbads einbogen. Sie parkten auf einer kleinen Anhöhe, aber ins Innere des Bads konnte man nicht hineinsehen, weil es von Gemäuer verdeckt wurde. Dafür eröffnete sich der Blick auf die gigantische Brücke der Adria-Autobahn, die sich in schwindelerregender Höhe von Nord nach Süd im Hintergrund über die Landschaft spannte.

»Da sind wir aber nicht eben drübergefahren, oder?«, fragte Elli, und es überkam sie unwillkürlich die Vorstellung, wie das Bauwerk auf seinen gigantischen, Hunderte von Metern hohen Stützen ins Wanken käme. Beruhigt stellte sie fest, dass der Acquapark nicht genau unter der Brücke lag. Viel Zeit für Katastrophenfantasien blieb ihr aber zum Glück ohnehin nicht. Marie und Nicoletta hatten bereits ihre Taschen aus dem Wagen geholt, und Giovanna und sie taten es ihnen nach.

Der Kontrast zur Einsamkeit und Ruhe in Maries Dorf war für Elli eine Art Kulturschock: Der Weg zum Schwimmbadeingang führte sie über eine Betonrampe zum Kassenbereich, von allen Seiten drängten die Ankommenden heran: aufgeregte Kinder, nervöse Eltern und hormonüberschwemmte Jugendliche, deren eruptive Energie sich in unvorhersehbaren Schlangenbewegungen Bahn brach. Ständig torkelten sie vor Ellis Füßen herum. Waren ihre eigenen Kinder auch so unerträglich? Die konnten doch nicht alle um diese Zeit schon besoffen sein? Am liebsten wäre Elli wieder umgekehrt, das hier war ihr alles zu viel.

Weiter vorne in der Schlange erhob sich plötzlich heftiges Winken und Rufen. Ja, sie waren gemeint. Larry und Ottavio. Kein Ausweg mehr für Elli. Die kleine Nicoletta lief los, so schnell konnten die drei Frauen ihr durch die

Menschenmenge gar nicht folgen, zumal die anderen Wartenden, schwitzend in der Mittagssonne und nach dem kühlen Wasser des Bades lechzend, nicht begeistert davon waren, dass sie sich vordrängelten. Elli versuchte, dicht an Giovannas Fersen zu bleiben, in der Hoffnung, dass die Freundin mit ihrem Charme und ihren Italienischkenntnissen schon dafür sorgen würde, dass sie die beiden Männer erreichten, ohne sich zuvor Prügel einzufangen. Wie immer schenkte Larry ihr und Giovanna kaum einen Blick, *dieser Stoffel*, während Ottavio sie beide mit einer angedeuteten Umarmung und einem herzerwärmenden Lächeln begrüßte, das sich in den Fältchen seiner Augenwinkel zu konzentrieren schien und in seinen dunklen Pupillen seinen Widerhall fand.

Die Männer hatten schon Eintrittskarten für alle besorgt. Sie mussten ihnen nur noch ins Bad folgen. Als Elli sah, wie der groß gewachsene Larry seine Schultern über dem unentschlossenen Schlurfen seiner dünnen Beine hängen ließ und neben ihm die drahtige Gestalt des deutlich kleineren Italieners zielstrebig ihren Weg suchte, konnte Elli sich gut vorstellen, was Marie bei ihrer Abfahrt gemeint hatte: Es gab wohl kaum zwei Typen, die weniger zusammenpassten. Sie hätten gut eines dieser ungleichen Fernseh-Ermittlerduos spielen können, die ungefragt zusammengespannt worden sind. Natürlich werden sie am Ende beste Freunde – was aber nur funktioniert, weil das Drehbuch es so will.

Im Bad war es unendlich voll, wie Elli befürchtet hatte. Sie grummelte vor sich hin. *Im August, was habt ihr denn erwartet?*

Die anderen suchten einen Platz, wo sie wenigstens ihre Handtücher ablegen konnten, Elli schlappte widerstrebend hinterher. Nach längerem Suchen fanden sich immerhin drei Liegestühle, direkt neben dem Zugang zum Wildwasserfluss, in dem zwischen den badekappenbewehrten Köpfen, schwarz- und blauweiß gestreift, kaum noch Wasser zu sehen war. Badekappenpflicht – schlimm genug, fand Elli. Aber wie sollte hier irgendein Bademeister den Überblick behalten? Sie wandte sich mit Schaudern ab, doch schien sie die Einzige zu sein, die sich an den Massen störte. Das begeisterte Kreischen war überall. Marie schenkte dem Trubel keine Beachtung, und Giovanna schien ihn sogar zu mögen, stellte Elli fest und verstand ihre Freundin gerade gar nicht. Giò hatte ihr leichtes Kleid schon über den Kopf gezogen und auf eine der Liegen geworfen, bevor Elli auch nur ihre Tasche hingestellt hatte. Aber klar, in ihrem schwarzen Bikini war Giovanna auch immer noch ein Blickfang.

Wie zum Teufel macht sie das nur? Giovanna war 45, gerade mal ein paar Monate jünger als sie selbst, hatte aber nach wie vor die Figur ihrer gemeinsamen Mädchenzeit. Die zwei, drei Kilos, die sie zugelegt hatte, betonten ihre Kurven an den günstigsten Stellen. *Schon ein bisschen ungerecht, bei mir ist es genau andersherum.* Während also Giovanna schon mit Nicoletta an der Hand in Richtung Kinderbecken abgezogen war, kämpfte Elli noch mit der ihr so vertrauten Scheu, sich auszuziehen. Selten hatte sie sich in ihrem geliebten blauen Sommerkleid so geborgen gefühlt wie in diesem Augenblick, und sie zögerte den Moment hinaus, in dem sie es ablegen musste, um sich mitten in diesen Massen von Menschen zu entblößen und sich ungeschützt im Badeanzug den Blicken auszusetzen.

Als wenn es nicht egal wäre, dachte sie, aber das war es eben nicht. Auch nicht nach bald einem halben Jahrhundert, in dem sie Zeit genug gehabt hätte, sich mit ihrem Körper anzufreunden. Doch sie hatte es nie geschafft, das Bild, das sie von sich selbst hatte, mit dem Körper, der ihr zur Verfügung stand, in Einklang zu bringen. Und umgekehrt hatte es auch nicht funktioniert. Sie konnte sich nicht erinnern, jemals völlig zufrieden gewesen zu sein mit ihrem Gewicht, ihrem

Bauch, ihren Schenkeln, ihren Brüsten, umso weniger, als nun all diesen selbstdefinierten Problemzonen auch noch zunehmend das Alter anzusehen war. *Als wenn es nicht egal wäre*, sagte sie sich immer wieder. Doch sie glaubte sich nicht.

Ottavio, der angeboten hatte, die Wertsachen in ein Schließfach zu bringen, zog mit Larry ab, während Marie auf einem der Liegestühle dabei war, sich eine Sonnencreme Stärke 50 auf die empfindliche Haut ihrer langen Beine zu schmieren, die gemessen an ihrer blassen Farbe, die meiste Zeit über in langen Hosen steckten. Seufzend ließ sich Elli auf dem Liegestuhl neben ihr nieder und erwog ernsthaft, irgendeine allergische Reaktion vorzuschützen, um sich nicht ausziehen zu müssen. Sie musste an Toni denken. Wie hatte sie es nur hinbekommen, sich vor ihm nicht so zu schämen, wie sie es hier tat? Wie hatte sie es nur genießen können, wenn er sie auszog, wenn er ihre Bluse öffnete, ihren BH? Woher hatte sie nur das Selbstbewusstsein genommen, sich auf diese Intimität einzulassen? Eine Intimität, die sie zuvor nur einem einzigen Mann zugebilligt hatte: Matthias. Matthias, der jede Stelle ihres Körpers besser kannte als sie selbst, der als gerechten Ausgleich für jedes Pölsterchen, das sie im Lauf der Jahre dazubekommen hatte, ein paar Haare auf dem Kopf verlor, und ihr jedes Mal, wenn sie sich über zusätzliche Pfunde beschwerte, einen Kuss gab und sagte: »Ich liebe jedes Kilo an dir, mein Schatz.« Nun, sie hatte ihn immer im Verdacht gehabt, den Satz irgendwo in einem Film aufgeschnappt zu haben; er klang so gar nicht nach ihrem wortkargen Matthias, dem es nicht so sehr gegeben war, die Dinge zu benennen, wie sie einfach hinzunehmen. Aber sie mochte die Worte trotzdem. Sie trösteten sie – auch wenn sie Matthias' gelassene Akzeptanz ihrer körperlichen Veränderung ebenso wenig nachvollziehen konnte wie die leidenschaftliche Verzückung, in die ihr Körper Toni zu versetzen schien. Toni hatte keine Fragen gestellt und lächelnd akzeptiert, dass sie auf einer zumindest stark gedimmten Beleuchtung bestand, wenn sie miteinander ins Bett gingen. Was nichts daran änderte, dass sie jedes Mal die Furcht peinigte, dass er sie eines Tages unvorbereitet antreffen und genau das erblicken würde, was sie selbst sah, wenn sie in den Spiegel schaute: eine Frau mit eher kleinen Brüsten, die ihre Jugendjahre hinter sich hatte, Schokolode über alles liebte und etwas mehr Sport vertragen könnte.

»Willst du eigentlich den ganzen Tag so ungemütlich hier rumsitzen und vor lauter Hitze vergehen? Bis du dich mal entspannt hast, sind wir schon wieder auf dem Heimweg.« Marie hatte sich fertig eingecremt und sich ausgestreckt, den Blick forschend auf Elli gerichtet.

»Manche Dinge ändern sich einfach nie«, sagte sie dann. »Du hasst es immer noch, in Badesachen zu sein, stimmt's?«

»Ja, manche Dinge ändern sich nie«, antwortete Elli knapp. Es konnte schon auch nerven, wenn man sich so lange kannte. Nun würde Marie vermutlich sofort ihren Körper scannen, wenn sie schon so mit der Nase auf die Problemzonen gestoßen wurde! Überdies war Ellis Aussicht auf das lange Elend im Liegestuhl neben ihr auch nicht dazu angetan, sich selbst schöner zu finden. Im Gegensatz zu Giovanna hatte Marie zwar keinerlei erotische Kurven; ihre Hüftknochen zeichneten sich scharf unter dem Bikini ab, über ihren Schlüsselbeinen spannte sich die Haut. Lang und hager war sie, noch viel dünner, als Elli sie in Erinnerung hatte – doch sie hätte sofort mit der Freundin getauscht.

Ein paar Kilos von mir für dich, und wir wären beide besser dran, dachte sie und lachte gequält.

Da sah sie Larry von den Schließfächern zurückkommen und auf sie zusteuern und folgte dem Impuls, so wie sie war, erst einmal zu verschwinden. Sie streifte ihre Schuhe ab, winkte Marie zu, murmelte irgendwas von »was zu trinken«

und zog los. Im Essbereich, den sie zuerst aufsuchte, steppte natürlich auch der Bär. Verdrossen wanderte sie weiter, kam am Wellenbad vorbei, wo eine große Uhr genau zwölf anzeigte, dazu zwei schwarze Segmente. Wohl die Startzeiten für die Wellenmaschine – Wellenbaden, ja, das würde mir gefallen, dachte Elli. Sie konnte die Markierungen aber nicht deuten. Wieso konnten die nicht einfach die Zeiten in normalen Ziffern auf eine Tafel schreiben? Ellis Laune sank immer weiter. Sie erwog sogar, doch einmal eine Rutsche auszuprobieren, nur um ein paar Augenblicke im Dunkel einer solchen Röhre allein zu sein.

Dann erreichte sie das Kinderbecken. Rund um sie herum nichts als brüllende Begeisterung. Elli sah Giovanna im Wasser stehen, am unteren Ausgang einer vielfarbigen Röhrenrutsche, und auf Nicoletta warten. Inmitten einer gewaltigen Wasserfontäne fiel das Kind mit seinen Schwimmflügeln zappelnd und prustend aus der Öffnung, rappelte sich auf und verschwand sofort wieder im bunten Gewirr des Rutschenturms.

Dann tauchte Ottavio auf der anderen Seite des Beckens auf, stieg ins Wasser und watete zu Giovanna hinüber. Elli konnte nicht anders, als neugierig zu beobachten, wie er sie erreichte, sich hinunterbeugte, um ihr etwas zu sagen. Da, er flüsterte ihr etwas ins Ohr. War da etwa eine Berührung zwischen ihnen gewesen? Elli starrte angestrengt hinüber. An der Art, wie Giovanna sich Ottavio zuwandte, wie sie ihm konzentriert zuhörte, wie sie sich beim Lachen leicht nach hinten lehnte, erkannte Elli, wie sehr sie die Aufmerksamkeit des Mannes genoss. Und er? Wie gab er sich? Elli kannte Ottavio zu wenig, um seine Absichten wirklich einschätzen zu können, aber dass er Giò mochte, daran konnte kein Zweifel sein. Dass er sie ebenso wollte wie Giovanna ihn, konnte Elli nur vermuten. Aber sie hätte darauf wetten mögen. Sie sah noch, wie die beiden gemeinsam Nicoletta aus der Röhre zogen, die juchzende Kleine an beiden Händen gepackt hochwarfen und wieder ins Wasser tauchen ließen. *Steht ihr gut, das Kind,* dachte sie und wandte sich ab. Wie peinlich, wenn sie als Stalkerin ertappt werden würde. Elli schlenderte zurück zu den Liegestühlen. Die große Uhr zeigte 12.15 Uhr. Es würde ein langer Tag werden.

»Und?«, begrüßte sie Marie. »Hast du Giò und Nicoletta gesehen? Sind sie im Kinderbecken?«

Elli nickte. »Sind sie. Ottavio ist bei ihnen.«

»Klar, das habe ich mir schon gedacht.«

Larry, der sich neben Marie ausgestreckt hatte, sagte leise irgendetwas zu ihr, was Elli in all dem Lärm nicht verstand, und sie nutzte den unbeobachteten Moment, sich nun doch auch ihres Kleids zu entledigen und sich schnell auf den dritten Liegestuhl zu legen, wo sie sich in ihr Hörbuch flüchtete. Dankbar folgte sie Rufus Beck und Irvings »Witwe für ein Jahr« in ein anderes Universum und schlief schon bald dabei ein.

Elli wurde erst wieder wach, als sie angestupst wurde und eine Armbanduhr vor ihren Augen erschien. »Du solltest nicht in der Sonne schlafen. Alles in Ordnung mit dir?«

War das Matthias, der fragte? Elli blinzelte ins Gegenlicht. Mit Mühe wurde ihr benebelter Geist klarer, und sie erkannte Giovanna, die sie besorgt ansah. »Alles gut, Elli?«, fragte Giò und reichte ihr eine Wasserflasche. »Da, trink mal was!«

Elli nahm das Wasser gerne. Es war zwar warm wie Tee, tat aber trotzdem gut.

»Wo sind denn die anderen? Wieso hat mich denn keiner früher geweckt?«, fragte sie und schaute sich um.

Giovanna deutete auf Ottavio, der hinter ihr stand und den Elli jetzt erst bemerkte: »Wir haben die Hälfte aller Rutschen durch, treffen uns gleich mit Marie beim Essen. Kommst du mit?«

»Natürlich.« Elli verfluchte den übermäßigen Alkoholgenuss vom Vorabend, den sie für ihre Müdigkeit verantwortlich machte, und folgte den beiden, die inzwischen sehr vertraut miteinander wirkten, leicht schwankend. Noch immer etwas benommen, drehte sie sich aus alter Gewohnheit um – hatte sie nicht etwas vergessen? Eins ihrer Kinder? Vier Kinder hatten die Sorge als Reflex eingebrannt in ihr Unterbewusstsein, auch wenn das jetzt, da auch die Kleinste zunehmend selbstständig wurde, nach und nach schwächer wurde. Doch sie sah nur drei leere Liegestühle, und ein bisschen Sehnsucht keimte in ihr auf. *Wäre schön, wenn Matthias jetzt hier wäre,* dachte sie und wunderte sich. Fast meinte sie, seine Hand zu spüren, die sich um ihre schloss. Und wieder war es nicht Toni, den sie sich an ihre Seite wünschte. Sehr nachdenklich erreichte sie die Freunde, die schon an der langen Servicetheke anstanden.

Es war gegen Viertel vor drei, als sie die Tische des Self-Service-Bereichs wieder verließen, um rechtzeitig ins Wellenbad zu kommen. Punkt drei, das hatte Giovanna inzwischen herausgefunden, würde das Spektakel losgehen.

Doch natürlich waren sie auch hier nicht die Einzigen. Wo vorher nur ein paar träge Gestalten auf der Wasserfläche gedümpelt waren, tobte jetzt der Wahnsinn. Lemmingen gleich setzten sich quasi alle Badbesucher gleichzeitig in Bewegung, stürzten ins Wasser, ziellos wie Zombies, und bildeten mit ihren Badehauben einen Teppich aus gestreiften Köpfen.

»Das muss ja was ganz Großes sein«, vermutete Giovanna, die neben Elli auf- und abhüpfte, um mehr sehen zu können. Sie suchten sich einen Platz in der Mitte, wo sie noch gut stehen konnten, und erwarteten mindestens einen kleineren Tsunami, zumal sich einige der Wellenfreunde große Reifen mitgebracht hatten, um sich gegen die hereinbrechende Flut zu wappnen. Larry hatte Nicoletta mit ihren Schwimmflügeln auf seine Schultern gesetzt, sicher war sicher. Dann, Punkt drei Uhr: der hässliche Ton einer röhrenden Schiffssirene, der das Mega-Ereignis einleitete. Es ging los, die Spannung kaum mehr auszuhalten, Nicoletta fiepte. Und es passierte – eigentlich nichts. Eine sanfte Dünung erreichte sie, die Woge direkt an ihrem Ursprung gebrochen von dem Wall an Leibern. Eine sehr dicke Frau, die ihre Badekappe wie eine Krone auf ihrem krausen Dutt trug, wippte im brusthohen Wasser auf und ab und verursachte dabei mehr Turbulenzen als die Wellenmaschine, während ein Vater den Gummiring, in dem seine vielleicht achtjährige Tochter saß, fest umklammerte, als hinge ihr Leben davon ab.

»Die hat wahrscheinlich mehr Spaß, wenn sie Hausaufgaben machen muss«, frotzelte Marie, die Ellis Blick kopfschüttelnd gefolgt war.

»Das war es jetzt aber noch nicht, oder?«, fragte Giò, während sie der enthemmten Menge zusah, die sich an der tiefsten Stelle des Beckens ineinander verknäulte. »Die haben doch das Meer gleich ums Eck, die müssen doch wissen, was eine ordentliche Welle ist – das ist doch ein Witz!« – der nach wenigen Augenblicken auch schon wieder vorbei war. Die Dünung flaute ab, und die Massen verließen das Becken genauso schnell, wie sie gekommen waren.

Elli und die anderen blieben ratlos zurück, bis Giovanna scheppernd zu lachen begann und sich prustend ins nunmehr wieder jungfräulich anmutende Wasser stürzte. Sie hatte jetzt viel Platz zum Kraulen und schwamm mit langen Zügen ans hinterste Ende, gefolgt von Ottavio. Nicoletta begann auf Larrys Schultern zu zappeln und ihn wie ein Pferd in die Weichen zu treten. »Will zu Scho, will zu Scho«, rief sie, und Larry tauchte ab, sodass sie wie der Reiter auf einem

Delfin auf seinem Nacken saß. Vorsichtig schwamm er mit der Kleinen Giovanna und Ottavio hinterher, die im tiefen Wasser umeinander kreisten.

»Ich glaube nicht, dass sie froh sind, wenn sie Gesellschaft kriegen«, sagte Elli zu Marie, die bei ihr geblieben war.

»Nein, das fürchte ich auch.«

»Du fürchtest – was?«

»Ach, ich weiß nicht recht«, murmelte Marie, »Giovanna ...«

»Was ist mit ihr? Es stört dich was, das merke ich doch«, sagte Elli, während Marie mit ausgestreckten Armen die Wasseroberfläche tätschelte und nachdenklich hinübersah.

»Warum muss sie eigentlich immer mit irgendwelchen Männern rumtun? Geht das nicht, dass da mal keiner ist, mit dem sie etwas anfängt?«

»Oha. Eifersüchtig?«

Elli konnte Maries Gesicht nicht sehen. Was war da los? Sie beschloss, nicht lange herumzurätseln.

»Worum geht's, Marie? Komm, sag mir die Wahrheit!«

Marie zögerte, tauchte halb unter, sodass Elli nur noch ihre grünen Augen und ein paar Haarsträhnen sehen konnte, die partout nicht unter der Badehaube bleiben wollten. Dann verschwand sie ganz, um ein paar Meter weiter wieder hochzukommen. Elli blieb, wo sie war, und wartete, bis Marie wieder neben ihr auftauchte und verkündete: »Ottavio hätte Nicolettas Vater sein können.«

Das war er, der Tsunami. Die Nachricht brachte Elli stärker aus dem Gleichgewicht als die Wellen vorhin. Sie starrte Marie entsetzt an.

»Hätte können? Wieso? Ist er's oder ist er's nicht?«

Als Marie wieder wegschwimmen wollte, hielt Elli sie am Ellenbogen fest. »Du machst Witze, oder? Sag, dass das nicht wahr ist!«

»Erst, wenn du mich loslässt«, zischte Marie leise und fast ein bisschen aggressiv. Wohl oder übel lockerte Elli ihren Griff.

»Also, wahrscheinlich ist er es nicht, aber einen Vaterschaftstest wollte ich nicht.«

Elli schluckte, Marie meinte es ernst.

»Das heißt, du hattest ein Verhältnis mit ihm? Und dann erzählst du mir den ganzen Schmarrn, von wegen, man kann ihm nicht trauen und so?«

»Oh, Elli, jetzt mach mal halblang!«

»Nein, ich mach nicht halblang.« Elli deutete hinüber, wo Giovanna und Ottavio noch immer umeinander herumschwammen wie zwei verliebte Seehunde. »Schau dir Giò doch an. Das sieht ein Blinder, dass sie total verknallt ist. So wie überhaupt noch nie. Und jetzt kommst du plötzlich damit daher?«

Marie warf einen langen Blick zu den beiden. »Ja, das ist jetzt Pech«, sagte sie dann schlicht.

»Pech für wen? Für sie? Oder für dich?«

»Na ja, irgendwie für uns alle.«

Dann fiel Elli die nächstliegende Frage ein: »Und was ist mit Larry? Und noch mal, was soll das heißen, er hätte der Vater sein können? Könnte es auch Larry sein?«

Marie konnte ein Lachen kaum unterdrücken, was Elli ein bisschen gemein fand. »Larry? Wie kommst du denn darauf? Larry, nein, der hat damit gar nichts zu tun.«

»Aber, Moment mal, Marie, er kümmert sich um die Kleine wie ein Vater, und du bist mit ihm zusammen, also entschuldige schon! Die Annahme ist doch nicht von der Hand zu weisen.«

»Ich habe Larry kennengelernt, als ich schon schwanger war«, erklärte Marie.

»Und da warst du mit Ottavio zusammen?«

Marie hob abwehrend die Hände aus dem Wasser. »Nein, nein, stopp! Ich war nie mit Ottavio zusammen.«

»Aber du …«, fiel Elli ein.

»Das war nur eine Nacht. Ein One-Night-Stand, sonst nichts.«

Elli schwieg. Dann sagte sie: »Können wir mal rausgehen, mir wird's langsam kalt.« Sie war sich allerdings nicht im Klaren, ob es am langen Aufenthalt im Wasser lag oder an den schockierenden Neuigkeiten, dass sie fror. Marie kam ihr nach. Ein ruhiges Plätzchen wäre jetzt gut gewesen für ein klärendes Gespräch, war aber nicht zu kriegen. Hundertfach italienisches, englisches und deutsches Geschnatter um sie herum, und Elli wünschte einfach nur alle zum Teufel. Zu allem Überfluss näherten sich jetzt auch noch die anderen. Marie drückte ihr flüchtig die Hand und raunte ihr zu: »Wir reden später, ja?« Elli nickte. Konsterniert. Diese Neuigkeiten mussten sich erst einmal setzen.

Wie hatte es denn dazu kommen können? Die ach-so-rationale Marie wurde ihr immer unheimlicher. Andererseits – wieso eigentlich? Marie war zu dem Zeitpunkt schon getrennt gewesen. Und Ottavio? Ein gut aussehender Mann, auch er Single, soweit sie wusste – so absurd war das also gar nicht. Aber wieso war Marie sich nicht sicher wegen der Vaterschaft? Gab es noch andere potenzielle Aspiranten? Wer kam denn noch alles infrage, der Vater der kleinen Nicoletta zu sein? Roberto fiel ihr wieder ein. Und wieso war Marie so schlecht auf Ottavio zu sprechen? Wusste er, dass Nicoletta seine Tochter sein konnte? Elli nahm sich vor, die nächste Gelegenheit zu ergreifen, um die ganze Wahrheit aus Marie herauszuholen.

Jetzt stand erst einmal Giovanna vor ihr: »Elli, auf geht's, einmal wenigstens auf die große Rutsche. Du hast es heute noch gar nicht probiert.« Elli sah fragend Marie an, die nickte ihr zu, und beide folgten sie Giovanna die Treppe hinauf.

Aus dem einen Mal wurden zwei und drei Mal, tatsächlich begann Elli doch noch Spaß an der Rutscherei zu finden. Weil sie sich immer wieder anstellen mussten, vergingen die nächsten eineinhalb Stunden so rasant wie der ganze Tag davor nicht. Ottavio, der sich ihnen angeschlossen hatte, hielt sich an Giovanna, Larry war mit Nicoletta im Kinderbereich geblieben, und so kam es, dass Elli gegen halb sechs mit Marie allein in der Schlange wartete.

Marie kam ihr zuvor, sie brauchte gar nicht zu fragen. »Nicoletta könnte auch von Marc sein.«

Jetzt verschlug es Elli endgültig die Sprache. »Marc? Wieso denn Marc? Du warst doch schon gar nicht mehr mit ihm zusammen, als ... Lass mich nachrechnen. Nicoletta ist jetzt drei, oder? Du bist vor fast vier Jahren hierhergekommen. Nein, Marie, sag mir, dass das nicht stimmt!«

Ein seltsames Mona-Lisa-haftes Lächeln hatte sich über Maries Züge gelegt. »Doch, doch, glaub es nur! Es ist so, es könnte sein. Es war an unserem Scheidungstermin. Ich bin nach München gefahren und wir haben uns beim Gericht getroffen.« Sie lachte ein bisschen schief bei der Erinnerung an den Tag, als ihre Ehe zu Ende gegangen war, währenddessen schob die Warteschlange sie ein Stückchen nach vorne. »Da war das mit Ottavio gerade zwei Tage her, und ich war – na ja, das hat mir so gutgetan, ich hatte das Gefühl, ich kann machen, was ich will.«

»Und da bist du mit Marc ins Bett gegangen? Mit dem Typen, der dich so verarscht hat? Marie, ich versteh's nicht. Warum?«

»Weil ich's konnte. Einfach, weil ich's konnte. Weil er getan hat, was ich von ihm wollte. Ganz plötzlich, verstehst du? Weil ich frei war, es zu tun oder nicht. Wir sind nach dem Termin bei Gericht zusammen einen trinken gegangen«, wieder lachte sie, ein wunderliches Lachen, fand Elli. »Um das alles zu begießen, verstehst du? Und plötzlich hatte ich Lust auf ihn. Und da sind wir in ein Hotel, einfach so.«

»Das ist unfassbar.«

»Ja, das hat er wohl auch gedacht, vor allem, als ich hinterher aufgestanden und gegangen bin. Ich bin zum Bahnhof und hab den nächsten Zug genommen.« Sie rückten wieder ein Stückchen nach vorne. »Eine ganz überdrehte Stimmung war das. Na ja, drei Wochen danach war ich schwanger. Das war nicht ganz so toll.«

»Und die Vaterschaft? Wie kannst du damit leben, dass du es nicht genau weißt?«

»Na ja, Marc ist auf jeden Fall wahrscheinlicher der Vater, vom Termin her. Außerdem – schau dir Nicoletta an. Sie sieht nicht gerade wie Ottavio aus, hat viel zu dünne Haare.«

»Und weiß Marc von ihr?«

»Nein. Also ja. Aber ich habe ihn glauben lassen, sie sei von Ottavio.«

»Und Ottavio?«

»Der hat nicht gefragt«, sagte Marie trocken.

»Oh«, machte Elli. »So sieht das aus.«

»Jetzt weißt du auch, warum ich mir bei ihm nicht so sicher bin, was ich von ihm denken soll. Ich meine, er hat mitgekriegt, dass ich sie bekommen habe, neun Monate nachdem wir miteinander geschlafen haben.«

»Vielleicht ist er unfruchtbar?«, vermutete Elli. »Oder aber er hat erwartet, dass du es ihm sagst, wenn er infrage kommt. Männer rechnen da nicht so genau nach, glaube ich. Also Matthias war letztlich immer überrascht, wenn sie endlich rausgekommen sind.«

Sie hatten die Rutsche erreicht. Elli ließ Marie den Vortritt, froh über den Augenblick, in dem sie das Gehörte sacken lassen konnte. Dann war sie an der Reihe, stieg in die Rutsche, stieß sich heftiger ab, als sie eigentlich wollte, und stürzte sich mit gefühlter Lichtgeschwindigkeit in die dunkle Röhre. Als sie unten herausschoss, ins Licht fiel und die Fluten gleich darauf über ihrem Kopf zusammenschlugen, hatte sie einen Entschluss gefasst.

Die große Uhr zeigte zwanzig vor sechs. Noch war sie allein bei den drei Liegen, während rundherum bereits alle aufbrachen und mit sich selbst beschäftigt waren. Die Gelegenheit für zwei kurze Telefongespräche. Elli nahm sich nicht die Zeit, sich abzutrocknen, sondern streifte ihr Kleid über den noch nassen Badeanzug, den sie dann darunter hervorfummelte. Es war ihr egal, dass das Kleid dabei nass wurde. Sie hatte etwas Wichtiges zu erledigen. Das Badetuch war schnell zusammengelegt und in der Tasche verstaut, aus der sie danach ihr Handy hervorzog. Zuerst wählte sie die Nummer von daheim. Matthias war schon beim zweiten Läuten am Apparat, als hätte er auf ihren Anruf gewartet. Es schien ihr, als würde sie Erleichterung in seiner Stimme hören.

»Mein Schatz, am Sonntag sind wir wieder da. Ich freu mich so auf dich«, flüsterte sie in das Handy, und daran war nichts, aber auch gar nichts gelogen.

Das nächste Telefonat war schon schwieriger. Auch Toni schien auf ihren Anruf gewartet zu haben, und es schnitt ihr ins Herz, dass sie ihm wehtun musste. »Ich würde dich gern treffen und reden, wenn ich wieder da bin.« Vermutlich war ihm klar, was sie ihm sagen wollte. Und natürlich hatte er damit rechnen müssen. »Ja, machen wir, ruf mich einfach an, wenn ihr wieder in München seid.« Er würde es ihr nicht leicht machen, das wusste sie. Aber er hatte es verdient, dass sie ihm ihre Entscheidung erklärte. Nein, das würde nicht leicht werden.

Und doch – als sie auflegte, war es ihr, als wäre eine große Last von ihrem Herzen genommen. Zugleich war sie heilfroh, noch ein paar Tage Galgenfrist zu haben.

17.

CROLLO.

Giovanna

Nicoletta hatte bitterlich geweint, als Giovanna zu Ottavio und nicht zu ihrer Mutter ins Auto gestiegen war. Natürlich war Larry schuld gewesen. Schließlich hatte er darauf bestanden, mit Marie und der Kleinen zurückzufahren, also hatte sie, Giovanna, seinen Platz bei Ottavio eingenommen. Es wäre nicht besonders nett gewesen, Ottavio ganz allein zu lassen. *Natürlich ist Larry das egal*, dachte sie gehässig. Sie mochte Maries neuen Freund noch immer nicht, auch wenn er ihr diesmal einen Gefallen getan hatte. Nicht bezüglich Nicoletta – sie liebte die Kleine schon nach der kurzen Zeit von Herzen –, aber es würde schön sein, Ottavio wieder für sich allein zu haben, und dieses Vergnügen war das schlechte Gewissen dem Kind gegenüber durchaus wert. Nicoletta würde vermutlich ohnehin innerhalb weniger Minuten vor Erschöpfung einschlafen, nach dem langen Tag im Wasser. Giovanna gab ihr kaum mehr als die paar Meter bis zur Ausfahrt aus dem Parkplatz, bevor ihr die Augen zufallen würden. Sie aber bekam auf diese Weise, was sie sich wünschte, aber nicht zu sagen gewagt hatte, denn besonders Marie schien ihr Geplänkel mit Ottavio gar nicht zu passen.

Dass hinter Maries Skepsis mehr steckte als latentes Misstrauen dem Neapolitaner gegenüber, konnte Giovanna nur ahnen, aber dass da irgendein Vorwurf in der Luft hing, ließ sich kaum überhören. Dennoch hatte Giovanna sich nicht lange bitten lassen, ins andere Auto zu wechseln, Gelegenheiten musste man nutzen. Und Marie – tja, Marie blieb für sie trotz ihrer Versöhnung am Abend zuvor und trotz des mit Alkohol geschmierten Schwelgens in Erinnerungen ein wenig fremd. Immer wieder hatte Giovanna die alte Freundin dabei ertappt, dass sie sie mit strengem Blick gemustert hatte, einem Blick, in dem stets eine gewisse Missbilligung zu liegen schien, die sich Giovanna nicht erklären konnte. Meist hatte Marie schnell weggeschaut, wenn sie sich ertappt gefühlt hatte, und war wie selbstverständlich wieder in die Unterhaltung eingestiegen. Aber es fehlte die Vertrautheit zwischen ihnen, die früher normal gewesen war. Noch immer herrschte eine Distanz, die zwar deutlich kleiner geworden war, sich aber nicht völlig verloren hatte. War das vielleicht das Ergebnis der Jahre, die sie ohne einander verbracht hatten? Mit Erfolgen, die sie nicht geteilt, und Enttäuschungen, die jede für sich erfahren hatte, mit getrennten Freundeskreisen, verschiedenen Berufen sowieso?

Natürlich waren sie alle drei in ihrem Denken schon immer unterschiedlich gewesen. Jede von ihnen war mit anderen Voraussetzungen in ihre Freundschaft gestartet. Marie mit ihrer parteiphilosophischen Sicht auf die Welt, die jeden Satz und jede Handlung in das Schema ihrer Weltsicht einordnete, abklopfte auf politische Korrektheit, auf konservativ oder progressiv, unkritisch oder reflektiert.

Dagegen die grundsolide Ehrlichkeit Ellis, ihr großes Herz und ihr ewiger – für Marie und auch Giovanna manchmal unverständlicher – Optimismus, den ihr nicht einmal die schlimmen Erfahrungen ihrer Jugend hatten nehmen können. Elli hatte es immer geschafft, aus allem das Beste zu machen, aus dem Leid, das der unglückliche Säufer von einem Vater über ihre Familie gebracht hatte, die Konsequenz zu ziehen und ihr eigenes Schicksal mit doppelter Anstrengung und dreifacher Umsicht selbst zu gestalten.

Doch auch sie hatte sich verändert: Diese Affäre passte nicht zu ihr, auch nicht, dass sie Matthias und auch Giovanna deswegen angelogen, ja, dass sie überhaupt so viel Risiko gewagt hatte. Ihr Seitensprung konnte alles zerstören, was sie sich aufgebaut hatte.

Giovanna konnte auch nicht verstehen, dass Marie, die ja selbst betrogen worden war, Elli nicht stärker dafür kritisierte. Offenbar maß die politisch korrekte Marie im Privaten mit zweierlei Maß. Ein bisschen doppelmoralisch, fand Giovanna. Sie hatten im Schwimmbad fast kein Wort miteinander gewechselt, was, wenn sie ehrlich war, zum größten Teil an ihr selbst lag, sie war zu abgelenkt gewesen. Elli dagegen war den ganzen Tag über wie in Trance herumgelaufen, hatte ganz offensichtlich überhaupt keinen Spaß gehabt – was Giovanna leid tat. Vermutlich hatte Elli die meiste Zeit damit verbracht, über die private Zwickmühle nachzudenken, in der sie sich befand. Vorhin hatte sie telefoniert und anschließend fröhlicher ausgesehen. Doch Giovanna hatte noch keine Chance gehabt, mit der Freundin zu sprechen.

»Was denkst du?« Ottavio hatte seinen alten Wagen aus den kleinen Gassen rund um das Schwimmbad herausgesteuert, und jetzt fuhren sie ein Stückchen am Meer entlang Richtung Norden. Das Glitzern der Adria hinterließ winzige Lichtblitze auf Giovannas Netzhaut.

»A cosa stai pensando?«, wiederholte er, und sein etwas kratziger Bariton in Verbindung mit ihrer Muttersprache berührte einen ganz versteckten Punkt in ihrem Innern. In diesem Moment war es so selbstverständlich für sie, die

See vorbeigleiten zu sehen, so selbstverständlich, auf den Straßenschildern »uscita« oder »rallentare« zu lesen, nicht »Ausfahrt« oder »Langsam fahren«, dass es fast wehtat, so sehr fühlte sie sich zu Hause. Ja, in diesem Moment liebte sie sogar den altvertrauten Müll, der so manche Haltebucht schmückte.

»Ich denke über Freundschaft nach.«

»Deine Freundinnen?«

Giovanna nickte. »Was würdest du sagen: Was ist für dich ein Freund? Wie muss eine Beziehung sein, damit du sagen kannst, es ist Freundschaft?«

Ottavio ließ sich Zeit mit seiner Antwort, musste ein paarmal abbiegen, blinkte, orientierte sich neu, und Giovanna befürchtete schon, er würde vielleicht gar nichts sagen wollen. Dann ging es endlich wieder ein langes Stück geradeaus, und er sah zu ihr herüber.

»Keine einfache Frage. Ich würde sagen, da gibt es verschiedene Modelle. Die lebenslange Freundschaft, die einmal geschlossen ist und bleibt – ich glaube aber nicht, dass das wirklich unendlich funktioniert. Aber wer weiß? Ich finde eher, Freundschaft bedeutet, das Leben miteinander zu teilen. Sich zu erleben«, er lachte kurz, »in den berühmten guten und schlechten Tagen. Womit ich sagen will: Freundschaften oder Partnerschaften, meinetwegen auch die Ehe, lassen sich nicht konservieren, wenn sie keine Nahrung bekommen.«

Giovanna ließ seine Worte auf sich wirken. Vor ein paar Tagen hätte sie ausgerechnet das nicht hören wollen, da hätte sie diese Theorie rundweg abgestritten. Trotz aller Zweifel, die sie hatte über ihre Beziehung zu Marie, hätte sie auf die Kraft der ewigen Freundschaft jeden Eid geschworen. Aber seither war viel geschehen.

»Ja. Wahrscheinlich ist das tatsächlich so. Wahrscheinlich hast du recht.«

»Tu e Marie … è per questo che me lo chiedi?«

»Stimmt, wegen Marie frage ich. Ich weiß nicht mehr, was ich von uns beiden denken soll. Ich weiß nicht, was ich von ihr halten soll.«

Ottavio lachte erneut leise. »Ja, da bist du nicht allein. Das weiß keiner so recht.«

»Wie meinst du das?«

»Na, frag mal Larry. Seit eineinhalb Jahren sind sie jetzt ein Paar oder so was in der Art. Er ist für die Kleine wie ein Vater, aber wenn er sie fragt, ob sie zusammenziehen wollen, dann kommt von ihr nur ein Nein.«

Giovanna hätte sagen können, dass sie das verstand, sie hätte auch nicht ausgerechnet mit Larry einen Hausstand gründen wollen, aber sie verkniff es sich. Vielleicht waren er und Ottavio doch vertrauter miteinander, als es den Anschein hatte, und sie wollte niemanden beleidigen.

»Also ist er nicht Nicolettas Vater«, stellte sie fest, und Ottavio schien kurz mit seiner Antwort zu zögern. Er nahm die Hand vom Lenkrad und fuhr sich mit seinen kräftigen Fingern durch die dunklen Haare, die aussahen, als könne er sich nicht entscheiden, ob er sie wachsen oder demnächst wieder schneiden lassen wolle.

»Nein, das ist er nicht«, antwortete er dann.

»Weiß du, wer es ist?«

Wieder zögerte Ottavio, dann sagte er: »Soweit ich weiß, hat sie denselben Vater wie die beiden großen Mädchen.«

»Marc? Das kann doch nicht sein!« Genau wie Elli ein paar Stunden früher, begann sie zu rechnen. »Da waren sie doch schon lange nicht mehr zusammen, wenn das stimmt.«

»Sì«, Ottavio nickte bedächtig und wandte den konzentrierten Blick nicht von der Straße, »das hat – uns alle gewundert.« Dann sagte er nichts mehr.

Giovanna brauchte eine Weile, um die Nachricht zu verdauen. Wer war diese Marie? Nein, sie kannte ihre Freundin wirklich nicht mehr.

»Und du bist ganz sicher, dass sie Marc gesagt hat?«

»Wenn ihr Ex-Mann so hieß, dann ja. Das hat sie gesagt. Glücklich war sie nicht gerade, als sie gemerkt hat, dass sie schwanger war.«

Hat sie dir das erzählt? Wieso gerade dir? Und wem sonst noch? Wer war bloß diese Marie? Giovanna schüttelte den Kopf, und Ottavio warf ihr erneut einen Blick zu, bevor er wieder auf die Straße schaute.

Das Meer lag jetzt hinter ihnen. Wehmütig hatte Giovanna das verschwindende Blau noch eine Weile im äußeren Rückspiegel zu fangen versucht. Jetzt waren sie von der Autostrada Adriatica auf die Superstrada Ascoli–Mare eingebogen, die sie nach Westen führte, direkt hinein in die über dem Apennin herabsinkende Sonne, dessen hügelige Vorboten die Landschaft dominierten. Die länger werdenden Schatten vorübergleitender Bäume rechts und links der Straße teilten das Innere des Autos in wankelmütige Streifen aus Licht und Dunkelheit, und es war Giovanna, als würde sie in eine Art stroboskopische Hypnose versetzt. Als Ottavio seine Hand auf ihren Oberschenkel legte, fügte sich die Berührung so selbstverständlich in den Wechsel aus Licht und Schatten, in die Behaglichkeit der Wärme, in die leichte Bewegung der immer noch milden Luft, die durch das offene Autofenster ins Innere strömte, dass es Giovanna nicht mehr als ein zufriedenes Lächeln entlockte. Sie sah, wie er unter seinem dunklen Bart ebenfalls lächelte. Der Augenblick bedurfte keiner Worte.

Das erste Mal nahm sie den Wegweiser wahr auf Höhe der Ausfahrt nach Ascoli Piceno Est. Da stand es: Roma. Geradeaus. Weiße Buchstaben auf blauem Grund. Mitten über der Fahrspur, auf der sie bleiben mussten. Die Provinzhauptstadt Ascoli lag rechts von ihnen, vor ihnen die ersten Ausläufer der Monti Sibillini. Hoch die Gipfel, im Winter von Schnee bedeckt. Dahinter: Rom. Es war wie ein Stoß mitten hinein in ihre Körpermitte. So heftig, dass Ottavio es spürte. Sofort nahm er die Hand weg, bezog ihre Reaktion auf sich. »Che c'è? Was ist los?«

Giovanna konnte nicht gleich antworten, für eine Sekunde war es ihr, als bekäme sie keine Luft. Dann war es wieder vorbei, das Schild verschwunden. »Rom«, flüsterte sie tonlos, »da steht Rom. Das ist so nah.«

»Natürlich ist es nah.« Ottavio klang überrascht. So wie sie selbst. Als ob sie nicht gewusst hätte, dass ihre Geburtsstadt von Maries neuer Heimat nicht allzu weit entfernt war. Ein bisschen mehr als zwei Stunden vielleicht, wenn man zur richtigen Tageszeit fuhr. Natürlich hatte sie das gewusst. Aber es war etwas anderes, es zu wissen, als es zu fühlen, als sich in einer Art Sog wiederzufinden, der sie genau dort hinbringen würde, wo sie nie mehr hatte hinfahren wollen. Wenn sie nicht rechtzeitig abbögen, würden sie nach einer Weile die unschönen Vororte Roms passieren, die Hochhäuser, in denen die Armut wohnte, um dann, irgendwann, im unvergleichlichen Zentrum der Ewigen Stadt zu landen, am Tiber, dort wo Giovanna aufgewachsen war. Einfach nur weiter über den Asphalt, den sie Meter um Meter abspulten.

Sie war nicht mehr in Rom gewesen, seit ihr Vater sie und Antonella ins Auto gepackt hatte, in jener dunkelschwarzen Wolke aus Trauer und Schmerz, in der sie gelebt hatten, seit ihre Mutter verschwunden war. Kein einziges Mal hatte ihr Vater auf die Einladungen der Großeltern reagiert, die sie in der ersten Zeit regelmäßig erreicht hatten. Wenigstens die Enkelinnen würden sie gerne sehen, wenn schon die Tochter nicht mehr da sei. Giovanna und Antonella hatten erst viel später von diesen Einladungen erfahren, hatten eine Weile sogar darüber getrauert und sich an die Nachmittage erinnert, in denen sie sich zwischen Oleander und Heckenrosen im Garten der Nonni versteckt hatten, bis der Hausdiener gekommen war, um sie pünktlich in den Speisesaal zu holen – per la cena, zum Abendessen bei geöffnetem Fenster, im warmen Abendlicht, das die zur Ruhe kommende Energie der Ewigen Stadt in sich trug.

Und plötzlich verstand Giovanna. Plötzlich wurde ihr klar, wo sie dieser Abend hinführen würde, vielmehr noch diese Straße, die schnurgerade nach Westen wies. Mitten hinein in den Kern ihrer Verzweiflung, der so unauslöschbar verknüpft war mit ihrem kindlich-naiven Vertrauen, brutal zerfetzt von C4-Sprengstoff, dort mitten hinein würde diese Straße sie führen, wenn sie nicht augenblicklich einschritt. Da kam schon das nächste Hinweisschild in Sicht, weiß und blau spannte es sich über die Strada Statale. Roma, geradeaus.

»Ottavio, ich glaub, mir ist nicht gut.« Sie legte ihm, der sie immer wieder fragend ansah, eine Hand auf den Arm. »Kannst du ... Kannst du bitte kurz anhalten?«

»Sì, certo. Sobald es geht.« Er stellte keine Fragen. Hätte sie sich nicht ohnehin schon längst in ihn verliebt, dann hätte es in diesem Augenblick passieren müssen.

»Da vorne ist eine Haltebucht.« Ottavio setzte schon den Blinker, bremste, steuerte den Wagen von der Straße. Ein schwerer BMW, der hinter ihnen gewesen war, raste brüllend mit hoher Geschwindigkeit vorbei, als Giovanna schon die Türe öffnete, sich aus dem Wagen schob und ein paar Meter wegstolperte, in Richtung eines Abhangs, der sich gleich hinter der Absperrung der Parkbucht auftat.

Ottavio war schon bei ihr, hielt sie, während noch nicht entschieden war, ob sie sich übergeben würde oder nicht. Ein gütiges Schicksal und Giovannas Wille sorgten für Zweiteres. Ihr aufgebrachter Magen beruhigte sich langsam, dankbar klammerte sie sich an den Arm, der sich um ihren Körper geschlungen hatte. Die Sonne war inzwischen hinter den Bergen verschwunden, die nach Westen zu immer höher wurden. Es fröstelte sie.

»Was war denn das jetzt?« Ottavios Stimme war sehr nah an ihrem Ohr, sie bettete Giovanna in Fürsorge und seine Arme ihren Körper in seine Wärme. Für einen Wimpernschlag genoss sie es; egal die hinter ihr vorbei rasenden Fahrzeuge, egal die herunterfallende Nacht.

»Geht's wieder?« Ottavio war es, der die Initiative ergriff. »Vielleicht sollten wir weiterfahren?«

Sie nickte, hatte sich wieder im Griff, und er ließ sie los, hielt aber die Arme ausgestreckt für den Fall, dass sie erneut seine Hilfe brauchen würde.

»Ja, lass uns zurückfahren. Nur, bitte, nicht nach Rom, ja?« Es sollte wie ein Scherz klingen, ihren Anfall relativieren, doch es lasteten Bleigewichte auf ihren Worten, die in jeder Silbe spürbar waren.

Und Ottavio erkannte das. »Keine Sorge. Wir fahren auf direktem Weg zurück nach Hause.«

Nach Hause, ja. Sein Zuhause. Das klingt schön, dachte sie. Aber wo war ihr Zuhause? War es noch da, wo sie wohnte, wo sie die vergangenen 37 Jahre ihres Lebens verbracht hatte? Eigentlich war sie immer sicher gewesen, dass sie dort, wenn schon nicht unbedingt glücklich, so doch angekommen war. Dass München ihre Heimat geworden war, die Stadt, in der sie zur Schule gegangen, vom Kind zur Frau geworden war, in der sie Freundinnen gefunden hatte. Schließlich war es die Entscheidung ihres Vaters gewesen, dorthin zu ziehen, und ihm hatte sie immer vertraut. Es würde schon gut sein, was er tat.

Doch nun war plötzlich gar nichts mehr gut. Schon bevor er ihr seine Mitschuld am Tod ihrer Mutter gestanden hatte, war ihr Leben ins Wanken geraten, dessen marode Pfeiler sie seit Antonellas Selbstmord versucht hatte mit purer Lebensenergie aufrecht zu halten. Nichts anderes war ihre unablässige Jagd nach Anerkennung und flüchtigen Beziehungen gewesen, als die ständige Selbstversicherung, dass sie noch da war, dass sie im Gegensatz zu ihrer Schwester lebte. Doch in den letzten Jahren war sie es zunehmend müde geworden, immer wieder von vorne anfangen zu müssen, immer wieder davonzulaufen – auch weil Maries Fortgehen sie zum Nachdenken gebracht hatte. Irgendwann würde das ein Ende haben müssen, irgendwann wäre es an der Zeit, in ihrem inneren Chaos aufzuräumen. Die Vergangenheit endlich zu Grabe zu tragen. *Don't embrace the past.*

Das Hinweisschild über der Staatsstraße war eine Art Fanal, das ihr die Brüchigkeit ihrer Geschichte, die Ziellosigkeit ihres Lebensentwurfs, der keiner war, so radikal vor Augen geführt hatte, dass ihr schwindlig geworden war. Die Erkenntnis, dass kein Plan hinter all dem steckte, dass sie lediglich dem puren Überlebenstrieb folgte, brachte sie aus dem Gleichgewicht.

Ottavio hatte den Wagen wieder zurück auf die Straße gelenkt und gab Gas. Sie sah ihn von der Seite an. Wieso war es ihm so viel leichter gefallen, von seiner Geschichte zu sprechen, einer Geschichte, die nicht weniger furchtbar war als die ihre? Die in ihrer Schrecklichkeit der ihren ähnelte. Ach was, welche Geschichte ähnelte schon einer anderen? Und welche Geschichte ließ zwei Menschen mit genau derselben Erfahrung zurück? Der eine stand auf und machte weiter, als sei nichts geschehen, der andere verlor seinen Kompass. Giovanna wusste schon lange nicht mehr, in welche Himmelsrichtung sie laufen sollte.

»Erzählst du es mir?«, fragte er, als sie schon ein gutes Stück gefahren waren und die Dunkelheit zwischen den Bergflanken sie völlig in sich aufgenommen hatte. Was hätte sie sagen sollen? Was erzählen können, wie Worte finden für das Unsagbare? Die Töne waren ihr verloren gegangen mit Antonellas Tod. Doch für die Katastrophe, deren Bilder schon Jahre davor ihre Nächte gefüllt und deren Nachklang ihre Tage bestimmt hatte, hatte es die passenden Worte noch nie gegeben. Was also hätte sie ihm sagen können?

Die Kegel der Scheinwerfer sogen den Asphalt der Straße in sich ein, die Augustnacht warf ihre Schatten voraus, Bäume wurden zu Silhouetten, Straßenschilder tanzten wie blaue und grüne Gespenster ins Licht und verschwanden ansatzlos in der zurückbleibenden Dämmerung. Bald würden sie abbiegen von der Strada Statale. Bald würden die tiefen Einschnitte der Täler sie verschlucken, schmale Straßen wie Streifen von Stoff eingenäht in die Konturen der Landschaft würden sie schließlich zurück zu der kleinen Ansammlung alter Steine bringen, die Marie und auch Ottavio ihre Heimat nannten. Rom würde dann wieder auf die verdrängte Erinnerung zusammenschrumpfen, die es ein Leben lang für sie gewesen war, die altbekannten Traumata einschließend in einer feuchten Nische der römischen Kanalisation oder vielleicht auch im prunkvollen Sarkophag eines ehemaligen Kirchenfürsten. Oder nicht?

»Ich weiß nicht, ob ich es kann«, flüsterte sie.

»Mir erzählen, was in Rom passiert ist? Ich glaube, du solltest es versuchen«, flüsterte er zurück. Giovanna nickte, obwohl ihr klar war, dass er die Bewegung in der Dunkelheit nicht sehen konnte. Es ging auf halb neun zu, als sie wieder in Chiesavalle ankamen, die Trattoria »Da Pasquale« an der Piazza Sant'Anna hell erleuchtet. Tische standen an der Straße, an ihnen saßen Menschen in Erwartung des Abendessens. Ottavio umkurvte mehrere Gruppen von Spaziergängern, junge Leute, Touristen, die sich hier bereits einquartiert hatten für das große Spaghettifest im nahe gelegenen Amatrice, das wie immer am letzten Wochenende im August stattfinden würde. Dort wollten sie auch noch hin, sie, Elli und Marie, bevor sie am Sonntag nach München zurückfahren würden.

»Da müsst ihr aber unbedingt reservieren, sonst könnt ihr euch die Spaghetti all'Amatriciana selbst kochen«, hatte Ottavio ihnen noch im Schwimmbad erklärt. Giovanna wünschte sich insgeheim, er würde dabei sein.

Er parkte direkt vor dem Hotel. Zwei Laternen überschwemmten die Kirchenmauer mit honiggelbem Licht. In der schmalen Gasse, in der keine weiteren Lokale lagen, war es ruhiger als auf dem Hauptplatz. Ein Pärchen schlenderte eng umschlungen an ihnen vorbei, als sie ausstiegen. Ottavio kam Giovanna halb entgegen, sie trafen sich auf Höhe des Kofferraums und blieben voreinander stehen.

»Du bist doch viel größer, als ich gedacht habe«, sagte Giovanna, als er ihre beiden Hände nahm und seine Daumen wie zufällig über ihre Handoberflächen gleiten ließ.

»Und du viel kleiner.« Da war es wieder, dieses Unterbartlächeln. Da musste ein Grübchen sein, doch das war für Giovanna nur zu erahnen. Es juckte sie in den Fingern, an Ort und Stelle nachzufühlen, und sie nahm sich vor, das bei Gelegenheit zu tun.

»Wie wär's, wenn du nach dem Umziehen wieder herunterkommst, und dann führe ich dich zum Essen aus? Che cosa ne pensi?«, fragte Ottavio. Seine Stimme vibrierte leicht und schien zu verraten, dass er eigentlich etwas ganz anderes hatte fragen wollen. Giovanna jedenfalls hatte etwas ganz anderes verstanden und konnte förmlich hören, wie ihr Herz im Rhythmus einer wilden Galoppade zu rasen begann. Und doch zögerte sie. »Ich muss erst sehen, ob Elli schon da ist. Und ob heute noch etwas geplant ist.«

Ottavio bemühte sich sichtlich, nicht allzu enttäuscht zu klingen, als er sagte. »Natürlich, die Freundinnen. Aber ich hab doch eine Chance, oder? Also auf einen Abend mit dir!« Er hielt noch immer ihre Hände und drückte sie jetzt ein bisschen fester, um sie nicht gleich wegzulassen.

Giovanna erwiderte den Druck. »Jede Chance, tu nicht so, als ob du das nicht wüsstest.«

Sie stellte sich auf die Zehenspitzen, um ihm einen Kuss zu geben, zögerte kurz, ob sie seinen Mund oder seine Wange anvisieren sollte, da nahm er ihr die Entscheidung ab und fing ihre Lippen mit den seinen auf. Es war ein zarter Kuss, vorsichtig tastend, der kaum begonnen auch schon wieder Vergangenheit war. Ganz unverbindlich, sie wussten ja nicht, was der Abend noch bringen würde. Dann ließen sie sich los, und Giovanna eilte über die Straße, die Strandtasche über der Schulter. In der Tür drehte sie sich um. »Ich geb dir gleich Bescheid, ja?«

Er nickte, ging zur Fahrertür und lehnte sich an seinen Wagen, genau wie am Vormittag Marie an gleicher Stelle. Und Giovanna wünschte sich nichts sehnlicher, als ihn genau an dieser Stelle wieder zu treffen, wenn sie wieder herauskommen würde.

Elli war schon vor ihr im Hotel gewesen. Giovanna fand ihre Schwimmsachen im Badezimmer, aber keine Spur von der Freundin. Sie holte ihr Handy, setzte sich damit auf ihre Seite des Betts und überlegte. Es war wohl besser, vor dem Telefonat mit Elli zu entscheiden, ob sie Ottavios Einladung annehmen würde oder nicht. Sie stand auf, ging zum Fenster und sah ihn unten stehen. Von hier aus wirkte er gar nicht mehr so groß, nicht untersetzt, aber doch kräftig, so wie jemand, der es gewohnt ist, seinen Körper in Bewegung zu halten und seine Fähigkeiten zu gebrauchen. Den ehemaligen Lehrer jedenfalls hätte wohl kaum jemand in ihm vermutet. Er hatte die Hände in die Hosentaschen geschoben und sah auf seine überkreuzten Füße in den Turnschuhen hinab, konzentriert, in sich gekehrt. Eine vorbeibummelnde Familie mit drei laut krakeelenden Kindern und einem an seiner Leine zerrenden Golden Retriever beachtete er gar nicht, schien sie noch nicht einmal wahrzunehmen. Das von oben kommende Laternenlicht teilte seine fast schwarzen Haare in eine dunkle und eine helle Hälfte, unterhalb seiner Wangenknochen verschwand alles Gesicht in Bart und nächtlichem Schatten.

Plötzlich blickte er auf, als habe er ihren Blick gespürt, sah sie am Fenster stehen und lächelte. Da war die Entscheidung gefallen. Giovanna winkte, deutete auf ihr Handy, um ihm klarzumachen, dass sie telefonieren würde, dann huschte sie weg vom Fenster und wählte Ellis Nummer, um ihr für den Abend abzusagen.

»Ganz ehrlich, das habe ich mir schon gedacht.« Elli lachte glucksend. Sie war nach einem kurzen Abstecher ins Zimmer gleich mit zu Marie gefahren, erzählte sie.

»Jetzt sitzen wir hier noch ein bisschen, sind aber eh nicht allein.« Sie senkte die Stimme. »Larry ist auch schon wieder dabei. Und ich schätze, von den anderen kommen auch noch welche, Marie hat so was angedeutet. Du versäumst hier also nichts Essenzielles.«

»Du bist nicht sauer, wenn ich euch alleinlasse?«

»Giò, mach dir keinen Kopf«, Elli lachte erneut. »Du weißt doch, wie gern ich dich endlich mal unter der Haube wüsste. Also macht euch einen schönen Abend!«

»Was du immer gleich denkst«, wehrte Giovanna ab, doch Elli widersprach: »Nee, das denk ich sonst gar nicht gleich, und zwar zu Recht, wie die Erfahrung zeigt.« Sie machte eine kurze Pause. »Aber diesmal habe ich ein anderes Gefühl.«

Giovanna zauderte noch. »Ich weiß nicht«, sagte sie dann. »Du kennst mich doch.«

»Ja, eben. Weil ich dich kenne. Also jetzt geh, lass ihn nicht wieder laufen!«

»Aber was ist mit Marie? Was ist, wenn sie sauer ist?« Giovanna wusste selbst nicht so genau, wieso sie plötzlich nach Ausflüchten suchte, warum sie aufschieben wollte, dass seinen Lauf nahm, was wohl seinen Lauf nehmen würde. Woher kamen diese völlig ungewohnten Skrupel? Sie war schon drauf und dran, ihre eigentlich längst getroffene Entscheidung wieder umzustoßen.

Doch Elli schnitt ihr den Rückweg ab. »Marie übernehme ich, da mach dir mal keine Gedanken! Außerdem bist du ihr keine Rechenschaft schuldig. Du bist ja nicht mit ihr verheiratet.«

»Aber, Elli, was wäre denn, was ist denn, wenn einträfe, was du dir für mich wünschst? Ich meine, ich weiß ja gar nicht, wie Ottavio eigentlich denkt, und überhaupt. Vielleich mag er mich ja gar nicht ...«

»Das sieht nicht danach aus, oder?«

»Nein, na ja, aber vielleicht bin ich für ihn ja weniger ...«

»... als er für dich? Willst du das sagen?« Die Stimmen, die Giovanna bei Elli im Hintergrund gehört hatte – wahrscheinlich Marie und Larry –, wurden leiser. Offenbar entfernte sich Elli von ihnen, jetzt war sie draußen vor dem Haus, nur noch leises Gackern eines von ihrem Erscheinen gestörten Huhns war zu hören.

»Giò, du hast dich ja verliebt!« Wenn sie zuvor noch gescherzt hatte, war Elli jetzt ernst geworden, ihre Stimme klang seltsam gerührt.

»Ist das so?«, fasste sie nach.

»Vielleicht, ja, vielleicht ist das so. Ich bin mir nicht sicher. Meinst du, Elli?«

Und in der Sekunde, in der Giovanna fragte, überkam es sie wie ein Rausch, stürzte sie in einen Taumel der Euphorie, die sofort darauf von blinder Panik verdrängt wurde, einer Panik, die Giovanna glaubte, nicht kontrollieren zu können.

»Elli? Hilf mir, Elli, ich kann das nicht.« Giovanna hatte das Gefühl, die Luft würde ihr knapp, so als habe sie sich in einen Tauchgang gestürzt, ohne vorher ausreichend tief eingeatmet zu haben.

Doch wieder war es Elli, die sie anschubste und aus ihrer Erstarrung holte. »Giò, natürlich kannst du. Du musst sogar. Los, lass dich drauf ein! Tu es! Hab den Mut. Tu es für deine Schwester! Sie hätte gewollt, dass du glücklich wirst.«

Giovanna kam wieder zu Atem, noch schneller aber tauchten neue Zweifel auf. »Und wenn ich für ihn nur ein Abenteuer bin? Was mache ich dann?«

»Dann hast du es zumindest versucht, Giò. Dann hast du es einmal zumindest ernsthaft versucht. Und jetzt geh, bevor er dir davonrennt!«

»Also gut. Du übernimmst die Verantwortung.« Ein letzter Versuch Giovannas, sich abzusichern, auch wenn sie wusste, dass das völlig absurd war. Es gab keine Absicherung. »Wir treffen uns dann später in unserem Ehebett, ja?«

»Und wehe, du schnarchst«, kam noch von Elli, bevor sie auflegte. Giovanna zog den Haargummi aus ihren Haaren, die sich noch immer ein bisschen feucht über ihren Rücken kringelten, vertauschte das Strandkleid mit Jeans und Top und band sich eine Jacke um die Hüften; es konnte kühl werden am späten Abend. Dann war sie auch schon aus der Tür. Gar nicht mehr nachdenken, bloß nicht mehr nachdenken. Mit großen Sprüngen rannte sie die Treppe hinunter.

Die Osteria lag so abgeschieden, dass kein Tourist sie wohl je finden würde, und war so winzig, dass außer dem Stehtisch in einer Ecke, an den sich Giovanna und Ottavio auf hohe Stühle setzten, nur noch drei weitere im Raum Platz hatten. Der Mann hinter dem Tresen, dem Ottavio ein »Ciao, Salva!« hinwarf, hatte schon auf sie gewartet, Ottavio hatte angerufen und reserviert. Der Angesprochene begrüßte ihn mit »Ciao, fra« und klatschte ihn so betont lässig ab, als wären sie in einer Szenekneipe in irgendeinem mondänen Viertel von Mailand, New York oder Paris und nicht in einer versteckten Spelunke in einem Bergdorf kurz vor den Abruzzen. Beim Anblick Giovannas aber wieselte er wie der Oberkellner eines vornehmen Lokals hinter dem Tresen hervor, um ihr übertrieben galant die Hand zu küssen und sie zu ihrem Tisch zu geleiten.

Alles vielleicht ein bisschen too much, dachte Giovanna, und Ottavio grinste, als er ihren Blick bemerkte.

»Salvatore, halt dich zurück, ja?«, rief er. »Du kannst mir die Frau doch nicht ausspannen, bevor ich überhaupt richtig zur Tür rein bin.«

»Wieso nicht?«, erwiderte Salva, »so viel Schönheit ist jeden Versuch wert«, schwärmte er schmeichlerisch und warf Giovanna eine Kusshand zu, bevor er von einem der Nebentische zwei Speisekarten nahm und sie mit einem Lächeln für sie und einem Kopfschütteln für Ottavio auf ihren Tisch legte und sich dann noch ausgiebig Zeit nahm, ein Öllicht anzuzünden, das vor ihnen stand. Ottavio klopfte mahnend auf den Tisch.

»Beh, Salva, per ora basta«, woraufhin der Barista das Feld räumte.

»Er liebt den großen Auftritt, aber er ist ein guter Kerl«, erklärte Ottavio entschuldigend.

Sie bestellten Vincisgrassi, eine spezielle Lasagne, typisch für die Gegend, die herrlich nach Muskatnuss schmeckte, anschließend Coniglio al finocchio, geschmortes Kaninchen mit Fenchel, tranken zuerst einen halben Liter Verdicchio, die Hausmarke, und ließen sich anschließend von Salvatore noch einen Rosso Piceno empfehlen. Auf ein Dessert verzichteten sie, der Küchenchef hatte es bei Primo und Secondo schon so gut mit ihnen gemeint, dass sie den Grappa, den Salva ihnen mit einem Augenzwinkern auf einem kleinen silbernen Tablett servierte, dringend brauchten, um den Magen aufzuräumen – und die zwei Espressi, um wach zu bleiben. Wer wusste schon, was der Abend noch bringen würde.

Der Barista verabschiedete Giovanna mit Küsschen rechts und links, Ottavio mit einem Zwinkern. Dann traten sie hinaus in die Augustnacht, die ein leichtes Zitronenaroma mit sich trug, und schlenderten zurück zur Piazza. Die Menge der Bummelnden – es war inzwischen kurz nach elf – war überschaubar geworden. Die meisten würden am nächsten Tag arbeiten müssen. Übrig war nur noch, wer als Tourist oder zu Besuch bei seiner Familie hier war – viele, die von hier stammten, wohnten und arbeiteten in Rom und kamen nur auf der Flucht vor der Sommerhitze zurück in ihre Heimat. Einige Tische bei Pasquale waren noch besetzt; eine Gruppe junger Leute hatte sich dort zusammengefunden. Auch zwei ältere Ehepaare, auf den ersten Blick als Deutsche erkennbar, saßen hier und winkten ihnen allen Ernstes zu, als sie unschlüssig in der Nähe stehen blieben, um eine Antwort auf die Fragezeichen zu finden, die zwischen ihnen standen.

So verheißungsvoll der Abend begonnen, so nah sie sich Ottavio gefühlt hatte, als sie mit ihm im Auto unterwegs gewesen war – und bei ihrem kurzen Kuss –, so groß war erneut die Distanz zwischen ihnen in dem Lokal gewesen. Keine noch so zufällige Berührung während des Essens, keinerlei Versuch von seiner Seite, Giovanna näher zu kommen. Ottavio machte sie vollends ratlos. Wollte er sie schmoren lassen? Wollte er sich ihrer erst ganz sicher sein? Was war nur los mit ihm? Sollte sie noch einmal auf ihn zugehen, ihm noch klarer signalisieren, dass sie Ja sagen würde? Giovanna war der Verzweiflung nahe. Noch nie hatte ein Mann sie so zappeln lassen. Oder kam es ihr nur so vor? War sie zu ungeduldig? Weil sie zum ersten Mal das Gefühl hatte, dass ein Mann mehr für sie sein könnte als nur eine vorübergehende Liebschaft? Weil er ihre ganze Aufmerksamkeit hatte, weil sie jedes Verengen seiner Augen wahrnahm, jede Andeutung eines Lächelns, weil sie jedes Wort, das er sagte, und noch viel mehr jedes, das er nicht sagte, auf seinen Gehalt überprüfte, weil es ihr wehtat, wenn sie ihn ansah.

Also würde sie erst Ruhe haben, wenn er ihr die Sicherheit gab, dass es ihm auch so ging. Und, ja, er schien gern Zeit mit ihr zu verbringen – aber war es das auch schon? Hatte der Kuss nichts zu bedeuten? Hatte sie ihn damit nur überrumpelt? Vielleicht fand er sie ja gar nicht attraktiv? Zu alt? Immerhin war sie 45, wenn sie auch jünger aussah ... Wie alt war er eigentlich? Sie hatte noch nicht danach gefragt, anhand seiner Lebensgeschichte war sie aber davon ausgegangen, dass er kaum jünger sein konnte als sie.

Sie hatten zur Osteria nicht weit gehen müssen vom Auto aus, das Ottavio ganz in der Nähe seiner Wohnung abgestellt hatte. Weite Wege gab es ohnehin nicht in Chiesavalle. Auch zu Marie würden sie zu Fuß von der Piazza aus weniger als eine Viertelstunde brauchen, wenn sie gewissermaßen den Hinterausgang aus dem Ort benutzten: eine schmale Gasse, die einzige, die auf der Westseite von der Piazza Sant'Anna abging, an wenigen Häusern vorbeilief und zu einem halb befestigten Weg wurde, über den man querfeldein die gesamte Ortsumfahrung abkürzen konnte. Sie hatten den Weg am Abend von Giovannas Streit mit Marie benutzt.

In die andere Richtung ging von der Piazza der Vicolo della Chiesa ab, an dessen Eingang das Hotel lag, parallel zu zwei weiteren steingepflasterten Sträßchen, jede von ihnen kaum breit genug, um zwei Autos aneinander vorbeizulassen. Am Ende der einen hatte Ottavio sein Zuhause.

Wohin also würde ihr Weg sie führen? Die Ratlosigkeit, die zwischen ihnen herrschte, war schwer auszuhalten. Die deutschen Ehepaare hatten sich zwischendurch zugeprostet und in ein Gespräch vertieft, jetzt wurde einer der Männer wieder auf sie aufmerksam und starrte sie unverwandt an. Giovanna bemerkte es, nickte zu ihm hinüber und machte Ottavio darauf aufmerksam. Der warf einen Blick auf die Gruppe und hob die Schultern, da hörten sie auch schon, wie der Mann laut rief: »Hey, was ist denn mit euch? Wollt ihr nun oder wollt ihr nicht? Nun küss sie schon endlich!«

Ottavio sah sie fragend an. »Was hat er gesagt?«

Giovanna lächelte – sollte sie korrekt übersetzen oder nicht? Sie entschied sich dafür. »Du sollst mich küssen, hat er gesagt.«

Ottavio lachte, grüßte mit einem Nicken hinüber an den Tisch und hob den Daumen: »Lo farò, lo farò, non preoccuparti«, rief er, dann beugte er sich zu Giovanna hinunter, sodass seine Lippen ihre Ohrmuschel kitzelten, und flüsterte ihr zu: »Aber nicht unbedingt hier, was meinst du?«

»Nein, nicht hier.«

»Dann zeig ich dir jetzt, wo ich wohne«, flüsterte er weiter, und Giovanna, die ihr klopfendes Herz zu beruhigen suchte, fehlte wieder einmal die Luft. Also hakte sie sich einfach schweigend bei ihm unter. Ein paar Minuten gingen sie den Vicolo Piccolo entlang, die kleine Gasse, die ihrem Namen alle Ehre machte. An ihrem Ende jedoch verbreiterte sie sich leicht und formte einen Wendehammer, dessen linke Seite das einzige größere Mehrfamilienhaus Chiesavalles einnahm, wie Ottavio ihr erklärte. »Es ist nicht nur die größte, sondern die hässlichste Kiste im ganzen Ort«, stellte er fest. »Früher stand hier mal ein Hunderte Jahre alter Bauernhof. Mein Häuschen hier«, er zeigte nach rechts, »war der Stall. Er hat zum Hof gehört, bis der in sich zusammengefallen ist. Zu meinem Glück war er wohl etwas stabiler als das Haus. Sonst müsste ich auf der Straße schlafen. Oder mir eine Frau suchen, die mich aufnimmt.« Er lächelte leicht. Giovanna aber ging nicht darauf ein.

»Ein Stall?«, fragte sie stattdessen.

»Eher eigentlich ein Schuppen, komplett aus Holz. Ich hab ihn außen verputzt, innen eine zweite Holzwand eingezogen und den Hohlraum gedämmt, sodass es im Winter erträglich warm ist. Du wirst staunen.«

Giovanna freute sich über seinen Besitzerstolz und staunte wirklich, als sie Ottavio ins Innere seiner vier Wände folgte – die tatsächlich kaum mehr als das waren und eher einem hohen Loft glichen als einer Scheune. Außer einem Bett und einem Bücherregal an der jeweiligen Stirnseite sowie einem Plattenspieler und einem viereckigen Plattenschrank hatte er keine Möbel, und mehrere Läufer bedeckten den Holzboden nur unvollständig. Licht bekam der Raum tagsüber durch zwei breite Fenster, die nebeneinander in die Längsseite geschnitten waren, und, die sie als Front vom Hof aus gesehen hatten. Für seine Kleidung hatte Ottavio auf der den Fenstern gegenüberliegenden Seite eine Wand eingezogen, hinter der ein begehbarer Schrank lag. Daneben befand sich eine Tür, die zu einem gemauerten Anbau führte, in dem eine einfache Küche untergebracht war. Ein großer amerikanischer Kühlschrank schien abgesehen vom Plattenspieler der einzige Luxusgegenstand zu sein, den Ottavio sich leistete. Von der Küche aus gelangte man in ein kleines Badezimmer mit Waschbecken, Toilette, Dusche und Waschmaschine.

Wieder zurück im großen Raum, der jetzt im Dämmerlicht einer auf Bodenhöhe hinter einer Schwelle angebrachten Lichtleiste lag, entdeckte Giovanna unter den Fenstern noch eine Gitarre und eine große Wavedrum. Eben wollte sie sich überrascht zu Ottavio umdrehen, doch der hatte wohl beschlossen, nicht erneut Verlegenheit zwischen ihnen aufkommen zu lassen. Kurzerhand nahm er ihr Gesicht in seine Hände und küsste sie. Warm waren seine Lippen, die sich ganz zart auf die ihren legten, während ein paar von den Strähnen, die ihm halblang auf die Wangen fielen, sie an der Nase kitzelten. Doch das vergaß sie, als er nun seine Zunge zu Hilfe nahm, um zwischen ihre Lippen zu gelangen, während seine Hände von ihren Schulten über ihre Arme nach unten wanderten, zur Taille und den Hüften, und schließlich, von Erregung gepackt, ihren Po umfassten. Er hob sie hoch, und sie schlang seine Beine um ihn, während er sie mit erstaunlicher Leichtigkeit hinübertrug zu seinem Bett, das riesig war und wie gemacht schien für sie beide. Giovanna keuchte, als sie sein volles Gewicht auf sich spürte, während er sie unaufhörlich weiterküsste. Sie ließ es zu, dass er die Knopfleiste ihres Tops öffnete und es zur Seite streifte, dass er mit seinen Küssen ihre Haut bedeckte. Über Kinn, Schlüsselbein und Schultern wanderte sein Mund zu ihren Brüsten, der BH war kaum ein Hindernis. Dann kam er wieder nach oben, um erneut ihren Mund zu suchen. Und Giovanna konnte nicht genug von ihm bekommen, konnte es kaum erwarten, dass er den Reißverschluss ihrer Hose öffnete, dass er sie auszog. Splitternackt lag sie da und sah ihm zu, wie auch er die Jeans und alles andere abstreifte, breitete die Arme aus und schlang sie um seinen Hals, als er über sie kam und sich in sie drängte. Gemeinsames Taumeln, gemeinsames Fallen. Verschmelzen. Ermattet kamen sie beide zur Ruhe, ineinander geflochten, verknotet und einer nur durch den Köper des anderen bedeckt, blieben sie im Halbdunkel des Raums liegen und spürten der Ambivalenz des Daseins nach, das im Rausch des Geschlechtsakts alles zugleich gewesen war: Atemlosigkeit und Stillstand, glückhafte Vereinigung und verzweifelte Selbstveräußerung. Anfang von allem und Ende von allem.

Das erste Flüstern kam von Ottavio. »Im Kühlschrank ist noch eine Flasche Wein. Magst du? Ich hätte jetzt jedenfalls gern ein Glas.«

»Unbedingt«, sagte sie und versuchte, ihn aus der Umarmung ihrer Beine zu entlassen.

Er war völlig unbefangen in seiner Nacktheit, und Giovanna hatte im schummrigen Licht die Gelegenheit, eindrucksvolle Rückenmuskeln zu bewundern, die wohl von der Arbeit auf den Feldern der Gruppo stammten. Er war schnell zurück. Zwei Weingläser in der Hand, eine Flasche unter dem Arm, die üppigen Haare vom Schweiß des Liebesaktes leicht gelockt, glich er einem zügellosen Faun, als er sich wieder zu ihr gesellte, ein siegesgewisses, beinahe unverschämtes Lächeln auf seinen Zügen. Giovanna nahm die Gläser, Ottavio schenkte ein, sie prosteten sich zu, ließen die Gläser klirren, bevor er sie beide nahm und neben dem Bett auf den Boden stellte. Und dann begannen sie, womit sie soeben aufgehört hatten, noch einmal von vorne.

Der viermalige Schlag einer weit entfernten Kirchenglocke untermalte ihren gemeinsamen zweiten Höhepunkt, und als es ein Uhr läutete, fielen sie erschöpft nebeneinander auf die Kissen. Erschöpft, aber kein bisschen müde. Giovanna nahm Ottavios Einladung an, sich in seinen Arm zu schmiegen, dann lauschten sie für eine Weile der Stille.

Bis Giovannas Blick wieder auf die Wavedrum fiel. Sie nickte in die Richtung des Instruments. »Darf ich mal?«

»Bitte, natürlich.«

Sie schlüpfte aus dem Bett, fand unterwegs ihre Unterwäsche und ihr Oberteil, zog sie an und kehrte dann mit der Trommel in der Hand zurück. Zaghaft bewegte Giovanna das Instrument, ließ die Steinchen in seinem Innern eines nach dem anderen über den Boden rutschen und schloss genussvoll die Augen. Feine Morgenwellen an einem Kieselstrand.

Sie bewegte es ein bisschen stärker. Ein leichtes Rauschen, wie das Meer im Wind, das noch hinter der nächsten Klippe versteckt liegt. Sie kippte die Trommel, ließ den gesamten Inhalt auf einmal hin und her rutschen, und nun war es fast ein Sturm, dessen Tosen den Raum erfüllte. Behutsam reduzierte sie die Bewegung wieder und öffnete die Augen. Ottavio hatte sie beobachtet, aufmerksam, jetzt ohne die Lust, die zuvor seine Züge bestimmt hatte, aber mit unbedingter Zuneigung.

»Du hast das ganze Meer in dir, Giò, weißt du das? Jeden einzelnen Ton.«

»Wie meinst du das?«

»Ich meine ... Die Schönheit und die Gewalt des Meeres. Das alles fühlst du, und das alles bist du. Das Glück und der Irrsinn. Du kannst betören oder verschlingen. Je nachdem, wonach dir gerade ist.«

Giovanna legte die Drum auf die Seite und kroch wieder unter das Laken, das Ottavio zuvor über sie beide gezogen hatte. Sie versuchte, die Verlegenheit, in die sie seine Worte gebracht hatten, mit einem Scherz zu übertünchen. »Der Herr Lehrer ist ja ein rechter Poet«, gurrte sie in sein Ohr.

Worauf er sich hochstemmte und ohne zu lächeln auf sie herabsah. »Ich habe das ganz ernst gemeint. Aber du bekommst es mit der Angst. Stimmt's?«

Stimmte das? Sie runzelte die Stirn. Ja, vielleicht. »Jedenfalls hatte ich gehofft, dich eher zu betören, als zu verschlingen.«

»Nun, du hast beides ganz gut hingekriegt.« Jetzt lächelte er doch, wurde aber gleich wieder ernst. »Was ich meine und in meiner grandiosen Ungeschicklichkeit vielleicht falsch ausgedrückt habe, ist, dass du das, was ganz, ganz tief in dir ist, hinter viel oberflächlicher Schönheit und ebenso viel Tamtam verbirgst.«

»Oberflächliche Schönheit?« Sie setzte sich auf. »Puh, das klingt irgendwie nicht nett.«

»Stopp, stopp, Giovanna, nicht falsch verstehen!« Er legte eine Hand auf ihre beiden und hielt sie fest. »Ich meine damit: Du bist schön, von außen betrachtet. Wirklich schön, und das weißt du auch. Aber du reduzierst dich selbst auf diese wunderschöne Hülle, weil du das, was dich ausmacht, in dir versteckst. Du versteckst dein wahres Gesicht.«

Giovanna schluckte. Sie wollte protestieren, doch ihr fiel nichts ein, was sie hätte sagen können, also blieb sie sitzen, wie sie war, die Hände unter Ottavios Hand.

»Ich schätze, die einzigen Menschen, die wirklich über dich Bescheid wissen, sind deine beiden Freundinnen.«

»Nicht mal sie wissen alles«, sagte Giovanna leise.

»Das von Rom?«

Sie nickte. »Nicht alles.«

Ottavio schwieg.

Sie wusste, dass er darauf wartete, dass sie erzählen, wartete, ob sie es tun würde. Und sie wartete selbst, lauschte in sich hinein im Halbdunkel dieser eben noch unbekannten Wohnung, die sich durch ihre Vereinigung verändert hatte, die ihr jetzt schien, als hätte sie sie schon Hunderte Male betreten, die ihr Vertrauen einflößte, so wie der Mann neben ihr, und ihr Raum zu geben schien, sich zu entblößen. Nicht nur ihren Körper, ihr Innerstes. Sie suchte nach den Worten, die es noch nie gegeben hatte.

»Mein Vater war schuld«, begann sie dann. »Er und seine verdammten Recherchen.« Sie sah ihn an. »Sagt dir Gioia Tauro was?«

»Das Attentat auf den Zug? Anfang der Siebziger? Natürlich. Was hat das mit deinem Vater zu tun?«

»Mein Vater hat damals recherchiert. Er war Journalist.«

»War?«

»Jetzt ist er im Ruhestand.«

»Und was hat er mit dem Attentat zu tun?«

»Gioia Tauro. Da war ich gerade erst ein paar Wochen alt. Aber inzwischen weiß ich das alles, jetzt weiß ich so viel über die Zeit damals, die bleierne Zeit. Über die Brigate Rosse, die Loge P2, die Faschisten im MSI.« Sie lachte ein kurzes, freudloses Lachen. »Ausgerechnet ich, die nie was von Politik wissen wollte. Ha, Marie wäre stolz auf mich. In den vergangenen drei Monaten habe ich alles gelesen, was ich finden konnte. Alles über die Bombenanschläge, zuerst die Bank in Mailand, dann dieser Fiat 500, der oben in Peteano in die Luft gegangen ist und die Polizisten umgebracht hat, der Mord an diesem Staatsanwalt aus Genua, ich hab den Namen schon wieder vergessen, dann Aldo Moro, den die Roten Brigaden ermordet haben. Das habe ich damals selbst mitbekommen, wie sie ihn gefunden haben in dem Auto in der Via Caetani. Das war gar nicht so weit weg von unserer Wohnung in Trastevere.«

»Daran kann ich mich auch gut erinnern, da war ich ja schon zehn«, warf Ottavio ein. »Schrecklich war das damals.«

Giovanna nickte. »Ja, die Roten Brigaden waren schrecklich. Aber es war eben nicht so, dass die an allem schuld waren in den Siebzigerjahren. Es gab doch schon vor dem Mord an Moro so viele Bombenanschläge und andere Attentate, so wie in Mailand, in Gioia Tauro, später dann, 1980, in Bologna am Bahnhof. Mein Vater hat das von Anfang nicht geglaubt, wollte es wohl nicht glauben, dass an allem nur die Linken schuld waren – er war schließlich selbst ein Linker, ist es immer geblieben. Als er in Turin studiert hat, waren die Aufstände gegen Fiat, und er war einer von den Studenten, die damals mit den Arbeitern auf die Straße gegangen sind.« Sie holte tief Luft. »Wir sind aufgewachsen mit diesen Geschichten. Er hat uns immer wieder davon erzählt, meiner Schwester und mir. Er war so begeistert von dieser Zeit, von dem, was in der Gesellschaft passiert ist, von den Demonstrationen auf den Straßen. Wir fanden das einfach nur spannend.« Giovanna setzte ab, Ottavio sagte nichts. »Und wir haben ihn bewundert, er war so richtig cool. Da haben wir noch nicht gewusst, wo uns das hinführt. Dass ihm die Sachen, die dann passiert sind, keine Ruhe gelassen haben. Als die Linken immer radikaler geworden sind, da war ihm selbst das mit dem Protestieren zu viel geworden. Als die Bombe in Mailand hochging, hatte er sich schon distanziert. Aber im Herzen war er seiner Linken immer treu, und als dann alle geschrien haben, dass die Linken, natürlich vor allem die Roten Brigaden, den Staat zerstören – da war er schon Journalist, und dann hat er angefangen zu recherchieren. Schon lange bevor dieser Richter aus Venedig drauf gekommen ist, dass es Rechtsextremisten waren, die in Mailand die Bombe gezündet haben, und diese ganzen Verbindungen zwischen der P2-Loge und den Neofaschisten ans Licht gekommen sind. Stell dir vor, Berlusconi war einer von denen, er stand auf der Mitgliederliste der P2.« Ottavio nickte. »Jedenfalls hatte mein Vater schon früh einen Verdacht, sicher nicht nur er, auch einige seiner Kollegen. Aber er hat nicht lockergelassen. Ausgangspunkt war eben Gioia Tauro, der Zug, der entgleist ist. Inzwischen ist es klar, dass der MSI das war, und die 'Ndrangheta.«

Ottavio zuckte zusammen, als Giovanna den Namen der kalabrischen Mafia erwähnte.

»Ich weiß noch, es war Frühling«, erzählte sie weiter, »Frühling 1979. Zu der Zeit ist er immer wieder weggefahren, beruflich, hat er gesagt. Ich weiß es noch genau, die Azaleen haben geblüht zu der Zeit auf der Spanischen Treppe, und die Töpfe mit den Blumen sind ja immer nur im April da. Und wenn er heimkam, saß er immer an seinem Schreibtisch, überall Papierstapel. Er hat mich angeschrien, als ich auf seinen Schoß klettern wollte. Ein Glas ist umgefallen, mit Wasser. Mir war so kalt vom Fieber, ich hatte die Grippe, und er hat mich so angeschrien.«

Dann war ihre Mutter aus dem Esszimmer gekommen, dem schönen Esszimmer mit dem nussbraunen Tisch mit den geschwungenen Beinen, einen Lappen schon in der Hand. Giovanna hatte nicht aufhören können, zu weinen, bis ihre Mutter sie an sich gedrückt hatte. Irgendwie war der Lappen zu ihrem Vater gelangt, doch das war nicht mehr wichtig. Wichtig war nur die Wärme ihrer Mutter, die Stärke ihrer Umarmung, ihre kühle Hand auf Giovannas heißer Stirn. Antonella würde an diesem Morgen allein zur Schule gehen, vom Bett aus hatte Giovanna ihr zugesehen, wie sie trödelte beim Packen ihrer Tasche.

»Ich mag nicht ohne dich gehen, Giò. Ich gehe nie ohne dich, ich mag einfach nicht.« Antonella, die Pünktliche, Antonella, der Mama nie etwas zweimal sagen musste. Sie ließ den Schulranzen liegen und lief aus dem gemeinsamen Schlafzimmer. Giovanna hörte ihre helle Stimme und die schöne, melodische ihrer Mutter, die zunehmend zornig wurde: »Antonella, jetzt mach nicht so ein Theater, ti prego. Jetzt kommst du zu spät!«

Dann schaltete Papà sich ein, seine Stimme leiser, er saß noch immer am Schreibtisch. »Dann fahr sie doch schnell zur Schule, nimm mein Auto, das steht gleich gegenüber!«

Das Geräusch des Schlüssels, den ihre Mutter vom Tischchen nahm, ihre Stimme: »Antonella, jetzt beeil dich endlich, ich geh schon mal vor.« Die Haustür, die nie ordentlich schloss, klapperte hinter Mama.

Antonella, noch immer unwillig, zerrte den Schulranzen auf ihren Rücken, sie war zu beleidigt, um sich von ihrer Schwester zu verabschieden. Giovanna sah den Ranzen verschwinden, hörte Papàs Stimme, »ciao piccolina«, dann hörte sie den Knall, der den Morgen zerriss. Und den Körper von Allegra Michelis. Opernsängerin, Ehefrau, Mutter von zwei Kindern, 31 Jahre alt.

»Es war so viel Sprengstoff, dass zwei Autos in die Luft geflogen sind. Das von meinem Vater und der Wagen, der davor geparkt war. Da waren nur noch Trümmer, Glassplitter, alles hat gebrannt. Alles hat gebrannt. Alles ...«

Ottavio nahm die zweite Hand und legte sie um ihre beiden, ertrug ihr Schluchzen still, ohne sie zu unterbrechen.

»Und dann haben sie uns gesagt, die Bombe sei in dem anderen Auto gewesen. Das hat einem Lokalpolitiker gehört. Dass es ihn erwischen sollte. Eine Fernzündung. Er hat sich immer beim Cafè gegenüber sein Dolce und seinen Kaffee geholt. Immer zur gleichen Zeit. Wir haben das geglaubt.«

»Hat das die Polizei gesagt?«

»Das hat mein Vater behauptet. Aber das war nicht wahr, das weiß ich jetzt. Er hat gelogen. Er hat einfach gelogen.« Giovanna schrie den Satz beinahe heraus. »Das hätte er nie tun dürfen!«

Ottavio sah sie verständnislos an. »Ich verstehe nicht ... Wahrscheinlich wollte er euch doch nur schützen. Er wollte euch keine Angst machen ...«

»Die Angst war doch egal. Wir hatten gerade unsere Mutter verloren, welche Angst hätte schlimmer sein können als dieses Gefühl?«

»Aber ist das denn jetzt nicht egal, wer sie umgebracht hat?«

»Nein, das ist nicht egal. Die Bombe galt meinem Vater. Nicht irgendeinem Politiker. Sondern ihm, dem Journalisten. Und es waren nicht die Roten Brigaden, sondern eine faschistische Splittergruppe, der er auf die Spur gekommen war. Sie haben den Sprengstoff an die Zündung gehängt, verstehst du, einfach so. Sie wollten ihn, und ermordet haben sie meine Mutter. Aber seine Lüge war es erst, die meine Schwester getötet hat.«

Ottavio schüttelte den Kopf. »Ich verstehe immer noch nicht.«

»Meine Schwester – sie hat geglaubt, es sei ihre Schuld gewesen. Wir haben gedacht, die Bombe in dem zweiten Wagen sei programmiert gewesen. Antonella dachte, wenn sie nicht so getrödelt hätte, dann wäre meine Mutter gar nicht erst ins Auto gestiegen. Oder sie wären etwas früher losgefahren, und dann wäre nichts passiert. Das hat sie immer geglaubt.«

»Und deshalb hat sie sich umgebracht? Weil sie getrödelt hat?«

»Und deshalb hat sie sich umgebracht«, murmelte Giovanna, so als spräche sie nur zu sich selbst. »Hätte sie gewusst, was Papà mir vor ein paar Wochen erst erzählt hat, würde sie noch leben.«

»Das weißt du nicht.«

»Doch, das weiß ich. Wir waren Zwillinge.« Als wäre das die Erklärung für alles.

Ottavio dachte eine Weile über das Gehörte nach, dann fragte er: »Ich verstehe nur nicht, warum euer Vater euch nicht irgendwann die Wahrheit gesagt hat.«

»Das habe ich ihn auch gefragt. Er hat mir keine Antwort gegeben.«

»Wusste er nicht, was deine Schwester gedacht hat?«

»Nein. Antonella – weißt du, sie war so leise, immer schon. Sie hat alles in sich hineingefressen.«

»Dann kannst du deinem Vater ja eigentlich keinen Vorwurf machen.«

»Doch«, sie entzog ihm ihre Hände. »Natürlich kann ich das. Er hätte es wissen müssen. Er hätte darüber sprechen müssen. Aber er kann mir ja nicht mal heute eine Antwort geben. Warum nicht? Wenn er es mir erklärt, kann ich ihm vielleicht verzeihen. Warum erklärt er es mir nicht?«

»Vielleicht kann er es ja nicht.«

Giovanna sprang aus dem Bett und durchmaß mit großen Schritten den Raum bis zu den Fenstern und wieder zurück.

»Wieso sollte er das nicht können? Ahh, verdammt. Er ist doch schuld an allem. Er und sein verdammter Beruf. Warum konnte er nicht einfach Ruhe geben? Wen interessiert es schon, wer die Bomben gelegt hat?«

Ottavios Stimme war kraftlos, als er sagte: »Ich schätze, alle, die durch diese Bomben, durch all diese Gewalt einen Angehörigen verloren haben. Die Mütter, die Schwestern, die Söhne. Sie alle brauchen jemanden, den sie hassen können.«

Giovanna wusste, dass er auch von sich selbst sprach. Sie wusste auch, dass er recht hatte, starrte aber weiter in die Dunkelheit vor dem Fenster hinaus, in der nicht viel zu sehen war, außer einer verwachsenen Kiefer, die schon hier gestanden haben musste, als Ottavios Loft noch eine Scheune gewesen war.

»Und warum hat er nicht mit uns darüber gesprochen?«

»Vielleicht konnte er es nicht.«

Sie wirbelte herum, stampfte voller Wut auf, sodass der Boden ins Schwingen kam. »Er hat es erst zugegeben, als ich die Wahrheit schon von meinem Onkel und meiner Tante wusste. Sonst hätte er nie irgendetwas gesagt. Er hätte es tun müssen.«

»Ja, vielleicht. Aber es war wahrscheinlich zu schwer für ihn. Du hast doch auch nie darüber geredet. Nicht mal mit deinen besten Freundinnen.«

Giovanna wollte ihm einen Blick zuwerfen, der feindselig sein sollte, doch noch in der Bewegung fielen ihr Widerstand und ihre Wut in sich zusammen. Plötzlich spürte sie den kalten Boden unter ihren Füßen, glatt und kalt und ehrlich.

»Du hast auch bis jetzt gewartet«, fuhr Ottavio fort. »Um es mir zu erzählen, einem Fremden. Du hast aber keine Schuld, so wie dein Vater sie fühlen muss. Du hast aus anderen Gründen Zeit gebraucht, Abstand. Meinst du nicht, dass es ihm genauso geht?«

Nachdenklich starrte Giovanna auf ihre Füße. »Möglich. Möglich, dass das richtig ist.« Die Kälte des Bodens begann, über ihre Sohlen und Fußgelenke die Beine hochzukriechen. Oder war es das Eis ihrer Erinnerung, das aufgebrochen war und dessen winzige Splitter ihre Blutbahnen fluteten? Ein Zittern überlief Giovannas Körper, im Schein von Ottavios raffinierter Bodenbeleuchtung konnte er es wohl erkennen und sagte: »Wie wäre es, wenn du wieder zu mir kommst? Also, wenn du zu einem Fremden ins Bett steigen willst, natürlich.«

Ein Fremder, der jetzt mehr über sie wusste als ihre beiden engsten Vertrauten. Sie hatte ihn in ihr Allerheiligstes gelassen, nein, er hatte ihr die Hand gereicht und war mit ihr dorthin gegangen. Und sie war bereitwillig gefolgt. Es war schon frappierend, wie sehr sie diesem Fremden vertraute. Sie musste über sich selbst den Kopf schütteln.

»Non vieni da me?«, fragte Ottavio und klang doch überrascht.

»Nein, das meine ich nicht, ich komme schon.« Giovanna tappte zurück zum Bett, warf einen Blick auf ihr Handy, das sie aus ihrer am Boden liegenden Hose zog. Kurz vor halb drei. Es war spät geworden über ihrer gemeinsamen Reise in die Vergangenheit. Elli würde das knarzende Doppelbett in dieser Nacht für sich allein haben. Kurz überlegte sie, der Freundin eine Nachricht zu schreiben. Aber würde die sich wirklich Sorgen machen, wenn Giovanna am Morgen nicht neben ihr liegen würde? Nein, vermutlich nicht, sie würde eins und eins zusammenzählen können und sich für sie freuen. Giovanna konnte Ellis Lächeln vor sich sehen, eine Vorstellung, die sie beruhigte. Elli würde immer zu ihr stehen, ganz gleich was war. Und sie hatte ihr zu Ottavio geraten. Als sie sich in seine Armbeuge kuschelte, hüllten seine Wärme und sein Geruch nach Mann und leichtem Schweiß sie ein. Sehr liebevoll legte er eine Hand auf ihren Bauch, die bald erschlaffte, während seine Atemzüge länger wurden. Sie nahm es ihm nicht übel, dass er sich dem Schlaf nicht verweigerte. Nach den Anstrengungen des Tages – und der Nachtstunden – forderte der Körper sein Recht.

Giovanna aber kam nicht zur Ruhe. Sobald sie die Augen schloss, flackerten sie wieder vorüber, die Bilder: Ihr Vater an seinem Schreibtisch, die unzähligen Papierbögen, das Glas Wasser, ihre Mutter, die ins Zimmer kam. Ihre Mutter. Und da war er wieder, dieser tiefe, schneidende Schmerz in ihren Eingeweiden, würde das niemals aufhören? Dann Antonella, der Trotz in ihrem Kindergesicht, der Schulranzen, dessen Träger sie sich zornig über die Schultern zog, dann die leere Zimmertür, durch die sie verschwunden war. Giovanna hörte wieder und wieder den ohrenzerfetzenden Krach der Bombe, sah sich selbst, wie sie zu ihrer Schwester ans Fenster stürzte, wie sie verzweifelt nach dem bronzenen Affen am Eingang der Bar gegenüber suchte. Sie sah die Flammen, die sich glühend rot mit dem Himmelblau des Fiat mischten, sah das Gesicht ihrer Schwester regungslos, fast wie tot auf die Straße hinunterstarren. Ihr Vater war zu diesem Zeitpunkt schon unten aus dem Haus gerannt, auf sein Auto zu, auf seine Frau, die darin verbrannte. War das sein Schreien oder war es ihr eigenes? Da waren die Hände von Nachbarn, die ihn an den Armen zurückrissen, er konnte nichts mehr tun. Jetzt nicht mehr.

Vorsichtig hob Giovanna eine Hand, um sich die warme Nässe abzuwischen, die sie auf ihrem Gesicht spürte. Ottavio gab ein leises Brummen von sich, schlug kurz die Augen auf, nicht lang genug, um die Tränen zu sehen, gab ihr einen Kuss und drehte sich auf die Seite.

Noch war er trotz allem ein Fremder. Würden sie die Chance bekommen, das zu ändern? Sie hatten den Grundstock gelegt, aber wer konnte das schon wissen. Giovanna schmiegte sich an seinen Rücken, gut und voller Kraft, und langsam wurden die Bilder ein wenig schwächer.

Dann war sie auf einmal hellwach, rasend ihr Herzschlag, rasend wie das sich überschlagende Bellen eines Hundes, den sie in der Nachbarschaft hörte. Es musste ganz in der Nähe sein. War da jemand um diese Zeit mit seinem Hund unterwegs? Oder kam das verrückte Bellen aus einem Haus mit offen stehenden Fenstern? Das Tier gab keine Ruhe, steigerte die Frequenz und Lautstärke noch – was war denn da los? Giovanna schlug das Laken zurück, schleppte sich zum Fenster. Sie war jetzt doch sehr müde und sah, wie in einer der Wohnungen in der hässlichen Kiste gegenüber ein Licht anging, ebenso wie im Nachbarhaus, auf der anderen Seite von Ottavios Hof, wo wohl das Gebell seinen Ursprung hatte.

Mehrere Stimmen durchbrachen die Nacht: »Bastardo«, rief ein aufgebrachter Mann, »maledetto cane. Stai zitto!«

»Fanculo!«, antwortete ein anderer. »Sei un stronzo!« Derselbe Mann rief dann den Hund an, versuchte ihn zu beruhigen, doch das Tier bellte und bellte und bellte, verzweifelt, wie in Todesangst.

Und dann hörte es Giovanna. Ein tiefes unterirdisches Dröhnen, unbeschreiblich, es breitete sich aus, wurde allumfassend, schien alles zu durchdringen, den Boden, die Wände, ihren Körper, als wolle es alles zerreißen.

»Ottavio«, rief sie, »Ottavio«, beim zweiten Mal wurde ihre Stimme so schrill wie die des Hundes, »Ottavio«, mit einem Satz war sie bei ihm. Er fuhr hoch, hörte, was sie hörte, und hechtete schneller aus dem Bett, als sie es begreifen konnte.

»Terremoto«, keuchte er, »Erdbeben.« Als er nach seinen Jeans griff, die am Fußende lagen, geriet die Welt aus den Fugen. Die Erde brüllte, wütete, alles schwankte, das Licht erlosch, Giovanna verlor das Gleichgewicht, fiel gegen die Zimmerwand. Der Boden, die Wände, das Bett, alles um sie herum schien die Fassung zu verlieren, schien ins Rutschen zu geraten. Mit einem schmerzhaft brutalen Knall stürzten die Gitarre, die Drum auf den Boden, übertönten für den Bruchteil einer einzigen Sekunde noch den infernalischen Lärm, der das Universum erfasst zu haben schien. Da war ein Schlagen irgendwo, außen, oder vielleicht auch innen an der Hauswand, vielleicht ein Kabel, das im Rhythmus des Schiebens und Schwankens ins Pendeln geraten war. Kein Ton löste sich aus Giovannas schreiendem Mund, oder sie hörte ihn selbst nicht.

Dann war es vorbei. Genauso plötzlich wie der Lärm kam die Stille. Kein Hund. Kein Nachbar. Nichts. Nur Schweigen. Und dann Entsetzen, in ihr, im Raum um sie, der wie ein Wunder noch existierte. Draußen, jenseits der Holzwände, die sich gebogen und gedehnt hatten, die aber stehen geblieben waren – jenseits dieser Wände war es, als breche die Hölle jetzt erst los. Rufe, Schreie, eine Sirene, die Alarmanlage eines Autos dazwischen, alles gleichzeitig, plötzlich die Hand von Ottavio vor ihrem Gesicht. »Komm, los, wir sollten hier raus, das Haus neben uns, wer weiß ...« Plötzlich hatte sie ihre Hose in der Hand, ihre Schuhe, drückte sie an ihre Brust. Da vibrierte es schon wieder, und jetzt schrie Giovanna wirklich vor Angst, während Ottavio sie zum Ausgang zog. »Veloce, schnell«, immer wieder »schnell«, er schleifte sie beinahe hinter sich her, barfuß, er trug nur seine Jeans, sie ihre Bluse, keine Schuhe. Die Tür öffnete sich nicht, Ottavio warf sich dagegen, keine Reaktion, sie hatte sich verklemmt, noch einmal rammte er seine Schulter gegen das Holz. Dann hörte das Zittern wieder auf, die Tür schlug auf, ganz von selbst, doch das war jetzt nicht wichtig. Giovanna stürzte hinter Ottavio nach draußen. Luft, endlich Luft!

Doch da war keine Luft. Da war nur Staub. Oben, unten, er war in der Höhe, er war in der Tiefe, er war überall, lag wie Nebel über allem, ein gnädiger Vorhang, der die Katastrophe vor ihren Augen noch verbarg, der nach Dreck, nach zermahlenem Stein roch. Stinkender Unglücksbote. Dazwischen noch ein anderer Geruch: Gas. Es roch nach Gas, irgendwo musste eine Leitung geplatzt sein. Den Blick auf den hässlichen Kasten gerichtet, der als Schatten im Staub erkennbar war, taten Giovanna und Ottavio im ummauerten Hof ein paar Schritte, als Giovanna voller Schmerz aufschrie. Wo vorher glatter Betonboden gewesen war, lag jetzt Geröll verstreut, spitz und scharfkantig. Gleich neben sich konnte sie sehen, dass große Teile der Mauer in sich zusammengebrochen waren, doch nicht nur die Mauer. Dahinter, das Haus – was war mit dem Haus? Woher kam nur all der Staub?

»Schuhe anziehen«, befahl Ottavio knapp, »und deine Sachen.« Giovanna gehorchte, funktionierte. Tut man so etwas Profanes mitten im Untergang der Welt? Zieht man sich seine Hose an? Überraschenderweise fühlte sie sich gleich etwas besser, etwas mehr gewappnet für das, was kommen würde.

»Wir sollten hier weg«, schrie Ottavio in ihr Ohr – oder flüsterte er? Sie hätte es nicht sagen können, Schreie um sie herum, Rufe, dutzendfach: »Wo bist du? Komm, komm schnell zu mir. Vieni, dai, vieni qui da me!« Die Stimmen vereinigten sich, schwollen an zu einem einzigen Lärmen. Aus dem Eingang des Mehrfamilienhauses kamen Menschen gelaufen, Familien, Väter mit Kleinkindern auf dem Arm, in Schlafanzügen, mit nackten Beinen, ein paar kleine Jungen mit Schmutz und Schlieren im Gesicht, ein junges Paar, kaum bekleidet, barfuß, so wie sie selbst noch vor wenigen Minuten. Giovanna sah es, und es tat ihr leid. Eine alte Frau, hinkend, einen Gehstock in der Hand, humpelte in ihre Richtung, stolperte, Ottavio eilte zu ihr und stützte sie.

Er brachte sie über die Straße, zu der Gruppe von Bewohnern, die vor seinem Häuschen auf dem freien Platz des Wendehammers standen und voller Sorge an dem mehrstöckigen Wohngebäude nach oben sahen. Als sich in der Ferne die Signalhörner von Einsatzwagen erhoben, folgte Giovanna ihrem Blick und wurde im selben Moment Zeugin, wie einer der Balkone im vierten Stock in Bewegung geriet, erst mit einem kurzen Rucken, dann haltlos hinunterstürzte und vor ihnen auf den anderen Trümmern aufschlug. In der Hauswand blieb ein riesiges Loch zurück, kurz flackerte im Gebäude Licht auf, dann war wieder alles dunkel wie zuvor – wie überall.

Noch mehr Staub. »Nessuno ferito?«, rief eine Männerstimme, »niemand verletzt?«

»No, no, tutto bene«, antwortete es ihm aus der Gruppe. Ein Kind heulte, als wolle es mit seinem Gebrüll sagen: »Nichts ist gut, gar nichts ist gut.«

»Ist noch jemand im Haus?«, eine Frau war es diesmal, die schrie. »Ist noch jemand im Haus? C'è ancora qualcuno in casa?« Das Kind heulte immer lauter, Giovanna hörte die Antwort nicht, sie kickte ein Stückchen Beton weg, das vor ihre Füße gerollt war, beinahe hätte sie gelacht, so absurd war es, hier zu sein. Sie hätte nicht hier sein sollen, sie war so weit weg von allem, von zu Hause, alle fremd, der Pulk von Menschen um sie herum, der sich jetzt immer mehr nach hinten schob, weg von dem großen Haus, näher an Ottavios Loft heran, Giovanna mittendrin. Ihr Kopf war wie blockiert, ebenso wie ihr Weg zur Straße, doch dort musste sie hin, warum, warum nur, dann fiel es ihr ein, plötzlich sah sie klar: »Um Gottes willen, Elli, Marie. Ich muss zu ihnen.« Sie packte Ottavio am Arm, der jetzt wieder neben ihr war. »Wir müssen zu ihnen, wo ist dein Auto? Schnell!« Das Auto. Wo war das Auto? Ottavio hatte es vor dem Nachbarhaus geparkt. Giovanna übersah sein Kopfschütteln, wollte los, versuchte, durch den Pulk von verängstigten Leuten zu gelangen, die noch immer auf den großen Kasten starrten, vielleicht weil noch jemand darin war, den sie kannten, der nicht herausgekommen war. Doch darauf konnte Giovanna jetzt keine Rücksicht nehmen, sie musste weg. Der einzige Weg war der über die Reste der Mauer, sie wandte sich nach links, spürte Ottavio hinter sich – hatte er seine Haustür eigentlich wieder geschlossen? Giovanna trat aufs Geröll, rutschte ab, versuchte es erneut, von hinten schob jemand nach, Ottavio? Ottavio. Dann hatten sie den Grat des Schuttberges erreicht und erkannten einen weiteren, viel größeren vor sich. Das Nachbarhaus gab es nicht mehr. Der Hund bellte nicht mehr. Das Haus hatte sich wie eine Lawine aus Steinen, Metallträgern und Hausrat halb über die Straße gewälzt, sodass nur noch ein schmaler Durchgang zur Gasse offen geblieben war. Ottavios Wagen musste unter all dem Schutt begraben sein. Menschen irrten schattengleich auf den Resten des Hauses herum, waren schon dabei, an den Trümmern zu zerren, riefen und schrien, klopften auf die Steine. »Kann uns jemand hören? Melde dich, wenn du uns hören kannst!« Sie starrte hinüber, wie gelähmt.

Ottavio berührte ihren Arm, sein Gesicht ganz blass unter einer Maske aus Staub, nur die Augen schwarz. »Ich kann nicht weg, ich versuche, hier zu helfen.« Er wusste, was zu tun war, hatte Ähnliches schon erlebt, in L'Aquila vor wenigen Jahren. Sie nickte, wollte sich losmachen.

»Ich sollte dich nicht gehen lassen«, insistierte er, »wo willst du denn hin?«

»Elli, ich muss sehen, was mit ihr ist, ich muss.« Giovanna hatte keine Geduld mehr, riss sich los, fand einen Weg zwischen Mauerresten und dem Schutt des Hauses hindurch. Als sie halbwegs festen Boden unter den Füßen hatte, drehte sie sich noch einmal zu Ottavio um, der schon hinüberbalanciert war zum Nachbarhaus »Hoffentlich findet ihr ihn!«, rief sie zu ihm hinauf, wahrscheinlich hatte er sie nicht gehört.

Dann rannte sie los. Zwischen den Häusern an der Vicolo Piccolo hindurch, hier schien kein weiteres Gebäude eingestürzt zu sein, aber wer wusste schon, ob das so bleiben würde. Noch einmal wandte sie sich um. Sollte sie doch hierbleiben, hier helfen? Nein, entschied sie, hier waren schon genug Leute, sie musste wissen, was mit ihren Freunden war. In der Gasse war die Luft etwas klarer, doch Giovanna hatte keinen Blick übrig für die Häuserfronten zu ihren Seiten, sie erreichte die Piazza und wurde ganz starr vor Entsetzen. Auch an der Piazza Sant'Anna waren alle Lichter erloschen, auch die Laternen. Im fahlen Licht des abnehmenden Mondes konnte sie erahnen, dass der Torbogen zu ihrer Rechten, durch den man auf die wunderschöne Einkaufsstraße und von dort aus hinaus zur Hauptstraße und zum Ortseingang gekommen war, eingestürzt war, zumindest zu einem Teil. Daneben, auf der Terrasse des Da Pasquale lagen Trümmer der Fassade, die Lichter von Handytaschenlampen huschten suchend über die Steine. Im Inneren des alten Gebäudes war wohl das obere Stockwerk nach vorne abgesackt, die eingebrochene Fassade gab schwarze Löcher preis, noch dunkler als alles andere in der Finsternis des omnipräsenten Staubs. Auch hier rufende und gestikulierende Menschen, mehrere Kinder heulten, ein Mädchen, über und über mit Staub und Dreck bedeckt, kauerte ganz allein mitten auf der Piazza. Giovanna sah sich um – war denn da keiner, der sich für das Kind verantwortlich fühlte? Spontan steuerte sie auf die Kleine zu, beugte sich hinunter. »Sei da sola? Dov'è la mamma?«, fragte sie, bekam aber keine Antwort, das Mädchen stand offenbar unter Schock. Doch da hörte sie von hinten eine Frau rufen, das Klappern von Schuhen auf dem Pflaster. »Silvia«, rief die Stimme, »grazie Dio, Silvia!« Eine junge Frau, ein Mädchen eher noch, schloss die Kleine in die Arme, »sorella, sorellina« in die staubigen Haare hineinmurmelnd, immer wieder »Schwester, kleine Schwester«, dann richtete sie sich auf, fiel Giovanna um den Hals, »grazie, grazie«, bis Giovanna sich behutsam von ihr freimachte, »Ich hab doch gar nichts getan« murmelte und sich abwandte.

Sie musste weiter, sah sich um. Mindestens zwei weitere Häuser auf der rechten Seite der Piazza mussten beschädigt sein, in einem von ihnen schien etwas zu brennen, flackerndes Licht im Innern war zu erkennen, Leute standen auch hier davor, deuteten nach oben. Hatten sie die Feuerwehr schon gerufen? Kam die überhaupt hier durch? Panisch wandte sich Giovanna nach links, ein Mann kam ihr entgegen, mit einer Wunde am Kopf, er wankte, wäre beinahe in sie hineingelaufen, sie wich zurück. Da vorne, links an der Ecke, da musste das Hotel sein, ein Haus noch, zwei, Steine lagen auf dem Boden, eine Tür daneben, Scherben, ein erster Stock, dem die gesamte Front zu fehlen schien; es war so dunkel, dass Giovanna kaum Einzelheiten erkennen konnte. Dann das Hotel – es schien unbeschädigt, was für ein Wunder! Giovanna schrie nach Elli. Aus vollem Hals, als sie um die Ecke bog, was machte das schon, rund um sie herum war die Luft voller Schreie, dann, sie bog in die Gasse ein, alles voller Steine, oh Gott. »Elli«, schrie sie, »Elli!« Sie kam nicht weiter, wieder Schutt, sie wollte darüberklettern, »Elliiii!!«

Ein Arm bremste sie, hielt sie auf. »Signorina, Signora, stopp! Tutto a posto? Geht es Ihnen gut? Sie können nicht hinein ins Haus, jetzt nicht.« Es war der Hauswirt, auch seine Haare weiß, als wäre er schlagartig zum Greis geworden, auch sein Gesicht voller Staub.

»Ihre Freundin ist gar nicht hier, ich glaube, sie war hier und ist wieder weg. Aber das Haus ist in Ordnung. Alle Gäste sind in Sicherheit. Aber es darf keiner hinein. Es ist die Kirchenmauer, sehen Sie, die Kirchenmauer, die eingestürzt ist.«

Giovanna hatte nur die Hälfte verstanden. »Dann ist sie gar nicht hier? Elli? Die Frau, die mit mir im Zimmer war?«

»Nein, sie ist nicht hier, nein, ich weiß auch nicht. Weißt du, wo die blonde Frau ist?«, brüllte er hinüber auf die andere Seite des Schuttbergs.

»Madonna, non lo so, ich weiß es nicht«, schallte es zurück. Der Hauswirt hob die Schultern, klopfte Giovanna von beiden Seiten auf die Arme, als wolle er sichergehen, dass sie stehen blieb, dann wandte er sich ab. Sie versuchte, einen Blick ins obere Stockwerk zu werfen, aber das Fenster, an dem sie vor wenigen Stunden gestanden und telefoniert hatte, war verschlossen, das Haus sah wirklich unversehrt aus. Sicher war Elli vom Erdbeben aufgewacht und losgelaufen zu Marie. Dann konnte sie nicht viel Vorsprung haben.

Jetzt erst dachte Giovanna an ihr Handy, zum ersten Mal, als sei es in der Mitte der Apokalypse ebenso absurd, ein modernes Kommunikationsmittel zu benutzen, wie sich die Schuhe anzuziehen. Das Handy sah aus wie immer. Drei Uhr 51 zeigte das Display. Wie lang war es wohl her, dass der erste Erdstoß den Ort ins Chaos gestürzt hatte? Eine Viertelstunde? Eine halbe? Fünf Minuten? Giovanna hatte jedes Zeitgefühl verloren. Ihre Finger zitterten so sehr, als sie versuchte, das Telefon zu entsperren, dass sie sich zweimal vertippte. Sie zwang sich zur Ruhe, holte einmal tief Luft, jetzt funktionierte es, sie suchte die Nummer von Elli, das Display war fast weiß von Staub, sie versuchte, es an der Hose abzuwischen, endlich fand sie die Nummer in ihren Kontakten, wählte sie an. Doch es passierte nichts. Nichts. Kein Läuten, das Netz war zusammengebrochen. Einen Augenblick lang kämpfte sie mit aufsteigender Panik, die Stimmen, das Rufen, das Schreien um sie herum schwoll an, wurde übermächtig, wurde zu einer Woge, die sie wegzureißen drohte. Eine Frau, die in Richtung des eingestürzten Tores rennen wollte, rempelte sie an, Giovanna kämpfte um ihr Gleichgewicht, dann bekam sie sich wieder unter Kontrolle. Wo war nur der Eingang zu der Gasse, die sie am Abend des Streits genommen hatten? Sie hatte dem Hotel schräg gegenüber gelegen, auf der anderen Seite der Piazza, dort, wo jetzt mit jaulendem Horn der Feuerwehrwagen vorfuhr, der es durch den Tordurchgang geschafft hatte. Aber wo würden sie Wasser herbekommen?

Giovanna ließ den Gedanken sausen, rannte blindlings auf die Häuserfront zu, da war der Durchgang, dort ging es hinein, die Gasse breit genug nur für Fußgänger und Roller.

Nach ein paar Hundert Metern würde sie die letzten Häuser des Ortes erreichen, die Gasse würde zu einem Fußweg werden und sie zu einer hölzernen Fußgängerbrücke führen. Dort konnte sie denselben Bach überqueren, der ein Stück weiter südlich von jener Steinbrücke überspannt war, die Elli und Giovanna am ersten Tag überfahren hatten, als sie angekommen waren. Wie weit weg war dieser Moment ... Wenn nur die Brücke noch heil wäre! Vom Bach aus war es nicht mehr weit bis zu Marie, da würde der Weg, kaum mehr noch als ein Pfad, zwischen zwei Gartengrundstücken auf die kleine Stichstraße treffen, die zu Maries Haus führte.

Das Handy noch in der Hand jagte Giovanna ihren Gedanken hinterher in die Gasse hinein, stolperte über Pflastersteine, die zum Teil aufgebrochen waren – wenn überhaupt möglich, war es hier noch dunkler als auf der Piazza, Menschen kamen ihr aus der Düsternis entgegen, wo wollten sie nur hin? Oder liefen mit ihr in dieselbe Richtung. Da, ein kollektiver Aufschrei, schon wieder lief ein Zittern durch den Untergrund, Giovanna war sich gar nicht sicher, ob die Erde überhaupt zur Ruhe gekommen war, hektisch versuchte sie die Hausmauern zu ihren Seiten zu scannen – würden sie halten? Oder würden gleich Steine, Balken oder auch Scherben von geborstenen Fenstern auf sie herniedergehen? Für den Bruchteil einer Sekunde schoss ihr der Gedanke an Ottavio durch den Kopf: Hoffentlich ging es ihm gut! Hoffentlich stand der hässliche Kasten noch! Hoffentlich war er nicht in sich zusammengefallen, hatte all die Menschen, hatte gar Ottavio unter sich begraben! Das Zittern hatte wieder aufgehört, Giovannas Beine bewegten sich einfach weiter, ein kleines Stück vor sich sah sie, dass es heller wurde. Sie hatte den Ortsrand fast erreicht, versuchte Luft in ihre vom Staub und vom Rennen schmerzende Lunge zu pumpen.

Dann war sie draußen, hatte den reglosen Himmel über sich, dem die Katastrophen in der Tiefe völlig gleichgültig waren. Giovanna musste einen Moment stehen bleiben, um wieder zu Atem zu kommen, dann rannte sie weiter, erreichte den Bach. Die Holzbrücke sah völlig unversehrt aus, überhaupt war die Nacht hier draußen nur eine Nacht. Auch hier musste die Erde gebebt haben, dennoch war nichts davon zu sehen, zumindest nicht in der Dunkelheit. Büsche und Bäume standen da, als wäre nichts geschehen. Von dem Irrsinn im Dorf kündete hier draußen nur das inzwischen ununterbrochene Jaulen der Einsatzwagen.

Der Weg war ihr beim ersten Mal viel kürzer vorgekommen, angefüllt mit Zorn auf Marie, hatte sie kaum bemerkt, wie sie mit Ottavio schließlich in den Ort gelangt war. Zu Giovannas Glück gab es keine Abzweigungen, an denen sie sich hätte verlaufen können. Endlich sah sie zwischen niedrigem Strauchwerk und hohem Gras die Häuser vor sich auftauchen, die Maries Straße markierten. Sie rannte zwischen zwei Gärten hindurch und bog nach rechts ab, auch hier standen die Bewohner draußen, wild diskutierend, doch soweit sie sehen konnte, alle unverletzt. Die Einfamilienhäuser waren wohl besser gebaut als die Gemäuer im Inneren des Orts. Sie nahm sich keine Zeit, genauer hinzuschauen, sie musste weiter, ein paar Hundert Meter noch, dann würde Maries Haus hinter der Kurve auftauchen, was wäre ... Wieder drohte Panik, sich ihrer zu bemächtigen, schon wurde ihr die Luft wieder knapp, sie kämpfte das Gefühl nieder. Da, war das nicht das Bellen eines Hundes? Jimmy? Noch nie hatte sie sich so gefreut, ihn zu hören. Frische Hoffnung trug sie weiter, um die Ecke herum, dann sah sie die Silhouette des Hauses – es steht, Gott sei Dank, es steht noch. Dann erblickte sie erst das Grüppchen von Menschen draußen vor dem Kücheneingang, den Hund, der aufgeregt um die Gruppe herumraste, sich gar nicht beruhigen wollte, lautes Rufen, Stöhnen auch. Giovanna musste sich an einem der Zaunpfosten festhalten, an denen die Tür schon vor dem Beben schief gehangen hatte, der Anblick drohte, ihr die Füße wegzuziehen, sie wollte rufen, doch sie konnte es nicht, wie in einem Albtraum.

Dann die Stimme von Elli: »Giò, da ist Giò, oh mein Gott, Giò«, sie kam gerannt, »Giò, wo kommst du her, bist du in Ordnung?«

Elli, Elli war nichts passiert, Elli war unverletzt, sie schlangen sich gegenseitig die Arme um den Hals. »Gott, bin ich froh, dass du lebst!« Doch was war mit Marie?

»Wo ist Marie? Ist ihr was passiert?«

Jetzt erst hörte Giovanna, dass im Haus gerufen wurde: »Hallo! Senti? Dì qualcosa, dai! Hörst du? Sag etwas, komm schon!«

Giovanna wurden die Knie weich, da packte sie Elli, zog sie am Arm mit sich. »Marie ist hier, sie hat sich das Bein verletzt. Marie, Giovanna ist hier, es geht ihr gut.«

Marie saß am Boden, gegen einen Berg aus Schutt gelehnt, eine Autotaschenlampe erleuchtete die Szene: Ihr rechtes Bein sah nicht gut aus, die Schlafanzughose, die sie trug, hatte dunkle Flecken, war am Schienbein zerrissen.

»Giò, Giò, du bist da«, Marie fehlte offenbar jede Kraft, da fiel Giovanna neben ihr auf die Knie, umarmte die Freundin. »Dein Bein, was ist damit?«

»Das Bein, egal, es ist egal!« Dann schrie Marie unvermittelt zum Haus hinüber: »Habt ihr sie? Habt ihr meine Tochter?«

Giovanna fuhr es wie Eis in die Glieder. »Nicoletta, was ist mit ihr? Oh nein, wo ist sie? Ist sie etwa ...?« Sie sprang auf, jede Erschöpfung vergessend, stürzte zum Haus. Erst jetzt nahm sie wahr, dass dort, wo vorher die Küchentür gewesen war, die ganze Mauerfront fehlte. Dahinter erkannte sie Menschen mit Taschenlampen, Larry war dabei, zwei Männer, eine Frau, Nachbarn vermutlich, die Giovanna nicht kannte, sie nickten ihr zu, ohne ihr Leuchten und Rufen zu unterbrechen. »Nicoletta, wo ist sie? Wo ist sie?«, fuhr sie Larry an, der sie anstarrte wie einen Geist.

»Sie ist noch oben.« Einer der beiden Männer war es, der gesprochen hatte. »Aber wir kommen nicht hin.«

»Was soll das heißen, ihr kommt nicht hin?«

»Die halbe Decke ist eingestürzt«, erklärte jetzt doch Larry. »Einer der Querbalken ist gebrochen, die Wendeltreppe hängt nur noch an einem seidenen Faden, ich hab's versucht, ich komme nicht rauf, ich bin zu schwer.«

Giovannas Blick ging zu den beiden anderen Männern, sie waren groß, dann zu der Frau, kleiner zwar, aber rundlich, nein, sie waren alle nicht leicht genug. In dieser Sekunde hörte Giovanna die dünne Stimme des Mädchens, das oben weinte.

»Marie war in der Küche, als es passiert ist, sie hat den Balken auf ihr Bein gekriegt«, stöhnte Larry, dann lief er wieder zur Holztreppe. »Ich muss es trotzdem versuchen. Piccolina, ich komme, wir holen dich.«

Giovanna war ihm gefolgt, sah, wie die Treppe sich drehte, als er einen Fuß daraufsetzte und ein Ächzen kam von oben, wo die Decke geborsten war und im Schein von Larrys Taschenlampe freie Sicht bis ins Gebälk gewährte. Ein Teil von Maries Bett hing an dieser Stelle aus dem oberen Stockwerk in die Küche hinein. Das Dach darüber schien noch stabil zu sein. Und der hintere Teil des ersten Stocks wurde gestützt von der Mauer, welche unten die Küche von Wohnzimmer und Abstellkammer und oben die Zimmer trennte. Irgendwo dort hinten oben musste die Kleine sein.

»Was ist mit der Außentreppe?«

Larry schüttelte den Kopf. »Hin«, nuschelte er. Giovanna verstand. Plötzlich war all ihre Panik, ihre Aufregung wie weggeblasen. »Ich geh da rauf«, sagte sie fest, in dem Moment, in dem Elli durch die offene Hauswand in die Küche kam.

»Das wirst du nicht tun, bist du wahnsinnig?«

»Und wer soll sonst gehen?«, fragte Giovanna entschlossen. »Ich bin mit Abstand die Leichteste hier. Wenn die Treppe und der Boden irgendwen aushalten, dann mich.«

Und bevor Elli noch einschreiten konnte, hatte Giovanna die Hand ans Geländer gelegt, den ersten Fuß auf die unterste Stufe gesetzt. Die beiden Männer und Larry zögerten keine Sekunde, waren schon an ihrer Seite, hielten die Treppe von rechts und links, stützen sie so gut es ging. Behutsam, mit ganz langsamen Bewegungen, schob Giovanna sich nach oben, Stufe für Stufe erklomm sie die schwankende und zitternde Wendeltreppe, deren quadratischer Rahmen zum Teil ins Leere ragte, wo der Balken ihn vorher gehalten hatte. Dann, nach einer gefühlten Ewigkeit, war sie oben angekommen, schob sich behutsam bäuchlings von der Treppe auf den Teil der Decke, der noch auf der Quermauer ruhte. Der Gang, der zum Kinderzimmer und zu Maries Schlafzimmer führte, schien noch intakt, sie wusste allerdings nicht, wie die Decke hinter den Zimmerwänden aussah, dem näher gelegenen, in dem sie geschlafen hatten, und dem zweiten, in dem

Nicoletta sein musste. Wenn auch dort Holzbalken angebrochen waren, vielleicht weil sie im Kern morsch gewesen waren, konnte jede Belastung dazu führen, dass auch der hintere Teil der Decke nach unten stürzte und das Kind mit sich riss. Vielleicht kauerte Nicoletta bereits auf dem letzten sicheren Balken? Oder sie war verletzt? Unter irgendeinem Möbelstück begraben? Giovanna erinnerte sich an den großen Kleiderschrank, den sie im Zimmer der Kleinen gesehen hatte.

»Nicoletta, piccolina, bist du da?« Das Weinen – immerhin weinte sie noch – setzte aus, dann fing es wieder an. »Nicoletta, ich bin's, Giò. Hörst du mich, meine Kleine? Ich bin hier.«

»Ja.« Ganz schwach kam das Stimmchen.

»Nicoletta, tut dir was weh?«

»Nein. Nix weh.«

Giovanna stieß erleichtert die Luft aus. Aber noch war das Mädchen nicht bei ihr. Sie versuchte aufzustehen, sich in Richtung des Zimmers zu bewegen. Ein hässliches Knarren kam aus dem Boden unter ihr, sie hörte ein paar Brocken Putz oder Mauerwerk nach unten fallen. Wenn die Mauer unter ihr nachgäbe, abkippte, dann würde auch der hintere Teil des ersten Stockwerks in die Tiefe rauschen. Am Ende käme auch noch das Dach herunter und würde sie, Maries Tochter und alle, die im Haus waren, unter sich begraben. Nein, das durfte sie gar nicht denken.

»Nicoletta«, rief sie also wieder, »mein Mädchen, kannst du zur Tür kommen, geht das? Schaffst du das?«

»Ich weiß nicht.«

»Warum weißt du nicht? Ist da was im Weg?« Bitte lass kein Loch in ihrem Zimmer sein, bitte! »Nicoletta? Kannst du kommen?«

Ein Scharren, irgendetwas rührte sich, Giovanna hielt den Atem an, das Geräusch von Stimmen drang von der Küche zu ihr herauf: »Tutto a posto?« Die fragende Stimme war leise, vorsichtig – was für ein Glück, sie hatte den Eindruck, jedes laute Wort könnte zu viel der Erschütterung sein. Dann sah sie eine Bewegung am Zimmereingang der Kleinen, und meinte, noch nie so etwas Schönes gesehen zu haben. Ihr kleiner blonder Kopf erschien in der Türöffnung, schob sich heraus, das zarte Gesichtchen des Kindes, verweint, aber scheinbar unversehrt. Jetzt musste sie es nur noch dazu bringen, dass es über den Gang vorsichtig zu ihr robbte, ohne zu weit nach rechts zu geraten, wo Giovanna die größte Gefahr wähnte.

»Du, wir spielen jetzt ein Spiel, ein Abenteuerspiel. Magst du?«

Das Mädchen schüttelte den Kopf.

»Nicoletta, das Spiel müssen wir spielen, das ist wie mit dem Insbettgehen, das muss auch sein, hörst du? Du legst dich auf den Bauch, und dann bist du eine Eidechse, weißt du? Ganz flach machst du dich, kriegst du das hin?«

Nicoletta sah zum Zimmer ihrer Mutter hinüber, durch dessen offene Tür sie sicher sehen konnte, wie das Bett in der Luft hing. Sie schüttelte vehement den Kopf.

»Okay, ich bin auch eine Eidechse, ich krieche dir entgegen und wir treffen uns in der Mitte, ja?« Giovanna hoffte, dass Nicoletta die Ankündigung genügen würde, ein, zwei Zentimeter bewegte sie sich nach vorne, machte sich so leicht wie möglich, das Kind nicht aus den Augen lassend, dem sie Mut machen wollte. »So, Nicoletta, schau, so!«

Und tatsächlich, das Mädchen tat es ihr nach. Giovanna streckte sich noch ein wenig und beobachtete fieberhaft, wie Nicoletta sich zu ihr hinbewegte, Stückchen für Stückchen. »Nicht anhalten, piccolina, nicht anhalten!« Giovanna traute sich kaum zu flüstern, jetzt konnte sie die Fingerspitzen des Mädchens berühren, sie wagte es nicht, sich noch weiter zu bewegen.

»Nicoletta, du musst noch ein bisschen. Vieni.« Das Kind war leicht, und trotzdem hörte Giovanna unten wieder Steine fallen ... Jetzt, jetzt konnte sie ein Handgelenk der Kleinen greifen, jetzt beide, in einer gewaltigen Kraftanstrengung, alle Muskeln im Körper angespannt, packte sie zu, zog das Kind zu sich her und hatte es neben sich. Am liebsten hätte sie die Kleine an sich gerissen, sie umarmt, geküsst, doch erst wenn sie wieder unten und aus dem Haus waren, würden sie in Sicherheit sein. Besser war es, nicht aufzustehen, um das Gewicht möglichst flächig zu verteilen, also schob sie Nicoletta in Richtung Küchentreppe, das Licht von Taschenlampen, die durch das Loch im Boden leuchteten, wies ihnen den Weg.

Der Rest war fast ein Kinderspiel: Larry stand bereit, Giovanna konnte die Kleine unter den Schultern nehmen und ihm hinunterreichen, er griff ihre Beine – und hatte sie sicher. Sie selbst musste wieder die Treppe nehmen, keine Chance, sich vom Rahmen nach unten fallen zu lassen. Doch gestützt von den beiden Helfern erreichte auch Giovanna den Boden.

Es war vier Uhr 33 und 29 Sekunden. Der Erdstoß, der in diesem Moment durch das Gestein in neun Kilometer Tiefe fuhr, war zwar nicht ganz so stark wie jener erste, der den halben Ort in Trümmer gelegt hatte. Er reichte aber aus, um in Maries Haus die tragende Mauer, die beim ersten Beben stark gelitten hatte, so sehr zu erschüttern, dass sie in sich zusammenbrach. Die beiden Helfer waren die Letzten, die mit einem Satz durch die ehemalige Küchenwand nach draußen hechteten. Eine gewaltige Staubwolke jagte ihnen nach, als das gesamte obere Stockwerk ins Erdgeschoß hinunterkrachte.

18.

TUTTO A POSTO.

Elli

Marie war vor Schmerzen ohnmächtig geworden. Schon bevor Elli ihr erzählen konnte, dass Giovanna in den ersten Stock klettern und ihre Tochter herausholen wollte. Und vielleicht war das besser so. Elli hatte die Spannung ja selbst kaum ertragen. Als sie den Knall gehört hatte, mit dem Maries Haus in sich zusammengestürzt war, war sie herumgefahren und hatte die Staubwolke gesehen, die wie nach einer Explosion aus den Resten der Küchenwand geschossen kam. Jetzt ist alles vorbei, hatte sie gedacht, sie liegen unter den Trümmern. Elli war aufgesprungen und zum Haus gerannt. Dann sah sie Larry aus der Staubwolke auftauchen, das Mädchen auf dem Arm, gleich dahinter Giovanna und die beiden Männer. Plötzlich hatte sie vor Tränen nichts mehr gesehen und vor Erleichterung sogar Larry umarmt.

»Marie – was ist mit ihr?«, rief Giovanna, völlig zerzaust, aber erstaunlich energisch.

»Die Nachbarin ist bei ihr.« Elli hatte sich schon wieder umgewandt. »Schnell, schnell, Larry, bring ihr ihre Tochter!« Dann stürzten sie alle zu Marie und fanden sie wieder bei Bewusstsein, wobei ihr Versuch, sich aufzurappeln, sie beinahe erneut hätte ohnmächtig werden lassen. Als Marie ihre

Tochter sah, dreckig, mit zerrissenen Kleidern, aber unverletzt, stieß sie einen solch unbeschreiblichen Laut der Erleichterung aus, dass Elli erneut zu heulen begann. Marie war nicht dazu zu bewegen, Nicoletta wieder loszulassen, also packten sie die beiden zusammen in den Laderaum von Maries Van, wo sie ihr Bein im Sitzen ausstrecken konnte, um sie in ein Krankenhaus zu bringen. Dass Larry den Autoschlüssel vom Schlüsselhaken genommen hatte, als die Küche gerade noch stand, brachte ihm ein anerkennendes Nicken von Elli ein.

Nach kurzer Beratung beschlossen sie, es mit dem Krankenhaus in Ascoli zu versuchen, in der Hoffnung, dass es nicht beschädigt sein würde. Sie hatten keine Ahnung, wo das Epizentrum des Erdbebens lag und wie es in den Orten rings um Chiesavalle aussah. Anrufen konnten sie nicht, auch das Festnetz war offenbar gestört – sie hatten es vorhin bei einem von Maries Nachbarn erfolglos probiert. Also blieb ihnen nichts anderes übrig, als einfach loszufahren – es war offensichtlich, dass Marie es mit dem verletzten Bein nicht lange aushalten würde. Sie hatten im Erste Hilfe-Kasten ihres Wagens ein Desinfektionsspray gefunden, mit dem sie zumindest die Wunde notdürftig säubern konnten, und das Bein schließlich mit einem dicken Verband umwickelt. Mehr konnten sie nicht tun. Dass unter der Fleischwunde vermutlich auch Knochen gebrochen sein würden, konnten die Freunde von Maries schmerzverzerrtem Gesicht ablesen. Als sie auf die Hauptstraße kamen und sahen, dass diese nach links, zum Ort hin, schon von der Feuerwehr gesperrt war, wurde es, wenn möglich, noch stiller im Wagen als zuvor. Würden sie überhaupt durchkommen bis zum Krankenhaus? Waren die Straßen passierbar? Hatten die Tunnels gehalten? Elli konnte Giovanna, die am Steuer saß, die Anspannung vom Gesicht ablesen. Sie würden auf jeden Fall einen Umweg fahren müssen, das war jetzt schon klar, und Giovanna presste die Lippen fest zusammen, während sie versuchte, sich in der Dunkelheit zu orientieren. Noch würde es mindestens eine Stunde dauern, bis die Sonne aufging. Die Berge, die auf so unsicherem Grund standen, ragten wie bedrohliche Zinnen einer feindlichen Festung rechts und links von ihnen auf.

Je weiter sie kamen, desto mehr Ambulanzen kamen ihnen entgegen, auch Carabinieri, Feuerwehr, Wagen vom Roten Kreuz und vom Forstdienst, die mit Räumgerät beladen waren. All das verschaffte der kleinen Gruppe im Inneren des Vans eine Ahnung vom Ausmaß der Zerstörung, die das Beben angerichtet hatte. Es musste verheerend gewesen sein. Elli wollte sich gar nicht erst vorstellen, wie es in den kleineren Bergdörfern in der Umgebung von Chiesavalle aussah. Sie dachte an Christine, die in einem der Nachbarorte wohnte, an Ottavio, an die anderen Freunde von Marie. Für jeden von ihnen musste es schlimm sein, nicht zu wissen, wie es ihren Bekannten, Freunden, den Mitgliedern der Gruppo ging. Elli sah immer wieder prüfend nach hinten. Meistens hatte Marie die Augen geschlossen, das Kind hielt sie noch immer an sich gedrückt, und Nicoletta war viel zu schockiert, um sich gegen den festen Griff der Mutter zu wehren. Larry, der sich zu den beiden nach hinten gequetscht hatte, um Marie beistehen zu können, hielt ihre Hand und hatte einen Finger auf dem Handgelenk, um ihren Puls zu fühlen. Würde er auch wissen, was zu tun war, wenn Marie tatsächlich erneut in Ohnmacht fiele? Elli hatte ihre Zweifel.

»Ach was, ich komm schon klar«, hatte Marie gebrummt, als sie beschlossen hatten, dass einer bei ihr hinten bleiben müsse. »Ich bin doch kein Weichei.« Das Stöhnen aber, das ihr bei jeder Bodenwelle entfuhr, über die der Wagen holperte, sprach eine deutliche Sprache.

»Wenn's nicht mehr geht, halten wir einen Notarzt an, hörst du?«, rief Elli nach hinten, als Marie wieder einmal gekeucht hatte.

Dann, plötzlich, ging es nicht mehr weiter. Mehrere Autos hatten sich vor ihnen gestaut, standen mitten auf der Straße, man sah nur eine Reihe von Rücklichtern.

»Verdammt, was ist los?« Giovanna fluchte leise, Elli konnte die Angst in ihrer Stimme hören.

»Ein Unfall vielleicht?« Das war Larry von hinten.

Elli kurbelte das Fenster herunter, versuchte zu erkennen, was vor sich ging. »Nein, kein Unfall. Eine Engstelle, da sind wohl Steine runtergekommen.« Carabinieri hatten eine Absperrung eingerichtet, leiteten die Fahrzeuge, die von oben und unten kamen, abwechselnd vorbei. Unter normalen Umständen wäre die Straße sicher komplett gesperrt worden; niemand konnte garantieren, dass nicht noch mehr Gestein vom Berg herabstürzen würde.

Aber die Umstände waren nicht normal. Kein Rettungswagen wäre mehr aus dieser Richtung durchgekommen, und wer wusste schon, wie es auf der anderen Seite der Berge aussah, von Rom her. Da zitterte die Erde schon wieder, nicht lange, nicht stark, aber es reichte, um unter den Menschen auf der Straße für Stille zu sorgen. Absolute Stille, bis es vorbei war. Als habe jemand die Szene eingefroren. Die Polizisten, die den Verkehr regelten, die Männer von der lokalen Feuerwehr, die eben noch mit orangefarbenen Hütchen zugange gewesen waren, keiner von ihnen bewegte sich, als würden sie dadurch unsichtbar und unangreifbar für die unheimliche Gewalt der Natur, die in dieser Nacht ihre ganze Macht zeigte. Aber jeder von ihnen, und sicher auch jeder, der in einem der Autos saß, jeder, der an dem Felssturz vorbeiwollte, hatte die Augen auf die Felswand gerichtet, in der stummen Bitte, dass dort bleiben möge, was seit Jahrmillionen dort gewesen war. Und dann stand die Erde wieder still. Die Szene erwachte zum Leben. Nach ein paar Minuten konnte Giovanna den Motor wieder anlassen und den Wagen durch die Engstelle steuern. Elli, die den Fels zu ihrer Rechten hatte, fixierte die Bergflanke, die hoch an ihrer Seite aufragte. Doch die Erde gab Ruhe. Für den Moment.

Als sie in Ascoli ankamen, gehörten sie zu den Ersten, die die Klinik in dieser Nacht erreichten. Noch bevor immer mehr und mehr Krankenwagen heranrollten, konnten die aufnehmenden Ärzte sich um Marie kümmern. Es war ein Schienbeinbruch, sie kam sofort in den OP. Eine halbe Stunde später, und sie hätte wohl kaum mehr eine Chance auf schnelle Behandlung gehabt. Zu viele wurden angeliefert, die in Lebensgefahr schwebten.

Larry suchte sich eine Ecke im Wartebereich; er wollte mit der Kleinen in der Klinik bleiben, um dort zu sein, wenn Marie aus ihrer Narkose aufwachen würde. Giovanna und Elli parkten den Wagen in einer Seitenstraße in der Nähe des Krankenhauses und versuchten, im Kofferraum unter einer viel zu dünnen Decke ein wenig zu schlafen. Doch daran war gar nicht zu denken, vollgepumpt mit Adrenalin, wie sie waren. Also erzählten sie sich gegenseitig von den Geschehnissen dieser Nacht, die sie beide nie vergessen würden.

Elli berichtete Giovanna, dass sie im Hotelbett geschlafen hatte, als der Erdstoß kam – wie Giovanna schon vermutet hatte. Sie war aufgewacht, weil mit einem Krachen die Schranktüren aufgesprungen waren und eine Nachttischlampe vom Nachtkästchen gefallen war. Kleid und Handy waren das Einzige, was sie im Vorbeilaufen gegriffen hatte, dann war sie die Treppen hinunter und aus dem Haus geflohen. Genau in dem Moment, als die Kirchenmauer und der Turm der Kirche dahinter einstürzten und ihr die Brocken direkt vor die Füße rollten. Die anderen Hausgäste waren ebenfalls nach draußen gerannt und hatten sich an der Ecke zur Piazza versammelt. Schneller als Giovanna war Elli auf den Gedanken gekommen, ihre Freundinnen anzurufen, doch da gab es schon kein Netz mehr. Ins Haus konnte sie nicht zurück, gerade sah sie noch den Hauswirt und seine Frau vor einem riesigen Riss neben der Eingangstür stehen und lamentieren, als das zweite kleinere Beben kam und mehrere Klumpen aus der Mauer brachen und neben den Wirtsleuten auf das Pflaster krachten. Elli schüttelte den Kopf, als sie Giovanna davon erzählte: »Ein Schritt weiter rechts, und sie hätten die Steine auf den Kopf gekriegt. Wenn du Pech hast, geht es um Millimeter.«

»Wenn du Pech hast, geht es um Sekunden, ob's dich trifft oder nicht«, ergänzte Giovanna nachdenklich, und Elli vermutete, dass sie nicht nur vom Erdbeben sprach.

»Und Ottavio?«, fragte sie dann. »Du warst bei ihm, oder?«

Giovanna nickte.

»Und? Alles in Ordnung dort?«

»Als ich weg bin, war es das noch. Er lebt in einer ehemaligen Scheune aus Holz, das hält wohl ganz gut, wenn die Erde bebt. Komisch, dass er mir das vorher noch so genau erklärt hat. Als hätte er was geahnt.«

»Das konnte keiner ahnen«, widersprach Elli, mit Ahnungen und übersinnlichen Dingen hatte sie nichts am Hut, und nach so einer Nacht erst recht nicht. Sie war ja auch nicht aus einer Ahnung heraus zu Marie gelaufen, sondern aus purer Sorge – und weil sie nicht in ihr Zimmer zurückkonnte. Doch nicht sie war es, die Marie unter dem Holzbalken hervorgezogen hatte, der beim ersten Erdstoß runtergekommen war, sondern Larry – und es war reiner Zufall gewesen, dass es ihn nicht auch erwischt hatte. Marie hatte wohl schlecht geschlafen und war in der Küche gewesen, als es losgegangen war. Das hatte Larry ihnen auf der Fahrt ins Krankenhaus erzählt. Er hatte sie unten hantieren gehört, als er aufgewacht war, wenige Minuten vor dem Beben. Gehört hatte er auch die

Hühner, die in ihrem Verschlag wie wahnsinnig gackerten, und den Hund, der ebenso heftig jaulte. Er war aufgestanden und über die Außentreppe in den Hof hinuntergestiegen, um nach dem Federvieh zu sehen, im selben Moment, in dem Marie dem jaulenden Hund mit einem Fluch die Küchentür geöffnet hatte, um ihn hinauszulassen, und wenige Sekunden bevor sowohl die Außentreppe als auch die Hauswand und die Küchendecke unter den Stößen des Bebens in sich zusammenfielen. Wäre Larry mit Marie in der Küche gewesen, hatte er gesagt, wäre er wohl mit unter die Trümmer geraten.

»Vielleicht ist es keine Ahnung, sondern einfach Schicksal?«, versuchte Giovanna es erneut, während sie zusahen, wie die Sonne im Osten hervorkroch.

»Vielleicht war es auch einfach Schicksal, dass Marie in der vierten Klasse dich getroffen hat, damit du ihrer Tochter gestern Nacht das Leben retten konntest«, sagte Elli leise.

»Das hätte doch jeder von euch getan«, wehrte Giovanna ab.

»Aber nicht jeder hätte es tun können«, insistierte Elli.

Darauf sagte Giovanna nichts mehr, und bevor Elli nun doch die Augen zufielen, sah sie, dass auch die Freundin die Augen geschlossen hatte, dass sich aber ein ganz kleines Lächeln auf ihren Zügen malte.

Zwei Stunden später wurde sie von einem Klopfen gegen die Scheibe geweckt.

»Tutto a posto?«, fragte ein Uniformierter, als Elli das Fenster heruntergelassen hatte. Sie konnte nicht einordnen, zu welchen Einsatzkräften er gehörte, genauso wenig, wie sie verstand, was er gefragt hatte. Sie reagierte auf Verdacht, mit einem erhobenen Daumen – ein Blick auf die noch schlafende Giovanna zeigte ihr, dass man kaum übersehen konnte, dass sie aus dem Erdbebengebiet kamen, über und über mit

Staub bedeckt, wie sie waren: Giovannas dunkle Haare sahen aus, als wäre sie über Nacht ergraut. Der Polizist, der nur hatte wissen wollen, ob bei ihnen alles in Ordnung war – an diesem Morgen waren sie sicher nicht die Letzten, die er dasselbe fragen würde –, legte grüßend die Hand an die Stirn und ging weiter. Die Zahl der Krankenwagen, die vor der Klinik vorfuhren, war nicht geringer geworden. Menschen, schmutzig, verdreckt, übermüdet wie sie selbst, standen irgendwo am Straßenrand herum oder saßen auf Mäuerchen, warteten darauf, dass sie von ihren Angehörigen hörten, hofften darauf, dass sie nach dem Entsetzen der Nacht nicht noch mehr schlechte Nachrichten bekommen würden.

Als auch Giovanna aufgewacht war, zogen sie los, um sich etwas zu essen zu holen, fanden eine Bar, wo ihnen der Barista trotz ihres Widerstands zwei Espressi aufs Haus ausgab, als er sah, wie sie aussahen. Für die Hörnchen und belegten Tramezzini, die sie für die drei in der Klinik mitnahmen, kramte Giovanna einen Zwanziger aus ihrer Hosentasche.

Nicoletta fanden sie schlafend im Wartebereich, mit dem Kopf auf Larrys Schoß, als sie sich durch all die Menschen durchgedrängt hatten, die hier herumstanden. Eine Schwester wies ihnen den Weg zu Marie. Sie saß im Bett, das Bein geschient und hochgehängt, und zwang sich zu einem Lächeln, als sie hereinkamen. Dem kläglichsten Lächeln, das Elli je an ihr gesehen hatte. Doch als sie Giovanna hinter Elli erspähte, verzerrte sich ihr Gesicht, und Elli sah, dass sie weinte. Und streckte unter ihren Tränen Giovanna beide Hände entgegen, soweit sie das in ihrer misslichen Lage konnte. Vermutlich weinte sie alle Tränen, die sie je gehabt hatte, und vielleicht noch ein paar mehr. Zog Giovanna an sich und strich ihr immer wieder über den Rücken und den Kopf. Kein Wort brachte sie heraus, aber das musste sie auch gar nicht – es war klar, was sie sagen wollte. Was auch immer jemals an gegenseitigen Vorwürfen zwischen ihr und Giovanna gewesen war, in diesem Moment hatte nichts davon mehr Bedeutung. Und sie würden auch nie wieder mehr Gewicht bekommen als das, was Giovanna in der Nacht des Erdbebens für Maries Kind getan hatte.

19.

FELICITÀ.

Giovanna

Bis zum Mittag blieben sie in Ascoli, dann durfte Marie das Krankenhaus auf eigene Verantwortung verlassen. Vermutlich wurde das Bett auch für schwerer verletzte Patienten gebraucht.

Giovanna, die mit Elli beim Auto auf dem Klinikparkplatz wartete, war so froh, Marie aufrecht, wenn auch mit Krücken, aus der Tür kommen zu sehen, dass sie laut aufschluchzte. Doch diesmal war es ihr egal, ob die Freundin das bemerkte.

Elli hatte schon in der Nacht, als das Handynetz wieder funktionierte, mit Matthias telefoniert und ihn beruhigt, bevor er in den Frühnachrichten von dem Erdbeben erfuhr. Auch Toni hatte eine Nachricht von ihr bekommen.

Giovanna schrieb ihrem Vater eine WhatsApp – trotz allem, was gewesen war. Elli musste sie gar nicht erst überreden. Die Antwort kam prompt, und Giovanna trieb es schon wieder die Tränen in die Augen. Ottavio allerdings erreichte sie erst am Vormittag, erfuhr von ihm, dass sie seinen Nachbarn unter den Trümmern des zusammengestürzten Hauses gefunden hatten, schwer verletzt, aber immerhin am Leben. Für den Hund allerdings, der sie alle mit seinem Bellen vor dem Beben gewarnt hatte, war jede Hilfe zu spät gekommen. Das Mehrfamilienhaus nebenan hatte auch die weiteren Erdstöße überstanden, war nun aber so instabil, dass niemand hineindurfte. Bitter für Ottavio: Sein Loft-Schuppen stand so nahe daran, dass die Polizei auch ihm den Zugang verwehrte.

»Non so cosa fare.« Er wisse nicht, was er machen solle, sagte er am Telefon, und abgesehen davon, dass es für Giovanna eigenartig war, von der intimen Erfahrung der vergangenen Nacht in den sachlichen Überlebensmodus umzuschalten, tat es ihr einfach nur leid, nicht helfen zu können.

»Vielleicht kann ich erst mal zu Roberto«, sagte Ottavio. »Irgendwas findet sich schon.« Er musste ja hoffen.

Giovanna, Elli, Larry und Marie nahmen denselben Weg zurück nach Chiesavalle, den sie gekommen waren, in der Hoffnung, dass er offen war. Sie passierten die Engstelle mit dem Felssturz, an dem sie diesmal fast eine Stunde warten mussten. Überall waren Rettungswagen, Polizei und Militärkonvois unterwegs, auch Verwandte der Bergbewohner, die zu ihren Angehörigen zu kommen versuchten. Viele Autos mit römischen Kennzeichen irrten auf der Suche nach einer möglichen Zufahrt über die schmalen Straßen, sorgten für Staus, wenn sie mitten auf der Fahrbahn wendeten, weil es für sie kein Durchkommen gab. An einer Absperrung vor Chiesavalle hielt ein Ordner zunächst ein Stoppschild hoch, als Giovanna auf ihn zusteuerte. Erst nach einer längeren Diskussion ließ er sie durch.

»Sie können nicht mit dem Auto in den Ort hineinfahren, er ist gesperrt«, sagte er immer wieder, worauf Marie von hinten erklärte: »Mein Haus steht außerhalb, nicht im Ort« – auch das immer wieder.

Giovanna, die am Steuer saß, mischte sich ein. »Guarda, mia amica proprio non può camminare«, sie zeigte auf Maries Bein. »Sie kann einfach nicht laufen.«

Irgendwann gab der Ordner doch nach, sicher hatte auch er an diesem Tag noch andere Sorgen als ein paar Verrückte, die sich unbedingt in Gefahr begeben wollten. Larry, der auf gar keinen Fall umkehren wollte – er wusste noch überhaupt nicht, wie sein eigenes Haus die Nacht überstanden hatte –, bedankte sich für seine Verhältnisse überschwänglich bei Giovanna.

»Gut gemacht«, brummte er und beugte sich vor, um ihr auf die Schulter zu klopfen. Sein Häuschen, dessen Vorbesitzer vor einigen Jahren an die Küste gezogen waren und es ihm billig überlassen hatten, lag ähnlich wie Maries ein bisschen außerhalb des Ortes, aber auf der entgegengesetzten Seite. Weil sie über die Hauptstraße nicht weiterkamen, mussten sie einen Umweg fahren. Larry lotste Giovanna über einen engen und zum Teil abenteuerlich abschüssigen Waldweg. Sie erreichten sein Zuhause vom Berg her und atmeten alle gemeinsam auf, als sie es offenbar unversehrt am Waldrand auftauchen sahen. Natürlich könnten Marie und auch ihre Töchter bei ihm bleiben, solange es nötig sei, erklärte Larry. Marie nahm das Angebot an – was blieb ihr auch anderes übrig? In L'Aquila, erzählte sie ihnen, hatte es Jahre gedauert, bis die ersten Bewohner der Stadt in ihre Häuser zurückkehren konnten – also in die, die noch standen. Wenigstens lag ihr Haus nicht im Zentrum. Falls es eine »zona rossa«, eine Sperrzone, geben würde, würde es sicher nicht dazugehören. Aber ob es jemals wieder bewohnbar sein würde? Niemand von ihnen hatte bisher gewagt, diese Frage zu stellen.

Marie hatte ihre Töchter am Vormittag angerufen – sie hatten noch im Zug Richtung Ancona gesessen – und sie kurzerhand angewiesen, zu ihrem Vater nach München zurückzufahren. Natürlich hatten die Mädchen widersprochen, sie hatten sich auf ihr Zimmer und ihr Zuhause gefreut. Erst als Marie ins Telefon brüllte: »Ihr habt kein Zimmer mehr!«, gaben sie nach, versprachen kleinlaut, in Bologna auszusteigen und zurückzufahren.

»Sie könnten für eine Weile zu uns kommen«, hatte Elli angeboten, »Lenas Zimmer ist ja frei.«

»Schauen wir mal«, hatte Marie müde gesagt.

Giovanna und Elli nutzten die Gelegenheit, sich notdürftig in Larrys Badezimmer zu waschen. Dann machten sie sich auf in Richtung Zentrum. Zu Fuß sei es nicht allzu weit, erklärte er ihnen. Trotz der Erschöpfung, die ihnen in den Gliedern steckte, marschierten die beiden also los. Vielleicht konnten sie ihre Sachen aus dem Hotel holen, das Akkordeon vor allem. Giovanna hatte kaum gewagt, davon zu sprechen – als wenn es jetzt nichts Wichtigeres gäbe! –, und doch ...

Das letzte Nachbeben hatte es hier am späten Mittag gegeben, Larrys Nachbarn hatten es ihnen erzählt, lang nicht so schlimm wie jenes in der Nacht. Und doch konnte es wieder passieren. Im lokalen Radio war davor gewarnt worden. Giovanna konnte das Seufzen, das Ächzen der verwundeten Erde noch in sich spüren, als hätte es in ihr ein bleibendes Echo hinterlassen. Auch der Asphalt, über den sie liefen, war davon gezeichnet: Tiefe Risse zogen sich quer über die Straße. Keine von ihnen hatte Lust zu reden. Sie erreichten die Hauptstraße nach ein paar Hundert Metern. Hier hatten sie sich nur wenige Tage zuvor erstmals dem Ort genähert, da waren alle Spuren des Verfalls an den im Berg hängenden Häusern noch Narben aus der Vergangenheit gewesen, keine offenen Wunden, die die Gegenwart geschlagen hatte. Auch hier begegneten sie Rettungswagen und Hilfsdiensten, die den Ort von der anderen Seite aus angefahren hatten. Sie kamen an dem schönen Park vorbei; die drei Alten waren verschwunden, aber die Pappel war noch da. Scheinbar unberührt breitete sie ihre Krone über das Geschehen. Da, wo die Parkbank gewesen war, stand jetzt ein provisorisches Krankenhauszelt, das in größter Eile aufgebaut worden war. Eine Frau mit Kinderwagen wartete neben dem Eingang und starrte ins Leere. Sie hatte die Hand auf den Bügel des Kinderwagens gelegt und ließ ihn in kleinen Bewegungen wippen. Das Kind darin weinte trotzdem, doch das schien sie gar nicht zu hören. Giovanna konnte einen Blick in das Zelt erhaschen. Mobile Betten standen darin bereit, nicht alle waren belegt. Ein gutes oder ein schlechtes Zeichen? Sie wusste es nicht.

Über ihnen hörte sie jetzt das luftzerschneidende Knattern eines Hubschraubers – wo wollte er landen? Er zog wieder hoch und drehte ab, wurde leiser, vielleicht würde er auf der anderen Seite des Orts runtergehen, in der Nähe von Maries Haus. Sein Knattern verlor sich in der Ferne. Jetzt näherten sie sich der Abzweigung von der Hauptstraße, an der sie nach dem Weg gefragt hatten. Angehörige eines Hilfsdienstes überholten sie, zwei Suchhunde an der Leine. Aus dem Ortszentrum kamen ihnen Familien mit Kindern entgegen, Tragetaschen in den Händen. Sie sahen nicht so aus, als hätten sie irgendein Ziel. Da waren Polizisten, die Menschen begleiteten, die ins Ortszentrum hineinwollten, ein Mann mit einem verbundenen Arm und einem Leiterwagen, auf den er zwischen Decken und einem Koffer einen Fernseher gepackt hatte, und einen Wasserkocher, der jede Sekunde abzustürzen drohte. Der Leiterwagen quietschte und rumpelte auf dem Pflaster. Abgesehen von dem Kind im Kinderwagen, das sich inzwischen beruhigt hatte, war das das lauteste Geräusch, das sie hörten. Es war, als ob die Welt um sie herum in Watte gepackt wäre – eine seltsame, lautlose Geschäftigkeit hatte alle Menschen ergriffen, als gelte es, diesen Tag zu einem Tag wie jeden anderen zu machen, und doch machten sie nicht die Dinge, die sie an jedem anderen getan hätten. Dieser Tag hatte seinen Anfang und sein Ende verloren.

Elli und Giovanna bogen ins Ortszentrum ein. Vor der Gelateria an der Straßenecke saß diesmal kein Mann mit Zahnlücken und einer Sportzeitung. Der Tisch war zerbrochen, die blaue Pergola, die ein wenig Schatten gespendet hatte, war heruntergefallen und hatte den Tisch darunter in zwei Teile zerlegt. Der blaue Stoff bildete einen scharfen Kontrast zum Altrosa der Wand. Die Häuser entlang der Hauptstraße waren zwar alle stehen geblieben, doch sie hatten ihren Tribut an das wütende Ringen in der Tiefe des Erdbodens bezahlt. Während manche Fassade nur wenige Risse aufwies, fehlten an anderer Stelle kleinere oder größere Stücke des Putzes, der Mauern oder auch der Dächer. Vor dem Friseursalon lag ein großer Haufen Geröll, aus dem ein Wasserhahn herausstand. Im oberen Stock konnte Giovanna in ein Badezimmer hineinsehen und den Wasseranschluss in der Rückwand erkennen, der ins Leere ragte. Die Mauerreste, das Schaufenster, die Trümmer waren noch nass; das Wasser musste aus der Wand gespritzt haben, als das Dach zusammenbrach und die Armatur mit sich riss. Ein Haufen zusammengeknüllter roter und schwarzer Handtücher lag in der Dachrinne und baumelte vor der Wand darunter in einem leichten Windstoß. Von den drei Stockwerken eines Privathauses, das danebenstand, waren nur noch zwei erhalten. Das schindelgedeckte Holzdach war nach unten gesackt, weil die Seitenwände nachgegeben hatten. Unter dem brutal zerstörten Mauerwerk eine fensterförmige Nische mit einem blau-goldenen Madonnenbild. Vollkommen unversehrt.

Den eingestürzten Steinbogen hatte Giovanna schon in der Nacht gesehen, von der Piazza aus. Mehr als die Hälfte des antiken Gemäuers war einfach nicht mehr da, bestand nur noch aus Schutt, der Pfeiler der anderen Seite ragte sinnlos in den Himmel. Mit Latten und Seilen war er bereits abgesichert, die heruntergefallenen Steinbrocken zur Seite geräumt und aufgetürmt worden, damit Krankenwagen durchfahren konnten. Giovanna wunderte sich, dass niemand sie zurückhielt. Unbehelligt konnten sie auf die Piazza gelangen – und dort erkannten sie auch, warum es niemanden interessierte: Von der Pizzeria Da Pasquale war nichts mehr übrig. Das Gebäude musste bei einem der Nachbeben komplett in sich zusammengestürzt sein. Wenn möglich, wurde die Stille hier noch tiefer. Nichts war zu hören, außer dem schleifenden Geräusch der grabenden Schaufeln und dem verhaltenen Schlagen von Spitzhacken. Mindestens 15 Menschen, begleitet von den zwei Suchhunden, balancierten über die Trümmer und drehten vorsichtig einen Stein nach dem anderen um. Giovanna erkannte zu ihrer Erleichterung Ottavio unter ihnen, doch jedes Rufen verbot sich von selbst. Am Rand des Berges sah sie eine Frau und zwei Mädchen sitzen, auf dem Boden, zwischen den Resten eines Sessels und einer verbogenen Stehlampe, die ihren Schirm verloren hatte. Giovanna erkannte die Kinder wieder – es waren die beiden, mit denen sie nachts gesprochen hatte. Alle drei starrten sie regungslos auf die Grabenden auf den Trümmern. Dann, plötzlich, rief einer der Männer: »Silenzio, tutti!« Wie ein einziges atmendes Wesen hoben alle gleichzeitig ihr Werkzeug. Jetzt war kein einziges Geräusch mehr zu hören. Gar keins. Der Hubschrauber von vorhin war wohl längst gelandet. Alle lauschten. Doch nichts. Kein Klopfen oder Rufen aus den Tiefen des Schutts, das sie erhofft hatten. Nur die Suchhunde schnüffelten weiter, aber keiner von ihnen schlug an. Der drahtige Kerl mit Baseballcap, der vorher den Befehl gegeben hatte, schüttelte den Kopf. »Avanti, andiamo avanti.« Das Hacken und Graben setzte wieder ein.

»Können wir nichts tun?«, flüsterte Giovanna Elli leise ins Ohr, »können wir nicht helfen?«

»Ich weiß es nicht. Ich weiß nicht, ob es einen Plan gibt, und wie viele da drunter liegen. Außerdem haben wir keine Schaufeln.« In dieser Sekunde hob der Mann mit dem Cap, der offenbar das Kommando hatte, wieder die Hand. »Psst, stopp!«, zischte er. Dann stürzte sich der eine der beiden Hunde, ein riesiger Kerl mit viel schwarzem Fell, dem bei den Temperaturen enorm heiß sein musste, auf eine Stelle auf halber Höhe des Trümmerbergs und fing an zu bellen. Plötzlich ging alles ganz schnell. Alle versammelten sich um die Stelle, zwei fingen wieder zu schaufeln an, andere packten mit an, zogen mit bloßen Händen und vereinten Kräften eine Betonstrebe zur Seite, Eimer mit Schutt wurden gefüllt und weitergereicht, und dann hörten es alle: ein leises, aber vernehmbares Wimmern, fast wie von einem Tier.

»Das ist er, das ist er, das ist mein Sohn!« Einer der Männer warf seine Schaufel zur Seite, fiel vor dem Loch, das inzwischen entstanden war, auf die Knie, fast war er nicht zu verstehen. »Fido, Fido«, jammerte er, »Fidelino, dimmi qualcosa, Fido.«

Ottavio war es, der den völlig Aufgelösten vorsichtig an den Schultern nahm und zur Seite zog, damit die anderen Helfer weitergraben konnten. Dann lautes Rufen: »Il braccio, il braccio, attenzione!« Ein paar Hände mehr noch, ein paar Rufe – »Vorsichtig, sein Arm, nimm du, hier noch ein bisschen, das da muss weg« – und dann, ein lauter, erleichterter Aufschrei: »Eccolo, eccolo. Da ist er!«

Elli wippte an Giovannas Seite aufgeregt von einem Fuß auf den anderen, Giovanna konnte nichts anderes tun, als, die Hände zusammengepresst, dazustehen und zu hoffen. Und dann hatten sie ihn, einen Jungen, vier Jahre mochte er alt sein, zogen ihn aus dem Schutt hervor, vorsichtig, Zentimeter für Zentimeter, um nicht zu riskieren, dass irgendetwas über ihm herunterbrach. Unerträglich langsam. Dann war er frei. Sie trugen ihn zu seinem Vater, der ungeachtet aller Steine und Kanten wieder auf die Knie gefallen war, er hatte nicht mehr die Kraft gehabt, zu stehen. Alle klatschten, als das Kind die Arme um den Hals des Mannes schlang.

Mit einem Lächeln auf den Lippen kletterte Ottavio von der Ruine herunter, sein ganzer Körper strahlte Erleichterung aus. Er legte seine Schaufel auf eine bereitgestellte Schubkarre, mit der jemand eilig Werkzeug herbeigeschafft hatte, um die Helfer damit auszurüsten, und kam dann zu ihnen. Er wurde nicht mehr gebraucht. Außer dem kleinen Jungen war niemand mehr als vermisst gemeldet.

Aus dem Haus, in dem es nach dem ersten Beben gebrannt hatte, erzählte Ottavio, hatte die Feuerwehr nachts ein altes Ehepaar geholt, eine junge Verkäuferin war schwer verletzt aus dem Haus daneben geborgen worden. Die Angestellten des Da Pasquale, von denen einige mit ihren Familien im Gebäude wohnten, hatten bereits direkt nach dem ersten Erdstoß das Haus verlassen können; wer im oberen Stock war, hatte über die abgesackte Decke balancieren müssen, der Koch und seine Familie waren im Erdgeschoß aus dem Fenster geklettert. Der Kleine, den sie aus den Trümmern geholt hatten, war sein Sohn. Er war vor einem der Nachbeben zurückgelaufen, um ein Stoffkätzchen zu holen.

»Es war ein Geschenk von seinem Vater, stellt euch vor! Der Junge hatte gestern Geburtstag«, berichtete Ottavio kopfschüttelnd. Dann machten sie sich auf zum Hotel, um das Gepäck und das Akkordeon zu holen. Doch das war gar nicht so einfach. Der Pensionswirt, den sie auf einem Stuhl vor dem Albergo antrafen, wartend auf das, was da kommen würde, wollte sie partout nicht ins Gebäude lassen. »Behördliche Anweisung«, jammerte er, »vom Bürgermeister persönlich.« Giovanna diskutierte eine Weile mit ihm, dann übernahm Ottavio, versuchte es mit seiner natürlichen Autorität, doch die des »Bürgermeisters persönlich« war anscheinend größer. Schließlich ließ Giovanna Höflichkeit und Vorsicht gleichermaßen sausen und stürmte einfach durch die offen stehende Tür, war schon halb die Treppe hinauf, bis der Hauswirt aufgesprungen war, welcher aber an Ottavio abprallte, der sich breit in den Eingang schob. Giovanna wusste, dass sie ein Risiko einging, dass auch das Hotel vom Beben beschädigt worden sein konnte, aber ihr Instrument war nicht verschüttet, es wartete auf sie. Das Akkordeon zurücklassen zu müssen, wäre ihr vorgekommen, als würde sie Antonella ein zweites Mal verlieren. Sie flog beinahe über die Stufen, getrieben von Angst und dem Willen, ihr Instrument zu retten. In dem Zimmer, in dem sie kein einziges Mal geschlafen hatte, sah es aus, als wäre nichts passiert – nur die Nachttischlampe, die Elli geweckt hatte, lag noch auf dem Boden, nur die Schranktüren standen noch offen. Giovanna warf alles, was sie an Klamotten fand, einfach in ihre und Ellis Taschen und schleifte sie zum Fenster, das sie mit etwas mehr Druck als am Vorabend aufschieben musste. Elli eilte unten herbei, sobald sie sie sah, und schaffte es, den Sturz der beiden Taschen aufs Pflaster halbwegs abzufangen. Das Akkordeon aber musste über die Stufen, und Giovanna sandte ein Stoßgebet zum Himmel, dass die Treppe unter dem erhöhten Gewicht nicht doch nachgeben würde. Doch nichts geschah. Noch nicht mal ein Knarzen war zu hören. Ein Läufer dämpfte ihre Schritte. Die kleinformatigen Schwarz-Weiß-Fotografien aus einem anderen Chiesavalle, die sie gestern im Vorbeigehen gesehen hatte, hingen noch an der Wand, eines von ihnen ein bisschen schief, aber das konnte auch schon vor dem Beben so gewesen sein. Giovanna kam sich vor wie in einer Zeitschleife, als herrschte hier innen ein anderer Rhythmus, als wäre das Chaos, das über die Welt draußen hereingebrochen war, nichts als ein schlimmer Traum.

Doch die Wahrheit sprang sie mit voller Härte an, als sie wieder aus der Tür trat, hinaus in die staubgetränkten Sonnenstrahlen des späten Nachmittags, die nur Schutt und Trümmer fanden. Ottavio war noch immer damit beschäftigt, auf den schimpfenden Pensionswirt einzureden. Giovanna hatte das Gefühl, dass er ihn nur mit Mühe davon abhalten konnte, ihr an die Kehle zu gehen. Sie machte einen großen Bogen um die beiden, bevor sie ihr Instrument an der Piazza abstellte und aus ihrem Geldbeutel, den sie nun wieder hatte, einige Scheine nahm, die paar Schritte zum Haus zurücklief und sie dem Wirt für das Zimmer, in dem immerhin Elli die halbe Nacht verbracht hatte, auf seinen Stuhl legte. Das schien ihn zu besänftigen.

Ottavio konnte sich zurückziehen, nahm Elli eine der Taschen ab, und dann zogen sie mit Gepäck und Akkordeon von dannen.

Es war ein seltsam-trauriges Menschenhäufchen, das sich am frühen Abend an einer Ruine traf, die am Tag zuvor noch eine Heimstatt gewesen war. Giovanna war zunächst bei Maries zusammengestürztem Haus geblieben, nachdem sie ihre Sachen im Auto verstaut hatten. Elli hatte Ottavio zu Sonia gefahren, der spitzgesichtigen Maus, die ihm ein Quartier für die Nacht angeboten hatte. Kurz darauf hatte er sich am Handy bei Giovanna gemeldet, das Netz funktionierte wieder. »Du kannst auch bei ihr schlafen. Also, wenn du möchtest.« Sie wollte – abgesehen davon hatte sie kaum eine Wahl, wollte sie nicht ihre letzte Nacht auf einer Liege im Freien verbringen. Elli würde bei Larry, Marie und Nicoletta schlafen. Am nächsten Morgen wollten sie dann in Richtung München aufbrechen, Ottavio bis zum Meer mitnehmen und bei der Mutter von Sonias netter Freundin Bella in Porto Recanati absetzen, die angeboten hatte, ihm Asyl zu gewähren, bis er wusste, was mit seinem Loft geschehen würde.

Giovanna hatte Bank und Tisch, die unversehrt waren, ein Stück vom Haus weggezogen und neben die Feuerstelle gerückt. Sie misstraute den ausgehöhlten Wänden. Das Fenster zur Küche war jetzt ein blindes Loch, in dem geborstene Scheiben davor warnten, sich zu nähern, die hübsche Außentreppe ein Steinhaufen. Reste des kleinen Podests klebten noch an der Hauswand, schmutzig wie ein Tongefäß, bei dem jemand vergessen hatte, die Außenseiten zu glätten. Die eingestürzte Küchenwand hatte Giovanna sich nur mit Sicherheitsabstand angesehen, und beim Anblick der Mauerbrocken, die einmal der Boden des ersten Stocks gewesen waren, war ihr übel geworden. Manchmal sind es Sekunden. Der Erdstoß hätte auch ein paar Augenblicke früher kommen können ...

Elli war als Erste zurück, und als sie gerade dabei waren, Holz für die Feuerstelle zusammenzusuchen, kamen Marie und Larry. Larry musste wieder den Weg durch den Wald genommen haben, die Hauptstraße war weiterhin gesperrt.

»Der arme Larry«, sagte Elli, »jetzt wird er erst mal eine lange Zeit selbst fahren müssen, solange Marie das Bein nicht bewegen kann.« Larry parkte den Wagen vor dem Hühnerauslauf, in dem die Tiere beleidigt gackerten. Giovanna hatte nicht gewusst, was sie ihnen füttern sollte, und jetzt hatten sie Hunger. Larry beeilte sich, um das Auto herumzulaufen und Marie die Türe aufzuhalten, damit sie sich mit ihren Krücken nicht so schwertat, und Giovanna sah zu, wie sie die dargebotene Hand ablehnte und sich stattdessen an Autotür und -rahmen hochzog, dann auf einem Bein stand. Immerhin nahm sie mit einem Nicken die Krücken, die er ihr reichte. Dann setzte sie sich in Bewegung, langsam und mühsam – einerseits, weil sie sich noch nicht gewöhnt hatte an das Gehen mit den Hilfsmitteln und sie überdies das geschiente Bein schonen sollte. Andererseits und viel mehr noch aus Angst vor dem, was sie erwartete. Als sie ihr Heim zum letzten Mal verlassen hatte, hatte gnädige Dunkelheit über der Zerstörung gelegen. Jetzt ging es zwar auf die Dämmerung zu, war aber noch hell genug, ihr das, was von ihrem bisherigen

Leben übrig geblieben war, schonungslos vor Augen zu führen. Dann stand sie vor der herausgebrochenen Küchenwand. Larry wollte ihr nach, doch Elli hielt ihn mit einem Kopfschütteln zurück, Marie würde nicht wollen, dass jemand ihr Entsetzen und ihren Schmerz sah. Sie wandte ihnen einen sehr aufrechten und sehr angespannten Rücken zu. Larry zögerte, dann drehte er sich um und öffnete den Verschlag zu den Hühnern, während Giovanna und Elli zum Feuerstapel zurückkehrten. Sie arbeiteten schweigend, häuften Scheite aufeinander, gemeinsam mit Larry holte Elli Gläser und Wein aus seinem Auto – keine von ihnen warf die Frage auf, ob von den Flaschen in der Küche wohl noch welche heil geblieben waren. Dann hörte Giovanna, wie Marie leise ihren Namen rief. Sie ging zu ihrer Freundin hinüber, die, auf ihre Krücken gelehnt, noch immer an der Stelle stand, von der aus auch sie zuvor auf den Stapel aus Schutt und Dreck geblickt hatte.

»Wenn ich ohne Krücken stehen könnte, würde ich dich umarmen.« Marie zeigte mit dem Kinn hinüber. »Dass du da reingegangen bist, werde ich dir nie vergessen. Ohne dich hätte ich Nicoletta verloren.«

»Dann wäre jemand anderer reingegangen«, wehrte Giovanna ab. Sie wusste selbst nicht mehr, woher sie den Mut genommen hatte. »Wo ist sie überhaupt, die Kleine?«, fragte sie dann, um abzulenken.

Marie bestand nicht auf weiteren Danksagungen. »Ich habe sie bei Larrys Nachbarn gelassen. Ich wollte ihr das hier nicht zumuten. Noch nicht.«

»Und wie geht's jetzt weiter?«

Marie hob die Schultern. »Das werden wir sehen. Lass uns rübergehen zu den anderen, ja?«

Dann saßen sie am Feuer, das Elli inzwischen angezündet hatte. Gar nicht, weil der Abend sonderlich kalt war. Vielmehr, weil das Schimmern und Flackern einem dicken, farbgetränkten Pinsel gleich über Netzhäute strich und die Bilder der Zerstörung in warmen Rottönen übermalte. Als sich wieder ein Auto näherte – Giovanna wusste, dass es Ottavio war–, empfand sie absurderweise für den Bruchteil einer Sekunde so etwas wie Glück, durchzuckte sie die pure Lust zu existieren, da zu sein, ein Leben zu haben. Inzwischen wussten sie, dass von den rund 70 Dörfern, die an den Hängen und in den Tälern der Monti Sibillini lagen, viele noch weitaus schlimmer getroffen worden waren als Chiesavalle. Dass es in Amatrice, Accumoli, Arquata del Tronto viele Tote gegeben hatte. Sie wussten auch, dass es nicht vorbei war, dass der Schrecken zurückkehren konnte, jederzeit. Die Erde hatte es ihnen im Lauf des Tages immer wieder nachdrücklich ins Bewusstsein gerufen. Und auch, wenn Giovanna morgen mit Elli nach Hause fahren und dem Katastrophengebiet den Rücken kehren würde – die Erinnerung würde sie begleiten, die Erfahrung hatte sich in sie eingegraben und würde sie nie wieder verlassen. Vielleicht würde das Gefühl schwächer werden, vielleicht aber auch nicht. Genau wie sie den donnernden Knall der Bombe nie vergessen würde.

Ottavio war mit Sonia gekommen, die an diesem Abend, an dem die Welt so anders war als zuvor, wohl auch nicht so recht wusste, wohin mit sich. Ottavio grüßte in die Runde wie zu allen anderen Gelegenheiten zuvor auch, nur dass er diesmal direkt auf Giovanna zusteuerte, sich neben sie setzte und den Arm um sie legte. Ganz selbstverständlich. Als wären sie ein Paar. Und erneut durchströmte Giovanna dieses einzigartige Gefühl, diese nie gekannte Freude über die Chance, sie weiterhin sehen zu dürfen, die Schönheit und den Schrecken der Welt. Sie blickte der Reihe nach in die erschöpften Gesichter, über die die Schatten der Flammen tanzten. Larry, der zu ihrer Rechten ganz dicht neben Marie saß und einfach nur zufrieden schien, dass sie das zuließ. Er war doch alles in allem ein guter Kerl, und Giovanna musste sich eingestehen, dass sie sich wenig Mühe gegeben hatte, ihn wirklich kennenzulernen. Gegenüber saß Sonia, die graue Maus, die sie kaum wahrgenommen hatte, und die ihr ohne zu zögern ein Dach über dem Kopf anbot. Und dann Marie. Die letzte Nacht hatte ein neues Band, eines, das wahrscheinlich für immer halten würde, zwischen ihnen geknüpft. Ob es stark genug sein würde, auch die Fliehkräfte auszugleichen, denen ihre Beziehung schon bisher ausgesetzt war – wer konnte das schon sagen? War das überhaupt noch wichtig? Vielleicht hatte Ottavio recht mit seiner Theorie über die Freundschaft, die ohne Nahrung genauso wenig existieren konnte wie die Hühner, wenn sie nicht gefüttert wurden. Vielleicht konnten sie ihr diese Nahrung geben, vielleicht konnten sie und Elli Marie beim Wiederaufbau ihres Hauses helfen. Alles andere würde sich ergeben.

Elli saß links von ihr. Allein auf einem Stuhl, die Ellenbogen aufgestützt, starrte sie ins Feuer. Todmüde sah sie aus, aber irgendwie schien ihr Gesicht klar, als wäre sie wieder mit sich im Reinen. Schon komisch, dass es da trotz ihrer engen Verbindung ein Geheimnis gegeben hatte, von dem Giovanna nichts wusste. Sie nahm es Elli längst nicht mehr übel. Wie sollte sie auch? Gestern Nacht, da hatte es diesen Moment gegeben, in dem sie gefürchtet hatte, die Freundin nie mehr wiederzusehen. Was war dagegen ihr kleinmütiger Vorwurf, ihre Sorge um ihr eigenes Wohl, ihre von einer selbstsüchtigen Moral getriebenen Bedenken? Elli lebte, Marie, Nicoletta, Ottavio, ja, Sonia, sie alle hatten überlebt, das war das Einzige, was zählte. Giovanna nahm sich dennoch vor, Elli auf dem Heimweg zu fragen, wie es nun weitergehen würde mit ihren zwei Männern. Doch sie war sich jetzt schon sicher, dass sie die Antwort wusste.

Sie lehnte sich enger an Ottavio, der noch immer seinen Arm um ihre Schultern gelegt hatte. Vor Erschöpfung hatte er die Augen geschlossen, doch er hielt sie fest, als ob er sie immer schon festgehalten hätte. Es war, als würden sie sich seit Langem kennen, als wäre die vergangene Nacht nicht ihre erste gewesen, sondern eine in einer Ewigkeit. Und Giovanna fand das wunderbar. War das Liebe? Dass er es allein durch seine Gegenwart schaffte, ihr das Gefühl von Heimat zu geben, ein Gefühl, das sie nicht mehr gehabt hatte seit jenem schrecklichen Tag in Rom? Sie wusste noch nicht einmal, wann und ob sie ihn wiedersehen würde, doch es war ihr klar, dass sie etwas wiedergefunden hatte: die Lust, das Leben zu wagen.

Über dem nächsten Bergrücken, der so ungerührt und beständig aussah, und sich doch, wie sie jetzt wusste, auf unsicherem Terrain befand und ins Rutschen kommen konnte, stieg ein abnehmender Mond nach oben, drüben in Chiesavalle würde er eine gespenstische Szenerie beleuchten. Giovanna stand auf und spähte zum Dorf, doch die ersten Häuser von Chiesavalle waren von einer Erhebung verdeckt.

»Was hast du vor?«, fragte Elli, die ein Gähnen nicht unterdrücken konnte. »Willst du schlafen?«

»Nein«, erwiderte Giovanna, »noch nicht.«

Dann ging sie hinüber zu Ellis Auto, öffnete den Kofferraum und hob das Akkordeon heraus. Diesmal spürte sie nicht das Gewicht, sondern die Macht, die darin schlummerte, als sie es hinübertrug zum Feuer. Sie stellte den Koffer auf einen Stuhl, den Elli ihr hinschob, öffnete seine Klappen, nahm das schwarz glänzende Instrument heraus und setzte sich wieder neben Ottavio auf die Bank. Er hatte die Augen geöffnet und sie beobachtet. Jetzt rutschte er ein bisschen zur Seite, um ihr Platz zu lassen. Eine Weile hielt sie das Instrument nur auf dem Schoß, bewunderte im milden Licht des Feuers die harmonische Gestaltung des Korpus, die perlmuttschimmernden Tasten, strich mit dem Finger über den

Schriftzug »Victoria«, dann drehte sie es um und zog sich die Träger über die Schultern. Sie sah Ellis Lächeln und erwiderte es. Ganz vorsichtig zog sie den Balg auseinander, spürte, wie er sich aufpumpte, wie er Kraft sammelte, und sie legte einen Finger auf eine der Tasten. Die ersten Töne kamen zaghaft, vorsichtig, sie musste sich zunächst an den Rhythmus gewöhnen, den ihr das Ziehen und Drücken des Balgs vorgab. Mühelos fand sie das b auf der Tastatur, den ersten Ton jenes Muse-Songs, der ihr seit Tagen nicht mehr aus dem Kopf ging. Und mit der ungebrochenen Routine einer Musikerin spielte sie die Melodie und schickte sie in die Nacht hinaus.

NACHWORT

Das Attentat

Als »bleierne Jahre« *(Anni di piombo)* wird in Italien eine Periode der 70er- und frühen 80er-Jahre bezeichnet. In einem Zitat aus der Zeit vom April 2021 ist sogar von einer Art Kriegszustand die Rede. Als Nachwirkung der 68er-Bewegung radikalisierte sich die italienische extreme Linke, deren gewalttätiger Arm, die Brigate Rosse, ähnlich wie die Rote Armee Fraktion (RAF) in Deutschland, zahlreiche terroristische Attentate verübte. 73 Mordanschläge, Banküberfälle und Entführungen werden den Roten Brigaden zugeschrieben. Am bekanntesten geworden ist dabei die Entführung und Ermordung des ehemaligen italienischen Ministerpräsidenten Aldo Moro 1978. Zunächst weit weniger beachtet erstarkte in Italien zugleich auch die extreme Rechte, welche vor allem die mächtige kommunistische Partei Italiens in der öffentlichen Meinung zu diskreditieren versuchte. Als »Strategie der Spannung« fand diese Vorgehensweise Eingang in den politisch-historischen Diskurs. Die Organisation Propaganda Due, auch P2-Loge genannt, ursprünglich eine italienische Freimaurerloge, spielte dabei eine entscheidende Rolle. So waren etwa für ein Bombenattentat auf fünf Carabinieri 1972, bei dem drei Polizisten ums Leben kamen, zunächst die Brigate Rosse verantwortlich gemacht worden. Erst zwölf Jahre später entdeckte ein Untersuchungsrichter auffällige Unstimmigkeiten in den Ermittlungsberichten, die auf gezielte Behinderungen und Fälschungen hinwiesen. Es kam heraus, dass der eigentliche Attentäter, ein Rechtsextremist, von Personen in hohen Ämtern gedeckt worden war.

Nach neueren Untersuchungen scheint klar, dass nicht die politisch-radikale Linke, sondern der Chef der Loge P2 – zu deren Mitgliedern damals auch der jüngst verstorbene viermalige italienische Ministerpräsident Silvio Berlusconi gehörte – das Attentat auf den Bahnhof von Bologna 1980 in Auftrag gegeben hatte. 85 Personen wurden dabei getötet. Die rechtskonservative Loge pflegte auch Beziehungen zur sizilianischen Cosa Nostra, wie unter anderem die Neue Zürcher Zeitung berichtet. Die Loge wird auch mit dem von Giovanna erwähnten Attentat von Gioia Tauro in Verbindung gebracht, bei dem der Zug von Palermo–Turin zum Entgleisen gebracht worden war. Sechs Menschen starben. Unter anderem sollen auch die kalabrische 'Ndrangheta, die nazistische Organisation Avanguardia Nazionale sowie regional aktive Mitglieder des faschistischen Movimento Sociale Italiano (MSI) etwas damit zu tun gehabt haben. Jener MSI, der Vorläufer der Fratelli d'Italia war und dessen Chefin Giorgia Meloni 2022 zur ersten weiblichen Ministerpräsidentin Italiens gewählt worden ist.

Insgesamt wurden zwischen 1969 und 1983 mehr als 14 000 Anschläge verübt, sie forderten 374 Tote und über 1000 Verletzte, darunter Unternehmer, Richter, Beamte, Journalisten Politiker und einfache Bürger, die zufällig Opfer der Gewalt wurden.

Die im Buch erwähnte Bombenexplosion von Rom ist allerdings reine Fiktion.

Das Erdbeben

Das Erdbeben von Amatrice in der Nacht des 24. August 2016 gehörte zu einer ganzen Serie von Beben, die mit jenem Ereignis ihren Anfang nahm. Betroffen waren besonders Gemeinden im Grenzgebiet zwischen den Marken, Umbrien und Latium. Der erste schwere Erdstoß traf die Einwohner der Region um 3.36 Uhr, seine Stärke lag bei etwa 6,2 und das Zentrum lag vier Kilometer unter dem Ort Accumoli, zwanzig Minuten später kam es zu einer neuen Verwerfung, diesmal unterhalb von Amatrice. In der Nachbargemeinde Norcia zitterte die Erde eine Stunde nach dem ersten Beben mit einer Stärke von 5,3 auf der Richterskala. Die Beben waren in ganz Mittelitalien zu spüren, in Rom holten sie die Menschen ebenso aus den Betten wie in Ancona. Weitere schwere Beben ereigneten sich in der Region im Oktober, diesmal waren Castelsantangelo sul Nera und Ussita, beide im Nationalpark der Monti Sibillini gelegen, sowie kurz darauf Norcia die Zentren. Eine Magnitude von 6,5 erreichte das Beben in Norcia in der Provinz Perugia. Gewarnt von leichteren Vorbeben hatte zu diesem Zeitpunkt ohnehin niemand mehr in seinen Häusern geschlafen, es gab keine Toten. Im August allerdings hatte der Erdstoß die Bewohner im Schlaf überrascht. Bis zu 40 000 Menschen hatten sich zu jener Zeit in der Region aufgehalten, darunter viele Feriengäste aus Rom. 299 Menschen fanden den Tod.

2022, sechs Jahre später, waren die Schäden in den damals schwer betroffenen Orten noch an vielen Häusern zu erkennen, in Castelsantangelo sul Nera etwa war das ehemalige Zentrum der Kommune nach wie vor als Zona Rossa gekennzeichnet – Betreten strengstens verboten. Gleich daneben standen lang gezogene Baracken, in denen die Menschen darauf warteten, vielleicht irgendwann in ihre Häuser zurückkehren zu können.

Das Örtchen Chiesavalle, in dem Marie zu Hause ist, gibt es allerdings nicht, es ist so fiktiv wie die Charaktere dieses Romans.

Danksagung

Ein ganz großer Dank geht an meinen Verlag, HarperCollins für die Chance, mit meinem zweiten Roman an meinem Traum weiter zu stricken, und allen in seinen Reihen, die am Entstehen dieses Buches beteiligt waren. Ganz besonders danke ich Maria Mair und Veronika Weiß, die als Lektorinnen nicht nur für italienischen und musikalischen Input gesorgt haben, sondern dem Text mit ihrem behutsamen Eingreifen den Feinschliff gegeben haben, sowie Friderike Baum, die mitgeholfen hat, Elli, Marie, Giovanna und Antonella auf den richtigen Weg zu bringen.

Danken möchte ich allen, die mir geholfen haben, mich in jene Zeiten hineinzuversetzen, die im Buch eine Rolle spielen, darunter Zeitungen und Zeitschriften wie Geo Epoche, Süddeutsche Zeitung, Neue Zürcher Zeitung, Frankfurter Allgemeine, Die Zeit, Der Spiegel und viele andere mehr.

Ein ganz besonderer Dank geht außerdem am Matt Bellamy und die Band Muse – für ihre großartige Musik natürlich – aber auch für eine ganz besondere Liedzeile, die mich nicht nur während des Schreibens an Felicità! begleitet hat.

Für aktuellen Input möchte ich mich bei Ulli bedanken, der so wunderbar anschauliche Schilderungen neapolitanischen

Lebens von einer langen Reise mitgebracht hat, und bei Silke und Astrid, stellvertretend für alle lieben Freundinnen und Freunde, Kolleginnen, Kollegen, Verwandte und Bekannte, die nie versäumen, nachzufragen: »Und? Ist es schon fertig? Wann kann ich es lesen?«

Und schließlich und vor allem danke ich meinem Mann Stefan, der immer an meiner Seite ist, mit mir in die große Ebene hinunter und die Straßen von Castelfidardo hinaufgestiegen ist, ihm und meinen Kindern danke ich für ihren Glauben an mich und die Freiheit, die sie mir einräumen, mich meiner Schreiberei zu widmen.

Wie immer gilt: Ohne Euch wäre alles nichts!